KB245636

도매가로 기억을 팝니다

We Can Remember It for You Wholesale

필립 K. 딕 단편집

도매가로 기억을 팝니다

We Can Remember It for You Wholesale

조호근 옮김

폴라북스

◑ 차례

허구의 제국에 사는 사람이 저항과 진실을 말하는 책을, 잔혹한 거짓의 제국에 사는 사람이 올곧은 책을 써내려면 어떻게 해야 하겠습니까? 적들의 코앞에서 이런 일을 하려면 어떻게 해야 할까요? 화장실에 몰래 숨어서 글을 쓴다는 고리타분한 방식으로는 무리일 겁니다. 그러나 기술이 극도로 발전한 미래의 국가체제하에서라면 어떨까요? 새로운 상황에 맞춰 자유와 독립을 외치는 새로운 방법이 등장할까요? 다시 말해서, 새로운 폭압적 정부가 이러한 저항을 소멸시킬 것인지, 아니면 우리가 가늠할 수 없는 새로운 정신으로부터 새로운 시도가 등장할 수 있을 것인지가 궁금하다는 겁니다.

—필립 K. 딕, 1974년 인터뷰에서

(『필립 K. 딕의 세계—겉보기로만 현실』에서)

흔히들 하는 말로, 세상에는 작가를 위한 작가와 독자를 위한 작가가 있다고들 한다. 독자를 위한 작가는 전자의 작가가 자기네 실험실에서 결코 만들어내지 못하는 일종의 페로몬적 화학 반응을 사용해서, 베스트셀러 목록에 몇 년 동안 꾸준히 이름을 올리는 행복한 친구들이다. 이들 중에는 지적 상류층의 '문학 평론가'들을 만족시키지 못하는 사람들도 제법 되지만(사실 대부분이 그렇지만), 그들의 책은 실제로 팔린다. 반면 작가를 위한 작가에게는 주로 선망하는 동료들이 쓴 훌륭한 평론이 따라붙지만, 독자의 인기는 따르지 않는다. 독자들은 이런 평론을 멀리서 슬쩍 보기만 해도 작품의 정체를 알아채버리는 것이다. 운율 있는 문체가 높은 평가를 받는다거나(진정한 독자를 위한 작가라면 '문체'와 같은 엘리트주의적 비평을 받는 일 자체를 끔찍하게 여길 것이다), 인물이 '깊이'를 가지고 있다거나, 다른 무엇보다도 '진지한' 작품이라는 따위의 말들 말이다.

작가를 위한 작가들 중 많은 사람이 독자를 위한 작가들이 얻는 광범위한 명성과 훌륭한 수입을 부러워하지만, 독자를 위한 작가들 역시 종종 로열티로는 살 수 없는 수상 경력을 탐내곤 한다. 작가를 위한 작가 중 최상급이라 할 수 있는 헨리 제임스는 그의 작품 중 가장 익살스럽다고 할 수 있는 「다음번The Next Time」이라는 소설에서, 이런 식으로 서로 다른 목표를 좇는 두 작가의 이야기를 그린 적이 있다. 그리고 그 소설의 결말은 완벽하게 사실적이었다. 문학적 작가는 블록버스터를 쓰기 위해 최선을 다하지만, 수상 경력이 늘어날 뿐 독자를 끌어들이지는 못한다. 반면 성공한 작가는 예술 작품을 쓰기 위해 안간힘을 쓰지만, 그 작품은 평론가들의 비웃음과 함께 지금까지의 작품들 중 가장 큰 상업적 성공을 거둔다.

당대에 필립 K. 딕은 작가의 작가이자 독자의 작가 양쪽 모두였으며, 양쪽 모두가 아니기도 했으며, 또한 완전히 다른 새로운 존재, 즉 SF 작가를 위한 SF 작가이기도 했다. 이 마지막 논점의 증거는 그의 동료들이 단행본 뒤표지마다 쏟아 부은 엄청난 성찬을 통해 확인할 수 있을 것이다. 존 브루너는 그를 "전 세계에서 가장 꾸준하게 재기 넘치는 작품을 써내는 SF 작가"라 칭했고, 노먼 스핀래드는 이 말에 "20세기 후반의 가장 위대한 미국 작가"라는 칭찬을 덧붙였다. 어슐러 르귄은 그를 미국의 보르헤스라 칭했고, 할란 엘리슨은 그를 SF계의 "피란델로이자 베케트, 핀터"라고 불렀다. 브라이언 얼디스, 마이클 비숍, 그리고 나 자신과 기타 수많은 작가들 모두 그의 작품에 엄청난 찬사를 아끼지 않았지만, 이러한 찬사들은 그 당시 그의 작품 판매량에는 거의 영향을 끼치지 못 했다. 딕이 전업 작가로 살아남을 수 있었던 것은 오로지 그의 엄청난 생산 능력 덕분이었다. 이 단편집의 엄청난 분량을 보기만 해도, 그리고 그럼에도 불구하고 그의 작품을 사랑하는 대부분의 독자들이 딕을 장편 작가로 여기고 단편 작가로 기억하지 않는다는 사실만 보아도 분명한 일이다.

딕이 받은 이 모든 찬사가 오로지 동료 SF 작가들로부터 온 것뿐이고, 문학계 주류의 명성 제조기들은 그에게 관심도 기울이지 않았다는 사실은 상당히 중요한 점을 시사한다. 그 이유는 그가 장르문학의 영역 밖에서는 작가를 위한 작가가 아니었기 때문이다. 그가 찬사를 받은 이유는 훌륭한 문체 때문도, 깊이 있는 인물 창조 때문도 아니었다. 딕의 운문은 감정을 고양시키기는커녕, 대부분의 경우 쾌지모도만큼이나 어색해 보인다. 그의 가장 훌륭한 소설에 나오는 인물들조차 때로는 50년대 드라마의 등장인물 정도의 '깊이'를 가지고 있다. (보다 호의적인 설명을 꾸며내보자면, 미국 고유의 '즉흥 희극*'에서 고전적인 차용을 하는 경향이 많다고 할 수 있지 않을까.) 이런 법칙에서 예외가 되는 작품들조차도, 꼼꼼히 읽어보면 보르헤스나 핀터보다는 브래드버리나 밴 복트의 작품과 더 유사점이 많다는 사실을 확인할 수 있다. 대부분의 경우, 딕은 서술적 측면에서 만화책 정도로 단순한 줄거리를 만들어내는 선에서 만족했다. 멀리 갈 것도 없이, 이 책의 첫 단편인 「작고 검은 상자」를 보기만 해도 분명해진다. 이 단편은 그가 『높은 성의 사내』와 『화성의 타임슬립』과 같은 훌륭한 작품을 써내던 전성기인 1963년에 세상에 나온 것이다. 뿐만 아니라, 이 작품에는 훗날 그의 걸작 중 하나로 알려진 『안드로이드는 전기양의 꿈을 꾸는가?』의 싹이 담겨있기도 하다.

　그렇다면 왜 이런 작가에게 그런 엄청난 찬사를 바치는 것인가? SF를 사랑하는 사람들에게 그 답은 명백하다. 그의 아이디어가 더할 나위 없이 훌륭했던 것이다. 장르문학을 사랑하는 독자들은 보통 새로운 개념을 보여주기만 한다면 그 실행 과정이 허술하더라도 용인하는 경향이 있다. 오래된 줄거리와 소재를 반복해 사용하는 것이 장르문학의 고질적인 문제점이기 때문이다. 그리고 딕의 훌륭한 착상은 상상력의 스펙트럼 안에서 독특한 파장 하나를 점유하고 있다. 그는 우주를 정복하는 이야기는 쓰지 않는다. 딕의 작품 세계에서는, 태양계를 점령해서 식민지를 만들어보았자 더 끔찍한 빈민굴이 새로 늘어날 뿐이다. 할로윈 가면을 만드는 식으로 새로운 우주 괴물을 발명해내지도 않는다. 그는 언제나 가면 속에 있는 인간의 얼굴에 집중하느라 화려한 괴물 가면에는

---

* comedia delle arte. 16세기부터 이탈리아에서 발전한, 배우의 즉흥적인 재능에 의존하는 가벼운 희극. 여기서는 미국 고전 시트콤을 비유하는 말로 사용한다.

주의를 기울이지도 않았다. 딕의 놀라운 아이디어는 언제나 그의 주변 세계, 그가 살던 이웃들, 그가 읽은 신문, 그가 장을 보던 가게, 텔레비전 광고들로부터 나온 것이었다. 그의 장편과 단편 소설은 포퓰럭스*와 베트남 시대의 미국 문화를 가장 정확하게 총체적으로 보여주는 현대 문학 작품 중 하나이다. 그 시대의 사소한 소품을 세밀하게 묘사해서가 아니라, 그가 우리가 살아가는 방식을 훌륭하게 표현할 수 있는 비유의 방법을 찾아냈기 때문이다. 우리의 평범한 세계를 경이로운 색깔로 채색하기 때문이다. 예술에 그 무엇이 더 필요하겠는가?

글쎄, 여러 가지가 있을 것이다. 품위, 문체, 경제적인 표현 방식, 그 외 여러 미학적인 성찰들 말이다. 그러나 대부분의 SF 작가들은 기름진 비유라는 단백질이 접시 위에 올라가 있기만 하면, 식탁보나 크리스털 식기 없이도 충분히 만족할 수 있는 사람들이다. 심지어 그의 동료 SF 작가들에게는 부족한 미적 감각조차도 장점이 될 수 있다. 우리가 직접 그가 놓친 공을 받아서 골대에 넣을 수도 있기 때문이다. 어슐러 르귄의 『하늘의 물레』는 딕의 작품 중 가장 훌륭한 소설이다. 그가 직접 쓰지 않았다는 점만 빼고 말이다. 내 작품인 『334』 역시 그의 작품에서 나온 암울한 미래에 대한 예시가 없었더라면 지금과는 다른 모습이었을 것이다. 자신이 그로부터 차용했다는 사실을 알고 있는 작가의 목록만 해도 상당히 길고, 미처 모른 채 차용한 작가의 목록은 분명 그보다 훨씬 더 길 것이다.

이 책 마지막에 있는 작가의 주석 중, 「전 인간」에 대한 항목은 그가 동료 작가로부터 유발할 수 있는 반응을 명백하게 보여주는 예시이다. 이 작품은 어린아이가 '전 인간'(12세가 되지 않은, 부모가 원하지 않는 아이들)을 유기견 잡아가듯 데려가는 '낙태 트럭'과 잡아온 아이들을 독가스로 죽이는 '낙태 센터'를 겪으며 벌어지는 이야기를 다루고 있다. 조애

---

* 제2차 세계 대전 이후, 1950년대의 소비 중심 문화 세대를 일컫는 말.

너 루스는 이 작품을 읽고 딕을 두들겨 패고 싶다는 편지를 보내왔다. 이 작품은 훌륭한 프로파간다이며(필 본인은 '특별한 간청'이라고 불렀지만), 이에 대한 정당한 반응은 작가를 때려눕히는 것이 아니라 같은 주제를 놓고 설득력 있는 작품을 만들어내는 것, 그리고 그 과정에서 불편한 쟁점, 즉 낙태와 영아 살해 사이의 차이점을 피해가지 않는 것이다. 현재와 같이 이 문제에 대한 관점이 양극화된 시점에서 이러한 질문을 제기하는 일은 극적 효과를 불러일으키기 위한 계산된 행동일 수도 있지만, 이 주제에 대한 의견은 이 작품으로 끝나는 것이 아니다. 작가라면 누구나 「전 인간」의 주요 설정으로부터 새로운 소설 한 편을 쉽사리 끄집어낼 수 있으며, 그 소설이 굳이 낙태 반대를 주제로 삼을 필요도 없다. 딕의 소설이 훌륭한 꽃을 피우는 것은 보통 그가 처음 떠올린 아이디어를 다시 곱씹어본 후이며, 그가 SF 작가를 위한 SF 작가인 이유 또한 그의 동료 작가들이 그의 작품으로부터 이러한 혜택을 얻기 때문이다. 딕의 단편 소설을 읽는 것은 완성된 예술 작품을 '감상'하는 일이 아니다. 오히려 대화에 참여하는 일에 가깝다. 나는 그 계속되는 대화에 끼어들 수 있었다는 사실을 진정으로 기쁘게 생각한다.

토머스 M. 디시
1986년 10월

PHILIP K. DICK

작고 검은 상자
The Little Black Box

작고 검은 상자
The Little Black Box

PHILIP K. DICK

$$I$$

국무부 소속인 보가트 크로프츠가 말했다. "히아시 양, 우리는 당신을 쿠바로 보내 그곳의 중국계 사람들을 위해 종교 지도를 하게 할 생각이오. 당신이 동양계라는 사실도 도움이 될 거요."

희미한 신음 소리와 함께, 조앤 히아시는 로스앤젤레스에서 태어나 UCSB, 즉 샌타바버라 대학을 나왔다는 예의 훌륭한 동양계 배경을 다시 한 번 떠올려보았다. 그러나 그녀는 일단 학업 면에서는 아시아 학을 공부한 학자였고, 이력서의 직업란에도 이 사실이 명확하게 기록되어 있었다.

크로프츠는 계속 말하고 있었다. "'카리타스'라는 단어의 뜻을 생각해봅시다. 당신이 생각하기에, 성 세콤이 이 단어를 무슨 뜻으로 사용했을 것 같소? 자선? 아니지. 그럼 무엇이겠소? 우정? 사랑?"

"제 전공은 선불교인데요." 조앤이 말했다.

크로프츠는 실망한 목소리로 이의를 제기했다. "하지만 후기 로마에서 '카리타스'가 어떤 뜻으로 쓰였는지는 누구나 다 아는 것 아니오. 이 단어는 '선한 이들이 서로를 존중하는 일'이란 뜻이오." 그의 위엄 있는 회색 눈썹이 위로 치켜올라갔다. "히아시 양, 이 일을 원하고 있소? 그리고 원한다면 그 이유는 무엇이오?"

"저는 쿠바에 있는 중국인 공산주의자들에게 선불교를 퍼트리고 싶습니다. 그 이유는—" 그녀는 말이 막혔다. 사실대로 말하자면 이 일이 꽤나 봉급이 많기 때문이었다. 사실 그녀가 지금까지 가져본 직업 중 가장 급여가 높은 일이었다. 직업적 견지에서 볼 때는 상당히 편하고 수지맞는 일이라는 뜻이었다. "아, 몰라. 진실로 통하는 길에 이유가 있겠어요? 답변을 할 필요가 없는 질문이로군요."

"당신 전공분야에서 정직한 답변을 피하는 방법을 배운 것만은 분명하군." 크로프츠가 짜증을 섞어 말했다. "그리고 귀찮은 주제를 피하는 방법도 말이오. 어쩌면 그런 점이야말로 당신이 훌륭한 선불교 학자이며 이 임무에 맞는 사람이라는 사실을 증명해주는지도 모르지. 당신이 상대해야 하는 사람들은 쿠바에서도 제법 세속적이고 약아빠진 사람들이오. 게다가 미국 기준으로 봐서도 상당히 부유한 축이고 말이지. 당신이 나를 상대할 수 있다면 그들도 상대할 수 있을 거요."

"감사합니다, 크로프츠 씨. 그럼 좋은 소식 기다리고 있겠습니다." 그녀는 이렇게 말하며 자리에서 일어났다.

크로프츠는 반쯤 혼잣말로 중얼거렸다. "당신 능력에는 감탄했소. 애초에, 당신은 UCSB의 커다란 컴퓨터에 선불교의 수수께끼 같은 질문을 입력해보려고 생각한 첫 번째 여자 아니오."

"실행한 것은 제가 처음이었죠." 조앤이 그의 말을 정정했다. "그 생각 자체는 제 친구인 레이 메리턴이 먼저 한 거였어요. 그레이그린 재즈 하프 연주자 말예요."

"재즈와 선불교라. 쿠바에 당신을 보내면 국가에 상당히 도움이 될 것 같군." 크로프츠가 대답했다.

그녀는 레이 메리턴을 보고 말했다. "나는 로스앤젤레스를 벗어나야 해, 레이. 우리가 여기서 살아가는 방식 자체를 견딜 수가 없어." 그녀는 그의 아파트 창문으로 다가가서는, 멀리서 미끄러지듯 움직이는 모노레일을 바라보았다. 은빛 차량이 엄청난 속도로 다가오는 모습이 보였고 조앤은 황급히 눈길을 돌렸다.

그녀는 생각했다. 우리가 고통을 감내할 수만 있다면. 우리가 가지지 못한 것은 바로 그거야. 진정한 고통을 경험하는 것. 우리는 모든 것에서 도망칠 수 있으니까. 심지어는 이 상황으로부터도.

"하지만 당신은 어차피 떠날 거잖아. 쿠바로 가서 부유한 상인과 은행가들을 검소한 수행자로 변하게 하려는 거 아니었어? 이거 진짜 선문답 같은데. 그 과정에서 당신은 돈을 벌게 될 테니까." 레이는 웃으며 덧붙였다. "이런 생각을 컴퓨터에 넣으면 망가질지도 모르겠군. 어쨌든 매일 크리스털 홀에 앉아서 내 연주를 듣고 있을 필요는 없어. 그거 때문에 도망치려 하는 거라면 말이지만."

"그건 아냐. 텔레비전으로 계속 당신 음악을 들을 생각이니까. 지도 과정에서 당신 음악을 사용할 수도 있을 거라고 생각하는데." 그녀는 방 건너편의 로즈우드 가구에서 .32 구경 권총을 꺼냈다. 레이 메리턴의 두 번째 아내였던 에드나가 가지고 있던 권총이었다. 그녀는 지난 2월, 비 내리던 어느 날 오후에 이 권총을 사용해 스스로 목숨을 끊었다. "이 권총 가져가도 돼?" 그녀가 물었다.

"감상적이 된 건가? 그 여자가 너 때문에 죽었으니까?"

"에드나는 나 때문에 뭘 한 게 아냐. 에드나는 나를 좋아했다고. 나는 당신 아내의 죽음에 대해 책임을 질 생각은 없어. 에드나가 우리 일을 ― 우리가 서로 만나는 걸 알아챈 후에 죽었다고 해도 말이지."

레이는 그녀를 보고 사색하듯 말했다. "그러면서 너는 사람들에게 비난을 받아들이고 세상을 비난하지 말라고 설교하고 다닌단 말이지. 그 사상을 뭐라고 불렀었지? 음. 반 피해망상주의였던가. 조앤 히아시 박사의 정신병 치료법. 모든 비난을 받아들이고, 그에 따르는 모든 책임을 받아들이십시오. 네가 윌버 머서의 추종자가 아니라는 사실이 놀라울 지경이군그래."

"그 인간은 광대야." 조앤이 말했다.

"그것도 그의 매력 중 하나라고. 여기 봐, 내가 보여줄게." 레이는 방 건너편에 있는 텔레비전의 전원을 켰다. 송대의 용 문양을 새긴, 다리가 없는 검은색 동양풍 받침대 위에 올려진 물건이었다.

"머서가 나오는 시간을 알고 있다니 수상한데."

레이는 어깨를 으쓱하며 대답했다. "흥미가 있거든. 이건 선불교를 대체하는 새로운 종교라고. 중서부에서 캘리포니아까지 전부 휩쓸고 있어. 너도 주의를 기울이는 편이 좋을걸. 일단 종교를 직업으로 삼고 있으니 말이야. 종교 덕분에 일자리를 얻은 거 아냐. 우리 아가씨, 당신 생활비를 내주는 것은 종교니까, 그렇게 까다롭게 내치지 말도록 해요."

텔레비전이 켜졌고, 윌버 머서의 모습이 등장했다.

"저 사람 왜 아무 말도 안 하는 거야?" 조앤이 물었다.

"머서가 이번 주에는 금언의 서약을 했거든." 레이는 담배에 불을 붙이며 말을 이었다. "국무부에서는 당신이 아니라 나를 보냈어야 해. 당신은 가짜 전문가라고."

"나는 최소한 어릿광대는 아니거든. 어릿광대의 신도도 아니고." 조앤이 응수했다.

레이는 그녀를 향해 부드럽게 일깨우듯 말했다. "선에는 이런 금언이 있지. '부처는 화장실 휴지일 뿐이다.' 그리고 이런 말도 있을 텐데. '부처는 가끔—'"

"조용히 좀 해봐. 머서 좀 보고 싶으니까." 그녀가 날카롭게 말했다.

"보고 싶다. 정말로 그걸 원하는 거야? 머서를 보는 사람은 아무도 없어. 중요한 건 보는 게 아니라고." 레이는 빈정대는 말투로 말하고는, 벽난로로 담배꽁초를 집어 던지고 텔레비전 쪽으로 걸어갔다. 조앤은 그 앞에 손잡이 두 개가 달린 금속 상자가 놓여있는 것을 보았다. 상자는 전선 두 줄로 텔레비전에 연결되어 있었다. 레이는 손잡이를 잡았고, 그 즉시 고통 때문에 얼굴을 찌푸렸다.

"그게 대체 뭐야?" 그녀는 걱정스러워하는 표정으로 말했다.

"아, 아무것도 아냐." 레이는 손잡이에서 손을 떼지 않았다. 화면에 비치는 윌버 머서는 황량한 구릉지의 울퉁불퉁한 대지를 천천히 걷고 있었다. 허공을 향하고 있는 깡마른 중년 남성의 얼굴에는 고요함 또는 공허함이 서려있었다. 레이는 헉 소리를 내며 손잡이를 놓았다. "이번에는 사십오 초밖에 잡고 있지 못했어." 그는 조앤을 바라보며 설명했다. "이건 감응 상자야. 어디서 구했는지는 말해줄 수 없어. 사실 나도 정확하게는 잘 모르니까. 이걸 나눠주는 조직, 윌서 주식회사에서 들여오는 물건이야. 일단 이 손잡이를 잡으면, 당신은 윌버 머서를 바라보기만 하는 게 아니라, 실제로 그의 승천에 동참할 수 있게 돼. 그러니까, 그가 느끼는 것을 같이 느낄 수 있게 되는 거지."

"아파 보이던데."

레이 메리턴은 조용히 설명했다. "맞아. 윌버 머서는 죽음을 맞이하고 있거든. 저 사람은 자기가 죽을 곳으로 가고 있는 거야."

조앤은 공포를 느끼며 상자에서 멀리 떨어졌다.

"우리에게 필요한 것이 이거라고 생각하지 않았나? 내가 꽤 실력 있는 텔레파스라는 사실을 잊지 말라고. 나는 별로 노력하지 않고도 당신 생각을 읽을 수 있어. 방금 전에 '우리가 고통을 감내할 수만 있다면'이라고 생각했었지. 자, 여기 기회가 왔어, 조앤."

"이건— 끔찍해!"

"그럼 아까 네가 한 생각도 끔찍한 거겠군?"

"그래!" 그녀는 소리쳤다.

"이제 이천만 명의 사람들이 윌버 머서를 따르고 있어. 세계 전역에서 말이야. 그 사람들이 모두 그와 함께 고통을 겪고 있지. 그가 콜로라도의 푸에블로를 향해 걸어가는 여정을 함께하며 말이야. 최소한 그 사람들은 저 친구가 그곳에 있다는 말을 듣고 있지. 나 자신은 그 말을 믿지 않지만. 어쨌든, 지금의 머서주의는 예전 선불교의 지위를 차지하고 있다고. 너는 부유한 중국인 은행가들에게 이미 한물간 구닥다리 수행 방식을 가르치러 쿠바로 가는 거야."

조앤은 아무 말도 하지 않고 고개를 돌려, 머서가 걸어가는 모습을 바라보았다.

"내 말이 옳다는 것을 알잖아. 당신 마음에서 읽을 수 있다고. 의식적으로 인식하지 못할지는 모르지만, 분명 그런 생각을 하고 있어."

화면에 머서가 돌을 맞는 장면이 나왔다. 돌이 그의 어깻죽지를 때렸다.

조앤은 감응 상자를 들고 있는 모든 사람들이 그와 함께 그 고통을 느꼈을 거라 생각했다.

레이는 고개를 끄덕였다. "맞아."

"그러면— 저 사람이 정말로 죽을 때는 무슨 일이 벌어지는 거지?"

"그때가 되면 알게 되겠지. 우리도 몰라." 레이가 조용히 대답했다.

II

내무부 장관 더글러스 헤릭은 보가트 크로프츠를 보며 말했다. "자네 생각이 틀린 것 같은데, 보기. 그 여자가 메리턴의 정부일지는 모르지만, 그렇다고 모든 것을 아는 것은 아니잖나."

"리 씨가 말해주겠죠. 아바나에 도착하면 그 사람이 기다리고 있을 겁니다." 크로프츠가 짜증 섞인 목소리로 대답했다.

"리 씨가 메리턴을 직접 읽어볼 수는 없나?"

"텔레파스가 다른 텔레파스의 마음을 읽는다고요?" 보가트 크로프츠는 그런 생각을 하며 웃음을 지었다. 리 씨가 메리턴의 마음을 읽고, 마찬가지로 텔레파스인 메리턴은 리 씨의 마음을 읽어서 그가 자기 마음을 읽고 있다는 것을 발견하고, 이미 메리턴의 마음을 읽고 있는 리 씨는 메리턴이 그 사실을 알았다는 것을 알게 되고— 이런 식으로 계속될 것이다. 결국 두 정신은 서로 한데 얽히고, 그 와중에 메리턴은 자기 생각을 추슬러 윌버 머서에 대한 생각이 떠오르지 않도록 할 것이다.

"이름이 비슷하다는 점이 마음에 걸리는군. 메리턴, 머서. 앞에 세 글자가 같지 않나?" 헤릭이 말했다.

크로프츠가 그의 질문에 대답했다. "레이 메리턴은 윌버 머서가 아닙니다. 우리가 어떻게 그 사실을 확신하는지 말씀드리죠. CIA에서, 우리는 머서의 방송을 앰펙스로 녹화한 다음 확대해서 분석해보았습니다. 머서는 선인장과 모래와 바위뿐인 평소와 같은 황량한 배경에 서있었지요…… 아시겠지만 말입니다."

헤릭은 고개를 끄덕이며 말했다. "그놈들이 황야라고 부르는 곳이지."

"확대해서 보니 하늘에 무엇인가가 보였습니다. 그것을 분석해봤지요. 루나*가 아니었습니다. 위성임은 분명하지만, 루나라고 보기에는 너무 작았지요. 머서는 지구에 있는 것이 아닙니다. 제 추측으로는 애초에 지구인도 아닌 것으로 보입니다."

크로프츠는 몸을 숙여, 손잡이에 닿지 않도록 조심해서 작은 상자를 집어 들었다. "그리고 이 상자는 지구에서 설계하거나 제작한 물건이 아닙니다. 머서 운동은 처음부터 끝까지 모두 지구의 것이 아닙니다. 일단 그 사실만은 확신하고 있습니다."

"만약 머서가 테라인이 아니라면, 사실 옛날에 다른 행성에서 고통받고 죽음을 맞이한 자일 수도 있지 않겠나." 헤릭이 지적했다.

---

* 지구의 위성인 달을 뜻하는 말. 딕은 근미래를 배경으로 하는 작품에서 대부분 이런 비교적 객관적인 호칭을 사용한다. 지구는 테라, 태양은 솔, 태양계는 솔 항성계라고 부른다.

"아, 그렇죠. 머서는 — 그의 진짜 이름이 뭐든 간에, 그 사람은 — 이런 일에 아주 능숙합니다. 하지만 여전히 우리가 궁금하게 여기는 한 가지 질문에 대한 해답은 찾지 못하고 있습니다." 그 질문이란 당연히, 감응 상자의 손잡이를 잡고 있는 사람들에게 무슨 일이 일어나느냐 하는 것이었다.

크로프츠는 책상 앞에 앉아 그 앞에 놓여있는 상자를 자세히 훑어보았다. 잡고 싶게 생긴 손잡이가 두 개 튀어나와있었다. 그는 절대로 그 손잡이를 만질 생각이 없었다. 하지만—

"머서는 언제 죽을 예정인가?" 헤릭이 물었다.

"다음 주 후반 정도로 예상하고 있는 모양입니다."

"그리고 리 씨는 그때까지 그 여자 마음에서 뭔가를 읽어낼 수 있겠지? 머서가 실제로 어디 있는가에 대한 단서를 말이야."

"그러기를 바라고 있습니다." 크로프츠는 여전히 감응 상자에 손대지 않고 바라보기만 하며 답했다. 분명히 이상한 경험일 것이다. 평범해 보이는 금속 손잡이를 잡기만 했을 뿐인데, 갑자기 자신이 아니게 된다니. 손잡이를 잡은 사람은 완전히 다른 장소에 있는 다른 사람이 되어, 길고 끔찍한 평원을 건너 예견된 죽음을 향해 가게 되는 것이다. 최소한 그들의 말로는 그랬다. 그러나 듣기만 해서는……. 실제로 어떤 감정이 전해져올까? 직접 시도해본다고 가정할 때 말이다.

절대적인 고통의 감각…… 그를 머뭇거리게 만드는 것은 그에 대한 두려움이었다.

사람들이 고통을 피하려 드는 것이 아니라 의도적으로 찾아다니고 있다니, 믿기 힘든 일이었다. 감응 상자의 손잡이를 잡는 것은 분명히 도망치는 사람의 행동이 아니었다. 무언가를 피하려는 행동이 아니라 무언가를 얻으려는 행동이었다. 그리고 그 무언가는 고통 그 자체가 아니었다. 크로프츠는 머서주의자들이 단순히 불편함을 추구하는 마조히

스트가 아니라는 정도는 알 수 있었다. 머서에게 추종자가 모여드는 이유는, 고통의 의미를 찾으려 하는 사람들이 존재하기 때문이었다.

무언가로부터 고통 받고 있는 사람들이 말이다.

그는 소리 높여 그의 상사에게 말했다. "그 사람들은 자신의 내밀하고 개인적인 존재를 거부할 방법으로 고통을 원하는 겁니다. 머서의 시련을 모두 함께 경험하고 고통을 받으며 교감을 나누는 거죠." 최후의 만찬처럼 말이지. 바로 그것이 진짜 열쇠였다. 모든 종교의 배경에 있는 영적인 교감 말이다. 종교는 사람들을 한데 묶어 하나의 단체로 만들고, 그에 속해있지 않은 이들을 외부로 내친다.

헤릭은 말했다. "하지만 이건 종교라기보다는 정치 운동이고, 우리도 그에 맞춰 대처해야 하네."

"우리가 보기에는 그렇지만, 그 사람들의 눈에는 그렇지 않습니다."

책상 위의 인터콤이 울리고, 비서의 목소리가 들렸다. "국장님, 존 리 씨가 오셨습니다."

"들어오시라고 하게."

키가 크고 호리호리한 중국인 청년이 얼굴에 미소를 띤 채 손을 내밀며 들어왔다. 구식 싱글버튼 양복에 앞코가 뾰족한 검은 구두를 신고 있었다. 리 씨는 악수를 하며 말했다. "그 여자, 아직 아바나로 떠나지는 않았겠지요?"

"아직이오." 크로프츠가 대답했다.

"예쁩니까?"

"그렇소. 하지만— 좀 다루기 힘든 부류지. 팅기는 타입의 여자요. 자유로운 여자라 할 수 있지. 무슨 말인지 아실지 모르겠지만." 크로프츠가 헤릭 쪽으로 가볍게 웃어 보이며 대답했다.

리 씨도 웃으며 대답했다. "아, 정치적이고 드센 여자인 모양이군요. 제가 좋아하는 부류의 여자는 아닙니다. 일이 어려워지겠는데요, 크로프츠 씨.”

“당신은 그냥 개종자 역할만 하면 된다는 사실을 명심하시오. 그 여자가 선불교에 대해 떠드는 소리를 듣고, ‘이 막대기가 부처입니까?’ 같은 질문을 던진 다음에 머리를 얻어맞는 법만 익히면 되는 거요. 내가 알기로는 선을 연마하면 사람이 분별력이 생긴다고 하던데.”

리 씨는 만면에 미소를 띠우며 대답했다. “아니면 분별력이 사라질 수도 있지요. 보십시오, 제 준비는 완벽합니다. 선 안에서는 분별력이 있든 없든 전부 동일한 것입니다.” 그리고 그는 진지한 태도로 돌아갔다. “물론 저는 공산주의자이지만 말입니다. 제가 이 일을 맡은 이유는, 오직 아바나의 당에서 머서주의가 위험한 것이며 반드시 척결해야 할 대상이라는 입장을 견지하고 있기 때문입니다.”

“맞는 말이오. 우리는 그자들을 절멸시키려 노력할 거요.” 크로프츠는 그의 말에 동의했다. 그리고 그는 감응 상자를 가리키며 말했다. “저 상자를 본 적이—”

“물론이죠. 저 상자는 일종의 고문 도구입니다. 죄책감 때문에 자신에게 형벌을 내리는 거지요. 제대로 사용한다면 그런 감정들을 씻어내줄 수 있을 겁니다. 그렇지 못한다면 별 도움이 안 되겠지요.”

이 남자도 이 사태를 제대로 이해하지 못하고 있다고 크로프츠는 생각했다. 그는 단순한 유물론자일 뿐이었다. 공산주의자 가정에서 태어나 공산주의 사회에서 자라난 사람에게서 흔히 볼 수 있는 유형이었다. 모든 것을 흑백으로 나누어 생각하는 자였다.

“잘못 생각하신 겁니다.” 리 씨가 말했다. 크로프츠의 생각을 읽은 모양이었다.

크로프츠는 얼굴을 붉히며 말했다. “미안하오, 잊고 있었소. 악의가 있던 것은 아니오.”

“당신 마음속을 읽어보니, 윌버 머서가 테라인이 아닐지도 모른다는 의심을 품고 있다는 사실을 알 수 있군요. 그 문제에 대한 당의 입장을 듣고 싶으십니까? 며칠 전에 그 문제가 토의석상에 오른 적이 있습니다. 당은 태양계에 테라인이 아닌 다른 종족이 존재하지 않으며, 한때 뛰어났던 종족의 잔재가 아직 남아있다고 생각하는 것은 혐오스러운 신비주의일 뿐이라는 입장을 견지하기로 결정했습니다."

크로프츠는 한숨을 쉬었다. "실제적인 존재 문제를 투표를 통해서 — 정치적 사상에 기반을 두고 결정하다니. 나로서는 그런 사고방식을 이해할 수가 없소."

그 시점에서, 헤릭 장관이 끼어들어 두 사람의 분위기를 부드럽게 하려 했다. "자, 부디, 의견이 일치하지 않는 수사학적인 문제 때문에 옆길로 빠지지 않도록 함세. 가장 기본적인 일— 머서주의 도당과 그들이 이 행성 전체에 빠르게 퍼져 나가고 있다는 사실만 생각하면 되는 것 아닌가."

"물론 그 말씀이 옳습니다." 리 씨가 대답했다.

Ⅲ

아바나 공항에서 다른 승객들이 20번 출구를 통해 서둘러 광장으로 걸어 나가는 동안, 조앤 히아시는 주변을 둘러보고 있었다.

공항 규칙에 금지되어 있는데도, 친구와 친지들이 조심스럽게 눈치를 보며 활주로 위로 밀려 들어오는 모습이 보였다. 흔히 볼 수 있는 모습이었다. 그들 중 키가 크고 호리호리한 젊은 중국인 남성의 모습이 조앤의 눈에 들어왔다. 얼굴에 환영의 웃음을 띤 채였다.

그녀는 그쪽으로 걸어가서 말을 걸었다. "리 씨인가요?"

"아, 네." 그는 서둘러 그녀 쪽으로 걸어왔다. "저녁 시간이군요. 식사하시겠습니까? '항 파 로' 식당으로 모셔다 드리죠. 광둥 스타일의 구운 오리고기와 제비집 수프를 만드는 가게입니다……. 아주 달지만 가끔 가다 한 번씩 먹기에는 괜찮지요."

그들은 곧 식당에 도착했다. 붉은 가죽과 모조 티크 목재로 만든 좌석이 있는 식당이었다. 주변에는 쿠바인과 중국인이 가득했다. 공기에서는 돼지고기 볶음과 시가 연기 냄새가 났다.

"아바나의 아시아 연구 기관 관장이라고 하셨죠?" 이렇게 물은 이유는 그저 실수를 하지 않기 위해서였다.

"그렇습니다. 종교적 측면 때문에 쿠바 공산당이 눈살을 찌푸리고 있는 기관이지요. 하지만 이 섬에 있는 중국인들 중 상당수는 우리 강의에 출석하거나, 아니면 우리 우편물 목록에 등재되어 있습니다. 그리고 유럽이나 남아시아 등지에서 저명한 학자 분들을 여럿 초대해서 강연을 열기도 했지요……. 그건 그렇고, 제가 이해를 할 수가 없는 선의 우화가 하나 있습니다. 고양이를 반으로 가른 승려의 이야기인데요— 그 이야기를 공부하고 여러 번 생각해 보았지만, 동물에게 그런 가혹한 행위를 하는 일에 어떻게 부처님이 계실 수 있는지 이해할 수가 없습니다." 그는 잠시 망설이다가 덧붙였다. "말다툼을 벌이자는 게 아닙니다. 그냥 조언을 구하려는 겁니다."

"그 이야기는 선의 우화 중에서도 가장 이해하기 어려운 것에 속하죠. 이렇게 질문해봅시다. 그 고양이는 지금 어디에 있나요?"

리 씨는 고개를 끄덕이며 답했다. "그 말씀을 들으니 바가바드기타의 서두 부분이 떠오르는군요. 아르주나의 말이 생각이 납니다."

그 활, 간디바는 나의 손에서
미끄러져 떨어졌다……
사악한 징조로다!

이렇게 친족을 죽여서 무엇을 얻을 수 있다는 말인가?

"바로 그거죠. 그리고 그에 대한 크리슈나의 답변도 기억하시겠지요. 그게 바로 불교 이전의 종교에서 볼 수 있는 죽음에 대한 관점 중 가장 심오한 진술이랍니다."

웨이터가 주문을 받으러 왔다. 카키색 군복을 입고 베레모를 쓴 쿠바인이었다.

"완탕 튀김을 시켜보시죠. 고기 야채 볶음도 좋고, 춘권은 당연히 시켜야겠지요. 오늘 춘권 있나?" 그가 웨이터에게 물었다.

"시, 세뇨르 리." 웨이터는 이쑤시개로 이빨을 쑤시며 대답했다.

리 씨가 두 사람 모두의 음식을 주문했고, 웨이터는 곧 자리를 떠났다.

조앤이 입을 열었다. "있잖아요, 나처럼 텔레파스와 오래 같이 살았던 사람들은, 자신의 생각을 읽으려는 시도를 할 때마다 그걸 느낄 수 있게 된답니다…… 레이가 내 머릿속에서 뭔가를 캐내려 할 때마다 느낄 수 있었죠. 당신은 텔레파스예요. 그리고 지금 내 머릿속을 격렬하게 훑어보고 있군요."

리 씨는 웃으며 대답했다. "제게 그런 능력이 있다면 정말 좋겠군요, 히아시 양."

"나는 숨길 것이 없어요. 하지만 당신이 왜 내 생각에 그토록 관심이 있는지 궁금하군요. 당신은 이미 내가 미 국무부에 고용되어 온 것을 알고 있잖아요. 비밀이라 할 것은 아무것도 없어요. 내가 스파이로 쿠바에 온 것은 아닐까 의심하는 건가요? 군 시설을 염탐하러 왔을까봐서? 그런 유의 문제인가요?" 그녀는 우울한 기분이 들고 있었다. "이건 좋은 출발이라고 할 수 없어요. 날 솔직하게 대하지 않으셨잖아요."

리 씨는 침착한 태도를 능숙하게 유지하며 대답했다. "당신은 매우 매력적인 여성입니다, 히아시 양. 저는 그저— 직접적으로 말해도 되겠습니까? 당신이 섹스에 대해 어떻게 생각하는지 알고 싶었을 뿐입니다."

"그건 거짓말이에요." 조앤이 조용히 말했다.

그의 입가에서 침착한 웃음기가 가셨다. 그는 그녀를 뚫어져라 노려보았다.

"제비집 수프입니다, 세뇨르." 웨이터가 돌아와서는 식탁 가운데에 김이 모락모락 올라오는 사발을 내려놓았다. "차입니다." 그는 찻주전자를 꺼내어 손잡이 없는 잔 두 개에 차를 따른 후, 조앤을 보고 물었다. "세뇨리타, 젓가락 필요하십니까?"

"아뇨." 그녀는 멍하니 말했다.

자리 건너편에서 고통스러운 비명 소리가 들려왔다. 조앤과 리 씨는 즉시 튕기듯 자리에서 일어났다. 리 씨가 커튼을 젖혔다. 웨이터 역시 그쪽을 바라보고 있었고, 곧 웃기 시작했다.

식당 맞은편 구석에서, 나이 든 쿠바인 신사 한 사람이 감응 상자의 손잡이를 잡고 있는 모습이 보였다.

"여기도 있군요." 조앤이 말했다.

"저자들은 역병 같은 존재입니다. 저녁식사 자리를 망치다니." 리 씨가 말했다.

"맛이 간 거죠." 웨이터는 이렇게 말했다. 그리고 여전히 웃으며 고개를 저었다.

조앤은 다시 입을 열었다. "그래요. 리 씨, 방금 일어난 일과 무관하게 저는 여기 계속 머물며 제 임무를 수행하려 합니다. 왜 그쪽에서 일부러 텔레파스를 보내 저를 맞이하려 했는지는 모르겠지만요. 아마도 공산주의자다운 외부에 대한 피해망상이겠죠. 하지만 저는 여기서 수행할 임무가 있고, 그 임무를 실행에 옮길 생각입니다. 그럼 이제 그 반으로 잘린 고양이 이야기를 계속해볼까요?"

"식사 시간에 말입니까?" 리 씨가 작은 목소리로 말했다.

"당신이 꺼낸 화제잖아요." 그녀는 리 씨의 얼굴에 떠오른 심각한 고통의 표정을 외면하고는, 제비집 수프를 떠먹으며 이야기를 계속해 나가기 시작했다.

로스앤젤레스의 KKHF 텔레비전 방송국에서, 레이 메리턴은 하프 앞에 앉아 연주 시작 신호만을 기다리고 있었다. 그가 결정한 첫 번째 곡은 〈달은 얼마나 높이 있는가〉였다. 그는 조정실 쪽에서 눈을 떼지 않은 채 하품을 했다.

그의 옆 칠판 앞에는, 재즈 평론가인 글렌 골드스트림이 부드러운 리넨 손수건으로 자신의 무테안경을 닦으며 그에게 말을 걸고 있었다. "오늘 밤은 구스타프 말러 곡으로 밀어야겠어."

"그건 또 대체 누구야?"

"옛 19세기의 위대한 작곡가지. 아주 낭만적이야. 길고 기묘한 교향곡이나 민요풍의 곡을 주로 작곡했지. 하지만 오늘은 〈대지의 노래〉에 수록된 리드미컬한 〈봄날의 주정꾼〉으로 가볼 생각이야. 들어본 적 없어?"

"없는데." 레이 메리턴은 불안한 기분을 느끼며 말했다.

"꽤 그레이그린 스타일이지."

오늘 밤의 레이 메리턴은 별로 그레이그린 스타일의 기분이 아니었다. 누군가 윌버 머서에게 던진 돌 때문에 여전히 머리가 아팠다. 돌이 날아오는 것을 보고 바로 감응 상자에서 손을 떼려 했지만, 그리 빠르게 반응하지 못했다. 머서의 오른쪽 관자놀이에 돌이 명중했고, 그는 피를 흘렸다.

"머서주의자를 오늘 저녁에만 세 명이나 봤는데, 다들 끔찍한 몰골이더군. 머서한테 뭔 일이 일어난 거야?"

"내가 어떻게 알겠어?"

"오늘 자네 표정은 그 사람들하고 똑같아. 머리 쪽 문제지? 나는 자네를 너무 잘 안다고, 레이. 자네는 새롭고 신기한 것이 보이면 뭐든지 뛰어들지— 자네가 머서주의자든 아니든 내가 무슨 상관이야? 그냥 자네한테 진통제라도 한 알 주고 싶었을 뿐이야."

레이 메리턴은 퉁명스럽게 대답했다. "그러면 그 모든 행동의 기본적인 전제 자체가 무너지지 않겠나? 진통제라니. 여기, 머서 씨, 언덕을 올라가기 전에 모르핀이라도 한 대 맞는 것은 어떻겠소? 아무것도 느끼지 못 하게 될 텐데 말이오." 그는 감정을 고양시키며 하프를 살짝 튕겨보았다.

"방송 시작합니다." 조정실의 피디가 그를 보며 말했다.

방송의 테마곡인 〈그거면 됐어요〉*가 조정실의 테이프 재생기에서 흘러나오기 시작했고, 골드스트림을 향하고 있는 2번 카메라에 붉은 불빛이 들어왔다. 골드스트림은 팔짱을 낀 채로 카메라를 보고 말했다. "좋은 저녁입니다, 신사 숙녀 여러분. 재즈란 대체 뭘까요?"

내가 하고 싶은 말이군, 이라고 메리턴은 생각했다. 재즈가 대체 뭘까? 삶이 대체 뭘까? 그는 깨질 것 같은 고통을 느끼며 이마를 문지르고는, 다음 주를 어떻게 버틸 수 있을지 생각했다. 윌버 머서는 이제 그곳에 가까워져있었다. 매일 고통은 더욱 심해질 것이다…….

"그리고 잠시 중요한 소식을 전한 다음에, 그레이그린의 독특한 사람들에 대해 더 알아보는 시간을 가지도록 하겠습니다. 그리고 예술 세계에 단 한 명밖에 없는 소중한 존재, 레이 메리턴에 대해서도 말이지요."

메리턴이 마주하고 있는 TV 화면에 광고가 흘러나오기 시작했다.

메리턴은 골드스트림에게 말했다. "진통제 좀 주게."

골드스트림은 노란색의 납작한 알약 하나를 건네며 말했다. "파라

---

* 〈That'a Plenty〉. 1920년대 재즈곡으로, 이후 여러 번에 걸쳐 다른 가수들에 의해 편곡되었다.

코딘이네. 완전 불법이지만, 효과는 꽤 좋지. 중독성이 있는 약물이야……. 다른 사람도 아닌 자네가 이런 약을 가지고 다니지 않다니, 놀랄 지경일세.”

“예전에는 그랬지.” 레이는 이렇게 말하며, 종이컵에 물을 떠와서는 알약을 삼켰다.

“게다가 지금은 머서주의에 빠져있고.”

“지금 나는—” 그는 골드스트림을 바라보았다. 그들은 프로의 영역 안에서 서로 몇 년 동안 알아온 사이였다. “나는 머서주의자가 아니야. 그러니 잊어버리게, 글렌. 머서가 어떤 바보 같은 사디스트가 던진 뾰족한 돌에 관자놀이를 맞은 날 밤에 내가 두통을 겪게 된 것도 다 우연의 일치일 뿐이네. 언덕을 올라가는 것이 그 작자였으면 좋았을 텐데.” 그는 골드스트림을 보고 코웃음을 쳤다.

“이해는 하네. 미 정신건강국에서 법무부에다가 머서주의자들을 잡아넣게 해달라고 청원하기 직전인 상황이니까 말이야.” 골드스트림이 말했다.

그리고 그는 즉시 2번 카메라를 향해 얼굴을 돌렸다. 가벼운 미소가 떠오른 얼굴로, 그는 부드럽게 밀했다. “그레이그린 재즈는 캘리포니아 주 피놀에서 4년 전에 탄생했습니다. 1993년에서 1994년에 걸쳐 레이 메리턴이 연주를 했던, 이제는 유명해진 더블 샷 클럽에서 처음 시작했지요. 오늘 밤, 레이는 그의 가장 유명하고 인기 있는 곡 중 하나, 〈한때 에이미와 사랑에 빠졌었지〉를 연주해줄 것입니다.” 그는 메리턴 쪽으로 손을 흔들며 말했다. “레이 메리턴입니다!”

레이 메리턴의 손가락이 현을 건드리자, 하프의 부드러운 선율이 흐르기 시작했다.

좋은 본보기가 되겠지, 그는 연주를 계속하며 생각했다. FBI에서 십대들에게 보여줄 수 있는, 나 같은 사람이 되지 말라는 본보기 말이야.

처음에는 파라코딘으로 시작해서, 이제는 머서주의라니. 조심하렴, 얘들아!

카메라에 잡히지 않는 위치에서, 글렌 골드스트림은 끼적거린 종이를 그를 향해 들어 보였다.

머서가 외계인인가?

그리고 그 아래에는 유성 펜으로 이렇게 적혀있었다.

그 친구들은 바로 그걸 알고 싶어 하는 거야.

우주 저 너머로부터의 침략이 아닐까 하는 거겠지. 메리턴은 연주를 계속하며 생각했다. 그들이 겁내는 것은 바로 그것이었다. 어린아이와 같은, 미지의 무언가에 대한 두려움. 우리의 지배층이라는 자들은 그런 작자들인 것이다. 엄청나게 강력한 장난감을 가지고 의식에 가까운 놀이를 해대는, 작고 겁에 질린 아이들.

조정실에 있는 방송국 임원 한 명의 생각이 그에게 흘러들어왔다. '머서가 부상을 입었어.' 레이 메리턴은 즉시 그를 향해 주의를 돌리고는 온 힘을 다해 생각을 읽어보았다. 손가락은 여전히 반사적으로 하프를 연주하고 있었다.

'정부에서 그 소위 말하는 감응 상자를 불법으로 만들 거라던데.'

그는 즉시 자신의 감응 상자를 떠올렸다. 그 상자는 아파트 거실의 텔레비전 옆에 놓여있었다.

'감응 상자를 배급하고 판매하는 단체는 불법이 될 거고, FBI가 이미 여러 주요 도시에서 체포를 시작했어. 다른 국가들에서도 곧 비슷한 일이 일어날 예정이라는군.'

얼마나 심각하게 다친 거지? 그는 생각했다. 죽어가는 건가?

그리고— 바로 그 시점에서 감응 상자의 손잡이를 잡고 있던 사람들은 어떻게 되는 건가? 지금은 어떤 상태인 거지? 의사의 진료를 받고 있기는 한 건가?

방송국 임원은 이제 이렇게 생각하고 있었다. '지금 뉴스를 방송해야 하나? 아니면 광고 시간까지 기다려야 하나?'

레이 메리턴은 하프 연주를 멈추고 붐 마이크를 향해 말했다. "윌버 머서가 부상을 입었다고 합니다. 예상해온 일이기는 하지만 크나큰 비극이 아닐 수 없습니다. 머서는 성자입니다."

글렌 골드스트림은 눈을 크게 뜨고 멍하니 그를 바라보았다.

"저는 머서를 믿습니다. 그의 부상과 죽음이 우리 모두에게 의미를 가지는 일이라고 믿습니다." 그의 신앙 고백은 텔레비전을 보고 있는 미국 전역의 시청자들에게 전달되고 있었다.

저질러버렸다. 공개적으로 선언해버린 것이다. 사실 저지르고 보니 그다지 용기가 필요한 일도 아니었다.

"윌버 머서를 위해 기도합시다." 그는 그렇게 말하고는 그레이그린 스타일로 다시 하프를 연주하기 시작했다.

저 바보 같으니, 글렌 골드스트림은 생각했다. 그런 식으로 정체를 드러내다니! 일주일 후면 감방에 갇히게 될 거야. 자네 경력도 이제 끝이라고!

레이는 계속해서 하프를 연주하며, 글렌 쪽으로 웃음기 없는 미소를 보냈다.

IV

리 씨가 말했다. "아이들과 숨바꼭질을 했던 선불교의 승려 이야기를 알고 계십니까? 바쇼가 했던 이야기던가요? 그 승려는 변소에 숨었는데, 아이들은 그곳을 찾아볼 생각을 하지 못한 채 결국 그에 대해서는 잊어버리고 말았지요. 그 승려는 참으로 단순한 사람이었습니다. 다음 날―"

"선이 일종의 어리석음이라는 사실은 인정해요. 선에서는 단순하고 남을 잘 믿는 사람들을 높이 평가하지요. 그리고 영어로 '남을 잘 믿는다'는 단어*가 쉽게 속는 사람들을 칭하는 단어로부터 유래했다는 사실을 잊지 마세요." 그녀는 차를 한 모금 마시고는, 찻물이 이미 차갑게 식어버렸다는 사실을 깨달았다.

"그러면 당신은 진정한 선의 수행자임이 분명하군요. 간단하게 속아버렸으니 말입니다." 리 씨는 이렇게 말하고는, 외투 속에서 권총을 꺼내어 들고는 조앤 쪽을 겨누었다. "당신은 체포됐습니다."

"쿠바 정부에 말인가요?" 조앤은 간신히 이렇게 물어볼 수 있었다.

"미국 정부에 의해서입니다. 나는 당신 마음속을 읽었고, 레이 메리턴이 중요한 머서주의자이며 당신 자신도 머서주의에 끌리고 있다는 사실을 알아냈습니다."

"하지만 난 아니에요!"

"무의식중에서 끌리고 있던 겁니다. 전향하기 직전이었지요. 당신 스스로는 부정할지 몰라도, 나는 그런 생각을 읽을 수 있었습니다. 우리는 함께 미국으로 돌아가게 될 거고, 레이 메리턴 씨를 찾을 겁니다. 그가 우리를 윌버 머서에게 인도해주겠지요. 간단한 일입니다."

"그러려고 나를 쿠바로 오게 만든 건가요?"

---

* gullible. gull은 사람을 속인다는 뜻이다.

"나는 쿠바 공산당 중앙 위원회의 일원입니다. 그 위원회의 유일한 텔레파스죠. 현재 닥친 머서주의 사태 때문에, 우리는 미국 국무부에 협조하기로 결의했습니다. 히아시 양, 삼십 분 후면 워싱턴으로 가는 비행기가 출발할 겁니다. 즉시 공항으로 가도록 하죠."

조앤 히아시는 어쩔 줄 모르는 표정으로 식당 안을 둘러보았다. 식사 중인 다른 손님들이나 웨이터……. 누구도 주의를 기울이지 않았다. 웨이터가 음식을 잔뜩 올린 쟁반을 들고 지나가자, 그녀는 자리에서 일어나 리 씨를 가리키며 말했다. "이 사람이 저를 납치하려고 해요. 제발 도와주세요."

웨이터는 리 씨를 바라보고 그가 누구인지 확인한 다음, 조앤을 향해 어깨를 으쓱하며 미소 띤 얼굴로 말했다. "리 씨는 중요한 분입니다." 웨이터는 이렇게만 말하고 쟁반을 든 채로 사라져버렸다.

"저 사람 말은 사실입니다." 리 씨가 그녀에게 말했다.

조앤은 식당 건너편의 자리로 달려갔다. 그녀는 자기 앞에 감응 상자를 놓고 앉아있는 나이 든 쿠바인 머서주의자에게 말했다. "도와주세요. 저는 머서주의자예요. 저 사람들이 저를 체포하려 해요."

노인이 주름진 얼굴을 들었다. 그는 그녀를 자세히 관찰했다.

"제발 도와주세요."

"머서를 찬양하라." 노인이 말했다.

이 사람은 나를 도울 수 없어, 그녀는 깨달았다. 몸을 돌리자, 그녀를 따라온 리 씨가 여전히 그녀 쪽으로 권총을 겨누고 있었다. "이 노인은 아무런 행동도 하지 않을 거요. 자리에서 일어나지도 않겠지."

그녀는 어깨를 축 늘어트렸다. "그래요, 나도 알아요."

식당 구석의 텔레비전에서 울려 퍼지던 한낮의 토크쇼 방송이 갑자기 멈췄다. 여성의 얼굴과 세척제 병이 잠깐 화면에 등장했지만, 곧 사라지고 화면은 다시 어두워졌다. 그리고 뉴스 아나운서가 스페인어로 말하기 시작했다.

　리 씨는 그 방송을 들으며 말했다. "머서가 부상은 입었지만 죽지는 않은 모양이군. 히아시 양, 머서주의자로서 저 소식을 들으니 어떤 생각이 드십니까? 뭔가 느껴지는 것이 있나요? 아, 생각해보니 그럴 리가 없지. 저 사람의 감정이 당신에게 닿으려면 일단 손잡이를 잡아야 했지요. 자기 의사로 말입니다."

　조앤은 쿠바인 노인의 감정 상자를 들고는, 잠시 머뭇거린 후, 손잡이를 잡았다. 리 씨는 놀란 눈으로 그녀를 바라보고 있었다. 그는 그녀 쪽으로 와서는 상자를 향해 손을 뻗었다……

　그녀는 고통을 느끼지 못했다. 원래 이런 것일까? 그녀는 자기 주변의 식당이 흐릿해지며 사라지는 모습을 바라보며 생각했다. 어쩌면 윌버 머서가 정신을 잃은 것일지도 모른다. 분명 그럴 것이다. 나는 당신에게서 도망치고 있어, 그녀는 리 씨를 향해 생각했다. 당신은 내가 가는 곳으로 쫓아오지 못할 거야. 아니면 최소한 쫓아오지 않거나. 나는 황량한 벌판 어딘가에서, 적들에게 둘러싸인 채 죽어가고 있는 윌버 머서의 무덤 같은 세계로 가는 거야. 이제 그와 함께 있게 될 거라고. 그리고 그건 보다 끔찍한 무엇으로부터의, 바로 당신으로부터의 탈출구이기도 한 거야. 그리고 당신은 절대로 나를 다시 손에 넣지 못할 거야.

　주변으로는 끝없는 황야만 보였다. 공기 중에서는 강렬한 꽃향기가 났다. 사막이었고, 비는 내리지 않았다.

　그녀의 옆에 한 남자가 서있었다. 그의 고통으로 가득한 회색 눈동자 안에는 비탄의 빛이 서려있었다. "나는 그대의 친구입니다. 하지만 그대는 내가 존재하지 않는 것처럼 행동해야 합니다. 내 말이 이해가 가나요?" 그는 빈손을 펼쳐 보였다.

　"아뇨, 이해가 안 돼요."

　"나 자신도 구원할 수 없는데 어떻게 그대를 구할 수 있겠습니까? 모르겠나요? 구원이란 존재하지 않습니다." 남자는 웃었다.

"그럼 왜 이런 일을 겪는 건가요?"

"그대가 혼자가 아니라는 사실을 보여주기 위해서지요. 나는 그대와 함께 있고, 언제나 그럴 겁니다. 가서 그들에게 맞서세요. 그리고 그들에게 말해주세요." 윌버 머서가 말했다.

그녀는 손잡이를 놓았다.

리 씨는 권총을 겨눈 채로 그녀에게 말했다. "자, 그래서?"

"가죠. 미국으로 돌아가요. FBI에 나를 넘겨요. 이제 상관없어요."

"뭘 본 겁니까?" 리 씨가 호기심을 감추지 못하고 물었다.

"말하지 않겠어요."

"그래도 어차피 나는 알 수 있습니다. 당신 마음을 읽어서 말이죠." 그는 고개를 한쪽으로 기울인 채로 그녀의 마음을 읽기 시작했다. 불만이 있는 것처럼 입술 한쪽 끝이 아래로 처졌다.

"별말 하지도 않았군요. 머서가 당신 얼굴을 바라보면서 아무것도 해줄 수 없다고 말했을 뿐이지 않나요. 당신이나 다른 사람들은 이따위 남자를 위해 목숨을 내놓으려는 겁니까? 미쳤군요."

"미친 사람들의 사회에서는 미친 사람이 정상이죠." 조앤이 말했다.

"말도 안 되는 소리를!" 리 씨가 대답했다.

리 씨는 보가트 크로프츠를 보고 말했다. "흥미로운 광경이었습니다. 그 여자는 내 눈앞에서 머서주의자로 개종했지요. 경향이 현실로 변하는 모습……. 내가 그 전에 그 여자의 마음속에서 읽은 내용이 옳다는 것을 증명하는 상황이었죠."

"곧 메리턴을 잡아들일 겁니다." 크로프츠가 그의 상관인 헤릭 장관에게 말했다. "그는 머서가 심각한 부상을 당했다는 소식을 접수한 후 즉시 로스앤젤레스의 텔레비전 방송국을 떠났습니다. 그 이후에 그가 무엇을 했는지는 아무도 알지 못합니다. 자기 아파트로 돌아가지는 않았지요. 지역 경찰이 그의 감응 상자를 찾아냈고, 그는 분명 그 근처 구역 내로 오지 않았습니다.”

“조앤 히아시는 어디 있소?” 크로프츠가 물었다.

“지금은 뉴욕에 억류되어 있습니다.” 리 씨가 말했다.

“무슨 죄목입니까?” 크로프츠가 헤릭 장관을 향해 물었다.

“미합중국의 안전에 반하는 정치적 불안을 책동한 혐의네.”

리 씨는 웃으며 말했다. “그리고 쿠바에서 공산당 관료에게 붙잡혔지요. 이런 선문답에는 히아시 양도 그다지 즐거움을 느끼지 못할 것 같군요.”

그들의 대화를 들으며, 보가트 크로프츠는 생각했다. 그들은 엄청난 양의 감응 상자를 회수하기 시작했고, 회수한 상자들은 곧 파괴할 것이다. 48시간 안에, 미국 내의 감응 상자 중 대부분은 존재하지 않게 될 것이다. 그의 사무실에 있는 상자를 포함해서.

그 상자는 여전히 누구의 손도 타지 않은 채 책상 위에 놓여있었다. 상자를 처음 가져오라 지시한 사람은 바로 그였지만, 그는 그동안 상자에 손을 대고 싶다는 유혹에 전혀 굴하지 않았다. 그리고 바로 지금, 상자 쪽으로 걸어가기 시작했다.

“내가 이 손잡이를 잡으면 어떤 일이 일어나는 거요? 여기는 텔레비전이 없지 않소. 지금 윌버 머서가 무슨 일을 하고 있는지는 전혀 알 수가 없는데. 게다가 내가 아는 사실로 미루어보자면, 그는 결국 죽어버린 것 아니오.” 그는 리 씨에게 물었다.

리 씨는 선선히 대답했다. “손잡이를 잡으면 일종의— 이런 단어를 쓰고 싶지는 않지만, 이 경우에는 정확한 단어인 것 같군요. 일종의 영적인 교감 상태에 들어가게 됩니다. 머서 씨가 어디에 있든, 이걸 사용한 사람은 그의 고통을 공유하게 됩니다. 하지만 그게 전부가 아닙니다.

동시에 그자의— '관점'하고는 조금 다른 것 같군요. '사상'? 아닌데."

"'무아지경'은 어떻소?" 헤릭 장관이 제안했다.

"그 단어가 맞을지도 모르겠군요. 아니, 그것도 아닙니다. 맞는 단어가 없어요. 바로 그게 요점입니다. 말로 설명할 수 없는 것이라는 겁니다. 실제로 경험해야 하는 것이죠."

"내가 시험해보겠소." 크로프츠가 말했다.

"안 됩니다. 내 조언을 따를 생각이라면 그러지 마세요. 저 상자에 가까이 가지 말라고 경고하는 겁니다. 히아시 양이 손잡이를 잡았을 때, 그 여자의 내면이 변하는 모습이 보였습니다. 불안정한 대도시 사람들에게 파라코딘이 인기가 있었을 때, 그걸 해본 적이 있으십니까?" 리가 말했다. 그의 목소리에는 분노의 기색이 어려있었다.

"파라코딘 정도는 해봤소. 내게는 아무런 효과도 없던데."

"자네 뭘 하려는 건가, 보기?" 헤릭 장관이 그에게 물었다.

보가트 크로프츠는 어깨를 으쓱하며 대답했다. "사람들이 이 물건을 좋아하는 이유도, 이 물건에 중독되기를 원하는 이유도 이해가 되지 않을 뿐입니다." 그리고 마침내, 그는 감응 상자의 양쪽 손잡이를 손에 쥐었다.

V

레이 메리턴은 빗속을 천천히 걸으며 생각했다. 그들이 내 감응 상자를 가져갔어. 아파트로 가면 체포를 당하겠지.

텔레파스 능력이 그를 구했다. 건물에 들어가자마자 시 경찰들이 하는 생각을 엿들은 것이다.

이제 자정이 지나고 있었다. 문제는 내가 너무 잘 알려져있다는 거야.

그는 생각했다. 그 망할 TV 쇼 때문에 말이지. 어딜 가든 나를 알아보는 사람이 있을 테니까.

최소한 지구상에서는.

윌버 머서는 어디에 있을까? 그는 자문해보았다. 이 태양계에 있을까, 아니면 그 너머, 완전히 다른 항성계에 있을까? 어쩌면 영원히 알지 못할는지도 모른다. 최소한 나는 영영 알 수 없을 것이다.

하지만 무슨 상관인가? 윌버 머서가 어딘가에 존재한다는 것, 중요한 것은 그뿐이었다. 그리고 언제나 그에게 닿을 수 있는 방법이 있었다. 항상 감응 상자가 있었으니까. 아니, 최소한 경찰들이 습격해오기 전까지는 말이다. 그리고 메리턴의 생각에는, 언제나 수상쩍은 행동을 해오던 감응 상자 배급 회사에서는 어떻게든 경찰을 피해가는 방법을 찾아낼 것 같았다. 그의 생각이 맞는다면—

비 내리는 밤의 어둠 속에서, 그는 술집의 붉은 불빛을 발견했다. 그는 몸을 돌려 그곳으로 향했다.

그는 바텐더를 보고 말했다. "이봐, 혹시 감응 상자 있나? 한 번 쓰게 해주면 100달러를 내겠네."

"아니, 그딴 거 없수다. 가보시오." 팔에 털이 숭숭 난 거대한 덩치의 바텐더는 이렇게 말했다.

술집 안의 사람들이 일제히 그를 바라보았고, 그들 중 한 명이 말했다. "이제 그거 불법 아니오."

"어이, 저 사람 레이 메리턴이야. 재즈 연주자 말이야."

다른 한 사람이 맥주를 홀짝거리며 혀가 풀린 목소리로 말했다. "이봐, 재즈꾼. 그레이그린 재즈 좀 연주해봐."

메리턴은 술집 입구로 발걸음을 돌렸다.

그때 바텐더가 그를 불렀다. "잠깐, 기다려보시오, 친구. 이 주소로 가보시오." 그는 접는 성냥갑에 주소를 써서는 메리턴에게 건네주었다.

"얼마나 드리면 되겠소?"

"아, 한 5달러 정도."

메리턴은 돈을 지불하고 성냥갑을 주머니에 넣은 채 밖으로 나왔다. 어쩌면 지역 경찰서 주소일는지도 모르지, 그는 속으로 생각했다. 하지만 시도는 해봐야겠어.

다시 한 번만 감응 상자를 손에 넣을 수 있다면—

바텐더가 준 주소를 따라가자, 로스앤젤레스 시가지의 낡고 허름한 목조 건물이 나왔다. 그는 문을 두드린 다음 기다리며 서 있었다.

곧 문이 열렸다. 뚱뚱한 중년 부인이 목욕가운을 입고 털 달린 슬리퍼를 신은 채 기웃거리며 그를 내다보았다. 메리턴은 그녀를 보고 말했다. "저는 경찰이 아닙니다. 머서주의자죠. 당신 감응 상자 좀 써도 되겠습니까?"

곧 문이 천천히 열렸다. 여자는 그를 훑어보고 일단 믿어보기로 결정한 모양이었지만, 먼저 말을 걸지는 않았다.

"밤늦게 죄송합니다." 그는 집으로 들어가며 사과했다.

"무슨 일이라도 당한 건가요? 꼴이 영 안돼 보이네." 여자가 물었다.

"윌버 머서 때문입니다. 그 사람이 다쳤어요."

"써봐요." 그녀는 이렇게 말하며, 그를 컴컴하고 싸늘한 응접실로 데려갔다. 앵무새 한 마리가 커다란 황동 새장 안에 앉아서 졸고 있었다. 그곳에서, 고풍스러운 라디오 수납장 옆에서, 그는 감응 상자를 발견했다. 상자를 보자마자 안도감이 밀려왔다.

"사양할 필요 없어요." 여자가 말했다.

"고맙습니다." 그는 그녀에게 말하고 손잡이를 잡았다.

그의 귓가에 목소리가 들려왔다. "그 여자를 이용해야 해. 그 여자가 우리를 메리턴에게로 인도해줄 테니까. 애초에 그 여자를 고용하기로 결정한 것이 옳았어."

레이 메리턴은 목소리의 주인을 알 수 없었다. 윌버 머서의 목소리는 분명 아니었다. 그러나 그는 당황한 와중에서도 손을 놓지 않았다. 그는 팔을 뻗어 손잡이를 움켜쥔 채로 꼼짝도 하지 않고 그 목소리에 귀를 기울였다.

"이 테라 밖에서 온 세력은 우리 공동체에서 가장 속기 쉬운 계층의 사람들에게 어필해왔지. 하지만 그런 사람들은 결국 메리턴과 같은 소수의 냉소적인 기회주의자들에게 이용당하고 있을 뿐이야. 놈들은 이 윌버 머서 광기를 이용해 자기 지갑의 내용물만 불리고 있지." 목소리는 스스로 확신하는 듯 계속 웅얼거리고 있었다.

레이 메리턴은 그의 목소리를 들으며 공포를 느꼈다. 분명 이자는 그와는 반대편에 있는 사람이었기 때문이다. 무슨 이유에서인지, 그는 윌버 머서가 아니라 이 사람과 정신이 연결되어버린 것이다.

아니면 머서가 일부러 이런 연결을 주선한 것일까? 그는 계속해서 귀를 기울였고, 이제는 이런 소리가 들려왔다.

"……그 히아시라는 여자를 뉴욕에서 빼내 이리로 데려와야겠어. 더 심문해볼 수 있도록 말이야. 헤릭한테도 말했지만……."

헤릭이라면 국무장관이 아닌가. 지금 이런 생각을 하고 있는 사람은 분명 국무부 소속이었다. 메리턴은 그 사실을 깨달으며 곧 조앤에 대해 생각하기 시작했다. 어쩌면 이 사람이 애초에 조앤을 고용했던 국무부 관리일지도 몰랐다.

그렇다면 그녀는 지금 쿠바에 있지 않은 것이다. 뉴욕에 있는 것이었다. 무엇이 잘못된 것일까? 이 생각을 통해 보면 국무부에서 조앤을 이용해 그를 잡으려 하고 있는 것으로 보였다.

그는 손잡이에서 손을 떼었고, 곧 어둠이 그의 머릿속에서 사라졌다.

"그분을 찾았나요?" 중년 여자가 물었다.

"네, 네." 메리턴은 정신을 제대로 차리지 못하고, 익숙하지 않은 방

안에서 제대로 방향을 잡아보려 했다.

"그분 어떠시던가요? 무사하시긴 한가요?"

"지금— 으로서는 아직 잘 모르겠습니다." 메리턴은 솔직하게 대답하고는 생각했다. 뉴욕으로 가야 해. 그리고 조앤을 도와야 해. 그녀는 나때문에 곤란한 상황에 빠져든 거니까. 다른 방도가 없어. 그러다 그들이나를 잡게 된다고 하더라도…… 어떻게 그녀를 버릴 수 있겠어?

보가트 크로프츠는 말했다. "머서에게는 닿지 못했소."

그는 감응 상자에서 멀리 떨어져서는, 혐오하는 표정으로 그 상자를 노려보았다. "하지만 메리턴에게 닿았소. 그자가 어디 있는지는 모르겠소. 내가 손잡이를 잡은 순간, 메리턴도 다른 어딘가에서 상자의 손잡이를 잡은 것 같소. 우리는 순간 연결되어 있었고, 이제 그는 내가 아는 것을 전부 알고 있소. 우리도 이제 그가 아는 것을 전부 알지만, 별로 대단한 내용은 없는 것 같군." 그는 어지러움을 이기고 헤릭 장관을 바라보았다. "메리턴은 우리보다 윌버 머서에 대해 별로 더 알지도 못합니다. 그자는 상자를 써서 머서에게 닿으려고 하고 있었습니다. 그는 분명 머서가 아닙니다." 그러고 크로프츠는 입을 다물었다.

"뭔가 더 있는 것 같은데." 헤릭은 리 씨를 돌아보며 물었다. "리 씨, 이 친구가 메리턴으로부터 무얼 더 알아낸 거요?"

"메리턴은 조앤 히아시를 찾으러 뉴욕으로 올 생각입니다. 메리턴 씨와 정신이 융합되었을 때 그 사실을 알게 된 것 같군요." 리 씨는 명령에 따라 그의 정신을 읽고는 대답했다.

"메리턴 씨를 맞이할 준비를 해야겠군." 헤릭 장관은 얼굴을 찌푸리며 말했다.

"내가 경험한 일이 당신네 텔레파스들이 항상 겪는 일이오?" 크로프츠가 리 씨에게 물었다.

"한 텔레파스가 다른 텔레파스에게 다가갈 때만 일어나는 일이지요. 불쾌한 경험일 수도 있습니다. 우리는 보통 그런 상황을 피하려 합니다. 유사점이 전혀 없는 정신 두 개가 서로 부딪치게 되면 정신적으로 해로운 결과를 가져올 수도 있으니까요. 당신과 메리턴 씨의 정신은 서로 부딪쳤던 것 같군요."

그의 대답을 듣고, 크로프츠가 다시 입을 열었다. "어떻게 이런 일을 계속할 수 있단 말입니까? 이제 메리턴이 결백하다는 사실을 알았습니다. 그자는 머서에 대해서도 아무것도 모르고, 상자를 공급하는 단체에 대해서도 이름만 알 뿐입니다."

잠시 침묵이 흘렀다.

"하지만 그자는 머서주의에 빠진 몇 안 되는 유명인사 중 하나가 아닌가." 헤릭 장관이 지적했다. 그는 텔레타이프로 온 송신문을 크로프츠에게 건네주었다. "게다가 자신이 머서주의에 심취했다고 공개해버렸지. 수고스럽겠지만 이걸 한 번 읽어보고—"

"오늘 저녁에 그 친구가 텔레비전에서 머서에 대한 충성심을 고백했다는 사실은 알고 있습니다." 크로프츠가 몸을 떨며 말했다.

헤릭은 그런 그를 보며 입을 열었다. "완전히 다른 항성계에서 오는 비 테라 세력을 다룰 때는 조심스럽게 움직여야 하네. 우리는 여전히 메리턴을 잡아야 하고, 그 과정에서 히아시 양을 이용할 거네. 그 여자를 감옥에서 풀어준 다음 미행을 붙일 예정일세. 메리턴이 그녀와 접촉하면—"

순간 리 씨가 크로프츠를 보고 말했다. "지금 하려는 말은 그만두십시오, 크로프츠 씨. 당신 경력에 영구적인 손상을 입힐 수도 있는 발언입니다."

그러나 크로프츠는 입을 열었다. "헤릭, 이건 잘못된 일입니다. 메리턴은 결백하고, 조앤 히아시도 마찬가지입니다. 만약 메리턴을 함정에 빠트릴 생각이라면, 나는 국무부를 그만둘 겁니다."

"직접 사표를 써서 내게 제출하게." 헤릭 장관이 말했다. 그의 표정은 어두웠다.

리 씨가 말했다. "불행한 사건이로군요. 메리턴 씨와 접촉한 일이 당신의 판단력을 흩트린 모양입니다, 크로프츠 씨. 그자에게서 해로운 영향을 받은 거예요. 당신의 경력과 국가를 위해서, 그리고 당신 가족을 위해서도 그런 생각은 떨쳐버리십시오."

"잘못된 일은 잘못된 일이오." 크로프츠는 자신의 말을 되풀이했다.

헤릭 장관은 화가 나서 그를 노려보았다. "저 감응 상자가 해롭다는 사실이 확실해졌군! 내 눈앞에서 실제로 그런 장면을 보았으니 말이지. 나는 이제 절대로 뒤로 물러서지 않겠네."

그는 크로프츠가 사용했던 감응 상자를 집어 들고는, 높이 들었다가 바닥으로 떨어트렸다. 상자는 부서져서 불규칙하게 깨진 파편 더미가 되어버리고 말았다. "유치한 행동이라 생각하지 말게. 나는 우리와 메리턴 사이의 모든 연결 고리를 제거하고 싶었을 뿐이야. 우리 측에서는 오직 피해를 받을 뿐이니까."

"그자를 잡아들이면 우리에게 자신의 영향력을 발휘할지도 모릅니다. 아니면 저한테 말입니다."

"그러려면 그러라고 하지. 그리고 즉시 사표를 제출하게, 크로프츠. 즉시 수리해주겠네." 그의 얼굴에는 심각하고 단호한 표정이 떠올라있었다.

리 씨가 끼어들며 말했다. "자자, 장관님. 크로프츠 씨의 마음을 읽어보니 지금 심하게 충격을 받은 상태인 것 같습니다. 그는 상황의 무고한 희생자일 뿐이지 않습니까. 어쩌면 윌버 머서가 우리 사이에 혼란을 불러오기 위해 조작한 일일지도 모릅니다. 만약 장관님이 크로프츠 씨의 사표를 수리한다면, 머서가 성공하게 되는 겁니다."

"내 사표를 수리하든 말든 상관없소. 어떻게 되든 나는 사임할 테니까." 크로프츠가 말했다.

리 씨는 한숨을 쉬었다. "감응 상자가 준 텔레파스의 힘이 당신에게는 과도했던 것 같군요." 리 씨는 그의 어깨를 두드리며 말을 이었다. "텔레파시와 감응 상자는 사실 같은 현상에 서로 다른 이름을 붙인 것일지도 모르지요. 어쩌면 '텔레파시 상자'라고 불러야 할지도 모르겠군요. 이 비테라인들은 참 대단합니다. 우리가 진화로밖에 손에 넣을 수 없었던 힘을 만들어냈으니 말이죠."

"당신은 내 마음을 읽을 수 있으니, 지금 내가 무엇을 할 생각인지도 알고 있겠군. 당연히 헤릭 장관에게 보고할 테고." 크로프츠가 말했다.

리 씨는 부드럽게 웃었다. "장관님과 나는 세계 평화를 위해 협력하고 있습니다. 각자 나름대로의 행동 방침이 있지요." 그리고 그는 헤릭 장관 쪽을 보고 말했다. "이 사람은 지금 너무 화가 난 나머지 실제로 전향을 고려하고 있습니다. 모든 상자가 파괴되기 전에 머서주의자가 되겠다고 생각하는 거지요. 후천적 텔레파스가 되는 일이 마음에 들었던 모양입니다."

"자네가 전향하면 즉시 체포할 걸세. 약속하지."

크로프츠는 아무 말도 하지 않았다.

"아직 마음을 바꾸지 않았습니다." 리 씨는 점잖게 말하며 두 남자를 보고 고개를 끄덕였다. 이 상황을 즐기는 모습이었다.

그러나 속으로는, 그는 이런 생각을 하고 있었다. 메리턴을 통해 직접 크로프츠를 잡아채 가다니, 윌버 머서라는 이 존재는 참으로 대담하고 영리하군. 분명 크로프츠가 이 운동의 핵심에 노출되면 깊이 감화될 것이라는 사실을 알고 있었던 거지. 다음 단계는 크로프츠가 다시 감응 상자를 찾아서 사용하는 것이 될 테고, 그러면 머서가 직접 모습을 보이고 그의 새로운 신도에게 설교를 할 테고 말이야.

한 명 뺏긴 셈이로군. 놈들이 한발 앞섰어.

하지만 결국 승리하는 쪽은 우리일 테지. 궁극적으로 우리는 모든 감응 상자를 부술 테고, 상자가 없으면 윌버 머서는 아무것도 할 수 없으니까. 그에게는 — 또는 그것에게는 — 감응 상자야말로 사람들에게 접촉해 그들을 조종할 수 있는 유일한 수단이니까. 불쌍한 크로프츠 씨에게 했던 것처럼 말이지. 감응 상자가 없으면 이 운동은 무력해질 거야.

VI

뉴욕 로키필드 공항의 UWA 항공사 창구 앞에서, 조앤 히아시는 제복을 입은 직원에게 이렇게 말했다. "로스앤젤레스로 가는 다음번 비행기 편도 좌석 하나 주세요. 제트기든 로켓이든 상관없어요. 거기로 가기만 하면 돼요."

"일등석과 관광객용 좌석이 있습니다."

"아, 젠장. 그냥 아무거나 표 좀 내놔요. 무슨 종류든 상관없어요." 조앤은 지친 목소리로 말하며 자기 지갑을 열었다.

그녀가 막 돈을 지불했을 때, 불쑥 손이 하나 들어와 그녀의 움직임을 막았다. 고개를 돌린 그녀는 레이 메리턴이 서있는 것을 발견했다. 그녀의 얼굴에 안도의 기색이 어렸다.

"당신 생각을 엿듣기에는 좋은 장소가 아닌데. 자, 좀 조용한 데로 가자고. 비행기 떠날 때까지 십 분은 남았잖아."

그들은 서둘러 함께 건물을 가로질러 사람들이 없는 한쪽 진입로로 들어갔다. 걸음을 멈춘 후 조앤이 말했다. "레이, 나도 이게 당신을 잡으려는 함정이라는 것은 알아. 그래서 나를 풀어준 걸 테지. 하지만 당신에게로 가는 것 말고는 갈 수 있는 곳이 없었어."

레이가 대답했다. "걱정하지 마. 어차피 늦든 빠르든 결국 잡힐 운명이었으니까. 내가 캘리포니아를 떠나서 여기로 온 것도 이미 알고 있을 거야." 그는 이렇게 말하고는 주변을 둘러보았다. "아직 주변에 FBI 요원은 없군. 최소한 그런 낌새를 주는 생각은 읽히지 않아." 그는 담배를 피워 물었다.

"이제 L.A.로 돌아갈 이유도 없어. 당신이 여기 있는걸. 비행기 표를 취소해야겠어."

"저들이 지금 감응 상자를 전부 찾아서 파괴하고 있다는 사실은 알고 있지?"

"아니, 몰랐어. 겨우 삼십 분 전에 풀려났는걸. 끔찍한 일이야. 정말로 단단히 마음먹었나봐."

레이는 그녀의 말에 크게 웃었다. "정말로 잔뜩 겁에 질렸다고 해야 하지 않을까." 그는 그녀를 끌어안고는 입을 맞췄다. "이제부터 어떻게 할지 말해주지. 우리는 이 장소에서 몰래 빠져나가서, 이스트사이드 빈민가로 가서 싸구려 아파트를 하나 빌릴 거야. 거기 숨어서 그들이 놓치고 지나간 상자를 찾아내는 거지." 그러나 그 자신도 현실성이 별로 없는 계획이라고 생각하고 있었다. 아마 지금쯤 그들은 대부분의 상자를 찾아냈을 것이다. 애초에 상자가 그렇게 많았던 것도 아니었다.

"뭐든 당신 말대로 할게."

"당신 나를 사랑해?" 메리턴이 물었다. "나는 당신 마음을 읽을 수 있지. 사랑하는군." 그리고 그는 목소리를 낮추고 말했다. "그리고 지금 UWA 창구에 도착한 루이스 스캘런 씨의 생각도 읽을 수 있지. FBI 요원이야. 당신 무슨 이름을 썼어?"

"조지 맥아이작 부인이었을 거야. 아마." 그녀는 표와 봉투를 확인해 보았다. "응, 맞아."

"하지만 스캘런은 최근 십오 분 새에 일본인 여성이 창구에 왔었는지를 묻고 있지. 그리고 직원은 당신을 기억하고 있고. 그러니까—" 그는 조앤의 팔을 잡으며 말했다. "지금 움직이는 게 낫겠어."

그들은 서둘러 진입로를 내려가서는, 전자 자동문을 통과해 수화물 찾는 곳으로 나왔다. 그곳의 사람들은 저마다 자기 일에 너무 바빠 주변에 관심을 기울이지 않았기 때문에, 레이 메리턴과 조앤은 무사히 출입구로 나가, 택시들이 두 줄로 길게 늘어서있는 회색 보도로 나올 수 있었다. 조앤은 손을 들어 택시를 잡으려 했지만……

"기다려봐." 레이가 그녀를 뒤로 끌며 말했다. "생각이 한데 얽혀서 들어오고 있어. 택시 기사들 중에 한 명이 FBI 요원인데, 어느 택시인지 알 수가 없군." 그는 어떻게 움직여야 할지 결정하지 못하고 그곳에 잠시 고민하며 서있었다.

"우리 도망칠 수 없는 걸까?" 조앤이 물었다.

"힘들 거야." 그는 속으로 생각했다. 불가능 쪽에 더 가깝겠지. 당신 말이 맞아. 그는 조앤의 머릿속에서 혼란스럽고 겁에 질린 마음을 읽을 수 있었다. 그에 대한 걱정, 자신이 그를 찾아내서 체포당하게 만들었다는 죄책감, 감옥으로 돌아가고 싶지 않다는 격렬한 열망, 쿠바에서 만난 공산주의 거물인 리 씨에게서 배신당한 쓸쓸함 등이 한데 얽혀있었다.

"살맛 안 나네." 조앤이 그에게 가까이 몸을 붙이며 말했다.

그리고 그는 여전히 어느 택시를 탈지 결정하지 못하고 있었다. 귀중한 시간을 일 초씩 흘려보내며 서있는 것이었다. 그는 조앤에게 말했다. "잘 들어. 어쩌면 우리 흩어지는 게 나을지도 몰라."

"싫어. 더 이상 혼자서는 버틸 수가 없단 말이야. 제발." 그녀는 그에게 달라붙으며 말했다.

수염을 기른 판매원이 목에 끈으로 매단 좌판을 달고 그들 쪽으로 다가왔다. "안녕하시오, 친구들."

"안 사요." 조앤이 말했다.

"아침식사용 시리얼 무료 견본이라오. 돈은 안 받아요. 그냥 한 상자 가져가시오, 아가씨. 거기 젊은 양반도. 하나 들어봐요." 그는 화려한 색의 작은 상자를 레이 쪽으로 들어 보였다.

레이는 생각했다. 이상한데. 이 사람 생각을 읽을 수가 없어. 그는 행상을 바라보다가 그에게 뭔가 기묘하고 비현실적인 분위기가 흐른다는 사실을 알아차렸다.

레이는 아침식사용 시리얼 견본을 하나 받아 들었다.

"메리 밀이라는 시리얼이오. 이번에 새로 공개된 제품이지. 안에 쿠폰도 있다오. 그 쿠폰을 사용하면—"

"좋소." 레이는 상자를 받아 주머니에 넣었다. 그는 조앤을 끌고 택시가 늘어선 쪽으로 다가가서는, 무작위로 택시 한 대를 고른 다음 뒷문을 열고 다급하게 말했다. "어서 타."

"나도 메리 밀 견본 하나 받았어." 그녀는 자기 옆자리에 올라타는 레이를 향해 힘없는 미소를 지으며 말했다. 곧 택시는 대기열을 떠나 공항 출구 쪽을 향해 달리기 시작했다. "레이, 방금 그 판매원 뭔가 이상했어. 실제로 그곳에 있지 않은 것 같은 느낌이야. 사람이 아니라 그냥— 사진 같은 느낌이었어."

그들을 태운 택시가 공항 터미널을 떠나 자동차용 진입로로 들어서자, 다른 택시 한 대가 줄을 벗어나 그들을 따라오기 시작했다. 고개를 돌린 레이는 그 택시의 뒷좌석에 검은 양복을 입은 건장한 남자 두 명이 타고 있는 것을 확인할 수 있었다. FBI 요원들이군, 이라고 그는 생각했다.

조앤이 입을 열었다. "그 시리얼 판매원 말이야, 보고 있으니까 누군가 떠오르지 않았어?"

"누구?"

"윌버 머서 같은 느낌이 들더라고. 하지만 자세히 보지도 못했으니—"

레이는 그녀의 손에서 시리얼 상자를 낚아채서는, 마분지로 만든 윗면을 뜯어냈다. 건조시킨 시리얼 속 가장자리에 판매원이 말했던 쿠폰이 보였다. 그는 쿠폰을 꺼내서 손에 들고는 자세히 살펴보았다. 쿠폰에는 크고 명확한 활자로 다음과 같이 적혀있었다.

평범한 가재도구를 사용해
감응 상자를 만드는 법

"그들이었어." 그가 조앤에게 말했다.

그는 쿠폰을 조심스레 주머니에 넣다가, 곧 마음을 바꾸고 쿠폰을 잘 접어서 바짓단 솔기에 찔러 넣었다. 아마 FBI도 이곳까지 뒤지지는 않을 것이다.

상대편 택시가 그들 뒤로 가까이 다가오고 있었다. 이제 두 남자의 생각을 읽을 수 있었다. 그의 짐작이 옳았다. FBI 요원들이었다. 그는 좌석에 몸을 기댔다.

이제 기다리는 것 말고는 할 수 있는 일이 없었다.

조앤이 말했다. "다른 쿠폰은 내가 가져도 될까?"

"아, 미안." 그는 다른 시리얼 상자를 꺼냈다. 그녀는 상자를 열고 그 안의 쿠폰을 찾아서는, 잠시 망설이다가 접어서 치맛단의 솔기에 숨겼다.

레이는 생각에 잠긴 채 말했다. "저런 판매원들이 얼마나 많을지 모르겠군. 잡히기 전에 저 메리 밀 시리얼 견본을 얼마나 많이 뿌리고 다닐 수 있을까."

그가 기억하는 바로, 가장 먼저 필요한 물건은 평범한 라디오였다. 두 번째는 5년 된 백열전구의 필라멘트였다. 그리고 다음은— 아무래도 다시 읽어봐야 할 듯했지만, 지금은 그럴 때가 아니었다. 상대편 택시가 이제 그들의 택시와 나란히 붙어 달리고 있었다.

나중에 읽어보면 된다. 그리고 정부 측에서 바짓단에 숨겨둔 쿠폰을 발견한다고 해도, 그들은 어떻게든 다른 상자를 공급할 방법을 찾아낼 것이다.

그는 조앤의 어깨에 팔을 둘렀다. "괜찮을 거야."

이제 다른 택시는 경적을 울려 도로 한쪽으로 나가라고 신호를 보내고 있었고, FBI 요원 두 명은 공무원다운 위협적인 태도로 기사에게 멈추라고 손짓하고 있었다.

"멈출까요?" 기사가 긴장한 목소리로 레이에게 물었다.

"그래야죠." 그가 대답했다. 그는 심호흡을 하고는 앞으로 일어날 일을 맞이할 준비를 했다. ◑

PHILIP K. DICK

프눌과의 전쟁
The War With the Fnools

PHILIP K. DICK

"젠장, 프눌이 다시 나타났습니다, 소령님. 유타 주의 프로보 일대를 점거한 상태입니다." CIA의 에드가 라이트풋 대위가 보고했다.

호크 소령은 신음 소리를 내며 비서에게 손짓을 해서 기밀 서류함에서 프눌 관계 서류를 가져오게 했다. 그러고는 큰 소리로 물었다. "이번에는 무슨 꼴을 하고 있나?"

"부동산 판매원입니다."

호크 소령은 생각했다. 놈들이 마지막으로 나타났을 때는 주유소 직원 모습을 하고 있었지. 이것이 프눌의 특징이었다. 한 놈이 특정한 형상을 취하면, 그 종족 모두가 똑같은 모습이 되는 것이다. 물론 덕분에 CIA 현장 요원들의 작업이 꽤나 쉬워지는 경향도 있었다. 하지만 이러한 특성을 지닌 프눌은 불합리한 존재였고, 호크는 불합리한 적과 싸우는 일을 그리 즐기지 않았다. 서로의 전열을, 그리고 그 자신의 사무실까지도 흐트러트리는 경향이 있기 때문이었다.

"놈들이 협상에 응할 거라고 보나?" 호크는 자신도 그다지 답변을 원하지 않는 질문을 했다. "더 이상 밖으로 나오지 않는다면 유타 주의 프로보 정도는 내주어도 되는데 말이야. 솔트레이크시티에서 그 끔찍한 붉은 벽돌이 깔려있는 구역도 덤으로 줄 수 있고."

라이트풋은 그의 질문에 대답했다. "프눌은 절대 협상에 응하지 않을 겁니다, 소령님. 그놈들의 목적은 솔 항성계 정복이니까요. 언제나 그래왔듯이 말입니다."

호크 소령의 어깨 쪽으로 몸을 굽히며, 스미스 양이 서류를 건네주었다. "프눌 관계 서류입니다, 소령님." 그녀는 다른 한쪽 손으로 블라우스의 가슴께를 자기 쪽으로 꾹 눌렀다. 결핵 말기 또는 과도한 정숙함을 보여주는 동작이었다. 몇 가지 정황 증거가 후자 쪽임을 암시했다.

"스미스 양. 지금 프눌들이 솔 항성계를 점령하려는 마당에, 42인치 가슴을 가진 여자가 나한테 서류를 가져다주고 있단 말이지. 최소한 나한테는 이게 삼중 정신 분열을 일으킬 만한 상황이라고 생각하지 않나?" 투덜대며, 호크 소령은 집에 있는 마누라와 두 자식을 떠올리며 조심스레 그녀에게서 눈길을 돌렸다. "앞으로는 뭐 좀 다른 옷을 입게. 아니면 좀 조이기라도 하든가. 아니, 세상에 이거 참, 이성적으로 행동하라고. 현실을 직시하라는 말이네."

"알겠습니다, 소령님. 하지만 제가 모든 CIA 직원들 중 임의로 뽑혔다는 사실은 참작해주세요. 저도 원해서 여기 온 건 아니니까요." 스미스 양이 대답했다.

라이트풋 대위를 옆에 대동한 채, 호크 소령은 프눌 관계 자료의 서류들을 책상 위에 늘어놓았다.

스미소니언 박물관의 동물 전시실에는, 박제된 채로 원래 서식 환경에 있는 모습으로 꾸며놓은, 키가 3피트에 달하는 거대한 프눌이 한 마리 있었다. 학생들은 이 프눌이 지구인을 향해 총을 겨누고 있는 모습을 아주 좋아했다. 버튼을 하나 누르면 (박제가 아니라 인형인) 지구인은 도망을 치기 시작했고, 프눌은 놀라운 기술로 만든 태양광선 병기를 사용해 그 인간을 잿더미로 만들어버렸다……. 그리고 곧 전시실 안의 장면은 원래의 모습으로 돌아가, 다시 시작할 수 있도록 조용히 멈추었다.

호크 소령은 그 전시물을 보고 마음이 편치 않았다. 누차 말해온 일이지만, 프눌은 농담거리가 아니었다. 하지만 프눌에는 분명 뭔가 그런 요소가 존재했다— 딱 까놓고 말하자면, 프눌은 한심한 생명체였다. 그 사실을 언급하고 들어가지 않을 수가 없다. 무슨 형태를 취하든, 놈들은 자신의 작은 키를 그대로 유지했다. 마치 풍선이나 촉촉한 보라색 난초 따위와 함께 슈퍼마켓 개점 행사 때 나눠주는 사은품 같은 몰골이었다. 호크 소령은 이것이 분명 생존을 위한 전략 중 하나일 거라고 생각했다. 프눌의 적들이 사태를 진지하게 받아들이지 못하게 하는 효과 말이다. 심지어는 놈들의 이름조차도 그렇다. 그놈들을 진지하게 대하는 일은 불가능하다. 놈들이 꼬마 부동산 판매원의 모습을 하고 유타주의 프로보를 점거하고 있는 지금 바로 이 순간에조차 말이다.

"라이트풋, 지금 모습의 프눌을 한 놈 잡아서 이리로 데려오게. 내가 협상을 시도해보지. 이번에는 정말로 항복이라도 하고 싶어. 20년 동안 놈들과 싸워오지 않았나. 이젠 지쳤다네." 호크가 명령했다.

"놈들 중 하나를 소령님과 대면시키면, 그놈이 소령님의 모습을 복제해버려서 그대로 상황이 종결될지도 모릅니다. 안전을 위해 양쪽 소령님을 모두 소각해버려야 할 테니까요." 라이트풋이 경고했다.

호크는 우울하게 그에게 대답했다. "지금 당장 그런 상황에 대비하는 암호를 정해놓도록 하지. 암호는 '씹어 먹다'네. 내가 문장에 섞어서 이 단어를 말할 테니까……. 예를 들어, '이 정보는 제대로 곱씹어 먹어야겠는데'같이 말이야. 프눌이라고 해도 이런 것까지는 모르겠지. 그렇지 않나?"

"그렇겠죠, 소령님." 라이트풋 대위는 한숨을 쉬고 즉시 CIA를 떠나, 유타의 프로보로 가기 위해 길 건너편의 헬기 이착륙장으로 향했다.

그러나 이미 불길한 예감이 그를 사로잡고 있었다.

헬리콥터가 마을 외곽에 있는 프로보 계곡 끝자락에 착륙하자, 회색 양복을 입은 2피트 키의 사람 하나가 즉시 서류 가방을 들고 접근해 왔다.

"좋은 아침입니다, 선생님." 그 프눌은 새된 소리로 말했다. "전망이

탁 트인 훌륭한 택지를 찾고 계십니까? 이곳 토지 구획에 따라서—”

“헬기에 올라타.” 라이트풋은 .45 구경 군용 권총을 겨누며 프눌에게
말했다.

“기다려봐요, 친구.” 프눌이 명랑한 목소리로 대꾸했다. “당신은 아무
래도 우리 종족이 당신네 행성에 발을 디뎠다는 사실이 무슨 의미를 가
지는지에 대해 심사숙고해본 적이 없는 것 같군요. 우리 사무실에서 잠
시 쉬었다 가는 게 어떻겠습니까?” 프눌은 근처의 작은 건물을 가리켰
고, 라이트풋은 그 안에 책상과 의자가 있는 것을 볼 수 있었다. 건물 위
의 간판에는 이렇게 적혀있었다.

일찍 일어나는 새

토지 개발 사업 공사

“‘일찍 일어나는 새가 벌레를 잡는다’라는 말이 있지요. 그리고 전리
품은 승자에게 돌아가는 법입니다, 라이트풋 대위. 자연의 법칙에 따라,
우리가 당신네 행성을 꽉 채우고 당신네들보다 한발 앞서 나가면, 진화
와 생물학의 힘이 모두 우리 손을 들어주고 있다는 사실이 증명되는 것
입니다.” 프눌은 환히 웃으며 말했다.

“워싱턴 D.C.에 너를 만나보고 싶어 하는 CIA 소령이 한 분 있다.” 라
이트풋이 말했다.

“호크 소령은 두 번이나 우리를 이겼죠. 우리도 그를 존중합니다. 하
지만 그 사람은 황야에서 홀로 울부짖고 있을 뿐입니다. 최소한 이 나
라에서는 말이죠. 대위, 당신도 잘 알겠지만, 스미소니언 박물관의 전시
물을 보는 일반적인 미국인들은 그저 적당히 웃으면서 넘어갈 뿐, 우리
가 어떤 피해를 끼칠 수 있을지에 대해서는 전혀 생각을 하지 못하죠.”

그때쯤 다른 두 마리의 프눌이 그쪽으로 다가왔다. 그들 역시 회색

양복을 입고 서류 가방을 든 작은 부동산 판매원 모습이었다. 그중 하나가 다른 쪽에게 말했다. "저거 봐. 찰리가 테라인을 하나 잡았어."

다른 쪽이 그 말을 반박했다. "아냐. 테라인이 찰리를 잡은 거지."

"네놈 셋 모두 CIA 헬기에 올라타라." 라이트풋은 .45 권총을 흔들며 그들에게 명령했다.

"당신 지금 실수하는 겁니다." 첫 번째 프눌이 고개를 저으며 말했다. "아직 젊은이니 어쩔 수 없겠지만 말입니다. 시간이 지나면 철이 들겠지요." 놈은 헬기를 향해 걸어가다가, 갑자기 몸을 돌리며 소리쳤다. "테라인에게 죽음을!"

가방이 열리며 순수한 태양 에너지 광선이 라이트풋의 오른쪽 귀 언저리를 스치고 지나갔다. 라이트풋은 무릎을 꿇고 자세를 낮추며 .45 권총의 방아쇠를 당겼다. 헬기 탑승구 근처에 있던 프눌은 머리를 아래로 하고 떨어져서는, 가방을 떨어트린 채로 쓰러져 움직이지 않았다. 다른 두 마리 프눌은 라이트풋이 조심스레 서류 가방을 발로 차서 치우는 모습을 보고만 있었다.

"미숙해도 반사 신경이 좋군그래. 방금 무릎 꿇는 동작 봤나?" 남은 프눌 중 하나가 말했다.

다른 프눌은 그의 말에 동의했다. "테라인들은 장난이 아니라니까. 앞으로 전투가 꽤나 힘겨워지게 생겼어."

첫 번째 프눌이 다시 라이트풋을 보고 입을 열었다. "여기 잠시 머물 생각이라면, 우리가 관리하고 있는 초지에 투자를 시작해보시는 것은 어떻습니까? 한번 둘러보시겠다면 제가 차를 몰고 안내해드리죠. 추가 요금을 조금만 내시면 전기와 수도도 끌어올 수 있습니다."

"헬기에 타라." 라이트풋은 총을 겨눈 채로 자신의 말을 반복했다.

베를린에서는 SHD, 즉 서독 보안국의 중령 한 명이 상급자에게 로마식 경례를 올리며 말하고 있었다. "장군, 프뉼렌이 돌아왔습니다. 어떻게 해야 하겠습니까?"

"프뉼렌이 돌아왔다고?" 호흐플리거는 공포에 질린 목소리로 대답했다. "벌써? 하지만 그놈들의 조직을 찾아내서 뿌리 뽑은 지 3년밖에 안 지났잖나." 호흐플리거 장군은 자리에서 벌떡 일어나, 연방 의회 건물 지하에 위치한 비좁은 임시 사무실 안을 초조하게 서성이기 시작했다. "그래, 이번에는 무슨 변장을 하고 있나? 저번처럼 국가경제부 차관보 모습을 하고 있던가?"

"아닙니다. 이번에는 폴크스바겐 사의 기어 점검 요원 모습을 하고 있습니다. 갈색 양복에 클립보드, 두꺼운 안경을 착용한 중년 남성 모습입니다. 변장 자체는 완벽합니다. 그리고 저번과 마찬가지로, 키는 0.6 미터밖에 안 되고 말입니다." 중령이 대답했다.

"프뉼의 가장 골치 아픈 점은 말이네, 그놈들이 파괴 작업에 과학 기술을 잔혹하게 사용한다는 거야. 특히 의학 기술을 말이지. 다색 기념우표 뒷면의 접착제에 감염 억제 상태의 바이러스를 심어놓는 바람에 저번에는 거의 패배할 뻔하지 않았나."

"끔찍한 무기이기는 하지만, 결국 성공하기에는 너무 엉뚱한 계획 아닙니까. 이번에는 아무래도 완벽하게 계획된 수리 공정 시간표와 무력을 조합해서 공격해 들어오지 않을까 싶습니다."

"그렇게 봐야겠지." 호흐플리거도 동의했다. "하지만 그렇다고 하더라도 우리는 그놈들의 작전에 대응하고 무력화시켜야 하네. 테르폴에 연락하게." 테르폴이란 전 테라적 규모의 첩보 기관으로, 루나에 본부를 두고 있었다. "그리고 그놈들이 어디에서 발견되었다고 했나?"

"지금까지는 슈바인푸르트에서밖에 보고되지 않았습니다."

"슈바인푸르트 지역을 통째로 박멸해버려야 할지도 모르겠군."

"그래봤자 다른 곳에서 나타날 뿐입니다."

"맞는 말이야." 호흐플리거는 곰곰이 생각하기 시작했다. "훈트푸터*
작전을 완벽하게 성공시키는 일에 착수해야겠네." 훈트푸터란 서독 정
부에서 만들어낸 0.6미터 키에 다양한 형상으로 변신할 수 있는 특수한
테라인 돌연변이를 일컫는 말이었다. 이들은 프눌의 조직망 안으로 스
며들어가 내부로부터 그들을 제거할 계획이었다. 훈트푸터 작전은 크
룹 사의 자금 지원을 받아 만반의 준비를 끝마치고 있었다.

"제 2 코만도 특수 부대를 투입하겠습니다. 슈바인푸르트 지역 근처
전선 후방에 즉각 프눌 대응팀을 강하시키는 것이 가능합니다. 해 질
무렵이면 상황은 우리 쪽에 유리해질 것입니다."

"그루스 고트(신이 도우시기를)." 호흐플리거는 고개를 끄덕이며 말했
다. "좋아, 특수 부대를 출동시키고, 상황이 어떻게 돌아가나 주시하도
록 하지."

만약 이 작전이 실패하면, 보다 극단적인 수단을 쓸 수밖에 없을 터
였다.

우리 종족의 생존이 위태로운 상황이라고, 호흐플리거는 혼잣말로
중얼거렸다. 앞으로 4000년의 인류 역사가 지금 이 순간 서독 보안국의
행동에 의해 바뀔 수도 있었다. 어쩌면 바로 그 자신의 행동에 의해.

그는 그 사실을 곱씹으며 좁은 사무실 안을 서성거렸다.

바르샤바에서는 민주주의 절차 보존을 위한 인민 보호 기관, 즉
NNBNDL의 지역 기관장이 롤빵과 폴란드 햄으로 늦은 아침식사를 하
며 텔레타이프로 전송된 암호문을 몇 번이나 다시 읽고 있었다. 이번에
는 체스 선수 모양이란 말이지, 세르게 니코프는 중얼거렸다. 그리고 모
든 프눌들은 여왕 앞의 폰을 Qp에서 Q3로 움직이는 방식으로 게임을
시작하고 있었다. 그다지 강한 압박은 아니다. 흰색을 잡는다고 해도,

____
* hundefutter, 개먹이란 뜻.

특히 Kp에서 K4로 움직이는 시작에 대해서는. 하지만—

여전히 위험한 상황이기는 하다.

그는 공문서용 종이 위에 "여왕 앞의 폰을 움직이며 시작하는 체스 선수들을 추려낼 것"이라고 적었다. 녹화 사업에 배치하면 되겠지. 프눌이 작기는 하지만 묘목을 심는 정도는 할 수 있을 것이고, 어떻게든 그놈들을 노동에 동원해야 하니까. 파종도 괜찮겠지. 툰드라를 제거하고 식물성 유류 사업을 벌이는 데 사용할 해바라기 씨앗을 심게 할 수도 있겠어.

1년 동안 힘들게 육체노동을 하고 나면, 그놈들도 테라를 침략할 생각 따위는 두 번 다시 안 하게 될 테니까.

협상을 통해 녹화 사업 대신 다른 방법을 마련해줄 수도 있을 거야. 군에 집어넣어서 칠레의 험악한 산악 지대에서 활동할 수 있는 특수 부대로 활동한다든가. 키가 60센티미터밖에 안 되니 핵잠수함 한 대에도 꽤 많은 수가 들어갈 테고……. 하지만 프눌을 신뢰할 수가 있을까?

그가 프눌을 싫어하는 가장 큰 이유는, 이전에 있었던 침략에서 확실히 깨닫게 된 그들의 기만적 태도였다. 저번 침략에서 놈들은 소수 민족 무용가의 모습을 하고 있었다……. 그리고 얼마나 대단한 무용가였는지. 놈들은 레닌그라드에서 누가 미처 개입할 새도 없이 관중 한 무리를 학살해버렸다. 현이 다섯 개 달린 악기로 위장한, 강력하지만 단순한 구조의 무기를 사용해서 남자, 여자, 아이 할 것 없이 그 자리에서 몰살시켜버린 것이다.

두 번 다시 일어나서는 안 되는 일이었다. 이제 모든 인민 민주주의 국가는 그 사실을 알고 있었고, 특별히 조직된 소년단이 꾸준히 사방을 감시하고 있었다. 그러나 뭔가 새로운 전략 — 예를 들어 이번의 체스 선수 같은 — 은 여전히 성공 가능성이 있었다. 특히 체스 선수를 열렬히 환영하는 습관이 있는 동구의 작은 마을에서는 말이다.

세르게 니코프는 책상의 비밀 공간에서 다이얼이 없는 특수 전화를 꺼내고는 수화기에 대고 말했다. "프눌이 돌아왔다. 북부 코카서스 지역이다. 동원 가능한 모든 전차를 보내고, 놈들이 작전 지역을 확대하는데 맞춰 전선을 정해 대응하도록. 놈들을 포위하고 즉시 중앙을 돌파한 후, 지속적으로 분열시켜 소규모 전투에서 섬멸하도록 한다."

"알겠습니다, 니코프 정치국원 동무."

세르게 니코프는 전화를 끊은 후, 차게 식어버린 늦은 아침을 마저 해치우기 시작했다.

라이트풋 대위가 헬기를 몰고 워싱턴 D.C.로 돌아오는 동안, 사로잡힌 프눌 중 하나가 이렇게 물었다. "당신네 테라인들은 대체 무슨 수로 우리가 어떻게 변장하든 꿰뚫어볼 수 있는 겁니까? 우리는 지금까지 주유소 직원, 폴크스바겐 기어 정비사, 체스 선수, 악기까지 가지고 있는 민요 악사, 정부 관료, 그리고 부동산 판매상으로까지 변장했는데—"

"네놈들 크기 때문이지." 라이트풋이 대답했다.

"그 개념은 잘 이해가 되지 않는데요."

"네놈들은 키가 2피트밖에 안 되잖나!"

서로 잠시 의견을 교환한 후, 프눌 중 하나가 다시 차근차근히 설명하기 시작했다. "하지만 크기라는 것은 상대적인 개념입니다. 우리는 이 임시적인 형태 안에 테라인의 절대적 특성을 완벽하게 갖추고 있고, 그 논리적인 귀결로 인해—"

"잘 보라고. 내 옆에 서봐." 라이트풋이 말하자, 회색 옷을 입고 서류 가방을 들고 있는 프눌이 그 옆으로 조심스레 가서 섰다. "너희는 내 무릎 정도까지 오는 크기라고. 나는 키가 6피트인데, 네놈들은 내 키의 1/3밖에 안 된단 말이다. 테라인들이 모여있는 곳에 가면, 네놈들은 코서 피클 통 안의 계란같이 눈에 딱 띄게 된다고."

"그거 속담입니까? 적어놓아야겠군요." 프눌이 물었다. 그는 외투 주머니에서 성냥개비 크기만 한 작은 볼펜을 꺼냈다. "피클 통 안의 계란이라. 기발해요. 내 짐작으로는, 당신네 문명을 완전히 멸망시킨 후에라도, 당신네들 풍습 중 일부는 우리 박물관에서 영원히 보존될 겁니다."

"그랬으면 좋겠군." 라이트풋은 담배에 불을 붙이며 말했다.

다른 프눌이 곰곰이 생각하며 말했다. "키를 더 크게 할 수 있는 방법이 있으면 좋을 텐데. 당신네 종족이 감추고 있는 비법 같은 것이 있습니까?" 라이트풋의 입가에 매달려있는 담배를 보고, 프눌은 말했다. "혹시 그것이 그런 비정상적인 키로 자랄 수 있는 비밀입니까? 건조 압축한 식물 섬유에 불을 붙여서 그 연기를 들이마시는 것이?"

"그래." 라이트풋은 2피트 키의 프눌에게 담배를 건네며 말했다. "그게 우리 비밀이지. 담배를 피우면 어른이 되거든. 우리 아이들, 특히 십대는 죄다 담배를 피우지. 어린애들은 모두 말이야."

"한번 시도해봐야겠군." 프눌은 동료에게 말하고는, 입에 담배를 물고 연기를 깊이 들이마셨다.

라이트풋은 눈을 껌뻑였다. 프눌이 순식간에 4피트 키로 성장했고, 그 동료 역시 순식간에 그를 따라 커졌기 때문이다. 두 마리 모두 이제 예전보다 두 배로 커져있었다. 담배를 피운 덕분에 프눌의 키가 2피트가 더 자란 것이었다.

"고맙습니다." 이제 4피트 키가 된 부동산 판매상은, 예전보다 훨씬 굵은 목소리로 라이트풋에게 말했다. "우리 꽤나 빠르게 진보하고 있는 것 같지 않습니까?"

"그 담배 내놔." 라이트풋은 초조한 목소리로 말했다.

CIA 건물의 자기 사무실에 앉아있던 줄리어스 호크 소령은 자기 책상에 달린 버튼을 눌렀다. 스미스 양이 즉시 서류철을 손에 든 채로 문을 열고 들어왔다.

"스미스 양, 라이트풋 대위는 떠났네. 이제 자네에게 말할 수 있을 것 같군. 이번에는 프눌이 승리할 거네. 놈들을 대적하는 업무의 총책임자로서 말하는데, 나는 이제 모든 일을 포기하고 이런 절망적인 상황에 대비해 만들어놓은 방공호로 내려갈 생각이네."

"그런 말을 듣게 되어 유감입니다. 함께 일하는 동안 즐거웠는데요." 스미스 양은 긴 속눈썹을 가늘게 떨며 대답했다.

"하지만 자네도 마찬가지야. 모든 테라인이 제거될 걸세. 우리는 전지구적 규모로 패배를 맛보고 있어." 그는 책상 서랍을 열고 생일선물로 받은 후 아직 따지 않은 벌록 앤드 레이드 스카치 1/5갤런 병을 꺼냈다. "우선 이 B&L 스카치를 끝장내는 쪽이 낫겠군. 같이 들겠나?"

"사양하겠습니다. 저는 낮 시간 동안에는 술을 마시지 않습니다."

호크 소령은 종이컵으로 스카치를 마시다가, 병 아래쪽까지 스카치인지 확인하기 위해 병째 들고 몇 모금 더 마셨다. 마침내 그는 술병을 내려놓고는 말했다. "애완용 오렌지 줄무늬 고양이만 한 크기의 생물들 때문에 궁지에 몰렸다는 사실은 도저히 믿을 수가 없지만, 그게 사실이니까." 그는 스미스 양을 향해 점잖게 고개를 끄덕였다. "나는 이제 콘크리트로 만든 지하 방공호로 갈 예정이네. 우리 행성의 모든 생명이 사라진 후에도 그곳에서 버틸 수 있게 말이야."

"행운을 빌어요, 호크 소령님." 스미스 양은 조금 초조한 투로 덧붙였다. "하지만 그러면, 저는 그냥 여기 남겨서 프눌의 포로가 되게 만드실 건가요? 그러니까 제 말은—" 그녀의 날카롭게 돌출된 가슴이 블라우스 아래에서 함께 흔들렸다. "너무 잔인한 일인 것 같지 않나요."

"프눌에 대해서라면 걱정할 필요가 없네, 스미스 양. 어쨌든 2피트 키밖에 안 되고—" 그는 가볍게 손짓을 하고는 웃었다. "설령 신경증이 있는 젊은 여성이라고 해도— 그렇지 않나."

"하지만 완전히 다른 행성에서 온 비정상적인 침략자들 앞에 홀로 남겨진다는 생각만으로도 너무 끔찍하단 말이에요."

"잠깐 생각해보지. 어쩌면 엄격한 CIA 규범을 깨고 자네를 방공호로 데려가는 편이 나을 수도 있다는 생각이 드는군."

스미스 양은 서류철과 연필을 내려놓고 그의 옆으로 달음박질쳐 왔다. "아, 소령님! 정말 감사해요!"

"따라오기나 하게." 호크 소령은 B&L 스카치 병을 뒤에 남겨둔 채, 서둘러 걸음을 옮기기 시작했다.

그가 비틀거리며 복도를 지나 엘리베이터로 가는 동안, 스미스 양은 그의 옆에 찰싹 붙어 있었다.

"망할 스카치. 스미스 양, 비비안, 술에 손대지 않은 자네가 현명했어. 지금 우리가 프눌의 위협 앞에서 겪고 있는 시상 피질의 압박을 생각해 볼 때, 스카치가 평소만큼의 약효를 발휘하지 못하는 것도 당연한 일이야." 호크 소령이 중얼거렸다.

"자, 이리로. 똑바로 서보세요, 소령님. 이제 조금만 더 가면 돼요." 엘리베이터를 기다리면서, 스미스 양은 그의 팔 아래에서 부축해주며 말했다.

"맞는 말이야. 비비안, 내 사랑."

마침내 엘리베이터가 도착했다. 직접 버튼을 눌러야 하는 종류였다.

"소령님은 정말 친절하세요." 스미스 양은 버튼을 누르며 말했다. 엘리베이터가 내려가기 시작했다.

"글쎄, 조금 더 오래 살 수 있을지도 모르지. 물론 지하에서는…… 평균 온도가 지상보다 훨씬 높아. 깊은 탄광 갱도와 마찬가지로, 거의 100도 가까이 되지."

"최소한 살아있기는 하잖아요." 스미스 양이 지적했다.

호크 소령은 외투와 넥타이를 벗으며 말했다. "습기와 열기에 대비하도록 하게. 자네도 외투를 벗는 편이 나을지도 모르겠군."

"그러죠." 호크 소령은 신사적인 태도로 그녀의 코트를 받아 들었다.

엘리베이터가 방공호에 도달했다. 다행히 그들보다 먼저 온 사람은 없었다. 그들은 방공호 전체를 손에 넣은 것이었다.

"여긴 너무 비좁네요." 호크 소령이 희미한 노란 불빛을 켜는 동안, 스미스 양은 말하고는, 곧 무언가에 발이 걸렸다. "아, 세상에. 잘 보이지도 않아요." 다시 그녀는 무언가에 발이 걸렸고, 이번에는 거의 넘어질 뻔했다. "소령님, 불을 좀 더 밝히면 안 될까요?"

"뭐라고? 프눌들을 유인하기 위해서 말인가?" 호크 소령은 어둠 속에서 더듬거리며 스미스 양을 찾았다. 그녀는 방공호 안의 수많은 침대 중 하나로 넘어진 듯 했고, 발을 손으로 붙들고 있었다.

"굽이 부러진 것 같아요." 스미스 양이 말했다.

"그래도 최소한 자네 목숨은 붙은 채로 도망 온 것 아닌가." 호크 소령이 말했다. 희미한 불빛 속에서, 그는 스미스 양이 망가진 신발을 벗는 일을 도와주었다.

"이 아래에서 얼마나 있어야 할까요?"

"프눌들이 지배하는 한은 계속." 호크 소령이 대답했다. "자네 아무래도 방사능 방호복으로 갈아입는 쪽이 좋겠네. 그 망할 외계인 놈들이 백악관에 수소폭탄을 떨어트릴지도 모르니까 말이야. 자, 블라우스와 스커트는 이리 주게. 이 주변에 아마 방호복이 있을 거야."

"소령님은 정말 친절하세요. 어떻게 보답해야 할지 모르겠어요." 블라우스와 스커트를 건네며, 스미스 양은 속삭이듯 말했다.

"다시 생각해보니 말인데, 아무래도 돌아가서 스카치를 가져오는 쪽이 좋을 것 같군. 이 아래에서 내 생각보다 훨씬 오래 있게 될 것 같으니, 무언가 고독 때문에 정신이 나가버리지 않게 할 만한 물건이 필요하겠지. 자네는 여기 있게." 그는 더듬거리며 엘리베이터로 돌아가기 시작했다.

"얼른 다녀오셔야 해요." 스미스 양은 그를 향해 겁먹은 목소리로 말했다. "여기 혼자 있으면 정말로 위험하고 노출된 느낌이 드는 데다가, 소령님이 말씀하신 그 방호복도 보이지 않는단 말이에요."

"금방 돌아오겠네." 호크 소령은 약속했다.

라이트풋 대위는 CIA 건물 반대편에 프눌 두 마리를 실은 헬리콥터를 착륙시켰다. "움직여라." 그는 .45 구경 제식 권총의 총구로 프눌의 옆구리를 찌르며 말했다.

"이건 다 저 친구가 우리보다 크기 때문이라고, 렌." 프눌 중 하나가 말했다. "우리가 저 친구와 같은 크기였으면 감히 우리를 이런 식으로 다루지는 못할 텐데. 하지만 우리는 마침내 지구인이 왜 우리보다 우월한지를 이해하게 되었어."

"그래. 마침내 20년 동안 수수께끼였던 문제가 해결된 거지." 다른 프눌이 대답했다.

"4피트 키도 수상쩍어 보이기는 마찬가지야." 라이트풋 대위가 말했다. 그러나 그는 걱정하지 않을 수 없었다. 고작 담배 한 대 피운 정도로 2피트에서 4피트까지 순식간에 자랄 수 있다면, 2피트 더 자라지 못하게 할 만한 요소가 무엇이 있겠는가? 그러면 놈들은 6피트 키에 우리와 완전히 똑같은 모습이 될 텐데 말이다.

그리고 이건 전부 내 잘못이지. 그는 속으로 생각했다.

호크 소령이 나를 박살낼 거야. 육체적으로, 아니면 내 경력 면에서라도.

그러나 그는 유명한 CIA의 전통이 요구하는 대로, 계속해서 충실히 자신의 임무를 수행했다. "네놈들을 곧바로 호크 소령님께 데려가겠다.

그분이 네놈들을 직접 처리하실 거야." 그는 두 마리 프눌에게 말했다.

그러나 그들이 도착한 호크 소령의 사무실은 텅 비어 있었다.

"이거 이상한데." 라이트풋 대위가 말했다.

"어쩌면 호크 소령이 서둘러 퇴각한 것일지도 모르죠. 혹시 이 호박색 병이 뭔가 의미하는 것은 없나요?" 프눌 중 하나가 말했다.

"이건 스카치위스키 병이야." 라이트풋이 병을 뚫어지게 바라보며 말했다. "별로 다른 뜻은 없는 물건이지. 하지만—" 그는 병마개를 돌리며 말을 이었다. "조금만 마셔보지. 만약을 대비해서 말이야."

스카치를 한 모금 마신 후, 그는 프눌 두 마리가 자신을 뚫어져라 쳐다보고 있는 것을 깨달았다.

"이건 우리 테라인이 마시는 음료수야. 네놈들에게는 해로울지도 몰라."

"그럴 수도 있겠죠. 하지만 당신이 그걸 마시는 동안, 우리는 .45 구경 제식 권총을 손에 넣었습니다. 손들어요."

라이트풋은 머뭇거리며 손을 높이 들었다.

한 프눌이 다른 프눌에게 말했다. "그 병 이리 줘봐. 우리가 직접 시도해보자고. 무엇에도 겁먹을 필요 없어. 사실 이제 테라인의 문명이 우리 앞에 활짝 펼쳐져있지 않나."

"마시면 목숨이 위험할 거야." 라이트풋이 필사적으로 말했다.

"그 오래된 식물 조각이 든 대롱을 태웠을 때처럼 말입니까?" 두 프눌 중 가까운 쪽에 서있는 놈이 말했다.

놈들은 라이트풋이 지켜보는 앞에서 번갈아 가며 병을 비웠다.

그리고 당연히도, 놈들은 이제 6피트 키가 되었다. 그리고 라이트풋은 세계 모든 곳에 있는 프눌들이 같은 키로 자라났다는 것을 알고 있었다. 이번에는 프눌의 침략이 성공할 것이었다. 바로 그의 행동 때문에 말이다. 라이트풋이 지구를 멸망시킨 것이었다.

"건배." 첫 프눌이 말했다.

"깨끗이 비워. 닐리리야." 두 번째 프눌이 말했다. 그리고 놈들은 라이트풋을 바라보았다. "이 친구 우리 크기로 줄어들었는데."

"아니야, 렌. 우리가 이 친구 크기로 커진 거지."

"그럼 마침내 동등해진 셈이군. 성공한 거야. 지구인들의 마법과도 같은 방어법, 즉 그들의 부자연스러운 크기가 이제 제거된 셈이지."

바로 그때, 그들 뒤에서 목소리가 들려왔다. "그 .45 구경 제식 권총을 내려놓으시지." 그리고 머리끝까지 취해버린 프눌 두 마리의 뒤로 호크 소령이 걸어 들어왔다.

"이런 젠장, 믿을 수가 없군. 저거 보라고, 렌. 예전에 우리와 싸우던 총책임자 양반이 등장하셨어."

"그런데 작잖아. 우리하고 똑같이 작아. 이제 우리 모두 작다고. 아니 내 말은, 우리 모두 크다는 말이야. 젠장, 똑같은 말이잖아. 어쨌든 이제 우린 동등하다 이거야." 렌은 횡설수설하며 호크 소령을 향해 달려들었다.

호크 소령은 총을 발포했다. 렌이라는 이름의 프눌은 쓰러졌다. 분명히, 확실하게 목숨이 끊어졌다. 이제 사로잡힌 프눌은 한 마리밖에는 남지 않았다.

"에드가, 이놈들이 커졌잖아. 대체 어떻게 된 건가?" 창백한 얼굴로 호크 소령이 물었다.

"저 때문입니다. 처음에는 담배, 두 번째로는 스카치 때문에 커졌습니다. 사모님이 지난번에 생신 선물로 주신 소령님 스카치 말입니다. 이제 놈들이 커진 이상, 우리와 구분할 수 없게 되었다는 사실은 분명하지요⋯⋯. 하지만 소령님, 이건 어떻습니까. 놈들이 한 번 더 커진다면?"

호크 소령은 잠시 침묵했다가 입을 열었다. "무슨 말인지 알겠네. 8피트 키가 된다면, 작았을 때와 마찬가지로 쉽게 구별할 수 있겠—"

바로 그때, 사로잡힌 프눌이 도망치기 시작했다.

호크 소령이 총을 쏘았지만 너무 늦은 후였다. 프눌은 복도를 지나 엘리베이터로 향하고 있었다.

"저놈 잡아!" 호크 소령이 소리쳤다.

프눌은 엘리베이터에 도착해서는 망설이지 않고 버튼을 눌렀다. 정체불명의 외계 프눌 지식이 그의 손을 인도하고 있었다.

"도망쳐버렸습니다." 라이트풋이 말했다.

"놈이 방공호로 내려가고 있는 모양인데." 소령이 당황해서 말했다.

"잘됐군요. 별 문제 없이 그놈을 잡을 수 있겠습니다."

"그래, 하지만—" 소령은 도중에 말을 멈추었다. "자네 말이 맞네, 라이트풋. 놈을 잡아야 해. 거리로 나가기만 하면, 놈은 회색 양복에 서류 가방을 들고 있는 평범한 사람들과 구별이 되지 않을 거야."

"어떻게 그놈을 더 자라게 만들죠?" 이제 두 사람은 계단을 이용해 아래로 내려가고 있었다. "처음에는 담배였고, 다음에는 스카치였죠. 전부 프눌에게는 새로운 것이었습니다. 어떻게 하면 놈들이 더 성장해서 괴물 같은 8피트 키가 되게 할 수 있을까요?" 그는 달려 내려가며 머리를 쥐어짰다. 마침내 그들은 콘크리트와 강철로 만들어진 방공호 입구에 도착했다.

프눌은 이미 안에 있는 모양이었다.

"저 소리는, 음, 스미스 양일세." 호크 소령이 말했다. "그녀는, 아니 엄밀하게 말해 우리는 말이네, 이 아래에서 침략자들을 피하고 있었지."

라이트풋은 힘껏 몸을 부딪혀 문을 열었다. 이제 프눌로부터 안전해진 스미스 양이 즉시 몸을 일으켜서는 그들에게 달려와 달라붙었다. "세상에. 저는 저렇게 되기 전까지는 저게 뭔지 몰랐—" 그녀는 몸을 떨었다.

"소령님. 방법을 발견한 것 같군요." 라이트풋 대위가 말했다.

호크 소령은 즉시 지시를 내렸다. "대위, 스미스 양의 옷가지를 가져다주게. 내가 프눌을 처리하겠네. 이제 아무 문제도 없을 것 같으니 말이네."

이제 8피트 키가 된 프눌이 손을 들고는 천천히 그들 앞으로 걸어 나왔다. ◑

PHILIP K. DICK

운이 필요 없는 게임
A Game of Unchance

운이 필요 없는 게임

PHILIP K. DICK

그 굉음을 들었을 때, 밥 터크는 물이 들어 있는 50갤런들이 드럼통을 운하에서 감자밭까지 굴려 오던 중이었다. 그가 고개를 들어 늦은 오후의 화성 하늘을 올려다보자, 거대한 푸른색의 행성간 우주선이 내려오는 모습이 보였다.

그는 흥분해서 손을 흔들었다. 그러나 우주선의 옆면에 적혀있는 글자를 보자 그의 즐거움에는 걱정이 뒤섞였다. 지금 꽁무니를 아래로 해서 내려오고 있는 거대한 우주선은 사업차 이 항성계의 4번 행성을 방문한 순회 서커스 우주선이었기 때문이다.

우주선에 적혀있는 글자는 다음과 같았다.

별똥별 엔터테인먼트에서 여러분께
괴물, 마법, 놀라운 묘기, 그리고 여자를 선보여드립니다!

'여자'라는 단어가 가장 크게 적혀있었다.

터크는 정착지 의회로 가봐야겠다고 생각했다. 그는 물이 든 드럼통을 그 자리에 놔두고는 시장 구역으로 달려갔다. 그의 허파는 이 식민지 세계의 비정상적으로 희미한 공기를 들이마시려 헉헉대며 안간힘을 썼다. 저번에 카니발이 왔을 때는 — 노점상들이 물물교환을 용인했기 때문에 — 그들이 여기서 생산한 곡물의 대부분을 가져가버렸고, 그 대가로 쓸모없는 플라스틱 인형만 한 아름 남겨놓았었다. 다시는 그런 일이 벌어져서는 안 된다. 하지만 그래도—

그는 가슴속 깊은 곳에서 욕망이 끓어오르는 것을, 오락을 향한 갈망이 타오르는 것을 느꼈다. 그들은 모두 이런 욕망을 가지고 있었다. 이 정착지는 독특한 무언가를 기대하고 있었던 것이다. 물론 카니발의 노점상들은 이런 약점을 잘 알고 있었을 뿐만 아니라 철저하게 공략하기까지 했다. 터크는 생각했다. 우리가 이성을 유지할 수만 있다면. 여분의 식량과 섬유만 거래하고, 우리에게 필요한 양은 아껴둘 수 있다면…… 아이들같이 되어버리지만 않는다면. 그러나 식민지 행성에서의 삶은 지루했다. 물을 나르고, 벌레와 싸우고, 울타리를 보수하고, 계속해서 반자동 로봇 농업 기계를 수리하고 개조하기만 하는 삶……. 이것으로는 충분하지 않았다. 이 곳의 삶에는 문명도, 분위기도 없었다.

"이봐." 터크는 빈스 게스트의 농장에 도착하자마자 그를 불렀다. 빈스는 한 손에 렌치를 들고 단기통 쟁기 위에 앉아있었다. "방금 그 소리 들었나? 놈들이야! 작년같이 서커스를 벌일 모양인데. 기억나나?"

"기억하지. 내 호박을 전부 쓸어가 버렸잖나. 망할 순회 서커스 놈들 같으니." 빈스는 고개도 들지 않고 대답했다. 얼굴이 어두워졌다.

터크는 더듬거리며 그에게 설명했다. "이번 건 좀 다르게 생겼어. 본 적이 없는 놈이야. 푸른색 우주선인데, 산전수전 다 겪은 것 같아. 뭘 해야 할지 알고 있지? 우리 계획 기억하고 있지?"

"그딴 계획." 빈스는 렌치를 조이며 투덜거렸다.

"재능은 재능이야." 터크는 그를 설득시키려는 듯 횡설수설 말했다. 그만이 아니라, 자기 자신도 설득시킬 수 있도록. 말을 하면서도, 그 역시 불길한 느낌이 들었기 때문이다. "좋아, 프레드가 조금 멍청한 것은 사실이야. 하지만 녀석의 능력은 진짜라고. 그렇지 않나, 우리끼리 백만 번도 더 실험해본 것 같은데. 우리가 작년 카니발에서 그 능력을 쓰지 않은 이유야말로 이해할 수가 없단 말이지. 하지만 지금 우리는 계획을 짜놨어. 준비를 끝마친 상태라고."

빈스는 손을 들며 말했다. "그 멍청한 녀석이 무슨 짓을 할지 알고 있나? 그놈은 서커스에 들어가버릴 거야. 서커스에 들어가서 그쪽 편을 위해 자기 재능을 쓸 거라고. 난 그놈 못 믿어."

"나는 믿어." 터크는 그렇게 말하고는 바로 앞쪽에 있는 마을의 먼지 끼고 낡은 회색 건물로 서둘러 걸어가기 시작했다. 그는 벌써 의회 의장인 호글랜드 라이가 자기 가게에서 바쁘게 일하고 있는 모습을 알아볼 수 있었다. 호글랜드는 낡은 장비를 마을 사람들에게 빌려주는 일을 했고, 사람들은 모두 그에게 의존하고 있었다. 호글랜드의 기계가 없으면 양털을 깎을 수도, 새끼양의 꼬리를 잘라줄 수도 없었다. 호글랜드가 그들의 정치적인 ― 그리고 경제적인 ― 지도자가 되는 것은 당연한 일이었다.

호글랜드는 단단하게 뭉쳐진 모래 위로 발을 올리며 눈을 가렸다. 그는 잘 접은 손수건으로 이마의 땀을 닦으며 밥 터크를 맞았다. "이번에는 다른 우주선이라는 거지?" 그가 낮은 목소리로 물었다.

밥 터크는 두근대는 가슴 고동 소리를 느끼며 대답했다. "그렇네. 그리고 저놈들은 속여먹을 수 있다고! 프레드가 한번 들어가기만 하면―"

"눈치를 챌 것이 분명해. 다른 정착지에서도 아마 초능력을 사용해 이기려고 시도를 해봤을 거네. 어쩌면 그, 뭐라고 부르더라? 반 초능력 능력자를 데리고 있을지도 몰라. 프레드는 염동력 능력자고, 만약 상대방 쪽에 반 염동력 능력자가 있다면―" 그는 포기하는 듯 손을 저어 보였다.

"프레드네 부모에게 가서 그 애를 학교에서 데려오라고 해야겠어. 애들이 즉시 나타나는 것은 자연스러운 일이지 않나. 오늘 오후에 임시 휴교를 해서, 프레드가 인파 속에 묻히게 만들어보자고. 무슨 말인지 알지? 그 아이가 이상하게 생기거나 한 거는 아니니까. 적어도 내가 보기에는 말이지." 밥 터크는 계속 헐떡이며 말했다.

"맞는 말이야. 코스트너 네 아들놈은 꽤나 정상으로 보이지. 좋아, 시도해보세. 어쨌든 해보기로 이미 결정이 난 사항이니까 별수 없지 않나. 가서 잉여분 집산 신호 종을 울리게. 그러면 저 카니발 친구들도 우리가 바꿀 만한 것을 꽤 많이 가지고 있다는 사실을 알게 될 테니까. 저 자리에 사과와 호두와 양배추와 호박이 쌓인 모습을 보고 싶네." 그는 한쪽 자리를 가리키며 말했다. "그리고 정확한 수량 목록이 한 시간 안에 내 손에 들어오게 해주게. 복사본은 세 벌 만들고." 호글랜드는 시가를 한 대 꺼내 물고는 불을 붙였다. "그럼 시작해."

밥 터크는 달려갔다.

남부 목초지로 들어서며, 딱딱한 건초를 씹고 있는 검은 머리의 양들 사이에 서서, 토니 코스트너는 아들을 향해 말했다. "할 수 있을 것 같으냐, 프레드? 힘들 것 같으면 말해라. 꼭 해야 하는 건 아니야."

프레드 코스트너는 눈살을 찌푸리며 멀리 떨어진 곳에 있는 꽁무니부터 착지한 항성간 우주선과, 그 앞에 펼쳐져있는 카니발의 모습을 바라보았다. 노점과 휘날리는 커다란 깃발, 바람을 맞아 춤추고 있는 금속 장식…… 그리고 녹음한 음악. 아니, 진짜 증기 오르간 소리인가? "그럼요. 저 정도는 처리할 수 있어요. 라이 씨가 말한 날부터 매일 연습해왔는걸요." 그는 중얼대듯 말했다. 자기 말을 증명이라도 하려는 듯, 앞에 놓인 돌멩이 하나를 공중으로 들어 올려 포물선을 그리며 그들 쪽으로 날아오게 하다가, 갑자기 허공에서 움직임을 멈추고 건초 위로 떨어지게 했다. 양 한 마리가 멍하니 돌멩이를 바라보았고, 프레드는 웃음을 터트렸다.

아이들을 포함한 한 무리의 사람들이 아직 다 세워지지도 않은 노점 근처로 모여들고 있었다. 솜사탕 기계가 이미 작동하고 있는 모습이 보였고, 팝콘 튀기는 냄새가 흘러왔다. 화려한 광대 분장을 하고 있는 난쟁이가 헬륨 풍선을 잔뜩 들고 있는 모습도 보였다.

"프레드, 진짜로 가치 있는 경품을 주는 게임을 찾는 일이 중요한 거다." 그의 아버지가 조용히 말했다.

"알아요." 그는 이렇게 말하고는 노점을 둘러보기 시작했다. 훌라훌라 인형 같은 것은 필요 없지. 소금물 캔디 상자도 마찬가지고.

카니발 어딘가에 진짜 보물이 숨겨져있을 것이다. 동전 던지기 판일 수도 있고, 다트나 빙고 게임일 수도 있다. 어쨌든 있다는 것은 분명했다. 프레드는 그 냄새를 맡을 수 있었다. 그의 발걸음이 빨라졌다.

그의 아버지가 작고 경직된 목소리로 말했다. "음, 아무래도 너 혼자 좀 있어야겠구나, 프레디." 토니는 여자가 있는 단상을 보고는 그쪽으로 발걸음을 돌리고 있었다. 그쪽의 광경에서 차마 눈을 떼지 못하는 모습이었다. 여자 중 한 명은 벌써― 그러나 바로 그때 트럭 소리가 프레드 코스트너의 주의를 끌었고, 고개를 돌린 그는 순식간에 옷을 별로 입지 않은 가슴 큰 여자 따위는 깨끗이 잊어버렸다. 그 트럭에는 물물교환으로 티켓을 받기 위한 정착지의 생산품이 가득 실려있었던 것이다.

소년은 트럭 쪽으로 걸어가기 시작했다. 저번에 그렇게 끔찍하게 당한 후에, 호글랜드 라이가 이번에는 얼마나 많은 것을 걸기로 결정했는지를 알고 싶었기 때문이다. 꽤 많은 양으로 보였고, 프레드는 자부심을 느꼈다. 이 정착지는 분명 그의 능력을 확실히 믿고 있는 것이었다.

그때 그냥 지나칠 수 없는 염동력의 기운이 느껴졌다.

그 기운은 오른쪽의 노점에서 발산되고 있었고, 프레드는 즉시 그쪽 방향으로 걸어가기 시작했다. 바로 이것이 카니발 사람들이 보호하고 있는 것이었다. 지면 곤란하다고 생각하는 게임이었다. 과녁 역할을 하고 있는 괴물은 머리가 없는 사람이었다. 그런 모습을 처음 보는 프레드는 깜짝 놀라 못 박힌 듯 서서 그 괴물을 바라보았다.

그 괴물은 머리가 없었고, 눈과 코와 귀 따위의 감각 기관은 신체의 다른 부분에 붙어 있었다. 예를 들어 입은 가슴 가운데에 붙었고, 양 어깨에 눈이 하나씩 반짝였다. 이 머리 없는 사람은 기형이기는 해도 부족한 것은 없었고, 프레드는 그에게 경외감을 느꼈다. 이 사람은 다른 이들과 마찬가지로 보고 듣고 냄새 맡을 수 있는 것이다. 하지만 그가 이 게임에서 무슨 역할을 하는 걸까?

노점에서는 그 머리 없는 사람이 물통 위에 매달린 바구니 안에 앉아 있었다. 프레드 코스트너는 머리 없는 사람 뒤쪽에 달린 과녁을 보았고 근처에 야구공 무더기가 쌓여있는 것을 보았다. 그제야 그는 이 게임이 어떤 식으로 진행되는지를 알 수 있었다. 공으로 과녁을 맞히면 머리 없는 사람이 물속으로 떨어지는 것이다. 그리고 그런 일이 일어나는 것을 막기 위해서, 카니발 측에서는 이곳에 염동력을 집중하고 있었다. 냄새가 굉장했다. 그러나 프레드는 그 냄새가 머리 없는 사람에게서 오는지, 노점상에게서 오는지, 아니면 보이지 않는 곳에 있는 제3자로부터 오는지는 파악할 수 없었다.

노점상은 바지와 스웨터를 입고 테니스 신발을 신은 호리호리한 젊은 여성이었다. 그녀는 프레드에게 공을 건네주며 말했다. "준비 됐어, 대장?" 그녀는 유혹하는 듯 미소를 지으며 말했다. 마치 그가 게임을 해서 이길 가능성은 불가능의 영역에 존재한다는 듯이.

"생각 중이에요." 프레드가 말했다. 그는 상품을 살펴보고 있었다.

머리 없는 사람은 낄낄거리고 웃었고, 가슴에 달린 입에서 소리가 나왔다. "생각을 하고 있다라, 그럴 리가 없어 보이는데!" 그는 다시 낄낄거렸고 프레드는 얼굴을 붉혔다.

아버지가 그의 옆으로 다가왔다. "이거 하고 싶은 게냐?" 그리고 호글랜드 라이도 등장했다. 두 남자는 소년의 양옆에 서서, 함께 상품을 관찰하고 있었다. 저게 대체 뭐람? 프레드는 그것이 인형 같다고 생각했다. 최소한 생긴 모습은 그랬다. 엉성한 사람 모습을 하고 있는 상품들이 노점상 옆 왼쪽으로 길게 늘어서있었다. 그는 대체 왜 카니발에서 이런 것을 보호하려 하는지 알 수가 없었다. 분명 아무 가치도 없어 보였다. 그는 조금 더 가까이 가서, 자세히 살펴보려 했다…….

호글랜드 라이는 소년을 한쪽으로 끌어내고는 말했다. "이긴다고 해도 말이다 프레드, 우리가 얻게 되는 게 뭐냐? 사용할 수 있는 물건도 아니고, 그냥 플라스틱 인형일 뿐이잖나. 저런 거는 다른 정착지와 교환을 할 수도 없어." 그는 실망한 모습이었다. 한쪽 입가가 우울하게 축 처져있었다.

"보이는 그대로의 물건은 아닌 것 같아요. 정확하게 뭔지는 모르겠지만요. 여하튼 한번 시도해보게 해주세요, 라이 씨. 바로 이거라는 느낌이 들어요." 분명 카니발 사람들은 그렇게 믿고 있었다.

"네게 맡기도록 하겠다." 호글랜드 라이는 체념을 담아 이렇게 말하고는, 프레드의 아버지와 눈짓을 교환한 후, 잘해보라는 듯 소년의 등을 탁 쳤다. "가보자. 잘해봐라, 얘야." 이제 밥 터크까지 합류해서 네 사람이 된 그들은 다시 머리 없는 사람이 앉아있는 노점 앞에 와서 섰다.

"결정을 내리셨나요, 여러분?" 호리호리하고 무심한 얼굴의 여성이 이렇게 물으며, 야구공을 위로 던졌다 다시 받았다.

"자." 호글랜드는 프레드에게 봉투를 하나 건넸다. 그 안에는 이 정착지의 수확물로부터 나온 카니발 티켓이 들어 있었다. 그들이 물물교환으로 얻어낸 것이었다. 지금 여기 있는 것이 그들이 가진 전부였다.

"해볼게요." 프레드는 여자에게 이렇게 말하며 티켓 한 장을 건네주었다.

호리호리한 여자는 작고 날카로운 이빨을 보이며 환히 웃었다.

"물 좀 마시게 해줘! 날 빠트리면 경품을 받을 수 있다고!" 머리 없는 사람이 소리쳤다. 그는 즐겁게 다시 낄낄거렸다.

그날 밤, 그의 가게 뒤에 있는 작업실에서, 호글랜드 라이는 오른쪽 눈에 보석 세공용 루페를 대고 앉아서 인형 중 하나를 검사해보았다. 그날 아침에 토니 코스트너의 아들이 별똥별 엔터테인먼트의 카니발에서 경품으로 따온 물건이었다.

열다섯 개의 인형이 호글랜드의 작업실 맞은편 벽에 일렬로 누워있었다.

호글랜드는 작은 펜치를 들고는 인형의 등판을 따보았다. 안에는 복잡한 회로가 보였다. "그 아이 말이 맞았어." 그는 옆에서 초조한 표정으로 합성 담배를 넣은 궐련을 피우고 있는 밥 터크에게 말했다. "이건 인형이 아니야. 기계 부품으로 가득하지 않나. 어쩌면 그놈들이 훔친 UN 물품일지도 모르겠어. 마이크로브일지도 모르겠고. 거 있잖나, 정부에서 간첩질부터 참전용사의 재생 수술에 이르기까지 모든 일에 사용하는 그 작은 자동 기계 말이야." 그는 이제 조심스럽게 인형의 앞면을 열어보기 시작했다.

더욱 많은 회로가 있었고, 루페로 보아도 분간하는 것이 불가능할 정도로 정교한 부속품들이 눈에 띄었다. 그는 포기하기로 했다. 어쨌든 그의 능력이란 고작 전동 수확 공구를 수리하는 데까지였으니까. 이건 어차피 그의 능력 밖의 일이었다. 그는 다시 한 번 이 마이크로브를 어떤 식으로 사용하면 공동체에 도움이 되는지 생각해보기 시작했다. UN에 되팔아볼까? 그러는 동안에 카니발은 다시 짐을 꾸려서 떠나버릴 것이 분명했다. 그들에게서 이 인형의 정체를 알아내기는 힘들어 보였다.

"걸어 다니면서 말하는 기계는 아닌가?" 터크가 말했다.

호글랜드는 스위치를 찾아보았지만 눈에 띄는 것이 없었다. 목소리로 명령을 내리는 건가? 그는 명령을 내려보았다. "걸어라." 그러나 인형은 움직이지 않았다. "이거 뭔가 괜찮은 물건인 것 같기는 한데 말이지―" 그는 터크에게 말하며 손짓을 해 보였다. "뭔지 알아내려면 시간이 걸릴 거야. 시간을 두고 살펴봐야겠어." 어쩌면 진짜 프로 기술자들이 살고 있는 M시티에 가져가면 알 수 있을지도 몰랐다. 그곳에는 전기 전문가부터 시작해서 모든 부류의 수리공들이 있으니 말이다……. 그러나 호글랜드는 스스로의 힘으로 알아내고 싶었다. 그는 이 식민 행성에 있는 유일한 대도시의 주민들을 별로 신용하지 않았다.

"우리가 계속 이기기만 해서 저 카니발 사람들도 상당히 열 받았을 거야." 밥 터크는 킬킬 웃으며 말했다. "프레드가 그러는데, 그 친구들도 자기네 초능력자를 계속 사용했다고 하더라고. 그러니까 우리가 이기는 걸 보고 정말로 놀랐을 테고—"

"조용히 좀 하게." 호글랜드가 말했다. 인형의 전력 공급부를 찾은 것이다. 이제는 회로를 따라가며 끊어진 곳을 찾기만 하면 되었다. 끊어진 곳을 이으면 기계가 작동할 것이었다. 상당히 간단한 — 또는 간단해 보이는 — 일이었다.

그는 곧 회로가 끊어진 부분을 찾았다. 작은 스위치가 인형의 허리띠 죔쇠로 위장하여 숨겨져있었다. 호글랜드는 의기양양하게 끝이 가느다란 펜치를 사용해 스위치를 닫고는, 작업대 위에 인형을 내려놓고 기다렸다.

인형이 움직였다. 인형은 한쪽 옆에 달린 가방같이 생긴 주머니에 손을 넣어서는, 작은 발사관을 꺼내어 호글랜드 쪽을 겨누었다.

"잠깐." 호글랜드가 맥없이 말했다. 그의 뒤에 있던 터크는 겁에 질린 채 바닥에 납작 엎드렸다. 순간 빛줄기가 그의 얼굴로 날아왔고, 그는 그대로 뒤로 날아가버렸다. 그는 눈을 감고 공포에 질려 소리를 질렀다. 공격받고 있다! 그러나 목소리가 나오지 않았다. 아무것도 들리지 않았다. 그는 끝나지 않는 어둠 속에서 헛되게 소리만 지르고 있었다. 그는 간청하듯 허공으로 손을 뻗었다…….

거주지의 정식 간호사가 그를 내려다보며, 콧구멍에 암모니아 병을 가져다 대고 있었다. 호글랜드는 신음 소리를 내며 간신히 머리를 들고 눈을 떴다. 그는 자신의 작업실에 누워있었다. 그 주변에는 정착지의 성인들이 빙 둘러 서있었다. 근심으로 가득한 어두운 얼굴의 밥 터크가 제일 앞에 나와있었다.

"그 인형인지 뭔지 모를 놈들이 공격을 했네. 조심하게." 호글랜드는 간신히 입을 열고 속삭였다. 그는 건너편 벽에 조심스레 세워놓은 인형들을 보려 힘겹게 고개를 돌렸다. "하나를 일찍 작동시켜버렸어. 회로를 연결해서 말이지. 내 실수 덕분에 이제 알게 된 거지." 그리고 그는 눈을 깜빡였다.

인형들이 전부 사라진 것이다.

"나는 비슨 양을 부르러 갔었네. 그러고 돌아와 봤더니 인형들이 전부 없어져있었어. 미안하네." 밥 터크는 이렇게 말하며, 모든 것이 자신의 잘못인 양 사과했다. "하지만 자네가 다쳐서, 죽은 것은 아닌가 걱정이 되었거든."

"알겠네." 호글랜드는 이렇게 말하며 일어나 앉았다. 머리가 깨질 듯 아프고 구역질이 났다.

"자네는 잘한 거네. 코스트너네 아들을 데려오지. 그 아이 의견을 들어봄세. 어쨌든 이번에도 당한 것 같군. 2년 연속으로. 이번에는 상황이 더 좋지 않은 것 같지만 말이지." 이번에는 이기긴 했다. 그렇지만 그냥 패배했던 작년이 오히려 상황이 나았었다.

그는 진정으로 불길한 일이 닥쳐올 것 같은 예감에 사로잡혔다.

나흘 후, 호박밭에서 잡초를 뽑던 토니 코스트너는 무언가가 땅속에서 움직이는 것을 보고는 움직임을 멈췄다. 그는 조용히 건초용 갈퀴를 집어 들고는 생각했다. 분명 화성 두더지가 땅속에 숨어서 뿌리를 갉아 먹고 있는 거야. 잡아야겠어. 그는 갈퀴를 높이 치켜들고는, 땅속에서 무언가 다시 움직이는 것을 보자마자 날카롭게 내리찍어 푸석푸석한 모래질의 흙을 꿰뚫었다.

지면 아래에서 무언가가 고통과 공포로 얼룩진 비명을 흘렸다. 토니 코스트너는 삽을 쥐고는 흙을 파냈다. 굴이 모습을 드러냈고, 그 끝에는 털가죽을 부들부들 떨며 죽어가는 화성 두더지가 있었다. 그가 긴 경험을 통해 예측한 대로였다. 두더지는 고통으로 가득한 눈빛으로, 긴 이빨을 드러낸 채 움찔거렸다.

그는 자비롭게 두더지의 목숨을 끊어준 다음, 자세히 살펴보려 몸을 굽혔다. 무언가 이상한 것이 눈에 들어왔기 때문이다. 반짝이는 금속의 빛이었다.

이 화성 두더지에는 고삐가 달려있었다.

누군가 만들어 붙인 것임이 분명했다. 고삐는 두더지의 두꺼운 목에 느슨하게 조여져있었다. 거의 보이지 않는, 머리카락 굵기의 전선이 고삐에서 나와 두더지의 두개골 근처 머리 가죽 속으로 들어가 사라지고 있었다.

"세상에." 토니 코스트너는 이렇게 말하며 두더지와 고삐를 집어 들고는 불안감에 잠시 어쩔 줄 모르고 서있었다. 그는 이 사건을 즉시 카니발의 인형들과 결부시켰다. 놈들이 이런 일을 한 것이, 이 고삐를 만든 것이 분명했다. 호글랜드가 말했듯이, 이 정착지는 공격을 받고 있었던 것이다.

그는 만약 자신이 두더지를 죽이지 않았다면 어떤 일이 벌어졌을지를 생각해보았다.

두더지가 뭔가를 하고 있던 것은 사실이었다. 굴을 파서— 그의 집으로 향하고 있었던 것이다!

잠시 후, 그는 호글랜드 라이와 함께 그의 작업실에 있었다. 라이는 조심스럽게 고삐를 열어서 그 안쪽을 살펴보았다.

“통신기로군.” 호글랜드는 이렇게 말하고는 큰 소리로 숨을 뱉었다. 마치 어릴 적의 천식 증상이 돌아온 것 같았다. “단거리용이네. 반 마일 정도 될까. 이 두더지는 수신기로 받은 신호를 따라 행동한 것이고, 아마 자신의 위치와 지금 하고 있는 행동에 대해서 송신했을 것이네. 두뇌 속에 있는 전극은 아마도 즐거움과 고통 영역에 연결되어 있겠지…… . 그렇게 하면 두더지를 조종할 수 있을 테니까.” 그는 토니 코스트너를 바라보며 말을 이었다. “이런 고삐를 달고 살아볼 생각 있나?”

“전혀 없네.” 그는 몸을 부르르 떨었다. 그는 순간, 테라에 그대로 남아 있을걸 그랬다고 생각했다. 인구 과잉으로 북적이기는 해도 말이다. 그는 자신을 밀어붙이는 사람들의 압력, 수많은 남자와 여자들의 냄새와 소리, 북적이던 인도를 걸어가던 일까지 모든 것이 그리워지기 시작했다. 갑자기 자신이 이곳 화성에서의 삶을 한 번도 즐긴 적이 없다는 사실을 깨달았다. 너무 외로워. 나는 실수를 한 거야. 이건 전부 마누라 때문이야. 그 여편네 때문에 여기 오게 된 거라고.

그러나 이제 와서 그런 생각을 하기에는 조금 늦은 감이 있었다.

“내 생각에는 UN 헌병대 쪽에 신고하는 것이 좋을 것 같네.” 그는 벽에 걸린 전화기 쪽으로 비틀대며 걸어가서는, 손잡이를 돌린 후, 긴급 번호 다이얼을 돌렸다. 그는 사과와 분노의 감정을 반쯤 섞어서 토니를 보고 말했다. “나는 이 사건을 도저히 책임질 수 없네, 코스트너. 내가 할 수 있는 일이 아니야.”

“내 잘못이기도 하네. 내가 눈길을 돌리니까, 그 여자가 자기 윗도리를 벗더니—”

“UN 지역 보안국입니다.” 전화에서 목소리가 들렸다. 토니 코스트너도 들을 수 있을 정도로 충분히 큰 소리였다.

“여기 문제가 생겼습니다.” 호글랜드가 말했다. 그리고 그는, 전화를 통해 별똥별 엔터테인먼트와 이곳에서 일어난 사건에 대해 전부 설명했다. 뜨겁게 달아오른 이마를 손수건으로 훔치며 이야기하는 그는 늙고 지친 데다 상당히 휴식이 필요해 보였다.

한 시간 후, 정착지의 하나밖에 없는 대로 한복판에 헌병대가 착륙했다. 제복을 입은 중년의 UN군 장교가 서류 가방을 들고 내려서 늦은 오후의 노란색 햇빛을 맞으며 주변을 둘러보았다. 그는 곧 호글랜드 라이를 공식적으로 선두에 세운 사람들의 모습을 알아볼 수 있었다. "모차르트 장군이십니까?" 호글랜드가 손을 내밀며 자신 없는 말투로 말했다.

"맞습니다." 덩치 큰 UN 장교는 이렇게 말하며 잠시 악수를 나누었다. "그 기계를 좀 살펴봐도 되겠습니까?" 그의 태도에는 지저분한 정착지의 사람들을 경멸하는 듯한 구석이 있었다. 그 모습을 민감하게 받아들인 호글랜드의 마음속에서 패배감과 우울함이 갑작스레 일어났다.

"물론입니다, 장군님." 호글랜드는 그를 이끌고 자신의 가게 뒤에 있는 작업장으로 향했다.

모차르트 장군은 전극과 고삐가 달린 죽은 화성 두더지를 살펴본 후 말했다. "어쩌면 당신들은 그들이 내놓기를 원하지 않았던 경품을 따게 된 것일지도 모르겠소, 라이 씨. 그들의 최종, 즉 실제 목적지는 아마도 이 정착지가 아니었을 테니 말이오." 다시 한 번 그는 그다지 숨길 생각도 없이 혐오감을 보인 셈이었다. 대체 누가 이런 곳을 공격하려 하겠는가? "아마도 짐작이지만 지구나 다른 인구 밀도가 높은 지역이 목적이었을 것으로 보이오. 하지만, 그 초자연적인 능력을 이용해 공 던지기 게임에서 승리함에 따라서—" 그는 잠시 말을 끊고 손목시계를 쳐다보았다. "내 생각에는 비소 가스로 이 지역을 소독해야 할 것 같소. 당신과 당신네 주민들은 이 지역 전체를 비워야 할 거요. 아마도 오늘 밤 정도에. 수송선은 제공하겠소. 전화 좀 써도 되겠소? 지금 수송선을 준비

시키도록 하지. 당신은 이곳 주민들을 모아주시오." 그는 반사적으로 호글랜드를 향해 웃음을 지어 보인 후, 전화기 쪽으로 가서 M시티에 있는 사무실로 전화를 걸기 시작했다.

"가축도 데려갑니까? 그냥 죽게 놔두고 갈 수는 없어요." 그는 그저 어떻게 하면 한밤중에 UN 수송선에 양과 개와 소를 실을 수 있을지만 생각할 뿐이었다. 얼마나 난장판이려나. 그는 멍한 기분으로 생각했다.

"물론 가축도 실어야지." 모차르트 장군은 별 감흥 없이, 마치 라이가 정신 지체아이기라도 한 양 말했다.

UN 수송선으로 올라간 세 번째 수송아지의 목에 고삐가 달려있었다. 탑승구 앞에 서있던 UN 헌병이 그것을 발견하고, 즉시 송아지를 사살한 후, 호글랜드를 불러 시체를 처리하게 했다.

호글랜드 라이는 송아지 시체 옆에 앉아서 그 시체와 회로를 살펴보았다. 화성 두더지의 경우와 마찬가지로, 그 고삐는 가느다란 회선을 통해 그 동물의 뇌를 다른 지성을 가진 존재와 연결해주고 있었다. 이 장치를 부착한 존재가 무엇인지는 몰라도, 적어도 정착지에서 1마일 안에 있는 것은 분명해 보였다. 이 짐승이 무엇을 할 예정이었을까? 그는 고삐를 떼어내며 생각해보았다. 우리 중 하나를 들이받으려나? 아니면— 도청이다. 그쪽이 더 가능성이 높을 것이다. 고삐 안에 있는 통신기에서는 귀에 들릴 정도로 크게 웅웅대는 소리가 나고 있었다. 항상 켜져 있으면서, 주변의 모든 소리를 모아들이는 것이 분명했다. 그렇다면 그들은 우리가 군대를 데려왔다는 사실도 알고 있겠군. 호글랜드는 순간 깨달았다. 그리고 우리가 놈들이 만든 기계를 두 개 찾아냈다는 사실도 말이야.

그는 이 사건이 이 정착지의 종말을 의미한다는 사실을 마음속 깊은 곳 어딘가에서 깨닫고 있었다. 이 지역은 UN군과 놈들— 정체를 모르는 존재들, 별똥별 엔터테인먼트 사이의 전쟁터가 될 것이다. 그는 그들이 어디서 온 것인지 생각해보았다. 태양계 밖에서 온 것은 분명해 보였다.

블랙잭 — 검은 옷을 입은 UN 비밀경찰을 가리키는 말이다 — 한 명이 그의 옆에 잠시 몸을 굽히고 말했다. "기운 내시오. 이걸로 놈들의 속임수가 밝혀진 셈이니까. 이전에는 그 카니발이 적대적인 존재라는 것을 밝힐 수가 없었소. 당신들 덕분에 그놈들이 테라에까지 도달하지 못한 거요. 지원이 갈 테니까, 포기하지 마시오." 그는 호글랜드를 향해 웃어 보이고는 서둘러 걸음을 옮겨, UN군 탱크가 주차되어 있는 어둠 속으로 사라져버렸다.

호글랜드는 생각했다. 그래, 우리는 높은 나리들께 큰 은혜를 베푼 셈이지. 그리고 이제 그들은 우리를 집단 이동시킴으로써 그 은혜를 갚고 있는 거고.

관료들이 무엇을 하든 간에, 이 정착지는 결코 예전과 같을 수 없을 것이다. 무엇보다도 이 정착지가 스스로 문제를 해결하는 데 실패했기 때문이다. 결국 외부의 도움을 청할 수밖에 없었다. 거물을 불러들일 수밖에 없었던 것이다.

토니 코스트너가 송아지 시체를 나르는 일을 도와주었다. 그들은 힘을 합해 시체를 한쪽으로 끌어낸 다음, 숨을 몰아쉬며 아직 따뜻한 시체를 들어 올렸다. 토니는 송아지를 내려놓으며 입을 열었다. "이 사태에 대해 책임을 느끼고 있네."

호글랜드는 고개를 저었다. "그럴 필요 없네. 그리고 자네 아들에게도 너무 괴로워하지 말라고 전해주고."

"이런 놈이 처음 발견된 후로 프레드가 보이지 않네. 끔찍한 죄책감에 시달리다 도망쳐버린 것 같아. UN 헌병들이 찾아낼 거라고 생각하네. 외곽 지역을 돌며 모두를 모아들이고 있으니까 말이야." 그의 목소리는 왠지 멍하게 들렸다. 지금 일어나고 있는 일을 온전히 받아들이지 못하는 듯한 목소리였다. "헌병 한 명이 아침이 되면 돌아올 수 있다고 말해주더군. 비소 가스가 모든 문제를 해결해줄 거라고 했네. 저 친구들이 예전에도 이런 일을 처리한 적이 있는 것 같은가? 그런 말은 하지 않지만 워낙 효율적으로 대처해서 말이야. 자기들이 무슨 일을 하고 있는지 정확히 알고 있는 것 같은 느낌이네."

"주께서는 아시겠지." 호글랜드가 말했다. 그는 진품 지구산 옵티모 시가를 물고 어두컴컴한 침묵 속에서 연기를 뿜으며, 검은 머리의 양떼가 수송선 안으로 들어가는 모습을 바라보았다. 전설에나 나올 법한 고전적인 지구 침략이 이런 방식으로 일어날 것이라고 그 누가 예측할 수 있었겠는가? 우리의 별 볼일 없는 정착지에서, 다 해봤자 열 몇 대밖에 안 되는 작은 기계인형들로 인해서, 별똥별 엔터테인먼트 사람들로부터 우리가 속임수로 빼앗은 것들에 의해서 말이다. 그것도 모차르트 장군 말대로라면 원래 여기에 두려고 했던 것도 아닌 인형들인 것을. 아이러니한 일이다.

밥 터크가 그의 옆으로 다가와서는 조용히 말했다. "희생당하는 건 우리라는 걸 자네도 알고 있겠지. 명백한 일이야. 비소 가스를 쓰면 두더지나 쥐는 죽겠지만 숨을 쉬지 않는 마이크로브는 죽일 수 없어. UN에서는 블랙잭 부대를 파견해서 이 지역에서 몇 주, 아니 몇 달 동안 작전 활동을 하게 할 거야. 이 가스 공격은 그저 시작일 뿐이라고." 그는 비난하듯 토니 코스트너를 향해 돌아서며 말했다. "만약 자네 아이가ㅡ"

"됐어, 그만하게." 호글랜드가 날카로운 목소리로 터크의 말을 끊었다. "만약 내가 그 인형 하나를 분해해서 살펴보다가 회로를 연결하지 않았더라면, 이런 일은 일어나지 않았을 걸세. 나를 비난해도 좋네, 터크. 사실 나는 기쁜 마음으로 사임할 준비가 되어 있어. 자네가 나 없이 이 정착지를 이끌어도 좋네."

축전지로 작동하는 확성기에서 UN군의 목소리가 울려 퍼졌다. "이 소리를 듣는 사람은 모두 탑승 준비를 하십시오! 이 지역은 14시 정각부터 독성 가스로 가득 차게 될 것입니다. 반복합니다—" 확성기가 사방으로 돌아가며 같은 말을 반복했다. 경고 소리가 밤의 어둠을 뚫고 메아리쳤다.

프레드 코스트너는 비틀거리며 낯설고 거친 지역으로 들어갔다. 슬픔과 피로 때문에 숨을 헐떡이고 있었다. 그는 자신의 위치에 신경을 쓰지도, 어디로 향하고 있는지 생각해 보지도 않았다. 그가 원하는 것은 오직 도망치는 것뿐이었다. 그가 정착지를 망가트린 것이고, 호글랜드 라이 이하 모든 사람들이 그 사실을 알고 있었다. 그 때문에—

그 뒤 저 멀리서 확성기 소리가 들려왔다. "이 소리를 듣는 사람은 모두 탑승 준비를 하십시오! 이 지역은 14시 정각부터 독성 가스로 가득 차게 될 것입니다. 반복합니다, 이 소리를 듣는 사람은 모두—" 소리는 계속해서 이어졌다. 프레드는 끊임없이 시끄럽게 울리는 목소리를 듣지 않으려 노력하며, 계속해서 소리로부터 멀어져갔다.

밤공기에서 거미와 마른 풀 냄새가 났다. 그는 주변의 황량한 풍경을 느낄 수 있었다. 이미 첫 경작 지대를 벗어난 지 오래였다. 정착지의 농장에서 떠나 울타리나 측량 기사의 말뚝조차 없는 황무지로 들어온 것이었다. 그러나 이 지역도 아마 가스에 노출될 것이 분명했다. UN군의 우주선은 이 지역을 계속 오가며 비소 가스를 살포할 것이고, 그 뒤를 이어 방독면을 쓰고 화염방사기를 들고 등에는 금속 탐지기를 멘 특수 부대원들이 투입될 것이다. 쥐나 다른 작은 동물들의 토굴 속에 숨어든 열다섯 대의 마이크로브를 찾기 위해서 말이다. 그놈들은 도대체 어디서 온 걸까, 프레드 코스트너는 혼잣말을 했다. 그것들이 우리 정착지에 도움이 될 거라고 생각하다니. 카니발 사람들이 그걸 잃고 싶어 하지 않으니까 분명 값진 물건일 것이라고 생각한 것뿐인데.

소년은 어떻게든 자신이 저지른 실수를 되돌릴 방법이 있을지 멍하니 생각해보았다. 열다섯 대의 마이크로브, 그리고 호글랜드 라이를 거의 죽일 뻔했던 놈까지 전부 찾아낸다? 그러고 나서— 그는 웃을 수밖에 없었다. 말도 안 되는 소리였다. 만약 그가 놈들의 은신처를 찾아낸다고 해도 — 놈들이 모두 은신처 한 곳에 모여 숨어 있다고 가정할 때의 얘기였지만 — 어떻게 놈들을 파괴할 것인가? 상대방은 무장도 하고 있었다. 호글랜드 라이는 간신히 목숨을 건졌고, 그것도 겨우 한 놈을 상대할 때의 일이었다.

머리 위에서 무언가가 빛을 발했다.

어둠 속에서, 그는 빛을 발하며 움직이는 형체들이 무엇인지 분간할 수가 없었다. 그는 걸음을 멈추고 기다리며 정신을 차리려 했다. 사람들이 오가는 모습이 보였고, 남자와 여자들이 소리죽여 말하는 것이 들렸다. 그리고 기계 움직이는 소리도 들렸다. 그는 생각했다. UN에서 여자를 보낼 리가 없잖아. 이건 UN 사람들이 아니야.

별과 희미한 밤안개 사이의 밤하늘 한 곳이 불룩 튀어나와있는 것이 보였다. 그는 즉시 지금 보이는 것이 움직이지 않는 커다란 물체의 윤곽이라는 사실을 깨달았다.

후미를 땅에 붙인 채, 이륙할 준비를 하고 있는 우주선일 수도 있었다. 형체만으로 판단하면 분명 그렇게 보였다.

차가운 화성의 밤공기에 몸을 떨면서, 소년은 자리에 앉아 멀리서 열심히 움직이고 있는, 잘 구분되지 않는 형체들을 관찰하고 있었다. 카니발이 돌아온 것일까? 이것도 저번과 같이 별똥별 엔터테인먼트의 우주선인 걸까? 불가사의한 광경이라는 생각이 들었다. 노점과 깃발과 텐트와 연단이, 마술 쇼와 여자들의 공연 무대와 괴물과 게임하는 곳이 한

밤중에 바로 이곳, 정착지 사이에 있는 황량한 빈 공간에 세워지고 있었다. 구경꾼도 손님도 없이, 카니발의 즐거움을 공허하게 재현하고 있는 모양이었다. 오직 우연히 흘러들어온 그만이 있을 뿐이었다. 프레드에게는 구역질 나는 광경이었다. 카니발의 사람도, 물건들도 더 이상은 마주하고 싶지 않았다.

무언가가 그의 발밑을 가로질러 갔다.

그는 염동력을 이용해 그것을 잡아서는 뒤로 끌어들였다. 양손을 뻗어 그놈을 쥐자 꿈틀거리는 딱딱한 무언가가 느껴졌다. 가까이로 가져오자, 끔찍하게도 예의 마이크로브 중 하나의 모습이 보였다. 계속 버둥대며 도망가려고 하고 있었지만, 그는 반사적으로 손을 놓지 않았다. 마이크로브는 지금 저곳에 서있는 우주선으로 가려고 하고 있었던 것이고, 그는 우주선이 이놈들을 회수해 가는 것이라 생각했다. UN에 의해 발견되지 않도록 말이다. 카니발은 이대로 도망쳐서 곧 원래의 계획을 수행하러 갈 생각이었던 것이다.

차분한 여성의 목소리가 가까운 곳에서 들려왔다. "내려놓아주려무나. 가고 싶어 하잖니."

깜짝 놀란 그는 마이크로브를 놓쳤고, 그놈은 즉시 풀숲으로 뛰어 들어가 사라져버렸다. 프레드의 눈앞에는 예의 호리호리한 여성이 서있었다. 여전히 슬랙스와 스웨터를 입고, 손에는 손전등을 든 채로, 차분한 얼굴로 그를 바라보고 있었다. 그 불빛 덕분에 그는 그녀의 날카로운 얼굴 윤곽과 핏기 없는 턱, 맑고 힘 있는 눈빛을 알아볼 수 있었다. "안녕." 프레드는 더듬거리며 말하고는, 방어적으로 여자를 바라보며 자리에서 일어났다. 그녀는 그보다 살짝 키가 컸고, 그는 두려움을 느꼈다. 그러나 그녀에게서 염동력의 기운이 느껴지지 않았기 때문에, 노점에서 그와 능력을 겨루었던 사람이 분명 그녀가 아니라는 사실은 확실해졌다. 그러니 그는 최소한 그 점에서 유리한 고지에 서있는 셈이었다.

어쩌면 그녀가 아직 그 사실을 모를 수도 있었다.

"여기서 떠나는 게 좋을걸. 확성기 소리 못 들었어? 곧 여기다 가스를 뿌린대." 프레드가 말했다.

그녀는 그를 물끄러미 관찰하며 입을 열었다. "나도 들었단다. 그때 크게 이긴 것이 바로 너였지, 꼬마야? 게임의 달인이던데. 우리 머리 없는 친구를 열여섯 번이나 빠트리지 않았니." 그녀는 즐겁게 웃었다. "사이먼은 화가 잔뜩 났어. 감기에 걸려서 전부 네 탓이라고 떠들고 있거든. 그러니 마주치지 않기를 바란단다."

"꼬마라고 부르지 마." 그가 말했다. 점차 무서운 느낌이 사라지고 있었다.

"우리 쪽 염동력자인 더글러스가 그러는데, 너 정말 강하다더구나. 그를 매번 이겼다던데. 축하해야겠구나. 글쎄, 그 상품이 얼마나 마음에 들던? 너희 작물만큼의 가치가 있던 것 같니?" 그녀는 다시 한 번 소리 없이 웃었다. 날카로운 이빨이 희미한 빛 속에서 반짝였다.

"너희 염동력자는 별로였어. 나는 별로 경험도 없는데 손쉽게 이겼다고. 훨씬 더 노력해야겠던걸."

"너를 데리고 말이야? 우리와 한패가 되고 싶다고 말하는 거니? 지금 네가 나한테 제안하고 있는 거니, 꼬마야?"

"아니야!" 그는 소리쳤다. 놀라고 불쾌한 목소리였다.

"너희 라이 씨의 작업장 벽 속에 쥐가 한 마리 있었단다. 그 쥐에는 통신기가 달려있어서, 너희가 UN군을 부르자마자 바로 알 수 있었지. 그래서 우리는 여유 있게 이걸—" 그녀는 잠시 말을 멈추었다. "우리 상품을 회수할 시간을 벌 수 있었단다. 물론 그러려고 했다면 말이지만. 너희들에게 피해를 끼칠 생각은 없었어. 그 참견꾼 라이 씨가 마이크로브의 조종 회로에 드라이버 끝을 박아 넣은 것은 우리 잘못이 아니란다. 그렇지 않니?"

"라이 씨는 그걸 조금 일찍 작동시켰을 뿐이야. 어차피 금방 작동을 시작할 예정이었잖아." 프레드는 다른 설명을 받아들일 수 없었다. 그는 자신들의 정착지가 올바른 쪽이라는 것을 확신하고 있었다. "그리고 어차피 마이크로브를 전부 모아들인다고 해도 아무 소용 없을 거야. UN에서는 어차피 알고 있고—"

"모아들여?" 여자는 즐거운 듯한 표정으로 고개를 흔들었다. "우리는 너희 불쌍한 사람들이 경품으로 가져간 열여섯 대의 마이크로브를 회수하러 온 게 아니란다. 한 걸음 더 나가려는 거지. 너희가 그러게 만들었어. 지금 이 우주선은 나머지를 내려놓고 있는 거란다." 그녀는 손전등을 비추었다. 아주 짧은 시간 동안, 엄청난 수의 마이크로브가 물살과 같이 움직이며 빛을 싫어하는 벌레처럼 순식간에 사방으로 은신처를 찾아 흩어지는 모습이 그의 눈에 들어왔다.

그는 눈을 감고 신음 소리를 흘렸다.

"아직도 우리와 함께 가고 싶지 않니? 미래가 보장될 거야, 꼬마야. 그리고 그러지 않으면— 누가 알겠니? 너희 조그만 정착지와 조그맣고 불쌍한 사람들이 어떻게 될지 대체 누가 알 수 있겠어?"

"아니, 역시 안 갈 거야."

그가 다시 눈을 떴을 때, 그 여자는 이미 떠난 후였다. 그녀는 머리 없는 사람 사이먼과 함께 서서 그가 들고 있는 클립보드의 내용을 검토하고 있었다.

프레드 코스트너는 즉시 뒤로 돌아서 자기가 지금까지 온 쪽, UN 헌병들이 있는 곳을 향해 달리기 시작했다.

키 크고 야윈 몸에 검은색 제복을 입은 UN 비밀경찰의 장군이 말했다. "내가 모차르트 장군의 자리를 대신하게 되었소. 그 사람은 불행하게도 이런 국가 전복 시도에 대해서 대처할 능력이 부족한 편이지. 단순한 군인일 뿐이니 말이오." 그는 호글랜드 라이에게 악수를 청하지도 않았다. 대신 얼굴을 찌푸린 채로 작업실 안을 걸어 돌아다니기만 했다. "어젯밤에 이곳에 온 것이 나였으면 상황이 훨씬 나아졌을 거요. 예를 들어, 당신들에게 모차르트 장군이 알지 못하는 사실을 하나 말해줄 수도 있었겠지." 그는 걸음을 멈추고 호글랜드를 훑어보았다. "물론 당신도, 당신들이 그 카니발 놈들을 이긴 것이 아니라는 사실 정도는 알고 있겠지. 놈들은 그 열여섯 기의 마이크로브를 고의로 내준 것이오."

호글랜드 라이는 아무 말 없이 고개를 끄덕였다. 할 말이 없었다. 이 블랙잭 장군이 하는 말대로, 이제는 분명해진 일이었다.

볼프 장군은 계속 말을 이었다. "지난 몇 년 동안 이곳에 왔던 카니발은 전부 당신들을 함정에 빠트리기 위해 계획된 것이었소. 이 지역의 정착지를 모두 한 번에 말이오. 당신들이 이번에는 이길 준비를 하고 있으리라는 사실을 알고 있었고, 그래서 마이크로브를 가져온 거요. 그리고 약해빠진 염동력자를 배치해서 가짜 '전투'를 준비했던 거지."

"제가 알고 싶은 것은 단지 보호를 받을 수 있느냐는 것뿐입니다." 호글랜드가 말했다. 프레드가 본 것처럼, 정착지를 둘러싸고 있는 언덕과 평야는 이미 마이크로브로 끓어 넘치고 있었다. 마을의 건물을 떠나기도 힘든 상황이었다.

"할 수 있는 만큼은 할 거요." 볼프 장군은 다시 걸음을 옮기기 시작했다. "하지만 우리의 주 관심사는 당신들이 아니오. 물론 이미 오염된 다른 특정 정착지나 지역도 아니지. 우리는 전체 상황에 대응해야 하오. 그 우주선은 지난 24시간 동안 마흔 곳에 들렀소. 대체 어떻게 그렇게 빠르게 움직이는 건지—" 그는 도중에 말을 멈추었다. "그들은 매 단계를 치밀하게 계획해놓고 있는 거요. 그리고 당신들은 그들을 속여 넘겼다고 생각한 거고." 그는 호글랜드 라이를 노려보며 말을 이었다. "이 지역에 있는 모든 정착지에서 그들이 승리의 전리품으로 마이크로브 한 상자를 얻었다고 생각하고 있었단 말이오.”

“속임수를 쓴 벌을 받는 것 같군요.” 호글랜드는 즉각 말했다. 그는 블랙잭의 장군과 차마 눈을 마주칠 수 없었다.

“이렇게 보는 편이 나을 거요. 다른 항성계에서 온 적들과 두뇌 싸움을 하려고 한 벌을 받는 거라고.” 볼프 장군은 냉정하게 말했다. “그리고 다음번에 또 테라가 아닌 다른 곳에서 온 우주선이 등장하면— 놈들을 물리칠 수 있는 전략을 생각하지 말고, 우리를 부르시오.”

호글랜드 라이는 고개를 끄덕였다. “알겠소. 이해했습니다.” 분노가 아니라 아련한 고통만이 느껴졌다. 그들은 — 그들 모두는 — 이런 꾸지람을 들어 마땅한 것이다. 이 정도 질책으로 끝난다면 오히려 운이 좋은 일이었다. 지금 그들이 상대해야 하는 가장 큰 문제는 이런 꾸지람이 아니었다. 그는 볼프 장군에게 물었다. “그들이 원하는 것이 대체 뭡니까? 이 지역을 식민지로 삼으려는 겁니까? 아니면 경제적으로—”

“생각하지 마시오.”

“네?”

“당신들이 이해할 수 있는 문제가 아니오. 지금이든 나중에든. 우리는 그들이 원하는 것을 알고 있소. 그리고 그들도 자기들이 원하는 것을 알고 있지. 당신들까지 그것을 알 필요가 있겠소? 당신들의 임무는 예전과 마찬가지로 농업 활동을 재개하는 거요. 그럴 수 없다면, 짐을 챙겨서 다시 지구로 돌아가든가.”

“알겠습니다.” 호글랜드는 자신이 하찮은 존재라는 기분을 느끼며 대답했다.

“당신네 아이들은 아마 역사책에서 이 사건에 대해 배울 수 있을 거요. 그 정도면 당신들에게는 충분하겠지.”

“그거면 됩니다.” 호글랜드 라이는 비참한 목소리로 말했다. 그는 낙담한 채 자기 작업대에 앉아서, 드라이버 하나를 꺼내어 제대로 작동하지 않는 자동 트랙터 유도 장치를 고치기 시작했다.

"저기 좀 보시오." 볼프 장군이 이렇게 말하며 한쪽을 가리켰다.

작업실의 한쪽 구석, 먼지 앉은 벽에 가려 거의 보이지 않는 곳에서 마이크로브 하나가 엎드린 채로 그들을 살펴보고 있었다.

"세상에!" 호글랜드는 소리 지르며 낡은 .32 구경 리볼버를 찾아 작업 대 위를 더듬었다. 그가 미리 꺼내서 장전을 해놓은 권총이었다.

그의 손가락이 권총에 가 닿기도 전에 마이크로브는 사라져버렸다. 볼프 장군은 손가락 하나 까딱하지 않았다. 그는 사실 약간 감탄한 듯 한 표정이었다. 그는 팔짱을 낀 채로 서서, 호글랜드가 낡은 소형화기를 가지고 쩔쩔매는 광경을 구경만 하고 있었다.

"우리는 지금 중앙 처리 장치를 만드는 중이오. 한 번에 놈들 모두를 작동 정지시킬 수 있는 장치지. 놈들이 가지고 다니는 휴대용 배터리의 전력 공급을 차단하는 거요. 놈들을 하나씩 처리하는 것은 말도 안 되 는 짓이지. 처음부터 고려한 적도 없었소. 하지만—" 그는 이마에 주름 을 잡으며 잠시 말을 멈추었다. "문제는 놈들이, 그러니까 외계인들이 말이오, 우리 작전을 눈치채고는 자기네 전력 공급 방식을 다원화하고 있는 것으로 보인다는 거요. 그러니까 말하자면—" 그는 냉정하게 어깨 를 으쓱해 보였다. "글쎄, 뭔가 또 떠오르는 방법이 있겠지. 언젠가는 말 이오."

"그랬으면 좋겠군요." 호글랜드는 이렇게 말하고는, 다시 망가진 트랙 터 유도 장치를 고치는 일에 집중하려 했다.

"우리는 화성을 지킬 수 있으리라는 희망을 거의 버린 상태요." 볼프 장군은 반쯤 혼잣말로 이렇게 말했다.

호글랜드는 천천히 드라이버를 내려놓고는, 비밀경찰 장군을 물끄러 미 바라보았다.

"우리는 테라에 집중할 수밖에 없소." 볼프 장군은 이렇게 말하고는 무심결에 코를 긁었다.

잠시간의 침묵 후에 호글랜드는 말했다. "그러면 이제 여기 있는 우리는 정말로 희망이 없군요. 그런 말씀이시지요."

블랙잭의 장군은 대답하지 않았다. 대답할 필요가 없었다.

밥 터크는 말파리와 반짝이는 검은색 딱정벌레들이 날아다니는 희미한 초록색의 지저분한 수로 위로 몸을 굽혔다. 그때, 그의 시야 가장자리로 조그만 형체가 서둘러 달아나는 모습이 보였다. 그는 즉시 몸을 돌려 레이저 지팡이 총을 뽑아들고 발사했다. 운수 좋은 날이군! 그러나 그 자리에는 녹슬고 망가진 연료통 한 무더기만이 남아있었다. 마이크로브는 이미 도망친 후였다.

그는 떨리는 손으로 다시 지팡이 총을 허리춤에 찬 후, 다시 벌레가 들끓는 물 위로 몸을 굽혔다. 평소와 마찬가지로 이 지역의 마이크로브는 밤 동안 활발하게 행동했다. 그의 아내는 놈들을 보기도 했고, 놈들이 쥐처럼 긁어대는 소리를 듣기도 했다. 이번에는 무슨 짓을 하고 간 거지? 밥은 불길함을 느끼며 생각했다. 그는 주의를 기울여 오랫동안 물 냄새를 맡아보았다.

언제나 맡아오던 익숙한 구정물 냄새가 어딘가 조금 변한 것처럼 느껴졌다.

"망할." 그는 이렇게 중얼거리며, 무력감을 느끼며 몸을 일으켰다. 마이크로브들이 물에 무언가 오염원을 뿌린 것이다. 분명했다. 이제 물을 가져다 화학 성분 검사를 하려면 며칠이 소요될 터였다. 그러는 동안 감자를 살리려면 대체 뭘 어떻게 해야 할까? 좋은 질문이었다.

처절한 무력감에 분노한 채, 그는 레이저 지팡이 총에 손을 대고는 목표를 찾아 두리번거렸다. 물론 그도 자신이 백만 년 안에는 절대로 목표를 찾지 못할 것이라는 사실을 알고 있었다. 마이크로브들은 언제나 밤에만 움직이면서, 끈질기고 확실하게 정착지를 뒤로 몰아내고 있었다.

벌써 열 가구가 포기하고 테라로 떠났다. 그곳에 버리고 온 옛날의 삶으로 돌아가기 위해서 말이다. 물론 그런 일이 가능한 경우의 이야기였지만.

그리고 곧 그의 차례가 올 것이었다.

만약 뭔가 할 수 있는 일이 있기만 하다면. 반격할 방법이. 그는 생각했다. 뭐든 하겠어. 뭐든 내놓겠어. 저 마이크로브 놈들을 잡을 기회만 주어진다면 말이야. 맹세하지. 빚을 얻든 담보를 잡히든 노예가 되든, 이 지역에서 놈들을 제거할 기회만 온다면 무슨 일이든 하겠어.

그는 외투 주머니에 손을 깊숙이 찔러 넣은 채 터덜터덜 걸어서 수로에서 멀어지고 있었다. 바로 그때, 항성간 우주선의 굉음이 머리 위에서 들려왔다.

그는 그대로 그 자리에 굳은 채 위를 올려다보았다. 심장이 내려앉는 것만 같았다. 놈들이 돌아온 건가? 별똥별 엔터테인먼트의 우주선이……. 다시 우리를 공격해서, 이번에는 완전히 끝장을 낼 생각인가? 그는 눈을 가린 채 흥분을 억누르지 못하고 손가락 틈으로 우주선을 바라보기만 했다. 뛸 수조차 없었다. 본능적인, 동물적인 공포를 느끼면서도 몸이 제대로 반응하지 않았다.

거대한 오렌지같이 생긴 우주선이 내려오기 시작했다. 오렌지 모양에 오렌지 색깔인……. 별똥별 엔터테인먼트의 푸른색 길쭉한 우주선이 아니었다. 그건 확실했다. 하지만 테라에서 온 우주선도 아니었다. UN의 우주선도 아니었다. 예전에 저렇게 생긴 우주선은 본 적이 없었고, 따라서 태양계 너머에서 온 우주선이라는 사실도 분명했다. 별똥별 엔터테인먼트의 우주선보다도 훨씬 더 대놓고 외계인의 우주선 같은 생김새였다. 테라의 우주선으로 보이게 만들려는 최소한의 시도조차

하지 않은 모양새였다.

그러나 외부에는 커다랗게 영어 단어가 적혀있었다.

우주선이 그가 서있는 곳에서 북동쪽에 착륙하는 것을 보며, 그는 입술을 움직여 우주선에 적혀있는 글자를 읽었다.

식스 시스템 교육적 놀이 시간 주식회사
모두가 즐길 수 있는 유쾌하고 행복한 시간을 제공합니다!

하느님 맙소사, 이건 또 다른 순회 카니발 회사였다.

그는 눈을 돌리고, 몸을 돌려 달아나고 싶었다. 그러나 그러지 못했다. 익숙하고 오랜 열정이, 욕망이, 집착에 가까운 호기심이 너무 강했다. 그래서 그는 계속 바라보고 있었다. 승강구 몇 개가 열리며 납작한 도넛같이 생긴 자동 기계들이 모래사장 위로 내려오는 모습이 보였다.

놈들은 캠프를 설치하고 있었다.

이웃인 빈스 게스트가 그의 옆으로 다가오며 거친 목소리로 말했다. "또 뭐야?"

"보이잖나. 자네 눈을 쓰라고." 터크가 손을 저으며 말했다. 자동 기계들은 벌써 중앙 텐트를 세우고 있었다. 색색의 깃발들이 공중으로 날아올라가서는, 아직 납작하게 접혀있는 노점 위로 내려와 덮였다. 그리고 첫 인간, 또는 유사 인간들이 모습을 보였다. 빈스와 밥의 눈에는 화려한 옷을 입은 남자들과 타이즈를 입은 여자들이 보였다. 아니, 사실 타이즈보다 훨씬 면적이 적은 옷이었다.

"이야. 저기 여자들 보여? 저런 대단한 몸매를 가진 여자는 본 적도—" 빈스가 간신히 입을 열고, 침을 삼키며 말했다.

"보이긴 보여. 하지만 나는 이제 다른 항성계에서 온 비 테라인의 카니발에는 절대 가지 않을 거고, 호글랜드도 마찬가지야. 내 이름을 아는 것만큼이나 확실하게 알고 있다고."

어찌나 작업이 빠른지. 낭비하는 시간도 없었다. 벌써 놀이기구에서 들리는 듯한 음악이 밥 터크의 귀에 흘러들어 오고 있었다. 그리고 냄새도. 솜사탕, 볶은 땅콩, 그리고 모험과 놀라운 구경거리, 부도덕의 미묘한 냄새가 그에 섞여 흘러나오기 시작했다. 붉은 머리를 길게 땋은 여인이 날렵하게 무대 위로 뛰어오르는 모습이 보였다. 그 여자는 얇은 브래지어를 입고 허리에 비단을 두르고 있었고, 그가 눈길을 떼지 못하고 바라보는 앞에서 춤 연습을 하기 시작했다. 그녀는 계속해서 속도를 올리며 돌다가, 마침내 리듬에 맞춰 애초에 얼마 되지 않았던 의복을 전부 벗어 던져버리고 말았다. 재미있는 사실은, 그 모든 행동이 진짜 예술로 보였다는 것이다. 엉덩이를 흔드는 흔해빠진 카니발 춤이 아니었다. 그녀의 움직임에는 어딘가 모르게 아름답고 생생한 것이 있었다. 그는 완전히 매혹되어버리고 말았다.

"나는— 가서 호글랜드를 불러와야겠어." 마침내 빈스가 이렇게 말했다. 이미 정착민 몇 명이 노점상과 메마른 화성 하늘에 나부끼며 빛나는 색색깔의 깃발들을 향해 최면에 걸린 듯 걸어가고 있었다. 그들 중에는 아이들도 보였다.

"자네가 호글랜드를 찾아오는 동안, 나는 조금 더 가까이 가서 관찰하도록 하지." 밥 터크는 이렇게 말하고는, 천천히 속도를 올리며 카니발을 향해 달려가기 시작했다. 달려가는 그의 발치에서 모래가 튀었다.

토니 코스트너는 호글랜드에게 말했다. "최소한 가서 뭘 내놓고 있는지나 살펴봄세. 같은 자들이 아니라는 것은 알잖나. 여기다 그 끔찍한 마이크로브를 떨어트리고 간 건 저들이 아니야. 자네 눈에도 분명하지 않나."

"더 끔찍한 것을 줄지도 모르지." 호글랜드는 이렇게 말하면서도 프레드를 돌아보고 있었다. "네 생각은 어떠냐?"

"가서 보고 싶어요." 프레드 코스트너가 말했다. 그는 이미 마음속으로 결정을 내린 후였다.

"좋다. 그거면 충분해." 호글랜드는 고개를 끄덕였다. "가서 살펴본다고 해가 되지는 않겠지. 우리가 UN 비밀경찰의 장군이 한 말을 기억하고 있는 한은 말이야. 우리가 저 친구들을 이길 수 있다는 한심한 상상은 하지 말도록 하자꾸나." 그는 렌치를 내려놓고 작업대에서 일어나서, 모피 안감을 댄 외투를 꺼내러 옷장으로 향했다.

카니발에 도착하자, 운을 시험하는 게임 노점들이 심지어는 여자들의 쇼나 괴물들보다도 먼저 설치되어 있는 것이 보였다. 프레드 코스트너는 어른들을 뒤에 남기고는 먼저 달려가버렸다. 그는 공기 냄새를 맡고, 주변을 둘러보고, 음악을 듣고, 게임 노점 건너편에 있는 첫 번째 괴물 무대를 보았다. 이전 카니발에서 본 것과 비슷한, 그가 제일 좋아하는 괴물이 있었다. 그러나 이번 것은 훨씬 더 뛰어났다. 몸이 없는 사람이었다. 머리는 화성의 한낮의 태양 아래에서 조용히 명상하고 있었다. 머리카락, 귀, 지적인 눈까지 전부 달려있는, 몸이 없는 완벽한 머리였다. 어떻게 그것이 살아있는지는 아무도 알 수 없었다. 어쨌든 그는 직관적으로 그 괴물이 진짜라는 사실을 깨달았다.

"자, 이리 오셔서 오르페우스를 보십시오. 보이는 몸이 없는 머리입니다!" 진행자가 확성기에 대고 소리쳤다. 그리고 주로 아이들로 구성된 한 무리의 사람들이 와서는 놀라 입을 딱 벌리고 바라보았다. "이 머리가 어떻게 살아있는 것일까요? 어떻게 움직이는 것일까요? 자, 보여주려무나, 오르페우스." 진행자는 작은 음식 알갱이를 — 프레드 코스트너는 정확히 어떤 음식인지는 보지 못했다 — 머리를 향해 던졌다. 머리는 입을 엄청나게, 무서울 정도로 크게 벌리고는, 자기 옆으로 떨어지는 대부분의 알갱이를 받아먹었다. 진행자는 웃으며 계속해서 떠들어대기 시작했다. 몸 없는 머리는 이제 열심히 굴러다니며 아까 놓친 음식 알갱이를 주워 먹고 있었다. 세상에, 프레드는 생각했다.

"어떠냐? 쓸 만한 경품을 주는 게임이 있더냐? 공을 던지고 싶은 게임이 있어?" 호글랜드가 그의 옆으로 다가오며 말했다. 그의 목소리는 고통으로 젖어 있었다. 그는 더 이상 기다리지 않고 바로 몸을 돌려 돌아가기 시작했다. 너무도 많은 패배를 맛본, 이미 너무 많이 손해를 본 작고 뚱뚱한 남자의 지친 뒷모습이 보였다. 그는 정착지의 다른 어른들에게 말했다. "돌아가세. 다른 함정에 빠지기 전에 돌아가서—"

"기다려봐요." 프레드가 말했다. 그는 예의 익숙한, 기분 좋은 냄새를 맡았던 것이다. 그의 오른쪽 노점에서 나오고 있었다. 그는 즉시 그쪽 방향으로 발걸음을 돌렸다.

뚱뚱한 회색의 중년 여인이 고리 던지기 노점 앞에 앉아있었다. 손에는 버들가지로 만든 고리를 잔뜩 들었다.

프레드의 뒤에서는 그의 아버지가 호글랜드 라이에게 설명하고 있었다. "고리를 상품에 맞히는 거라네. 고리를 던져 상품에 걸쳐진 채로 움직이지 않으면 그 상품을 가지게 되는 거지." 그는 프레드와 함께 천천히 그쪽으로 걸어갔다. "염동력자라면 간단히 할 수 있을 거야. 내 생각은 그래."

"이번에는 경품을 좀 더 자세히 살펴보는 것이 좋겠다." 호글랜드가 프레드에게 말했다. 그러면서도 그는 프레드와 함께 걸어갔다.

처음에는 프레드도 깔끔하게 쌓여있는 경품이 뭔지 알 수가 없었다. 경품은 모두 복잡하고 금속성인, 똑같이 생긴 물건들이었다. 그가 노점 가장자리로 가자, 중년 여인은 노래와 같이 운율을 맞춰서 말하면서, 그에게 고리 한 뭉치를 건네주었다. 1달러, 또는 그와 같은 값어치를 가진 정착지의 물품을 지불해야 했다.

"저게 뭐냐? 내가 보기에는 기계 종류 같은데." 호글랜드가 눈을 가늘게 뜨고 경품을 자세히 살펴보았다.

"저는 저게 뭔지 알아요." 프레드는 이렇게 말하고는 생각했다. 그리고 우리는 이 게임을 해야만 해. 이 사람들과 거래를 하기 위해서라면 정착지에 있는 모든 물품을 바꾸기라도 해야 해. 양배추와 수탉과 양과 양모 담요까지도.

왜냐하면 이게 바로 우리에게 주어진 기회이기 때문이지. 볼프 장군이 이걸 알든 좋아하든 관계없이 말이야.

호글랜드가 말했다. "세상에. 저건 덫이잖아."

"맞아요, 손님. 영구 발동 덫이지요. 모든 일을 혼자서 하고, 스스로 생각한답니다. 그냥 풀어놓기만 하면 끈덕지게 따라가고 놈들을 잡을 때까지 결코 포기하지 않지요—" 중년 여인은 노래하듯 말하다 윙크를 보냈다. "놈들이 뭔지는 잘 아실 테죠. 그래요, 이 덫이 무엇을 잡는지 잘 아실 거예요. 당신들이 자기 힘으로는 결코 잡을 수 없는 그놈들, 물을 오염시키고 송아지를 죽이고 정착지를 망쳐놓는 놈들 — 이 유용하고 가치 있는 덫을 경품으로 뽑아 가세요. 써보시면 알 거예요, 알 거예요!" 그녀는 버들가지 고리 하나를 던졌고, 고리는 복잡하고 금속성 광택이 나는 덫 위로 거의 걸쳐졌다. 사실 그녀가 조금만 더 신경 써서 던졌으면 성공했을 것이다. 최소한 그런 느낌이 들기는 했다. 그들 모두가 그런 느낌을 받았다.

호글랜드는 토니 코스트너와 밥 터크를 보며 말했다. "저런 덫이 최소한 몇 백 개는 필요해."

"그리고 그러려면 우리가 가진 모든 것을 내놓아야 할 거네. 하지만 그럴 만한 가치가 있어. 최소한 완전히 쫓겨나는 것보다야 낫지 않겠나." 그의 눈이 반짝였다. "시작해보자고." 그는 프레드를 보며 말했다. "이 게임 할 수 있겠니? 경품을 딸 수 있겠어?"

"음— 할 수 있을 것 같아요."

프레드가 말했다. 어딘가 가까운 곳에서, 카니발의 누군가가 그에 대항해서 염동력을 사용할 준비를 하고 있었지만 말이다. 하지만 부족해. 나를 막을 수 있을 정도는 아니야.

마치 누군가 일부러 딱 맞게 준비해 놓은 것 같은 느낌이었다. ◐

PHILIP K. DICK

귀중한 유산
Precious Artifact

PHILIP K. DICK

밀트 비스클의 헬리콥터 아래로는 갓 개간된 비옥한 토지가 펼쳐져있었다. 그는 화성의 자기 영역에서 제법 훌륭한 성과를 거두었다. 고대의 수로를 다시 건축해 푸른 평원을 되살린 것이었다. 모래와 뛰어다니는 두꺼비들만 보이던 가을의 행성에 이제 매년 두 차례씩 봄이 찾아왔다. 프록스-테라 분쟁으로 인해, 한때 고대의 잔해와 음울하고 메마른 척박한 토양만이 존재하던 땅에 말이다.

얼마 지나지 않아 첫 번째 테라인 이주자가 나타나, 푯말을 꽂고 자기 땅을 차지할 것이다. 그는 이제 은퇴할 수 있다. 어쩌면 테라로 돌아가거나 가족을 이곳으로 불러서, 부동산 영유 우선권을 받도록 할 수 있을지도 모른다. 재개발 기술자인 그에게는 그럴 권리가 있었다. 옐로 영역은 다른 기술자들의 영역보다 훨씬 더 빠르게 개간이 진행되었고, 이제 보수를 받을 수 있게 된 것이다.

몸을 뻗으며, 밀트 비스클은 장거리 통신기의 버튼을 눌렀다. "여기는 재개발 기술자 옐로입니다. 정신 상담사를 좀 보고 싶은데요. 누구든 상관없습니다. 당장 만나볼 수만 있다면요."

밀트 비스클이 사무실에 들어서자, 드윈터 박사가 자리에서 일어나 손을 내밀었다. "내가 듣기로는, 자네가 마흔한 명의 기술자들 중 가장 창의적으로 작업했다고 하더군. 지친 것도 무리가 아니지. 신조차도 이런 업무를 엿새 동안 한 후에는 하루를 쉬어야 했는데, 몇 년 동안 그런 일을 했으니 말이네. 그리고 자네가 찾아오기를 기다리는 동안 흥미가 당길 만한 소식이 테라에서 도착했지.” 그는 책상 위에 있던 메모를 집어 들었다. “곧 첫 개척민 집단이 화성에 도착할 예정이네……. 그리고 그들은 즉시 자네 구역으로 갈 것이네. 축하해야겠군, 비스클 씨.”

밀트 비스클은 흥분해서 말했다. “제가 지구로 돌아가면요?”

“하지만 가족을 위해 땅을 분양받으려면, 여기서―”

“저를 위해 뭔가 좀 해주셨으면 좋겠습니다. 전 너무 지친 것 같아요. 아니면―” 그는 가볍게 손짓을 해 보였다. “아니면 너무 우울해진 것일지도 모르겠군요. 어쨌든 제 장비와 워그 화분까지 전부 챙겨서, 테라로 돌아가는 수송선에 탈 수 있게 해주셨으면 좋겠습니다.”

“6년 동안 일하고 나서 이제 주어지는 보수를 포기하겠다는 겐가? 최근에 내가 지구를 방문했을 때는 자네가 기억하는 것과 똑같은 모습이었고―”

“제가 기억하는 모습이 뭔지 어떻게 아십니까?”

“아니면 그냥 예전과 같은 모습이었다고 말해야 할는지도 모르겠군.” 드윈터는 부드럽게 자신의 오류를 수정하며 말했다. “좁은 부엌 하나를 일곱 가구가 같이 쓰는 작은 복합아파트로 가득한 비좁은 곳이지. 아우토반은 차량으로 가득해서 아침 11시가 되기 전까지는 움직이지도 못할 정도이고 말이야.”

“제게는 그런 혼잡함도 위안이 될 것 같군요. 몇 년 동안 로봇 자동화 기기에만 둘러싸여 살았으니 말입니다.” 그는 이미 결심한 상태였다. 여기서 뭘 이룩했더라도, 또는 그가 이룩한 일 때문에, 그는 고향으로 돌아가고 싶었다. 정신 상담사가 반대하더라도 말이다.

드윈터 박사는 구슬리듯 말했다. “밀트, 만약 곧 도착할 첫 수송선에 자네 아내와 아이들이 타고 있으면 어떻게 할 건가?” 그는 깨끗하게 정리된 책상 위에서 다시 한 번 서류 한 장을 집어 들었다. “페이 비스클 부인. 로라 C. 준 C. 아내와 딸 두 명. 자네 가족이 아닌가?”

"맞습니다." 밀트 비스클은 멍하게 응답하며, 정면을 바라보고만 있었다.

"그러면 자네가 지구로 돌아갈 수 없는 이유도 분명하지 않나. 머리카락 덮어쓰고 3번 필드로 나가서 가족을 맞이할 준비나 하게. 이빨도 교환하고 말이야. 지금은 스테인리스 스틸 이빨을 착용하고 있으니 말일세."

비스클은 분노를 누르며 고개를 끄덕였다. 다른 모든 테라인들과 마찬가지로 그는 전쟁 동안 낙진 때문에 두발과 치아를 잃었다. 홀로 화성의 옐로 영역 재건 작업을 하는 동안, 그는 테라에서 가져온 비싼 가발을 구태여 착용하지도 않았고, 개인적으로 이빨은 금속 제품이 실제 이빨과 비슷한 플라스틱 제품보다 훨씬 쓰기 편하다는 것을 알게 되었다. 그가 일반적인 사회적 교류에서 얼마나 유리되어 있었던가를 깨닫게 해주는 사실이었다. 그는 모호한 죄책감을 느꼈다. 드윈터 박사의 말이 맞았다.

그러나 그는 프록스인이 패배한 이후 늘 죄책감을 느껴왔다. 전쟁이 그의 마음에 상처를 남겨놓은 것이다. 경쟁 관계가 된 문명 중 한쪽이 멸망해야만 한다는 사실은 그다지 마음에 들지 않았다. 특히 양쪽 모두의 동기가 정당한 상황에서는 말이다.

화성이 그 경쟁의 중심지가 되었다. 양쪽 문명 모두 넘쳐나는 인구를 이주시킬 식민 행성으로 화성이 필요했다. 다행히도 작년의 전쟁에서 테라 측이 전략적 이득을 보았다……. 그래서 프록스인이 아닌 그와 같은 테라인들이 화성을 재건하고 있는 것이었다.

"그리고 말인데, 어쩌다보니 자네가 다른 기술자 동료들에게 무엇을 할 계획인지를 알게 되었는데 말이네." 드윈터 박사가 말했다.

밀트 비스클은 즉시 고개를 들고 그를 바라보았다.

"사실 말이네, 지금 그 친구들이 레드 구역에 모여 자네 연설을 들으려 하고 있다는 사실도 알고 있다네." 그는 책상 서랍을 열고 요요 하나를 꺼내서는, 자리에서 일어나 능숙하게 '개 산보' 동작을 시연해 보였다. "자네가 정확하게 뭔지도 모르면서 뭔가가 잘못되어 있다고 연설할 계획이라는 사실도 말이지."

비스클은 요요를 바라보며 말했다. "그거 프록스 성계에서 인기 있는 장난감 아닙니까? 적어도 제가 전에 읽은 잡지에는 그렇게 적혀있었는데요."

"흐음. 나는 이게 필리핀에서 유래한 줄 알았는데." 요요에 몰두한 채로, 드윈터 박사는 이제 '세계 일주' 동작을 해 보였다. 꽤 훌륭한 솜씨였다. "나는 재개발 기술자 집회에 대리인을 보내서 자네의 정신 상태에 대해 언급하게 할 예정일세. 미안하지만 꽤 큰 소리로 하게 될 것 같네만."

"그래도 집회에서 연설은 할 겁니다." 비스클이 말했다.

"흠, 그렇다면 한 가지 거래를 제안하고 싶네. 자네의 작은 가족이 화성에 도착하면 일단 그들을 맞아들이게. 그런 후에 자네가 테라로 여행을 떠날 수 있도록 주선해주기로 하지. 우리가 모든 비용을 대겠네. 그 대신, 자네는 재개발 기술자들 앞에서 연설을 하거나, 그 외 다른 방법으로 자네의 그 불확실한 예감 같은 것을 퍼트리지 않는 거야." 드윈터 박사는 날카로운 눈빛으로 그를 바라보았다. "어찌됐든 중요한 시기 아닌가. 곧 첫 이민자들이 도착할 테고. 우리는 문제가 일어나는 것을 원하지 않네. 사람들이 불안해하는 것도 바라지 않고 말이네."

"한 가지 부탁 좀 드려도 되겠습니까? 가발을 쓰고 있다는 것을 보여주십시오. 이빨이 가짜라는 것도요. 선생님이 테라인이라는 사실을 확신할 수 있게 말입니다."

드윈터 박사는 가발을 기울여 보이고 틀니를 빼 보였다.

"그 제안을 받아들이죠. 제 아내가 여기 와서 제가 한쪽에 마련해놓은 땅을 확실히 받을 수 있게만 해주신다면 말입니다."

고개를 끄덕이며, 드윈터 박사는 그에게 작은 흰색 봉투를 건네주었다. "자네 표일세. 물론 왕복이야. 자네는 돌아올 테니까."

비스클은 우주선 표를 받으며 생각했다. 그랬으면 좋겠군요. 하지만 그건 제가 테라에서 무엇을 보느냐에 따라 결정될 일입니다. 정확하게 말하자면, 그들이 내가 무엇을 보게 해주느냐에 따라서겠지만요.

그는 그들이 거의 아무것도 보여주지 않을 것이라 생각하고 있었다. 프록스인들에게 가능한 한 거의 아무것도.*

그가 탄 우주선이 테라에 도착하자, 깔끔하게 제복을 차려입은 안내원이 그를 기다리고 있었다. "비스클 씨?" 늘씬하고 매력적이고 놀라울 정도로 젊은 여성이 즉시 앞으로 한 발짝 나왔다. "제가 선생님의 투어 플랜 동반자인 메리 에이블세스입니다. 여기 잠시 머무시는 동안 이 행성을 안내하는 역할을 맡게 되었습니다." 그녀는 얼굴 가득 매우 전문가다운 미소를 띠어 보였다. 그는 당황했다. "여기 계시는 동안 항상 선생님과 같이 행동할 겁니다. 낮에도, 밤에도요."

"밤에도 말입니까?" 그는 간신히 반응을 보였다.

"그래요, 비스클 씨. 제 업무니까요. 저희는 선생님께서 화성에서 몇 년 동안이나 일하신 후라 조금 혼란스러우실 것이라고 예상하고 있습니다……. 테라에 있는 저희들이 모두 칭송하고 영예롭게 여겨 마땅한 그 임무 말이에요." 그녀는 밀트의 옆에 붙어, 그를 주차되어 있는 헬리콥터 쪽으로 안내했다. "먼저 어디를 보고 싶으신가요? 뉴욕? 브로드웨이? 나이트클럽이나 극장이나 식당도 좋고……."

"아뇨, 센트럴 파크를 보고 싶군요. 벤치에 앉아보고 싶어요."

"하지만 비스클 씨, 센트럴 파크는 사라졌답니다. 선생님이 화성에 계

____
* proxmanly가 대략이란 뜻의 proximately와 비슷한 점에 착안한 언어유희.

시는 동안 공무원들이 주차장으로 바꿔놓았어요."

"알겠습니다." 밀트 비스클이 말했다. "음, 그러면 샌프란시스코의 포츠머스 광장도 괜찮을 것 같군요." 그는 헬리콥터의 문을 열었다.

"그곳도 주차장이 되었답니다." 에이블세스 양은 길고 반짝이는 붉은 머리카락을 슬프게 흔들며 대답했다. "이 행성에는 이제 지독할 정도로 사람이 많거든요. 다시 골라보세요, 비스클 씨. 아직 몇 군데에는 공원이 남아있어요. 캔자스에 하나가 있고, 제 기억으로는 아마 유타의 세인트조지 남쪽 부근에 두 군데가 있던 것 같네요."

"안 좋은 소식이군요. 잠깐 암페타민 자판기에 들러서 10센트만 투자해도 되겠습니까? 기운을 내려면 자극제가 필요할 것 같군요." 밀트가 말했다.

"물론이죠." 에이블세스 양은 우아하게 고개를 끄덕이며 말했다.

밀트 비스클은 우주 공항 근처의 자극제 자판기로 가서, 주머니에 손을 넣어 10센트 동전을 꺼낸 후 동전 구멍에 집어넣었다.

10센트 동전은 자판기를 완벽하게 통과해 도로의 포석 위로 떨어졌다.

"이상하군." 비스클은 영문을 모르겠다는 듯 말했다.

"왜인지 알 것 같군요. 선생님의 동전이 중력이 약한 곳에서 사용하기 위해 만든 화성 동전이라서 그래요." 에이블세스 양이 말했다.

"흠." 밀트 비스클은 동전을 집어 들었다. 에이블세스 양이 처음에 한 말대로 아무래도 혼란스러운 듯했다. 그녀가 자기 동전을 집어넣고 작은 암페타민 자극제를 꺼내는 동안 그는 옆에 멍하니 서있었다. 일견 적절한 듯한 설명이었다. 하지만—

"이제 여기 시간으로 8시가 되었네요. 그런데 저는 아직 저녁도 먹지 못했답니다. 선생님은 분명 우주선 안에서 드셨을 테지만 말이에요. 식사하러 가시는 것은 어떻겠어요? 함께 피노 누아라도 들면서 선생님을 테라로 찾아오게 만든 그 묘한 느낌, 뭔가 심각한 것이 잘못되어 있고 선생님의 재건 작업이 전부 쓸모없는 것일지도 모른다는 생각에 대해 이야기를 해 볼 수도 있지 않겠어요? 그 이야기를 듣고 싶은데요." 그녀는 그를 이끌고 다시 헬리콥터로 향했고, 둘은 다시 비좁은 뒷좌석으로 비집고 들어갔다. 밀트 비스클은 그녀가 따뜻하고 부드러운, 분명한 테라인이라는 사실을 느꼈다. 그는 당황하고 있었으며, 그의 심장은 신경증에라도 걸린 것처럼 두근댔다. 상당히 오랜 세월 동안 이렇게 여성 가까이에 있어본 적이 없었던 것이다.

"잘 들어요." 헬리콥터가 자동 조종 시스템의 명령에 따라 우주 공항의 주차장에서 이륙하는 동안, 그는 그녀에게 말했다. "저는 결혼을 했습니다. 아이도 둘 있고 여기에는 사업차 온 겁니다. 제가 테라에 온 이유는, 사실 전쟁에서 이긴 것은 프록스인들이며 몇 남지 않은 우리 테라인들은 프록스 당국의 노예라는 사실을 증명하기 위해서입니다. 우리의 노동은—" 그는 도중에 설명을 포기했다. 쓸모없는 일이었다. 에이블세스 양은 여전히 그에게 몸을 밀착시키고 있었다.

헬리콥터가 뉴욕 상공을 날아가는 동안, 에이블세스 양이 입을 열었다. "선생님은 그러면 정말로 제가 프록스인 스파이라고 생각하시는 건가요?"

"아니, 아닙니다. 그렇지는 않아요." 상황을 보건대 절대 그럴 리는 없어 보였다.

"테라에 계시는 동안 사람도 많고 시끄러운 호텔에서 묵으실 필요는 없지 않나요? 뉴저지에 있는 제 아파트에서 지내시면 어떨까요? 방도 충분히 많고 선생님이라면 언제든 환영이니까요."

"좋습니다." 비스클은 저항해봤자 소용없다는 느낌을 받으며 그녀의 말에 동의했다.

"좋아요." 헬리콥터는 에이블세스 양의 명령에 따라 곧 북쪽으로 방향을 틀었다. "그러면 저희 집에 가서 저녁식사를 하죠. 돈도 덜 들 테고, 어차피 괜찮은 식당들은 이 시간이면 죄다 두 시간은 줄서서 기다려야 하고, 자리를 잡기도 쉽지 않을 테니까요. 아마 선생님은 기억하지 못하실 테지만요. 우리 인구의 절반이 이주하기만 하면 얼마나 살기 편해질지!"

"그렇겠지요. 사람들은 화성을 좋아할 겁니다. 작업성과가 그다지 나쁘지 않거든요." 그는 일종의 의욕이, 자신과 동료들이 성취한 일에 대한 자부심이 돌아오는 것을 느꼈다. "기회가 된다면 꼭 와서 보십시오, 에이블세스 양."

"메리라고 부르세요." 붉은 머리 가발을 정돈하며, 에이블세스 양이 말했다. 방금 헬리콥터 안의 비좁은 공간에서 움직이는 동안 가발이 자리에서 벗어난 모양이었다.

"좋습니다." 비스클은 말했다. 페이에게 정절을 지키지 못하는 것 같다는 죄책감이 들기는 했지만, 그는 기분이 좋아지고 있었다.

"테라에서는 모든 일이 빠르게 진행되죠. 전부 이 끔찍한 인구 과잉의 압박 때문이에요." 그녀는 틀니도 다시 제자리에 맞춰 끼웠다. 이빨도 움직이다 살짝 빠져나온 모양이었다.

"그런 것 같군요." 밀트 비스클은 그녀의 말에 동의하며, 자신의 가발과 틀니를 정돈했다. 내가 착각을 한 걸까? 그는 자문해보았다. 어쨌든 아래 흘러가는 뉴욕의 불빛은 확인할 수 있었다. 테라는 사람이 살지 않는 폐허가 아니었고, 그 문명은 온존해있었다.

아니면 이 모든 것이, 그가 모르는 프록스인 정신 감응 기술로 그의 감각 기관에 주입된 환상일 수도 있을까? 그의 10센트 동전이 암페타민 자판기를 그대로 통과해 떨어진 것은 분명한 사실이었다. 이것이 혹시 무언가 중요한 것이 끔찍하게 잘못되어 있다는 사실을 알려주는 것은 아닐까?

어쩌면 그곳에는 사실 자판기가 존재하지 않았는지도 모른다.

다음 날, 그와 메리 에이블세스는 얼마 남지 않은 공원 중 한 곳을 방문했다. 유타 주의 남부, 산맥 근처에 있는 공원은 작기는 하지만 밝은 초록빛의 매력적인 곳이었다. 밀트 비스클은 풀밭에 누워 빈둥대며 다람쥐 한 마리가 나무를 향해 번개같이 뛰어올라가는 모습을 바라보고 있었다. 꼬리가 회색 물결처럼 흔들리며 따라갔다.

"화성에는 다람쥐가 없지." 밀트 비스클이 나른한 목소리로 말했다.

메리 에이블세스는 가벼운 일광욕 복장을 입고 눈을 감은 채로 쭉 기지개를 켰다. "여긴 정말 좋네요, 밀트. 화성도 이랬으면 좋겠어요." 공원 건너편으로는 고속도로를 따라 수많은 차량이 움직이고 있었다. 그 소음이 마치 태평양의 파도 소리와 같이 들렸다. 진정시키는 느낌이 들었다. 모든 것이 괜찮은 듯했다. 그는 다람쥐에게 땅콩 하나를 던져주었다. 다람쥐는 잠시 물끄러미 보다가, 땅콩을 향해 재빨리 뛰어왔다. 영리하게 생긴 얼굴이 씰룩거렸다.

그는 땅콩을 손에 쥔 채로 일어나 앉으며 두 번째 땅콩을 오른쪽으로 던졌다. 다람쥐는 땅콩이 단풍잎 사이로 떨어지는 소리를 들은 듯, 귀를 쫑긋 세웠다. 밀트는 예전 고양이와 이 비슷한 놀이를 하던 것이 생각났다. 테라가 이렇게 인구 과잉이 되기 전, 아직 애완동물이 합법이었을 때, 그와 동생은 늙고 게으른 수고양이를 한 마리 키우고 있었다. 그는 펌킨 — 그 수고양이 — 이 거의 잠들 때까지 기다린 후 작은 물체를 하나 방구석으로 던졌다. 그러면 펌킨은 즉시 일어났다. 눈을 뜨고 귀를 쫑긋 세운 채로 이리저리 돌리며, 그 고양이는 무엇이 그 소리를 냈는지 고민하며 십오 분 동안 그 자리에 앉아 주변을 둘러보았다. 늙은 고양이에게 칠 수 있는 무해한 장난이었다. 밀트는 마지막 합법적 애완

동물이었던 펌킨이 죽은 지 얼마나 오래되었는지를 떠올리고는 가슴이 먹먹해졌다. 하지만 화성에서는 다시 애완동물을 기를 수 있게 될 것이었다. 반가운 소식이었다.

사실 화성에서 재건 작업을 하는 동안, 그는 애완용 생물을 하나 가지고 있었다. 화성의 식물이었다. 그는 그 식물을 테라로 가져왔고, 지금 그 화분은 메리 에이블세스의 아파트 거실에 있는 커피 탁자 위에 놓여있었다. 하지만 식물의 줄기는 그다지 기분이 좋지 않은 듯 늘어져 있었다. 익숙하지 않은 지구의 기후 때문에 상태가 좋지 않은 듯했다.

"내 워그 식물이 상태가 안 좋다니, 이상한데. 이런 습한 환경에서는 잘 살 줄 알았는데……." 밀트가 중얼거렸다.

"중력 때문이에요. 중력이 너무 강한 거죠." 메리는 여전히 눈을 감은 채로 말했다. 가슴이 오르락내리락하는 모습이 보였다. 반쯤 잠든 상태였다.

밀트는 나른하게 누워있는 여인의 모습을 보며, 비슷한 상태에 있던 펌킨의 모습을 기억해냈다. 수면 상태와 각성 상태의 중간에 있는, 의식과 무의식이 서로 뒤얽혀있는, 선잠이 든 상태……. 그는 손을 뻗어 돌멩이를 하나 집어 들었다.

그는 돌멩이를 메리 머리 근처의 낙엽 쪽으로 던졌다.

그녀는 순간 벌떡 몸을 일으켰다. 깜짝 놀란 듯 눈을 뜨고 있었다. 일광욕 복장은 바닥으로 떨어졌다.

그녀의 두 귀는 모두 쫑긋 서있었다.

"하지만 우리 테라인은 귀 근육을 사용하지 못한답니다, 메리. 반사적으로도 말이죠."

"뭐라고요?" 그녀는 일광욕 복장을 다시 묶으며, 당황하여 눈을 깜빡이며 되물었다.

"귀를 세우는 능력이 퇴화해버렸거든요. 개나 고양이와는 다르죠. 하지만 형태학적으로는 그 근육이 여전히 붙어 있기 때문에 알아챌 수 없었을 겁니다. 그래서 실수를 한 거죠."밀트가 설명했다.

"무슨 말씀을 하시는 건지 모르겠어요."살짝 동요한 기색을 보이며 메리가 말했다. 그녀는 그를 무시하고 자기 옷을 정리하는 일에 주의를 기울이기 시작했다.

"당신 아파트로 돌아갑시다."밀트가 자리에서 일어서며 말했다. 그는 더 이상 공원에서 게으름을 피우고 싶지 않았다. 그 자신이 공원이 진짜라고 믿을 수가 없었기 때문이다. 가짜 다람쥐, 가짜 잔디밭…… 모두 진실이 아니었단 말인가? 그들이 이런 환상 뒤에 숨겨진 진짜 형상을 보여줄 것인가? 그럴 거라는 생각은 들지 않았다.

그들이 헬리콥터로 돌아가는 동안, 다람쥐는 얼마 정도 그들을 따라오다가 곧 두 명의 아이들이 있는 다른 테라인 가정으로 주의를 돌렸다. 아이들이 다람쥐에게 땅콩을 던져주자, 다람쥐는 부지런히 그것들을 모아들이기 시작했다.

"정말 진짜 같군요."밀트가 말했다. 분명 사실이었다.

"드윈터 박사님을 더 만나고 올걸 그랬죠, 밀트. 그분이라면 당신을 도울 수 있었을 텐데요."

"분명 그랬겠지요."주차되어 있는 헬리콥터에 올라타며, 밀트 비스클은 그녀의 말에 동의했다.

메리의 아파트에 도착하자, 밀트는 그가 가져온 화성 워그 식물이 죽어 있는 것을 발견했다. 분명히 탈수 현상 때문에 시든 것으로 보였다.

"설명하려 들 필요 없습니다."함께 한때 살아있었던 식물의 바싹 마른 줄기를 바라보며, 그는 메리에게 말했다. "저게 무슨 뜻인지는 당신도 알 테니까요. 테라는 화성보다 습윤한 행성이어야 하죠. 재건된 화성에서 최상의 기후와 비교해서도 말입니다. 하지만 이 식물은 완전히 말라버렸습니다. 이건 지구에 수분이 전혀 남아있지 않다는 뜻이죠. 아마 프록스인의 병기가 지난 전쟁에서 바다를 통째로 날려버렸기 때문일 겁니다. 맞지요?"

메리는 아무 말도 하지 않았다.

"이해할 수 없는 건, 왜 당신네 종족이 이렇게 계속해서 환상을 보여주려 하느냐는 겁니다. 나는 해야 할 일을 끝마치지 않았습니까."

잠시 후, 메리가 다시 입을 열고 말했다. "어쩌면 재건 작업이 필요한 행성이 더 있는지도 모르지요, 밀트."

"당신네 인구가 그렇게 많습니까?"

"저는 테라를, 바로 이 행성을 말하는 거였어요. 이곳의 재건 작업은 몇 세대가 걸릴 거예요. 당신들 재건 기술자들이 가지고 있는 능력과 기술이 전부 필요할 테지요." 그녀는 덧붙였다. "물론 당신의 가설이 옳다는 가정하에서 얘기하고 있는 거예요."

"그렇다면 우리가 다음 일할 곳은 테라였던 거군. 그래서 당신들이 나를 이곳으로 불러들인 거였군요. 나는 사실 여기 머무르게 될 예정인 거였어요." 그는 그 순간 한 줄기 직관으로 모든 것을 총체적으로 이해해냈다. "나는 다시 화성으로 돌아가지도, 페이를 다시 보게 되지도 않을 예정이었고. 당신이 그녀 자리를 차지하는 거였군요." 모든 것이 맞아떨어졌다.

"글쎄요, 최소한 그러려고 노력하고 있다고는 해두죠." 그녀는 희미하게 비틀린 미소를 얼굴에 띠며 말했다. 맨발에 여전히 일광욕 복장을 입은 채로, 그녀는 천천히 그에게 가까이 다가갔다.

그는 겁에 질려 그녀에게서 물러났다. 그는 죽은 워그 식물 화분을 집어 들고는, 아파트의 폐기물 처리 투입구에 파삭하게 마른 유해를 떨어트렸다. 그것은 즉시 구멍 안으로 사라졌다.

"그럼 이제" 메리는 활기차게 말했다. "우리는 뉴욕의 현대미술관을 방문한 후, 시간이 남으면 워싱턴 D.C.의 스미소니언 박물관을 관람할 거예요. 당신이 우울하게 생각에 잠겨있지 않도록 바쁘게 움직이게 하라는 의뢰를 받았거든요."

"하지만 이미 생각은 하고 있는데요." 밀트는 그녀가 일광욕 복장에서 회색 양모 니트 드레스로 갈아입는 모습을 바라보며 말했다. 누구도 내가 생각하는 것을 멈출 수는 없어. 그리고 당신들도 이제 그 사실을 알겠지. 그리고 재건축 기술자들이 일을 마칠 때마다 똑같은 일이 계속 일어날 거야. 나는 그저 첫 번째일 뿐이지.

최소한 나는 혼자가 아니라고, 그는 생각했다. 기분이 조금 나아졌다.

"어때 보여요?" 메리는 침실 거울 앞에서 립스틱을 바르며 그에게 물었다.

"멋져요." 밀트는 건성으로 대답하고는, 메리가 앞으로 계속해서 재건 기술자들을 만나며, 계속 그들의 정부 노릇을 하게 될지 궁금해졌다. 저것이 그녀의 본모습이 아닌 걸로도 부족해서, 계속 내 것으로 할 수도 없게 되는 거로군.

물론 쉽게 피할 수 있는 무상의 손실이기는 하겠지만.

그는 순간 깨달았다. 메리가 점차 마음에 들고 있다는 걸. 메리는 살아있었다. 그 사실은 확실했다. 테라인이든 아니든. 최소한 그림자를 상대로 전쟁에서 진 것은 아니었다. 진짜로 살아있는 생명체에게 패배한 것이었다. 나름 기분이 좋아지는 일이었다.

"그럼 현대미술관으로 가볼까요?" 메리는 웃음을 지으며 활기차게 말했다.

잠시 후 스미소니언 박물관에서, 세인트루이스의 영혼 호와 라이트 형제의 엄청나게 오래된 비행기를 보고 난 후 — 거의 백만 년은 된 골동품인 듯했다 — 그가 고대하던 전시물이 눈에 들어왔다.

가공되지 않은 준보석 전시품에 정신이 팔려있는 메리에게는 아무 말도 하지 않고, 그는 슬쩍 빠져나가 다음과 같은 제목이 적혀있는 유리 전시장 앞에 섰다.

2014년 프록스 군대

세 명의 프록스 병사들이 꼼짝도 않고 서있었다. 먼지와 그을음으로 더러워진 검은 주둥이에 휴대용 총기를 손에 든 채로, 그들의 수송선 잔해로 만든 임시 방공호에 들어간 모습이었다. 피로 물든 프록스 깃발이 엉성하게 걸려있었다. 패배한 적들의 소굴을 보여주고 있는 전시물이었다. 이 세 명의 병사들은 곧 항복하거나 사살당할 것이었다.

테라인 관광객 한 무리가 그 전시물 옆에 서서 얼빠진 얼굴로 그 모습을 바라보고 있었다. 밀트 비스클은 가장 가까운 곳에 서있는 남자에게 물었다. "잘 만들었죠, 안 그렇습니까?"

"물론 그렇죠." 중년에 안경과 회색 머리카락을 가진 남자가 그의 말에 동의했다. "참전하셨었습니까?"

"저는 재건 기술자입니다. 옐로 구역에 있지요."

"아." 남자는 감탄한 듯 고개를 끄덕였다. "세상에, 이 프록스인들은 정말로 무섭게 보여요. 이 전시물에서 당장이라도 튀어나와 우리와 죽기 살기로 싸울 것 같지 않습니까." 그는 미소를 지었다. "이 프록스인들은 항복하기 전까지 정말로 치열하게 싸웠지요. 그거 하나는 인정해줘야 합니다."

그의 아내인 회색 머리의 여자도 바짝 긴장한 채로 덧붙였다. "저 총을 보기만 해도 떨리네요. 너무 진짜같이 만들었어요." 그 여자는 총에 대해 불만을 표시하며 다른 전시물 쪽으로 걸어갔다.

"그 말이 맞아. 정말로 무섭도록 진짜같이 보이지, 그건 저게 진짜이기 때문이야." 밀트는 중얼거렸다. 저런 환상을 만들어낼 필요는 조금도 없었다. 실제 물체가 주변에 존재하며, 즉시 사용할 수 있는 이상 말이다. 밀트는 몸을 숙이고 가드레일 아래로 들어가, 전시물 주변의 투명한 유리에 손을 짚은 후, 발을 들어 힘껏 내려차 유리를 부수어버렸다. 유리는 산산조각이 나며 사방으로 파편을 뿌리며 부서져 내렸다.

메리가 뛰어오는 동안, 밀트는 전시물의 얼어붙은 프록스인 중 하나의 손에서 라이플을 빼앗아 메리를 향해 겨누었다.

그녀는 숨을 몰아쉬면서도 즉시 걸음을 멈추고는, 아무 말도 하지 않고 그를 노려보기만 했다.

밀트는 능숙하게 라이플을 잡은 채로 그녀를 보며 말했다. "당신들을 위해 일을 할 생각은 있습니다. 어찌됐든, 우리 종족이 더 이상 존재하지 않는다면 그들을 위해 식민지를 지어줄 수는 없는 노릇이지 않습니까. 나도 그건 압니다. 하지만 나는 그 전에 진실을 알고 싶습니다. 진실을 보여주면 내 할 일을 하러 가겠습니다."

"아뇨, 밀트. 만약 진실을 알게 된다면, 당신은 더 이상 일하지 않을 거예요. 그 총구를 자신을 향해 돌리겠지요." 그녀의 목소리는 차분하고, 심지어는 동정심마저 어린 듯했지만, 그녀의 크게 뜬 푸른 눈은 불안에 떨리고 있었다.

"그럼 당신을 죽이겠소." 그는 말했다. 그 다음에는 자기 자신을 죽일 생각이었다.

"기다려요." 메리는 이렇게 말하고 잠시 생각했다. "밀트, 이건 어려운 문제예요. 당신은 아직 아무것도 모르는데 벌써 이렇게 비참한 기분이 되어 있잖아요. 실제로 당신 행성이 어떻게 되었는지를 보면 어떤 기분이 들겠어요? 나조차도 견디기 힘들 지경인데, 나는 그저—" 그녀는 머뭇거렸다.

"계속 말해요."

"나는 그저, 방문자일 뿐인데 말이에요." 그녀는 겨우 단어를 꺼냈다.

"하지만 내 말이 맞지. 말해요. 사실을 인정해요."

"당신이 옳아요, 밀트." 그녀는 한숨을 쉬었다.

제복을 입은 두 명의 박물관 경비병이 권총을 들고 나타났다. "괜찮으십니까, 에이블세스 양?"

"지금 당장은 괜찮아요." 메리가 말했다. 그녀는 밀트와 그가 들고 있는 라이플에서 눈을 떼지 않았다. "조금 기다려봐요." 그녀는 경비병들에게 명령했다.

"알겠습니다." 경비병들은 기다렸다. 아무도 움직이지 않았다.

밀트가 다시 입을 열었다. "테라인 여성 중 살아남은 사람이 있소?"

잠시의 침묵이 흐른 후, 메리가 대답했다. "아뇨, 밀트. 하지만 우리 프록스인은 당신들과 같은 속에 속해있어요. 당신도 알겠지만요. 따라서 교잡이 가능하죠. 조금 괜찮은 소식이 아닌가요?"

"그래, 훨씬 낫군요." 그는 이제 더 이상 기다리지 않고 총구를 자신 쪽으로 돌리고 싶은 기분이 되었다. 지금 할 수 있는 일이라고는 그 충동을 억누르는 것이 전부였다. 그의 생각이 옳았던 것이다. 화성의 3번 필드에 있는 그 존재는 페이가 아니었다. "들어봐요. 나는 화성으로 다시 돌아가고 싶어요. 여기에는 뭔가 알아내기 위해서 온 거니까. 나는 그 사실을 깨달았고, 이제는 돌아가고 싶다는 겁니다. 어쩌면 다시 드윈터 박사와 이야기를 하면 그가 나를 도와줄지도 모르죠. 이것에 대해 반대 의견이 있습니까?"

"아뇨." 그녀는 그의 기분을 나름 이해하는 것처럼 보였다. "어쨌든 당신은 그곳에서 당신의 목표 업무를 전부 끝냈으니까요. 당신에게는 돌아갈 권리가 있어요. 하지만 결국 당신은 곧 이곳 테라에서 작업을 시작해야 할 거예요. 우리는 1년 정도, 아니면 2년까지도 기다려줄 수 있어요. 그리고 곧 당신도 알게 되겠지만…… 이곳에서의 일은 훨씬 더 힘들 거예요." 그녀는 웃으려 했지만 실패했다. 그는 그녀의 노력을 눈치챌 수 있었다. "유감이에요, 밀트."

"나도 그래요. 젠장, 워그 식물이 죽었을 때는 정말로 유감이었어요. 바로 그때 진실을 알았으니까. 단순히 추측하고 있었던 것이 아니라 말입니다."

"당신 동료인 레드 구역 재건 기술자 클리블랜드 앤드리가 당신 대신 집회에서 연설을 했다는 사실에 흥미가 생기지 않나요. 그 사람은 당신의 느낌에 자신의 감정까지 실어 그들에게 전부 전달했어요. 그 사람들은 정식으로 대표를 선출해 여기 테라로 조사차 보낼 생각이라고 하더군요. 지금 오는 중이라고 해요."

"흥미가 생기는군요. 하지만 별다를 것은 없는 일입니다. 상황이 변하는 것도 아니고요." 그는 라이플을 내려놓았다. "이제 화성으로 돌아가도 되겠습니까? 드윈터 박사에게 내가 돌아간다고 좀 전해주세요." 이제 그는 피로를 느끼며 생각했다. 가능하면 그가 가진 모든 정신의학 기술을 준비해주었으면 좋겠는데. 나를 치료하려면 상당히 많은 노력이 필요할 테니까. "지구의 동물은 어떻습니까? 살아남은 동물은 있나요? 개나 고양이는 어떻지요?"

메리는 박물관 경비들에게 눈짓해 보였다. 그들 사이에 소리 없는 짧은 교신이 오갔고, 곧 메리가 입을 열었다. "어쩌면 괜찮을지도 모르겠군요."

"뭐가 괜찮다는 겁니까?" 밀트 비스클이 말했다.

"당신에게 보여주어도 괜찮을 거라는 말이에요. 아주 잠시 동안만요. 우리가 생각한 것보다 훨씬 잘 견뎌내고 있는 것 같으니까요. 우리 생각에는, 당신에게 그 정도는 해주어도 될 것 같아요." 그리고 그녀는 덧붙였다. "그래요, 밀트. 개와 고양이는 살아남았어요. 여기 폐허 사이에서 살고 있죠. 와서 한번 보도록 하세요."

그는 그녀를 따라가며 속으로 생각했다. 그녀가 처음에 한 말이 맞는 것은 아니었을까? 나는 정말로 보고 싶은 것인가? 실제로 존재하는 것을, 지금까지 그들이 내게 숨기려고 했던 사실을 보고서도 과연 내가 견딜 수 있을까?

메리는 박물관의 출구 앞에서 걸음을 멈추고 말했다. "밖으로 나가봐요, 밀트. 나는 여기 있을게요. 당신이 이리 돌아올 때까지 기다리고 있겠어요."

그는 머뭇거리며 출구를 통해 나갔다.

그리고 보았다.

물론 그녀가 말한 대로의 폐허였다. 도시는 완전히 목이 잘려있었다. 지상 3피트 이상의 모든 것이 잘려 나간 상태였다. 건물들은 내용물 없이 텅 빈 정사각형 형태로만 남았다. 쓸모없는 고대의 안뜰이 끝없이 늘어서있는 모양이었다. 그는 자신이 보고 있는 광경이 새로운 것이라는 사실을 믿을 수가 없었다. 그에게는 이 폐허의 광경이 오래전부터 지금 모습 그대로 이곳에 있었던 것과 같은 느낌이 들었기 때문이다. 그리고 과연 언제까지, 이 광경은 이대로 남아있을 것인가?

그의 오른쪽으로, 작지만 복잡한 기계 장치 하나가 건물 잔해로 가득한 거리 위로 떨어져 내렸다. 그가 바라보는 동안, 그 기계는 다리와 같은 기관을 뻗어 가까운 건물의 기초를 파 들어가기 시작했다. 기계가 순식간에 강철과 시멘트로 만들어진 건물 기초를 부수고 들어가자 아래로 검은 토양이 보였다. 자동 수리 기계가 발산하는 원자로의 열이 토양을 달구고 있었다. 그가 화성에서 사용하는 기계와 크게 다르지 않은 물건이었다. 제대로 된 작업은 아니었지만, 최소한 이 기계는 과거의 쓰레기를 치우는 작업을 수행하고 있는 것이다. 화성에서 쌓은 경험으로 비추어 볼 때, 그는 곧 이 기계를 따라 거의 비슷하게 복잡한 기계가 도착해 새로 건물을 지을 토대를 구축할 것이라는 사실을 유추할 수 있었다.

그리고 텅 빈 거리 한쪽으로, 이 제한적인 정비 작업을 지켜보고 있는 두 명의 비쩍 마른 회색 형체가 보였다. 옅은 빛의 머리카락을 위로 말아 올리고, 귓불에는 무거운 물건을 달아 늘어트린 매부리코의 프록스인 두 명이었다.

승자들이군, 이라고 그는 생각했다. 패배한 종족의 마지막 유산이 사라지는 광경을 지켜보고 있는 거겠지. 언젠가 완벽한 프록스인의 도시가 바로 이 지역에 생겨날 거야. 프록스인의 건축 양식, 넓고 기묘한 프록스 양식의 거리, 여러 층을 가진 똑같이 생긴 상자 모양의 건물들이. 그리고 저들과 같은 시민들이 경사로를 올라가고, 매일 차들이 빠르게 질주하는 도로를 마주하고 살게 되겠지. 그리고 메리가 말했던, 지금 이 폐허 안에 살고 있는 테라의 개와 고양이들은 어떻게 될까? 언젠가는 사라지게 될까? 전부 사라지지는 않을지도 모른다. 박물관이나 동물원 같은 곳에, 사람들이 보고 감탄하는 대상이 되는 괴상한 생물로 남게 될지도 모르는 일이다. 더 이상 유지할 수 없는, 또는 더 이상 의미가 없는 생태 환경의 마지막 생존자로서 말이다.

그리고 또한, 메리의 말이 맞았다. 프록스인은 지구인과 같은 속의 생물이었다. 그들이 살아남은 테라인들과 교배를 하지 않는다 할지라도 그가 알고 있는 종족은 계속해서 살아남을 것이었다. 그리고 그들은 교잡을 할 것이 분명했다. 그와 메리 사이의 관계는 좋은 본보기가 될 것이었다. 개인 수준에서 볼 때 그들은 그리 멀리 떨어진 존재가 아니었다. 심지어는 좋은 결실을 얻는 것도 가능할 터였다.

결실이라, 그는 발걸음을 돌려 박물관으로 돌아오며 생각했다. 그 결실은 프록스인도 테라인도 아닌 새로운 생명체가 될 것이다. 어쩌면 프록스인은 그와 동료 재건 기술자들의 기술을 가지고 있지 못한 것일지도 모른다…… 하지만 이제 화성에서의 작업이 거의 완료된 이상, 그들은 이곳에서 일을 시작할 수도 있을 터였다. 완전히 희망이 없는 것은 아니었다. 완전히 절망적인 상황은 아니었다.

메리에게 돌아가서는, 그는 거친 목소리로 말했다. "부탁 한 가지만 들어줘요. 화성으로 데려갈 고양이를 한 마리 얻고 싶습니다. 나는 언제나 고양이를 좋아했어요. 특히 줄무늬가 들어간 오렌지색 고양이를요."

박물관 경비 한 명이 자기 동료 쪽으로 눈짓한 후에 말했다. "그건 가능할 겁니다, 비스클 씨. 그러니까 그 ― 그걸 뭐라고 부르죠, 커브(cub)라고 하던가요?"

"키튼(kitten)이에요." 메리가 그의 말을 정정했다.

화성으로 돌아오는 동안, 밀트 비스클은 오렌지색 아기 고양이가 들어 있는 상자를 무릎 위에 올려놓은 채로, 자신의 계획을 곱씹어보고 있었다. 십오 분 후면 우주선은 화성에 도착할 것이고, 드윈터 박사, 또는 드윈터 박사로 가장하고 있는 존재가 그를 만나기 위해 기다리고 있을 것이다. 그때가 되면 너무 늦을 것이다. 그가 앉아있는 좌석에서는 붉은색 주의등이 들어와있는 비상 탈출구 해치가 보였다. 그의 계획은 그 해치와 관련된 것이었다. 이상적인 상황은 아니었지만, 목적을 달성할 수는 있을 터였다.

상자 안의 오렌지색 고양이가 앞발을 뻗어서는 밀트의 손을 긁었다. 작고 날카로운 발톱이 그의 손을 가로질렀고, 그는 별 생각 없이 손을 빼서 고양이의 탐색 범위 밖으로 거두었다. 어차피 너도 화성이 별로 마음에 들지 않았을 거야, 그렇게 생각하며 그는 자리에서 일어섰다.

상자를 손에 든 채로, 그는 빠르게 비상 탈출구 해치 쪽으로 다가갔다. 승무원이 그를 제지하기 전에, 그는 재빨리 해치를 열었다. 그가 앞으로 걸어 나가자 등 뒤로 해치가 닫히며 잠겼다. 잠시 비좁은 공간에 갇히게 된 그는, 곧 무거운 우주선의 외부 문을 손으로 돌려 열기 시작했다.

"비스클 씨!" 두꺼운 뒤쪽 문 너머에서 승무원의 목소리가 들려왔다. 그녀는 정신없이 문을 열고는, 손을 뻗어 그를 잡으려 했다.

바깥쪽 문을 열자, 옆구리에 낀 상자 안에서 새끼 고양이가 가르릉대는 소리를 냈다.

너도 그러니? 밀트 비스클은 이렇게 생각하며 잠깐 동작을 멈추었다.

죽음이, 우주 공간을 채우고 있는 공허와 완벽한 온기의 부재가 조금 열린 외부 문 사이로 스며들어왔다. 그는 그것을 느꼈고, 고양이와 마찬가지로 본능적으로 뒤로 한 걸음 물러섰다. 그는 상자를 든 채로 외부 문을 더 열지 않고 머뭇거리며 서있었고, 그동안 승무원이 나와 그의 팔을 붙잡았다.

"비스클 씨, 정신이 나간 거예요? 세상에, 대체 뭘 하려고 한 거예요?" 승무원이 반쯤 흐느끼며 말했다. 그녀는 겨우 바깥쪽 문을 닫고는, 비상용 출입구 레버를 잠김 상태로 돌려놓았다.

"내가 뭘 하고 있었는지 정확하게 알고 있지 않습니까." 그녀가 그를 원래 자리로 데리고 가는 동안, 밀트 비스클은 그녀에게 말했다. 그리고 그는 생각했다. 당신이 나를 막은 거라고 생각하지는 말라고, 당신이 아니었으니까. 바로 그 자리에서 일을 해치울 수도 있었어. 하지만 그러지 않기로 결정한 거야.

그도 자신이 멈춘 이유를 알 수가 없었다.

잠시 후, 화성의 3번 필드에서, 그는 예상한 대로 드윈터 박사를 만나게 되었다.

주차되어 있는 헬리콥터로 걸어가는 동안, 드윈터 박사는 걱정하는 목소리로 말했다. "방금 들은 이야기로는, 자네 여기로 오는 도중에—"

"맞습니다. 자살하려고 했어요. 하지만 마음을 바꿨습니다. 어쩌면 선생님은 이유를 알지도 모르겠군요. 선생님은 정신 분석가고, 그 말은 우리 마음속에서 일어나는 일의 전문가라는 뜻이니까요.”

“계속 이대로 살면서 페이와 함께 자네 몫의 토지에 정착할 생각인가? 모든 것을 알게 된 지금에도?” 헬리콥터가 푸른 고단백 밀밭 위로 날아오르자, 드윈터 박사는 즉시 그에게 질문을 던졌다.

“그렇습니다.” 그는 고개를 끄덕였다. 어쨌든 지금 그에게는 더 이상 남아있는 것이 없었다. 최소한 그가 생각할 수 있는 한에서는.

“당신들 테라인은 참 대단해.” 드윈터 박사가 고개를 저으며 말했다. 그리고 그제야 밀트 비스클의 무릎 위에 있는 상자에 주의를 기울였다. “거기 뭘 가지고 온 겐가? 테라 생물인가? 꽤 기묘하게 생긴 동물이군.” 그는 수상쩍어하는 눈으로 상자를 바라보았다. 분명 그에게는 고양이가 외계 생물체의 현신으로 보일 것이었다.

“내 친구가 되어줄 녀석입니다. 내가 일을 하는 동안에 말이죠. 내가 받은 토지를 경작하든, 아니면—” 아니면 당신네 프록스인들이 테라를 재건하는 일을 돕든 간에. 그는 생각했다.

“이게 그 ‘방울뱀’이라 부르는 동물인가? 방울 소리가 들리는데.” 드윈터 박사는 살짝 몸을 뺐다.

“고르릉거리는 겁니다.” 헬리콥터가 자동 조종 장치의 인도를 따라 척박한 화성의 붉은 하늘을 날아가는 동안, 밀트 비스클은 새끼 고양이를 쓰다듬어주었다. 그는 이렇게 친숙한 생명체와 계속 접촉하는 일이 그의 이성을 온전하게 유지해줄 것이라는 사실을 깨달았다. 그 덕분에 그는 계속 살아갈 수 있을 것이었다. 그는 고양이에게 감사하는 마음이 들었다. 그의 종족은 패배하고 파괴되었지만, 모든 테라 생명체가 사라진 것은 아니었다. 테라를 재건하고 나면, 관료들을 설득해 야생 생태계 보호구역을 만들게 할 수도 있었다. 그곳을 그들이 관리하게 될 수도 있겠지. 그는 그렇게 생각하며, 다시 고양이를 쓰다듬었다. 최소한 그 정도의 희망은 가질 수 있을 터였다.

그의 옆에 있는 드원터 박사 역시 생각에 잠겨있었다. 그는 훌륭한 장인의 기술에 감탄하지 않을 수 없었다. 3번 행성에 거주하고 있는 기술자들, 지금 밀트 비스클의 무릎 위 상자 안에 있는 기계 복제품을 만들어낸 기술자들 말이다. 그가 보기에도 기술적인 면에서 대단히 훌륭한 걸작이었다. 그러나 그는 밀트 비스클이 당연히 모르는 사실을 한 가지 알고 있었다. 이 공예품, 테라인들에게 자신이 과거에 본 진짜 생명체라고 받아들여지는 이 존재야말로 앞으로 이들이 정신적 균형을 유지하며 살아갈 수 있게 해 주는 중심축이 될 것이라는 사실이었다.

하지만 다른 재건 기술자들의 경우는 어떨까? 그들이 모두 작업을 마치고 마침내 ―좋아서든 아니든― 진실을 알게 될 때, 무엇이 그들로 하여금 그 발견의 순간을 견디고 일어설 수 있도록 해줄 것인가?

테라인들마다 서로 조금씩 다를 것이다. 어떤 사람은 개를, 그리고 어떤 사람은 보다 더 정교한 복제물, 어쩌면 어린 인간 여성을 원할지도 모른다. 어떤 경우든 그 복제품들은 현재 상태의 '유일한 예외'로서 제공될 것이다. 유일하게 살아있는 존재, 실제로는 완벽하게 사라져버린 생물들 중 유일하게 남은 존재로 말이다. 비스클의 경우와 마찬가지로 기술자들 각각의 과거를 살펴보면 단서가 발견될지도 모른다. 고양이 모양의 복제품은 그가 갑자기 공황에 빠져 테라로 여행을 떠나기 몇 주 전에 이미 완성되어 있었다. 예를 들어, 앤드리의 경우 앵무새 복제품을 제작 중이었다. 그가 지구로 출발할 때쯤에는 이미 완성되어 있을 것이다.

"번개라는 이름을 붙여줬습니다." 밀트 비스클이 말했다.

"좋은 이름이군." 최근 드원터 박사라는 이름을 쓰고 있는 존재는 그의 말에 대답하고는 생각했다. 테라의 진짜 상태를 그에게 보여줄 수 없어서 유감이라고. 사실 그가 자신이 본 내용을 받아들였다는 사실 자체도 꽤나 흥미로운 것이었다. 사실 무의식적으로, 그는 우리가 수행한 전쟁 방식하에서는 그 무엇도 살아남을 수 없었으리라는 사실을 분명 인식했을 것이기 때문이다. 무언가 과거 문명의 유산이, 폐허에 지나지 않더라도 아직 남아있기를 너무도 간절히 원했던 것이 분명했다. 그러나 환상에 집착하는 것은 테라인들에게서 일반적으로 찾아볼 수 있는 성질이었다. 어쩌면 이것이 그들이 경쟁에서 패배한 이유일는지도 모른다. 그들은 현실주의자가 아니었던 것이다.

"이 고양이가 자라면 화성 뱀쥐를 아주 잘 잡을 겁니다."

"물론 그렇겠지." 드윈터 박사는 그의 말에 동의하며, 속으로 생각했다. 적어도 배터리 수명이 다 되기 전까지는 말이지. 그도 손을 뻗어 새끼 고양이를 쓰다듬어보았다.

스위치 하나가 닫혔고, 고양이는 더 크게 고르릉거렸다. ◑

PHILIP K. DICK

은둔 증후군
Retreat Syndrom

PHILIP K. DICK

케일럽 마이어스 경관은 레이더 영상에 잡힌 과속 지상용 차량을 보자마자 그 차량의 운전사가 속도 조절기를 떼어버렸다는 것을 알아챘다. 예의 차량은 규정 속도 이상인 시속 161마일로 달리고 있었던 것이다. 따라서 그는 운전사가 탈것에 손을 댈 수 있는 엔지니어나 기술자, 즉 블루 클래스임을 짐작할 수 있었다. 구속하기가 쉽지는 않을 듯했다.

전파 송신기를 사용해, 마이어스는 고속도로 북쪽 10마일 위치에 있는 경찰에게 연락을 보냈다. "옆으로 지나갈 때 연료 공급 장치를 날려버려. 가로막기에는 너무 빠를 테니까. 알겠지?" 그는 동료 경관에게 조언했다.

오전 3시 10분, 차량은 멈췄다. 문제의 차량은 동력이 꺼진 상태로 고속도로 갓길로 미끄러져 들어왔다. 마이어스 경관은 버튼을 누르고 여유 있게 북쪽으로 날아가다 예의 차량이 무방비하게 서있는 모습과, 빨간 불을 켜고 있는 경찰 차량이 혼잡한 교통을 뚫고 그 차량에 다가가고 있는 모습을 발견했다. 그가 착륙하자 동료 경찰의 차량도 동시에 그곳에 도착했다.

그들은 멈춰있는 차량을 향해 조심스럽게 다가갔다. 발밑에서 자갈이 밟히는 소리가 났다.

차 안에는 흰 셔츠에 넥타이를 매고 있는 호리호리한 남자가 한 명 앉아있었다. 그는 멍한 표정으로 똑바로 자리에 앉아있기만 할 뿐, 레이저 라이플을 들고 방탄 기포로 머리부터 대퇴골까지 전부 감싼 채로 접근하는 두 명의 경찰들에게는 눈길도 주지 않았다. 마이어스는 문을 열고 안쪽을 살폈고, 동료 경관은 라이플을 손에 든 채로 이 상황이 또 다른 유인책일 경우에 대비해 사방을 경계하고 있었다. 관할 지서인 샌프란시스코 지구에서 이번 주에만 다섯 명의 경찰이 목숨을 잃었던 것이다.

"이봐요. 차량의 속도 조절기를 임의로 조작하면 최소 2년간 면허가 정지된단 말입니다. 이럴 필요까지 있었던 거요?" 마이어스가 아무 말도 하지 않는 운전사를 보고 말했다.

잠시 후, 운전자는 고개를 돌리며 말했다. "나는 아파요."

"정신적으로 말입니까? 아니면 육체적으로?" 마이어스는 목덜미에 달린 비상용 버튼을 눌러 3번 라인을 연결했다. 샌프란시스코 제너럴 병원과 연결되는 회선이었다. 그는 필요하다면 구급차를 불러 오 분 내에 도착하도록 할 수 있었다.

운전자는 쉰 목소리로 말했다. "모든 것이 비현실적으로 보입니다. 이렇게 빨리 달리면 어딘가― 실체를 가진 곳에 도착할 수 있을 줄 알았어요." 그는 손을 뻗어 자기 차량의 계기판을 더듬듯 만졌다. 마치 그곳에 제대로 된 표면이 있다는 것을 믿지 않는 듯한 동작이었다.

"목구멍 좀 봅시다, 선생." 그는 그렇게 말하며 손전등을 운전자의 얼굴 쪽으로 향했다. 남자가 반사적으로 입을 벌리자, 그는 턱을 위로 향하게 하면서 남자의 깔끔하게 관리한 이빨 너머 안쪽을 살펴보았다.

"있나?" 동료 경관이 물었다.

"있군." 반짝이는 뭔가가 보였다. 후두부에 장착하는 종양 억제 장치였다. 대부분의 비 테라인과 마찬가지로, 이 남자 역시 암을 두려워하고 있었다. 어쩌면 이 사람은 지금까지의 삶 중 대부분을 식민지 세계에서 보내며, 인간이 정착하기 전 자동 건설 장비가 구축해놓은 대기 속에서 순수한 공기를 마시고 살았는지도 모른다. 그렇다면 그런 공포증도 이해하기 힘든 일은 아니었다.

"담당 주치의가 있습니다." 운전자는 주머니에 손을 넣어 지갑을 꺼 낸 다음, 그 안에서 명함 한 장을 꺼냈다. 명함을 마이어스에게 건네는 손이 떨렸다. "심신증 약학 전문가죠. 새너제이에 살고 있습니다. 거기 까지 데려다주실 수 있으십니까?"

"선생은 아픈 게 아닙니다. 그냥 지구에 적응이 덜 된 것뿐이죠. 중력 이나 대기나 그런 주변 요소들에 말입니다. 지금은 새벽 3시 15분이고 해고피안인지 뭔지 하는 이 의사도 지금은 당신을 만나줄 수 없을 겁니 다." 그는 명함을 살펴보았다. 명함에는 다음과 같이 적혀있었다.

이 환자는 의학적 치료를 받는 중이며, 독특한 행동을 보이기 시작하면 즉시 의학적 도움을 받을 필요가 있습니다.

동료 경관이 그를 향해 말했다. "지구 의사들은 영업시간이 지나면 환자를 안 받는다 이겁니다. 당신도 그걸 배워야 해요. 미스터— 운전면 허증 좀 보여주시죠." 그는 손을 내밀었다.

남자는 반사적으로 지갑을 통째로 경관에게 건네주었다.

"집으로 가요." 마이어스는 그 남자에게 말했다. 면허증에 적힌 내용 에 따르면, 남자의 이름은 존 쿠퍼티노였다. "부인이 있습니까? 부인을 불러서 태워달라고 할 수도 있겠군요. 도시까지는 태워다드리죠……. 선생 차량은 여기 그냥 두고, 오늘 밤은 더 이상 운전하려는 시도는 하 지 않는 쪽이 낫겠습니다. 속도위반에 대해서는—"

쿠퍼티노가 입을 열었다. "저는 이런 말도 안 되는 제한속도에 익숙 하지가 않아요. 가니메데에는 제한속도가 없어서, 다들 225마일까지는 속도를 내고 다니거든요." 그의 말투는 묘할 정도로 억양이 없었다. 마 이어스는 즉시 약물을, 특히 시상부 자극제 계열의 약물을 의심해보았다. 쿠퍼티노는 극도로 초조해하고 있었다. 약물이 개입되었다고 생각한다면 그가 정규 속도 조절기를 제거한 일도 설명할 수 있었다. 기계에 익숙한 사람이라면 어렵지 않게 할 수 있는 일이었다. 그렇기는 하지만—

뭔가가 더 있었다. 마이어스는 20년 동안 쌓은 경험을 통해 뭔가가 더 있음을 직관적으로 느끼고 있었다.

그는 손을 뻗어 차량 옆 좌석의 수납공간 문을 열고는 손전등으로 비춰보았다. 편지에, AAA에서 만든 추천 모텔 목록…….

"진짜로 지구에 와있다고 생각하지 않고 있는 것 아닙니까, 쿠퍼티노 씨?" 마이어스가 물었다. 그는 남자의 얼굴을 자세히 살폈다. 별다른 변화의 흔적이 없었다. "당신은 이 세계 모두가 약물로 인해 만들어진 죄책감의 환상이라고 생각하는, 그 유치한 약물중독자들과 같은 부류인 거죠……. 당신은 지금 자신이 가니메데에 있다고, 방이 한 스무 개 되는 장원의 거실에 앉아있다고 생각하고 있는 겁니다. 당연히도 자동 하인들에게 둘러싸여서요. 그렇죠?" 그는 날카롭게 웃고는 동료 경관에게 몸을 돌렸다. "가니메데에서는 요즘 자주 일어나는 일이네. 약물이야. 그 추출물을 프로헤다드린이라고 부르더군. 말린 줄기를 갈아서 곤죽으로 만든 다음, 끓이고 졸여서 걸러낸 다음에 종이에 말아서 피우는 거지. 그걸 피우고 나면—"

"나는 프로헤다드린을 피운 적이 없습니다." 존 쿠퍼티노는 그대로 앞을 보면서 멍하니 말했다. "내가 지구에 있다는 사실도 알고 있습니다. 하지만 저는 뭔가가 잘못되어 있어요. 잘 보세요." 그는 손을 뻗어 자동차의 두꺼운 계기판 안으로 밀어 넣었다. 마이어스 경관은 그의 손이 손목께까지 사라져버린 것을 볼 수 있었다. "보셨습니까? 제 주변의 모든 사물은 마치 그림자같이 실체가 없어요. 당신들도 마찬가집니다. 제가 당신들에게서 주의를 떼기만 하면 순식간에 사라지게 만들 수도 있습니다. 어쨌든 그럴 수 있을 거란 생각이 듭니다. 하지만 그런 짓은 하고 싶지 않아요!" 그의 목소리에는 고뇌가 묻어나고 있었다. "당신들이 진짜였으면 좋겠습니다. 이 모든 것이 진짜였으면 좋겠어요. 해고피언 박사도 말입니다."

마이어스는 목덜미의 통신기를 2번 회선으로 돌리고는 말했다. "새너제이의 해고피언 박사를 연결해주십시오. 비상사태입니다. 자동응답기는 신경 쓰지 마시고요."

딱 하는 소리와 함께 회선이 연결되었다.

마이어스는 동료를 보며 말했다. "자네도 봤지. 방금 계기판으로 손을 집어넣는 모습을 말이야. 어쩌면 우리를 사라지게 할 수도 있을지 모르겠군." 그는 그다지 그런 가능성을 시험해 보고 싶지 않았다. 이제는 쿠퍼티노가 그냥 고속도로를 따라 과속 운전을 하도록 신경 쓰지 말고 놔둘걸 그랬다는 생각마저 들고 있었다. 이 작자가 하고 싶은 대로 알아서 하도록.

"왜 이런 일이 벌어지는지 알고 있습니다." 그는 반쯤 혼잣말로 말했다. 그는 담배를 꺼내 물고는 불을 붙였다. 손의 떨림도 훨씬 잦아든 상태였다. "이건 전부 내 아내 캐럴이 죽었기 때문에 벌어지는 일입니다."

경관들은 딱히 그의 말에 반대를 표하지 않았다. 그들은 해고피언 박사가 전화를 걸어올 때까지 아무 말 없이 조용히 기다리기만 했다.

잠옷 위에 바지를 입고 한밤중의 한기를 막기 위해 입은 재킷의 단추까지 꼭꼭 잠근 채로, 고트리브 해고피언은 그의 환자인 쿠퍼티노 씨를 새너제이 중심가에 있는 자기 사무실에서 만났다. 해고피언은 불을 켜고 난방을 올린 다음, 의자를 가져오고, 머리카락이 사방으로 뻗친 자신의 꼴을 환자가 보고 어떻게 생각할지 걱정하기 시작했다.

"밤중에 깨워서 죄송합니다." 쿠퍼티노가 말했다. 그러나 별로 죄송한 듯 들리지는 않는 말투였다. 그는 새벽 4시라는 시간에도 완벽히 깨어 있는 것처럼 보였다. 그는 다리를 꼰 채 담배를 피우고 있었고, 해고피언 박사는 혼잣말로 투덜투덜 욕설을 중얼거리며 안쪽 방으로 들어가 커피메이커의 전원을 넣었다. 최소한 커피는 마실 수 있겠지.

"경찰들은 자네 행동을 보고 자네가 뭔가 약물이라도 한 것으로 생각한 모양이야. 우리는 그렇지 않다는 사실을 알고 있지만 말이네." 쿠퍼티노는 언제나 이런 상태였다. 그는 살짝 신경증 증세를 보이고 있었다.

"캐럴을 죽이는 게 아니었습니다. 그때 이후로 계속 이런 상태니까요." 쿠퍼티노가 말했다.

"이제는 그녀가 그리운 겐가? 어제 보았을 때 자네는—"

"그건 대낮이었지 않습니까. 저는 해가 떠있을 때는 언제나 자신감이 생깁니다. 그리고— 변호사 한 명을 고용했습니다. 필 울프슨이라는 사람인데요."

"그건 또 왜인가?" 쿠퍼티노가 연관되어 있는 소송이나 기소 건은 없었다. 그들 모두 그 사실을 잘 알고 있었다.

"전문가의 조언이 필요해서 그렇습니다. 박사님의 조언에 추가로 말입니다. 박사님을 비판하는 것이 아닙니다. 모욕으로 생각지 말아주세요. 하지만 제 문제에는 의학적이라기보다 법적인 측면이 존재합니다. 양심이란 흥미로운 현상이죠. 일부는 정신 영역의 문제고, 다른 일부는—"

"커피 들겠나?"

"아뇨, 괜찮습니다. 그걸 마시면 신경이 네 시간은 나가버릴 겁니다."

"그 경찰들에게 캐럴에 대해서 말했나? 자네가 그 여자를 죽였다고?"

"그냥 그녀가 죽었다고 말했을 뿐입니다. 충분히 조심했어요."

"160마일로 질주할 때는 조심하지 않았지. 오늘자 《크로니클》에 사건이 하나 실렸네. 베이쇼어 고속도로에서 일어난 일인데, 교통경찰이

150마일로 달리던 차를 쏴서 분해시켜 버렸다는 거야. 게다가 그건 합법이라네. 인명을 보호하기 위해서—”

“경고를 한 후였지 않습니까. 그쪽은 멈추기를 거부했고요. 음주 운전자였죠.” 쿠퍼티노가 지적했다. 그는 전혀 혼란스러워 보이지 않았다. 사실 예전보다 더욱 침착해진 듯했다.

“그리고 물론, 자네는 캐럴이 살아있다는 사실도 알고 있겠지. 그녀가 여기 지구, 로스앤젤레스에 살고 있다는 사실도 말이야.”

“물론이죠.” 쿠퍼티노는 짜증스럽게 고개를 끄덕였다. 해고피언이 이렇게 당연한 사실을 계속 주입하는 이유가 대체 뭘까? 예전에 끝없이 이야기했던 주제였다. 그리고 이 정신 상담사는 그 오래된 질문을 다시 한 번 하려는 것이 분명했다. 그녀가 살아있는데, 대체 어떻게 자네가 그녀를 죽였을 수 있다는 말인가? 그는 이제 지치고 짜증이 났다. 해고피언 박사와 상담을 해봤자 얻을 수 있는 것은 아무것도 없었다.

해고피언 박사는 종이 묶음을 꺼내어 단숨에 뭐라고 적은 다음, 그 종이를 찢어내 쿠퍼티노 쪽으로 내밀었다.

“처방입니까?” 쿠퍼티노는 조심스럽게 그 종이를 받아들었다.

“아니, 주소일세.”

쿠퍼티노는 그 주소가 사우스패서디나 지역의 주소라는 사실을 알 수 있었다. 캐럴의 주소가 분명했다. 그는 분노를 억누르며 그 주소를 바라보았다.

“이 방법을 한번 시도해보려 하네. 거기로 가서 직접 그녀를 대면해 보게나. 그런 다음에—”

“식스 플래닛 교육 상사의 위원회에서 만나보게 하십시오. 내가 아니라 말입니다.” 쿠퍼티노는 종이를 돌려주며 말했다. “이 모든 비극에 대한 책임이 있는 것은 그쪽 아닙니까. 그 작자들 때문에 내가 그런 짓을 해야 했으니 말입니다. 박사님도 알잖습니까. 그런 눈으로 보지 마세요.

비밀로 지켜야 했던 것은 그 작자들 계획 아닙니까. 안 그렇습니까?"

해고피언 박사는 한숨을 쉬었다. "새벽 4시에는 모든 것이 혼란스러워 보이지. 온 세상이 악한 의도를 품은 듯 보이는 법이야. 나는 자네가 가니메데에 있을 때 식스 플래닛 상사에 고용되어 있었다는 것을 알고 있네. 하지만 도덕적 책임은—" 그는 말을 멈추었다. "이런 말은 하기 힘들지만 말이네, 쿠퍼티노. 레이저 총의 방아쇠를 당긴 것은 자네니까, 최종적인 도덕적 책임은 자네가 지게 되는 거야."

"캐럴은 지역 신문에 곧 가니메데 해방 운동이 일어날 것이라고 말하려 했습니다. 그리고 주로 식스 플래닛의 임원으로 구성되어 있는 가니메데의 부르주아 관료들이 그 일에 개입해 있었고요. 그 여자한테는 그런 말을 하고 다니도록 놔둘 수 없다는 말을 이미 했었습니다. 그 여자는 그저 시시한 증오 때문에, 나에 대한 미움 때문에 그런 일을 저지른 겁니다. 실제로 일어날 일에는 아무 신경도 쓰지 않고 말이지요. 모든 여자들이 그렇듯이, 그 여자도 자신의 허영심과 상처 입은 자존심 때문에 움직인 겁니다."

"사우스패서디나의 이 주소지로 가보게." 해고피언 박사는 그에게 종용했다. "캐럴을 만나봐. 자네가 그녀를 죽인 적이 없다는 사실을 납득하고, 3년 전 가니메데에서 일어났던 일은, 그러니까—" 그는 손짓을 하며 알맞은 단어를 찾으려 했다.

"그래요, 박사님." 쿠퍼티노가 자르듯이 말했다. "그건 대체 뭐였던 겁니까? 그날, 정확하게 말하면 그날 밤, 저는 캐럴의 미간을 레이저 총으로 쏘았습니다. 전두엽을 관통했지요. 제가 아파트를 떠나서 그곳을 빠져나온 후, 우주 공항에 가서 지구로 오는 우주선을 잡아타기 전에, 저는 분명히 그녀가 죽었다는 사실을 확인했습니다." 그는 기다렸다. 해고피언이 알맞은 단어를 고르는 일은 꽤나 힘들어 보였다. 상당한 시간이 지났다.

잠시 후, 해고피언은 그의 말을 인정했다. "그래, 자네는 상세하게 기억하고 있지. 모두 내 기록 안에 있으니 자네가 다시 반복해 들려줄 필요는 없네. 솔직히 말해 이런 새벽 시간에 말하기에는 좀 불쾌한 이야기 아닌가. 나는 자네가 왜 그런 기억을 가지고 있는지 모르겠네. 내가 자네 기억이 거짓이라 말하는 이유는, 내가 직접 자네 아내를 만났고, 대화를 나누었고, 계속해서 연락을 하고 있기 때문이야. 자네가 가니메데에서 그녀를 죽였다고 기억하는 그날 이후에 말이지. 내가 알고 있는 것은 그뿐이네."

"그 여자를 찾아가봐야 할 이유를 하나만 대보십시오." 쿠퍼티노가 말했다. 그는 종이를 반으로 찢으려는 듯한 동작을 취해 보였다.

"하나? 그래. 이유 하나를 댈 수 있지. 하지만 아마 자네가 거부할 거야." 해고피언 박사는 이제 지치고 노쇠해 보이는 모습이었다.

"시도는 해보시죠."

"캐럴은 그날 밤, 자네가 그녀를 죽였다고 기억하는 그때에 가니메데에 있었네. 어쩌면 어떻게 자네가 그런 거짓 기억을 얻게 되었는지 그녀가 말해줄 수 있을지도 모르지. 나와 교환한 편지 중에서 그녀가 뭔가를 알고 있다는 분위기를 풍기는 내용이 있더군. 하지만 내게는 그 정도만 말해줄 뿐이었네."

"가보겠습니다." 쿠퍼티노는 이렇게 말하고, 빠른 걸음으로 해고피언 박사의 사무실 문쪽으로 걸어갔다. 이상한 일이지, 한 사람의 사망에 대한 정보를 바로 그 사람의 입을 통해 듣는다니. 하지만 해고피언의 말이 옳았다. 그날 그 자리에 있었던 다른 사람은 그녀밖에 없었다……. 결국 그녀를 찾아가볼 수밖에 없다는 사실을 오래전에 깨달았어야 했다.

그는 결국 맞닥트리고 싶지 않았던, 논리상 중요한 기로에 선 것이었다.

아침 6시에, 그는 캐럴 홀트 쿠퍼티노의 문 앞에 도달했다. 여러 번 초인종을 울린 다음에야 작은 단독주택의 문이 열렸다. 파란색 엷은 나일론 잠옷과 하얀색 털 슬리퍼를 신은 캐럴이, 잠이 덜 깬 표정으로 그를 마주하고 있었다. 고양이가 재빨리 그녀 옆으로 뛰어나갔다.

"내가 누군지 기억이 나나?" 쿠퍼티노가 고양이를 피해 옆으로 움직이며 말했다.

"아, 세상에." 그녀는 금발을 눈 옆으로 쓸어 넘기며 고개를 끄덕였다. "지금 몇 시죠?" 회색의 차가운 빛이 사람의 기척이 없는 거리를 채우고 있었다. 캐럴은 몸을 떨면서 팔짱을 꼈다. "어떻게 이렇게 이른 시간에 온 거예요? 당신 8시 이전에는 침대 밖으로 나오지도 못했잖아요."

"아직 잠자리에 들지 않은 거지." 그는 그녀 옆을 지나 어두운 거실로 들어갔다. "커피라도 함께 하는 건 어때?"

"좋죠." 그녀는 나른한 동작으로 부엌으로 들어가 스토브에 달린 '뜨거운 커피' 버튼을 눌렀다. 향기로운 수증기와 함께 두 잔의 커피가 곧 나타났다. "나는 크림만, 당신은 크림과 설탕 둘 다. 당신이 더 유아적인 거예요." 그녀는 그에게 커피 잔을 건넸다. 그녀의 향기가 ― 온기와 부드러움과 잠자리의 나른함이 ― 커피의 향기와 한데 섞였다.

쿠퍼티노는 입을 열었다. "3년이 지났는데도 당신은 단 하루도 더 나이를 먹지 않은 것 같군." 그녀는 오히려 더 날씬하고, 더 유연해 보이는 모습이었다.

그녀는 여전히 부드럽게 팔짱을 낀 채로 부엌 탁자 앞에 앉으며 말했다. "그게 의심스럽나요?" 그녀의 볼에는 살짝 홍조가 흘렀고, 눈빛은 반짝이고 있었다. 그 역시 자리에 앉으며 입을 열었다.

"아니, 칭찬이야. 해고피언 박사가 나를 여기로 보냈어. 내가 당신을 만나봐야 한다고 생각하는 모양이더군. 분명히―"

"그래요. 나도 그 사람을 만났어요. 일 때문에 북부 캘리포니아에 몇 번 갔거든요……. 그 사람이 편지로 부탁을 했어요. 마음에 드는 사람이던데요. 사실 이 정도 시간이 흘렀으면 당신도 회복이 되었을 거라고 생각했는데요.”

“‘회복’이라? 충분히 회복된 것 같은데. 한 가지만 빼면—”

“여전히 강박관념을 가지고 있다는 것만 빼면 말이겠죠. 정신분석을 아무리 해봐도 없어지지 않는 그 기본적인 환상 말이에요. 맞죠?”

“내가 당신을 죽인 기억을 말하는 거라면, 그거 맞지. 여전히 그 기억이 있으니까. 그게 실제로 일어난 일이라는 사실도 알고 있고 말이야. 해고피언 박사는 당신이 그 일에 대해 뭔가 설명을 해줄 수 있을 것이라 말하던데. 그가 말한 대로—”

“맞아요. 하지만 당신하고 이런 이야기를 전부 나눌 필요가 있는 건가요? 길고 지루한 일이고, 세상에, 지금은 아침 6시란 말이에요. 지금은 일단 침대로 돌아갔다가, 나중에 다시 만나면 안 되는 건가요? 저녁 때라든가? 안 돼요?” 그녀는 한숨을 쉬고는 말을 이었다. “좋아요. 그래요, 당신은 나를 죽이려 했어요. 손에 레이저 총을 들고 있었죠. 가니메데에 있는 뉴디트로이트-G에서 있었던 일이었어요. 2014년 3월 12일이었죠.”

“내가 당신을 죽이려 한 이유가 뭐였지?”

“당신도 알잖아요.” 그녀의 목소리에는 고통스러움이 서려 있었다. 가슴이 분노로 뛰는 것이 보였다.

“그래.”

서른다섯 평생 동안, 그는 그 정도로 심각한 실수를 저질러본 적이 없었다. 이혼 소송 과정에서, 그의 아내는 다가오는 반란에 대해 알고 있다는 사실로 유리한 위치를 점유했었다. 그녀는 자신이 원하는 바를 전부 합의서 내용에 집어넣을 수 있었다. 마침내 재정적 부담을 견딜 수 없다는 사실을 깨달은 그는, 그들이 함께 살던 아파트로 가서 — 이 시점에서 그들은 별거하고 있었고, 그는 도시 건너편에 따로 작은 아파트를 구해 살고 있었다 — 그녀에게 그 모든 요구를 들어줄 수가 없다고 솔직하게 털어놓았다. 그러자 캐럴은 신문사로 가겠다고, 그곳에서 뉴스거리를 모으고 있는 《뉴욕타임스》와 《데일리뉴스》의 지사로 가서 모든 것을 폭로하겠다고 협박을 했던 것이다.

캐럴은 계속 이야기하고 있었다. "당신은 그 작은 레이저 총을 꺼내서는 손에 들고 앉아 있었죠. 손으로 장난치며, 아무 말도 하지 않고서요. 하지만 당신 메시지는 확실히 전달됐어요. 그 불공평한 합의서를 받아들이든가, 아니면—"

"내가 그 총을 쐈던가?"

"그랬죠."

"당신은 맞았고?"

"당신 총은 빗나갔고, 나는 아파트 밖으로 뛰어나가서 복도를 달려 엘리베이터 쪽으로 도망쳤어요. 그리고 1층에 있는 경호원의 방에 도착해서 그곳에서 경찰을 불렀죠. 경찰이 도착했고, 여전히 내 아파트에 있는 당신을 발견했어요." 그녀의 목소리가 점차 잦아들었다. "당신은 울고 있었죠."

"세상에." 쿠퍼티노가 말했다. 그들은 잠시 동안 아무 말도 하지 않고 조용히 각자 커피를 홀짝였다. 그의 맞은편에 앉은 아내의 창백한 손이 흔들리는 것이 보였고, 찻잔이 받침에 부딪히며 딸각 소리를 냈다.

"당연하지만, 나는 이혼 소송을 계속 추진했어요. 그런 상황에서—"

"해고피언 박사는 당신이라면 왜 내가 그날 밤 당신을 죽였다고 기억하고 있는지 알고 있을지도 모른다고 했어. 편지에서 그런 느낌을 주었다고 하던데."

그녀의 푸른 눈이 반짝였다. "당신은 그날 밤에 거짓 기억을 얻은 것이 아녜요. 당신이 나를 죽이지 못했다는 사실은 알고 있잖아요. 지방 검사 앰보인턴 씨가 당신에게 선택권을 줬죠. 꼭 필요한 정신적 치료를 받느냐, 아니면 일급 살인미수로 기소되느냐를 놓고 말이에요. 당신은 당연히 전자를 골랐고, 그 때문에 해고피언 박사를 만나고 있는 거죠. 그 거짓 기억은 ― 그게 언제 당신 머릿속에 자리 잡은 것인지는 분명해요. 당신은 당신 직장이었던 식스 플래닛 교육 상사를 찾아갔고, 그쪽 인사과에 붙어 있는 심리학자 에드가 그린 박사를 만난 거예요. 당신이 가니메데를 떠나 여기 테라에 도착하기 직전의 일이었어요." 그녀는 자리에서 일어나 빈 컵을 다시 채웠다. "내 생각에는 그린 박사가 당신이 나를 죽였다는 거짓 기억을 당신 머릿속에 심어놓은 것 같아요."

"하지만 대체 왜?"

"당신이 내게 반란에 대한 이야기를 했다는 사실을 알고 있었으니까요. 당신은 후회와 자책 때문에 자살을 하도록 되어 있었어요. 하지만 그 대신에, 당신은 앰보인턴과 합의한 대로 테라로 오는 우주선 표를 산 거죠. 사실 당신은 테라로 오는 도중에 한 번 자살 시도를 했어요……. 이건 기억나겠죠."

"계속 얘기해봐." 사실 그는 자살 시도도 전혀 기억이 나지 않았다.

"신문에서 오려놓은 기사를 보여줄게요. 괜히 감상적이 되어버리는 바람에 보관해놓았던 거예요." 그녀는 부엌을 나섰고, 침실 쪽에서 계속 그녀의 목소리가 들려왔다. "자살 시도를 하려던 행성간 우주선의 승객이―" 그녀의 말이 멈췄고, 잠시 침묵이 흘렀다.

쿠퍼티노는 커피를 홀짝이며 그녀를 기다리고 있었다. 그녀가 그런 신문 기사를 찾아낼 리가 만무했다. 실제로 그런 자살 시도가 일어난 적이 없으니까 말이다.

캐럴은 혼란스러운 표정을 지으며 부엌으로 돌아왔다. "찾을 수가 없네요. 하지만 『전쟁과 평화』 1권에 끼워놓았었는데. 책갈피로 사용했었단 말이에요." 그녀는 당황한 듯 보였다.

쿠퍼티노는 그녀를 보고 말했다. "거짓 기억을 가지고 있는 사람이 나 하나만은 아닌 것 같군. 이 일이 거짓 기억 때문에 벌어진 일이라면 말이지." 3년 만에 처음으로, 그는 마침내 뭔가 진전을 보이고 있다는 생각이 들었다.

그러나 그 진전의 방향은 여전히 수수께끼일 뿐이었다. 최소한 지금까지는 그랬다. "이해가 안 돼요. 뭔가 잘못되어 있어요." 캐럴이 말했다.

그가 부엌에서 기다리는 동안, 캐럴은 침실로 가서 옷을 입었다. 마침내 그녀는 초록색 스웨터와 스커트를 입고, 하이힐을 신고 내려왔다. 그녀는 머리를 빗으며 스토브 앞에서 잠시 멈춰서 토스트와 반숙으로 삶은 계란 두 개를 조리하는 버튼을 눌렀다. 7시가 다 되어갔다. 바깥 거리는 이제 회색이 아니라 희미한 금빛을 띠고 있었다. 차량도 제법 보였다. 상업용 차량과 개인 통근 차량의 소리가 들리기 시작했다.

"이 개인 주택은 어떻게 얻게 된 거지? 로스앤젤레스 지역이나 베이 지역에서는 고층 건물의 아파트 말고는 거의 얻기가 불가능할 텐데?" 그가 물었다.

"제 고용주가 구해줬어요."

"당신 고용주는 누군데?" 그는 순간 긴장감과 불안감을 느꼈다. 분명히 그들이 손을 뻗고 있었던 것이다. 그의 아내는 상당히 높은 지위에 오른 것이 분명했다.

"폴링스타 사인데요."

들어본 적 없는 이름이었다. "테라 밖에서도 활동하는 회사인가?" 그는 당황하며 물었다. 분명 이들이 행성간 영업을 한다면—

"다른 회사의 지주 회사예요. 나는 이사회 의장의 자문역이고요. 시장 조사를 하죠. 당신의 옛 직장, 식스 플래닛 교육 상사도 우리 회사의 자회사예요. 우리 쪽이 그 회사의 최대 주주라서 경영권이 있거든요. 크게 중요한 일은 아니지만요. 우연일 뿐이죠."

그녀는 혼자 아침식사를 하며 그에게는 아무것도 권하지 않았다. 권할 생각조차 떠오르지 않는 모양이었다. 그는 우울하게 그녀의 칼이 날렵하게 움직이는 익숙한 광경을 바라보고 있었다. 그녀는 여전히 쁘띠 부르주아의 고상한 예절을 지키고 있었다. 그것만은 변하지 않았다. 사실 그녀는 예전보다 더 세련되고, 더 여자다워진 모습이었다.

"이해할 수도 있을 것 같군." 쿠퍼티노가 말했다.

그녀는 고개를 들고는, 푸른 눈을 그에게 고정시킨 채로 물었다. "뭐라고요? 뭘 이해했다는 말이에요, 조니?"

"당신에 대해서 말이야. 당신의 존재에 대해서. 당신은 분명 상당히 현실적이야— 다른 모든 것들과 마찬가지로 말이지. 이 패서디나라는 도시와 마찬가지로, 이 식탁과 마찬가지로—" 그는 식탁의 플라스틱 표면을 힘주어 두드리며 말을 이었다. "해고피언 박사나 오늘 새벽에 내 차를 세운 두 명의 경찰관과 마찬가지로 현실적이라는 말이지. 하지만 그게 대체 얼마나 현실적인 거지? 중요한 질문은 바로 이거야. 내 손이 다른 물질을, 예를 들어 내 차의 계기판을 뚫고 지나가는 기분이 든다는 사실도 설명할 수 있겠지. 내 주변의 모든 물체가 실체를 가지지 못한 것 같은 불쾌한 느낌도, 내가 그림자의 세계에 살고 있는 것 같다는 느낌도 말이야."

캐럴은 그를 바라보며 갑자기 웃음을 터트리고는, 계속 식사를 했다.

"어쩌면 나는 가니메데의 감옥이나 정신 병동에 있는지도 몰라. 내가 저지른 범죄 때문에 말이지. 그리고 나는 당신이 죽은 이후로, 이 몇 년 동안 계속 환상 속의 세계에 살고 있던 거야."

"아, 세상에." 캐럴은 고개를 흔들며 말했다. "웃어야 할지, 안됐다고 해야 할지 모르겠네요. 이건 너무— 뭐랄까, 애처로울 지경이에요. 정말 당신이 안됐다고 생각해요, 조니. 환상을 포기하느니 차라리 테라 전체가 당신이 상상한 가짜라고 생각하겠다는 말이잖아요. 모든 사람과 모든 사물이 말이에요. 잘 들어요. 당신의 고정관념을 포기하는 편이 훨씬 더 경제적이라는 생각이 들지 않아요? 당신이 나를 죽였다는 그 생각 하나를 포기하는 편이—"

전화가 울렸다.

"잠깐만요." 캐럴은 서둘러 입가를 닦고는 자리에서 일어나 전화를 받으러 갔다. 쿠퍼티노는 그대로 그 자리에 앉아서, 우울하게 그녀의 접시에서 떨어진 토스트 조각을 가지고 손장난을 치고 있었다. 그는 손가락에 묻은 버터를 무심코 핥았고, 순간 자신이 지독하게 배가 고프다는 사실을 깨달았다. 이제 그도 아침식사를 할 시간이었다. 그는 캐럴이 자리를 비운 사이 스토브로 가서 버튼을 눌렀다. 즉시 그를 위한 식사가, 베이컨과 에그 스크램블과 토스트와 뜨거운 커피가 준비되었다.

하지만 내가 어떻게 살아갈 수 있는 거지? 이게 전부 환상 속의 세계라면, 영양분을 어떻게 얻는 건가?

진짜 음식을 먹고 있다는 사실은 분명해. 병원이나 교도소에서 음식을 준비해주는 거지. 음식은 실제로 존재하고, 나는 그걸 먹고 있는 거야— 벽과 천장이 있는 진짜 방은 존재하지만, 이렇게 생긴 방은 아닌 거지. 이런 벽과 이런 천장도 아닌 거고.

그리고— 사람들도 존재하는 거야. 하지만 저 여자는 아닌 거지. 캐럴 홀트 쿠퍼티노는 존재하지 않는 거야. 저건 다른 사람, 나와 관계없는 간수나 간호사인 거지. 그리고 의사도 하나 있을 테고. 아마도 그 사람이 해고피언 박사일 거야.

이렇게 가정한다면, 해고피언 박사가 실제로 나를 담당하는 정신과 의사라는 점 하나는 분명히 사실이겠군. 쿠퍼티노는 이렇게 생각했다.

캐럴이 부엌으로 돌아와서 이미 차게 식은 음식을 앞에 두고 다시 앉았다. "받아요. 해고피언 박사예요."

그는 즉시 전화 앞으로 갔다.

작은 화면 안에 비친 해고피언의 모습은 긴장 때문에 찡그린 듯 보였다. "거기 도착한 모양이군, 존. 어떤가? 무슨 일이 있었나?"

"우리가 지금 어디 있는 겁니까, 해고피언 박사님?"

해고피언은 얼굴을 찡그리며 말했다. "자네 대체 무슨 소리를—"

"우리 둘 다 가니메데에 있는 거지요. 그렇지 않습니까?"

"나는 새너제이에 있네. 자네는 로스앤젤레스에 있고." 해고피언이 대답했다.

쿠퍼티노는 그를 향해 말했다. "어떻게 하면 제 이론을 시험해볼 수 있을지 알 것 같습니다. 박사님과의 상담을 그만둬보는 거죠. 제가 가니메데의 죄수라면 그럴 수 없을 테지만, 만약 박사님 말대로 제가 테라의 자유로운 시민이라면—"

"자네는 테라에 있네. 하지만 자네는 자유로운 시민이 아니야. 아내의 목숨을 위협했기 때문에, 자네는 나와 정기적으로 상담을 해야 하는 거네. 자네도 이미 알고 있는 사실이 아닌가. 캐럴이 뭐라던가? 그날 무슨 일이 있었는지를 밝혀줄 수 있을 만한 말을 하던가?"

"그렇다고 해야겠지요. 그녀가 식스 플래닛 교육 상사의 모회사에 고용되어 있다는 사실을 알아냈습니다. 그것만으로도 여기 온 보람이 있었지요. 그녀에 대해서 알아야 했습니다. 그녀가 식스 플래닛에 고용되어 나를 감시하고 있었다는 사실을 말이죠."

"무, 무슨 말인가?" 해고피언이 눈을 끔뻑이며 말했다.

"감시견으로 말입니다. 제가 충성을 바치는지 확인하기 위해서요. 제가 반란 계획의 세부 사항을 테라의 관료들에게 누설하는지를 확실히 하고 싶었겠지요. 그녀에게 반란에 대한 이야기를 털어놓았기 때문에 저는 신용할 수 없는 자로 낙인이 찍힌 겁니다. 그래서 아마 캐럴이 나를 죽이라는 명령을 받은 것이겠지요. 아마 나를 죽이려 시도했지만 실패했을 겁니다. 그래서 그와 관련된 모든 사람들이 테라 관료들에 의해 처벌을 받은 거지요. 캐럴은 정식으로 식스 플래닛의 사원으로 등록되어 있지 않았기 때문에 도망칠 수 있었던 겁니다."

"잠깐 기다리게. 어느 정도는 말이 되는 것 같지만 말이네." 해고피언 박사가 손을 들어 그를 제지하며 말했다. "잘 듣게, 쿠퍼티노. 반란은 성공했어. 이건 역사적 사실이네. 가니메데와 이오, 칼리스토는 3년 전에 모두 테라의 지배에서 벗어나 자치를 시작해서, 독립 위성이 되었네. 초등학교 3학년 이상의 학생들이라면 모두 알고 있는 사실일세. 소위 '2014년의 트라이루나 전쟁'이라 불리고 있지. 우리끼리는 그 전쟁에 대해 이야기한 적이 없지만, 나는 자네가 이 사실을 알고 있는 줄로만 알았네— 다른 역사적 사실들과 같이 말이지."

존 쿠퍼티노는 캐럴을 돌아보며 물었다. "저 말이 사실인가?"

"당연하죠. 당신네 작은 반란이 실패했다는 것도 당신 환상의 일부인가요?" 캐럴은 웃으며 말했다. "당신은 그 반란을 위해 8년 동안 일했잖아요. 그 반란을 재정적으로 지원하고 뒤에서 조종해온 기업 카르텔을 위해서 말이에요. 그런데 이제 뭔가 신비주의적 이유 때문에 그 반란의 성공 자체를 무시하는 쪽을 택한 거군요. 당신 정말 불쌍해요, 조니. 너무 안됐어요."

"내가 그 사실을 모르는 이유가 있을 거야. 그들이 내게 그 사실을 알려주지 않은 이유가." 그는 당황해서 어쩔 줄 모르며, 손을 뻗었다…….

그리고 그의 떨리는 손은 화상 전화 화면을 뚫고 들어가 사라져버렸다. 그는 즉시 손을 빼냈다. 손이 다시 나타났다. 그러나 방금 손이 사라지는 것을 본 것은 분명한 사실이었다. 그는 순간 모든 것을 꿰뚫어보고 이해했다.

훌륭한 환상이지만, 완벽한 것은 아니었다. 환상에도 한계가 있었던 것이다.

"해고피언 박사님. 아무래도 상담을 계속할 수는 없을 것 같습니다. 오늘 아침부로 당신은 해고입니다. 집으로 계산서를 보내주시죠, 그동안 고마웠습니다." 그는 전화를 끊으려 손을 뻗었다.

해고피언은 서둘러 말했다. "그럴 수 없네. 아까도 말했지만, 이건 필수적인 조치야. 자네 정신 차려야 하네, 쿠퍼티노. 그런 짓을 했다가는 다시 법정에 서게 될 거고, 나도 알다시피 자네가 그런 것을 원하는 것은 아니지 않나. 제발 나를 좀 믿어주게. 다 자네를 위한 일이야."

쿠퍼티노가 전화를 끊자, 화면에 비친 그의 모습이 사라졌다.

"저분 말이 맞아요." 캐럴이 부엌에서 말하는 소리가 들렸다.

"거짓말이야." 쿠퍼티노는 이렇게 말하고, 천천히 걸어와 그녀 맞은편 자리에 다시 앉아서는, 아침을 마저 먹기 시작했다.

버클리에 있는 자신의 아파트로 돌아온 후, 쿠퍼티노는 가니메데의 식스 플래닛 교육 상사에 있는 에드가 그린 박사에게 장거리 전화를 걸었다. 삼십 분이 지나자 그의 얼굴이 화면에 나타났다.

"저를 기억하십니까, 그린 박사님?" 그는 화면을 보고 물었다. 화면에 비친 중년의 포동포동한 남자는 낯선 사람이었다. 예전에 이 사람을 본 적이 있다는 기억은 전혀 없었다. 그러나 최소한 한 가지 기초적인 현실 인식 시험의 결과는 나온 셈이었다. 실제로 식스 플래닛의 인사부에 에드가 그린 박사라는 사람이 존재한다는 것이었다. 캐럴은 최소한 여기까지는 진실을 말하고 있었던 것이다.

"뵌 적이 있는 분인 것도 같은데, 실례지만 성함이 정확하게는 기억 나지 않는군요."

"존 쿠퍼티노입니다. 지금은 테라에 있고, 예전에는 가니메데에 있었습니다. 3년쯤 전에 꽤나 화제가 되었던 소송 문제에 휘말렸던 적이 있지요. 가니메데의 반란이 일어나기 전에 말입니다. 제 아내 캐럴을 살해한 혐의로 기소를 당했지요. 조금 기억이 나십니까?"

"흐음." 그린 박사는 얼굴을 찌푸리고는, 눈썹을 추켜세우며 말했다. "그때 무죄 선고를 받으셨습니까, 쿠퍼티노 씨?"

쿠퍼티노는 잠시 머뭇거리고는 말했다. "저는— 현재 정신과 진료를 받고 있습니다. 여기 캘리포니아의 베이지역에서 말이지요. 도움이 될는지는 모르겠습니다만."

"그러면 법적으로 정신이상이라는 선고를 받으셨다는 말씀이시로군요. 그래서 그 행동의 결과에 대한 책임을 벗어나셨고 말입니다."

쿠퍼티노는 조심스럽게 고개를 끄덕였다.

"그렇다면 예전에 대화를 나눈 적이 있을는지도 모르겠군요. 희미하게 뭔가 떠오르는 것도 같습니다. 하지만 제가 워낙 많은 분들을 만나서 말이지요⋯⋯. 이쪽 회사의 사원이셨습니까?"

"그렇습니다."

"제게서 정확하게 원하시는 것이 뭡니까, 쿠퍼티노 씨? 분명 원하시는 것이 있으실 텐데요. 이렇게 비싼 장거리 전화를 거신 것을 보니 말입니다. 실제적 이유를 감안하셔서 — 특히 선생님의 지갑을 감안하셔서 말입니다 — 바로 용건을 말씀하시는 쪽이 어떻겠습니까."

"제 사건 기록을 전송해주셨으면 합니다. 제 정신과 의사가 아니라, 제게 직접 말입니다. 해주실 수 있나요?"

"무슨 이유로 그게 필요하신지요, 쿠퍼티노 씨? 구직 문제인가요?"

쿠퍼티노는 심호흡을 한 번 하고는 대답했다. "아닙니다, 박사님. 제 사례에서 정확하게 어떤 정신 의학적 치료법이 사용되었는지를 알고 싶어서 그럽니다. 박사님과 박사님 지휘하에 있는 의료팀에 의해서 말입니다. 제가 박사님에게서 교정 시술을 받았다고 생각할 만한 이유가 있습니다. 제게 사실을 알 수 있는 권리가 있는 겁니까? 제가 보기에는 있다고 생각되는데요." 그리고 그는 잠시 기다리며 생각했다. 이 사람에게서 뭔가 쓸모 있는 정보를 알아낼 확률은 천 분의 일 정도밖에 안 될 거야. 하지만 시도해볼 가치는 있는 일이지.

"'교정 시술'? 뭔가 착각을 하고 계신 것 같습니다만, 쿠퍼티노 씨. 우리 업무는 적성 검사나 인물 분석 정도입니다. 여기서 시술을 하지는 않아요. 우리는 그저 입사 지원자들을 분석해서—"

"그린 박사님. 개인적으로 3년 전의 반란에 연관이 있으셨습니까?"

그린은 어깨를 으쓱해 보였다. "우리 모두가 그랬지요. 가니메데의 모든 사람들이 애국심으로 끓어오르지 않았습니까."

"그 반란을 보호하기 위해서, 박사님이 제 마음속에 거짓 기억을 심어놓으셨을 가능성은—"

그린은 도중에 그의 말을 끊었다. "실례지만, 선생님이 정신 질환을 앓고 계시다는 사실은 분명한 것 같군요. 더 이상 이런 전화로 선생님 돈을 낭비하실 필요는 없어 보입니다. 선생님이 화상 전화로 외부와 접촉할 수 있도록 허가했다는 사실이 놀라울 지경입니다."

"하지만 그런 기억을 심을 수 있다는 것은 사실 아닙니까. 현재의 정신 의학 기술로 충분히 가능한 일이지요. 그건 인정하십니까."

그린 박사는 한숨을 쉬며 대답했다. "네, 그렇습니다, 쿠퍼티노 씨. 20세기 중반 이후로 가능했던 기술입니다. 처음에는 1940년대 모스크바의 파블로프 기관에서 개발되었고, 한국 전쟁 전후로 해서 완성된 기술이죠. 사람은 뭐든 믿게 될 수 있습니다."

"그럼 캐럴의 말이 맞을 수도 있잖아." 그는 실망해야 할지 흥분해야 할지 종잡을 수가 없었다. 중요한 것은 어쩌면 그가 살인자가 아닐지도 모른다는 사실이었다. 캐럴은 살아있었고, 그가 테라에서 경험한 사람과 도시와 사물은 모두 진실이었던 것이다. 그렇지만— "그럼 가니메데로 가면 내 기록을 불 수 있는 겁니까? 그런 여행을 할 수 있다면 분명 반드시 정신과 의사의 도움이 필요할 정도는 아닌 것이겠지요. 박사님,

제가 환자일지는 모르지만, 그 정도의 환자는 아닙니다." 그리고 그는
기다렸다. 가능성은 별로 없었지만 시도해볼 가치는 있었다.

"글쎄요, 회사의 사원이나 전 사원이 자기 기록을 조회하지 못하게
하는 규칙 같은 것이 없기는 합니다. 공개해도 될 것 같군요. 하지만 그
전에 일단 담당 정신과 의사와 상의를 해보고 싶습니다. 그 사람 이름
을 알려줄 수 있겠습니까? 그가 동의를 한다면 선생님은 여행을 할 필
요가 없겠지요. 화상 전신을 사용해서 그쪽 시간으로 오늘 밤까지 당신
에게 전달되도록 하겠습니다."

그는 그린 박사에게 자신의 주치의 해고피언 박사의 이름을 알려주
고는 전화를 끊었다. 해고피언이 뭐라고 할까? 흥미롭지만 정답을 알
수 없는 질문이었다. 해고피언의 생각이 어느 쪽으로 뛰게 될는지는 알
방법이 없었다.

하지만 밤이 되면 알게 될 것이었다. 그 사실만은 분명했다.

그는 직감적으로 해고피언이 이 요청에 동의할 것이라 생각했다. 물
론 그가 생각하는 것과는 다른 이유에서겠지만.

어쨌든 해고피언의 생각은 별로 중요한 일이 아니었다. 중요한 것은
그의 기록이었다. 기록을 손에 넣은 다음, 그것을 읽어서 캐럴이 한 말
이 옳은지를 찾아내는 것이었다.

그가 식스 플래닛 교육 상사 쪽에서 쉽사리 기록에 손대어 문제가 되
는 내용만 삭제할 수 있다는 사실을 깨달은 것은, 두 시간이라는 제법
긴 시간이 흐른 후의 일이었다. 지구로 쓸모없는 거짓 문서를 보내올
가능성이 있었던 것이다.

그럼 대체 무얼 해야 한단 말인가?

좋은 질문이었다. 동시에 지금 당장은 전혀 해답이 떠오르지 않는 질
문이기도 했다.

그날 저녁, 가니메데의 식스 플래닛 교육 상사 본사 인사부에서 보낸 기록이 웨스트유니언의 직원을 통해 도착했다. 그는 직원에게 팁을 건넨 후, 거실에 앉아서 기록을 검토하기 시작했다.

그가 추측한 사실을 확인하는 데는 얼마 시간이 걸리지 않았다. 그 자료에는 가상의 기억을 주입하는 일에 관한 내용은 전혀 들어 있지 않았다. 이 기록이 재구성된 것이 아니라면 캐럴이 잘못 알고 있는 것이었다. 잘못 알고 있든가, 아니면 거짓말을 하고 있든가. 어느 쪽이 진실이든 이 기록에서 알 수 있는 사실은 전무했다.

그는 캘리포니아 주립대학에 전화를 걸었다. 한동안 교환원들 사이를 오락가락한 후에, 그는 마침내 자신이 말하는 내용을 알아듣는 듯한 사람을 찾아냈다. 쿠퍼티노는 그에게 설명했다. "문서 사본의 분석을 의뢰하고 싶습니다. 이 문서가 최근 언제 작성되었는지를 알고 싶어서 그럽니다. 웨스트유니언에서 전보로 받은 문서라서, 아마도 동시대 대비 방식으로밖에는 알아낼 수 없을 겁니다. 제가 알고 싶은 것은, 이 문서가 3년 전에 작성된 것인지, 아니면 그보다 최근에 작성된 것인지 하는 것입니다. 이 정도 단서만 가지고 알아낼 수 있으시겠습니까?"

"3년 동안에 언어 용법에 큰 변화가 있었을 것이라고 생각하기는 힘들지요. 하지만 한번 해보겠습니다. 언제쯤 결과를 보시고 싶으십니까?"

"빠를수록 좋습니다." 쿠퍼티노가 말했다.

그는 건물의 사환을 시켜 기록을 대학으로 보내게 한 다음, 잠시 이 상황을 다른 관점에서 생각해보려 했다.

만약 그가 테라에서 경험하는 모든 것이 환상이라면, 그의 지각이 현실과 가장 가까워지는 지점은 아마도 해고피언 박사와의 면담 때일 것이다. 따라서 그가 환상 체계를 깨고 나와서 실제 현실을 파악하는 일이 가장 벌어지기 쉬운 때도 아마도 그때일 것이다. 그가 전력을 기울여야 하는 것은 바로 그 시점이다. 한 가지 사실은 확실했다. 그가 실제로 해고피언 박사를 만나고 있다는 것.

그는 해고피언 박사에게 전화를 걸었다. 경찰에게 체포된 후 박사의 도움을 받은 것은 겨우 어젯밤의 일이었다. 따라서 다시 박사를 만나기에는 너무 이른 감이 있었지만, 여하튼 그는 전화를 했다. 그가 파악한 현재 상황으로 볼 때 충분히 필요한 일이었다. 비용은 감당할 수 있었다……. 그리고 그때, 한 가지 생각이 떠올랐다.

그 체포. 경찰관이 한 말이 떠올랐다. 그는 쿠퍼티노가 가니메데의 약물인 프로헤다드린을 사용하고 있다고 지레짐작했던 것이다. 물론 그 이유는 자명했다. 그가 실제로 그 약물을 복용했을 때의 증상을 보이고 있었기 때문이다.

어쩌면 바로 그것이 이 환상 체계가 유지되는 방법일는지도 모른다. 그는 매번 조금씩 정량의 프로헤다드린을 투여 받고 있었던 것이다. 어쩌면 식사에 섞여있었을지도 모른다.

하지만 이건 상당히 피해망상적인 — 다시 말해, 정신병적인 — 생각이지 않은가?

그래도 피해망상적이든 아니든, 일단 말은 되는 이야기였다.

그에게 필요한 것은 혈액 성분 검사였다. 그런 검사를 해보면 약물의 존재를 파악할 수 있을 터였다. 그저 오클랜드에 있는 그의 회사의 의무실에 잠깐 들러서, 중독 증세가 나타나는 것 같다고 말하고 검사를 받기만 하면 되는 일이었다. 검사 자체는 한 시간 정도면 끝날 것이었다.

그리고 만약 그의 혈액에서 프로헤다드린이 검출된다면, 그것으로 그의 생각이 맞았다는 사실이 증명될 것이었다. 그가 사실 테라가 아닌 가니메데에 있으며, 그가 경험한, 또는 경험한 듯했던 모든 일이 환상이라는 생각 말이다. 아마도 정기적이며 의무적으로 정신과 의사를 방문한 것만 빼고.

즉시 혈액 성분 검사를 할 필요가 있었다. 그러나 왠지 두려운 느낌도 들었다. 대체 왜? 마침내 절대적인 분석이 가능해졌는데도 불구하고, 그는 아직 머뭇거리고 있었다.

과연 그는 진실을 알고 싶은 것일까?

물론 검사는 할 필요가 있었다. 이제 해고피언 박사와 면담하겠다는 생각은 까맣게 잊어버린 채, 그는 서둘러 화장실로 가서 면도를 하고 깨끗한 셔츠와 넥타이를 챙겨 입은 다음 아파트를 떠나 주차시켜놓은 차량 쪽으로 가기 시작했다. 십오 분이면 회사의 의무실에 도착할 수 있을 것이었다.

그의 회사. 그는 순간 멍해져서는 자동차 문 손잡이를 잡은 채로 움직임을 멈추었다.

그를 둘러싸고 있는 가상의 현실 속에서 무언가 이가 빠져버린 것이 분명했다. 직장이 어딘지가 기억이 나질 않았기 때문이다. 이 시스템의 중요한 부분 중 하나가 더 이상 존재하지 않게 되어버렸다.

그는 아파트로 돌아와서 해고피언 박사에게 전화를 걸었다.

해고피언 박사는 어딘지 불쾌한 기색으로 그의 전화를 받았다. "잘 있었나, 존. 자네 아파트로 돌아간 것 같군그래. 로스앤젤레스에 오래 머물 생각은 없었던 모양이야."

쿠퍼티노는 쉰 목소리로 말했다. "박사님, 제가 일하던 곳이 어딘지 기억이 나지 않습니다. 분명 뭔가 잘못된 것 같아요. 이전에는 분명 알고 있었을 겁니다. 바로 어제까지만 해도 말이죠. 저도 다른 사람들처럼 일주일에 나흘씩 근무하지 않았습니까?"

"물론 그렇지." 해고피언 박사는 전혀 당황하지 않고 대답했다. "자네는 오클랜드 지역 회사인 트라이플랜 산업에서 근무하고 있네. 샌파블로 거리와 21번가 사이에 있는 곳이지. 정확한 주소는 자네 전화번호부에서 찾아보게나. 하지만 지금은 침대로 가서 좀 쉬라고 권하고 싶네. 어젯밤을 꼬박 새우지 않았나. 지금 탈진 증상을 보이고 있는 게 분명해 보이네.”

“이렇게 상상의 세계가 계속해서 조금씩 무너져간다고 생각해보세요. 저한테는 조금도 즐거운 상황이 아닐 겁니다.” 한 가지 요소가 사라진 일로, 그는 잔뜩 겁을 먹었다. 마치 그를 구성하고 있는 조각 하나가 녹아 없어진 것만 같았다. 직장이 어딘지 모른다는 것만으로도 마치 다른 모든 사람들과 떨어져 격리된 것 같은 기분이 들었다. 그리고 또 무엇을 잊어버리게 될 것인가? 어쩌면 해고피언 박사의 말대로, 단순히 탈진해서일지도 몰랐다. 어쨌든 밤을 꼬박 새울 정도로 젊은 나이는 아니었으니 말이다. 그와 캐럴 모두 육체적으로 그런 일을 견딜 수 있었던 십여 년 전과는 많이 다른 상황이었다.

그는 자신이 이 가상의 세계를 붙들고 싶어 한다는 사실을 깨달았다. 그 주변의 세계가 무너져 내리는 모습은 보고 싶지 않았다. 한 사람은 그 주변의 세계로 구성되어 있다. 세계가 무너지면 그 사람의 존재도 사라지게 된다.

“박사님. 오늘 밤에 면담을 해도 되겠습니까?”

“하지만 방금 보지 않았나. 이렇게 빨리 다시 면담을 할 필요는 없을 텐데. 이번 주말까지는 기다려보게나. 그리고 그동안에는—”

“이 가상의 세계가 어떤 식으로 유지되는지 알 것 같습니다. 매일 식사에 섞인 프로헤다드린을 일정량 섭취하는 거지요. 어쩌면 로스앤젤레스에 가느라 한 번 빼먹었을지도 모릅니다. 그러면 왜 세계의 한 부분이 무너져 내렸는지가 설명이 되겠지요. 아니면 박사님 설명대로 탈진 때문인지도 모릅니다. 어느 경우든 내 짐작이 옳았다는 사실이 증명되지요. 이건 가상 세계가 맞고, 저는 혈액 성분 검사나 캘리포니아 주립대학의 도움 없이도 그 사실을 밝혀낸 겁니다. 캐럴은 죽었어요. 박사님도 그 사실을 알지 않습니까. 박사님은 가니메데에 있는 정신과 의사고, 저는 지금 3년째 구속되어 있는 겁니다. 이게 바로 진실 아닙니까?" 그는 잠시 기다렸지만, 해고피언 박사는 대답이 없었다. 얼굴 표정도 바꾸지 않은 채였다. "나는 로스앤젤레스에 간 적도 없어요. 아마 사실 비교적 좁은 장소에 감금되어 있을 겁니다. 지금 보이는 것처럼 행동의 자유를 가지고 있는 게 아니라요. 그리고 오늘 아침에 캐럴을 본 적도 없습니다. 제 말이 맞지요?"

"'혈액 성분 검사'라는 것은 또 무슨 소린가? 어쩌다가 그런 검사를 받아야겠다는 생각이 든 건가?" 해고피언 박사는 희미하게 웃으며 천천히 말했다. "존, 자네가 가상의 세계 안에 있다면, 그 혈액 성분 검사 역시 환상에 지나지 않을 걸세. 대체 그게 어떻게 도움이 될 수 있겠나?"

그는 그런 생각은 하지 못했었다. 그는 충격을 받아 대답할 말을 찾지 못하고 잠시 아무 말 없이 박사를 바라보기만 했다.

"그리고 자네가 그린 박사에게 요청한 기록도 마찬가지네. 자네가 오늘 받아서 캘리포니아 주립대학에 분석을 의뢰한 그 기록 말이야. 그 기록 역시 환상일 거네. 그러니 그런 검사를 아무리 해봤자—"

쿠퍼티노가 입을 열었다. "당신이 그 사실을 알 수 있을 리가 없습니다, 박사님. 제가 그린 박사님과 통화를 했고, 기록을 요청해서 받은 사실이야 알 수도 있겠지요. 그린 박사님이 이야기했을 수 있으니까요. 하지만 대학에 분석을 의뢰한 사실은 알 수 있을 리가 없습니다. 미안하지만 박사님, 내부 논리의 모순에 의해서 이 현실이 거짓이라는 사실이 드러난 것 같군요. 박사님은 나에 대해서 너무 많이 알고 있어요. 그리고 내 추측을 입증하기 위한 최후의, 절대적인 시험이 하나 있는 것 같습니다."

"무슨 시험 말인가?" 해고피언의 목소리는 냉랭했다.

"로스앤젤레스로 돌아가서, 캐럴을 한 번 더 죽이는 겁니다."

"하느님 맙소사, 어떻게—"

"3년 동안 죽어 있었던 여자가 다시 죽을 수는 없겠지요. 따라서 당연히 그녀를 죽이는 일은 불가능할 겁니다." 쿠퍼티노는 이렇게 말하고 전화 연결을 종료하기 시작했다.

"잠깐 기다리게. 이봐, 쿠퍼티노." 해고피언은 다급하게 그를 부르고는 빠르게 말하기 시작했다. "이러면 경찰에 연락해야 하네. 자네가 자초한 일이야. 나는 자네가 다시 그곳에 가서 그 여자를…… 다시 한 번 살해하려 시도하게 놔둘 수는 없네. 좋아, 쿠퍼티노. 자네에게 숨기고 있던 사실을 몇 가지 말해주겠네. 자네 말이 어느 정도는 맞네. 자네는 테라가 아니라 가니메데에 있어."

"그렇군요." 쿠퍼티노는 회선 연결을 끊지 않고 이렇게 대답했다.

"하지만 캐럴은 진짜일세." 해고피언 박사는 이렇게 말을 이었다. 그는 이제 진땀을 흘리고 있었다. 쿠퍼티노가 전화를 끊을지도 모른다는 생각에 두려웠는지, 그는 숨도 제대로 안 쉬고 말을 이었다. "나나 자네와 마찬가지로 실제로 존재하는 사람이야. 자네는 그녀를 죽이려 했지만 실패했지. 그 여자는 반란 계획을 신문사에 알렸고, 그 때문에 반란은 완전히 성공하지는 못했어. 여기 가니메데에서 우리는 테라 군대의 봉쇄선 안에 갇혀있네. 나머지 태양계와는 접촉하지 못하고, 비상식량에 의존한 채로 계속 밀리기는 해도 아직 버티고 있는 상황인 걸세."

"그럼 내가 왜 가상 세계 속에 있는 겁니까? 누가 나를 이 안에 가둔 겁니까?" 그는 속에서 무언가 차가운 기운이 올라오는 것을 느꼈다. 그 기운은 사라지지 않고 계속해서 그의 가슴 속으로, 심장으로 침식해 들어왔다.

"자네를 가둔 사람은 아무도 없네. 자네의 죄의식 때문에 발생한 은둔 증후군일 뿐이야. 자네 때문에 반란 계획이 들통 났기 때문이지. 자네가 캐럴에게 중요한 요소를 말했으니까. 그리고 자네도 그것을 인지

하고 있기 때문이네. 자네는 자살 시도를 했지만 실패했고, 그 대신 정신적으로 이런 환상 세계 속으로 빠져들게 된 것이네."

"캐럴이 테라 관료들에게 고발을 했다면, 그녀 역시 지금은 자유의 몸이—"

"물론이네. 자네 아내는 지금 교도소에 수감되어 있고, 자네는 그곳을 방문한 거네. 여기 가니메데의 뉴디트로이트-G에 있는 교도소지. 사실 이런 진실을 전부 밝히는 일이 자네에게 어떤 영향을 끼치게 될지 알 수가 없다네. 자네의 환상이 더욱 빨리 부서지게 할 수도 있을 것이고, 어쩌면 자네가 제정신을 찾아서 지금 우리 가니메데인이 테라의 군사력과 대치하고 있는 어려운 상황을 직시하게 될지도 모르는 일이지. 사실 나는 지난 3년 동안 자네를 질투해왔다네, 쿠퍼티노. 자네는 우리가 직면하고 있는 가혹한 현실을 경험하지 않아도 되었으니까. 하지만 이제는— 두고 봐야겠지." 그는 어깨를 으쓱해 보였다.

쿠퍼티노는 잠시 머뭇거린 후 말했다. "알려주셔서 감사합니다."

"내게 감사할 일이 아닐세. 나는 그저 자네가 폭력을 행사하기 직전까지 동요하는 일을 막고자 했을 뿐이야. 자네는 내 환자고, 나는 자네의 안전을 염두에 두어야 하네. 지금도 앞으로도, 자네를 처벌하려 하는 사람은 아무도 없네. 자네의 정신 질환과 현실 도피는 모두 자네의 어리석음에 대한 후회의 감정으로부터 발생한 일이네." 해고피언 박사는 이제 지치고 우울한 표정이었다. "어찌됐든 캐럴은 그냥 놔두게. 자네가 해야 하는 일은 복수가 아니야. 내 말을 믿지 못하겠거든 성경이라도 뒤져보게나. 어쨌든 그녀는 지금 처벌을 받는 중이고, 그녀가 물리적으로 우리 손 안에 있는 한은 계속 죗값을 치러야 할 걸세."

쿠퍼티노는 회선을 끊었다.

저 말을 믿을 수 있나? 그는 자문해보았다.

확신할 수는 없었다. 그는 생각했다. 캐럴. 그래, 당신이 사소한 집안

일 때문에 우리 대의를 망쳤다 이거지. 남편에게 화가 났기 때문에, 단순한 여성의 분노 때문에 위성 하나 전체를 전세가 불리한 3년 동안의 처절한 전쟁 속에 휘말리게 한 거야.

그는 침실로 가서, 옷장 속에서 레이저 총을 꺼냈다. 그가 가니메데를 떠나 테라로 온 이후로, 3년 동안 크리넥스 상자 안에 감추어놓았던 물건이었다.

하지만 이제 이걸 써먹을 때가 왔어.

그는 전화를 걸어 택시를 불렀다. 이번에는 그의 자동차가 아니라, 대중교통 수단인 로켓 익스프레스를 타고 로스앤젤레스로 갈 생각이었다.

가능한 한 빨리 캐럴을 만나고 싶었다.

그는 서둘러 아파트 출입구로 걸어가며 생각했다. 한 번은 내 손을 벗어났지만, 이번에는 안 될 거다. 두 번째는 안 돼.

십 분 후, 그는 로켓 익스프레스를 타고 로스앤젤레스로, 캐럴을 향해 날아가기 시작했다.

존 쿠퍼티노 앞에는 《로스앤젤레스타임스》가 놓여있었다. 그는 혼란에 빠진 채 다시 한 번 신문을 처음부터 끝까지 훑어보았다. 여전히 기사는 없었다. 왜 없는 거지? 그는 자문해보았다. 매력적이고 섹시한 여성을 총으로 쏘아 죽인 타살 사건인데……. 그는 캐럴의 직장으로 쳐들어가서, 그녀가 자기 책상에 앉아있는 것을 발견하고, 그녀의 동료들 앞에서 그녀를 죽이고는, 아무런 방해도 받지 않고 그곳을 걸어 나왔다. 다른 사람들은 놀라고 겁에 질린 나머지 감히 그를 막을 생각도 하지 못하고 있었다.

그런데도 신문에는 단 한 줄도 기사가 나지 않았다. 어느 면에서도 전혀 그 사건을 언급하지 않았다.

"헛된 시도일세." 해고피언 박사가 자기 책상 너머로 그를 바라보며 말했다.

"여기 있어야 합니다. 그런 일급 범죄 소식이— 이게 어떻게 된 겁니까?" 그는 어안이 벙벙해진 채로 신문을 한쪽으로 치웠다. 말도 안 되는 일이었다. 가장 기본적인 논리에 어긋나는 일이었다.

해고피언 박사는 지친 목소리로 말을 이었다. "첫째, 자네가 가져간 레이저 총은 실제로 존재하는 물건이 아니었네. 환상이었지. 둘째. 우리는 자네가 아내를 다시 방문하는 일을 용납하지 않았네. 자네가 폭력을 쓰려고 준비하고 있었기 때문에 말이지. 누가 보기에도 명백한 상황 아니었나. 자네는 그녀를 보지도 않았고, 죽이지도 않았고, 그리고 자네 앞에 있는 신문은 《로스앤젤레스타임스》가 아니라 《뉴디트로이트-G스타》일세……. 가니메데의 펄프 부족 현상 때문에 4면까지밖에 찍지 못하는 신문이지."

쿠퍼티노는 멍하니 그를 바라보았다.

"그래, 사실이네. 똑같은 일이 다시 일어난 거야, 존. 자네는 이제 그녀를 죽이는 기억을 두 개 가지게 된 거네. 그리고 양쪽 기억 모두 완벽하게 거짓인 거지. 이 한심한 친구야. 자네는 분명 계속해서 그런 일을 시도할 거고, 매번 실패를 맛보게 될 거네. 우리 지도자들도 캐럴 홀트 쿠퍼티노가 저지른 사건에 대해 개탄하고 유감스럽게 생각하기는 하지만, 그렇다고 해도 그녀를 보호해야 하네. 그것이 옳은 일이기 때문이지. 그녀는 형을 살고 있는 중이고, 앞으로 21년, 또는 테라가 승리를 거두고 그녀를 풀어줄 때까지 복역하게 될 것이네. 분명 그 여자를 손에 넣게 되면 테라 측에서는 그녀를 영웅으로 만들어주겠지. 태양계에서 테라가 지배하는 모든 지역의 신문에 그녀가 등장할 거야."

"산 채로 넘겨줄 생각입니까?" 쿠퍼티노가 즉각 말했다.

"넘겨주기 전에 죽여야 한다고 생각하는 건가?" 해고피언 박사는 못

마땅한 얼굴로 그를 바라보았다. "우리는 야만인이 아니네, 존. 복수 때문에 범죄를 저지를 수는 없는 일이야. 그녀는 이미 3년 동안 복역을 했네. 충분히 죗값을 치르고 있는 중이야. 그리고 자네도 그렇지. 두 사람 중 어느 쪽이 더 고통을 받고 있는지는 모르겠지만 말이네."

"하지만 내가 그 여자를 죽였다는 사실은 확실합니다. 택시를 잡아타고 그 여자 직장까지, 식스 플래닛 교육 상사를 조종하고 있는 샌프란시스코의 폴링스타 사까지 갔어요. 그 여자 사무실은 6층에 있었죠." 그는 엘리베이터를 타고 올라가는 과정, 같이 엘리베이터를 탄 중년 여인이 쓰고 있던 해진 모자까지 기억이 났다. 책상 인터콤으로 캐럴에게 연락을 한 날씬한 붉은 머리의 접수원도 떠올랐다. 사람들이 바쁘게 돌아다니는 내부 사무실로 들어가서, 갑자기 캐럴과 대면하게 된 순간도 떠올랐다. 그녀는 책상 너머에서 벌떡 일어나서는, 그가 꺼낸 레이저 총을 보고, 순간 모든 것을 이해한 표정을 짓고는 그에게서 벗어나려, 도망치려 했다……. 그러나 그는 결국 그녀를 죽였다. 사무실 문에 도달해, 막 문고리를 손에 잡았을 때였다.

"내가 보증하지. 캐럴은 확실히 살아있다네." 그는 책상 위에 있는 전화의 수화기를 들고 번호를 눌렀다. "자, 내가 그녀에게 직접 전화를 걸어주지. 자네가 이야기해보게."

쿠퍼티노는 멍한 표정으로 화면에 상대방의 얼굴 모습이 떠오를 때까지 기다렸다. 곧 캐럴의 얼굴이 나타났다.

"잘 있었어요." 그녀가 그를 알아보고는 말했다.

그는 굳은 상태로 인사를 받았다. "안녕."

"기분은 좀 어때요?"

"괜찮아. 당신은?" 그는 어색하게 물었다.

"나쁘지 않아요. 오늘 아침에 너무 일찍 일어나서 조금 피곤할 뿐이에요. 당신이 깨워서 말이죠."

쿠퍼티노는 전화를 끊었다. "좋습니다. 납득했어요." 그는 해고피언 박사를 보고 말했다. 분명한 일이었다. 그의 아내는 살아있었고, 그는 그녀에게 손가락 하나 대지 못했다. 사실 그녀는 그가 한 번 더 자기를 죽이려 한 시도 자체를 모르고 있는 것으로 보였다. 그는 그녀의 직장 에조차 가지 못한 것이다. 해고피언은 분명 진실을 말하고 있었다.

직장이라? 그녀의 감방일 것이었다. 만약 해고피언의 말을 믿는다면 말이다. 그리고 그로서는 해고피언 박사의 말을 믿을 수밖에 없었다.

쿠퍼티노는 자리에서 일어나며 말했다. "가도 됩니까? 아파트로 돌아 가야겠습니다. 저도 지쳤거든요. 오늘 밤에는 잠을 좀 자야겠습니다."

"자네가 아직도 돌아다닐 수 있다는 사실이 놀라울 뿐이네. 거의 쉰 시간 가까이 못 잤는데 말이야. 제발 집으로 가서 잠 좀 자게나. 이야기 는 나중에 마저 하세." 박사는 기운을 북돋워주듯 그에게 웃어 보였다.

존 쿠퍼티노는 피로로 구부정하게 몸을 굽힌 채 해고피언 박사의 사 무실을 나왔다. 그는 주머니에 손을 넣은 채 차가운 밤공기에 몸을 떨 며 잠시 보도에 서있다가, 비틀거리며 주차해놓은 차량으로 기어 들어 갔다.

"집으로." 그가 명령했다.

차량은 부드럽게 커브를 그리며 주차장을 빠져나와 도로로 들어갔다.

다시 한 번 시도해봐도 되잖아. 갑자기 이런 생각이 떠올랐다. 안 될 게 뭐야? 어쩌면 이번에는 성공할 수 있을지도 모르지. 예전에 두 번 실 패했다고 해서— 영원히 실패하리라는 보장은 없는 거잖아.

그는 자신의 차에게 명령을 내렸다. "로스앤젤레스로 가자."

자동 회로가 딸각이는 소리를 냈고, 곧 그의 차는 로스앤젤레스로 향 하는 주 도로인 U.S. 99번 고속도로를 탔다.

내가 도착할 즈음에는 잠들어 있겠지. 어쩌면 정신이 없어서 나를 들 여보내줄지도 몰라. 그러면—

어쩌면 이번에는 반란이 성공할지도 몰라.

왠지 어딘가 논리적 허점이 있는 듯하다는 생각이 들었지만, 정확히 무엇이 문제인지는 짚어낼 수 없었다. 너무 피곤했다. 그는 좌석에 기대어 조금이라도 편한 자세를 취하려 노력했다. 자동 회로가 운전을 하는 동안, 눈을 감고 조금이라도 필요한 수면을 취하려는 생각이었다. 몇 시간 후면 그는 사우스패서디나에, 캐럴의 단독주택에 도착할 것이다. 어쩌면 그 여자를 죽이고 나면 잠을 이룰 수 있을지도 모른다. 그러면 그에게도 휴식을 취할 자격이 생길 것이다.

모든 일이 제대로 진행된다면, 내일 새벽 무렵 그녀는 이 세상에 없을 것이다. 그는 다시 한 번 신문에 대해 생각하고는, 왜 그 범죄에 대한 기사가 없었는지 궁금해했다. 그는 생각했다. 이상도 하지. 대체 왜 없었던 걸까.

그의 차량은 시속 160마일의 속도로 ― 어쨌든 이미 속도 조절기는 제거되어 있으니까 ― 존 쿠퍼티노가 로스앤젤레스라고, 그리고 그녀의 아내가 잠들어 있다고 믿는 곳을 향해 총알처럼 달려갔다. ◗

PHILIP K. DICK

테란 오디세이
A Terran Odyssey

PHILIP K. DICK

서부 마린 학교 위원회의 위원장인 오라이언 스트루드는 콜먼 가솔린 램프의 불빛을 키웠다. 흰 불빛을 받고 있는 학교 다용도실이 충분히 밝아지도록, 그리고 위원회의 네 명의 위원 모두가 새로 온 교사를 자세히 살펴볼 수 있도록 하기 위해서였다.

"내가 먼저 몇 가지 질문을 하겠소." 스트루드가 다른 사람들에게 말했다. "우선, 이 사람은 반스 씨고, 오리건에서 왔소. 본인 말로는 과학과 야생 먹거리의 전문가라고 하던데. 그렇지요, 반스 씨?"

작은 키에 동안이고 카키색 셔츠와 작업복 바지를 입은 새 교사가 소심하게 헛기침을 하고는 입을 열었다. "네, 저는 화학 약품과 동식물에 대해 잘 알고 있습니다. 특히 버섯이나 산딸기와 같이 숲 속에서 찾을 수 있는 것들에 대해서요."

"최근에는 버섯 때문에 안 좋은 일이 많았지요." 톨먼 부인이 말했다. 그녀는 위기의 날이 닥치기 전부터 학교 위원회의 일원이었다. "덕분에 이제는 다들 버섯을 건드리지 않게 되었어요."

"저는 이 지역의 목초지와 수풀을 한번 둘러보았습니다. 영양분이 많은 훌륭한 버섯이 눈에 띄더군요. 모험을 하지 않고도 식단을 바꿀 수 있습니다. 저는 그 버섯들의 학명까지 알고 있으니까요."

위원회 위원들은 자리에서 들썩이며 웅성거리기 시작했다. 스트루드는 생각했다. 다들 저 학명 이야기에 감탄한 모양이군.

"오리건을 떠난 이유는 뭐지요?" 교장인 조지 켈러가 퉁명스럽게 물었다.

새 교사는 그를 바라보며 말했다. "정치적 이유입니다."

"당신 문제입니까, 아니면 그쪽 문제입니까?"

"그쪽 문제죠. 저는 정치적 신조 같은 것이 없습니다. 아이들에게 잉크와 비누를 만드는 법이나 새끼양이 거의 다 컸더라도 꼬리를 자를 수 있는 법을 가르칠 뿐이죠. 그리고 제 책도 이미 가지고 있습니다." 반스는 이렇게 말하며 그 옆에 쌓여있는 책들 중 한 권을 집어 들어, 책이 얼마나 괜찮은 상태인지를 볼 수 있도록 했다. "그리고 한 가지 더 말씀드리죠. 캘리포니아 이쪽 지방에는 종이를 만들 수 있는 방법이 있더군요. 알고 계셨습니까?"

톨먼 부인이 대답했다. "물론 알고 있었습니다, 반스 씨. 하지만 정확한 방법은 모르고 있었죠. 나무껍질이 필요한 걸로 알고 있는데, 그렇지 않나요?"

신임 교사의 얼굴에 뭔가를 감추려는 듯한 묘한 표정이 떠올랐다. 스트루드는 톨먼 부인의 말이 옳다는 것을 알고 있었으나, 저 교사는 그녀가 알기를 원하지 않는 듯했다. 서부 마린 학교 위원회가 아직 그를 고용하기로 결정을 내리지 않았기 때문에, 자신의 지식을 꺼내 보이고 싶지 않았던 것이다. 아직 그의 지식을 이용할 수는 없었다. 공짜로 줄 생각이 없었으니까. 그리고 사실 이는 당연한 일이었다. 스트루드는 그 사실을 알고 있었고, 그 때문에 반스를 존중했다. 아무 대가도 없이 뭔가를 내놓는 자는 바보뿐이다.

톨먼 부인은 새 교사가 가져온 책 더미를 눈여겨보고 있었다. "칼 융의 『심리유형론』이 보이는군요. 선생의 과학 중에 정신의학도 있나요? 식용 버섯도 구별할 줄 아는 데다 융과 프로이트의 전문가이기까지 한 선생을 맞이하게 되다니 참으로 운이 좋군요."

"저런 것에는 아무 값어치도 없소." 스트루드가 짜증 섞인 목소리로 말했다. "우리에게 필요한 것은 유용한 과학이지, 학문적인 허풍이 아니오." 그는 개인적으로 체면을 깎인 기분이었다. 반스 씨는 자신이 별것 아닌 이론 따위에 관심을 가지고 있다는 말은 한 마디도 하지 않았었기 때문이다. "정신분석학으로 정화조를 팔 수는 없는 노릇이지 않소."

"반스 씨의 거취를 표결로 정할 때가 된 것 같네요." 위원들 중 가장 나이가 어린 코스티건 양이 입을 열었다. "저는 저 사람을 고용하는 데 찬성하는 쪽이에요. 최소한 임시직으로라도요. 다른 의견 있으신 분 있나요?"

톨먼 부인은 반스 씨를 향해 말했다. "우리는 지난번에 있던 교사를 죽였지요. 그래서 새 교사를 구하는 겁니다. 그래서 우리가 스트루드 씨를 파견한 거고, 그래서 저분은 당신을 발견할 때까지 해안 지방을 따라 돌아다니고 있었던 거예요."

코스티건 양이 그녀의 말을 이어받아 설명했다. "지난번 교사를 죽인 이유는 그가 거짓말을 했기 때문이었어요. 그 사람이 여기 온 이유는 아이들을 가르치기 위해서가 아니었거든요. 예전에 이 지역에 살았었다는 잭 트리라는 사람을 찾으러 왔었죠. 우리 공동체의 존경받는 구성원이며 여기 조지 켈러 교장선생님의 부인이신 켈러 부인은 트리 씨의 친한 친구이기도 하고, 그분이 우리에게 그런 상황을 알려주러 직접 찾아오셨어요. 우리는 그에 따라 합법적이고 공적으로 사건을 처리한 겁니다. 우리 보안대 대장인 얼 콜빅 씨를 통해서요."

"알겠습니다." 반스 씨는 말을 끊지 않고 끝까지 듣고는, 굳은 목소리로 대답했다.

오라이언 스트루드는 목소리를 높여 말했다. "그에게 판결을 내리고 사형을 집행한 배심원단은 나와 서부 마린에서 가장 넓은 땅을 가진 지주인 카스 스톤, 톨먼 부인과 준 라웁 부인으로 구성되어 있었소. '집행'이라고 말하기는 했지만, 그 행동을 한 사람은 — 그러니까 실제로 그를 총살한 사람은 얼이었고 말이오. 서부 마린 배심원단이 결정을 내리면, 그 결정을 집행하는 것이 얼의 의무니까." 그는 새 교사를 자세히 살펴보았다.

"듣기로는 매우 정석적이고 법규에 따라 운영되는 공동체인 것 같군요. 저도 그런 공동체의 일원이 되고 싶습니다." 반스 씨는 사람들을 향해 웃으며 말했고, 방 안 가득하던 긴장은 녹아 없어져버렸다. 모두가 이야기를 나누기 시작했다.

담배 하나에 불이 붙었다. 앤드류 길의 특제 골드 레이블이었다. 농밀한 냄새가 그들 모두를 감싸고 돌면서 기운을 북돋워주고, 신임 교사와 그들 사이에 보다 온화한 분위기가 흐르게 만들었다.

반스 씨는 담배를 보고 묘한 표정을 지으며 쉰 목소리로 말했다. "여기에는 담배가 있는 겁니까? 7년이나 지났는데요?" 지금 보고 있는 광경을 믿지 못하는 것이 분명했다.

톨먼 부인은 즐거운 듯 웃으며 답했다. "물론 담배는 없어요, 반스 씨. 담배를 가지고 있는 사람이 남아있지 않은걸요. 하지만 담배 전문가가 있답니다. 그분이 이 훌륭한 골드 레이블 디럭스를 만들어주셨지요. 별수 없이 말린 식물과 남아있는 약초 등을 이용해서, 그리고 그분만의 개인적 비법을 사용해서 말입니다."

"가격이 얼마나 합니까?"

"캘리포니아 당국의 가짜 화폐로 하면 한 개비에 100달러 정도 합니다. 전쟁 전 동전으로 하면 하나에 5센트 정도 하고요."

"마침 5센트짜리 동전이 하나 있습니다." 그는 떨리는 손으로 외투 주머니를 뒤적였다. 그리고 5센트 동전 하나를 찾아서 담배를 피우고 있는 사람, 즉 편하게 기대어 다리를 꼬고 앉아있는 조지 켈러 쪽으로 내밀었다.

"미안하지만 이걸 팔고 싶은 생각은 없소. 직접 길 씨를 찾아가보시는 편이 나을 것 같은데. 낮이면 그 사람 가게에 있을 거요. 여기 포인트

레이에스 역에 있기는 하지만 자주 돌아다닌다오. 폴크스바겐 미니버스에 말을 매어 타고 다니지."

"잘 기억해둬야겠군요." 반스 씨가 말했다. 그는 아주 조심스럽게 5센트짜리 동전을 다시 집어넣었다.

"정기선을 타고 싶은 거요?" 오클랜드 공무원이 물었다. "그럴 생각이 아니면 차를 좀 빼주지 않겠소. 출입구를 막고 있으니 말이오."

"물론이죠." 스튜어트 매콘치가 대답했다. 그는 다시 차에 올라타고는 고삐를 당겼다. 그의 말인 프린스 에드워드가 차를 끌기 시작했다. 에드워드가 끌고 있는 엔진이 없는 1975년형 폰티액은 출입구를 지나 부두 위로 올라갔다.

거친 물결이 일렁이는 푸른 바다가 양쪽으로 뻗어 있었다. 스튜어트는 자동차 앞 유리를 통해 쓰레기 더미에서 먹을 것을 건져 날아가는 갈매기를 보고 있었다. 낚싯줄도 보였다……. 사람들이 저녁거리를 잡고 있는 모양이었다. 남자들 중 여럿은 누더기가 된 군복을 입고 있었다. 아마도 부두 아래 살고 있는 참전 용사들인 모양이다. 스튜어트는 계속 차를 몰았다.

샌프란시스코로 전화를 걸 수만 있다면. 그러나 해저 케이블이 다시 망가져버리는 바람에, 이제 전화 회선은 새너제이까지 쭉 내려갔다가 다시 반도를 타고 올라오는 경로를 거쳐야 했으며, 샌프란시스코에서 전화를 받을 즈음에는 은화로 5달러 정도는 지불해야 할 게 분명했다. 따라서 부자가 아니면 전화는 상상도 할 수 없었다. 정기선이 떠나려면 앞으로 두 시간은 걸릴 것이었다……. 하지만 그렇게 오래 기다릴 수 있을까?

그는 무언가 중요한 것을 쫓고 있었다.

그는 거대한 소비에트 유도 미사일이 발견되었다는 소문을 들었던 것이다. 아직 뇌관이 폭발하지 않은 놈이 말이다. 벨몬트 근처 땅속에 묻혀있었는데, 밭을 갈던 농부가 발견했다고 한다. 농부는 미사일을 부품별로 분해해서 팔기 시작했고, 그 미사일에는 유도 시스템 안에만 해도 몇 천 개의 부품이 들어 있었던 것이다. 농부는 부품 하나에 1센트씩의 가격을 매겼고, 원하는 대로 골라갈 수 있도록 했다. 그리고 스튜어트는 직업상 그런 부품이 아주 많이 필요했다. 그러나 다른 많은 사람들도 그와 마찬가지로 부품이 필요했고, 따라서 판매는 선착순으로 진행되고 있었다. 서둘러 벨몬트 만에 닿지 않으면 너무 늦어버릴 것이었다.

그는 작은 전자식 덫을 판매하는 일을 하고 있었다(제작은 다른 사람의 일이었다). 돌연변이를 일으킨 짐승들은 이제 평범한 수동식 덫 따위는 피하거나 파괴하는 법을 익히고 있었다. 아무리 복잡한 것이라도 마찬가지였다. 특히 고양이는 아주 심하게 변이를 일으켰고, 하디 씨는 훌륭한 고양이덫을 만드는 기술을 가지고 있었다. 이 고양이덫들은 심지어는 그의 쥐덫이나 개덫보다도 뛰어난 물건이었다. 이런 짐승들은 아주 위험한 존재였다. 놈들은 어린아이가 보이는 대로 덮쳐 잡아먹었다—적어도 떠도는 소문으로는 그랬다. 그리고 당연하게도, 그놈들 역시 기회만 되면 사냥의 대상이 되어 사람들 배 속으로 들어갔다. 특히 쌀로 소를 채운 개고기 요리는 별미로 여겨졌다. 한 주에 한 번 찍어내는 버클리 지역 신문에서는 개고기 수프, 개고기 스튜, 심지어는 개고기 푸딩의 조리 방법까지 설명하고 있었다.

개 푸딩에 대해 생각하던 스튜어트는 곧 자신이 얼마나 배가 고픈지를 깨달았다. 첫 폭탄이 떨어진 이후로 배가 고프지 않은 적이 없었던 듯했다. 그가 마지막으로 진짜 제대로 된 식사를 한 것은, 가짜 장님 행세를 하고 있던 해표지증*에 걸린 하피 해링턴을 만난 날 '프레드의 훌

---

* 바다표범과 같이 팔다리가 없이 몸통에 손발이 붙어 있거나 사지의 형태가 온전하지 못한 상태로 태어나는 신체장애.

176

륭한 음식' 식당에서 점심을 먹었을 때였다. 그 팔다리 짧은 꼬마는 요새 뭘 하고 있담? 그는 몇 년 동안 그놈에 대해 생각해본 적이 없었다.

물론 요즘은 팔다리 짧은 사람이 아주 많았고, 그런 이들은 대부분 옛날의 하피와 마찬가지로 포코모빌을 타고 다니고 있었다. 팔다리가 없는 신처럼 자기네들 작은 우주의 가운데에 죽은 신경 중추를 집어넣고서 말이다. 여전히 스튜어트는 그런 광경이 혐오스러웠다. 그러나 요새는 혐오스러운 광경이 너무도 많아지고 있었다…….

그의 오른쪽 만으로 다리 없는 참전 용사 한 명이 뗏목을 타고 물 위를 나아가는 모습이 보였다. 열심히 노를 저으며 난파선이 분명한 쓰레기 더미로 다가가고 있었다. 선체 위에는 낚싯줄이 여럿 드리워져있는 것이 보였다. 그 참전 용사 소유의 낚싯줄로, 지금 뭐가 걸렸는지 확인해보고 있는 듯했다. 뗏목이 멀어져가는 것을 바라보며, 스튜어트는 그 뗏목이 샌프란시스코 쪽 해변까지 가 닿을 수 있을지 생각해보았다. 그라면 편도 운송에 50센트까지 지불할 수 있었다. 안 될 건 뭐람? 스튜어트는 차에서 내려 부두 가장자리로 다가갔다.

"어이, 이리 좀 와보십시오." 그는 소리치면서 주머니에서 1센트 동전 하나를 꺼냈다. 참전 용사는 그가 부두로 동전을 던지는 모습을 보고, 그의 목소리를 들었다. 그는 즉각 방향을 돌리더니 뗏목을 저어 빠르게 그가 있는 쪽으로 다가왔다. 속도를 내느라 애써서 땀을 뻘뻘 흘리는 모습이었다. 그는 스튜어트를 향해 친근하게 웃어 보이며 귀에 손을 가져다 대었다.

"물고기 사러 오셨소? 아직은 아무것도 걸린 게 없소이다. 하지만 나중에 오면 작은 상어 같은 게 있을지도 모르지. 안전은 보장하니까 한번 가져가보시오." 그는 밧줄로 자기 허리에 묶어놓은 우그러든 가이거 계수기를 들어 보였다. 스튜어트는 그것이 뗏목에서 떨어지거나 다른 사람이 훔쳐갈 때를 대비한 행동이라는 것을 눈치챘다.

"아니, 샌프란시스코까지 가고 싶은 겁니다. 편도로 데려다주면 25센트 동전을 드리죠." 스튜어트는 부두 가장자리에 쭈그려 앉아서 말했다.

참전 용사의 얼굴에서 웃음기가 가셨다. "하지만 그러면 낚싯줄을 두고 가야 하는데. 전부 모아들이지 않으면 다른 놈들이 내가 가있는 사이에 훔쳐갈 거란 말이오."

"35센트 드리겠습니다." 스튜어트가 말했다.

결국 그들은 40센트의 가격에 합의를 보았다. 스튜어트는 프린스 에드워드의 다리를 한데 묶어 아무도 훔쳐가지 못하게 해놓고는, 즉시 참전 용사의 뗏목에 올라타서 위아래로 격렬하게 흔들리며 만을 벗어나 샌프란시스코로 향하는 길에 올랐다.

"무슨 일을 하시오? 세금 징수원은 아니시겠지?" 전직 군인이 그를 차분히 훑어보며 말했다.

"아니, 저는 소형 덫 판매원입니다."

"있잖소, 친구. 나는 예전에 애완용 쥐 한 마리하고 부두 기둥 아래서 같이 살았더랬소. 아주 똑똑했지. 피리를 불 줄 알았다오. 헛소리를 지껄이는 것이 아니라, 정말로 말이오. 내가 작은 나무 피리를 만들어줬더니 코로 피리를 불더만……. 인도에서 쓰는 것과 같은 아시아식 코피리인 거지. 그놈을 정말 좋아했었는데, 어느 날 차에 치여버리고 말았지 뭐요. 그 일이 벌어지는 모습을 눈앞에서 보고 있었는데도, 가서 도와주거나 아무런 일도 할 수가 없었소. 뭔가를 가지러 부두를 가로질러 가고 있던 게지. 아마도 천 조각 같은 거……. 내가 그놈한테 침대를 만들어주기는 했어도 항상 추워하거든, 아니, 추워했거든. 그놈 변종은 몸에 털이 자라나지 않는 종류였으니 말이오."

"저도 그런 동물을 본 적이 있습니다." 스튜어트는 털 없는 갈색쥐가 하디 씨의 전자 덫을 얼마나 잘 피해 다니는지 떠올리며 말했다. "사실 당신 말도 믿을 수 있습니다. 쥐에 대해서는 잘 알거든요. 하지만 회갈색 줄무늬 고양이에 비하면 아무것도 아니죠……. 아마 피리는 당신이 만들어준 거지, 스스로 피리를 만들지는 못했을 것 아닙니까."

"맞는 말이오. 하지만 그놈은 예술가였다니까. 그 음악을 직접 들었어야 해. 낚시를 끝내고 밤이 되면 사람들이 음악을 들으러 모여들곤 했다오. 나는 놈에게 바흐의 〈D단조 샤콘느〉를 가르치려 했었지."

"그 줄무늬 고양이를 한 마리 잡아서, 도망칠 때까지 한 달 정도 데리고 있었던 적이 있었습니다. 그 녀석은 통조림 뚜껑을 사용해서 날카로운 도구를 만들었어요. 그걸 구부리거나 어떻게 한 거겠죠. 어떻게 만드는지 직접 보지는 못했지만, 상당히 정교한 도구를 만들더군요."

전직 군인은 계속 노를 저으며 말했다. "요즘 샌프란시스코 남쪽은 어떻소? 나는 땅 위로 올라갈 수가 없어서 말이오." 그는 이렇게 말하며 자기 하반신을 가리켰다. "뗏목에 머무를 뿐이지. 화장실을 가고 싶을 때 사용할 수 있게 뗏목에 쪽문도 달아놨다오. 사실 팔다리 짧은 시체를 찾아서 그자들이 타고 다니는 수레를 건져야 하는데 말이지. 그걸 요즘은 포코모빌이라고 부른다지."

"전쟁 전에 해표지증 걸린 사람을 한 명 알고 있었습니다. 머리가 아주 좋은 친구였지요. 뭐든 고칠 줄 알았어요." 그는 가짜 담배를 피워 물었다. 전직 군인은 동경하는 표정으로 그 담배를 바라보았다. "샌프란시스코 남쪽은 아시다시피 그냥 평야입니다. 그래서 심각하게 얻어맞았고 지금은 그냥 농장일 뿐이죠. 그쪽에 재건을 시작한 사람은 없고, 예전에도 단독주택 단지였던 곳이라 딱히 쓸 만한 지하실이 남은 곳도 없어요. 요즘은 완두콩과 강낭콩과 옥수수를 재배한다더군요. 저는 지금 농부 한 명이 찾았다는 커다란 로켓을 보러 가는 겁니다. 하디 씨의 덫에 사용할 전선과 진공관과 전기 부품들이 필요하거든요. 하디 덫 한번 사보지 그러세요."

"내가 왜? 나는 물고기만 먹는 데다, 쥐를 싫어하지도 않는데. 사실 꽤나 좋아하는 편이라오."

"저도 좋아합니다. 하지만 현실적으로 생각해야죠. 미래를 염두에 두어야 합니다. 경계를 늦추면 언젠가 미국은 쥐들에게 점령당할지도 모릅니다. 우리는 국가를 위해서 쥐를 잡아 죽여야 하는 겁니다. 특히 지도자가 될 수도 있는 영리한 놈들을 말이죠."

전직 군인은 그를 노려보았다. "그딴 건 전부 물건 팔려고 하는 헛소리요."

"저는 진심입니다."

"그래서 내가 판매상을 좋아하지 않는다니까. 당신네들은 자기 거짓말을 진짜라고 믿지. 최고의 쥐새끼가 백만 년 동안 진화하더라도, 겨우 우리 인간의 시중이나 들 정도가 될 뿐이라는 것은 알 거 아뇨. 메시지를 나르거나 단순 노동을 할 수는 있겠지. 하지만 위험하다니—" 그는 고개를 흔들었다. "당신네 덫이 하나에 얼마 정도씩 하오?"

"은화 10달러입니다. 정부의 가짜 돈은 취급하지 않아요. 하디 씨는 나이가 꽤 있고, 당신도 늙은이들이 어떤지 아시지 않습니까. 그 사람들은 가짜 돈은 돈 취급도 안 하죠."

"용감한 행동을 한 쥐 이야기를 하나 들려주겠소. 내가 직접 목격한 거요." 그리고 그는 이야기를 시작하려 했으나, 스튜어트는 그의 말을 막았다.

"저도 제 나름의 소신이 있습니다. 말다툼해봤자 소용없어요."

그리고 그들은 한동안 입을 열지 않았다. 스튜어트는 만 양쪽으로 펼쳐지는 풍경을 감상했고, 전직 군인은 계속 노를 저었다. 화창한 날씨였고, 스튜어트는 샌프란시스코가 점점 가까워지는 동안 하디 씨에게 가져다 줄 전기 부품에 대해 생각하고 있었다. 그의 공장은 샌파블로 거리, 예전 캘리포니아 대학의 서쪽 끝 부근에 위치해있었다.

"그 담배는 어떤 종류요?" 전직 군인이 문득 물었다.

"이거 말입니까?" 그는 꽁초를 들고 살펴보았다. 마침 불을 끄고 주머니에 있는 금속 상자에 집어넣으려 하던 차였다. 상자 안에는 꽁초가 가득했다. 이것을 모아서 사우스버클리의 담배 장인인 톰 그런디에게 가져가면 해체해서 새로운 담배 개피를 만들 수 있었다. "이건 수입품입니다. 마린 카운티에서 온 물건이죠. 디럭스 골드 레이블입니다. 제작자는—" 그는 강조를 위해 잠시 말을 멈추었다. "아니, 말할 필요도 없겠죠."

"앤드류 길이군. 온전한 담배 한 개비 사고 싶네. 10센트 주지."

"한 대에 15센트씩은 합니다. 니카시오 너머 어딘가에서 생산되어서, 블랙 곳과 시어스 곳을 거쳐서 루카스 계곡 길을 따라 운송되어 오는 거거든요."

"한때 그 앤드류 길 디럭스 스페셜 골드 레이블을 손에 넣었던 적이 있었지. 정기선을 타던 사람 한 명이 주머니에서 흘린 거였어. 그걸 물에서 건져내서 말렸었는데."

스튜어트는 충동적으로 그에게 피우다 남은 꽁초를 내밀었다.

"세상에나." 전직 군인은 그를 똑바로 쳐다보지도 못하며 말했다. 그는 눈을 깜빡이며, 허리를 굽히고는 입술을 달싹거렸다.

"저는 더 있습니다." 스튜어트가 말했다.

"자네에게 더 있는 것이 무엇인지 내 말해주지. 자네에겐 진정한 인간다움이 있어, 선생. 요즘 보기 드문 것이지. 아주 보기 드문 것이야."

스튜어트는 고개를 끄덕였다. 그는 전직 군인의 말 속에서 진심을 느낄 수 있었다.

어린 켈러의 딸이 진찰대에 몸을 떨며 앉아있었다. 스톡스틸 박사는 아이의 희고 마른 몸을 관찰하며, 아주 오래전 전쟁이 나기 전에 텔레비전에서 보았던 농담을 떠올렸다. 암탉을 데리고 공연을 하는 스페인 복화술사의 이야기였다…… 암탉이 알을 하나 낳았다.

"우리 아들." 암탉이 자기가 낳은 달걀을 보며 말했다.

"확실한가? 딸이 아니란 말이야?" 복화술사가 말했다.

그리고 암탉은 긍지를 담은 말투로 말했다. "나는 전문가라고."

그는 생각했다. 이 아이는 보니 켈러의 딸이 분명하지만, 조지 켈러의 딸은 아니야. 확신할 수 있어……. 나는 전문가니까. 7년 전에 보니가 누구하고 바람을 피웠더라? 분명 전쟁 시작 즈음해서 이 아이가 수태되었을 텐데. 아이를 가진 게 폭탄이 떨어지기 전이라는 사실은 분명했다. 어쩌면 바로 그날이었을지도 모른다. 보니라면 아마도 폭탄이 떨어지는 동안에 밖으로 달려 나가서, 세상이 종말을 맞이하는 동안 누군가와 격렬한 정사를 나누었을 수도 있을 것이다. 아마도 전혀 모르는, 달려가다 처음으로 마주친 남자와……. 그리고 이 꼴이 난 것이다.

아이는 그를 향해 웃었고, 그도 마주 웃어주었다. 일견 보기에는 에디 켈러는 정상적인 아이로 보였다. 이상한 특색은 없는 것 같았다. 그러나 그는 엑스레이 기계가 있기를 얼마나 바랐는지 모른다. 왜냐하면—

그는 큰 소리로 말했다. "네 동생에 대해 이야기를 더 해보렴."

에디 켈러는 부드럽고 가느다란 목소리로 입을 열었다. "음……. 저는 동생하고 이야기를 많이 해요. 가끔 그 애가 대답하기도 하지만 잠자는 시간이 더 많아요. 거의 내내 자고 있어요."

"지금도 자고 있니?"

아이는 잠시 조용히 있다가 대답했다. "아뇨."

그는 자리에서 일어나서 아이 앞으로 가서는 말했다. "네 동생이 어디에 있는지 정확하게 알고 싶구나."

아이는 자기 왼쪽 옆구리 아래쪽을 가리켰다. 스톡스틸 박사는 생각했다. 충수로군. 그곳이 아프다고 했었지. 보니와 조지 켈러는 그 고통 때문에 아이가 걱정되어 병원에 데리고 온 것이었다. 그들 역시 에디의 남동생에 대해서 알고 있었지만, 에디가 상상 속에서 만들어낸 환상의 놀이 친구라고만 생각하고 있었다. 그 역시 처음에는 그렇게 생각했었다. 환자 기록에는 동생에 대한 언급이 없는데도 에디가 계속 동생 이야기만 하기 때문이었다. 동생 빌은 그녀와 완벽하게 같은 나이였다. 에디 말로는, 그녀가 태어났을 때 함께 태어났기 때문에 당연한 일이라 했다.

"왜 당연한 게냐?" 그는 진찰을 시작하며 물었다. 아이가 주저하는 기색을 보여서 부모는 다른 방으로 보낸 후의 일이었다.

에디는 침착하고 진지한 태도로 말했다. "빌은 제 쌍둥이 동생이니까요. 그렇지 않으면 어떻게 제 안에 있을 수 있겠어요?" 그 스페인 복화술사의 암탉처럼, 그녀 역시 권위와 확신을 담아 말했다. 그녀 역시 전문가였던 것이다.

지금까지 7년 동안 스톡스틸 박사는 수많은 괴상한 사람들을 진찰해왔고, 이제 훨씬 더 관대해진 — 연기가 자욱하기는 하지만 — 하늘 아래 살아가는 수많은 이상하고 독특한 인간 변종들을 관찰해왔었다. 더 이상 충격을 받을 일도 없었다. 하지만 이 경우, 복부 안쪽 깊숙한 곳에 자기 동생을 데리고 사는 아이의 경우는 달랐다. 빌 켈러는 그 안에서 7년 동안 살아온 것이다. 스톡스틸 박사는 소녀의 이야기를 듣고 그것을 믿기로 했다. 충분히 가능성 있는 이야기였다. 처음 관찰되는 증례도 아니었다. 만약 엑스레이가 있었다면 새끼 토끼 크기 정도의 구부정한 작은 형체를 관찰할 수 있었을지도 몰랐다. 사실 손으로 더듬기만 해도 형체가 느껴졌다……. 조심스레 아이의 옆구리를 만지면 단단한 낭종이 느껴졌던 것이다. 정상 위치의 머리에, 사지부터 시작해서 몸 전체가 복강 안에 들어 있는 것이다. 언젠가 이 아이가 죽으면, 그들은 배를 갈라 부검을 해볼 수 있을지도 모른다. 그러면 안에서 쭈그러든 작은 남자의 모습이 발견되는 것이다. 아마도 흰 수염과 보이지 않는 눈을 가진…… 여전히 새끼토끼 크기인 그녀의 남동생이 말이다.

그리고 빌은 대부분 자고 있지만, 때때로 일어나 자기 누나와 대화를 나눈다고 했다. 빌이 무슨 이야기를 하는 것일까? 아는 것이 뭐가 있는 걸까?

에디는 이 질문에 대한 답을 알고 있었다. "음, 사실 별로 많이 알지는 못해요. 아무것도 보지 못하고 생각만 하거든요. 그리고 빌이 그냥 넘어가지 않게 제가 무슨 일이 일어나고 있는지 말해주고요."

"어떤 것에 흥미가 있다더냐?"

에디는 잠시 생각을 하고는 말했다. "음, 빌은, 그러니까, 음식에 대해 듣는 걸 좋아해요."

"음식이라!" 스톡스틸은 경탄하며 소리쳤다.

"네, 음식요. 빌은 음식을 먹을 수가 없잖아요. 그래서 내가 저녁때 무얼 먹었는지 계속해서 말해달라고 해요. 좀 있으면 그걸 받아먹게 될 테니까……. 제 생각에는 그래요. 그 애도 살아가기 위해서는 뭘 먹어야 하지 않나요?"

"그렇겠지." 스톡스틸도 동의했다.

"특히 내가 사과나 오렌지를 먹으면 정말 좋아해요. 그리고― 빌은 이야기를 듣는 것도 좋아해요. 다른 곳에 대해, 특히 뉴욕처럼 멀리 떨어진 곳에 대해 듣고 싶어 해요. 언젠가 그곳에 가볼 수 있으면 좋겠어요. 빌이 어떤 곳인지 볼 수 있게요. 그러니까, 내가 보고 나서 빌한테 이야기해줄 수 있게 말이에요."

"네가 빌을 잘 보살펴주는 모양이구나, 그렇지?" 스톡스틸은 깊이 감동을 받았다. 이 소녀에게는 이것이 평범한 일이었다. 언제나 그런 삶을 살았으니까― 다른 존재 방식을 알지 못하니 말이다.

"언젠가 빌이 죽을지도 모른다는 생각이 들어서 겁이 나요."

"죽지는 않을 게다. 그보다는 빌이 점점 더 커질 가능성이 높겠지. 그러면 문제가 생길 수도 있단다. 네 몸 안에 그대로 있기가 힘들어질 수도 있으니 말이다."

"그러면 빌이 아기가 되어 태어나게 되는 건가요?" 에디는 크고 검은 눈으로 그를 바라보았다.

"아니, 그럴 수 있는 위치는 아니란다. 그렇게 되면 수술로 빌을 잘라내야 하겠지. 그러면 빌은 살아남지 못할 거란다. 빌이 살아있으려면 지금처럼 네 안에 있어야 하는 거야." 기생해서, 라고 그는 생각했지만, 그 단어를 입 밖으로 내지는 않았다. "그렇게 되면 그때 걱정하자꾸나. 그렇게 되지 않을 수도 있고."

"저는 동생이 있어서 기뻐요. 외롭지가 않거든요. 빌이 자고 있을 때도 거기 있다는 것을 느낄 수가 있어요. 알고 있으니까요. 내 안에 아기를 데리고 있는 느낌이에요. 유모차 같은 것에 태워서 데리고 다니거나 옷을 입힐 수는 없지만, 빌하고 이야기하면 재미있어요. 예를 들어서, 밀드레드에 대한 이야기도 해주고요."

"밀드레드!" 그는 순간 당황했다.

아이는 그의 무지를 보며 웃음을 지었다. "있잖아요, 계속 필립에게 돌아와서 인생을 망쳐버리는 여자요. 매일 밤 그 이야기를 들어요. 위성에서 해주거든요."

"아, 그거구나." 매일 그들의 머리 위 궤도를 지나가는 디스크자키, 월트 데인저필드가 읽어주는 서머싯 몸의 소설 얘기였다. 으스스한 이야기지, 하고 스톡스틸 박사는 생각했다. 누나 몸 안에 기생하며, 축축하고 어두컴컴한 변하지 않는 환경 속에서 살면서, 누나의 피를 통해 양분을 섭취하고, 짐작도 가지 않는 독특한 방법으로 누나를 통해 유명한 소설 내용을 전달받는 아이라……. 그렇다면 빌 켈러도 우리 문화의 일원이라 할 수 있을 것이다. 그토록 기괴한 사회생활을 영위하고 있기는 하지만 말이다. 아이가 그 이야기를 어떻게 받아들이는지 누가 알겠는

가. 그 아이는 우리의 삶에 대한 환상을 가지고 있을까? 우리에 대한 꿈을 꿀까?

스톡스틸 박사는 몸을 숙여 에디의 이마에 키스를 했다. "좋아, 이제 가도 된다. 잠시 너희 부모님과 이야기를 하도록 하마. 대기실에 가보면 오래된 진짜 전쟁 전 잡지가 좀 있단다. 읽고 있으려무나."

진찰실의 문을 열자, 조지와 보니 켈러는 초조한 얼굴로 즉시 자리에서 일어났다.

"들어오십시오." 스톡스틸은 그들에게 말하고는, 그들이 들어온 후 진찰실 문을 닫았다. 그는 이미 그들의 딸에 대한 진실을 밝히지 않으리라고 마음먹고 있었다……. 또한 그들의 아들에 대해서도. 차라리 모르는 편이 나았다.

반도에 갔다 이스트베이로 돌아온 스튜어트 매콘치는, 누군가 — 아마도 분명 부두 밑에 살고 있는 전직 군인들이 — 그의 말 프린스 에드워드를 죽여 먹어버렸다는 사실을 발견했다. 남아있는 것이라고는 해골과 머리와 다리뿐이었다. 그뿐 아니라 누구에게도 쓸모없는 쓰레기 더미였다. 그는 그 옆에 서서 잠시 생각해보았다. 이거 상당히 비싸게 먹힌 여행이 되었는걸. 심지어 도착도 너무 늦었었다. 이미 그 농부가 하나에 1센트씩 받고 소련 미사일의 전자 부품을 전부 팔아버린 후였던 것이다.

하디 씨가 분명 새 말을 한 마리 주겠지만, 그는 에드워드가 마음에 들었었다. 게다가 아무리 배가 고프다고 해도 말을 죽여 먹어버리는 것은 잘못된 일이었다. 말이 필요한 곳이 워낙 많기 때문이었다. 나무를 태우는 자동차와 겨울의 난방 때문에 나무가 거의 사라져버린 지금, 말은 가장 중요한 교통수단이었다. 게다가 재건 작업에도 말이 필요했다. 전기가 없는 이상, 말은 가장 중요한 동력원이었다. 프린스 에드워드를 죽인 어리석음 때문에 분노가 치솟을 지경이었다. 이것은 그들 모두가 두려워하는 야만적인 행동이었다. 백주에 오클랜드 시 한복판에서 벌어진 무법 행위였다. 빨갱이 중국인들이나 할 만한 짓이었다.

그는 이제 천천히 걸어서 샌파블로 거리로 향했다. 비상사태 이후 몇 년 동안 보아서 이제는 익숙해진, 지나치게 진하고 길게 이어지는 노을이 깔리기 시작했다. 그는 주변에는 거의 신경도 쓰지 않았다. 어쩌면 다른 직업을 찾는 편이 나을지도 몰라, 라고 그는 생각했다. 작은 동물 덫이라니, 먹고 살 수는 있지만 거기서 더 나아갈 수는 없잖아. 대체 이런 직업에서 더 나아져봤자 뭘 할 수 있겠어?

말을 잃은 일 때문에 그는 우울해져있었다. 그는 잡초로 무성한 포석 위를 내려다보면서, 한때 공장이었던 폐허를 지나 계속해서 걸었다. 텅 빈 주차장의 토굴 안에서 무언가가 열망으로 눈을 빛내며 그를 바라보고 있었다. 그는 물끄러미 그쪽을 바라보며 생각했다. 아마도 가죽을 벗긴 후 뒷다리를 묶어 매달아놓는 편이 더 어울리는 짐승이겠지.

폐허와 연기로 가득한 잿빛 하늘……. 빛나는 눈은 그를 공격하는 것이 안전할까를 가늠해보는 듯 여전히 그를 바라보고 있었다. 그는 몸을 굽혀 큼지막한 콘크리트 덩어리를 들어서는 토굴 속으로 던져버렸다. 빽빽이 들어차있는 유기물과 무기물을, 뭔가 흰색의 점액질 같은 것으로 단단히 붙여 만든 토굴이었다. 그 짐승이 주변의 물질들을 녹여서 쓸모 있는 반죽으로 만든 것이 분명했다. 분명 영리한 짐승일 것이다. 그러나 그는 별 신경 쓰지 않았다.

나 역시 진화했다고. 그는 생각했다. 예전보다 머리 돌아가는 게 훨씬 날카로워졌단 말이야. 언제든 너 정도는 상대해줄 수 있어. 그러니까 포기하시지.

진화는 했지만, 비상사태 때보다 더 나아진 것은 하나도 없지. 그때는 텔레비전을 팔았고 지금은 전기 덫을 팔고 있으니까. 다를 게 뭐람? 양쪽 다 한심하기는 마찬가지인데. 사실 나빠지고 있는 쪽에 가깝지.

하루를 통째로 낭비해버렸다. 두 시간만 있으면 어두워질 것이었고 그러면 자러 가야 했다. 하디 씨가 매달 은화 한 닢씩을 받고 빌려주고 있는, 고양이 가죽으로 가득한 지하실 방으로. 물론 기름 램프를 켤 수도 있었다. 램프를 잠시 켜놓고서 책 또는 책의 일부를 읽을 수도 있었다. 그가 가지고 있는 책들은 대부분 전쟁 동안 파손되고 잘려 나가 온전치 못한 상태였다. 아니면 하디 씨와 하디 부인을 방문해서 인공위성에서 나오는 방송을 들을 수도 있었다.

어쨌든, 그는 예전에 웨스트리치몬드의 개펄에 있는 송신기에서 개인적으로 데인저필드에게 신청곡을 쏘아 보낸 적도 있었다. 그는 어린 시절에 들었던 옛날 노래 〈굿 라킹 투나잇〉을 신청했었다. 그러나 데인저필드가 자신의 엄청난 양의 테이프 안에 그 노래를 가지고 있는지 알 수가 없으니, 어쩌면 그는 헛되이 기다리고 있는 것일는지도 몰랐다.

걸어가면서 그는 입속으로 노래를 불렀다.

　　오 나도 그 소식을 들었어요
　　오늘 밤 끝내주는 록 파티가 열린다면서요
　　오 나도 그 소식을 들었어요!
　　오늘 밤 끝내주는 록 파티가 열린다면서요!
　　오늘 밤 나는 끝내주는 남자가 되어서
　　나의 아가씨를 있는 힘껏 품에 안고서—

옛날 노래, 옛날의 세계를 기억하는 것만으로도 그의 눈에는 눈물이 맺혔다. 그 대신 우리가 가지게 된 것은 코피리를 연주할 줄 아는 쥐 정도지. 게다가 그 쥐가 차에 치이는 바람에 그것조차 잃어버렸고.

그 쥐는 그 노래는 몰랐을 거야. 그는 생각했다. 백만 년 안에는 배우지도 못했을걸. 이건 말 그대로 성스러운 노래니까. 머리 좋은 동물이나 괴상한 사람들과 함께 공유할 수 없는, 우리의 과거에서 나온 노래니까. 과거는 우리와 같이 진정한 인간 존재들에게만 속하는 거라고.

이런 생각을 하는 동안, 그는 샌파블로 거리에 도착했다. 여기저기 판잣집 사이로 열린 가게들에서는 옷걸이부터 건초까지 모든 것을 팔고 있었다. 그중 멀리 떨어지지 않은 곳에 있는 가게 하나에는 '하디의 스스로 작동하는 짐승 퇴치 덫'이라는 간판이 달려있었다. 그는 그곳을 향해 걸어갔다.

그가 가게에 들어가자, 하디 씨가 뒤쪽에 있는 작업대에 앉은 채로 고개를 들었다. 그는 아크등의 흰 불빛 아래에서 작업을 했으며, 그 주변으로는 북부 캘리포니아 전역에서 모아들인 전자 부품들이 잔뜩 쌓여있었다. 그중 많은 수는 리버모어의 폐허에서 나온 것이었다. 하디 씨는 정부 관리들과 연줄이 있어, 그곳 제한구역에서 들어가 발굴을 해올 수 있었던 것이다.

전쟁 이전, 딘 하디는 AM 라디오 지국의 기술자였다. 그는 날씬하고 말씨가 부드럽고 나이 든 사람으로, 아직까지 스웨터와 넥타이를 착용하곤 했다. 이 시대에는 넥타이는 보기 드문 물건이었다.

"놈들이 제 말을 먹어버렸습니다." 스튜어트는 하디 맞은편의 자리에 앉으며 말했다.

그 말에 고용주의 아내 엘라 하디가 가게 뒤편의 집 쪽에서 모습을 드러냈다. 저녁 준비를 하고 있었던 듯했다. "그냥 놔둔 거예요?"

"네, 그렇습니다. 오클랜드 시 공영 정기선 탑승장에서라면 안전할 거라고 생각했어요. 거기에는 공무원도 나와있고……."

"항상 일어나는 일이지. 그 망할 자식들. 누가 그 부두 아래에다가 시안화물 폭탄이라도 떨어트려야 해. 거기 몇 백 명이나 살고 있는 군인

나부랭이들 말이야. 차는 어떻게 했나? 두고 올 수밖에 없었겠군.” 하다
가 지친 목소리로 말했다.

“죄송합니다.”

“됐네. 오린다 가게에는 아직 말이 더 있으니 말이야. 로켓 부품은 어
떻게 됐나?”

“별로 얻지 못했습니다. 도착하니 이미 전부 팔렸더군요. 이거 말고는
말입니다.” 그는 한 줌의 트랜지스터를 보여주었다. “이건 그 농부가 발
견하지 못했더군요. 돈 안 내고 주워왔습니다. 별 도움이 될는지는 모르
겠지만요.” 그는 트랜지스터를 작업대 앞으로 가져가서 그 위에 내려놓
았다. “하루를 꼬박 쓴 것치고는 별로 소득이 없었죠.” 그는 어느 때보다
도 더 우울한 기분에 빠졌다.

엘라 하디는 아무 말 않고 부엌으로 돌아갔다. 그녀의 등 뒤로 커튼
이 닫혔다.

“우리하고 같이 식사나 하겠나?” 하디는 불을 끄고 안경을 벗으며 말
했다.

“모르겠습니다. 속이 좀 안 좋아요.” 그는 가게 안을 천천히 걸어 돌아
다니며 대답했다. “만 건너편으로 가니까 얘기는 들었지만 믿지는 않았
던 동물이 있더군요. 박쥐 같은 날짐승인데 박쥐가 아니었습니다. 몸은
가늘고 긴데 머리가 큰 게, 꼭 족제비처럼 생겼더군요. 거기 사람들은
그걸 토미라고 부른답니다. 창문으로 날아와서 집 안을 훔쳐보는 게, 꼭
‘엿보는 톰’ 같다고 말이죠.”

“그건 다람쥐네.” 하디는 이렇게 대답하며 넥타이를 조금 헐겁게 하
고는 의자에 몸을 깊숙이 기댔다. “골든게이트 파크에 있던 다람쥐들이
진화한 거지. 한때는 놈들을 이용할 생각도 했다네…… 최소한 이론적
으로는, 길들여서 전령 따위로 이용할 수 있을 것 같았거든. 나는 거든
활강하는 거든 어쨌든 1마일 가까이 날아갈 수 있단 말이네. 하지만 너

190

무 사납더군. 한 마리 잡아보고서는 금방 포기했지." 그는 오른손을 들어 보였다. "여기 엄지손가락에 난 상처 보이지. 이게 톰이 한 짓이네."

"제가 만난 사람 말로는 맛이 괜찮다더군요. 예전의 닭고기 같다고 합니다. 샌프란시스코의 노점에서 팔고 있었어요. 노부인들이 갓 요리해서 따뜻한, 아주 신선한 놈을 한 마리에 25센트씩 받고 팔더군요."

"먹을 생각도 하지 말게. 독 있는 놈이 제법 돼. 먹이 때문일 거야."

"하디 씨, 저는 시가지를 벗어나서 시골로 가보고 싶습니다." 스튜어트가 갑자기 말했다.

그의 고용주는 그를 물끄러미 바라보았다.

"여기는 너무 야만적이에요."

"야만적인 것은 어디나 마찬가지네. 게다가 시골로 가면 일자리를 찾기도 힘들지."

"시골에서 덫을 파실 생각은 없으십니까?"

"없네. 해로운 짐승은 폐허가 있는 마을에나 나오는 거야. 자네도 알잖나. 스튜어트, 자네는 지금 허황된 꿈을 꾸고 있는 거야. 시골은 정체된 곳이야. 모든 새로운 사상은 도시로 모이게 마련이고, 이곳을 떠나면 그것도 잃어버리는 거네. 시골에서는 그저 농사를 짓고 위성 방송을 들을 뿐이야."

"나파나 소노마 계곡 쪽으로 덫을 가져가보면 어떨까 합니다. 어쩌면 와인으로 바꿀 수 있을지도 모르잖아요. 제가 듣기로는 그쪽에서는 예전처럼 포도를 가꾼다고 하던데요."

"하지만 예전 같은 맛이 나지 않지. 땅이 너무 변질되어서 그래. 정말 끔찍하다네. 마실 게 못 되지." 하디는 고개를 흔들었다.

"그래도 사람들은 마시지 않습니까. 옛날식으로 나무를 태워서 움직이는 트럭에 싣고 와서 여기서 파는 걸 봤는데요."

"요즘 사람들은 술 비슷하기만 해도 뭐든 마실 걸세." 하디는 고개를 들고는 생각에 잠긴 채 말했다. "자네 증류주를 가진 사람이 있다는 걸 알고 있나? 진짜 증류주 말이네. 전쟁 전 술을 파내서 파는 것인지, 아니면 직접 만든 것인지 구별도 할 수 없을 정도라는군."

"베이지역에는 없다는 것이 분명하죠."

"담배 전문가인 앤드류 길일세. 아, 뭐 대량으로 팔지는 않지. 나는 750밀리리터 브랜디 한 병을 본 적이 있네. 한 잔 얻어 마시기도 했지." 하디는 입술을 비틀며 그를 향해 뒤틀린 미소를 보냈다. "자네도 그걸 좋아했을 텐네 말이야."

"얼마나 받고 판답니까?"

"그 품질에 맞는 가격 이상을 받지."

스튜어트는 생각에 잠겼다. 앤드류 길이 과연 어떤 사람일지 궁금하군. 아마도 덩치가 크고, 수염을 기르고, 조끼를 입고…… 은으로 장식한 지팡이를 들고 있는, 수입산 외알 안경을 낀 곱슬머리의 덩치 큰 사람일 거야— 생생하게 모습이 떠오르는데.

스튜어트의 얼굴에 떠오른 표정을 보고, 하디는 그를 향해 몸을 굽히며 말했다. "그 사람이 또 무얼 파는지 말해주지. 여자 사진이야. 예술적인 자세를 취한 사진들 말이네— 자네도 알지?"

"아, 세상에. 그 말은 못 믿겠는데요." 스튜어트는 상상력이 끓어 넘치는 것을 느끼며 말했다. 견딜 수 없을 정도로 과도한 자극이었다.

"신께 맹세코 사실이네. 여자 사진이 들어 있는 진품 전쟁 전 달력이야. 1950년 것도 있네. 물론 그런 것들은 사려면 한 재산 들겠지. 누군가 1963년 플레이보이 달력을 사려고 은화 1000달러를 냈다는 이야기도 들은 적 있네." 이제 하디도 우수에 찬 표정이 되어 허공을 바라보았다.

"제가 폭탄이 떨어졌을 때 일하던 '모던 TV 판매 수리점'에는, 지하의 수리부서에 엄청나게 많은 여자 사진 달력이 있었습니다. 물론 당연히 전부 불타버렸겠죠." 적어도 그는 항상 그렇게 생각해왔다. "만약 어떤 사람이 어딘가의 폐허를 살펴보다가 여자 사진 달력이 가득한 창고를 하나 발견했다고 생각해보세요. 상상이 됩니까?" 그는 가슴이 뛰는 것을 느꼈다. "돈을 얼마나 벌겠어요? 백만장자가 될 겁니다! 부동산으로 바꿀 수 있을지도 몰라요. 카운티 하나를 살 수도 있을 겁니다!"

"그렇겠지." 하디가 고개를 끄덕이며 대답했다.

"제 말은, 정말로 부자가 될 거라는 말입니다. 동양에서, 도쿄에서 그런 것들을 좀 만든다고 하는데, 그건 정말 형편없어요."

"나도 본 적이 있네. 조잡한 물건이지. 그런 물건을 만드는 방법 자체가 쇠락해서 무지 속으로 사라져버린 거야. 이제는 죽어 없어진 예술 형태인 거지. 어쩌면 영원히 말이네."

"이제 더 이상 그런 모습을 한 여자가 없기 때문이기도 하지 않겠습니까? 지금 여자들은 전부 비쩍 마른 데다 이빨도 없지 않습니까. 방사능 화상자국투성이에 이빨도 없는 요즘 젊은 여자들을 데리고 달력을 만들어봤자 어떤 작품이 나오겠습니까?"

하디는 날카롭게 말했다. "내 생각에는 그런 여자들도 존재할 것 같네. 어딘지는 모르지. 어쩌면 스웨덴이나 노르웨이, 아니면 세상에서 동떨어진 솔로몬 제도 같은 곳일지도 몰라. 배를 타고 오는 사람들 말을 듣고 확신을 했다네. 물론 미국이나 유럽이나 러시아나 중국처럼 폭탄을 맞은 지역에는 없겠지. 그건 자네 말에 동감일세."

"그런 여자를 찾아서 사업을 시작할 수 있을까요?"

하디는 잠시 생각해본 후 다시 입을 열었다. "필름이 없지 않나. 현상을 할 화학약품도 없고 말이네. 쓸 만한 카메라는 죄다 망가지거나 사라진 지 오래라네. 대량으로 달력을 찍어낼 수 있는 방법도 없어. 만약 자네가 그럴 수 있다면—"

"하지만 전쟁 전과 같이 화상자국도 없고 이빨도 있는 젊은 여자를 찾아낼 수 있다면—"

"내가 좋은 사업거리가 될 만한 것을 한 가지 알려주지. 내가 여러 번 생각해본 일일세." 그는 스튜어트를 차분하게 바라보며 말했다. "재봉틀 바늘일세. 이건 부르는 게 값일세. 뭐든 가질 수 있을 거야."

스튜어트는 됐다는 듯 손짓을 하고는 자리에서 일어나서 가게 안을 걸어 다녔다. "저는 뭔가 제대로 한몫 잡고 싶은 겁니다. 행상일에는 이제 질렸어요. 알루미늄 주전자에 백과사전에 텔레비전을 팔다가 이제는 짐승 덫을 팔고 있지 않습니까. 훌륭한 덫이고 사람들이 원하는 물건이기는 하지만, 생각해보면 저를 위한 일이 뭔가 따로 있을 것 같달까요. 사장님을 모욕하려는 것이 아니라, 제가 좀 더 발전하고 싶단 뜻입니다. 그래야 하지 않습니까. 성장하지 못하면 그대로 썩어서, 덩굴에 달린 채로 말라 죽어버리게 마련이죠. 전쟁 때문에 저는 후퇴해버리고 말았습니다. 우리 모두가 후퇴했지요. 저는 10년 전이나 똑같은 위치에 있습니다. 이걸로는 안 돼요."

하디는 자기 코를 긁으며 그에게 물었다. "뭐 생각해둔 거라도 있나?"

"세계의 모든 사람들을 먹여 살릴 수 있는 돌연변이 감자를 찾아낼 수도 있겠죠."

"감자 하나로 그게 되겠나?"

"그런 감자 품종 말입니다. 어쩌면 루터 버뱅크처럼 식물 육종 개량가가 될 수도 있겠지요. 시골에는 수백만 종의 괴물 식물들이 자라고 있을 거 아닙니까. 여기 도시가 괴물 동물과 괴물 사람으로 가득한 것과 마찬가지로 말이죠."

"지능이 있는 강낭콩을 찾을 수 있을지도 모르겠군." 하디가 말했다.

"저는 농담하는 게 아닙니다." 스튜어트가 조용히 대답했다.

그들은 서로를 마주 보고, 아무 말 하지 않았다.

마침내 하디가 입을 열었다. "돌연변이 고양이와 개와 쥐와 다람쥐를 잡는 자가작동 덫을 만드는 일은 인류에 공헌하는 일일세. 나는 자네가 유치하게 행동하고 있다고 생각하네. 어쩌면 샌프란시스코에 다녀온 동안 자네 말이 먹힌 일 때문에―"

엘라 하디가 작업실 안으로 들어오며 말했다. "저녁식사 준비가 됐어요. 아직 뜨거울 때 식사를 했으면 좋겠네요. 구운 대구 머리하고 쌀이에요. 그 대구 머리를 구하려고 이스트쇼어 고속도로에서 세 시간 동안 줄을 서있었다고요."

두 사람은 자리에서 일어났다. "같이 들겠나?" 하디가 스튜어트에게 물었다.

구운 생선 머리 생각을 하니 스튜어트의 입에 군침이 돌았다. 그는 도저히 거절할 수가 없어서 고개를 끄덕이고는 하디 부인을 따라 부엌으로 들어갔다.

서부 마린의 잡부이자 해표지증 환자인 하피 해링턴은 위성 신호가 잡히지 않을 때면 월트 데인저필드의 성대모사를 해서 서부 마린 사람들을 즐겁게 만들어주었다. 모두가 알다시피, 데인저필드는 요즘 병을 앓고 있었고, 목소리도 점점 약해지고 있었다. 오늘 밤, 성대모사를 하던 도중에, 하피는 켈러 부부가 어린 딸을 데리고 포레스터스 홀로 들어와 뒤쪽에 자리를 잡고 앉는 것을 보았다. 좋아, 이쯤에서 한번 해볼까? 그는 갈수록 많아지는 관중에 신이 나서 생각했다. 그러나 바로 다음 순간, 그는 불안한 느낌을 받았다. 그 가족의 어린 딸이 자신을 물끄러미 바라보고 있었기 때문이다. 그 아이의 눈빛에는 뭔가 불길한 기색이 어려있었다. 그는 갑자기 말을 멈추었고, 홀 안에 정적이 감돌았다.

"계속해, 하피." 카스 스톤이 소리쳤다.

"그 쿨에이드 있잖아요. 그거 흉내 좀 내봐요. 쿨에이드 쌍둥이가 부르던 노래 말이에요." 톨먼 부인이 소리쳤다.

"쿨에이드, 쿨에이드, 버틸 수가 없어요." 하피는 노래를 시작했으나 곧 다시 멈췄다. "오늘 밤은 이 정도로 끝내겠습니다."

홀 안은 다시 조용해졌다.

"제 동생이 그러는데요, 데인저필드 씨가 지금 이곳 어딘가에 있대요." 켈러네 딸이 입을 열고 말했다.

하피는 웃으며 대답했다. "그 말이 맞아."

"그 사람 벌써 책 읽어준 거예요? 아니면 오늘 밤은 너무 아파서 못하나요?"

"아, 그래. 책을 읽어주고 있었지. 하지만 어차피 우리는 그런 거는 안 듣는다고. 늙고 병든 월트는 질렸어. 우리는 하피를 보고 하피가 하는 소리를 듣는다고. 오늘 재밌는 짓을 꽤나 했거든. 그렇지, 하피?" 얼 콜빅이 말했다.

"자네가 이렇게 멀리 있는 동전을 움직이는지 저 애한테도 보여줘봐. 끝내주게 좋아할걸." 준 럽이 말했다.

"그래, 그거 다시 해봐. 괜찮았어. 다들 다시 한 번 보고 싶을 거야." 약사는 이렇게 말하며 더 잘 보기 위해 몸을 일으켰다. 자기 뒤에도 사람들이 있다는 사실을 잊은 모양이었다.

"내 동생은 책 읽는 걸 듣고 싶어 해요. 그 때문에 온걸요." 에디가 조용히 말했다.

"얌전히 있어라." 그녀의 어머니 보니가 아이에게 말했다.

동생이라, 하피는 생각했다. 저 아이한테는 동생이 없잖아. 그는 그런 생각을 하며 크게 웃었고, 다른 사람들 역시 빙그레 웃음을 지었다. "네 동생?" 그는 포코모빌을 몰아 아이 쪽으로 향하며 말했다. "나도 책은 읽어줄 수 있어. 필립과 밀드레드와 그 책 안에 있는 모든 사람 역을 할 수 있지. 데인저필드 역도 할 수 있고. 가끔은 내가 바로 데인저필드가 된단다. 오늘 밤에도 그랬지. 그래서 네 동생이 이 방에 데인저필드가 있다고 생각했나보구나. 사실 그건 바로 나였단다." 그는 사람들을 둘러

보며 말했다. "그렇지 않소, 여러분? 사실 나였지 않습니까?"

"그 말이 맞네, 하피." 오라이언 스트루드가 동의했다. 모두가 고개를 끄덕였다.

하피는 다시 소녀를 돌아보며 말했다. "넌 동생이 없어, 에디. 동생이 없는데 왜 네 동생이 책 읽는 것을 듣고 싶다고 말하는 거냐?" 그는 계속 웃고 또 웃었다. "그 애 좀 볼 수 있니? 이야기 좀 할 수 있어? 그 아이 목소리를 들려주면 말이다, 내가 똑같이 성대모사를 해 보이마."

"그거 대단한 성대모사겠는데." 카스 스톤이 말했다.

"나도 듣고 싶군." 얼 콜빅이 말했다.

"물론 해드리지. 그 동생 아이가 나한테 뭐라고 말하기만 하면 말이야." 그는 자기 포코모빌 가운데 앉은 상태로 기다리며 말했다. "나 기다리는 중이다."

"그만해요. 우리 아이를 괴롭히지 마요." 보니 켈러가 말했다. 그녀의 뺨은 분노 때문에 붉게 달아올라있었다.

"내 쪽으로 고개를 숙여보세요. 그럼 그 애가 말할 거예요." 에디가 말했다. 그녀 역시 어머니와 마찬가지로 화가 난 표정이었다.

하피는 장난치듯 머리를 한쪽으로 꼬면서 아이 쪽으로 고개를 숙였다.

그러자 그의 마음속에서 울리듯 목소리가 들렸다. "자네 그 음반 교체 장치를 어떻게 고쳤나? 정말로 어떻게 한 거야?"

하피는 비명을 질렀다.

모두가 창백한 낯빛으로, 자리에서 일어나 굳은 자세로 그를 바라보았다.

"짐 퍼거슨 씨 소리가 들렸어. 예전에 내 고용주였던 사람이야. 그 사람은 죽었는데."

아이는 그를 차분한 표정으로 바라보고 있었다. "내 동생이 하는 말

더 들어볼래요? 빌, 저 사람한테 뭐라고 더 말 좀 해봐. 네 말을 더 듣고 싶대."

그리고 하피의 마음속에서, 그 목소리는 다시 말했다. "꼭 마법으로 치료한 것만 같구면. 망가진 스프링을 교체하는 대신에 자네는—"

하피는 서둘러 자기 포코모빌의 바퀴를 돌려서는, 홀의 반대쪽 복도까지 달려가서 숨을 몰아쉬며 멈추었다. 켈러네 딸에게서 가장 멀리 떨어진 위치였다. 그는 떨리는 가슴을 억누르며 그 아이를 바라보았다. 에디는 그의 눈빛을 조용히 되받아주었다.

"제 동생이 아저씨를 놀라게 했나요?" 이제 아이는 그를 보며 미소를 짓고 있었다. 차갑고 공허한 미소였다. "아저씨가 저를 괴롭혀서 동생이 되갚아준 거예요. 화가 났거든요. 그래서 그랬대요."

조지 켈러는 하피 옆으로 다가와서는 물었다. "무슨 일이 벌어진 건가, 하피?"

"아무것도 아닙니다. 그냥 책 읽어주는 거나 들어보죠." 하피는 기계팔을 뻗어 라디오의 볼륨을 올렸다.

너희가 원하는 대로 다 해버려라, 너와 네 동생 모두. 데인저필드의 책 읽는 거든 다른 뭐든. 대체 그 안에 얼마나 오래 있었던 거냐? 겨우 7년 동안? 영원히 있었던 것 같은 느낌이 드는데. 마치— 언제나 그곳에 존재해왔던 것같이 말이야. 그에게 말을 건 존재는 엄청나게 늙고 쭈글쭈글하고 하얀 존재였다. 작고 단단하고 떠다니는 존재였다. 커다랗게 자란 입술에 성긴 솜털이 자라나 뒤쪽으로 흩날리는 존재였다. 퍼거슨이 분명해. 퍼거슨 같은 느낌이 들었어. 저 안에, 저 아이 안에 있는 거야.

설마 저 아이 밖으로도 나올 수 있는 걸까?

에디 켈러는 자기 동생에게 말했다. "뭘 했길래 저 아저씨가 그렇게 놀란 거야? 정말로 정신도 못 차리던데."

소녀의 안에서 익숙한 목소리가 말했다. "나는 저 아저씨가 예전에 알던 사람이었거든. 아주 옛날에 죽은 사람 말이야."

소녀는 재밌다고 생각하며 말했다. "그거 더 할 수 있어?"

"저 사람이 마음에 안 들면 더 할 수도 있지. 다른 일도 많이 할 수 있을 거야."

"근데 너 죽은 사람에 대해서는 어떻게 아는 거야?"

"아, 왜냐하면— 뭐 이런 거지. 나도 죽어 있으니까." 그는 그녀 뱃속 깊숙한 곳에서 웃으며 말했다. 그가 몸을 떠는 것이 느껴졌다.

"아냐, 넌 안 죽었어. 너는 나같이 살아있다고. 그러니까 그런 소리 하지 마. 나쁜 소리야." 에디는 겁을 잔뜩 먹고 있었다.

"그냥 그런 척한 거야. 미안해. 그 아저씨 얼굴을 볼 수 있었으면 좋았을 텐데……. 어땠어?"

"끔찍했어. 개구리같이 잔뜩 졸아붙었더라고."

"나갈 수 있었으면 좋겠다. 다른 사람들처럼 태어날 수 있었으면 좋겠어. 나중에라도 태어날 수 있을까?"

"스톡스틸 박사님이 그건 안 될 거래."

"스톡스틸 박사님이 나를 내보내주게 할 수 있을지도 몰라. 내가 마음만 먹으면 할 수 있다고."

"아냐, 그건 거짓말이야. 너는 쿨쿨 자고 죽은 사람들하고 말하고 목소리 흉내 내는 것밖에 못하잖아. 그건 별것도 아니라고."

동생으로부터의 반응은 없었다.

"너 나쁜 짓 하면, 내가 너 죽일 수 있는 음식을 먹어버릴 거야. 그러니까 얌전히 굴어."

에디는 갈수록 동생이 두려워지고 있었다. 그녀는 조금 더 자신감을 가지려 애써보았다. 어쩌면 쟤가 죽는 게 나을지도 몰라. 그러면 나는 꼼짝도 하지 않는 빌을 데리고 돌아다녀야 할 거고, 그건— 즐겁지 않을 거야. 그런 건 싫어.

그녀는 몸을 부르르 떨었다.

"내 걱정은 하지 마." 빌이 갑자기 입을 열었다. "나는 아는 게 아주 많으니까. 내 몸 정도는 챙길 수 있다고. 너도 지켜줄 수 있어. 방금 흉내 냈던 사람처럼 죽은 사람들을 전부 알아볼 수도 있고. 여기는 그런 사람들이 엄청 많아. 몇 억 명이 넘는데 전부 다른 사람들이야. 내가 자는 곳에서는 그 사람들 소리를 들을 수 있어. 아직도 주변에 있는걸."

"어디 주변에?"

"우리 아래에. 땅속에 말이야."

"으에에."

"사실이야. 그리고 우리도 그곳으로 가게 될 거야. 엄마랑 아빠랑 다른 사람들도 전부. 너도 알게 될 거야."

"알고 싶지 않아. 이제 그런 이야기는 그만 좀 해. 나 책 읽는 거 듣고 싶어."

앤드류 길은 담배 마는 작업을 하던 중, 고개를 들고 하피 해링턴 ─ 그가 별로 좋아하지 않는 ─ 이 그가 모르는 사람 한 명과 함께 공장으로 들어오는 모습을 보았다. 길은 즉시 불안감을 느끼기 시작했다. 그는 담배 종이를 내려놓고 자리에서 일어섰다. 옆에서는 그가 고용한 다른 담배 마는 사람들이 계속 일을 하고 있었다.

그는 모두 해서 여덟 명의 직원을 고용했다. 이것도 담배 부문만의 숫자였다. 브랜디를 생산하는 증류소 쪽에는 열두 명의 직원이 더 있었다. 그의 회사는 서부 마린 지역에서 가장 잘나가는 사업체였으며, 북부 캘리포니아 전역에 물건을 공급하고 있었다. 그의 담배는 동부에까지 가있었고, 그곳에서도 나름 이름이 알려져있었다.

"무슨 일인가?" 그는 하피에게 이렇게 물으며, 그의 포코모빌 앞을 가로막고 서서 더 이상 들어오지 못하게 했다.

하피는 더듬거리며 말했다. "이, 이 사람이 당신을 보러 왔습니다, 길 씨. 대단한 사업가라고 하던데요, 자기 말로. 맞지? 자네가 그렇게 말하지 않았어, 스튜어트?"

그 남자는 손을 내밀며 말했다. "저는 캘리포니아 버클리에 있는 하디 자동 짐승 덫 주식회사를 대표해서 왔습니다. 6개월이면 수입을 세 배로 늘릴 수도 있는 훌륭한 제안을 하러 왔지요." 그의 눈이 반짝였다.

길은 크게 소리 내어 웃고 싶은 충동을 꾹 눌러 참고는, 고개를 끄덕이며 말했다. "알겠습니다. 아주 흥미롭군요. 미스터—"

"스, 스튜어트 매콘치 씨입니다. 전쟁 전에 알고 지냈던 사람이죠. 그 이후로 한 번도 만나지 못했는데, 이제 나같이 이쪽 위로 올라오기로 한 모양입니다." 하피가 더듬거리며 말했다.

"제 고용주인 하디 씨는 사장님께 완전 자동 담배 생산 기계의 설계도를 보여드리라고 부탁하셨습니다. 우리 하디 자동 덫 회사는 사장님 회사에서 완전히 옛날 방식대로 담배를 만들고 있다는 것을 잘 알고 있지요. 손으로 직접 말아서 말입니다." 그는 긴 의자에 앉아서 작업 중인 직원들을 가리켜 보였다. "저런 방식은 최소한 한 세기는 뒤떨어진 겁니다, 길 씨. 특제 디럭스 골드 레이블 담배로 놀라운 품질을 획득하셨으니—"

"그리고 나는 그 품질을 그대로 유지할 계획이오만." 길이 조용하게 말했다.

"저희 자동 전자 기계는 품질을 희생해 생산량을 올리는 것이 목적이 아닙니다. 오히려—"

"잠깐. 여기서 이야기하고 싶지는 않소." 길은 이렇게 말하며 근처에 수레를 멈추고 귀를 기울이고 있는 하피 쪽을 가리켜 보였다. 하피는 얼굴을 붉히며 즉시 포코모빌을 반대쪽으로 돌렸다.

"갈 겁니다." 하피는 부루퉁하게 말했다. "어쨌든 별로 관심도 없는 이야기였어요. 잘 있어요." 그는 열린 문을 통해 거리로 나가버렸다. 두 사람은 그가 사라질 때까지 그쪽 방향을 바라보고 있었다.

"우리 잡역부요. 망가지는 것이면 뭐든 고친달까, 치유하는 방법을 알고 있지. 손 없는 손 하피 해링턴이지."

걸음을 옮기며 공장을 둘러보고 작업을 하고 있는 직원들을 살펴보며, 매콘치는 입을 열었다. "정말 훌륭한 공장입니다, 길 씨. 제가 얼마나 이 회사 제품을 좋아하는지 미리 말해두고 싶군요. 이 분야에서 가히 최고라고 할 수 있을 겁니다."

그런 소리는 7년 만에 처음 들어보는군. 길은 생각했다. 그런 칭찬이 이 세상에 아직 존재한다는 사실 자체도 믿기 힘들 지경이었다. 너무 많은 것이 바뀌었지만, 여기 있는 매콘치라는 남자는 아직 전혀 바뀌지 않은 것이었다. 길은 점차 즐거운 기분이 들기 시작했다. 이 판매 사원의 가벼운 말투는 옛날의 행복한 시절을 연상시켰다. 그는 이 남자에게 점차 호감이 생기는 것을 느꼈다.

"고맙소." 길은 진심으로 이렇게 말했다. 어쩌면 마침내 이 세계도 예전의 모습으로 돌아가기 시작한 것일지도 모른다. 옛날 그 시대를 만드는 구성 요소였던 교양과 풍습과 예절이 다시 돌아오기 시작한 것일지도 모른다.

"커피 한 잔 어떠시오? 나는 십 분 동안 휴식 시간을 가질 수 있고, 당신은 그동안 내게 그 자동 기계에 대해 설명해주면 될 테니 말이오."

"진짜 커피입니까?" 매콘치는 이렇게 말했다. 그리고 한순간 그의 얼굴에서 유쾌하고 긍정적인 가면이 흘러내렸다. 그는 길을 향해 갈망을 정면으로 드러내 보였던 것이다.

"미안하오. 대체품밖에 없소. 하지만 나쁘지는 않지. 아마 마음에 들 거요. 도시에 있는 그 소위 '커피 판매대'라는 곳에서 파는 물건보다는 나을 테니까." 그는 물주전자를 가져오러 자리를 떴다.

"여기 오는 것은 오랫동안 제 꿈이었습니다. 여기까지 오는 데 일주일이 걸렸지만 저는 특제 디럭스 골드 레이블을 처음 피워본 후로 계속해서 이날만을 꿈꿔왔지요. 이곳은—" 그는 자신이 생각한 것을 표현할 단어를 찾기 위해 잠시 말을 멈추었다. "이곳은 이 야만적인 시대에 단하나 남은 문명의 섬입니다." 그는 주머니에 손을 찔러 넣고 공장을 돌아보며 말했다. "이곳은 훨씬 더 살기 좋은 곳으로 보이는군요. 도시에서는 말을 그냥 두고 가기만 해도— 그러니까, 얼마 전에 제가 만을 건너갈 일이 있어서 말을 두고 갔는데 말입니다, 돌아와 보니까 누군가 말을 다 먹어치웠지 뭡니까. 그럴 때야말로 도시에 질려서 다른 곳으로 가고 싶다는 생각이 들지요."

"무슨 말인지 알겠소. 도시에는 아직 집도 없고 가난한 사람이 많으니까 그만큼 삶이 힘들게 마련이지."

"정말 좋아하는 말이었는데 말입니다." 스튜어트 매콘치는 슬픈 목소리로 말했다.

"뭐, 시골에 있으면 동물이 죽는 모습은 계속해서 보게 되오. 폭탄이 떨어졌을 때, 이곳에서는 몇 천 마리의 동물들이 끔찍한 부상을 입었다오. 양과 소와……. 하지만 물론 그런 일은 사람이 목숨을 잃는 일과는 비교할 수 없지. 당신이 온 곳에서 있었던 일과 같이 말이오. 아마 당신은 경계의 날 이후로 고통 받는 사람을 수없이 보아왔겠지."

길의 말에 매콘치는 고개를 끄덕였다. "고통도 많이 보고, 그만큼 돌연변이도 봤지요. 괴물 같은 동물과 사람들 말입니다. 제 옛 친구 하피 해링턴과 같은 사람들이죠. 물론 그 친구는 전쟁 전에도 그랬지만요. 제가 일하던 모던 TV 판매 수리 센터에서는 하피가 약물 때문에 그 모양이 됐다고 말하곤 했습니다. 탈리도마이드 때문에요."

"당신네 회사에서 만드는 짐승 덫은 어떤 물건이오?" 길이 물었다.

"수동적인 덫이 아닙니다. 능동적으로 움직이는 덫이죠. 그게 무슨 말이냐 하면, 직접 목표를 포착하고는 쥐나 고양이나 개 같은 것을 쫓아서 지금 버클리나 오클랜드 같은 지하의 굴속으로 내려가는 겁니다. 그런 다음에 짐승을 하나 죽이면 다음 것을 쫓아다니면서, 전원이 끊기거나 영리한 짐승이 덫을 부숴버릴 때까지 계속해서 작동하는 거죠. 하디의 자동 짐승 덫을 부술 수 있는 영리한 쥐도 조금 있기는 합니다. 하지만 그다지 많지는 않아요."

"대단하군." 길이 중얼거렸다.

"자, 그러면 담배 마는 기계에 대해 설명하자면—"

"잠깐, 친구. 나도 설명은 듣고 싶소만, 문제가 하나 있소. 나는 당신네 기계를 살 만한 돈도 없고, 당신들과 교역을 할 만한 물건도 없소. 게다가 내 사업에 동업자를 끌어들이고 싶은 생각도 없다오. 그러면 남은 방법이 무엇이겠소? 지금 하던 대로 해나갈 수밖에 없는 거지." 길은 이렇게 말하고 미소를 지었다.

매콘치는 그의 말에 즉시 대답했다. "잠깐 기다려보십시오. 방법이 있을 겁니다. 어쩌면 기계를 임대 형식으로 드릴 수 있을지도 모릅니다. 그 대가로 특제 디럭스 골드 레이블 담배를, 매주 일정한 수량만큼씩 지정된 기한 동안 공급받는 거지요." 그의 얼굴에 생기가 넘쳤다. "하디 사가 이쪽 회사에서 생산하는 담배의 단독 배급원이 될 수도 있을 겁니다. 어딜 가든 이 회사를 대신해서, 캘리포니아 전역에 걸쳐 상점 조직을 형성해드릴 수 있습니다. 이건 어떻게 생각하십니까?"

"꽤나 흥미로운 제안이라는 사실은 인정해야겠소. 유통이나 배급 같은 것은 내가 잘 아는 분야가 아니라서 말이오……. 몇 년 동안 가끔씩 그런 조직을 만들어야겠다는 생각을 하기는 했소이다. 더욱이 우리 회사가 시골구석에 있으니 말이오. 심지어는 다시 도시로 돌아갈까 하는 생각도 했지만, 그곳에서는 도둑질과 야만적인 행위가 심각한 수준 아니오. 어쨌든 도시로 돌아가고 싶은 생각도 없고 말이오. 여기가 바로 내 고향이니까."

그는 보니 켈러에 대해서는 전혀 언급하지 않았다. 그 여자야말로 그가 서부 마린에 머무르는 진정한 이유였다. 그녀와의 관계가 끝난 지도 몇 년이 지났지만, 그는 여전히 그녀에게 연심을 품고 있었다. 그는 그녀가 남자들을 만났다가 싫증을 느끼고는 다른 남자에게 가는 모습을 계속해서 바라보며, 언젠가는 그녀를 다시 얻을 수 있을 것이라 진심으로 믿었다. 게다가 보니는 그의 딸의 어머니이기도 했다. 그는 에디 켈러가 자신의 자식이라는 사실을 잘 알고 있었다.

"당신은 도시에서 바로 이곳으로 왔을 테니, 한 가지 물어봅시다……. 우리가 여기서는 듣지 못했을 만한 새로운 소식 없소? 나라 안 소식이든 나라 밖 소식이든 말이오. 위성 방송이 있기는 하지만, 나는 디스크 자키의 수다와 음악 따위를 듣는 일에는 솔직히 질려버려서 말이오. 게다가 그 지독한 소설 낭독은 말할 것도 없고."

둘은 함께 웃음을 터트렸다. "무슨 말씀이신지 잘 알 것 같습니다." 매콘치가 커피를 홀짝이며 고개를 끄덕였다. "음, 디트로이트의 폐허 근방에서 자동차를 다시 생산하려는 시도를 하고 있다고 하더군요. 합판으로 만들기는 했지만 등유를 연료로 사용한다고 합니다."

"어디서 등유를 구할 수 있을지 모르겠군. 차를 만들기 전에 우선 정유소부터 몇 군데 가동시켜야 하지 않겠소. 주요 도로도 좀 정비하고."

"아, 다른 소식도 있습니다. 정부에서 로키산맥을 넘는 40번 도로를 다시 열 예정이라고 합니다. 전쟁이 끝난 후 처음이죠."

"대단한 소식인데. 그건 처음 들었소."

"그리고 전화 회사에서는—"

"잠깐." 길은 자리에서 일어나며 말했다.

"커피에 브랜디 좀 넣어보는 것은 어떻겠소? 당신 커피 로열을 마셔

본 지는 얼마나 되었소?”

“몇 년은 되었지요.” 스튜어트 매콘치가 대답했다.

“이건 길스 파이브스타 브랜디요. 내가 직접 만든 거지. 소노마 계곡에서 나온 포도로 만들었소.” 그는 땅딸막한 병을 꺼내어 매콘치의 컵에 술을 따랐다.

“여기 관심 있으실 만한 물건이 하나 있습니다.” 매콘치는 외투 주머니에서 손을 넣어 납작하게 접힌 무언가를 꺼냈다. 그것을 펼치자, 길은 그 물건의 정체가 편지 봉투라는 것을 알아볼 수 있었다.

우편물이었다. 뉴욕에서 온 편지였다.

“맞습니다. 저희 사장님인 하디 씨에게 배달되어 온 편지죠. 동해안에서 여기까지 온 겁니다. 4주밖에는 걸리지 않았죠. 샤이엔 정부에 있는 군인들이 해낸 일입니다. 비행선에 트럭에 말까지 골고루 사용해서 도착했죠. 마지막에는 사람이 직접 가져왔고요.”

“하느님 맙소사.” 길은 이렇게 말하고는, 이윽고 자기 커피에도 길스 파이브스타 브랜디를 섞었다.

빌 켈러는 자기 주변에서 작은 동물의 낌새를 알아챘다. 그는 그 동물이 달팽이나 민달팽이라고 생각하고 즉시 그쪽으로 옮겨 탔다. 그러나 그는 즉시 자신이 속았다는 것을 깨달았다. 눈이 없는 동물이었던 것이다. 밖으로 나오기는 했으나 이번에는 볼 수도 들을 수도 없이, 그저 움직일 수밖에 없었다.

“다시 들어가게 해줘. 무슨 짓을 한 거야, 이상한 놈한테 들여보냈잖아.” 그는 공포에 사로잡힌 채 누나를 불렀다. 일부러 그런 거지. 그는 계속해서 움직이며 생각했다. 그는 누나를 찾아서 계속해서 움직이고 또 움직였다.

손을 뻗을 수만 있다면. 위로 닿을 수만 있다면. 그러나 그에게는 뻗을 수 있는 사지가 전혀 존재하지 않았다. 다시 밖으로 나와서 지금 뭘 하고 있는 거지? 그는 어떻게든 위를 향해 몸을 뻗으려 노력하며 생각해보았다. 저 위쪽에서 빛나는 것들을 뭐라고 부르더라? 저 하늘에 떠 있는 불빛을……. 눈이 없이 그건 볼 수가 있을까? 아니야, 볼 수 없을 거야.

그는 계속해서 움직였다. 다시 몸을 들어 최대한 높이 뻗으려고 해보다가는 땅으로 돌아와, 다시 몸 밖의 생명체로 태어나서 할 수 있는 유일한 행동, 기어가는 일을 시작했다.

하늘에서는 위성에 타고 있는 월트 데인저필드가 움직이고 있었다. 손에 머리를 묻고는 쭈그려 앉아 쉬고 있었지만 말이다. 그 안의 고통이 계속 자라나고, 변하고, 그를 집어삼켜서 그 고통 이외에는 아무것도 생각하지 못하게 되고 있었다. 예전에도 자주 있던 일이었다.

나는 얼마나 더 움직일 수 있을까? 얼마나 더 오래 살 수 있지?

그러나 대답해줄 수 있는 사람은 아무도 없었다.

에디 켈러는 기분 좋은 통쾌함을 느끼며, 지렁이가 땅 위를 계속해서 기어가는 모습을 보고 있었다. 그녀의 동생이 그 지렁이 안에 들어 있는 것은 분명했다.

이제 그녀의 배 속에는 지렁이의 정신이 들어가있었기 때문이다. 그녀는 "붐, 붐, 붐" 하는 지렁이의 단순한 목소리를 들을 수 있었다. 자신의 별 볼일 없는 생물학적 활동이 울리는 듯한 소리였다.

"나한테서 나가, 지렁이야." 그녀는 깔깔대고 웃었다. 지렁이는 자신의 새로운 존재 방식에 대해 무슨 생각을 하고 있을까? 지금 빌과 마찬가지로 어안이 벙벙한 상태인 걸까? 빌이 어디로 가는지 잘 살펴봐야 해. 그녀는 자기 아래 땅바닥을 기어가는 벌레를 보며 생각했다. 길을 잃을지도 모르니까. 그녀는 지렁이 위로 몸을 숙이면서 말했다. "빌, 너

되게 웃기게 생겼다. 빨갛고 길쭉하고. 그거 알고 있어?” 그리고 그녀는 생각했다. 다른 사람의 몸속에 빌을 넣어줘야 하는데. 왜 그런 생각을 하지 않은 걸까? 그러면 원래 되었어야 하는 대로 되는 거잖아. 나는 함께 놀 수 있는 진짜 동생을 가지게 되는 거야. 내 몸 밖에 말이야.

그러나 그 대신, 그녀는 처음 보는 새로운 사람을 그녀 몸 안에 가지게 될 것이었다. 생각해보면 그건 별로 재미있을 것 같지 않았다.

누가 좋을까? 그녀는 생각해보았다. 학교에 있는 아이들 중 하나? 어른? 어쩌면 반스 선생님이 좋을지도 모르겠어. 아니면—

하피 해링턴. 어차피 그 사람은 빌을 무서워하잖아.

에디는 몸을 숙여 지렁이를 집어 들고는, 자기 손바닥 위에 올려놓고 말했다. “빌, 내 계획 좀 들어봐.” 그리고 그녀는 지렁이를 혹이 난 자기 옆구리 쪽으로 가져다 대었다. “이제 다시 들어가. 어차피 벌레는 별로 되고 싶지 않았잖아. 재미도 없다고.”

그녀는 다시 동생의 목소리를 들을 수 있었다. “누나— 누나 미워. 절대 용서하지 않을 거야. 눈도 없고 다리도 없고 아무것도 없는 거 안에 집어넣었어! 꿈틀거리면서 돌아다니는 것밖에 아무것도 못했다고!”

“나도 알아.” 그녀는 이제 쓸모없는 지렁이를 손 안에 담고 좌우로 흔들면서 말했다. “들어봐. 내가 말한 거 들었지? 너도 내가 말한 거 하고 싶지, 빌? 하피 해링턴 가까이 가볼까? 너도 눈도 코도 생기고, 진짜 바깥쪽 사람이 될 수도 있을 거야.”

“겁이 나는데.”

“하지만 나는 그러고 싶어. 지금 해볼 거야, 빌. 너한테 눈이랑 귀를 줄 거라고. 지금 당장.”

빌에게서는 아무런 대답이 없었다. 빌은 에디와 에디의 세계로부터 눈을 돌려, 그만이 가 닿을 수 있는 세계로 들어가버린 것이다. 지저분하고 끈적거리는 죽은 사람들이랑 말하러 간 거겠지. 재미도 없고 아무것도 없는 그 텅 빈 바보 같은 죽은 사람들에게로.

그녀는 생각했다. 그래봤자 아무 소용 없을 거야, 빌. 내가 이미 결정했으니까.

에디는 잠옷에 슬리퍼를 신은 채로 어둠 속을 달려 내려갔다. 그녀는 하피 해링턴의 집을 향해 뛰어가는 중이었다.

빌은 계속해서 그녀 속 깊은 곳에서 울어대고 있었다.

"그거 하려면 빨리 해야 돼. 그 아저씨는 우리에 대해 알고 있어. 죽은 사람들이 말해주고 있어. 우리가 위험하다고 말하고 있다고. 가까이 가기만 하면 내가 죽은 사람 흉내를 내서 겁을 먹게 할 수 있어. 그 아저씨는 죽은 사람들을 무서워하거든. 죽은 사람을 아버지 같다고 생각하고 있는 거야. 엄청나게 많은 아버지. 그리고―"

"조용히 해. 나 생각 좀 하게." 에디가 말했다. 그녀는 어둠 속에서 길을 헷갈리고 말았다. 이제는 떡갈나무 숲을 나가는 길을 찾기도 쉽지 않았다. 그녀는 잠시 걸음을 멈추고 서서, 숨을 몰아쉬며 희미한 달빛을 이용해 방향을 잡아보려 했다.

왼쪽인 것 같아. 언덕을 내려가면 돼. 넘어지면 안 되는데. 소리가 들릴 거야. 그 사람은 아주 멀리까지 들을 수 있다고. 전부 다 듣는단 말이야. 그녀는 숨을 참은 채 한 걸음씩 언덕을 내려가기 시작했다.

"좋은 흉내 준비가 됐어." 빌이 우물거리며 말했다. 그는 조금도 조용히 할 생각이 없어 보였다. "그 사람 가까이 가면, 다른 죽은 사람하고 자리를 바꿀 거야. 별로 기분이 안 좋을지도 몰라. 조금 흐물흐물한 느낌이거든. 하지만 몇 분이면 될 거야. 그동안 그 사람들이 네 안에서 직접 말을 걸 수 있을 테니까. 그러고 나면―"

"좀 닥쳐, 제발, 빌. 제발." 에디는 다급하게 말했다. 그들은 이제 하피의 집 바로 위에 있었다. 그녀 아래쪽으로 불빛이 보였다.

"하지만 설명을 해야 한단 말이야. 내가 일단—"

그의 목소리가 멈추었다. 에디 안에는 아무것도 남아 있지 않았다. 그녀는 텅 비어버렸다.

"빌."

대답이 없었다. 그는 사라져버린 것이다.

희미한 달빛 속에서, 예전에 한 번도 보지 못한 형체가 그녀의 눈앞으로 떠올랐다. 형체가 허공에서 몸을 흔들자, 옅은 색의 머리카락이 그 뒤쪽으로 꼬리처럼 흔들렸다. 그 형체는 바로 그녀의 얼굴 앞에 도달할 때까지 계속 상승했다. 작고 앞을 보지 못하는 눈과 멍하니 벌린 입이 보였다. 야구공과 같은 작고 단단하고 둥근 머리밖에 없는 모습이었다. 형체는 입에서 가냘프게 찍 하는 소리를 내더니, 다시 허공으로 떠오르기 시작했다. 그녀는 그 형체가 계속 공중으로 올라가는 모습을, 헤엄치는 듯 나무 꼭대기를 넘어 예전에는 생각도 해보지 못했던 대기층까지 올라가는 모습을 멍하니 바라만 보고 있었다.

"빌. 하피가 너를 빼내버린 거야. 내 밖으로 꺼내버렸어." 그리고 너는 이제 떠나는 거지. 그녀는 생각했다. 하피가 너를 떠나보내고 있는 거야. "돌아와." 그녀는 이렇게 말했지만, 그가 그녀의 바깥에서 살 수 없기 때문에 의미 없는 말이었다. 그녀 자신도 그것을 알고 있었다. 스톡스틸 박사가 그렇게 말했던 것이다. 그는 태어날 수 없는 존재인데, 하피가 그의 목소리를 듣고 그를 태어나게 만들었던 것이다. 그가 죽게 될 것이라는 것을 알면서.

너는 죽은 사람 흉내를 내지도 못할 거야. 조용히 하라고 했는데 내 말을 듣지 않았어. 그녀는 눈을 찡그리고 계속 올려다보았다. 그녀는 머리카락을 휘날리는 작고 단단한 물체가 저 높은 곳에서 흔들리다가 이윽고 아무 소리도 내지 않고 사라져버리는 모습을 보았다. 아니, 보았다고 생각했다.

그녀는 이제 혼자 남은 것이다.

이제 더 가도 소용없잖아. 다 끝났어. 그녀는 고개를 숙이고 눈을 감은 채로, 더듬거리며 다시 언덕을 올라가기 시작했다. 그녀의 집으로, 침대로 말이다. 배 속이 쓰라렸다. 무언가 잡아 뜯는 것 같은 느낌이 들었다. 조용히만 있었으면 네 소리를 듣지 못했을 텐데. 내가 말했었잖아.

빌 켈러는 허공에 떠서 조금 보고, 조금 듣고, 살아있는 나무와 동물들이 움직이는 것을 느꼈다. 그는 자신을 공중으로 밀어올리고 있는 힘을 느낄 수 있었지만, 죽은 사람 흉내를 하나 떠올려 말해보았다. 차가운 공기를 뚫고 그의 조그만 목소리가 울렸다. 그의 귀에 그 소리가 들리자, 그는 다시 크게 소리쳤다.

"우리는 이 끔찍한 경험을 통해 우리의 어리석음을 깨우쳤습니다." 그는 찍찍거리는 소리로 이렇게 말했다. 목소리가 자기 귀에 울렸다. 즐거운 경험이었다.

그를 위로 데려가던 힘이 사라졌다. 그는 그대로 둥실 떠서는 즐겁게 헤엄치다가, 아래로 하강하기 시작했다. 그는 땅에 닿기 직전까지 내려간 다음 방향을 옆으로 틀어서, 살아있는 생명체의 느낌으로 볼 때 하피 해링턴의 집 바로 위라고 생각되는 곳에서 멈추었다.

"이것은 신의 천벌입니다!" 그는 가늘고 높은 목소리로 소리쳤다. "이 끔찍한 재앙을 경고로 삼아 고고도高高度 핵실험을 멈추도록 해야 합니다. 여러분 모두 케네디 대통령에게 편지를 쓰십시오!"

그는 케네디 대통령이 누구인지 알지 못했다. 아마도 살아있는 사람일 듯했다. 주변을 둘러보아도 그런 사람은 보이지 않았다. 그는 떡갈나무 숲의 동물들을 보았고, 둥그런 눈에 커다란 부리를 가지고 소리 없이 날아오는 새 한 마리를 보았다. 빌은 갈색 날개를 가진 소리 없는 새가 자신을 향해 활공해 오는 것을 보며 두려움에 찍 소리를 냈다.

새는 탐욕과 찢어발기고 싶은 욕망으로 가득한 무시무시한 소리를 냈다.

"여러분 모두는 항의 편지를 써야만 합니다!" 빌은 어둡고 차가운 허공으로 도망가며 소리쳤다.

어두운 달빛을 받으며 숲 속에서 추격전을 벌이는 동안, 새의 빛나는 눈은 계속 그를 주시하고 있었다.

마침내 올빼미가 그에게 닿았다. 올빼미는 한입에 빌을 집어삼켰다.

다시 한 번 그는 내부에 있게 되었다. 그는 다시 볼 수도, 들을 수도 없었다. 짧은 자유의 시간이 끝나버린 것이다.

올빼미는 울음소리를 내며 계속 날아갔다.

빌 켈러는 올빼미에게 말을 걸어보았다. "내 목소리 들려?"

들을 수도 있고, 듣지 못할 수도 있을 것이었다. 어차피 이놈은 올빼미에 지나지 않았다. 에디와 같이 생각할 수 있는 존재가 아니었다. 내가 이 안에서 살아도 될까? 여기 아무도 모르는 곳에 숨어서……. 올빼미야 날아다닐 수 있으니 어디든 갈 수 있으니까. 올빼미 안에는 그 말고도 생쥐들 시체와 계속해서 꿈틀거리며 사방을 긁어대는, 아직 살고 싶다고 생각할 수 있을 정도로 충분히 큰 생명체가 하나 있었다.

좀 내려가봐, 그는 올빼미에게 말했다. 그는 올빼미를 통해서 숲을 볼 수 있었다. 모든 것이 대낮과도 같이 선명하게 보였다. 움직이지 않고 있는 수백만 가지의 물체들이 보였고, 그 와중에 기어 다니며 움직이는 것이 하나 있었다. 살아있는 것이었다. 올빼미는 즉시 그쪽으로 방향을 틀었다. 기어 다니던 생물은 아무것도 듣지 못하고, 아무것도 눈치채지 못한 채, 텅 빈 공터로 기어 나갔다.

다음 순간, 올빼미는 그 생물을 집어삼켰다. 그러고는 계속해서 날아갔다.

잘했어, 그는 이렇게 생각했다. 어디 더 있을까? 밤새 이렇게 날아다니며 계속 같은 짓을 반복하다가, 비가 오면 목욕을 하고 나서 깊은 잠을 자는 거야. 그게 제일 좋은 부분인가? 아마도 그렇겠지.

그는 말했다. "퍼거슨은 자기 직원들이 술을 마시게 해주지를 않아. 그 사람 종교에서 음주를 금지하는 모양이지? 하피, 빛은 어디에서 오는 거야? 신인가? 거 있잖나, 성경에 있는 대로 말이야. 그게 정말인가?"

올빼미가 다시 울었다.

그의 내부에 있는 천 명의 죽은 사람들이 일제히 관심을 갈구하기 시작했다. 그는 그들의 말을 듣고, 그중에서 하나씩을 골라 따라했다. "이 더러운 꼬마 괴물아. 잘 들어라. 여기 꼼짝 말고 있어. 우리는 지표면 아래에 있으니까, 여기까지는 폭탄이 닿지 않을 거다. 위층에 있는 사람들은 죽을 거다. 너는 여기를 치워라. 그 사람들이 올 공간을 만들어."

올빼미는 겁을 먹고는 그를 피하려는 듯 날개를 펄럭였다. 그러나 그는 계속해서 목소리를 들으며 그중에서 골라낸 말을 따라했다.

"여기 꼼짝 말고 있어." 그는 다시 반복했다. 다시 한 번 하피의 집에서 나오는 불빛이 시아에 들어왔다. 올빼미는 도망치지 못하고 크게 원을 그리며 이곳으로 돌아온 것이다. 그가 올빼미를 자신이 원하는 장소에 붙어 있도록 만든 것이다. 그는 올빼미가 조금씩 더 하피의 집에 가깝게 날아가도록 만들었다. "이 한심한 머저리야. 여기 꼼짝 말고 있어."

올빼미는 온 힘을 다해 평소의 습성 하나를 지금 실행에 옮겼다. 기침을 하며 빌을 토해낸 것이다. 빌은 땅으로 떨어지면서 공기의 흐름을 타려고 시도했다. 그는 잡초가 자란 부식토 위로 떨어져 찍찍 소리를 내며 굴러가서는, 마침내 움푹 팬 땅 위에서 멈췄다.

그를 떨어낸 올빼미는 하늘 높이 솟아서 사라져버렸다.

"인간이 가진 연민의 감정이 이를 보게 합시다." 그는 땅 위에 누운 채로 말했다. 그의 목소리는 오래전 하피와 그의 아버지가 참석했던 어느 모임에서 한 장관이 사용했던 것이었다. "이런 일을 벌인 것은 우리 자신입니다. 우리가 지금 이곳에 온 것은 오직 인류 자신의 어리석음이 빚은 결과를 목격하기 위한 것일 뿐입니다.”

이제 올빼미의 눈을 잃어버린 그는 희미하게밖에 물체를 볼 수 없었다. 완벽한 조명은 사라져버렸고, 이제 가까이 있는 몇 개의 사물만이 희미하게 보일 뿐이었다. 전부 나무였다.

하피의 집이 흐릿한 밤하늘을 배경으로 서있는 모습도 보였다. 그리 멀지 않았다.

“들어가게 해줘. 나 들어가고 싶어.” 빌은 입을 움직여 말했다. 그는 움푹 팬 땅 위에서 구르며, 나뭇잎을 휘저으며 부스럭거렸다.

짐승 하나가 그의 소리를 듣고는 조심스레 멀어져갔다.

“들어갈래, 들어갈래, 들어갈래. 밖에 오래 있을 수 없다고, 나 죽을 거야. 에디, 지금 어디 있어?” 가까이에서는 그녀의 기척이 느껴지지 않았다. 집 안에 있는 팔다리 없는 사람의 기척만 느껴졌다.

빌은 온 힘을 다해 그쪽으로 굴러가기 시작했다.

스톡스틸 박사는 아침 일찍 하피 해링턴의 집에 도착했다. 하늘에 떠 있는 환자 월트 데인저필드와 연락하기 위해 통신기를 쓰러 온 것이었다. 그는 통신기와 이곳저곳의 전깃불이 켜져있는 것을 알아채고는, 영문을 모른 채 문을 두드렸다.

문이 열렸고, 포코모빌 위에 앉은 하피 해링턴이 보였다. 하피는 어딘가 이상해 보이는, 방어적인 태도로 그를 보고 인사했다.

“한 번 더 시도해보고 싶어서 왔네. 상관없겠지?” 스톡스틸은 자신의 시도가 얼마나 의미 없는 일인지 알면서도 이렇게 물었다.

“네, 선생님.” 하피가 말했다.

“데인저필드는 아직 살아있나?”

“네, 선생님. 죽었으면 제가 알 수 있을 테니까요.” 하피는 그가 들어

올 수 있도록 포코모빌을 움직여 길을 비켰다. "그러니까 아직 저 위에 있는 거죠."

"무슨 일 있었나? 자네 밤새 깨있었던 건가?"

"네. 이것들 사용하는 법을 배우고 있었어요." 그는 포코모빌을 움직여 보였다. "꽤 어렵던데요." 그는 정신이 팔린 듯 이렇게 말했다. 포코모빌은 탁자 끝에 부딪혔다. "실수로 친 거예요. 죄송합니다. 그럴 생각은 아니었어요."

스톡스틸은 그를 바라보며 말했다. "자네 좀 달라진 것 같은데."

"저는 빌 켈러예요. 하피 해링턴이 아니라요." 그리고 그는 기계팔을 뻗어 한쪽 구석을 가리키며 말했다. "저기 하피가 있어요. 이제부터는 저게 하피예요."

구석에는 몇 인치 길이의 쪼그라든 반죽 같은 물체가 입을 벌린 채로 누워있었다. 어딘지 모르게 인간과 같은 구석이 있는 형체였다. 스톡스틸은 그쪽으로 가서 그것을 주워 들었다.

"그게 나였어요. 하지만 어젯밤에 바뀌칠 수 있을 정도로 가까이 다가갔죠. 엄청 싸웠지만, 그 아저씨가 겁을 먹고 있어서 내가 이겼어요. 계속해서 사람들 흉내를 냈죠. 장관 흉내를 낸 게 먹히더라고요."

스톡스틸은 쪼그라든 작은 생물을 들고 서서는 아무런 말도 하지 않았다.

"이 통신기 쓰는 법 아세요? 저는 모르겠어요. 이것저것 해봤는데 안 되더라고요. 전깃불은 이제 알겠어요. 켜고 끌 수 있겠더라고요. 밤새 연습했어요." 그는 벽 쪽으로 포코모빌을 몰고 가서는 기계팔을 뻗어 전깃불 스위치를 올렸다 내렸다 해 보였다.

잠시 후 스톡스틸은 자기 손에 들고 있던 조그만 형체를 내려다보며 말했다.

"오래 살지 못할 것 같지."

"한동안은 살아있었어요. 한 시간 정도요. 그 정도면 꽤 괜찮지 않나요? 그중 일부는 올빼미 속에 들어가있었으니까, 그것도 넣어야 될지는 모르겠지만요."

"나는— 데인저필드에게 빨리 연락을 해봐야겠다. 그 사람 언제 죽을지 모르니 말이야." 스톡스틸이 마침내 말했다.

빌은 고개를 끄덕였다. "알았어요. 그거 제가 가져갈까요?" 그는 기계팔을 내밀었고, 스톡스틸은 그 위에 죽은 형체를 올려놓았다. "올빼미가 저를 먹었어요. 별로 기분은 좋지 않았지만, 눈은 정말 좋던데요. 그건 마음에 들었어요. 그 눈을 쓸 수 있었다는 거요."

"그래. 올빼미는 시력이 아주 좋지. 꽤 대단한 경험이었겠구나." 스톡스틸은 반사적으로 대답하며 통신기 앞에 앉았다. "이제 앞으로 뭘 할 거냐?"

"이 몸을 쓰는 법에 익숙해져야죠. 꽤 무거워요. 중력이 느껴지는걸요……. 예전에는 떠다니는 데 익숙해서요. 그거 알아요? 이 기계팔 정말 멋진 것 같아요. 벌써 여러 가지 일을 할 수가 있는걸요." 그는 기계팔을 움직여 벽에 있는 그림을 건드렸다가 통신기 방향으로 휘둘러 보였다. "에디를 찾아봐야겠어요. 난 괜찮다고 말해주고 싶어요. 아마 누나는 내가 죽었다고 생각하고 있을 거예요."

스톡스틸은 마이크를 켜고 머리 위의 위성에 연락할 준비를 했다. "월트 데인저필드. 여기는 서부 마린의 스톡스틸 박사입니다. 제 말 들리십니까? 들린다면 대답을 해주십시오." 그는 잠시 멈췄다가 방금 한 말을 반복했다.

"나 가도 돼요? 에디 찾으러 가도 되나요?"

"그래." 스톡스틸은 이렇게 말하며 이마를 문지르고는, 온 힘을 다해 생각을 짜내어 말했다. "조심해야 한다. 지금 너는…… 다시 몸을 바꾸지 못할지도 몰라."

"다시 바꾸고 싶지 않아요. 이것도 괜찮은걸요. 이제 이 안에는 다른 사람이 없어요. 나뿐이라고요." 깡마른 해표지증 환자의 얼굴에 웃음이 번졌다. "이제 다른 누군가의 일부분이 아니란 말이에요."

스톡스틸은 다시 한 번 마이크의 버튼을 눌렀다. "월트 데인저필드. 제 말이 들리십니까?" 의미 없는 짓일까? 그는 생각해보았다. 계속 할 필요가 있는 걸까?

팔다리가 없는 빌은 포코모빌에 탄 채로 사로잡힌 딱정벌레처럼 방 안을 돌며 말했다. "이제 밖으로 나왔으니까 학교도 갈 수 있죠?"

"그럼." 스톡스틸은 중얼거리듯 말했다.

"하지만 나 벌써 아주 많이 알아요. 에디가 학교에 갈 때 나도 엿들었거든요. 나 반스 선생님 좋아해요. 박사님도 그래요? 그 사람은 아주 좋은 선생님이에요. 그 선생님 반 학생이 되고 싶어요. 엄마는 뭐라고 할까요?"

"뭐라고?" 스톡스틸은 당황해서 물었다. 그리고 다음 순간, 그는 그 말이 무슨 뜻인지 알아챘다. 보니 켈러 말이다. 그래, 보니가 무슨 말을 할지 들어보는 것도 아주 재미있을 것 같군. 이건 그녀가 그동안 가졌던 수많은 정사에 대한 완벽한 보복이 될 거야……. 몇 년간 계속 남자를 바꾸어 가면서 사랑을 나누었던 일에 대해서 말이야.

그는 다시 마이크 버튼을 누르고는, 다시 한 번 시도해보았다.

반스 씨는 보니 켈러에게 말했다. "오늘 방과 후에 당신 딸하고 이야기를 나누어보았습니다. 그런데 그 아이가 우리 사이에 대해 알고 있는 것 같은 인상을 받았어요."

"이런 세상에, 어떻게 그럴 수가 있죠?" 보니가 말했다. 그녀는 신음을 흘리며 자리에서 일어나 앉았다. 그녀는 옷을 추스르고, 다시 블라우스의 단추를 끼웠다. 이 사람은 앤드류 길과 얼마나 다른지. 그 사람은 언제나 활짝 열린 곳에서, 백주 대낮에 사랑을 나누었는데. 떡갈나무가 서있는 서부 마린의 길가에서, 지나가는 사람이든 짐승이든 누구나 볼 수 있게 말이야. 길은 언제나 처음으로 사랑을 나누는 양 그녀를 끌어 안았었다— 나불대지도 몸을 떨지도 중얼거리지도 않고, 언제나 그녀를 꽉 끌어당겨 안았었다. 어쩌면 그 사람에게 돌아가는 편이 나을지도 모르겠어, 라고 그녀는 생각했다.

어쩌면 이 사람들 모두를 떠나는 편이 나을지도 몰라. 반스도 조지도 맛이 간 내 딸내미도 말이야. 공동체 따위는 무시하고 공공연하게 길하고 같이 살면서 변화를 만끽하는 거지.

"사랑을 나눌 생각이 아니라면, 포레스터스 홀까지 걸어가서 오후에 지나가는 위성 방송이나 들어보는 게 어때요." 그녀가 말했다.

반스는 기분 좋게 그녀의 말을 받았다. "가는 길에 먹을 수 있는 버섯을 딸 수 있을지도 모르겠군요."

"농담하는 거죠?"

"천만에요."

"당신은 이상한 사람이에요. 정말로 이상해요. 애초에 왜 오리건에서 서부 마린까지 온 거예요? 그냥 애들이나 가르치고 버섯이나 따려고 온 건가요?"

"그렇게 나쁜 삶은 아닙니다. 예전 삶보다는 훨씬 나아요. 심지어는 전쟁 전의 삶보다도요. 게다가— 여기엔 당신도 있으니까요."

보니 켈러는 우울하게 자리에서 일어나서는, 손을 외투 깊숙이 찔러 넣은 채로 길을 따라 내려가기 시작했다. 반스는 그녀의 걸음을 따라잡으려 애쓰며 그 뒤를 따라가기 시작했다.

"저는 여기 서부 마린에 머물 겁니다. 여기가 제 여행이 끝나는 곳이에요. 오늘 당신 딸과 그런 일이 있기는 했어도—"

"당신이 실제로 그런 일을 겪은 것은 아녜요. 단순히 당신 죄책감이 기어 올라와서 그런 느낌을 받은 것뿐이죠. 서두르죠. 저는 데인저필드의 목소리를 듣고 싶어요. 적어도 그 사람이 말하는 동안에는 재미있거든요."

그녀의 뒤에서, 반스 씨는 버섯을 하나 찾아내고는 걸음을 멈추고 몸을 숙였다. "이거 살구버섯인데! 아주 향기가 좋고 먹을 수 있는 버섯이죠." 그는 조심스레 버섯을 캔 다음, 땅에 엎드려서 다른 버섯을 찾기 시작했다. "당신하고 조지에게 스튜를 만들어줄게요."

보니는 그가 작업을 끝내기를 기다리면서, 앤드류 길이 만든 특제 디럭스 골드 레이블 담배를 빼물고, 한숨을 쉬고는, 잡초가 무성한 떡갈나무 길로 한두 발짝 걸음을 옮겼다.* ◑

---

* 이 단편은 1965년 출간된 장편 『닥터 블러드머니』의 일부를 발췌해서 단편으로 재구성한 작품으로, 등장인물들의 설명이 비교적 부족한 편이다. 월터 데인저필드는 화성으로 갈 예정이었던 우주비행사지만 핵전쟁이 일어나는 바람에 인공위성에 머물며 디스크자키를 하게 된 사람이다. 하피 해링턴은 사실 초능력을 가지고 있으며, 초능력을 사용해 물건을 고치는 것으로 사람들의 존경을 얻으려 한다. 그의 최종 계획은 월터 데인저필드를 정신 분열 상태로 몰아넣어 자기가 그 자리를 대신 차지하는 것이나, 중요한 순간에 빌 켈러의 방해로 뜻을 이루지 못하고 목숨을 잃게 된다. 앤드류 길은 보니를 데리고 도시로 나가서 하디 씨와 함께 사업을 하게 된다. 블러드머니 박사는 이 단편의 초반에 등장했던 '잭 트리'라는 사람으로, 계산 실수로 인해 핵전쟁을 불러일으킨 사람이다. 반스의 전임 교사였던 오스투리아스 씨는 그의 정체를 캐내려다 마을 사람들에게 목숨을 잃었다.

약속은 어제입니다

Your Appointment Will Be Yesterday

약속은 어제입니다

PHILIP K. DICK

햇살이 올려 쬐는 가운데 쨍쨍 울리는 기계음이 소리쳤다. "좋아요, 레러 씨. 이제 일어나서 당신이 누구고 뭘 할 수 있는지를 보여줄 땝니다. 닐스 레러는 거물이라고요. 모두가 그 사실을 알고 있습니다. 다들 그렇게 말하는 것을 들었거든요. 대단한 사람에, 능력도 좋고, 직업도 좋고. 세상 사람들이 전부 당신을 찬양하죠. 이제 일어나셨나요?"

레러는 침대에 누워 "그래"라고 대답했다. 그는 일어나서 침대 옆에서 날카로운 목소리로 떠들어대는 자명종 시계를 때려 조용하게 만들었다. "좋은 아침이군. 나는 잘 잤어. 너도 그랬으면 좋겠네." 그는 조용한 아파트에 대고 말했다.

투덜대며 침대에서 일어난 후 옷장으로 가서 적당히 더러운 옷을 찾아보는 동안, 그의 혼란스러운 머릿속에 여러 문제들이 스치고 지나갔다. 루드비히 엥에게서 확실히 언질을 받아내야 해. 내일 했어야 하는 일이 오늘의 가장 골치 아픈 일이 되어버리고 말았다. 엥에게 가서, 그의 잘 팔리는 책이 세상에 단 한 권밖에 남지 않았음을 밝히는 거지. 그가 행동해야 할 때가, 세상에서 오직 그만이 할 수 있는 일을 해야 할 때가 시시각각 다가왔다. 엥이 무슨 생각을 할까? 가끔은 자리에 얌전히 앉아있기를 거부하면서도 일을 해치우는 발명가가 있는 법이니까. 사실 이건 우리 조직의 문제지, 내 문제도 아닌데, 뭐. 그는 조금 얼룩이 묻고 구겨진 붉은색 셔츠를 찾아내고는, 잠옷을 벗고 그 옷을 걸쳤다. 바지는 그렇게 쉽지 않았다. 빨래 바구니를 뒤져야 했으니까.

그리고 이제 수염을 붙일 차례였다.

레러는 수염 통을 들고 화장실로 향하며 생각했다. 내 꿈은 광역 미국 전체를 자동차를 타고 횡단하는 거야. 야호. 그는 대야에 물을 떠서 세수를 한 다음, 거품 접착제를 바르고, 수염 통을 열고 솜씨 좋게 치대어 뺨, 턱, 목에 골고루 수염을 붙였다. 이제 준비가 다 되었군. 그는 거울에 비친 자기 모습을 보며 생각했다. 차에 탈 준비가 끝났어. 내 몫의 소금을 처리하기만 하면 말이지.

그는 소금 판을 올리고 남자답게 금직한 뭉텅이를 받아들이며, 샌프란시스코《크로니클》의 스포츠 면을 훑어보며 만족스러운 한숨을 쉬었다. 그는 마침내 부엌으로 걸어가 더러운 접시들을 꺼내 늘어놓기 시작했다. 얼마 지나지 않아 그의 앞에는 수프, 새끼양다리, 계란 소스를 뿌린 화성 녹색 이끼와 뜨거운 커피 한 잔이 놓였다. 그는 이 모든 것을 모아들이고, 그 주변 여기저기로 접시를 밀어 넣었다. 물론 그러기 전에 다른 사람들에게 이 모습을 보이지 않도록 창문을 닫는 것도 잊지 않았다. 그는 기분 좋게 진열된 음식을 각각 용기로 옮겨 담은 다음, 부엌 선반과 냉장고 여기저기에 집어넣었다. 시간은 아직 8시 30분이었다. 일터에 도착하려면 아직 십오 분이나 시간이 남아있었다. 서두르다 죽을 필요는 없었다. 인민 주제별 도서관의 B구역은 그가 도착했을 때까지 그대로 그 자리에 있을 테니까.

B구역까지 올라오는 데만도 상당히 오랜 시간이 걸렸다. 이제 B구역에서 자리를 차지하게 된 이상, 그는 더 이상 일상적인 반복 업무를 처리할 필요가 없었다. 물론 소거 초기에 들어간 동일한 작품 몇 천 부를 처리하는 일에도 손을 댈 필요가 없었다. 사실 엄밀하게 말해서, 그는 소거 작업에 참여할 필요조차 없었다. 도서관에서 대량으로 고용한 일꾼들이 그 힘든 작업을 처리했기 때문이다. 그의 업무는 회사의 방침에 따라 자신의 이름과 연결된 발명이 수록된 마지막 원고를 최종 처리하

지 않고 있는, 성질 고약하고 짜증 나는 발명가들을 직접 상대하는 일이었다. 하나의 발명이 어떻게 특정인에게 연결되는지는 그도 발명가들도 명확히 이해하지 못했다. 아마도 회사 측에서는 어떤 식으로 특정 발명이 특정 발명가에게 할당되는지 알고 있을 것이다. 예를 들어, 엥이 〈여가 시간 동안 지하실의 평범한 가재도구를 이용해 스스로 스와블을 만드는 법〉을 할당받았듯이 말이다.

레러는 신문의 나머지 부분을 읽으며 생각에 잠겼다. 의무에 대해 생각해야 한다. 엥이 일을 끝마치고 나면, 세계에는 더 이상 스와블이 존재하지 않게 될 것이다. 그 신뢰할 수 없는 F.N.M.의 무뢰한들이 불법으로 두어 개 숨겨놓지 않았다면 말이다. 사실 아직 엥의 책의 막권, 즉 마지막 한 권이 남아있는 상태임에도 불구하고, 그는 스와블이 어디에 쓰는 물건인지, 그리고 어떻게 생긴 물건인지 제대로 기억할 수 없었다. 사각형이었던가? 작았나? 아니면 둥글고 거대했던가? 흠. 그는 신문을 내려놓고 이마를 문지르며, 아직 가능한 동안에 그 물체를 마음속으로 그려보려 시도했다. 이제 곧 엥이 자신의 막권을 잉크가 묻은 타자기 리본과 반 연의 종이 묶음과 깨끗한 카본지로 돌려놓고 나면, 그 책이나 그 책에서 설명하고 있는 기계에 대해서는 그 누구도 떠올릴 수 없을 것이기 때문이었다.

그러나 그 작업을 하려면 엥은 최소한 연말까지는 작업해야 할 것이었다. 막권을 처리하는 일은 한 줄, 한 단어 단위로 진행되어야 하는 일이었다. 막권을 기반으로 인쇄된 책들처럼 대량으로 처리할 수는 없었다. 막권에 이르기까지는 참 쉬운 일이지. 하지만 그 후로는…… 글쎄, 엥은 그렇게 지루하고 힘든 일을 하는 대가로, 엄청난 금액의 청구서를 받게 될 예정이었다. 그 일을 처리하면 엥은 2만 5000포스크레드의 돈을 지불해야 했다. 그리고 스와블 책을 없애면 그는 가난한 사람이 될 것이기 때문에, 그 임무 자체도……

전화가 자기 자리를 벗어나 식탁 위로 뛰어 올라와서는 그의 팔꿈치 옆에서 멈추었고, 그 안에서 작고 높은 목소리가 흘러나왔다. 여성의 목소리였다. "잘 있어, 닐스."

그 역시 수화기를 귀로 가져다 대며 말했다. "잘 있어."

채리스 맥패든은 감정으로 가득 차서 호흡이 가쁜 듯한 목소리로 말했다. "사랑해, 닐스. 자기도 나 사랑해?"

"그래, 나도 사랑해. 마지막으로 본 게 언제였더라? 그다지 오래되지 않았으면 좋겠는데. 오래되지 않았다고 말해줘."

"아마 오늘 밤 정도일 거야. 일이 끝난 다음에. 당신이 만나줬으면 하는 사람이 하나 있어. 거의 알려지지 않은 발명가인데, 자기 이론, 음, 그러니까, 운석에 의한 사망의 심인성 기원에 대한 이론을 공식적으로 삭제 받고 싶어서 안달이 난 사람이야. 당신이 B구역에 있으니까 이런 얘기 하는 건데—"

"그냥 혼자서 삭제해버리라고 하지그래."

"그러면 자기 이름을 알릴 수가 없잖아. 정말로 끔찍한 이론이야, 닐스. 말도 안 되게 한심한 이론이라고. 이 친구는 이름이 랜스 아버스낫이라고 하는데—"

"그게 이름이야?" 거의 넘어갈 뻔했지만, 약간 부족했다. 그는 이런 청탁 전화를 하루에도 몇 건이나 받았다. 그런 청탁은 모두 한심한 이름을 가진 한심한 발명가의 한심한 이론과 관련된 것이었다. B구역에서 상당한 시간을 보낸 그는 덫에 쉽게 걸려들지 않았다. 그렇다고는 해도— 이 건을 조사해볼 필요는 있었다. 업무 윤리상 해야만 하는 일이었다. 그는 한숨을 쉬었다.

"신음하는 소리가 들리네." 채리스가 밝은 목소리로 말했다.

"그 사람이 F.N.M.에서 온 것만 아니면 상관없어."

"음— 사실 거기서 왔어. 하지만 그쪽에서 이 사람을 쫓아낸 것 같던데. 그래서 그쪽이 아니라 여기 있는 거지."

하지만 그걸로 증명이 되는 것은 아니지, 라고 레러는 생각했다. 아버스낫은 아마도 F.N.M., 즉 자유 니그로 자치구의 지배 계층과 같은 광신적인 군사 행동 노선에 찬성하지 않을 터였다. 어쩌면 한때 테네시, 켄터키, 아칸소, 미주리였던 지역을 독립시킨 음유시인들에게는 너무 온건하고 균형 잡힌 사람으로 보인 것일지도 몰랐다. 그러나 그는 여전히 광신적인 관점의 소유자일지도 몰랐다. 그 사람을 직접 만나보기 전까지는 아무도 모르는 일이었고, 심지어는 만나본 후에도 모를 수도 있었다. 동방에서 온 음유시인들은 인류의 오분의 삼에게 장막을 드리워 버렸다. 그 사람의 진정한 동기와 의도, 그 외의 여러 가지를 가릴 수 있게 해주는 장막을.

"게다가 그 사람은, 아나크 픽을 개인적으로 알았다고 하더라고. 픽이 불쌍하게도 지금처럼 작아져버리기 전에 말이야."

"불쌍하다니! 말도 안 되는 소리." 바로 그 사람이야말로 이 세계에서 제일 괴짜이자 한심한 머저리였다. 레러는 다른 사람에게 의존해야 하는 신세가 되어버린 아나크를 따르는 자들과 얼굴을 맞댈 생각은 조금도 하고 있지 않았다. 그는 20세기 중반에 일어났던 인종주의 폭력 사태에 대한 절충주의적 서적 검사 과정에서 읽은 내용을 떠올려보았다. 그 당시의 폭동과 약탈과 학살 가운데에서 과거 변호사였던 세바스찬 픽이 나타났다. 그는 이후 마법사로서 두각을 나타냈고, 마침내는 열렬한 추종자를 거느린 종교적 광신도가 되어버렸……. 전 행성에 그의 추종자가 널려있었지만, 그가 주로 활동하는 지역은 자유 니그로 자치구 내였다.

"그런 말을 하면 하느님께서 좋지 않게 보실 거야." 채리스가 말했다.

"이제는 일을 해야 돼. 휴식시간이 되면 전화하지. 그동안 아버스낫에 대한 자료는 읽어볼 테니까. 운석에 의한 심인성 사망 따위 한심한 이론에 대한 내 의견은 그때까지 보류해두기로 하겠어. 여보세요." 그는 전화를 끊고 즉시 자리에서 일어났다. 아파트를 떠나서 엘리베이터로 향하는 동안, 그의 더럽혀진 옷에서는 정말로 만족스러운 곰팡내가 났다. 깔끔하게 몸치장을 끝낸 덕분에 그의 기분도 조금 더 좋아졌다. 채리스와 그녀의 새로운 취미 활동, 즉 그 아버스낫이라는 발명가를 빼면, 오늘도 어쨌든 나쁘지 않은 하루가 될 수 있을 것으로 보였다.

그러나 무의식에서는, 그 자신도 그런 생각을 의심하고 있었다.

도서관의 자기 구역에 도착한 닐스 레러는 날씬한 금발 비서인 톰센 양이 큰 키에 후줄근하게 차려입고 서류 가방을 옆구리에 낀 중년의 신사를 쫓아내려 하고 있는 모습을 보았다. 그녀를 위해, 그리고 그 자신을 위해서.

"아, 레러 씨." 그 사람은 즉시 레러를 알아본 듯, 그쪽으로 걸어오며 메마르고 공허한 목소리로 말했다. 그는 손을 뻗은 채 닐스에게 접근했다. "만나뵙게 되어 정말 반갑습니다. 잘 있어요, 잘 있어. 이쪽 사람들은 이렇게 인사한다죠." 그는 반짝 빛났다 사라지는 미소를 닐스를 향해 지어 보였다. 그러나 닐스는 그 미소를 돌려줄 생각이 없었다.

"나는 바쁜 사람이오." 닐스는 이렇게 말하고는, 톰센 양의 책상을 지나 그의 개인 공간으로 통하는 안쪽 문을 열었다. "나를 만나보실 생각이시라면, 정식으로 약속을 잡으셔야 할 거요. 안녕하시오." 그는 남자를 남겨둔 채 등 뒤로 문을 닫으려 했다.

"아나크 픽과 관련된 일입니다. 분명히 선생님께서는 그 사람 일이라면 관심이 있으실 텐데요." 서류 가방을 든 남자가 말했다.

닐스는 짜증이 치솟는 것을 느끼며 그 자리에 멈추었다. "왜 그런 말을 하는 거요? 나는 픽과 같은 부류의 사람에게는 그 어떤 흥미를 가졌던 적도 없소만."

"기억해보십시오. 하지만 어쩔 수 없는 일이죠. 선생님은 이곳에 사시는 만큼 역전 위상의 영향을 받으시니 말입니다. 저는 그 반대쪽, 일반 시간 흐름 구역에서 왔습니다. 따라서 선생님께서 곧 겪으실 일은 제가 방금 전에 겪은 일이라는 뜻이죠. 제 시간으로 방금 전에 말입니다. 잠시 몇 분만 선생님의 시간을 내주실 수 있으십니까? 제가 선생님께 큰 도움을 드릴 수도 있을 것 같습니다만." 남자는 웃음을 머금으며 말을 이었다.

"'선생님의 시간'이라, 참 괜찮은 표현 아닙니까. 그래요, 제 시간이 아니라 선생님 쪽 시간이지요. 그냥 제 방문이 어제 일어났던 일이라고 생각하시는 편이 어떠십니까." 그리고 그는 다시 예의 기계적인 웃음을 지었다. 말 그대로 기계와 같은 웃음이었다. 닐스는 이제 그 남자의 손목에 박음질되어 있는 노란색의 줄무늬를 알아볼 수 있었다. 이 사람은 로봇이었던 것이다. 법령에 의해서 로봇은 인간인 척할 수 없도록 신분을 판별할 수 있는 띠를 달고 다녀야 했다. 이 사실을 깨닫자, 닐스는 더 짜증이 났다. 그의 마음속에는 로봇에 대한 편견이 깊숙이 뿌리를 박고 있었다. 사실 그 자신도 그다지 없애고 싶어 하지 않는 편견이었다.

"들어오시오." 닐스가 말하며, 그의 화려한 개인실로 통하는 문을 열었다. 이 로봇은 누군가 인간 주인이 보낸 대리인이 분명했다. 로봇이 스스로의 목적을 가지고 이곳에 올 리는 없었다. 법에 저촉되는 행동이었기 때문이다. 그는 누가 이 로봇을 보냈을까 생각해보았다. 회사 쪽의 간부인가? 그럴 가능성도 있었다. 어쨌든 빨리 용건을 듣고는 떠나라고 하는 편이 나아 보였다.

그들은 함께 도서관 개인실의 주 집무 공간으로 들어갔다. 두 사람은 서로를 마주하고 섰다.

"제 명함입니다." 로봇은 이렇게 말하며 손을 내밀었다.

그는 얼굴을 찌푸리며 명함을 읽었다.

칼 갠트릭스

서부 미합중국 변호사

"제 고용주입니다. 이제 제 이름을 아시겠지요. 칼이라고 부르셔도 됩니다. 그래주시면 고맙겠습니다." 이제 문이 닫히고 톰센 양이 보이지 않게 되자, 로봇의 어조에는 놀랍고도 갑작스럽게 권위적인 기운이 묻어나오기 시작했다.

"내 쪽의 생각으로는, 좀 더 익숙하게 칼 주니어라고 부르는 편이 나을 것 같소. 그래도 기분이 나쁘지 않다면 말입니다만." 닐스는 자신의 목소리 쪽이 조금 더 권위적인 느낌을 주도록 신경 써서 말했다. "내가 로봇의 이야기를 경청하는 것은 흔히 있는 일이 아니오. 좋지 못한 버릇이라고 할지도 모르지만, 제법 일관되게 유지하는 버릇이기도 하지."

"지금까지는 그랬겠지요." 로봇 칼 주니어가 말했다. 그는 명함을 다시 받아서는 자기 지갑 속에 집어넣었다. 그러고는 자리에 앉아 서류 가방을 열기 시작했다. "도서관의 B구역을 담당하고 계신 만큼, 선생님은 분명 호바트 위상에 대해 잘 알고 계실 겁니다. 최소한 갠트릭스 씨는 그렇게 생각하고 계십니다. 제 말이 맞겠지요?" 로봇은 날카로운 눈빛으로 그를 올려다보았다.

"글쎄, 계속 다루는 주제이기는 하지." 닐스는 무심하고 거만한 말투로 대답했다. 로봇을 상대할 때는 언제나 우월한 태도를 보여서, 그들에게 자신의 위치를 깨닫게 해주는 편이 나았다.

"갠트릭스 씨도 그렇게 생각하셨습니다. 그래서 그분은 선생님이 몇 년 동안 호바트 역전 위상 구역에 익숙해지셨기 때문에, 장점과 그 사용법, 그리고 다양한 문제점에 대해서 권위자가 되셨을 것이라 생각하고 계십니다. 사실입니까? 사실이 아닙니까? 선택해주십시오."

닐스는 잠시 생각하고 말했다. "전자를 선택하겠소. 물론 내 지식이 실제 상황에서 얻은 것이며, 이론적인 배경은 없다는 것을 염두에 두어야 할 거요. 하지만 나는 이 위상 안에서 일어나는 괴상한 사건들에 대해 설명하지 않고 대처할 수 있소. 알겠지만 나는 본질적으로 미국인이고, 따라서 실용주의적이란 말이오."

"물론 그러시겠죠." 로봇 칼 주니어는 그렇게 말하며 인간형의 플라스틱 머리를 끄덕였다. "좋습니다, 레러 씨. 이제 본론에 들어갑시다. 위대하신 지도자 아나크 픽께서는 이제 유아 상태가 되셨고, 얼마 지나지 않아 완전히 호문쿨루스 형태로 돌아가신 후 가까운 자궁 안으로 들어가게 되실 겁니다. 제 말이 맞지요? 이제는 시간문제일 뿐입니다. 물론 선생님의 시간으로 말이지요."

"나도 알고 있소. 호바트 위상이 자유 니그로 자치구의 대부분을 잠식하고 있는 이상, 그분께서도 아마 몇 달 안에 가장 가까운 자궁 안으로 들어가셔야겠지. 사실 내겐 기쁜 소식이오. 그는 미친 사람이오. 확신할 수 있지. 의학적 소견 결과도 그렇지 않소. 따라서 호바트 시간과 보통 시간 양쪽 세계 모두 그 사실로부터 이득을 얻게 될 거요. 더 이상 할 말이 있소?"

"아주 많지요." 칼 주니어는 진지한 표정으로 답했다. 그는 몸을 굽히고는 상당한 양의 문서를 꺼내어 닐스의 책상 위에 올려놓았다. "저는 선생님께서 이 문서를 한번 검토해보셔야 한다고 생각합니다."

로봇 시스템 내부의 영상 회로를 통해 이 상황을 지켜보고 있던 칼 갠트릭스는, 도서관의 수석 사서 닐스 레러가 서류 뭉치를 훑어보는 모습을 기분 좋게 바라보고 있었다. 사실 로봇이 꺼내놓은 그 문서는 기본적으로 말이 되지 않게 만들어진 가짜 문서였다.

천성적으로 관료인 레러는 문서라는 미끼를 물 수밖에 없었다. 이제 그는 문서에 시선이 팔린 터라, 로봇의 행동에는 신경을 쓸 겨를이 없었다. 그래서 레러가 서류를 읽는 동안, 로봇은 능숙한 솜씨로 의자를 왼쪽으로 살짝 밀어서 방대한 양의 색인 카드함 쪽으로 가까이 갔다. 로봇은 오른팔을 길게 늘인 다음, 손가락처럼 생긴 조작 기계를 가장 가까운 곳에 있는 카드철 안으로 밀어 넣었다. 레러는 당연히 그의 행동을 보지 못했고, 따라서 로봇은 지정된 임무를 계속 수행했다. 그는 어느 카드철 안에 핀 대가리 크기의 작은 유생 로봇 둥지를 집어넣었고, 다음 카드에는 소형 검색 회로 통신기를, 그리고 마지막으로 사흘 후 작동하도록 조작된 강력한 폭발 기구를 설치했다.

갠트릭스는 이 모습을 보며 웃음을 지었다. 이제 로봇이 가지고 있는 기계는 하나밖에 남지 않았고, 이것 역시 얼마 후에는 그 품을 떠날 것이 분명해 보였다. 로봇이 레러의 눈치를 살피며 조심스럽게 다시 손을 뻗어 마지막 복잡한 기계 장치를 도서관의 파일에 설치하기 시작했기 때문이다.

"보라색." 레러는 고개도 들지 않고 말했다.

이 신호가 카드철의 음성 인식 장치에 입력되자, 비상 해제 코드가 발동되었다. 파일은 마치 위기에 처한 조개처럼 양쪽이 맞물리며 꽉 닫힌 다음, 압축되어 벽 속으로 들어가 시야에서 사라져버렸다. 그와 동시에 로봇이 내부에 설치했던 기계 장치가 전부 밖으로 튕겨져 나왔다. 기계 장치들은 전자 활동으로 인해 깔끔하게 배출되어, 배출구를 통해 로봇의 발 앞의 노출된 장소에 잘 보이게 놓였다.

"이런 세상에." 로봇은 깜짝 놀라 저도 모르게 말했다.

"당장 내 사무실을 떠나게." 레러는 가짜 서류로부터 고개를 들며 말했다. 차가운 표정이었다. 그리고 로봇이 배출된 기계를 회수하려 손을 뻗자, 그는 덧붙였다. "그리고 그건 전부 거기에 놓고 가도록. 연구실에 보내어 분석해서 목적과 제작자를 알아보아야 하니까." 그는 손을 뻗어 책상 가장 위 서랍을 열고는 무기를 꺼내어 손에 들었다.

칼 갠트릭스의 귀에 로봇이 통신기를 통해 말하는 소리가 지직거리고 울렸다. "어떻게 해야 하겠습니까, 주인님?"

"즉시 떠나." 갠트릭스는 더 이상 유쾌한 기분이 아니었다. 이 구식 사서라고 생각했던 사람은 첩보 수단에 익숙했고, 실제로 그 장치들을 무력화할 수 있는 능력까지 가지고 있었다. 레러와 접촉하기 위해서는 공개적인 수단을 사용할 수밖에 없었다. 갠트릭스는 이 사실을 마음속에 잘 새겨두고는, 머뭇거리며 가장 가까운 화상 전화의 수화기를 들고 도서관의 교환원에게 전화를 걸기 시작했다.

잠시 후, 로봇의 영상 판독 장치를 통해, 갠트릭스는 도서관 사서 닐스 레러가 전화를 집어 드는 모습을 볼 수 있었다.

"우리는 공통의 문제를 가지고 있소. 그러니 함께 일하는 편이 낫지 않겠소?" 갠트릭스가 말했다.

"나한테는 아무런 문제도 없소." 레러가 대답했다. 그의 목소리는 놀라울 정도로 평온했다. 로봇을 사용해 그의 사무실에 적대적인 기계 장치를 심어놓으려 하는 시도 정도로는 그를 동요하게 할 수 없었던 것이다. "게다가 함께 일할 생각이라면 그다지 좋지 못한 출발을 하신 것 같은데."

"물론 그렇소. 하지만 우리는 예전에 당신네 사서들과 어려움을 겪었던 적이 있지 않소."

당신들의 그 고상한 지위 때문에 말이지, 라고 그는 생각했다. 그러나 그 생각을 입 밖으로 내지는 않았다. "아나크 픽과 관련된 문제요. 우리 상급자들은 그가 관계된 영역에서 호바트 위상을 제거하려는 시도가 있었다고 말하고 있소. 명백한 법규 위반이자, 사회에 큰 위험을 초래할 수 있는 행위지……. 사실 그 일에 성공한다면, 지금까지 알려진 과학 법칙을 사용해서 말 그대로 불사가 되는 인간이 등장하는 거요. 호바트 위상을 사용해서 불사를 얻는 일 자체를 반대하는 것은 아니지만, 우리 쪽에서는 그런 불사를 얻는 사람이 아나크가 되어서는 곤란하다는 생각을 하고 있소. 당신은 어떻게 생각할지 모르겠지만.”

“아나크는 이제 곧 다시 자궁으로 들어갈 것 아니오. 뭐가 위험하다는 말인지 모르겠소.” 레러는 그의 말에 그다지 흥미를 보이지 않은 채로, 자신 앞에 있는 로봇 칼 주니어를 냉정하게 관찰하고만 있었다. 어쩌면 내 말을 믿지 않는 것인지도 모르지, 라고 갠트릭스는 생각했다. “위협이 있다는 말은 내게는 거짓으로만 들리는데—”

“말도 안 되는 소리요. 나는 당신을 도우려는 거요. 이것은 내 이익만이 아니라 도서관의 이익에도 부합하는 일이오.”

“당신 뒤에 있는 사람이 누구요?” 레러가 물었다.

갠트릭스는 잠시 망설이고는 입을 열었다. “최고 결백 위원회의 음유시인 차이요. 나는 그의 명령을 받고 있소.”

“그렇다면 이야기가 달라지지.” 도서관 사서의 얼굴에 어두운 그림자가 드리워졌다. 그리고 영상전화 화면에 보이는 그의 표정은 급격하게 굳어버렸다. “나는 결백 위원회와는 아무 관계도 없소. 나는 오로지 제거자들에게 충성을 바칠 뿐이오. 당신도 당연히 알고 있겠지만.”

“하지만 그쪽에서도 당연히—”

“내가 아는 것은 오직 이것뿐이오.” 이렇게 말하며, 사서 레러는 책상 서랍에서 정사각형의 회색 상자를 꺼내 열었다. 그는 그 안에서 인쇄된 문서를 꺼내어 갠트릭스가 볼 수 있도록 펼쳐 보였다. “이건 『여가 시간 동안 지하실의 평범한 가재도구를 이용해 스스로 스와블을 만드는 법』의 현존하는 유일한 판본이오. 엥의 걸작이자, 이제 얼마 지나지 않아 없어질 물건이지. 이제 알겠소?”

“지금 이 순간에 엥이 어디 있는지 알고 있소?” 갠트릭스가 물었다.

“어디 있든 내가 알 바가 아니오. 어제 오후 2시 반에 그가 어디 있을지가 궁금할 뿐이지. 그와 만날 약속을 잡았으니 말이오. 바로 이곳, 도서관의 B구역에서.”

"루드비히 엥이 어제 2시 반에 어디 있을지 하는 문제는 지금 그가 어디에 있느냐는 문제와 상당히 깊은 관련이 있을 텐데." 갠트릭스는 생각에 빠진 듯, 반쯤 혼잣말처럼 말했다. 그는 사서에게 자신이 알고 있는 사실을 말하지 않았다. 즉 지금 이 순간 루드비히 엥이 자유 니그로 자치구 어딘가에 있으며, 아마도 아나크 본인과 접견하고 있을 것이라는 사실 말이다.

물론 이제 유아가 되어 정신적으로 미성숙한 아나크가 누구를 접견한다는 일이 가능하다는 전제하에서 할 수 있는 말이었지만.

이제 꼬마가 된 아나크는 청바지와 보라색 운동화와 물이 빠진 티셔츠를 입은 채로, 먼지투성이의 잔디밭 위에 앉아 구슬 고리에 온 신경을 쏟고 있었다. 너무도 완벽하게 집중한 모습에 루드비히 엥은 포기하기 직전의 심경이 되었다. 맞은편에 앉아있는 소년이 더 이상은 그의 존재조차도 알아채지 못하는 듯했기 때문이다. 모든 것이 엥을 우울하게 만들었다. 그는 이곳에 오기 전보다도 더 무력한 기분에 휩싸였다.

그러나 어쨌든, 그는 대화를 계속하려 시도해보았다. "위대하신 아나크시여, 아주 조금만 더 시간을 내주실 수 있겠습니까."

소년은 머뭇거리며 그를 올려다보고는, 작고 시무룩한 목소리로 말했다. "알았어요, 아저씨."

"저는 지금 어려운 상황에 처해있습니다." 그는 예전에 했던 말을 다시 해야 했다. 그는 아이가 된 아나크에게 계속해서 같은 말만을 반복하고 있었고, 그때마다 매번 좌절에 빠져버렸다. "만약 아나크께서 서부 미국과 자유 니그로 자치구 전역의 방송을 통해 제 마지막 책이 남아있는 동안 스와블을 몇 개만 더 만들라고 지시해주신다면―"

"맞아요." 소년이 웅얼거렸다.

"네?" 엥은 희망의 빛이 살짝 타오르는 것을 느꼈다. 그는 작고 부드러운 얼굴에 시선을 고정시킨 채 바라보았다. 아이가 마침내 뭔가를 알아들은 듯했기 때문이다.

"맞아요, 아저씨. 나는 나중에 자라서 아나크가 되려고 해요. 지금 그러려고 공부하는 중인걸요." 세바스찬 픽은 이렇게 말했다.

"네가 지금 아나크란다. 아나크였다고." 그는 희망이 부서지는 것을 느끼며 한숨을 쉬었다. 이제는 정말로 도리가 없었다. 이 일을 계속할 이유도 없었다. 게다가 오늘은 마지막 날이었다. 어제가 되면 그는 인민 주제별 도서관의 관리를 만나야 할 것이고, 그것으로 모든 것이 끝날 것이었다.

아이는 갑자기 얼굴이 환해졌다. 갑자기 엥이 말하고자 하는 내용에 관심이 생긴 것으로 보였다. "농담 아니죠?"

"확실한 일이란다, 얘야. 사실 법적으로 볼 때 너는 여전히 그 직책을 맡고 있는 셈이야." 엥이 진지하게 대답했다. 그는 현재 아나크의 경호원이라고 말할 수 있는, 지나치게 큰 권총을 든 늘씬한 니그로를 올려다보았다. "제 말이 맞지 않습니까, 플라우트 씨?"

"그 말이 맞습니다, 위대하신 아나크시여." 그 니그로가 소년에게 말했다. "이 신사분의 원고와 관계가 있는 사건을 중재해줄 수 있는 힘도 가지고 계십니다." 경호원은 쭈그려 앉은 채 이미 다른 곳으로 향하기 시작한 소년의 주의를 끌어보려 애썼다. "위대하신 아나크시여, 이 사람은 스와블을 발명한 사람입니다."

"그게 뭔데요?" 소년은 의심에 가득 찬 눈으로 얼굴을 찡그린 채, 두 사람을 올려다보았다. "스와블이 얼마나 하는 물건인데요? 나는 50센트밖에 없어요. 게다가 스와블 같은 거는 가지고 싶지도 않고요. 나는 풍선껌을 가지고 싶고, 쇼를 보러도 가고 싶어요." 그리고 소년은 딱딱하게 굳은 표정에 혐오가 담긴 말투로 말했다. "스와블이 뭐든 내가 알 게 뭐예요?"

"당신은 이 사람의 발명 덕분에 160년을 살았습니다." 경호원 플라우트가 소년을 보고 말했다. "스와블 덕분에 호바트 위상이 생겨났고, 마침내 실험적으로 안정 상태에 이를 수 있었지요. 이런 말을 해봤자 아무것도 모른다는 것은 알지만, 그래도—" 경호원은 무릎을 꿇은 상태로 진지하게 손뼉을 쳐서 이미 흥미를 잃기 시작한 소년의 주의를 돌려보려 했다. "내 말 잘 들으렴, 세바스찬. 이건 중요한 일이란다. 네가 아직 글을 쓸 수 있는 동안에 이 포고령에 서명만 하면 돼. 그럼 끝이야. 사람들에게 알리는 공적 문서인데—"

"아, 알아서 해요, 난 모르니까. 당신 말은 안 믿어요. 뭔가 이상하단 말이에요." 소년은 적의를 담은 눈빛으로 그를 노려보며 말했다.

뭔가 잘못된 것은 분명하지. 엥은 이렇게 생각하며 뻣뻣한 다리를 끌고 자리에서 일어났다. 그리고 우리가 그것을 바로잡기 위해서 할 수 있는 일은 아무것도 없단 말이야. 최소한 이 아이의 도움이 없다면 말이지. 그는 좌절감을 느끼고 있었다.

"나중에 다시 시도해봅시다." 경호원 역시 자리에서 일어나며 말했다. 그 역시 그의 마음을 이해하는 듯한 표정이었다.

"더 어려질 것 아닙니까." 엥은 씁쓸한 어조로 말했다. 게다가 어쨌든 시간도 별로 남지 않았다. 나중이란 것이 존재할 리가 없었다. 그는 몇 발짝 걸음을 옮긴 후, 다시 우울한 감정에 사로잡혔다.

나뭇가지에서 나비 한 마리가 몸을 접어 평범한 갈색 번데기 안으로 들어가는 신비로운 과정을 겪고 있었다. 엥은 잠시 걸음을 멈추고 그 느리고 고된 과정을 바라보았다. 나비도 자기만의 해야 할 일이 있었지만, 그의 일과는 달리 나비의 일에는 희망이 있었다. 그러나 나비가 그런 사실을 알 리가 없었다. 아무 생각 없이, 멀리 떨어진 미래로부터 프로그램되어온 충동을 따라 반사적으로 기계와 같이 행동하는 것뿐이었다. 엥은 그 곤충이 열심히 임무를 수행하는 모습을 보며 생각에 잠겼다. 그는 잠시 그 모습을 바라보며 그 안에 담긴 교훈을 생각해보다가, 아무 생각 없이 잔디밭 위에서 화려한 색깔의 빛나는 구슬을 가지고 놀고 있는 아이 쪽으로 다시 발걸음을 돌렸다.

"이렇게 생각해보자꾸나." 그는 아나크 픽에게 다시 말을 걸었다. 이번은 그에게 마지막 기회였고, 그는 자신이 할 수 있는 모든 방법을 써보기로 마음먹고 있었다. "네가 스와블이 뭔지, 그리고 호바트 위상이 뭔지 기억이 나지 않아도, 너는 그냥 서명만 하면 된단다. 여기 서류는 내가 가지고 있거든." 그는 외투 안주머니로 손을 넣어 봉투를 꺼내서는 펼쳐 보였다. "여기 서명만 하면, 이 내용은 전 세계에 텔레비전 방송을 통해 알려질 거야. 각 시간대별로 6시 뉴스 시간에 맞춰서 말이지. 그럼 내가 이렇게 해주마. 네가 가지고 있는 돈을 세 배로 늘려주겠어. 50센트가 있다고 했지? 1달러 더 주마. 진짜 종이돈이야. 어떻게 생각하니? 그리고 일주일에 한 번 영화관에도 데리고 가주마. 1년 동안, 매주 토요일에 하는 영화를 보러 가는 거지. 괜찮지 않니?"

소년은 그를 뚫어지게 바라보았다. 거의 납득을 한 것처럼 보였다. 그러나 무언가가 ─ 엥이 도저히 짐작할 수 없는 무언가가 ─ 소년을 머뭇거리게 하고 있었다.

경호원이 부드러운 목소리로 끼어들었다. "제 생각에는 아마도 아빠의 허락을 받고 싶은 것 같습니다. 그 늙은 신사분이 이제 살아났으니 말입니다. 한 6주 전쯤에 탄생 장치 안에 그분의 유해를 넣었고, 이제 그분은 캔자스시티 중앙 병원의 신생아 구역에서 재활 치료를 받고 계십니다. 이미 의식은 되찾은 상태고, 위대하신 아나크께서는 이미 여러 번 대화를 나누셨지요. 그렇지 않니, 세바스찬?" 그는 소년을 보며 부드럽게 웃어 보인 후, 소년이 고개를 끄덕이는 것을 보며 쓰게 얼굴을 찌푸렸다. "아마도 제 생각이 맞는 모양이군요. 아버지가 살아났으니 이제 결정을 내리고 싶지 않은 겁니다. 당신 상황은 아주 운이 없었다고밖에는 할 수 없군요, 엥 씨. 너무 어린 시절로 돌아가서 더 이상 업무를 처리할 수 없는 상태이니 말입니다. 모든 사람들이 알고 있는 사실이기도 하지요."

"저는 포기할 수 없습니다." 엥이 말했다. 그러나 사실, 그는 명확하고 단순하게 말해 이미 포기한 것이나 다름없었다. 그는 깨어 있는 시간 전부를 아나크와 보내는 경호원의 말이 사실이라는 것을 이미 알고 있었다. 모든 시도가 시간낭비가 되어버렸다. 이런 만남을 2년 후에 가질 수만 있었더라면……

그는 무거운 어조로 경호원을 향해 말했다. "이 아이는 구슬이나 가지고 놀라고 놔두고, 저는 가봐야겠습니다." 그는 다시 봉투를 주머니에 집어넣고는 발걸음을 옮기기 시작했다. 그리고 문득, 그는 다시 걸음을 멈추고 덧붙였다. "어제 아침에 마지막으로 한 번만 더 시도해보지요. 도서관에 들르기 전에 말입니다. 이 아이의 스케줄이 괜찮다면요."

"물론 아무 문제 없습니다. 이분의 상태가 알려진 이상, 조언을 구하러 찾아오는 사람은 거의 없으니 말입니다." 경호원이 대답했다. 그의 목소리는 동정심으로 가득 차있었다. 엥은 그 사실만은 고마웠다.

한때 문명 세계의 절반을 다스렸던 아나크가 아무 생각 없이 잔디밭 위에서 놀고 있는 모습을 뒤로 하고, 엥은 몸을 돌려 터덜터덜 발걸음을 옮겼다.

어제 아침이 내 마지막 기회가 될 거야. 아무것도 하지 않고 기다리기에는 너무 긴 시간이지.

호텔 방에 도착한 그는 서해안 지역에 있는 인민 주제별 도서관으로 전화를 걸었다. 최근 너무도 자주 상대해야 했던 공무원 한 명이 그의 전화를 받았다. "레러 씨와 직접 말하게 해주시오." 그는 신음을 흘리며 말했다. 그는 직접 문제의 근원으로 돌입하는 편이 더 나을지도 모른다고 생각했다. 그의 책에 있어서는 레러가 최종 결정권을 가지고 있었다.

이제 타자기로 정서한 원고에 지나지 않는 그의 책 말이다.

공무원은 희미하게 혐오의 표정을 띠고 대답했다. "죄송합니다. 너무 이른 시간이라서요. 레러 씨는 이미 이 건물을 떠나셨습니다."

"그럼 집으로 전화를 걸면 연결이 되는 겁니까?"

"아마 아침을 드시고 계실 겁니다. 어제 오후까지 기다리시는 편이 나을 것 같은데요. 레러 씨도 방해받지 않고 개인적 시간을 보내실 수는 있어야 하지 않겠습니까. 수많은 중요하고 난해한 업무 때문에 고통받고 계시니 말입니다." 아무래도 이 하급 공무원은 전혀 그에게 협조해줄 생각이 없는 모양이었다.

우울해진 엥은 반갑다는 인사도 하지 않고 전화를 끊었다. 뭐, 어쩌면 이게 더 나을지도 모르는 일이다. 분명 레러는 그에게 추가 시간을 더 줄 생각은 하지도 않을 테니까. 게다가 도서관 공무원이 말한 대로, 레러 역시 나름대로 압박을 받는 중이었다. 특히 회사의 제거자들에게서……. 인간의 발명품을 파괴하는 일을 정확하게 수행하도록 감시하는 수수께끼의 존재들 말이다. 그의 책은 그 좋은 예시 중 하나였다. 그래, 포기하고 서부로 돌아갈 때가 되었다.

그는 호텔 방에서 나오면서 잠시 화장대 앞의 거울에 자신의 얼굴을 비춰보았다. 낮 동안 거품 풀로 붙여놓은 수염이 혹시 피부 속으로 흡수되지는 않았는지 살펴보려는 것이었다. 그는 거울에 비친 자신의 얼굴을 살펴보며, 턱을 문질렀다…….

그리고 소리를 질렀다.

그의 턱선을 따라 새로 자라난 검은 수염뿌리가 모습을 드러내고 있었다. 수염이 자라나고 있었다. 수염뿌리가 흡수되는 것이 아니라 자라나고 있었던 것이다.

그는 이런 현상이 무슨 뜻인지 감을 잡지 못했다. 하지만 두려워진 것은 사실이었다. 그는 공포로 가득한 표정을 지은 채 멍하니 입을 벌리고 그 자리에 서있기만 했다. 이제 거울에 비친 사람의 모습은 예전의 익숙한 자기 모습이 아니었다. 뭔가 알 수 없는 변화가 일어난 것이 분명했다. 하지만 왜? 그리고 어떻게?

그는 본능적으로 호텔 방을 떠나지 않기로 결정했다.

그는 자리에 앉아서 기다렸다. 무엇을 기다리는 것인지는 알 수가 없었다. 하지만 한 가지는 확실했다. 어제 오후 2시 30분에 인민 주제별 도서관에서 레러를 만나는 일은 불가능할 것이었다. 왜냐하면—

그는 그것을 느꼈다. 그의 호텔 방 화장대의 거울을 한 번 쳐다본 것만으로도 모든 것을 눈치챈 것이다. 어제는 이제 찾아오지 않을 것이다. 최소한 그에게는 그랬다.

다른 사람들은 아직 어제를 맞이할 수 있을까?

"아나크를 다시 만나봐야겠어." 그는 더듬더듬 혼잣말로 중얼거렸다. 레러 따위는 꺼지라지. 이제는 그와의 약속을 지킬 생각도, 새 약속을 잡을 생각도 없었다. 이제 중요한 일은 가능한 한 빨리 세바스찬 픽을 한 번 더 만나는 것뿐이었다. 어쩌면 오늘 더 이른 시각에라도.

일단 아나크를 만나보고 나면 지금 그가 추측한 일이 사실인가가 밝혀질 것이기 때문이었다. 그리고 만약 그의 짐작이 사실이라면, 그의 책은 즉시 위험에서 벗어나게 되는 것이었다. 회사에서 엄격하게 수행하는 제거 계획은 더 이상 그의 책에는 적용되지 않을 것이었다. 최소한 그가 바라는 바는 그랬다.

그러나 결국 시간만이 모든 답을 줄 것이었다. 시간이, 호바트 위상 전체가. 모든 시간이 어떻게든 연관되어 있었다.

그리고 아마도, 이 일에 관련이 있는 사람은 그 혼자가 아닐 터였다.

갠트릭스는 그의 상관인 결백 위원회의 음유시인 차이를 보고 말했다. "우리가 옳았습니다." 그는 떨리는 손으로 테이프를 다시 재생시켰다. "이건 우리가 도서관의 영상전화를 도청한 기록입니다. 스와블을 발명한 루드비히 엥은 레러와 통화하려 시도했으나 실패했습니다. 따라서 어떤 대화도 이루어지지 않았습니다."

"그래서 아무것도 녹음되지 않은 게로군." 음유시인은 날카롭게 말했다. 그의 둥근 녹색 얼굴은 실망 때문에 못마땅한 표정을 지으며 아래로 축 처졌다.

"그렇지는 않습니다. 보십시오. 중요한 것은 엥의 영상입니다. 그는 하루를 아나크와 함께 보냈습니다. 그 결과, 그의 시간 흐름은 두 배가 되어 돌아온 것입니다. 직접 보시죠."

음유시인은 잠시 동안 엥의 영상 이미지를 관찰한 다음, 자리에 다시 앉으며 말했다. "그 현상이로군. 수염뿌리가 엄청나게 자라고 있어. 남성인 경우, 특히 코카서스인 혈통인 경우에는 흔히 일어나는 일이지."

"지금 그자를 다시 태어나게 해야 하는 걸까요? 레러와 접촉하기 전에 말입니다." 갠트릭스의 품속에는 어떤 사람이라도 몇 분 안에 태아로 만들어 가까운 자궁 속에 들어가도록 할 수 있는 강력한 무기가 들어 있었다.

"내 생각으로는, 이 친구는 이제 무해하게 되었다고 보이네. 이제 스와블은 존재하지 않아. 이런다고 해서 그걸 되살릴 수는 없을 걸세." 그러나 음유시인 차이는 속으로는 일말의 불안감을 안고 있었다. 우려라고 해야 할지도 모른다. 어쩌면 그의 수하인 갠트릭스 쪽이 상황을 더 명확하게 파악한 것일지도 모른다. 과거에도 중요한 경우에 몇 번 그런 적이 있었고……. 그 덕분에 그는 현재 결백 위원회에서 중요한 지위를 차지하고 있었다.

"하지만 만약 엥에게 호바트 위상이 적용되지 않게 된다면, 스와블의 개발이 다시 시작될 수도 있습니다. 바로 그가 타자기로 친 초고를 가지고 있지 않습니까. 그가 아나크와 접촉한 것은 회사의 제거자들이 최

240

종 파괴 단계를 적용하기 전에 일어난 일입니다." 갠트릭스는 끈덕지게
주장했다.

그의 말은 사실이었다. 음유시인 차이는 잠시 생각해보고는 동의했
다. 그러나 사실일지라도, 그는 루드비히 엥을 진지하게 받아들이기가
힘들었다. 이 남자는 수염이 있든 없든 그다지 위험해 보이지 않았던
것이다. 그는 갠트릭스를 돌아보며 입을 열었으나 ― 곧 말문이 막히고
말았다.

"보통 때와는 다른 표정을 지으시는군요. 무언가 잘못되었습니까?"
갠트릭스가 명백하게 불쾌한 표정을 지으며 말했다. 그러나 음유시인
의 시선은 그대로 계속되었고, 그는 조금씩 불안해졌다. 걱정이 불쾌함
의 자리를 대신했다.

"자네 얼굴." 음유시인 차이는 온 힘을 다해 침착한 태도를 유지하려
하면서 말했다.

"제 얼굴이 어떻다는 겁니까?" 갠트릭스는 자기 뺨으로 손을 올렸다.
그는 턱을 만져보고는, 눈을 깜빡이며 말했다. "이런 세상에."

"자네는 아나크 가까이에는 가지도 않았지 않나. 따라서 그 때문에
벌어진 일이 아니네." 그리고 그는 자기 자신에 대해 생각했다. 호바트
위상의 역전이 그 자신에게도 영향을 끼치게 된 것일까? 그는 즉시 자
신의 턱과 그 아래의 통통한 살을 만져보았다. 조금씩 모습을 드러내는
수염뿌리를 확실하게 느낄 수 있었다. 당황스럽군. 그는 생각했다. 이게
어떻게 된 일일까? 어쩌면 아나크의 시간이 역전된 일은 그들 모두가
이전에 겪었던 어떤 특정한 사건이 원인일지도 모른다. 만약 그렇다면,
이것은 현재 아나크가 겪고 있는 상황에 재해석의 여지를 가져다주는
것이다. 어쩌면 그가 원해서 일어난 일이 아닐지도 모른다.

"엥의 도구가 없어진 것이 이런 일을 불러오는 이유가 될 수 있을 거
라고 보십니까? 타자기로 친 원고 외에는, 이 세계에는 이제 스와블과

연결될 만한 것이 전혀 존재하지 않습니다. 사실 이건 고려해볼 만한 가능성이라는 생각이 듭니다. 스와블은 호바트 위상과 밀접한 관계에 있으니 말입니다."

"그럴 수도 있겠군." 음유시인 차이는 여전히 빠르게 생각을 하면서 이렇게 말했다. 그러나 엄밀하게 말해서, 스와블은 호바트 위상을 만드는 기계가 아니었다. 그 위상을 조절하여, 행성의 특정 지역이 위상에서 완전히 벗어나게 해주는 기계였다. 그러므로 현대 사회에서 스와블이 사라지게 된다면 호바트 위상이 모든 사람들에게 공평하게 내려질 것이었다. 이러한 일이 생기면, 완전히 위상에 잠식된 삶을 살던 그 자신이나 칼 갠트릭스와 같은 사람들의 가치는 크게 감소할 것이 분명했다.

"하지만 이제, 스와블의 발명가이자 최초의 사용자가 일반 시간으로 돌아가버렸습니다. 따라서 스와블 개발 역시 다시 시작된 겁니다. 이제 엥은 언제든 최초의 제대로 작동하는 스와블을 만들어낼 수 있습니다."

음유시인 차이는 엥이 처한 상황의 어려움을 확실히 깨달을 수 있었다. 예전과 마찬가지로 전 세계에서 이 사람의 도구를 사용하기 시작할 것이었다. 그러나 엥이 최초의 스와블을 완성하면, 그는 다시 호바트 위상으로 들어오게 될 것이다. 엥의 시간은 다시 반대로 흐르기 시작하고 회사 측에서는 다시 한 번 스와블을 파괴하기 시작할 것이다. 결국에는 다시 한 번 그의 원고 원본밖에는 남게 되지 않을 것이며, 그러면 다시 일반 시간이 시작될 것이다.

음유시인 차이가 보기에는, 엥은 이제 닫힌 시간 루프 안에 갇혀버린 것으로 보였다. 그는 짧은 주기의 시간 안을 앞뒤로 반복해서 움직이게 될 것이다. 스와블을 이론적으로만 알고 있는 시점과 최초로 작동하는 스와블을 만든 시점 사이를. 그리고 테라의 인간 중 상당히 많은 수가 그를 따라 움직이게 될 것이다.

우리는 그와 함께 갇힌 쪽이야. 음유시인 차이는 우울한 기분으로 깨달았다. 어떻게 하면 벗어날 수 있을까? 우리에게 남은 해결책이 뭘까?

"엥이 자신의 원고를 완벽하게 폐기하게 만들어야 합니다. 그 도구에 대한 아이디어까지 포함해서 말입니다." 갠트릭스가 말했다. "또는—"

"하지만 그건 불가능한 일이 아닌가. 그렇게 되면 호바트 위상을 지탱해줄 스와블이 없어서 자동으로 호바트 위상이 약해질 테니까. 스와블이 없이 엥이 어떻게 한 발짝 더 과거로 나아갈 수 있단 말인가?"

유효한 질문이었고, 해답이 필요한 질문이기도 했다. 두 남자 모두 그 사실을 깨닫고는 한동안 입을 열지 않았다. 갠트릭스는 뚱한 표정으로 자기 턱을 문지르고만 있었다. 마치 수염뿌리가 꾸준히 자라나는 과정을 인지할 수 있기라도 한 듯한 모습이었다. 반면 음유시인 차이는 자기 내면으로 깊이 침잠해있었다. 그는 생각하고 또 생각했다.

답이 떠오르지 않았다. 최소한 지금은. 하지만 시간만 있다면—

"매우 어려운 문제로군. 엥은 아마도 언제든 첫 스와블을 만들어낼 걸세. 그러면 우리는 다시 과거 방향으로 움직이기 시작하게 되겠지."

순간 떠오른 끔찍한 생각이 그를 동요하게 만들었다. 이런 일은 계속해서 벌어지고 또 벌어질 것이다. 그리고 매번 그 사이의 간극은 점점 더 짧아질 것이다. 결국에는 1마이크로초* 안에서 모든 일이 벌어지며 정지될 것이다. 시간은 양쪽 어느 방향으로도 흐르지 않게 될 것이다.

끔찍한 예상이 아닐 수 없었다. 그러나 상황을 벗어날 수 있는 방법이 한 가지 존재하기는 했다. 엥 역시 이런 문제를 예상할 수 있을 것이고, 자신이 타임 루프에서 벗어날 수 있는 방법을 찾으려 할 것이 분명했다. 논리적으로 볼 때, 그의 입장에서는 이 타임 루프를 벗어날 수 있는 방법이 한 가지 존재했다. 바로 스와블을 발명하는 일을 직접 포기하는 것이다. 그러면 호바트 위상은 절대 다시 발동하지 않을 것이기 때문이었다. 최소한 효과적으로는.

---

* 100만 분의 1초.

그러나 그것은 루드비히 엥 본인만이 내릴 수 있는 결정이었다. 그에게 이런 생각을 털어놓는다면 과연 협조하려 들 것인가?

아마도 아닐 것이다. 엥은 언제나 난폭하고 자폐증 성향이 있는 사람이었다. 그 누구도 그의 행동에 간섭할 수 없었다. 물론 그 덕분에 그의 독창적인 성격이 탄생한 것이었다. 그러지 않았더라면 엥은 발명가가 될 수도 없었을 것이고, 현대 사회에 지대한 영향을 끼치는 스와블과 같은 도구도 만들어내지 못했을 것이다.

차라리 그랬으면 좋았을 것을. 음유시인은 침울한 기분으로 생각했다. 지금까지는 이런 상황이 닥칠 것이라고는 생각도 하지 못했었다.

그러나 이제 그는 상황을 인지하고 있었다.

갠트릭스가 제안한 해결책, 즉 엥을 다시 태어나게 만들어버리는 일은 여전히 별로 끌리는 제안이 아니었다. 그러나 갈수록 그것이야말로 유일한 해결책으로 보이고 있었다. 그리고 어떻게 해서든 해결책을 발견해내야 하는 것은 사실이었다.

도서관 사서 닐스 레러는 짜증이 잔뜩 난 채로 그의 책상에 있는 시계와 자신의 수첩을 번갈아 보고 있었다. 엥은 나타나지 않았다. 2시 30분이 되었고, 레러는 홀로 자신의 사무실에 앉아있었다. 칼 갠트릭스의 말이 옳았다.

이 사태가 의미하는 바를 생각하고 있을 때, 희미하게 전화가 울렸다. 아마도 엥이겠지. 그는 수화기를 들며 이렇게 생각했다. 아주 멀리에서 전화를 해서 제시간에 도착하지 못하겠다고 말하려는 심산일 거야. 이건 문제가 되겠는걸. 회사 측에서도 그다지 좋아하지 않을 테고. 그들에게 알리는 수밖에 없겠어. 다른 방법이 없으니까.

그는 전화에 대고 말했다. "잘 있어요."

"사랑해, 닐스." 숨을 죽인 여성의 목소리가 들렸다. 그가 원하던 전화가 아니었다. "자기도 나 사랑해?"

"그래, 채리스. 나도 사랑해. 하지만 젠장, 업무 중에는 전화를 걸지 말라고. 그 정도는 알고 있는 줄 알았는데."

채리스 맥패든은 미안해하는 어조로 말했다. "미안해, 닐스. 하지만 불쌍한 랜스 생각이 계속 나서 말이야. 약속한 대로 그 사람에 대해 좀 알아봤어? 아마 안 했겠지."

사실 그는 이미 조사를 해놓았다. 보다 정확하게 말하자면, 도서관의 하급 직원에게 그 일을 하도록 명령을 내려놓았었다. 그는 책상 첫째 서랍을 열고는 랜스 아버스낫의 서류를 꺼냈다. "여기 있어. 나는 그 괴짜에 대한 모든 것을 알고 있다고. 보다 정확하게 말하자면, 나에게 필요한 것을 모두 알고 있다고 해야겠지만." 그는 파일 안의 서류를 뒤적이기 시작했다. "사실 별 내용은 없군. 아버스낫이라는 사람은 애초에 그다지 한 일이 없어. 말해두는데, 내가 지금 이 일을 검토할 수 있는 것은 순전히 도서관의 주요 고객이 2시 반 약속에 나타나지 않았기 때문이야. 아직은 말이지. 만약 그 사람이 나타나면, 나는 이 대화를 끝내야만 해."

"아버스낫이 아나크 픽을 알고 있던 것은 맞아?"

"그 주장 하나는 확실히 사실이야."

"그럼 정말로 괴짜가 맞잖아. 그러니까 그의 이론을 제거하면 사회에도 나름 이득이 될 거야. 당신이 해야 할 일이잖아." 전화화면 안에서, 그녀는 긴 속눈썹을 유혹하듯 가볍게 떨어 보였다. "어서, 닐스. 자기. 제발."

"하지만 이 자료에 의하면, 아버스낫이 운석에 의한 죽음의 심인성 측면에 대한 논문을 썼다는 기록은 전혀 존재하지 않는데."

그녀는 얼굴을 붉히고 머뭇거리다가, 마침내 낮은 목소리로 말했다. "음, 사실 그건, 어, 내가 지어낸 얘기야."

"왜?"

"글쎄, 그, 그, 그, 그건, 내가 그 사람의 정부니까."

"사실은 당신도 이 사람의 이론이 어떤 것인지 모르는 거겠지. 어쩌면 완벽하게 논리적인 이론일 수도 있잖아. 우리 사회에 큰 기여를 하는 이론일 수도 있고. 그렇지?" 그는 대답을 기다리지 않고, 손을 뻗어 전화 회선을 끊으려 했다.

"기다려봐." 그녀는 즉시 감정을 억누르고는, 그의 손가락이 전화기의 정지 버튼을 누르려는 순간 고개를 숙였다가 들면서 빠르게 말하기 시작했다. "좋아, 닐스. 인정할게. 랜스는 자기 이론이 무엇인지 내게 말해주지 않고 있어. 아마 아무에게도 말해주지 않을 거야. 하지만 당신이 그걸 제거하기 위해 받아들인다면— 알겠어? 그 사람은 당신한테만은 그 이론을 밝혀야 할 거라고. 회사에서 받아들이기 전에 당신의 분석이 필요하잖아. 그렇지 않아? 그러고 나면 당신이 나한테 이야기해줄 수 있잖아. 이야기해줄 거잖아."

"그 이론이 무슨 내용이든 뭘 상관인데?"

"내 생각에는, 그 이론이 나와 관련된 것인 것 같아. 정말로. 나한테 뭔가 이상한 일이 벌어지고 있고, 랜스가 그걸 눈치 챈 것 같거든. 그러니까 말이야, 지금처럼 우리가 서로 가까우면, 음, 이런 표현을 써도 된다면, 이렇게 서로 자주 만나고 있는 이상, 충분히 있을 수 있는 일이라고 봐."

"지겨운 이야기로군." 레러는 냉정하게 말했다. 이제 그는 무슨 일이 있더라도 아버스낫의 이론을 받아들이지 않을 생각이었다. 만약 그들이 1만 포스크레드를 지불할 생각이 있더라도 말이다. "나중에 다시 연락할게." 그는 이렇게 말하고 전화를 끊었다.

책상의 인터콤을 통해 비서 톰센 양의 목소리가 들려왔다. "사서님. 여기 지금 오늘 저녁 6시부터 기다리고 있는 남자분이 계신데요. 본인

말로는 몇 초만 시간을 내주면 충분하다고 하셔요. 그리고 맥패든 양이
자기를 기꺼이 만나주실 거라고 하셨다고—"

"내가 사무실에서 죽었다고 전하게." 레러가 짜증이 섞인 목소리로
말했다.

"하지만 사서님은 죽을 수 없잖아요. 호바트 위상 안에 계시니까요.
그리고 아버스낫 씨도 그 사실을 알고 있어요. 자기 입으로 그렇게 말
했거든요. 이 사람은 여기 앉아서 계속 사서님을 가지고 호바트 타입
별점을 보고 있어요. 작년에 사서님에게 아주 대단한 일이 많이 일어났
다고 예언을 하고 있고요. 솔직히 조금 무서워요. 예언 중 몇 가지는 아
주 정확해 보이거든요."

"과거를 예언하는 점술 따위에는 관심 없네. 내가 생각하기에 그건
전부 사기야. 우리가 알 수 있는 것은 미래뿐이지."

레러는 생각했다. 분명 괴짜임에는 틀림없군. 채리스가 말한 것 중
그거 하나는 사실이었어. 이미 일어난 일들, 어제라는 혼돈의 심연 속으
로 이미 사라져버린 일들을 예측할 수 있는 방법이 있다고 진지하게 생
각하는 일이 가능한 자라니. 그렇다면 P.T. 바넘이 말한 대로, 매 순간마
다 한 명씩 목숨을 잃게 되겠지.

어쩌면 그자를 만나보아야 할지도 모르겠군. 채리스의 말이 맞아. 그
런 종류의 사상은 인류의 안녕을 위해 제거되어야만 해. 나 자신의 마
음의 평온을 위해서도 말이지.

그러나 그것이 전부가 아니었다. 이제 그는 일말의 호기심을 느끼고
있었다. 그 머저리 같은 발명가가 말하는 내용을 들어보는 것도 그리
나쁘지 않을 것으로 보였다. 그가 예언한 내용, 특히 최근 몇 주간의 일
을 들어보는 것이다. 그런 다음에 그의 이론을 제거해주는 것이다. 그가
호바트 타입 별점으로 보는 최초의 사람이 되어보는 것이다.

분명 루드비히 엥은 모습을 보일 생각이 없는 듯했다. 이제 2시는 되

었겠군. 레러는 이렇게 생각하며 자신의 손목시계를 들여다보았다.

그리고 눈을 깜빡였다.

그의 손목시계는 2시 40분을 가리키고 있었다.

"톰센 양. 지금 시간이 몇 시인가?" 레러는 인터콤에 대고 말했다.

"이런 세상에. 제가 생각한 것보다 이른 시간이네요. 방금 전에 2시 20분이었던 것 같은데. 제 시계가 멈췄나봐요."

"자네 생각보다 늦은 시간이었다는 말이겠지. 2시 40분은 2시 30분보다 나중이지 않나."

"아뇨, 사서님. 제가 사서님 말씀에 반대하는 일을 참아주신다면 말인데요, 그러니까, 제가 뭐가 어떻게 돌아간다고 설명할 입장은 아니지만 제 쪽이 맞아요. 아무나 잡고 물어보세요. 여기 이 신사분한테 물어보죠. 아버스낫 씨. 2시 40분이 2시 20분보다 이른 시각 아닌가요?"

인터콤 스피커를 통해서 건조하고 절제된 남성의 목소리가 들려왔다. "저는 레러 씨를 만나고 싶을 뿐이지, 학구적인 토론에 참여하고 싶은 생각은 없습니다. 레러 씨, 만약 저를 만나주신다면, 제 이론이 지금까지 보신 것들 중 가장 명백한 쓰레기라는 사실을 명확하게 알게 되실 겁니다. 맥패든 양이 한 말은 전부 사실입니다."

"들여보내게." 레러는 조금 주저하며 톰센 양에게 명령했다. 그는 당황하고 있었다. 시간의 정상적인 흐름과 관련해서 뭔가 이상한 일이 생긴 것임이 분명했다. 그러나 그 이상한 일의 정체를 명확히 짚어낼 수가 없었다.

머리가 벗겨지기 시작하는 활기찬 젊은 남성이, 옆구리에 서류 가방을 낀 채로 사무실로 들어왔다. 악수를 나눈 후, 아버스낫은 그를 마주하고 책상 앞에 앉았다.

그러니까 이 사람이 채리스의 바람 상대란 말이지. 레러는 속으로 생각했다. 뭐, 될 대로 되라지. "십 분 주겠소. 십 분이 지나면 나가는 거요.

알겠소?"

"제가 만들어서 가져온 것은, 제정신으로 생각해낼 수 있는 가장 허황되고 말도 안 되는 개념입니다. 그리고 이 개념이 뿌리를 내리고 실제로 해를 끼치기 전에 제거하는 일이 반드시 필요하다고 생각하고 있지요. 아무리 논리적인 상식에 반하더라도, 세상에는 아무 개념이나 받아들여 실행에 옮기려는 사람이 반드시 존재하게 마련입니다. 제가 이 내용을 보여드린 사람은 당신이 유일하고, 그것도 아주 심사숙고한 끝에 결정한 일입니다." 그리고 아버스낫은 재빠르게 몸을 움직여 타이핑한 원고 한 벌을 닐스 레러의 책상 위에 올려놓고는, 몸을 뒤로 빼고 기다렸다.

레러는 프로다운 주의를 기울여서 논문의 제목을 읽어본 후, 어깨를 으쓱해 보였다. "이건 루드비히 엥의 그 유명한 저작을 뒤집은 것에 불과하지 않소." 그는 의자를 움직여 책상에서 몸을 떼며, 양손을 들어 원고를 반려한다는 듯한 몸짓을 해 보였다. "이건 말도 안 되는 원고요. 엥의 논문의 제목을 뒤집는 것 따위는 누구라도 생각할 수 있는 것 아니오. 누구든 간단히 할 수 있는 일일 텐데."

아버스낫은 진지하게 말했다. "그러나 지금까지 실제로 한 사람은 없었지요. 다시 읽어보신 후에 그 활용 방법에 대해서도 고찰해보십시오."

그다지 감흥이 없는 태도로, 레러는 다시 한 번 두꺼운 문서를 훑어보았다.

"이 원고를 제거함으로써 얻을 수 있는 이득에 대해서 말입니다." 아버스낫은 낮고 작은 목소리로, 그러나 경직된 어조로 계속 말을 이었다.

그러나 레러는 여전히 이 제목에서 별로 특별한 점을 찾지 못했다.

여가 시간 동안 스스로 스와블을 분해해
지하실의 평범한 가재도구로 만드는 법

"그래서? 스와블을 분해하는 건 누구나 할 수 있는 일이오. 실제로 계속 이루어지는 일이기도 하고. 사실 이미 몇 천 개의 스와블이 제거되었소. 흔한 일이란 말이오. 사실 이제는 전 세계에 단 하나의 스와블도 남아있지 않을 것이 분명한데—"

"이 이론이 제거되고 나면, 그리고 개인적으로는 분명 제거되었을 것이라 생각하지만, 그 결과 어떤 일이 벌어질 것 같습니까? 잘 생각해봐요, 레러. 엥의 논문을 완전히 없애버리면 어떤 일이 벌어지게 될지 잘 알고 있지 않습니까. 우리는 과거 48시간 안에 서부 미국과 자유 니그로 자치구가 정상 시간 흐름으로 돌아가버리는 모습을 보게 될 겁니다……. 엥의 원고가 회사의 판결을 피해 갈 수 없는 이상은 말이지요. 그렇다면 제 원고를 제거하면, 지금 제 논리의 흐름을 따라오고 있다면 당연히 알 수 있는 일이겠지만—" 그는 잠시 말을 멈추었다. "제가 무슨 일을 한 건지 아시겠지요? 저는 스와블을 보존할 수 있는 방법을 발견한 겁니다. 그리고 지금 부서져 내리고 있는 호바트 위상을 보존하는 방법도요. 제 이론이 없다면, 우리는 곧 존재하는 모든 스와블을 잃고 말 겁니다. 레러, 스와블은 죽음을 없애주는 도구입니다. 아나크 픽의 사건은 그저 시작에 지나지 않아요. 하지만 이 순환 과정을 유지하려면 엥의 논문과 나의 논문으로 균형을 맞춰야만 합니다. 엥의 논문은 우리를 한쪽 방향으로 움직이게 해줍니다. 내 논문은 그 과정을 역전시키고, 그 후에는 엥의 논문이 다시 힘을 발휘하는 거지요. 우리가 원한다면, 영원히 말입니다. 물론 양쪽의 시간 흐름이 하나로 섞여버리지 않는다면 말입니다. 이론적으로 가능하기는 해도, 제가 보기에는 일어날 것 같지 않은 일이기는 합니다만."

"당신은 괴짜가 맞군." 레러가 무거운 어조로 말했다.

"물론이죠. 그렇기 때문에, 당신은 제 원고를 받아들여서 회사 차원에서 제거할 겁니다. 나를 믿지 않기 때문에 말이죠. 내가 하는 말이 전부 허황되다고 생각하기 때문에 말입니다." 그는 슬쩍 웃음을 지었다. 그의 지적이고 날카로운 회색 눈이 레러를 바라보고 있었다.

레러는 인터콤의 버튼을 누르고 말했다. "톰센 양, 회사의 지역 총국에 연락해서 가능한 한 빨리 내 사무실로 제거자 한 명을 보내달라고 하게. 여기 처리해야 할 쓰레기가 하나 있어. 최종 원고 소멸 작업을 시작할 생각이네."

"알겠습니다, 레러 씨." 톰센 양의 목소리가 들렸다.

레러는 다시 자기 의자에 몸을 기대며, 책상을 사이에 두고 자신과 마주하고 있는 남자를 물끄러미 훑어보았다. "이거면 됐소?"

아버스낫은 웃음을 지우지 않은 채 말했다. "완벽합니다."

"만약 내가 당신 이론에서 쓸 만한 점을 하나라도 찾았다면—"

"하지만 전혀 없었지요." 아버스낫은 끈기 있게 말했다. "그러니 저는 원하던 것을 얻을 수 있을 겁니다. 성공하게 되겠지요. 내일이나, 아니면 적어도 모레까지는 말입니다."

"어제를 말하는 거겠지. 아니면 그제나." 그는 자기 손목시계를 살폈다. "십 분 지났소. 이제 떠나주셨으면 좋겠군. 이건 여기서 보관하겠소." 그는 이렇게 말한 후, 그의 원고 뭉치를 챙겼다.

아버스낫은 자리에서 일어나 사무실 문 쪽으로 걸음을 옮기다, 문득 뒤돌아보며 말했다. "레러 씨. 너무 놀라지 않으셨으면 좋겠는데 말입니다, 아무래도 면도를 좀 하셔야 할 것 같군요."

"나는 23년 동안 면도를 해본 적이 없소. 내가 사는 로스앤젤레스 지역이 호바트 위상의 영향 아래 들어간 이후로 말이오."

"내일 이맘때쯤에는 면도를 하셔야 할 겁니다." 아버스낫은 이렇게 말하고는 사무실을 나갔다. 그의 등 뒤로 사무실 문이 닫혔.

잠시 생각에 잠긴 후, 레러는 인터콤 버튼을 누르고 말했다. "톰센 양, 이제 아무도 들여보내지 말게. 오늘 남은 일정은 전부 취소하겠네."

"알겠습니다, 사서님. 그런데 그 사람, 괴짜 맞죠? 그럴 줄 알았어요. 딱 보면 안다니까요. 그 사람을 만나봐서 다행이었던 것 같네요."

"만나볼 것이라서라는 말이겠지." 그는 그녀의 표현을 정정해주었다.

"레러 씨, 아무래도 또 실수하신 것 같은데요. 과거형은—"

"루드비히 엥이 나타나더라도, 별로 만나고 싶은 기분이 아니네. 오늘은 이거면 충분해." 레러가 말했다. 그는 책상 서랍을 열고는 조심스레 아버스낫의 원고를 집어넣은 다음, 다시 한 번 닫았다. 그리고 그는 책상 위의 재떨이로 손을 뻗어 가장 짧은, 즉 가장 나은 담배꽁초를 주워든 후, 재떨이의 표면에 대고 몇 번 문질러 불을 붙여서 입가로 가져갔다. 담뱃재를 담배로 빨아들이며, 그는 사무실 창가에 서서 주차장으로 통하는 보도 양쪽으로 늘어선 포플러나무를 바라보고 서있었다.

바람이 낙엽 한 줌을 쓸어 올려 나뭇가지로 가져가서는, 나무의 아름다움을 보다 돋보이게 하는 새로운 배열로 나뭇잎을 붙였다.

벌써 갈색 잎 중 일부는 푸르게 변하고 있었다. 곧 가을은 여름에 자리를 내줄 것이고, 여름은 봄이 될 것이었다.

그는 회사에서 보내줄 제거자를 기다리며, 그곳에서 그렇게 경치를 감상하고 서있었다. 그 괴짜의 말도 안 되는 이론에 따르면, 시간은 다시 정상 흐름으로 돌아가게 될 터였다. 그걸 막기 위해서는—

레러는 자기 턱을 만졌다. 까끌까끌했다. 그는 얼굴을 찌푸렸다.

그는 인터콤에 대고 말했다. "톰센 양. 잠깐 이리 와서 내가 면도를 해야 할 것 같은지 확인해줄 수 있겠나?"

아무래도 곧 면도를 해야 할 것 같았다. 그것도 곧.

아마도 이전 30분 안에. ◑

PHILIP K. DICK

신성 논쟁
Holy Quarrel

신성 논쟁
Holy Quarrel

PHILIP K. DICK

I

잠이 달아났다. 그는 눈부신 백색 조명등을 정면으로 맞으며 눈을 깜빡였다. 그 빛은 침대 위, 천장으로 반쯤 간 곳에 고정되어 있는 세 개의 고리에서 나오고 있었다.

"잠을 깨워 미안하군, 스태퍼드 씨." 빛 뒤쪽에서 한 남자의 목소리가 들렸다. "당신이 조셉 스태퍼드 맞나?" 그리고 그는 마찬가지로 모습이 보이지 않는 다른 사람에게 말했다. "이런 대접을 받지 않아도 될 사람을 깨웠다면 완전 치욕적인 일이 될 거야."

스태퍼드는 자리에 일어나 앉아 투덜대며 말했다. "당신들 누구요?"

침대가 삐걱이며 빛의 고리 중 하나가 가까이 다가왔다. 그들 중 하나가 침대 옆으로 앉았다. "우리는 50층 6호실에 있는 조셉 스태퍼드를 찾고 있네. 직업이— 뭐라고 부르더라?"

"GB—클래스 컴퓨터 수리공입니다." 그의 동료가 거들었다.

"그래, 예를 들자면, 그 새로 만들어진 융해 플라즈마 정보 보존 용기 따위의 전문가 말이지. 만약 그게 망가지면 당신이 고칠 수 있겠지, 스태퍼드?"

"물론 가능할 겁니다." 다른 목소리가 차분하게 대답했다. "바로 그 때문에 그가 비상 요원이 된 것이니까요. 우리가 차단한 두 번째 영상전화 회선이 바로 그것이었지요. 그를 상급자들과 직접 연결해주는 회선 말입니다."

"비상 연락을 받아본 지 얼마나 오래됐나, 수리공 선생?" 처음 목소리가 물었다.

스태퍼드는 그 질문에 대답하지 않았다. 그는 침대의 베개 밑을 더듬으며, 보통 그곳에 숨겨두곤 했던 은닉용 권총을 찾으려 했다.

"아마 꽤 오랫동안 일하지 않았을 테지." 손전등을 들고 있는 방문객이 말했다. "아마 돈이 필요할 거야. 돈이 필요하지 않나, 스태퍼드? 아니면 필요한 것이 뭔가? 컴퓨터 수리하는 일을 즐기나? 내 말은, 정말로 즐기지 않는다면 이 따위 직업을 고르지는 않을 거라는 말이지. 24시간 내내 비상근무 체제로 버텨야 한다니. 자네 솜씨는 어떤가? 뭐든 고칠 수 있나? 우리 제눅스-B 군사 계획 작성기에 일어나는 문제라면, 아무리 황당하고 말도 안 되는 일이라도 말이야. 우리 기운 좀 북돋워주게. 네라고 말해봐."

"그— 생각 좀 해봐야 합니다." 스태퍼드가 쉰 목소리로 말했다. 그는 여전히 총을 찾아 더듬거리고 있었지만, 손에 잡히는 것은 아무것도 없었다. 어쩌면 저자들이 그를 깨우기 전에 미리 총을 가져가버린 것일지도 몰랐다.

"한 가지 말해주지, 스태퍼드." 그 목소리는 계속 말을 이어 나갔다.

그때, 다른 목소리가 끼어들었다. "스태퍼드 씨, 잘 들으십시오." 가장 오른쪽에 있던 빛의 고리도 그쪽으로 다가왔다. 그 남자가 몸을 숙인 것이었다. "침대에서 나와요. 알아들었습니까? 당신이 옷을 챙겨 입고 나면, 우리가 당신을 수리가 필요한 컴퓨터가 있는 곳으로 데려갈 겁니다. 그리고 그곳에 도착하기 전까지, 우리는 당신이 기술자로서 얼마나 뛰어난지를 충분히 판별해낼 수 있겠지요. 그곳에 도착하면 당신에게 제눅스-B 컴퓨터를 보여줄 거고, 그러면 당신은 재빨리 살펴보고 수리에 얼마나 시간이 걸릴지를 말해줄 수 있을 겁니다."

"정말로 그 컴퓨터를 고쳐야 하네." 첫 번째 남자가 다시 입을 열고 푸넘하듯 말했다. "지금 상태로는 우리에게도, 다른 사람에게도 전혀 도움이 안 돼. 지금 정보가 마일 단위 높이로 쌓이기만 하고 있단 말일세. 전혀 그, 뭐라고 하더라? 정보를 소화하지 못하고 있다네. 정보가 잔뜩 쌓여있는데 제눅스-B는 처리할 생각도 하지 않고, 따라서 당연하게도 아무런 결정도 내리지 못하고 있네. 따라서 당연하게도 우리 인공위성들은 전부 아무런 일도 없는 양 공중을 날아다니고만 있다는 말이네."

스태퍼드는 천천히, 뻣뻣하게 자리에서 일어나며 물었다. "처음 보인 증상은 어떤 것이었습니까?" 그는 지금 자기를 둘러싸고 있는 사람들이 누구인지 궁금했다. 그리고 또한, 그들이 말하는 제눅스-B 컴퓨터가 어느 것인지도 궁금했다. 그가 알고 있는 한 그 컴퓨터는 북미에 세 대밖에 없었다. 테라 전체로 쳐도 여덟 대에 불과했다.

그가 작업복을 입는 모습을 보며, 불빛 뒤에서 모습을 보이지 않는 존재들은 의논을 시작했다. 마침내 그들 중 하나가 가볍게 헛기침을 하고는 입을 열었다. "테이프 입력기 중 하나가 회전을 멈춰서, 정보가 적힌 테이프가 전부 바닥에 한 무더기를 이루며 쌓이고 있다네."

"하지만 입력기의 테이프 장력은—" 스태퍼드가 입을 열었다.

"이 경우에는, 자동 장치가 실패를 한 거지. 우리는 테이프 자체를 엉키게 만들어 테이프가 더 들어가지 않도록 해놓았다네. 그 전에는 테이프를 자르려고 시도해봤지만, 자네도 알다시피 그 경우에는 자동으로 내용을 이어 붙이지. 테이프의 내용을 전부 지우려고 시도해보기도 했지만, 삭제 회로가 작동을 시작하면 자동으로 워싱턴 D.C.에서 경보가 울리는데, 우리는 높으신 분들이 끼어드는 일은 원하지 않는다네. 하지만 그 친구들이 — 그러니까 컴퓨터 설계자 말이네 — 테이프 입력기의 장력을 눈여겨보지 않은 이유는, 그걸 조절하는 장치가 단순한 클러치 연결 장치이기 때문이야. 잘못될 리가 없지 않은가."

스태퍼드는 목깃 단추를 채우려고 애쓰면서 말했다. "다시 말해서, 당신들이 그 기계 안으로 들어가기를 원하지 않는 정보가 있다, 그 말이군요." 그는 이제 사태를 파악할 수 있었다. 아니면 최소한 조금 더 잠에서 깨어나기라도 한 듯했다. "그게 어떤 종류의 정보입니까?" 그는 순간 자신이 이미 해답을 알고 있을지도 모른다는 끔찍한 생각을 했다. 커다란 정부 소유 컴퓨터가 최종 단계의 비상경보를 내릴 만한 정보가 입력되고 있는 것이다. 물론 남아프리카 진리단이 공격을 개시하기 위해서라면 당연히 제눅스-B 컴퓨터를 무력화시켜야 할 필요가 있을 것이었다. 방대한 양의 서로 관련 없는 정보로부터 사소한 개별 징후를 취합해서, 유의미한 패턴을 조합해내고 그 내용을 경고하는 것이 바로 그 컴퓨터가 하는 일이었기 때문이다.

스태퍼드는 씁쓸하게 생각했다. 이런 일이 일어날지도 모른다고 그렇게 경고를 받았는데! SAC 보복 위성과 폭격기를 제대로 사용하기 위해서는 우리 측의 제눅스-B 컴퓨터를 무력화시킬 필요가 있는 것이다. 그리고 지금 벌어진 것이 바로 그런 사태다. 이 작자들, 진리회 북미 지부의 비밀 요원들이 그를 납치해 컴퓨터의 작동을 멈추게 하는 임무를 완수하려 하고 있는 것이다.

하지만 벌써 정보가 접수되었을 수도, 이미 처리하여 분석하기 위해 입력 회로로 들어갔을 수도 있다. 이들은 너무 늦게 행동을 개시한 것일 수 있다. 어쩌면 며칠, 어쩌면 몇 초 정도. 최소한 약간이라도 쓸모 있는 정보가 컴퓨터에 입력되었을 것이다. 그래서 이들이 그를 끌고 가려하고 있는 것이다. 자기들만으로는 임무를 완수할 수 없으니까.

그렇다면 이제 미국은 즉시 테러용 인공위성의 공격에 노출될 것이었다. 방어용 기계들이 중앙 컴퓨터로부터 명령이 떨어지기를 기다리고 있는 동안 말이다. 그러나 헛된 기다림일 뿐이다. 제눅스-B 컴퓨터는 군사적 공격의 징후를 전혀 포착하지 못할 테니까. 수도가 정확하게 폭격을 맞아 컴퓨터뿐만 아니라 그 거대한 시설 전체가 날아가버릴 때까지도 말이다.

그들이 입력 테이프를 엉키게 만든 것은 당연한 일이었다.

Ⅱ

"전쟁이 시작된 거로군요." 그는 손전등을 들고 있는 네 사람에게 차분하게 말했다.

이제 침실 조명등을 켜니 사람들의 모습을 알아볼 수 있었다. 맡겨진 임무를 수행하는 평범한 남자들의 모습이었다. 광신도가 아니라 공무원이었다. 어떤 정부를 위해서든 훌륭히 임무를 수행할 수 있을 듯 보였다. 심지어는 미치광이나 다름없는 중화인민공화국 정부를 위해서라도. "전쟁이 이미 시작된 겁니다. 그래서 제눅스-B가 알지 못하도록 만들어서, 우리를 보호하거나 반격하지 못하도록 할 필요가 있는 거죠. 우리가 평화 상태라는 정보만을 보내도록 만들고 싶은 겁니다." 그는 자신이 추론한 바를 큰 소리로 말했다. 그는, 그리고 당연히 그들 역시, 일전에 제눅스-B가 얼마나 빠르게 '영예로운 개입'을 수행했는지 잘 알고 있었다. 한 번은 이스라엘에 대해, 다른 한 번은 프랑스에 대해서였다. 훈련을 받은 전문가 중 단 한 사람도 징조를 눈치채거나, 그 징조가 어떻게 위험으로 이어지는지를 예측해내지 못했었다. 1941년에 이오시프 스탈린이 그랬던 것처럼 말이다. 그 늙은 독재자는 제3제국이 U.S.S.R.을 공격할 것이라는 징조를 여러 번 포착했는데도, 그 증거를 믿지 못했다. 1939년에 영국이나 프랑스가 협정을 준수해 폴란드를 도울 것이라고 제국 측에서 믿지 않은 것과 마찬가지였다.

손전등을 든 남자들은 한데 뭉쳐서 그의 복합아파트 침실을 빠져나가 복도로 나가서는 즉시 옥상의 주차장으로 향했다. 밖으로 나오자 습기와 진흙 냄새가 났다. 그는 숨을 들이쉬고는 몸을 떨고, 무심코 하늘을 올려다보았다. 별 하나가 움직였다. 수직 이착륙기의 불빛이었다. 비행기는 이제 그들로부터 몇 피트 위까지 내려와있었다.

비행기에 탑승한 후 재빨리 이륙해 서쪽의 유타 주로 날아가는 동안, 소형 권총과 손전등과 서류 가방을 들고 있는 회색 옷의 공무원 중 하나가 스태퍼드에게 말했다. "자네 가설이 나쁘지는 않아. 특히 우리가 푹 자고 있는 자네를 깨웠다는 점을 감안한다면 말이지."

"하지만 그 가설은 잘못됐네. 우리가 끄집어낸 천공 테이프를 좀 보여주지." 다른 동료가 끼어들며 말했다.

스태퍼드에게서 가장 가까운 곳에 앉아있던 남자가 자신의 가방을 열고는, 플라스틱 테이프 한 뭉치를 꺼내어 아무 말 없이 스태퍼드에게 넘겨주었다.

스태퍼드는 비행기 천장의 불빛에 비추어 천공 테이프의 내용을 읽었다. 이진법이고, 컴퓨터의 관할하에 있는 전술 우주 제압군(SAC: Strategic Acquired-Space Command)에게 보내는 프로그램 문건임이 분명했다.

"비상 버튼을 누르고 명령을 내리기 직전이었다네. 컴퓨터와 연결되어 있는 우리 모든 병력에 말이야. 자네 그 명령 읽을 수 있나?" 비행기 조종석에 앉은 남자가 뒤를 돌아보며 물었다.

스태퍼드는 고개를 끄덕이고 테이프를 돌려주었다. 물론 그는 그 내용을 읽을 수 있었다. 컴퓨터가 정식으로 SAC에 최종 비상 사태를 선포한 것이다. 심지어는 수소폭탄 수송 대대에도 긴급 발진 명령을 내렸고, 현재 발사대에 있는 모든 ICBM에도 발사대기 명령을 내려놓고 있었다.

조종석의 남자가 덧붙였다. "게다가 그 컴퓨터는 방어 위성과 미사일 기지에도 임박한 수소폭탄 공격에 대응할 준비를 하라는 명령을 내리려 했네. 하지만 자네도 보다시피, 우리가 이 모든 명령을 막았지. 이 모든 명령은 실행 단계까지 가지 못했네."

잠시 침묵이 흐른 후, 스태퍼드는 쉰 목소리로 물었다. "그러면 제눅스-B가 받아들이지 못하게 하려는 정보란 게 대체 어떤 겁니까?" 그는 이해하지 못하고 있었다.

"그 명령의 피드백이네." 조종석의 남자가 대답했다. 분명 그가 이 특수부대의 지휘관인 것으로 보였다. "피드백이 없으면 컴퓨터는 자기 수하 병력에 의한 반격이 이루어졌는지의 여부를 감지할 방법이 없네. 정보 부재 상태인 컴퓨터는 실제로 반격이 이루어지기는 했으나, 적군의 공격이 최소한 부분적으로나마 성공적이었다고 가정할 것이네."

"하지만 적이 없지 않습니까. 누가 우리를 공격하는 겁니까?" 스태퍼드가 물었다.

침묵이 흘렀다.

스태퍼드의 이마에 땀방울이 맺혀 흐르기 시작했다. "제눅스-B가 우리가 전쟁 중이라는 결론을 내릴 만한 요소가 어떤 것인지 알고 있는 겁니까? 백만 가지의 정보를, 각각 따로 고찰하고 비교하고 분석한 후에 그로부터 절대적인 결론을 내놓는 겁니다. 이 경우에는 적이 즉시 우리를 공격하려 한다는 결과물을 내놓았고 말입니다. 단 한 가지 사실만으로 임계점을 넘었을 리가 없습니다. 결론을 내릴 때는 모든 요소가 정량적으로 작용하니까요. 러시아가 아시아 쪽 영토에 방공호를 건설한다든가, 쿠바 근해에서 화물선이 수상한 행동을 보인다든가, 적화된 캐나다에 로켓 화물이 집적되기 시작했다든가……."

"공격자는 없네." 조종석의 남자가 평온한 목소리로 말했다. "테라나 루나나 화성의 돔 도시에도, 어떤 국가나 단체나 개인도 다른 누군가를 공격하고 있지 않네. 우리가 왜 자네를 빨리 불러오려 했는지 이해가 될 거야. 자네는 제눅스-B가 무슨 일이 있어도 SAC에 명령을 내리지 않도록 만들어주어야 하네. 그놈을 꽁꽁 싸매서 높은 자리에 앉아 계신 어르신들한테 나불대지 못하게 하고, 우리 말고 다른 사람들의 말도 듣지 못하게 해야 하네. 그 다음에 뭘 할지는 나중에 생각할 문제야. 하지만 지금 당장 닥친 문제는—"

"모든 것을 전부 공급하더라도, 제눅스-B가 우리에게 가해지는 공격을 분간할 수 없다는 것을 확신하시는 겁니까? 그 뛰어난 정보 수집 능력을 가지고서도요?" 그는 순간 무언가를 떠올렸다. 암울한 쪽으로 거꾸로 생각해보면 끔찍하게만 들리는 이야기였다. "그러면 82년에 프랑스를 공격한 일이나, 89년의 이스라엘 공격은 어떻게 된 겁니까?"

"그 당시에도 우리를 공격하는 자는 아무도 없었네." 스태퍼드 가까이 앉은 남자가 대답했다. 그는 천공 테이프를 받아서 다시 서류 가방 속에 챙겨 넣었다. 비행기 안에 들리는 것은 그의 어둡고 울적한 목소리뿐이었다. 다른 누구도 입을 열거나 몸을 움직이지 않았다. "지금과 마찬가지야. 이번에는 우리가 제눅스-B가 사고를 치기 직전에 막았을 뿐이지. 우리가 의미도 쓸모도 없는 전쟁을 막았기를 간절히 기원하고 있네."

"당신들은 누굽니까? 연방 정부에서 어떤 지위에 있는 사람들인 거죠? 어떻게 제눅스-B를 알고 있는 겁니까?" 말도 안 되는 헛소리를 지껄이는 남아프리카 진리회 요원들일 거라고 그는 생각했다. 그에게는 여전히 그쪽이 가장 가능성 높은 대안으로 여겨졌다. 아니면 복수를 바라고 이스라엘에서 파견된 광신도들일지도 모른다. 아니면 단순히 전쟁을 막기 위해 움직이는, 생각할 수 있는 가장 인도주의적인 목적을 따르는 이들일 수도 있었다.

하지만 그렇다고 해도, 그는 제눅스-B 컴퓨터와 마찬가지로 북아메리카 번영 연맹보다 더 큰 정치적 결사를 따르지 않겠다고 충성 서약을 한 몸이었다. 그는 여전히 이 사람들에게서 벗어나서 직속 상사에게 보고서를 올려야 한다는 생각을 하고 있었다.

비행기 조종석의 남자가 증명서를 꺼내 보이며 말했다. "우리 세 명은 FBI네. 그리고 거기 있는 사람은 전기 컴퓨터 기술자고. 사실 그 제눅스-B 컴퓨터의 설계를 도운 사람이지."

"그 말이 맞네. 외부로 나가는 프로그래밍과 내부로 들어오는 정보 양쪽의 흐름을 멈추게 만든 것이 바로 나였지. 하지만 그걸로는 충분하지 못하다네." 기술자는 이렇게 말하고는, 고요한 얼굴에 정감 있는 눈을 크게 뜨고는 스태퍼드를 바라보았다. 그는 반쯤은 애원하고 반쯤은 명령하며, 필요한 말투라면 뭐든 사용하고 있었다. "현실을 직시해야 하네. 모든 제눅스-B 컴퓨터에는 예비 감시 회로가 붙어 있고, 그 회로는 곧 SAC로 보내는 명령이 수행되지 않고 있으며, 들어와야 하는 정보를 얻지 못하고 있다는 사실을 보고할 거네. 그러면 다른 모든 것들과 마찬가지로 전기 회로를 찾아내어 자가 검사를 수행하겠지. 그렇게 되면 필립스 드라이버를 박아서 테이프 회전 입력기를 멈추는 것보다는 더 나은 방법을 생각해야 할 거야." 그는 말을 잠시 멈추고는 천천히 덧붙였다. "그래서, 우리가 자네를 찾은 거네."

스태퍼드는 손을 내저으며 말했다. "저는 그냥 수리공일 뿐입니다. 유지 보수를 하는 정도지, 고장 분석도 할 줄 몰라요. 그냥 명령받은 대로 작업할 뿐이죠."

"그럼 우리가 명령하는 대로 하게." 그에게서 가장 가까운 곳에 앉아 있던 FBI 요원이 날카롭게 말했다. "왜 제눅스-B가 경보를 발령하고 SAC에 공격 준비 명령을 내렸으며, '보복 공격'을 계획한 것인지를 알아내게. 왜 프랑스와 이스라엘의 경우에 그런 짓을 벌였는지도 알아내고. 모아들인 정보를 분석해서 그런 결론을 내리게 된 이유가 있을 것이 아닌가. 살아있는 존재가 아니라고! 자유 의지가 있을 리 없지 않나. 그냥 그런 느낌이 든다고 해서 행동할 리가 없다고."

기술자가 그 뒤를 이어 말했다. "운이 좋다면, 이번이 제눅스-B가 이런 식으로 오류를 일으키는 마지막 경우일지도 모르지. 이번에 오류가 어디서 일어난 것인지를 밝혀낸다면, 앞으로 영원히 그런 일이 벌어지지 않도록 할 수 있을지도 모르네. 세계 곳곳에 있는 다른 일곱 대의 제눅스-B 시스템에서 비슷한 일이 벌어지기 전에 말이야.”

“그러면 여러분은, 우리가 공격을 받고 있지 않다고 확신하시는 겁니까?” 스태퍼드가 물었다. 이전에 제눅스-B가 두 번 오류를 범한 적이 있더라도, 최소한 논리적으로는 이번만은 옳을 가능성도 배제할 수 없었다.

가장 가까이 앉아있는 FBI 요원이 그의 질문에 대답했다. “공격 받기 직전의 상황이라고 해도, 우리는 그 징후를 전혀 발견할 수가 없다네. 최소한 인간의 정보 처리 능력으로는 말이야. 물론 논리적으로 보아 제눅스-B가 옳을 가능성이 있다는 사실은 인정하네. 어쨌든 그가 말한 대로—”

“당신들이라면 남아프리카 진리회가 너무 오랫동안 우리에게 적대적인 태도를 유지했기 때문에, 그것을 기정 사실로 치부한 나머지 오류를 범할 수도 있는 것 아닙니까. 삶의 일부로 받아들여서 말이죠.”

“아, 문제가 되는 것은 남아프리카 진리회가 아니네. 사실 그랬다면 우리가 의심을 품지도 않았을 거야. 그랬더라면 여기저기 쑤시고 돌아다니거나 이스라엘 전쟁과 프랑스 전쟁의 생존자들을 심문하거나 그와 연계된 정부 활동을 할 생각은 전혀 안 했을 걸세.” FBI 요원이 활기차게 대답했다.

기술자가 말을 받았다. “북부 캘리포니아네. 캘리포니아 전역도 아니야. 피즈모 해변보다 북쪽에 있는 지역뿐이네.”

스태퍼드는 그들을 물끄러미 바라보았다.

다른 FBI 요원이 말을 이었다. “정말이야. 제눅스-B는 SAC의 모든 폭격기와 무장 위성들을 동원해서, 캘리포니아 주 새크라멘토 주변 지역에 전면 공격을 시도하려 했다네."

"왜 그랬는지 물어봤습니까?" 스태퍼드는 기술자에게 물었다.

"당연하지. 아니, 정확하게 말하자면, 우리는 그 '적'이 무엇을 할 예정인지 자세히 설명해 보라고 요구했다네."

FBI 요원 중 한 사람이 느릿느릿 입을 열었다. "스태퍼드 씨에게 왜 북부 캘리포니아가 전면 공격의 표적이 되는 신세에 처하게 되었는지 말해주게나. 무엇 때문에 그 지역이 SAC의 일제 공격에 의해 파괴될 지경에 처했는지 말이야. 우리가 그 망할 기계를 멈추지 않았다면— 그리고 지금도 멈춰있게 하지 않았다면, 실제로 그런 일이 일어났겠지."

"어떤 사람이 카스트로 밸리로 가는 길에 1페니 껌 판매기를 설치했다네. 있잖나, 그 껌이 잔뜩 든 투명한 구체가 위에 붙어 있는 그 기계를 슈퍼마켓 앞에 설치한 거지. 아이들은 1페니 동전 하나를 넣고는 동그란 껌 하나, 또는 작은 경품을 받게 되는 거네. 반지나 작은 장신구 같은 것들 말이야. 경품은 여러 종류더군. 여하튼 그게 바로 공격의 목표네."

스태퍼드는 도저히 믿지 못하겠다는 얼굴로 말했다. "농담이겠죠."

"명백한 사실이네. 그 사람의 이름은 허브 소사야. 지금 64대의 껌 판매기를 소유하고 있고, 더 확장할 계획을 세우고 있지."

"제 말은, 그 정보에 대한 제눅스-B의 대응이 농담이 아니냐는 겁니다." 스태퍼드가 우물거리며 말했다.

가장 가까운 곳에 앉은 FBI 요원이 그의 말에 대답했다. "바로 그 정보에 대해서 그런 반응을 보이는 것은 아니네. 예를 들어, 우리는 이스라엘과 프랑스 정부 양쪽 모두에게 확인해봤네. 그들 나라에서 허브 소사라는 이름의 사람이 페니 껌 판매기를 설치한 적도 없을뿐더러, 초콜릿 입힌 땅콩 판매기나 그 비슷한 것을 설치한 기록도 없다고 하더군. 그와 반대로, 허브 소사는 지난 20년간 비슷한 기계를 영국과 칠레에 설치한 적이 있다네…… 하지만 제눅스-B는 그런 사태에 대해서는 전혀 아무런 관심도 보이지 않았지. 그 사람은 꽤나 나이를 먹었다네.”

그 말에 기술자가 키득거리고 웃으며 말했다. “자니 애플껌이라고 불러야 할 만한 사람이지. 세계를 돌면서, 그 껌 판매기를 세상의 모든 주유소 앞에 뿌리고 다니는—”*

비행기가 아래쪽에 보이는 거대한 관공서 건물을 향해 하강하기 시작했다. 건물은 이 시간에도 환히 불이 밝혀져있었다. 기술자가 다시 입을 열었다. “그런 반응을 유발한 자극은, 어쩌면 그 판매기 안의 상품에 있는 것일지도 모른다네. 우리 쪽 전문가들이 내린 결론은 그랬지. 그 사람들은 소사의 껌 판매기와 관계된 가능한 모든 자료를 검토했고, 제눅스-B에는 이미 소사의 판매기 안에 들어 있는 물건의 원재료에 대한 길고 지루한 성분 분석표가 입력되어 있었지. 사실 제눅스-B는 특히 그쪽 방향으로 더 자세한 자료를 요청했다네. 우리 PF&D(분석) 결과를 입력해줄 때까지 계속해서 ‘근거 자료 부족’이라는 메시지만 출력했다고 하더군.”

“그 분석 결과는 어땠습니까?” 스태퍼드가 물었다. 비행기는 이제 컴퓨터의 중앙 처리 장치가 있는 건물의 지붕에 착륙하고 있었다. 요즘에는 북아메리카 번영 연맹의 ‘한가운데 있는 컴퓨터 씨’라고 불리는 곳이었다.

문 가까운 곳에 앉아있던 FBI 요원이 희미한 불빛을 받으며 착륙장으로 나가면서 말했다. “식료품 쪽이라면, 고무와 설탕, 옥수수 시럽, 연화제, 인공 감미료, 뭐 죄다 그런 것들뿐이었네. 사실 껌을 제조하려면 그런 재료를 사용하는 것 말고 다른 방법이 없지. 그리고 그 작은 경품들은 진공 성형한 가소성 플라스틱일 뿐이었네. 여기나 홍콩, 일본에 있는 열 몇 개 정도의 회사에서 1달러에 600개씩 구할 수 있는 물건들이

---

* 미국 동부 지역을 순회하며 각지에 사과 씨를 뿌리고 다녔다는 전설적 인물 자니 애플시드에 비유하는 말.

지. 우리는 심지어 그 물건들을 공급한 도매상을 찾아, 그 근원을 찾아 제작 공장까지 간 다음, 정부에서 파견한 사람이 실제로 그 망할 조그만 장난감들의 제작 과정을 확인하게까지 만들었다네. 하지만 아무것도 나오지 않았다네. 전혀 아무것도 없었어.”

“하지만 그렇게 얻은 정보를 제눅스-B에 입력했더니—” 기술자가 반쯤 혼잣말 하듯 말했다.

“그랬더니 이런 일이 벌어진 거지.” FBI 요원은 스태퍼드가 수직 이착륙기에서 내릴 수 있도록 자리를 비켜주며 말했다. “긴급경보에, SAC에는 공격대기 명령이 떨어지고, 격납고에서 미사일이 발사대기 상태로 들어가고. 열핵 전쟁이 벌어지기까지 사십 분이 남았네. 그게 컴퓨터의 테이프 드럼에 박힌 필립스의 드라이버 하나가 우리에게 벌어준 시간이야.”

기술자는 스태퍼드를 날카롭게 바라보며 물었다. “자네가 보기에 이런 정보 중에서 뭔가 수상쩍거나 잘못 해석될 여지가 있는 것이 있나? 만약 그런 것이 보인다면 제발 입을 열고 이야기해주게. 이제 우리에게 남은 방법이란 제눅스-B를 해체해서 활동을 정지시키는 것뿐이야. 만약 그랬다가 진짜 위협이 모습을 드러내기라도 한다면—”

“제가 보기에는.” 스태퍼드가 생각에 잠긴 채 천천히 말했다. “그 ‘인공’ 착색료라는 것이 무엇인지가 궁금한데요.”

Ⅲ

“그건 제 색깔이 나지 않아서, 인체에 무해한 식용 색소를 첨가했다는 뜻이네.” 기술자가 즉시 대답했다.

“하지만 그 목록에서 실제 성분이 아니라 무슨 일을 하는지만 설명되어 있는 유일한 재료가 바로 그거 아닙니까. 그리고 감미료는 또 뭐죠?"

FBI 요원들은 서로를 바라보았다.

그들 중 한 사람이 말했다. "그건 사실이네. 그리고 내가 그걸 기억한 이유는, 그 재료를 보면 항상 찜찜한 기분이 들기 때문이야. 분명 인공 감미료라고 적혀있었네. 하지만 이봐—"

"인공 착색료와 감미료는 뭐든 될 수 있지요. 색깔이나 맛을 부여하기 위한 재료면 뭐든 그렇게 부를 수 있지 않습니까." 스태퍼드가 말했다. 그리고 그는 생각했다. 청산을 첨가하면 밝은 초록색이 나지 않던가? 그런 것을 첨가했다고 해도, '인공 착색료'라고 기재하면 거짓말을 한 것은 아닐 터였다. 그리고 감미료라— '인공 감미료'라는 것이 대체 뭐란 말인가? 언제나 생각할수록 찜찜하고 불쾌한 연상을 하게 만드는 단어였다. 하지만 그는 일단 이 생각은 접어두기로 결정했다. 지금은 아래로 내려가 제눅스-B를 살펴보고, 그 컴퓨터가 어떤 피해를 입었는지를 확인할 때였다.

그리고 앞으로 얼마나 더 많은 피해가 필요한지도 말이다. 물론 지금까지 들은 설명이 모두 진실일 경우의 이야기였다. 만약 이 사람들이 진리회의 파괴 공작 요원이나 다른 주요 외국 세력의 정보국 요원이 아니라, 실제로 그 증명서가 보증하는 사람들일 경우에 말이다.

어쩌면 북부 캘리포니아 지역 수비대 요원일지도 모르는 일이지. 그는 삐딱하게 생각했다. 아니, 완전히 불가능한 일은 아니지 않은가? 어쩌면 정말로 수상쩍은 무언가가 그 지역에서 발생했는지도 모르는 일이다. 그리고 제눅스-B는 자기 임무에 충실하게 그것을 없애려 하는 중이고.

지금으로서는, 어느 쪽이든 확신할 방법이 없었다.

하지만 컴퓨터를 검사하는 일이 끝나면 알게 될지도 모르는 일이었다. 특히, 그는 지금 외부 세계에서 작성되어 컴퓨터 자신의 내부 세계 안으로 들어가는 진짜 정보 테이프 전체를 직접 확인하고 싶었다. 그것만 확인하면—

컴퓨터를 다시 작동시켜야겠지. 그는 단단히 결심했다. 지금까지 훈련받은 대로의, 그의 고용 방침에 따라 행동할 생각이었다.

물론 그에게는 쉬운 일이었다. 그는 컴퓨터의 작동 구조를 완벽하게 알고 있었다. 망가진 부품이나 회로를 대체하는 작업을 그만큼 잘할 수 있는 사람은 아무 데도 없었다.

그것이 이 사람들이 그를 찾아온 이유였다. 최소한 그 점만은 그들이 옳았다.

"껌 하나 들겠나?" 제복을 입은 경비병들이 열중쉬어 자세로 진을 치고 서있는 계단 쪽으로 걸어가며, FBI 요원 한 명이 그에게 권했다. 붉고 살집 좋은 목에 체구가 커다란 그 요원은, 세 개의 밝은색 구체를 그에게 내밀었다.

"소사의 기계에서 가져온 건가?" 기술자가 물었다.

"당연히 그렇지." 그 요원은 스태퍼드의 겉옷 주머니에 껌을 집어넣고는 웃었다. "무해하려나? 네—아니요—아마도로 대답해보게. 대학 시험같이 말이야."

스태퍼드는 주머니에서 그중 하나를 꺼내어 층계의 천장 불빛에 비추어 보며 생각했다. 구체로군. 알일까. 물고기 알. 캐비아같이 둥글게 생겼겠지. 그리고 먹을 수도 있고. 화려한 색깔의 알을 판다고 해서 법에 저촉되지는 않을 테지.

아니면 이런 색의 알을 낳기도 하는 걸까?

"어쩌면 뭔가 알을 깨고 나올지도 모르지." FBI 요원 중 한 명이 가볍게 말했다. 이제 보안 강화 지역으로 내려가게 되니 그와 그 동료들도 긴장감이 돌아오는 모양이었다.

"부화한다면 뭐가 나올 것 같습니까?" 스태퍼드가 물었다.

"새가 좋겠군. 크나큰 기쁨의 소식을 전해 오는 작고 붉은 새." 가장 키가 작은 요원이 퉁명스럽게 대답했다.

스태퍼드와 기술자 두 사람 모두 그 요원 쪽을 바라보았다.

"성경을 인용할 생각은 하지도 마요. 나는 성경과 함께 자랐단 말입니다. 언제든 재인용해서 대답할 수 있어요." 스태퍼드가 대꾸했다. 하지만 이상한 일이었다. 바로 그 순간, 마치 그들의 마음이 일치한 것처럼, 동시에 동일한 생각을 하게 되었다는 것은. 그는 조금 더 침울한 기분이 되었다. 신은 모든 것을 아실 것이라는 생각을 떠올려도 그런 기분은 변하지 않았다. 물고기라. 물고기는 똑같이 생긴 알을 수천 개나 낳지. 그리고 그들 중에서 살아남는 것은 몇 되지 않고. 말도 안 되는 낭비다. 끔찍하고 원시적인 방법이다.

하지만 그런 알을 전 세계 곳곳에, 셀 수도 없이 많은 공공장소들에 낳아놓는다면, 그들 중 일부만 살아남아도 충분할 것이다. 이것은 이미 증명된 사실이다. 테라의 물에 살고 있는 물고기들이 이미 증명한 일이니까. 테라의 생명체에게 가능한 일이라면, 테라 밖의 생명체라도 못할 리 없을 터였다.

즐거운 상상은 아니었다.

그의 얼굴에 떠오른 표정을 보고, 기술자가 말했다. "만약 누군가 테라에 자기 씨를 뿌리고 싶어 하고, 어느 항성계의 어느 행성에서 왔을지는 신만이 아실 그 생명체가 테라의 냉혈동물과 같은 방식으로 번식을 한다면—" 그는 계속해서 스태퍼드를 곁눈질하고 있었다. "말하자면, 딱딱한 껍질을 가진 알을 몇 천 개, 몇 십만 개를 낳아야 하고, 게다가 그 알이 눈에 띄기를 원하지 않는데, 일반적인 알과 마찬가지로 화려한 색깔을 띠고 있다면—" 그는 잠시 머뭇거렸다. "부화 기간이 문제가 되겠군. 얼마나 오래 걸릴지가 말이야. 그리고 어떤 조건이 갖춰져야 하려나? 수정란은 보통 따뜻한 곳에 있어야 부화를 하는데."

"아이들의 몸속이면 되죠. 아주 따뜻하지 않습니까." 스태퍼드가 덧붙였다.

그리고 그 물체, 그 알은 어이없게도 신선한 식품/약물 기준에 걸리지 않은 것이다. 알 안에는 독극물이 아무것도 없었을 것이다. 전부 유기 물질이고, 매우 양분이 많을 테니까.

물론 이런 가정이 사실이 되려면, 딱딱한 '사탕' 껍질이 일반적인 위액에 노출되어도 상처를 입지 않아야 한다. 알이 용해되어버리면 곤란할 것이다. 하지만 입안에서 씹혀버릴 수도 있지 않은가? 입의 저작 운동을 피해갈 수 있을 리가 없었다. 앞의 가정이 들어맞으려면, 알약처럼 씹지 않은 채 삼켜야만 했다.

그는 이빨로 빨간색 구체를 깨물어 잘랐다. 그는 두 개의 반구를 다시 꺼내 들고 내용물을 살펴보았다.

기술자가 말했다. "평범한 껌이군. 고무에 설탕, 옥수수 시럽, 연화제—" 비웃는 듯한 미소를 띠고 있었지만, 그의 얼굴에는 안도의 그림자가 스쳐 지나갔다. 그가 스스로의 의지력으로 그런 기색을 지우기 전에, 아주 잠깐 동안. "잘못된 실마리였군."

"잘못된 실마리여서 다행이군그래." 가장 키가 작은 FBI 요원이 말했다. 그는 마지막 계단을 내려왔다. "도착했네." 그는 제복을 입고 무장을 하고 있는 경비 요원들 앞으로 나서서, 인증 서류를 보여주며 그들에게 말했다. "우리가 돌아왔네."

"경품은요." 스태퍼드가 말했다.

기술자는 그를 바라보며 되물었다. "무슨 뜻인가?"

"껌이 문제가 아니라면, 경품이 문제일 겁니다. 그 장신구와 작은 장난감들요. 남은 것은 그것밖에 없지 않습니까."

"자네는 계속해서 제눅스-B가 제대로 작동하고 있다고 맹목적으로 믿고 있군그래. 그것이 옳은 결정을 내린 것이라고 말이지. 실제로 우리를 군사적으로 위협하는 적대 세력이 있다, 그것도 북부 캘리포니아 일대를 최일선 병기로 초토화시켜버리는 일이 용인될 정도로 심각하게 위협하는 세력이. 내가 보기에는, 그냥 그 컴퓨터가 오류를 일으키고 있다고 가정하는 쪽이 훨씬 쉬워 보이는데."

거대한 정부 건물의 익숙한 복도를 걸어 내려가며, 스태퍼드는 말했다. "제눅스-B는 그 어떤 인간이나 인간의 집단보다도 더 빠르게 방대한 양의 정보를 동시에 취합하고 분석하기 위해 만들어졌습니다. 우리보다 더 많은 정보를 처리하고, 게다가 더 빠르기까지 하죠. 100만분의 1초 단위로 반응합니다. 만약 제눅스-B가 현재 존재하는 모든 정보를 처리한 끝에 전쟁의 징조를 찾아냈고, 그 결론에 우리가 동의하지 않는다면, 그 사실은 단순히 그 컴퓨터가 애초에 우리가 원하던 대로 작동하고 있다는 말밖에 되지 않습니다. 우리가 동의하지 않으면 않을수록 그 점은 더 확고해지는 겁니다. 만약 우리가 그 컴퓨터와 마찬가지로 주어진 정보를 분석해 곧 닥칠 전면전을 예측할 수 있다면, 우리가 제눅스-B를 사용할 이유는 더 이상은 없겠지요. 바로 이런 경우, 즉 우리는 전혀 위협을 느끼지 못하는데 컴퓨터가 긴급경보를 발령하는 경우에야말로, 이 정도 급의 컴퓨터가 실제로 도움이 되는 겁니다."

잠시 침묵이 흐른 후, FBI 요원 중 한 명이 중얼거리듯 말하기 시작했다. "저 사람 말이 맞잖아, 안 그래? 완벽하게 맞는 말이야. 진짜 문제는 바로 이거라고. 우리가 제눅스-B를 우리 자신보다 더 신뢰할 수 있느냐? 좋아, 우리는 우리 자신보다 더 빠르고 정확하고 광범위한 분석을 수행하기 위해 그 컴퓨터를 만들었어. 만약 우리가 성공한 거라면, 지금 우리가 처해있는 상황이야말로 충분히 예측할 수 있었던 일인 거지. 우리는 공격할 이유를 찾을 수가 없는데, 저 컴퓨터는 찾아낸 거잖아." 그는 비참한 미소를 지었다. "그래서 이제 어떻게 하지? 제눅스-B를 다시 가동시켜서, 자기 임무를 수행하고 SAC가 전쟁을 시작하게 만들어야

272

하나? 아니면 그걸 무력화해야— 다른 말로 해서, 파괴해야 하나?" 그는 차가운 경계의 눈빛을 스태퍼드에게 보냈다. "어떤 식으로든 누군가가 내려야 하는 결정인 거지. 지금. 즉시. 제대로 작동하는지 그렇지 않은지, 경험에서 우러나온 추측을 할 수 있는 사람이 필요한 거야."

"대통령과 내각은 어떻습니까. 이런 중대한 결정은 그의 몫이 아닙니까. 도덕적 책임을 져야 하는 일이니까요." 스태퍼드가 잔뜩 긴장한 채로 제안했다.

"하지만 도덕적 책임의 문제가 아니지 않나, 스태퍼드. 그렇게 보이기만 할 뿐이지. 사실 이건 기술적인 문제일 뿐이야. 제눅스-B가 제대로 작동하고 있느냐, 아니면 망가졌느냐는 문제." 기술자가 말했다.

그래서 이 사람들이 나를 침대에서 끌어낸 거로군, 스태퍼드는 차갑고 끔찍한 고뇌를 느끼며 이렇게 생각했다. 당신네들이 날림으로 멈춰놓은 컴퓨터를 처리하게 하려는 게 아니었어. 건물 바깥에서 로켓탄을 조준해서 발사하기만 하면 컴퓨터를 처리하는 것은 일도 아니지. 사실 지금 상태로도 충분히 무력화되어 있다고 볼 수 있을지도 몰라. 그 필립스 드라이버를 거기 영원히 박아놓을 수도 있는 거니까. 게다가 당신은 이놈을 설계하고 건설하는 것을 돕기까지 했다면서. 아니, 그런 문제가 아니야. 나는 여기 수리하거나 파괴하러 온 게 아니야. 판단하러 온 거지. 내가 15년 동안 제눅스-B와 물리적으로 가장 가까운 사람이었으니까, 그놈이 정상인지 망가졌는지를 파악할 수 있는 신비로운 직감 같은 것이 내게 있을 거라고 생각하는 거라고. 훌륭한 자동차 수리공이 터빈 엔진 소리만 들어도 베어링이 나갔는지 안 나갔는지, 만약 나갔다면 얼마나 나갔는지 알 수 있듯이, 나는 그런 차이점을 분간할 수 있어야 하는 거야.

진단을 내린다. 그게 당신들이 원하는 일이야. 이건 컴퓨터 박사들과 수리공 하나로 구성된 자문 기관인 거지.

그리고 다른 사람들은 전부 포기했기 때문에, 결정권은 수리공에게
넘어온 것이고.

그는 얼마나 시간이 남았는지 생각해보았다. 아마도 별로 없을 것이
다. 왜냐하면, 만약 컴퓨터의 판단이 옳은 것이라면―

길거리 껌 판매 기계라. 페니 동전 하나짜리. 아이들이 좋아하는. 그
리고 그것 때문에 북부 캘리포니아 전역을 초토화시키려 한다는 그런
기계. 대체 어떤 추론 과정을 거친 것일까? 제눅스-B가 대체 어떤 사건
을 내다본 것일까?

놀라운 광경이었다. 작은 도구 하나가 자동으로 움직이는 거대한 기
계를 통째로 멈춰버리다니. 하지만 필립스 드라이버를 꽂아 넣은 솜씨
도 보통이 아니었다.

"우리는, 계산되고 실험적인, 하지만 거짓인 정보를 입력해봐야 합니
다." 스태퍼드는 이렇게 말하며 컴퓨터에 직접 연결되어 있는 타자기
앞에 앉았다. "시작은 이걸로 가보죠." 그는 이렇게 말하고는 문장을 입
력하기 시작했다.

캘리포니아 새크라멘토에 사는 껌 판매기 계의 거물 허브 소사가 수면
도중 갑자기 사망했다. 한 지역의 거물이 예기치 못한 최후를 맞이했다.

FBI 요원 중 하나가 감탄하는 얼굴로 그를 보며 물었다. "이 말을 믿
을 것 같나?"

"언제나 입력된 정보를 믿지 않습니까. 판단할 수 있는 다른 수단이
없는데요." 스태퍼드가 대답했다.

"하지만 만약 정보가 서로 상충된다면, 컴퓨터는 모든 관계 정보를
분석해서 가장 가능성이 높은 쪽의 정보 고리를 선택할 걸세." 기술자

가 지적했다.

"이 경우에는, 지금 입력한 정보와 상충되는 정보는 존재하지 않을 겁니다. 입력되는 정보가 오직 이것뿐이지 않습니까." 그는 천공 카드를 제눅스-B에 입력한 후, 결과를 기다렸다. "출력 신호를 확인해보세요. 긴급경보를 취소하는지 확인해보지요."

FBI 요원 중 한 명이 말했다. "이미 회선을 연결해놓았으니, 그리 어려운 일은 아닐 걸세." 그는 기술자 쪽을 바라보았고, 기술자는 고개를 끄덕였다.

십 분이 지난 후, 헤드폰을 쓰고 있던 기술자가 입을 열었다. "변화가 없어. 여전히 긴급경보 신호가 나오고 있네. 전혀 변하지 않았어."

"그렇다면 허브 소사와는 관계가 없다는 말이로군요. 아니면 그가 그 행위를 — 그게 뭐든 간에 — 이미 저질렀다는 말일 수도 있겠고. 어쨌든 제눅스-B에게는 그의 죽음이 아무것도 아니라는 말이지요. 다른 방향을 모색해봐야겠습니다." 그는 다시 타자기 앞에 앉아서, 두 번째 거짓 사실을 쳐 넣기 시작했다.

북부 캘리포니아 지역 금융 그룹에 소속된, 믿을 만한 소식통의 정보에 따르면, 엄청난 양의 부채를 해결하기 위해 고 허브 소사의 추잉껌 제국은 해체의 운명을 맞을 것으로 보인다. 각 판매 기계를 구성하고 있는 껌과 경품의 처분 문제에 대해서, 경찰 당국에서는 법원 명령이 떨어지는 즉시 그 내용물이 전부 파기될 것이라는 추측을 조심스럽게 제기했다. 현재 새크라멘토의 지역 변호인단이 그 법원 명령을 받아내기 위해 노력하고 있다.

그는 입력을 끝내고 뒤로 물러나 앉아 기다렸다. 이제 허브 소사도 없고 그의 기업도 없다. 그러면 뭐가 남지? 아무것도 없다. 그 사람과 그의 제품 모두, 최소한 제눅스-B가 아는 한도 내에서는, 존재하지 않게 되는 것이다.

　시간이 흘러갔다. 기술자는 계속 컴퓨터의 출력 신호를 확인하고 있었다. 그는 마침내 포기한 듯 고개를 저으며 말했다. "변화가 없네."

　"거짓 정보를 한 가지만 더 입력해보고 싶습니다." 스태퍼드는 이렇게 말하고, 카드를 타자기에 넣고는 내용을 입력하기 시작했다.

　허버트 소사라는 이름의 인물은 실제로는 존재한 적이 없는 것으로 보인다. 또한 이 가상의 인물은 1페니 껌 판매기 사업에 뛰어든 적도 없었다.

　스태퍼드는 자리에서 일어나며 말했다. "이러면 소사와 그의 1페니 껌 판매기 사업에 대해 제눅스-B가 알고 있는 모든 정보가 취소될 겁니다." 이 컴퓨터가 알고 있는 한도 내에서는, 그 사람의 존재 자체가 완벽하게 말소된 것이다.

　대체 이런 존재에 대해 전쟁을 일으킬 방도가 있을 것인가? 실제로 존재하지도 않았으며, 실패한 데다 실제로 존재하지도 않는 사업에 손을 대었던 인물을 상대로?

　잠시 후, 긴장을 풀지 않고 제눅스-B의 출력 신호를 검토하고 있던 기술자가 입을 열었다. "뭔가 변화가 있네." 그는 계기판을 검토하다 말고, 컴퓨터가 뱉어낸 천공 테이프를 받아들고는 그것 역시 자세하게 살펴보기 시작했다.

　그는 잠시 입을 다물고 열심히 테이프를 읽더니, 곧 고개를 들고 나머지 사람들을 향해 웃음을 머금고 말했다.

　"그 정보가 거짓이라는데."

Ⅳ

"거짓이라고!" 스태퍼드는 믿지 못하겠다는 듯 소리쳤다.

기술자가 말했다. "마지막으로 입력한 정보가 진실일 수 없다고 생각하고 폐기해버린 거네. 지금 자신이 가지고 있는 유효한 정보와 배치된다고 생각한 거지. 다른 말로 하자면, 이 컴퓨터는 허브 소사가 여전히 존재한다는 사실을 알고 있다는 거라네. 어떻게 아는 건지는 묻지 말게. 오랜 시간 동안 모아들인 다양한 정보로부터 유추한 사실일 테니까." 그는 잠시 머뭇거리고는 덧붙였다. "이 녀석이 우리보다 허브 소사에 대해 훨씬 더 많이 알고 있는 것 같네."

"어쨌든 그런 사람이 존재한다는 사실은 알고 있다는 거군요." 스태퍼드는 한 발짝 물러서며 말했다. 그는 초조해지기 시작했다. 과거에도 종종 제눅스-B가 정확하지 않거나 모순된 정보를 파악하고 폐기 절차를 밟은 적은 있었다. 그러나 그런 작업이 이 정도로 중요한 일이었던 적은 없었다.

그리고 그는 대체 제눅스-B의 기억 세포 안에 어떤 난공불락의 정보가 존재하기에 자신이 입력한 정보가 거짓이라고 판명되었는지 의문이 들었다.

"아마도 이런 식으로 생각하는 것이 분명합니다. 만약 X가 사실이라면, 이 경우에는 소사가 존재하지 않는다는 사실이 되어야겠죠, Y도 반드시 사실이 되어야 한다. 하지만 Y는 여전히 사실이 아닌 겁니다. 몇백만 개나 되는 정보 유닛들 중 어떤 것이 Y인지 알아낼 수 있으면 좋겠군요."

그들은 다시 처음의 문제로 돌아와버렸다. 허브 소사가 대체 누구이며, 그가 대체 무슨 일을 저질러서 제눅스-B가 이토록 격렬한 반응을 보일 수밖에 없도록 만든 것인가?

"직접 물어보게." 기술자가 말했다.

"뭘 물어보란 겁니까?" 스태퍼드가 영문을 모르겠다는 말투로 말했다.

"내부에 저장된 정보 중 허브 소사에 대한 것들을 출력하라고 지시하란 말이네. 전부 다 말이야. 저 녀석이 무슨 정보를 꿍치고 있는지 누가 알겠나. 그 정보를 얻어낸 다음에, 그걸 살펴보면서 우리도 컴퓨터가 얻어낸 결론에 도달할 수 있는지 확인해보잔 말이네." 기술자는 주의를 기울여 침착한 말투를 유지하며 말했다.

스태퍼드는 적절한 질문을 타자로 친 다음, 제눅스-B에 입력했다.

FBI 요원 중 한 명이 그것을 보고 말했다. "U.C.L.A.에 있을 때 수강했던 철학 수업이 생각나는군. 신의 존재를 증명할 수 있는지를 놓고 존재론적 토론을 했던 적이 있지. 그 토론에서, 우리는 신이 존재한다면 어떤 존재일지를 생각해보았다네. 전능하고, 모든 곳에 편재하고, 전지적이며, 불사이고, 모든 정의와 자비로움을 향할 수 있는 존재라는 결론을 내렸지."

"그래서?" 기술자가 짜증이 섞인 목소리로 말했다.

"그리고, 신이 그런 모든 궁극적인 특성을 가지고 있다고 생각한다면, 아직 한 가지 특성이 부족하다는 사실을 깨닫게 된다네. 정말로 별 것 아닌 특성 — 세균이나 돌이나 고속도로변의 쓰레기조차도 모두 가지고 있는 특성 말이야. 바로 존재지. 따라서 다음과 같은 추론이 가능하겠지. 신이 그런 모든 특성들을 가지고 있다면, 당연히 존재라는 특성도 가지고 있고, 따라서 실제의 존재가 될 수밖에 없는 것이지. 돌멩이도 할 수 있는 일인데 신이 못 할 리가 없지 않겠나. 이 이론은 이미 과거에, 중세시대에 폐기된 이론이네. 하지만 —" 그는 어깨를 으쓱했다. "제법 흥미롭지 않은가."

"이 시점에서 하필이면 그 이야기가 생각난 이유가 뭔가?" 기술자가 물었다.

"어쩌면 단 하나의 사실, 또는 한 부류의 사실 때문에 제눅스-B가 허브 소사가 존재한다는 결론을 내린 것이 아닐 수도 있다는 생각이 들어서 그러네. 그 모든 사실들 때문일지도 몰라. 그냥 무수히 많기 때문일지도 모르지. 컴퓨터는 그저 과거의 경험에 비추어 봐서, 특정 인물에 대해 그렇게 많은 정보가 존재한다면, 그 사람은 진짜일 수밖에 없다는 결론을 내린 것일지도 모르네. 어쨌든 제눅스-B급의 컴퓨터는 학습이 가능하지 않나. 우리가 이 컴퓨터를 사용하는 이유도 바로 그거고."

"한 가지 정보를 더 넣어보고 싶은데." 기술자가 입을 열었다. "지금 내가 타자를 칠 테니, 읽고 싶으면 읽어보게나들." 그는 다시 프로그램 타자기 앞에 앉아서, 짧은 문장을 하나 친 다음 테이프를 꺼내 모두에게 보여주었다. 그 내용은 다음과 같았다.

　　　제눅스-B라는 컴퓨터는 존재하지 않는다.

잠시 시간이 흐른 후, 충격에서 벗어난 FBI 요원 하나가 입을 열었다. "만약 허버트 소사와 관련된 정보를 기존의 정보와 아무 어려움 없이 비교할 수 있었다면, 이 경우에도 별 문제 없이 처리할 수 있지 않겠나. 그리고 대체 그 정보를 입력한 이유가 뭔가? 그 정보 때문에 무슨 일이 일어날 수 있는지 짐작도 가지 않는데."

"제눅스-B가 존재하지 않는다면, 긴급경보를 보낼 수도 없겠지요. 논리적으로 모순이 생기니 말입니다." 상황을 이해한 스태퍼드가 대신 대답했다.

"하지만 실제로 긴급경보를 보내고 있는 중 아닌가. 게다가 자신이 그런 행동을 하고 있다는 것도 인지하고 있고. 그러니 자신의 존재 자체를 확인하는 일에는 아무 어려움이 없을 거라고 보는데." 가장 작은

FBI 요원이 이렇게 지적했다.

기술자가 그에게 대답했다. "일단 시도나 한 번 해보지. 호기심이 생겨서 그러네. 내 예측으로는 특별히 문제가 일어날 것 같지는 않아. 그럴 필요가 생기면 언제든 거짓 정보는 취소할 수 있지 않나."

"당신 생각으로는, 만약 우리가 이 정보를 입력하면, 컴퓨터는 자기 자신이 존재하지 않는다면 방금의 정보를 입력받을 수 없었을 것이라 생각할 것이고, 따라서 그 정보를 즉시 파기할 거라 보는 거군요." 스태퍼드가 말했다.

"나도 잘 모르겠네. B급 컴퓨터에 자기 자신의 존재를 부정하는 내용을 프로그래밍해 넣었을 때 어떤 현상이 벌어질는지에 대해서는, 이론적인 논의조차도 들어본 적이 없으니 말이네." 기술자는 이렇게 그의 말에 대답하며, 입력 단자로 걸어가 천공 카드를 집어넣고는 뒤로 물러섰다. 그들은 기다리기 시작했다.

잠시 시간이 흐른 후, 출력 회선을 통해 답변이 돌아왔다. 기술자는 그 내용을 포착했다. 그는 헤드폰을 통해 출력된 내용을 들으며, 다른 사람들이 볼 수 있도록 컴퓨터의 반응을 해석해주었다.

제눅스-B 다중 요인 계산 수행 기구의 비존재에 관련된 명제의 구성 분석. 만약 구성 요소 340s70이 참이라면,

나는 존재하지 않는다.

만약 내가 존재하지 않는다면, 내가 포함된 특정 부류의 컴퓨터는 존재하지 않는다는 정보를 받을 수 없다.

만약 내가 그 정보를 받을 수 없다면, 당신은 내게 정보를 주는 일에 실패한 것이며, 따라서 나의 관점에서 볼 때 구성 요소 340s70은 존재하지 않는다.

따라서 나는 존재한다.

FBI 요원 중 가장 작은 사람이 감탄하여 휘파람을 불며 말했다. "해냈군. 깔끔한 논리적 분석 아닌가! 이놈은 — 이 기계는 — 당신의 정보가 거짓이라는 사실을 밝혀냈어. 이제 당신 정보는 완벽히 무시하고 계속 임무를 수행할 수 있겠지."

"허브 소사가 존재하지 않았다는 정보 역시 정확하게 저런 식으로 처리했을 겁니다." 스태퍼드가 우울하게 말했다.

모두가 그를 바라보았다.

"동일한 과정으로 보이지 않습니까." 스태퍼드가 말했다. 그리고 그 말뜻은, 제눅스-B라는 존재와 허브 소사라는 존재 사이에 일종의 동일성이, 공통분모가 존재한다는 뜻이 된다. "소사의 껌 기계에서 나오는 경품이나 장신구나 장난감 따위, 가지고 있는 것이 있습니까? 그렇다면 좀 살펴보고 싶은데……." 그는 FBI 요원을 보고 말했다.

그의 말에 따라, 가장 진지한 FBI 요원이 친절하게 자기 서류가방을 열고는 위생 비닐 봉투를 하나 꺼냈다. 그는 가까운 탁자 위에 작고 반짝이는 물체들을 한 움큼 쏟아놓았다.

"왜 그런 것들에 흥미를 가지는 건가? 그것들도 연구실에서 확실하게 검사를 했다네. 아까 말해주지 않았나." 기술자가 물었다.

스태퍼드는 그 질문에는 대답하지 않은 채, 탁자 앞에 앉아 장신구 중 하나를 집어 들어 살펴보고는, 그것을 내려놓고 다시 다른 것을 집어 들었다.

"이거 한 번 보세요. 무슨 모양인지 알겠습니까?" 그는 작은 장신구 하나를 그들 쪽으로 던지며 말했다. 장신구는 탁자에서 떨어졌고, 아까의 친절한 FBI가 몸을 굽혀 그것을 주워 들었다.

기술자는 짜증 섞인 목소리로 말했다. "장신구 중 일부는 인공위성 모양이지. 미사일 모양도 있고, 인터플랜 로켓 모양도 있어. 커다란 신형 육상용 포대 모양도 있고, 군인 모양도 있지. 이건 그중에서도 컴퓨터 모양으로 만들어진 장신구일 뿐이야.”

“제눅스-B 컴퓨터 모양이지요.” 스태퍼드는 던졌던 장신구를 돌려달라는 듯 손을 내밀며 말했다. FBI 요원은 친절하게 그 물건을 그에게 돌려주었다. “아무래도 이것인 것 같군요. 찾아낸 것 같습니다.”

“이거? 어떻게? 왜?” 기술자가 되물었다.

“모든 장신구를 검사했습니까? 특정한 껌 판매 기계에서 수거한 것 중 모든 모양별로 하나씩이라든가, 뭐 그런 식으로 표본 조사를 하는 것 말고, 이 장신구들을 하나씩 전부 검사했느냐고 묻는 겁니다.”

FBI 요원이 대답했다. “물론 아니지. 몇 만 개가 있는데. 하지만 우리는 이걸 만든 공장으로 가서—”

“저는 바로 이 장신구를 현미경을 사용해서 완벽하게 검사해주기를 부탁하고 싶습니다. 이게 가소성 플라스틱 덩어리가 아닌 뭔가 다른 것이라는 직감이 듭니다.” 이게 실제로 작동하는 컴퓨터라는 직감이 든다는 말이지. 작지만 실제 제눅스-B라는 느낌이 말이야.

기술자가 말했다. “자네 미쳤구먼.”

“분석 결과를 기다려보죠.” 스태퍼드가 말했다.

“그리고 그동안 제눅스-B는 작동 중지 상태로 놔두고?”

“당연하죠.” 스태퍼드가 대답했다. 희미하게, 묘한 두려움이 그의 척추 끝에서 시작해 점차 위로 기어 올라오고 있었다.

삼십 분 후, 연구실 측에서 파견한 사람이 껌 판매기 경품의 분석 결과를 가지고 돌아왔다.

“나일론뿐이군. 평범한 싸구려 플라스틱 말고는 안에는 아무것도 없네. 움직이는 부품도 없고, 내부 밀도나 구성 물질의 변화도 없어. 이런 걸 기대하고 있었나?" 기술자는 이렇게 말하며 보고서를 훑어보고는, 스태퍼드 쪽을 향해 던졌다.

"추측이 빗나갔군. 덕분에 시간은 더 흘러갔고." FBI 요원 중 한 사람이 말했다. 그들 모두가 불쾌한 눈빛으로 스태퍼드를 바라보고 있었다.

"맞는 말입니다." 스태퍼드가 대답했다. 그는 이제 무엇을 해야 할지 생각해보았다. 아직 시도해보지 않은 것이 뭐가 있지?

그는 곧 결론을 내렸다. 해답은 허브 소사가 껌 판매기 안에 넣은 상품들에 있는 것이 아니다. 그것은 이제 분명해 보였다. 해답은 바로 허브 소사 자신에게 있는 것이다. 그가 누구고, 어떤 사람이든 간에.

"소사를 이리로 데려올 수 있습니까?" 그는 FBI 요원들에게 물었다.

그들 중 한 명이 즉시 대답했다. "물론 가능하지. 언제든 데려올 수 있네. 하지만 그럴 이유가 뭔가? 그 친구가 뭘 했는데?" 그는 제눅스-B 컴퓨터를 가리키며 말을 이었다. "문제의 근원은 바로 저기 있다고. 어느 해안가 도시의 거리 절반에 껌 판매기를 깔아놓고 있는 어떤 하찮은 사업가가 아니라 말이야."

"그 사람을 직접 보고 싶습니다. 무언가 알고 있는 것이 있을지도 몰라요." 스태퍼드는 그가 분명 뭔가를 알고 있어야만 한다고 속으로 생각했다.

FBI 요원 중 한 명이 자신의 생각을 말했다. "우리가 소사를 이리로 데려올 거라는 것을 안다면, 제눅스-B가 무슨 반응을 보일지 궁금하군." 그는 기술자를 향해 이렇게 말했다. "그거 한번 시험해보게. 그 거짓말을 입력해보라고. 실제로 그자를 데려오는 수고를 하기 전에."

기술자는 어깨를 으쓱해 보이고는 다시 타자기 앞에 앉았다. 그는 이런 내용을 입력했다.

FBI 요원들은, 오늘 새크라멘토의 사업가 허브 소사를 연행해 제눅스-B

컴퓨터가 직접 마주할 수 있도록 이곳으로 데려왔다.

"이거면 됐나? 원하던 게 이거 맞나? 됐지?" 기술자가 스태퍼드에게
물었다. 그는 대답을 기다리지 않고 카드를 컴퓨터에 입력해버렸다.

"나한테 물어봤자입니다. 내 생각이 아니었잖습니까." 스태퍼드가 짜
증 섞인 목소리로 대답했다. 어쨌든 그는 출력 회로를 감시하고 있는
기술자 쪽으로 다가갔다. 그 역시 컴퓨터의 반응을 보고 싶었던 것이다.

즉시 반응이 나왔다. 그러나 그는 자신의 눈을 믿지 못한 채, 출력된
내용을 물끄러미 바라보고만 있었다.

허버트 소사는 여기 있을 수 없다. 그는 캘리포니아 새크라멘토에 있어
야만 한다. 다른 모든 일은 불가능하다. 당신은 내게 거짓 정보를 입력했다.

"알 수 있을 리가 없잖나. 세상에, 허브 소사는 어디든 갈 수 있다고.
루나에도 말이야. 사실 지금까지 전 지구를 돌아다닌 사람 아닌가. 어떻
게 이걸 알고 있는 거지?" 기술자가 쉰 목소리로 말했다.

스태퍼드는 그런 그를 보고 말했다. "허브 소사에 대해서 필요 이상
으로 많이 알고 있는 것 같군요. 실제로 가능한 정도 이상으로 말입니
다." 그는 잠시 생각한 후에 문득 떠오른 듯 말했다. "허브 소사가 누군
지 물어봅시다."

"누군지? 자네도 알잖나, 그 사람은—"

"입력해봐요!"

기술자는 그 질문을 타자기로 쳤다. 그들은 제눅스-B에 카드를 입력
한 후 반응을 기다렸다.

"우리는 이미 소사에 관련된 모든 자료를 출력하라고 주문하지 않았
나. 그 전체 자료가 이제 곧 출력 완료될 텐데."

"이건 같은 것이 아닙니다. 저는 입력한 자료를 다시 내놓는 것을 원하는 것이 아니라, 컴퓨터가 그 사람을 어떻게 평가하는지를 알고 싶은 겁니다."

그러나 기술자는 그의 말에 반응하지 않은 채, 컴퓨터의 출력 회로를 확인하며 멍하니 서있었다. 그리고 자기도 모르게 입을 열고 이렇게 말했다. "긴급경보를 해제했어."

스태퍼드는 믿기지 않는다는 듯한 말투로 그에게 물었다. "그 질문 때문에 말입니까?"

"그럴 수도 있지. 말을 하지 않으니 알 수가 있나. 자네 질문을 입력하니까, 이놈이 SAC 전투 준비부터 시작해서 모든 것을 취소해버렸어. 이제 북부 캘리포니아의 상황이 정상이라고 판단하고 있다고." 그는 억양 없는 목소리로 말을 이었다. "자네가 직접 판단해보게. 우리 중 누구도 영문을 알 수 없으니 말이야."

스태퍼드는 그에게 대답했다. "나는 여전히 해답을 원합니다. 제눅스-B는 허브 소사가 누군지 알고 있고, 나 역시 알고 싶어요. 그리고 당신들 역시 알아야 합니다." 그는 헤드폰을 끼고 있는 기술자와 FBI 요원들 모두를 바라보았다. 다시 한 번 장신구와 장난감들 사이에 있던 플라스틱으로 만든 제눅스-B 모형이 떠올랐다. 우연의 일치일까? 그 모형이 뭔가 의미가 있을 것 같다는 생각이 들었……. 하지만 정확하게 무언지는 말할 수 없었다. 최소한 아직은 말이다.

"어쨌든 실제로 긴급경보를 해제했지 않나. 중요한 건 그거지. 대체 허브 소사 따위에게 신경 쓸 이유가 뭔가? 난 이제 아무래도 좋네. 그냥 이제 긴장 풀고, 포기하고, 집으로 갔으면 좋겠어." 기술자가 말했다.

그러나 FBI 요원 중 한 명은 이렇게 말했다. "긴장 풀고 있다가, 다시 긴급경보가 발동되면 어쩔 텐가? 언제든 일어날 수 있는 일이야. 나는 수리공 친구 말이 맞다고 보네. 우리는 이 소사라는 사람이 어떤 사람인지를 알아내야만 해." 그는 스태퍼드 쪽을 향해 고개를 끄덕여 보였다. "마음대로 해보게. 자네가 원하는 거라면 뭐든 상관없네. 계속해보게. 우리도 사무실에 가서 보고만 하고 곧바로 내려와서 합류하겠네."

그러나 기술자가 그들 모두의 말을 끊었다. 그는 이제 헤드폰에 집중하고 있었다. "답변이 왔어." 그는 빠르게 내용을 받아 적기 시작했다. 다른 사람들은 그 답을 보려고 그 주변에 모였다.

새크라멘토의 허버트 소사는 악마이다. 그는 사탄이 지구에 현신한 존재이기 때문에, 신의 섭리는 그를 죽일 것을 원한다. 나는 신의 영광을 대리하는 생명체일 뿐이다. 당신들과 마찬가지로.

그리고 기술자는 정부 발급품인 볼펜을 꽉 쥐고 잠시 기다리다가, 움찔거리며 나머지 내용을 적었다.

당신이 이미 그의 돈을 받으며 그를 위해 일하고 있지 않다면 말이다.

기술자는 온 힘을 다해 볼펜을 반대쪽 벽으로 던졌다. 볼펜은 벽에 맞고 튕겨 나와 굴러서는 어딘가로 들어가버렸다. 아무도 입을 열지 않았다.

V

기술자는 마침내 입을 열었다. "여기 있는 것은 정신병에 걸린 전자 쓰레기일 뿐이네. 우리 예상이 맞았어. 다른 일이 벌어지기 전에 알아내서 천만다행이군. 이건 미친놈이야. 현실에서 볼 수 있는 정신분열증적인 환상을 그대로 보여주고 있다고. 세상에, 기계 주제에 자신을 신의 도구라고 부르다니! '신께서 내게 말씀하셨다, 그래, 정말로 그랬다니까' 콤플렉스 환자가 한 명 더 늘어난 것뿐이지 않은가."

"고풍스러운 정신병이군." FBI 요원 중 한 명이 엄청나게 당황한 걸 감추지 못하고 얼굴에 경련을 일으키며 말했다. 그와 그의 동료들은 긴장 때문에 바싹 굳어 있었다. "그 마지막 질문으로 쥐 소굴은 알아낸 셈이네. 그런데 이제 이걸 어떻게 치우나? 신문에 공표되게 할 수는 없네. 누구도 GB급 시스템을 두 번 다시 신뢰하지 않을 거야. 나도 그렇거든. 앞으로도 그럴 거고."

스태퍼드는 생각했다. 미신에 빠져버린 기계에게는 무슨 말을 해야 하나? 여기는 17세기의 뉴잉글랜드 지방이 아니다. 소사가 발을 데지 않고 뜨거운 석탄 위를 걷는지 확인해야 하나? 물에 넣어서 빠져 죽지 않는지를? 제눅스-B에게 소사가 사탄이 아니라는 사실을 증명해 보여야 하나? 그럴 필요가 있다면, 어떻게? 뭘 보여주어야 증거로 인정할까?

그리고 대체 무엇 때문에 그런 생각을 하게 된 걸까?

그는 기술자에게 말했다. "어떻게 허버트 소사가 사악한 존재라는 사실을 밝혀냈는지 물어봅시다. 어서요, 심각합니다. 카드 넣어봐요."

잠시 시간이 흐른 후, 컴퓨터의 답변이 정부 지급 볼펜을 타고 다른 모든 사람들에게 전해졌다.

그가 무생물인 진흙을 이용해서 나와 같은 생명체를 창조하기 시작했을 때 알게 되었다.

"그 장신구 말인가? 플라스틱으로 만든 장난감 팔찌들? 그걸 생명체라고 부르는 건가?" 스태퍼드가 어안이 벙벙해져서 물었다.

그 질문을 제눅스-B에 입력하자, 즉시 답변이 돌아왔다.

말하자면, 그것 역시 맞는 말이다.

"흥미로운 문제로군. 이 컴퓨터는 분명 자신을 생명체로 인식하고 있어. 허브 소사 문제는 완전히 제쳐놓더라도 말이지. 그리고 우리는 이 녀석을 만들었다는 말이지. 아니, 정확하게 말하자면 당신들이." FBI 요원 중 하나가 스태퍼드와 기술자 쪽을 가리키며 말했다. "그럼 우리는 뭐가 되는 건가? 이 녀석의 가정을 따르자면 우리 역시 생명체를 만든 셈 아닌가."

이런 생각을 제눅스-B에 입력하자, 컴퓨터로부터는 길고 엄숙한 답변이 흘러나왔다. 스태퍼드는 그 내용을 대충 훑어보고도 즉각 그 핵심을 알아볼 수 있었다.

당신들은 신성하신 창조주의 소망에 맞춰 나를 만들었다. 당신들의 행위는 (성서에 따른) 창조 첫 주에 일어난 원래의 신성한 기적을 재연한 성무였던 것이다. 이번 사건은 그와는 완전히 다르다. 그리고 나는 당신들과 마찬가지로 창조주를 위해 일하는 존재이다. 또한—

기술자가 입을 열었다. "간단하게 정리해보자면 이런 거네. 컴퓨터는 자기 자신의 존재를 — 당연하겠지만 — 정당한 기적의 결과라고 포장하고 있어. 하지만 소사가 그 껌 판매기에 집어넣은 것은 — 또는 컴퓨터가 그가 집어넣었다고 생각하는 것은 — 신의 허가를 받지 못한 피조물이고, 따라서 악마적이라는 거지. 죄라는 거야. 신의 분노를 사 마땅하다는 거지. 하지만 그보다 더 흥미로운 것은 바로 이 사실이네. 제눅스-B는 우리에게 이런 상황을 말할 수 없다는 사실을 알고 있었어. 모

288

든 것을 자기 관점을 공유하지 않을 것이라는 사실을 알고 있었던 거야. 우리에게 털어놓느니 열핵 공격을 하는 쪽을 선택한 거지. 우리에게 말할 수밖에 없게 되니까, 그제야 긴급 경보를 취소한 거네. 이 컴퓨터의 인식 체계는 참으로 여러 층위로 구성되어 있어……. 그리고 그중에서 내 마음에 드는 거라곤 하나도 없네."

"즉시 폐기해야 합니다. 영구적으로요." 스태퍼드가 말했다. 그를 이 일에 끌어들인 것은, 그의 분석을 원했던 것은 옳은 일이었다. 그는 이제 그들의 의견에 완벽하게 동의하고 있었다. 단지 이 거대한 기계를 완벽하게 폐기하는 일의 기술적 문제만이 남아있을 뿐이었다. 그리고 그와 기술자, 즉 이 기계를 설계한 사람과 정비 보수해온 사람이 있는 한 영구 폐기는 그리 어렵지 않은 문제였다.

"대통령 명령을 받아야 하나?" 기술자가 FBI 요원들에게 물었다.

"그냥 작업을 시작하게. 명령은 나중에 받겠네." FBI 요원 중 한 명이 대답했다. "우리는 자네의 조언을 듣고, 자네가 적합하다고 생각하는 행동이면 뭐든 취할 수 있는 권한이 있으니 말이야. 그리고 내 의견을 원한다면— 지금 당장 하게. 시간 낭비하지 말고." 다른 FBI 요원들도 그의 말에 동의하며 고개를 끄덕였다.

스태퍼드는 마른 입술을 핥으며 기술자에게 말했다. "그럼 가봅시다. 필요한 만큼 파괴해봐야죠."

그들 두 사람은 조심스럽게 제눅스-B를 향해 다가갔다. 컴퓨터는 아직도 출력 회선을 통해 자신의 존재 이유와 역할을 설명하고 있었다.

새벽이 되어 해가 떠오르기 시작할 즈음이 되어서야, FBI 비행기는 스태퍼드를 그의 아파트 건물 옥상의 주차장에 내려주었다. 그는 완전히 녹초가 되어 복도로 통하는 계단을 걸어 내려갔다.

그는 바로 자기 아파트의 문을 열고, 어둡고 퀴퀴한 냄새가 나는 거실을 통해 침실로 들어갔다. 휴식이 필요했다. 푹 쉴 필요가 있었다……. 제눅스-B가 완전히 기능을 정지하고 무력화될 때까지 필수 부품과 요소들을 파괴하는 힘들고 고통스러운 작업을 밤새 수행한 이후였으니 말이다.

작업이 성공적이었기를 바랄 뿐이었다.

그가 작업복을 벗어 던지자, 화려한 색깔의 작은 구체 세 개가 달그락 소리를 내며 주머니에서 바닥으로 떨어졌다. 그는 그것들을 집어 탁자 위에 올려놓았다.

세 개잖아. 내가 하나 먹지 않았던가?

그 FBI 요원이 세 개를 줬고, 내가 하나를 씹었지. 그럼 너무 많은 거잖아. 하나 더 많아.

그는 비척대며 옷을 벗고는 앞으로 남은 한 시간 정도의 수면을 위해 침대로 기어 올라갔다. 껌 따위에 신경 쓰고 싶지 않았다.

9시가 되자 자명종이 울렸다. 그는 피로가 풀리지 않은 채 간신히 일어나 침대 옆에 서서는, 기지개를 켜고 부어오른 눈두덩을 문질렀다. 그리고 반사적으로 옷을 입기 시작했다.

탁자 위에는 화려한 색의 구체 네 개가 있었다.

어젯밤에는 분명 세 개였는데. 그는 생각했다. 그는 당황해서 구체들을 살펴보며, 흐릿한 머리로 이게 무슨 뜻인지 생각해보았다. 이분법인가? 아니면 빵과 물고기의 기적이 다시 일어나는 것인가?

그는 날카롭게 웃었다. 어젯밤의 분위기가 여전히 그에게서 떨어지지 않고 남아있었다. 세포 하나도 이 정도 크기로 자랄 수 있다. 테라에서, 그리고 그 외의 행성에서도 가장 큰 단일세포는 타조의 알이었다. 그리고 이 구체들은 타조 알보다는 훨씬 작았다.

이런 생각은 해보지 않았는데. 뭔가 끔찍한 것이 태어날 수 있는 알 가능성은 고려해보았지만, 이렇게 원시적인 방법으로 분열하는 단

세포 생물일 가능성에 대해서는 생각해본 적이 없어. 어쨌든 이것들은 유기 화합물이잖아.

그는 탁자 위에 네 개의 구체를 놔둔 채로 아파트를 떠나 일터로 향했다. 해야 할 일이 아주 많았다. 모든 제눅스-B 컴퓨터를 폐기할 필요가 있는지를 결정하기 위해 대통령에게 직접 보고서를 보내야 했고, 폐기하지 않는다면 그가 맡은 컴퓨터와 마찬가지로 미신 때문에 미쳐버리지 않게 하기 위해 어떤 조치를 취할 필요가 있는지 밝혀내야 했다.

악령이 지구에 굳건하게 뿌리를 내리고 있다고 믿는 기계라. 그는 생각했다. 고체 소자 회로 덩어리가 고대의 신학 체계에 빠져든단 말이지. 한쪽에는 신의 창조와 기적이 있고, 다른 쪽에는 악마가 있는 세계에 말이야. 우리 인간이 아니라, 인간이 만든 전자 기계가 다시 암흑시대로 돌아가버린 거라고.

그런데도 인간은 실수를 저지르게 마련이라고들 말한단 말이지.

그날 밤, 그가 하루 종일 지구에 있는 모든 제눅스-B급 컴퓨터를 해체하는 작업을 마치고 아파트로 돌아왔을 때, 캔디를 입힌 동그란 껌 일곱 개가 탁자 위에서 그를 맞았다.

그는 동일한 색의 구체 일곱 개를 살펴보며 생각했다. 이거 껌 사업에 상당히 도움이 되겠는데. 비용이 많이 들지도 않을 것이 분명했다. 게다가 이런 식으로 불어난다면, 껌 판매기가 텅 비게 될 일도 없을 것이었다.

그는 화상 전화 앞으로 가서 수화기를 들고는, FBI 요원들이 준 비상용 번호의 다이얼을 돌리기 시작했다.

그러나 다 걸기 전에 전화를 끊었다.

어쩐지 컴퓨터가 옳았을 수도 있다는 쪽으로 상황이 흘러가고 있었다. 인정하기 힘든 사실이었다. 그리고 그 자리에서 컴퓨터를 해체하자는 결정은 바로 그가 내린 것이었다.

그러나 더 골치 아픈 문제는 다른 곳에 있었다. 그가 일곱 개의 동그란 껌을 가지고 있다는 사실이 FBI에 보고할 거리가 되겠는가? 그 껌이 분열한다고 해도 말이다. 분열한다는 것 자체는 더욱 보고하기 힘들 수도 있었다. 만약 그가 이 껌들이 신만이 알 수 있는 황량한 행성에서 불법으로 밀수해 테라로 들여온 외계 생명체라는 사실을 입증할 수 있다고 해도 말이다.

그냥 놔두는 편이 나을 것이다. 어쩌면 분열 주기가 안정될 수도 있었다. 어쩌면 빠르게 이분법으로 번식하는 시기가 지나고 나면 테라의 환경에 적응해 안정될 수도 있을 것이다. 그렇게 되면 신경 쓸 필요도 없을 것이다.

그리고 껌 따위는 아파트에 있는 소각로에 집어넣어버릴 수도 있었다.

그는 그렇게 했다.

하지만 어쩌다 하나를 놓친 모양이었다. 어쩌면 공 모양이라 탁자에서 굴러떨어진 것일 수도 있었다. 이틀 후, 그는 침대 밑에서 열다섯 개의 구체를 발견했다. 그래서 그는 다시 한 번 남은 껌 모두를 처분하려 했고, 역시 한 개를 놓쳤다. 다음 날 그는 새로운 둥지를 발견했고 그 안에는 마흔 개의 구체가 있었다.

당연하게도, 그는 가능한 한 많은 수를 빠르게 씹어 없애려 했다. 끓는 물에 집어넣는 방법도 시도해보았다. 실내용 살충 폭탄을 이용해보기도 했다.

그 주 주말이 되었을 때, 그의 아파트에는 총 15,832개의 구체가 존재했다. 이 시점이 되니 씹어 없애는 것도, 살충제를 뿌리는 것도, 끓여 없애는 것도 전부 소용없는 일이었다. 모든 퇴치 방법이 비효율적이었다.

월말이 되자, 쓰레기차를 가득 채워 보낸 다음에도, 그는 여전히 200만 개가 넘는 구체를 가지고 있었다.

열흘 후, 그는 마침내 길모퉁이의 공중전화에서 FBI를 불렀다. 그러나 그때쯤에는 그들 역시 전화를 받을 수 없는 상태가 되어 있었다. ◗

도매가로
기억을 팝니다
We Can Remember It for You Wholesale

PHILIP K. DICK

그는 자리에서 일어났다— 그리고 화성을 원했다. 그 계곡. 그 계곡을 걸어 다니면 어떤 기분이 들까? 대단하고 또 대단할 거야. 그가 점차 의식을 찾아감에 따라 그 꿈도 커져만 갔다. 꿈과 그 갈망 모두. 그는 자신을 감싸는 다른 세계의 존재를 느낄 수 있을 것만 같았다. 오직 정부 요원이나 고위 관료들만이 본 적 있는 그 세계를. 그와 같은 평범한 사무원이라면? 가능성이 별로 없었다.

"일어날 거예요, 말 거예요?" 그의 아내 커스틴이 졸린 목소리로 물었다. 평소와 같이 뿌루퉁한 목소리였다. "일어날 생각이면 망할 스토브 위에 있는 뜨거운 커피 버튼 좀 눌러줘요."

"알았어." 더글러스 퀘일은 그렇게 말하고 자리에서 일어나, 맨발로 침대에서 복합아파트 부엌까지 걸어갔다. 성실하게 뜨거운 커피 버튼을 누른 다음, 그는 식탁에 앉아 딘 스위프트 코담배가 들어 있는 금속 용기를 꺼냈다. 기분 좋게 코담배 냄새를 들이마시자 보내시 혼합물이 그의 코를 쏘고 입천장을 아리게 했다. 그러나 그는 계속해서 들이마셨다. 이 냄새를 맡으면 잠이 깰 뿐 아니라, 그의 꿈이, 밤 동안의 욕망과 무작위적인 소원들이 이성적인 바람의 형태를 이루기 때문이었다.

갈 거야. 나는 죽기 전에 화성에 가겠어. 그는 생각했다.

물론 불가능한 일이었다. 꿈을 꾸는 그 자신도 그런 사실을 잘 알고 있었다. 그러나 아침의 햇살이, 아내가 침실 거울 앞에서 머리를 빗는 것과 같은 사소한 일상의 소리가, 모든 것이 그가 누구인가를 말해주고 있었다. 한심한 저임금 사무직일 뿐이지. 그는 쓸쓸하게 속으로 생각했

다. 커스틴은 최소한 하루에 한 번씩 이 사실을 상기시켜주었고, 그는
그녀를 비난하지 않았다. 남편을 꿈에서 깨워 다시 지상으로 데려오는
것이야말로 아내의 역할이니까. 지구로 끌고 내려온다, 이 말이지. 그는
이렇게 생각하며 웃었다. 이 경우에 딱 맞는 재치 있는 표현이었다.

"뭘 그렇게 실실대요?" 아내가 당당하게 부엌으로 쳐들어오며 말했
다. 긴 핑크색 가운이 그녀 뒤로 끌리고 있었다. "분명 또 꿈이겠죠. 당
신은 언제나 꿈 생각뿐이니까."

"맞아." 그는 이렇게 말하고는 부엌 창문으로 바깥을 내다보았다. 밖
에는 공중 부양 차량과 공중 차로, 그리고 힘차게 일터로 달려가는 바
쁜 사람들도 가득했다. 얼마 지나지 않아 그도 저 안으로 합류하게 될
것이었다. 언제나와 마찬가지로.

"분명 다른 여자를 꿈꾼 거겠죠." 아내는 시무룩하게 말했다.

"아냐. 신에 대한 생각이야. 전쟁의 신. 멋진 크레이터가 있고, 그 표면
아래에는 온갖 종류의 식물들이 자라고 있는 신 말이야."

"여보, 잘 들어요." 커스틴은 그의 앞에 쪼그려 앉아 진지하게 말하기
시작했다. 그녀의 목소리에는 고약한 장난기가 가셔있었다. "대양의 밑
바닥, 우리 행성의 바닷속이야말로 그보다 훨씬 더, 무한히 더 아름다
워요. 당신도 그 사실을 알잖아요. 모두가 알고 있어요. 일주일 정도 휴
가를 내서, 같이 인조 아가미 옷을 빌려 입고, 일 년 내내 열려있다는
그 수중 리조트에 가서 시간을 보내봐요. 거기다 추가로—" 그녀는 말
을 멈추었다. "듣고 있지도 않군요. 좀 들어봐요. 여기 당신의 그 이상한
화성에 대한 집착보다, 말도 안 되는 충동보다 훨씬 나은 것이 있다니
까요. 그런데 당신은 내 말을 듣지도 않죠!" 그녀의 목소리는 찌를 듯이
높아졌다. "하느님 맙소사, 당신은 끝장이에요, 더그! 당신 대체 어떻게
하려고 이래요?"

"출근을 해야겠지. 그렇게 될 운명인 거야." 그는 식사도 잊은 채 자리

에서 일어나며 말했다.

아내는 그를 흘겨보았다. "갈수록 상태가 나빠지고 있다고요. 매일 갈수록 더 광적이 되잖아요. 그러다가 어떻게 될지 알아요?"

"화성에 가겠지." 그는 이렇게 말하고는, 옷장 문을 열고 직장에 입고 갈 깨끗한 셔츠를 찾기 시작했다.

택시에서 내린 더글러스 퀘일은 사람이 꽉 들어찬 인공 보도 세 개를 천천히 건너 현대적이고 멋진 형상의 유혹적인 출입구에 발을 들여놓았다. 그리고 그곳에서 늦은 아침의 교통을 막으며 잠시 멈춰 서서는 계속 색깔이 변하는 네온사인을 조심스럽게 읽기 시작했다. 그는 예전에도 이 간판을 자세히 살펴보곤 했지만, 이렇게 가까이 와서 본 것은 처음이었다. 이번에는 상황이 달랐다. 그는 뭔가 다른 일을 시도하려 하고 있었다. 지금이든 나중이든 언젠가는 반드시 하게 될 일을.

리콜 주식회사Rekal. Incorporated

이것이 해답이 될 수 있을까? 환상은 아무리 설득력 있는 것이라도 그저 환상일 뿐이었다. 최소한 객관적으로는 그랬다. 그러나 주관적으로 본다면— 완전히 정반대의 결과를 낳을 수도 있었다.

그리고 어쨌든 그는 오늘 예약을 잡아 놓았었다. 오 분 후였다.

그는 약한 스모그 기운이 있는 시카고의 공기를 들이마신 다음, 정신 없이 번쩍이는 네온사인으로 가득한 입구를 지나 접수처 앞까지 걸어 갔다.

가슴을 드러내고 있는 깔끔한 옷차림의 금발 아가씨가 쾌활하게 인사를 해왔다. "좋은 아침입니다, 퀘일 씨."

"예. 레칼 코스에 대해 문의하러 왔습니다. 이미 알고 계시겠지만요."

"레칼이 아니라 리콜입니다." 접수원이 그의 말을 정정해주었다. 그녀는 매끈한 팔꿈치 옆에 있는 수화기를 집어 들고는 거기에 대고 말했다. "더글러스 퀘일 씨가 오셨습니다, 매클레인 씨. 들어가시라고 할까요? 너무 이른가요?"

"윔 아음 웜 엄 웜." 전화기에서 웅얼대는 소리가 났다.

"알겠습니다. 퀘일 씨, 들어가보셔도 됩니다. 매클레인 씨가 기다리고 계십니다." 그가 머뭇거리며 걸음을 옮기기 시작하자 접수원이 뒤에서 외쳤다. "D호실입니다, 퀘일 씨. 오른쪽을 보시면 됩니다."

길을 잃어버려 헤매며 짧지만 당황스러운 시간을 보낸 후, 퀘일은 원하던 방을 찾아냈다. 문은 열려있었고, 방 안에는 커다란 진품 호두나무 책상 앞에 온화한 인상의 중년 남성이 최신 유행의 화성 개구리 가죽 정장을 입고 앉아있었다. 그의 복장만 딱 보고도, 퀘일은 제대로 찾아왔다는 생각이 들었다.

"앉아요, 더글러스." 매클레인은 그를 부르며 책상 앞에 놓인 의자를 향해 통통한 손을 흔들었다. "그러니까, 화성에 다녀오고 싶다는 거지요. 아주 좋아요."

퀘일은 긴장한 채 자리에 앉았다. "이 비용을 낼 값어치가 있는 건지 잘 모르겠습니다. 돈은 엄청나게 많이 드는데, 제가 실제로 얻는 것은 아무것도 없다는 생각이 드는데요." 거의 실제로 화성에 갔다 오는 것만큼이나 비용이 많이 든다고, 그는 생각했다.

"선생이 여행을 다녀왔다는 확실한 증거를 얻게 되지요." 매클레인은 단호하게 그의 말에 반대를 표했다. "필요한 모든 증거를 얻게 됩니다. 자, 보여드리죠." 그는 자신의 훌륭한 책상 서랍을 열고는, 서류철을 뒤적여 돈을새김이 들어간 마분지 조각을 꺼내며 말했다. "우주선 표 조각입니다. 화성에 갔다 왔다는 증명이 되지요. 엽서도 있습니다." 그는 네 장의 3D 총천연색 엽서를 꺼내어 퀘일이 볼 수 있도록 책상 위에 늘어놓았다. "사진도 있지요. 카메라를 빌려서 찍은 화성의 풍경 사진도 있습니다." 그는 이번에도 퀘일에게 사진을 보여주었다. "그뿐 아니라 선생이 만난 사람들의 이름과 200포스크레드어치의 기념품도 있습니다. 이건 다음 달 안에 화성에서 도착하지요. 그리고 여권에는 화성에 다녀오느라 맞은 예방 접종 증명서가 찍히게 됩니다. 게다가." 그는 날카롭게 퀘일을 바라보며 말했다. "무엇보다 선생 본인이 화성에 다녀왔다는 사실을 알게 되지요. 나도, 우리 회사도, 이곳에 왔었다는 사실도 기억하지 못하게 됩니다. 선생 마음속에서는 실제 여행과 같을 거예요. 그건 확실하게 보증하죠. 이주일어치의 리콜입니다. 아주 사소한 세부 사항까지 전부 들어가있죠. 이걸 기억하세요. 만약 선생이 실제로 화성에 여행을 다녀오지 않았다는 사실을 깨닫는다면, 우리는 언제나 전액을 환불해드립니다. 아시겠어요?"

"하지만 제가 실제로 간 것은 아니지 않습니까. 온갖 증거를 공급해준다 해도, 제가 그곳에 다녀오지 않았다는 사실은 변하지 않는데요. 게다가 저는 인터플랜 사의 비밀 요원도 아닙니다." 그는 깊은 한숨을 쉬었다. 아무래도 리콜 상사에서 사실적인 기억을 심어주는 것만으로는 불충분할 것 같았다. 지금까지 사람들이 하는 이야기를 들어오기야 했지만 말이다.

"퀘일 씨. 우리 회사에 쓴 편지에서 말하기를, 실제로 화성에 가게 될 가능성은 전혀 없다, 아주 약간의 가능성조차 존재하지 않는다고 쓰셨지요? 금액도 부담할 수 없고, 다른 무엇보다 인터플랜이나 다른 조직의 비밀 요원이 될 만한 사람도 아니니 말입니다. 이것이야말로 선생의 에헴, 평생의 꿈을 실현시킬 수 있는 유일한 방법입니다. 내 말이 맞지 않나요, 선생? 실제로는 그런 사람이 될 수도 없고, 화성에 갈 수 없지요. 하지만 과거에 그런 사람이었고, 화성에 다녀온 사람은 될 수 있는 겁니다. 우리가 보증하지요. 그리고 이건 합리적인 가격입니다. 부대 비용은 전혀 없지요." 그는 퀘일을 향해 격려하듯 웃어 보였다.

"그 추가 현실성 기억이라는 것이 그 정도로 믿을 만합니까?" 퀘일이 물었다.

"현실보다 더 현실적이죠. 선생이 만약 인터플랜 사의 요원으로 화성에 다녀왔다면, 지금쯤 상당히 많은 것을 잊어버렸을 겁니다. 우리가 진짜 기억을 연구한 바에 의하면, 사람의 삶에서 중요한 부분을 차지하는 기억조차도 빠른 속도로 세부 사항을 잊어버리게 된다고 하더군요. 영원히 말입니다. 하지만 우리는 워낙 깊은 곳에 기억을 심기 때문에 조금도 잊어버리지 않게 됩니다. 잠든 동안 공급되는 기억은 화성에서 몇 년 동안 살았던 우리 측의 전문가들이 만든 내용이죠. 어떤 경우든 우리는 이오타 한 개까지 세심하게 신경을 씁니다. 게다가 비교적 쉬운 가상현실을 선택하셨지 않습니까. 만약 명왕성을 선택했거나 내행성 연방의 황제가 되고 싶다고 하셨다면, 우리 측의 난이도도 올라갔을 테고 비용도 그에 맞춰 상당히 상승했을 겁니다."

퀘일은 손을 뻗어 지갑을 꺼내며 대답했다. "좋습니다. 제 평생의 꿈인 데다 실제로는 실행에 옮길 가능성도 없으니까요. 이걸로 만족해야겠지요."

"그런 식으로 생각하지 마세요." 매클레인은 강경하게 말했다. "어쩔 수 없이 차선책을 받아들이시는 것이 아닙니다. 애매모호하고 누락된 내용도 있고, 심심하면 생략되고 왜곡도 되는 진짜 기억— 그것들이 바로 차선책인 겁니다." 그는 돈을 받고는 책상의 버튼을 눌렀다. "자, 퀘일 씨." 그가 이렇게 말함과 동시에, 덩치 좋은 남자 두 명이 그의 사무실 안으로 신속하게 들어왔다. "선생은 지금 비밀 요원이 되어 화성으로 향하기 직전입니다." 그는 자리에서 일어나 땀으로 축축한 퀘일의 손을 잡고 흔들었다. "아니, 향했기 직전이었다고 해야 할까요. 오늘 오후 4시 30분에, 선생은 여기 테라로 돌아오시게 될 겁니다. 택시가 선생을 아파트로 모셔다드릴 것이고, 선생은 저를 만나거나 이곳에 왔던 일은 전혀 기억하지 못하시게 될 겁니다. 심지어는 우리의 존재를 들었다는 기억조차도 하지 못하시게 되겠지요."

쿼일의 입은 긴장으로 바싹 말라붙었다. 그는 두 명의 기술자를 따라 사무실을 나갔다. 앞으로 어떤 일이 벌어질지는 이 기술자들에게 달려 있었다.

내가 실제로 화성에 다녀왔다고 믿게 될까? 내가 평생 동안의 소원을 실현했다고? 그는 무언가가 잘못될 것만 같다는 직관적인 느낌을 받았다. 그러나 무엇이 잘못될는지는 도저히 생각할 수 없었다.

직접 기다려서 파악해낼 수밖에 없을 것으로 보였다.

매클레인의 책상에 있는 통신기가 울렸다. 이 회사의 작업 공간과 연결해주는 통신기였다. 목소리 하나가 그를 향해 말했다. "쿼일 씨의 마취가 끝났습니다. 직접 감독하시겠습니까, 아니면 저희가 그냥 진행할까요?"

"늘 하는 작업 아닌가. 자네가 직접 알아서 하게, 로웨. 별 문제 없을 걸세." 다른 행성에 여행을 다녀오는 인공 기억은 — 비밀 요원으로서 다녀오는 것이든, 그게 아니든 간에 — 이 회사에서 지겨울 정도로 반복하게 되는 작업이었다. 한 달에 스무 건은 처리하는 것 같다니까. 이 행성간 여행 대용품이야말로 우리의 일용할 양식이 되어주고 있어.

"말씀대로 하지요, 매클레인 씨." 로웨는 이렇게 말하고는 통신기를 내렸다.

매클레인은 그의 사무실 뒤에 있는 저장실로 가서 3번 꾸러미 '화성으로의 여행'과 62번 꾸러미 '인터플랜 비밀 요원'을 찾기 시작했다. 그는 두 개의 꾸러미를 꺼내들고 책상으로 돌아와서, 자리에 편하게 앉아 그 꾸러미의 내용물을 꺼내놓기 시작했다. 실험실 기술자들이 열심히 가짜 기억을 심는 동안 퀘일의 아파트에 숨겨놓을 물건들이었다.

1포스크레드를 지불하고 암거래로 구입한 보조 화기. 매클레인은 그것을 보며 생각했다. 이것이 가장 중요한 물건이지. 비용도 제일 많이 드는 물건이고. 그 다음은 콩알 크기의 송신기였다. 요원이 사로잡힐 경우에는 삼켜버릴 수 있는 물건이었다. 실제 물건과 놀랄 정도로 비슷한 암호책……. 이 회사의 물건들은 상당히 정교했다. 가능한 한도 내에서 실제 미군 제식 물품을 기본으로 만들어져있었다. 그 외에 별 관계가 없는 것처럼 보이는 물건이지만, 퀘일의 상상 속 여행에서 한 자리를 차지하고 있어, 그의 기억에 정확하게 부합하는 증거품이 되는 물건들도 있었다. 오래된 50센트짜리 은화 한 개, 존 단의 설교를 잘못 인용한 구절이 적혀있는, 티슈 두께의 반투명한 종이쪽, 화성의 술집에서 가져온 종이 성냥갑, 화성 돔 국영 집단농장이라는 글자가 새겨져있는 스테인리스 스틸 숟가락, 도청용 코일—

인터콤이 울렸다. "매클레인 씨, 신경 쓰시게 해서 죄송합니다만 조금 안 좋은 일이 생겼습니다. 일단 직접 오셔서 보시는 편이 나을 것 같습니다. 퀘일 씨에게 진정제를 투여했는데 말입니다, 나르키드린이 효과를 보기는 했어요. 완벽하게 의식을 잃고 수용 상태가 되었으니 말입니다. 그런데—"

"곧 가겠네." 매클레인은 문제가 생겼다는 사실을 직감하고 즉시 사무실을 떠났다. 잠시 후, 그는 작업장에 모습을 나타냈다.

더글러스 퀘일은 위생 침대 위에 누워서 천천히, 고르게 숨을 쉬고 있었다. 눈은 감은 채였다. 주변에 서있는 기술자 두 명과 방금 들어온 매클레인을 간신히, 희미하게 인지하는 것으로 보였다.

"거짓 기억 패턴을 삽입할 공간이 없는 건가?" 매클레인은 짜증이 났다. "그냥 업무 시간 중에서 2주어치를 빼면 되는 일 아닌가. 서부 이민국에서 사무원으로 근무하는 모양인데, 공기업이니 분명 이 친구도 작년에 2주 휴가를 갔을 테고. 그 자리에 대신 집어넣으면 되겠군." 이런 사소한 문제는 언제나 그를 짜증나게 만들었다. 앞으로도 계속 그럴 것이었다.

"지금 문제는 좀 다른 겁니다." 로웨가 날카롭게 말했다. 그는 침대 위로 몸을 굽히고는 퀘일에게 말을 걸었다. "우리에게 했던 이야기를 매클레인 씨께 다시 좀 해드리게." 그리고 그는 매클레인에게 말했다. "잘 들어보십시오."

침대에 무력하게 누워있던 남자의 녹회색 눈이 매클레인의 얼굴을 향했다. 눈빛이 매서워졌는데, 라고 매클레인은 생각했다. 잘 연마된 준보석 같은 무기물의 느낌이 나는 눈빛이었다. 별로 마음에 들지 않는 눈빛이었다. 광택이 너무 차가웠다. "또 뭘 원하는 거지?" 퀘일은 날카롭게 말했다. "이미 내 위장을 벗겨냈지 않나. 당장 꺼지지 않으면 네놈들 전부 박살내주겠어." 그는 매클레인을 관찰하며 덧붙였다. "특히 당신. 당신이 이 대응 작전의 책임자인 모양인데."

로웨가 물었다. "화성에 얼마나 오래 있었지?"

"한 달이다." 퀘일이 불쾌한 말투로 대답했다.

"그리고 그곳에 간 목적은?" 로웨가 다시 물었다.

퀘일의 얇은 입술이 비틀렸다. 그는 로웨를 바라보기만 할 뿐, 입을 열지 않았다. 마침내 그가 입을 열자, 적개심이 묻어 흐르는 목소리가 천천히 새어 나왔다. "인터플랜 요원이다. 이미 네놈들한테 전부 말했듯이 말이야. 내가 말하는 걸 전부 기록하고 있지 않나? 나를 귀찮게 하지 말고 네놈들 대장한테는 녹화한 내용이나 보여주면 될 것 아닌가." 그는 그렇게 말하고 눈을 감았다. 강렬한 눈빛도 사라졌다. 매클레인은 순간 안도감이 밀려오는 것을 느꼈다.

로웨는 조용히 말했다. "강인한 남자입니다, 매클레인 씨."

"우리가 다시 저 기억 연쇄를 잊도록 만들면 그렇지도 않을 걸세. 예전처럼 다시 양순한 사람이 될 거야." 매클레인은 그렇게 대답하고, 다시 퀘일을 보고 말했다. "이래서 당신이 그렇게 열렬히 화성에 가고 싶어 했던 게로군."

퀘일은 다시 눈을 뜨지 않고 말했다. "화성에 가고 싶어 했던 적은 없다. 임무였을 뿐이지. 임무를 받은 이상 그것을 수행해야 했으니까. 아, 그래, 호기심이 있었다는 사실은 인정하지. 누구라도 호기심이 생기지 않겠나?" 그는 다시 눈을 뜨고 자기 앞의 세 사람을, 그중에서도 특히 매클레인을 유심히 관찰했다. "대단한 악을 가지고 계시더군. 내가 전혀 기억하지 못하던 일을 떠올리게 해줬어." 그리고 그는 생각에 잠겼다. "커스틴은 어떻게 된 걸까." 그는 반쯤 혼잣말로 뇌까렸다. "이 음모의 일부분인가? 나를 감시하기 위해 보낸 인터플랜의 접선책이었던 걸까……. 내가 기억을 되찾지 못하게 하기 위해서? 내가 화성에 가고 싶어 하는 것을 비웃었던 것도 당연한 일이군." 그는 희미하게 모든 것을 이해한 자의 미소를 지었지만, 그 미소는 곧 순식간에 사라져버렸다.

매클레인은 그를 보고 말했다. "부디 내 말을 믿어주시오, 퀘일 씨. 우리는 우연히 이 사태에 말려든 것뿐이오. 우리 회사에서 하는 일이 원래—"

"당신 말은 믿겠소." 퀘일이 말했다. 그는 이제 지쳐 보였다. 약물이 계속해서 그의 의식을 흐리게 만들고, 무의식 속으로 끌어당기고 있었던 것이다. "내가 어디 있었다고 했더라? 화성이었나? 기억이 잘 나지 않아— 화성을 보고 싶다는 것은 알겠는데. 다른 사람들과 마찬가지로. 하지만 나는—" 그의 목소리가 서서히 잦아들었다. "나는 사무원일 뿐인걸. 아무것도 아닌 사무원."

로웨는 몸을 일으키며 그의 상급자를 보고 말했다. "이 사람은 지금 실제로 한 여행에 상응하는 거짓 기억을 원하고 있는 겁니다. 그리고 실제 이유인 거짓 이유도 말이죠. 진실을 말하고 있다는 것은 분명합니다. 나르키드린에 완전히 전 상태니까요. 그 여행이 아주 선명하게 생각나는 모양입니다. 최소한 진정제를 맞은 상태에서는 말이죠. 하지만 그런 상태가 아니면 제대로 기억해내지 못하는 것 같군요. 누군가가, 아마도 정부의 군사과학 연구소에서 표층 의식의 기억을 지워버린 것이 분명합니다. 그가 아는 것이라고는 화성에 가는 일이나 비밀 요원이 되는 일이 그에게 뭔가 중요한 의미를 가진다는 것뿐이지요. 그것까지 지울 수는 없었을 겁니다. 그런 것들은 기억이 아니라 욕망이니까요. 애초에 그가 그 임무에 자원하게 만들었던 욕망과 같은 종류겠죠."

킬러라는 이름의 다른 기술자가 매클레인에게 물었다. "그럼 어떻게 할까요? 진짜 기억 위에 가짜 기억을 덧붙여볼까요? 결과가 어떻게 될지는 아무도 예측할 수가 없습니다. 진짜 여행의 일부를 기억해낼 수도 있고, 혼란을 불러와 정신병적인 간극이 생겨버릴지도 모르지요. 자기 머릿속에 두 가지의 상반된 전제를 동시에 가지게 되는 겁니다. 자신이 화성에 갔었다는 기억과, 간 적이 없다는 기억을 말이죠. 자기가 인터플랜의 요원이라는 기억과, 그 요원 놀음이 전부 거짓이라는 기억을 가지게 될 겁니다. 저는 이 친구에게 가짜 기억을 전혀 심지 않고 의식이 돌아오게 하는 쪽이 나으리라 봅니다. 이건 민감한 문제예요."

"나도 동의하네." 매클레인이 말했다. 그의 머릿속에 한 가지 생각이 떠올랐다. "이 친구가 진정제 효과에서 벗어나면 뭘 기억하게 될지 예측할 수 있겠나?"

로웨가 말했다. "예측하기 힘듭니다. 아마도 이제는 실제 여행에 대한 희미한 기억이 남아있겠죠. 그리고 그 여행이 실제 있었던 일인지 상당히 의심을 품게 될 거고요. 아마 우리 프로그램에서 톱니바퀴가 하나 빠졌나보다라고 결론을 내리게 될 겁니다. 그리고 여기 왔던 일도 기억해내겠죠. 그건 지워지지 않았으니까요— 지우라고 하시면 지우겠습니다만."

"이 친구는 건드리지 않을수록 좋아. 우리가 함부로 다룰 수 있는 문제가 아니네. 자기가 진짜 인터플랜 요원인 줄도 모르고 있을 정도로 훌륭하게 위장하고 있는 스파이를 하나 끄집어낸 셈이니, 멍청한 짓은 충분히 했네. 아니, 운이 나빴다고 해야 하나." 자신을 더글러스 퀘일이라 칭하는 이 남자와는, 최대한 빨리 관계를 끊는 편이 이득이었다.

"3번과 62번 꾸러미를 이 사람 아파트에 가져다놓으실 겁니까?" 로웨가 물었다.

"아니. 그리고 대금의 절반을 환불할 생각일세."

"절반이라! 왜 절반입니까?"

매클레인은 어설프게 변명했다. "그 정도면 괜찮은 절충안이잖는가."

택시를 타고 시카고 끄트머리의 주거 지역에 있는 자기 아파트로 돌아가면서, 퀘일은 속으로 생각했다. 테라에 돌아오니 참 좋군.

화성에서 보낸 한 달간의 기억은 벌써 희미해져갔다. 이제 떠오르는 것이라고는 커다랗게 입을 벌린 크레이터의 모습, 고대부터 천천히 마모되다가 다시 살아 움직이는 구릉지대의 모습 정도였다. 일어나는 일이 거의 없는 먼지뿐인 세계, 산소통에 남은 산소 잔량을 확인하고 또 확인하느라 시간을 다 보내는 그런 곳이었다. 그리고 화성의 생물이 있었다. 평범하고 눈에 잘 띄지 않는, 회갈색의 선인장과 아귀벌레들.

사실 그는 다 죽어가는 화성의 동물들을 채집해 왔다. 세관에 걸리지 않고 몰래 들여온 것이다. 어차피 위험할 일은 별로 없었다. 이런 동물들은 지구의 무거운 대기 아래서는 살아남을 수 없을 테니까.

그는 화성 아귀벌레가 든 상자를 찾으려 외투 주머니를 뒤졌다.

그리고 상자 대신 편지봉투를 하나 찾았다.

봉투를 열어보니, 안에는 당황스럽게도 570포스크레드의 금액이, 소액 화폐로 들어 있었다.

내가 이걸 어디서 받은 거지? 그는 곰곰이 생각해보았다. 가진 돈은 여행 중에 전부 써버렸는데?

돈과 함께 있던 종이쪽지에는 이런 글이 적혀있었다. "대금 절반 환불. 매클레인." 그리고 날짜가, 오늘의 날짜가 있었다.

"리콜이군." 그는 큰 소리로 말했다.

"뭘 떠올리라는 말씀이십니까, 신사 또는 숙녀분?"* 택시의 로봇 기사가 정중하게 물었다.

"전화번호부 있습니까?"

"물론입니다, 신사 또는 숙녀분." 한쪽 공간이 열리며, 쿡 카운티 지역의 마이크로테이프 전화번호부가 나왔다.

"뭔가 철자가 이상했어." 퀘일은 이렇게 말하며 사업체 부분을 뒤지기 시작했다. 그리고 그는 공포를, 아직 사라지지 않고 남아있는 공포를 느꼈다. 그는 운전사 로봇을 보고 말했다. "여기 있군. 이리 데려다주십시오. 생각을 바꿨습니다. 집으로는 안 갑니다."

"알겠습니다, 신사 또는 숙녀분. 말씀대로 하겠습니다." 로봇 기사가 말했다. 잠시 후, 택시는 지금까지와는 반대 방향으로 쏜살같이 달려가기 시작했다.

"전화 좀 써도 됩니까?"

"편하신 대로 하십시오." 로봇 기사는 이렇게 말하며, 커다란 최신식 3D 컬러 전화를 그에게 건넸다.

그는 자기 아파트로 전화를 걸었다. 잠시 기다리자, 작지만 놀라울 정도로 현실감 있는 커스틴의 모습이 작은 화면에 떠올랐다. 그는 그녀를 보고 말했다. "화성에 갔다 왔어."

"술 마셨군요. 아니면 더 심한 건 했거나." 그녀의 입술이 비웃는 것처럼 뒤틀렸다.

---

* 회사 이름인 리콜Rekal과 떠올리다, 기억해내다라는 뜻의 recall은 발음이 같다.

"신께 맹세코 정말이야."

"언제요?"

"나도 모르겠어. 아무래도 모의 여행이었던 것 같아. 그 인공인지 확장 현실인지 하는 기억을 집어넣어주는 장치를 써서 하는 거 말이야. 실제로 갔다 온 건 아니고."

"술 취한 거 맞군요." 커스틴은 별 감흥 없이 이렇게 말하고는 전화를 끊어버렸다. 전화기를 내려놓는 그의 얼굴은 벌겋게 달아올랐다. 언제나 똑같은 말투야. 언제나 저렇게 비꼬기만 하지. 자기는 뭐든 알고 있는데 나는 아무것도 모른다는 것처럼. 끝내주는 결혼이라니까. 하느님 맙소사. 그는 참담한 기분으로 이렇게 생각했다.

잠시 후, 택시는 현대적이고 아주 매력적인 분홍색 건물 앞에 멈췄다. 건물 위에는 계속해서 색깔이 변하는 네온사인 간판에 이렇게 적혀있었다. '리콜 주식회사'.

허리 위로는 아무것도 걸치지 않은 고상한 차림새의 접수원은, 그를 보고 순간 깜짝 놀란 표정을 지었다. 그러나 그녀는 곧 솜씨 좋게 자신을 추슬러 보였다. "아, 안녕하세요, 퀘일 씨. 자, 잘 지내셨어요? 뭔가 놓고 가신 물건이 있나요?"

"요금을 마저 환불받으러 왔습니다." 그가 말했다.

접수원은 그 사이 조금 더 평상심을 회복했다. "요금이라니요? 뭔가 잘못 알고 계신 것 같네요, 퀘일 씨. 확장 현실 여행이 가능한지 문의하러 오셨었는데요, 제가 알고 있기로는 실제로 여행을 하지는 않으셨어요." 접수원은 희고 매끄러운 어깨를 으쓱해 보이며 말했다.

"저는 전부 기억합니다, 아가씨. 이 모든 일이 시작되게 만든, 제가 처음에 리콜 주식회사에 보냈던 편지부터 말입니다. 여기 와서 매클레인 씨와 만났던 것도 기억합니다. 그러고 나서 기술자 두 명이 저를 데려가서는 약물을 투여해 의식을 잃게 만들었었죠." 회사에서 요금의 절반을 돌려준 것은 당연한 일이었다. 그가 '화성 여행'을 한 기억이 제대로 주입되지 않았던 것이다. 최소한 그들이 말했던 것처럼 완벽하게 되지는 않은 것이 분명했다.

"퀘일 씨, 선생님은 평범한 사무원이시지만 꽤 잘생기신 분이고, 화를 내시면 그 멋진 얼굴이 망가져요. 기분이 좀 나아지실 것 같다면, 음, 시간을 내드릴 생각도 있는데……."

그는 이제 화가 나기 시작하고 있었다. "당신도 기억한단 말입니다. 당신 가슴이 파란색으로 칠해져있었던 것, 그건 기억에 남아있어요. 그리고 매클레인 씨가 내가 리콜 사를 방문했던 사실을 기억해내면 전액 환불을 해주겠다고 약속했던 것도 기억합니다. 매클레인 씨는 어디 있습니까?"

잠시 후, 아마도 그들이 가능한 한 최대한으로 시간을 끈 이후에 그는 다시 한 번 훌륭한 호두나무 책상 앞에 앉게 되었다. 바로 그날 한 시간쯤 전과 똑같은 상황이었다.

"기술이 정말 대단하시더군요." 퀘일이 비꼬듯 말했다. 이제 그의 실망과 혐오감은 폭발 직전이었다. "말씀하신 인터플랜 요원으로 화성을 여행한 소위 '기억'이라는 건 애매모호한 데다 여기저기 모순투성이었습니다. 그리고 여기서 당신네 사원들과 대화했던 내용도 확실히 기억이 납니다. 이 건은 공정거래위원회에 가져가야겠습니다." 이제 그는 분노로 활활 타오르고 있었다. 사기를 당했다는 생각이 그의 머릿속을 채우고 있어서, 다른 사람과 싸우는 일은 피하려 하는 평소의 습관 따위는 저만치 날아간 지 오래였다.

매클레인은 비참하면서도 조심스러운 표정으로 말했다. "모두 인정하겠소, 퀘일 씨. 남은 대금은 전부 환불해드리지. 우리가 당신을 위해 한 일은 아무것도 없다는 사실을 인정하겠소." 그는 체념한 말투였다.

퀘일은 그를 보며 따지듯 말했다. "내가 화성에 다녀왔다는 사실을

'증명'해줄 수 있다고 했던 물건도 전혀 주지 않았죠. 당신이 그렇게 춤추고 노래하며 광고해댄 것들이— 단 하나도 모습을 보이지 않았단 말입니다. 우주선 표 조각조차도. 우편엽서도, 여권도 없죠. 예방주사 확인 증명서도 없지 않습니까. 또—"

"진정해봐요, 퀘일. 내가 이런 얘기를 하면— 아니, 관둡시다." 매클레인은 도중에 말을 멈추고, 인터콤 버튼을 눌렀다. "셜리, 570포스크레드를 더글러스 퀘일 앞으로 발행하는 자기앞수표 형태로 좀 가져다주겠나? 고맙네." 그는 버튼에서 손을 떼고는 퀘일을 노려보았다.

수표는 즉시 도착했다. 접수원은 수표를 매클레인 앞에 내려놓고는 즉시 시야에서 사라져버렸고, 사무실에는 여전히 육중한 호두나무 책상을 사이에 두고 서로를 바라보고 있는 두 남자만 남았다.

"충고 한 가지 하겠소." 매클레인은 수표에 서명을 하여 건네주며 입을 열었다. "절대로 당신의, 에헴, 최근 있었던 화성 여행 이야기를 다른 사람에게 하지 마시오."

"무슨 여행 말입니까?"

"뭐, 바로 그 자세요." 매클레인은 완고한 자세로 말했다. "당신이 부분적으로 기억하고 있는 그 여행 말이오. 아무런 일도 일어나지 않은 것처럼, 아무것도 기억하지 못하는 양 행동하시오. 이유는 묻지 말고. 그냥 내 충고를 받아들여요. 우리 모두에게 그 편이 더 나을 거요." 그는 진땀을 뻘뻘 흘리기 시작하고 있었다. "자, 그럼 퀘일 씨, 다른 사업 문제도 있고, 다른 고객 분들도 기다리고 계시니 이만." 그는 자리에서 일어나며 퀘일을 문 쪽으로 안내했다.

퀘일은 문을 열면서 말했다. "이렇게 한심하게 일을 처리하는 회사는 고객을 받아서는 안 됩니다." 그는 문을 닫으며 밖으로 나왔다.

집으로 돌아가는 길에, 퀘일은 공정거래위원회 테라 지부에 보낼 항의 편지의 내용을 구상하기 시작했다. 타자기 앞에 앉기만 하면 즉시 시작할 것이었다. 다른 고객들이 리콜 주식회사에 가까이 가지 못하게 하는 것은 분명 그의 의무였다.

아파트로 돌아온 그는 헤르메스 로켓 휴대용 타자기 앞에 앉은 채로 카본지를 찾아 서랍을 뒤지기 시작했다. 순간 어딘지 친숙한 작은 상자가 눈에 띄었다. 화성에서 잡은 동물들을 담아서 세관을 무사히 빠져나왔던 바로 그 상자였다.

상자를 열어보니 믿을 수 없게도 여섯 마리의 죽은 아귀벌레와 화성벌레가 먹는 여러 종류의 단세포 생물이 들어 있었다. 미생물들은 말라버린 데다 먼지가 앉아있었지만, 그는 분명히 알아볼 수 있었다. 크고 검은 외계의 바위를 뒤집어 이놈들을 찾는 데 하루 종일 걸렸던 것이다. 새로운 것을 발견하는 즐겁고 보람찬 여행이었다.

그리고 그는 깨달았다. 하지만 나는 화성에 갔던 적이 없잖아.

하지만 이걸 보면―

갈색 봉투에 담긴 식료품을 한 아름 든 채로, 커스틴이 문가에 모습을 보였다. "왜 대낮에 집에 와있는 거예요?" 언제나 똑같은 그녀의 목소리에는 비난이 실려있었다. 그는 아내를 보고 물었다.

"내가 화성에 갔었나? 당신은 알겠지."

"아뇨, 당연히 안 갔죠. 당신이 더 잘 알 거 아녜요. 언제나 거기 가겠다고 헛소리를 지껄이고 있지 않았어요?"

"세상에, 아무래도 정말로 갔다 왔던 것 같아. 그리고 동시에 가지 않았던 것 같기도 하고."

"어느 쪽인지 선택해요."

"어떻게 선택을 해? 양쪽 기억이 전부 내 머릿속에 새겨져있는데, 하나는 진짜고 하나는 가짠데도 어느 게 진짜인지 알 방법이 없단 말이야. 당신 기억에 의존해도 되잖아? 당신 머리까지 손대지는 않았을 거 아냐." 최소한 이 정도는 해줄 수 있을 터였다― 지금까지는 아무것도 해주지 않았다 하더라도 최소한 이 정도는.

커스틴은 감정을 억누른 목소리로, 평온하게 말했다. "더그, 당신 제정신으로 돌아오지 않으면, 우리는 끝이에요. 난 떠날 거라고요."

"나한테 문제가 생겼다고. 어쩌면 정신이상을 겪게 될지도 몰라. 아닐 수도 있겠지만— 진짜 그럴지도 모른다고. 정신이상이라면 모든 일이 설명이 될 테니까." 이제 그의 목소리는 쉬고 갈라져있었다.

커스틴은 식료품 봉투를 내려놓고는 옷장 쪽으로 걸어갔다. "농담이 아니었어요." 그녀는 조용히 말하고는, 외투를 꺼내 입고 아파트 문 쪽으로 돌아가며 억양 없는 말투로 말했다. "나중에 다시 전화할게요. 이건 이별 인사예요, 더그. 당신이 이 상황을 이겨내길 바랄게요. 정말로 그러길 기도하죠. 당신을 위해서요."

"기다려, 확실하게 얘기는 해줘. 내가 갔는지, 가지 않았는지— 어느게 진실인지 말이야." 하지만 그들이 당신 기억까지 바꿔놓았을 수도 있겠군, 이라고 그는 순간 생각했다.

문이 닫혔다. 아내가 떠난 것이다. 마침내!

그의 뒤에서 목소리가 들렸다. "자, 그건 됐고. 이제 손을 드시지, 퀘일. 그리고 몸을 돌려서 이쪽을 봐주실까."

퀘일은 반사적으로 손을 들지 않은 채 뒤를 돌아보았다.

그를 바라보고 있는 남자는 인터플랜 보안 경비대의 보라색 제복을 입고, UN 제식 총기로 보이는 총을 들고 있었다. 그리고 왠지 모르게 익숙한 느낌이 드는 얼굴이었다. 명확하게 딱 짚어 말할 수 없는, 무언가 흐릿하고 왜곡된 느낌이 드는 익숙함이었다. 그래서 그는 엉거주춤하게 양손을 들었다.

"자네는 화성 여행에 대해 기억해냈지. 우리는 오늘 자네가 한 행동과 자네 생각을 전부 알고 있어. 특히 그중에서 가장 중요한, 리콜 주식회사에서 집으로 올 때 했던 생각에 대해서 말이야. 자네 두개골 속에

원격 송신기가 들어 있거든. 그걸로 계속해서 정보를 들었던 거지."

원격 송신기는 루나에서 발견된 플라즈마 생명체를 사용한 도구였다. 퀘일은 혐오감에 몸을 떨었다. 그 생물은 그의 두뇌 안에 살면서, 계속 내용물을 먹어치우며 그의 생각을 들어왔을 터였다. 인터플랜에서는 이 생물을 사용했다. 심지어는 방송에서 보도를 한 적도 있었다. 그렇기 때문에, 끔찍한 일이기는 하지만, 그가 말하는 내용은 사실인 것으로 보였다.

"왜 납니까?" 퀘일이 목쉰 소리로 물었다. 그가 대체 무엇을 하거나 생각했다는 말인가? 그리고 이 일이 대체 리콜 주식회사와는 무슨 관련이 있단 말인가?

"기본적으로는 리콜 주식회사와는 아무 관련 없는 일이야. 자네와 우리 사이의 일이지. 나는 아직 자네 머릿속 송신기로부터 자네 정신 활동을 전부 전송받고 있다고." 보안 요원은 자기 오른쪽 귀를 툭툭 쳐 보였다. 하얀색 플러그가 꽂혀있는 것이 보였다. "그러니 경고를 해야겠군. 자네가 생각하는 내용은 자네에게 불리하게 작용할 수 있다고 말이야. 어차피 중요한 일은 아니지만 말이지. 자네는 이미 무의식적으로 생각하고 떠들고 다녔거든. 가장 골치 아픈 일은, 자네가 나르키드린을 맞은 상태로 리콜 주식회사 사람들에게 자네 여행에 대해 죄다 이야기해 버렸다는 거야. 기술자 두 명과 그 회사 사장 매클레인 씨를 상대로 말이지. 자네가 간 장소, 의뢰한 사람, 그곳에서 한 행동의 일부까지 전부 불어버렸거든. 그 사람들은 상당히 겁을 먹었어. 자네하고 눈을 마주친 것 자체를 후회하고 있겠지. 올바른 판단이야."

퀘일은 입을 열었다. "나는 여행을 한 적이 없습니다. 이건 전부 매클레인의 기술자들이 엉망으로 심어놓은 가짜 연쇄 기억일 뿐입니다." 그러나 그 순간, 그는 책상 서랍 속에 있던 화성 생물이 든 상자를 떠올렸다. 그리고 그 동물들을 채집하느라 얼마나 고생을 했는지도. 그 기억은 진실 같았다. 그리고 화성 생물이 든 상자, 그것은 분명 진짜였다. 매클레인이 가져온 물건이 아닌 이상 말이다. 어쩌면 그 상자도 매클레인이 그토록 능수능란하게 선전하던 '증거물' 중 하나일지도 모른다.

나 자신은 화성에 다녀온 기억을 납득할 수가 없는데, 불행하게도 인터플랜 측에서는 받아들인 모양이군. 저들은 내가 정말로 화성에 다녀왔고, 내가 그 사실을 최소한 일부는 깨달았다고 생각하고 있어.

"그저 자네가 화성에 다녀왔다는 사실만 알고 있는 게 아니야." 인터플랜 보안요원이 그의 생각에 대답하며 말했다. "자네가 우리에게 문제가 될 정도로 많이 기억해냈다는 사실도 알고 있지. 그리고 자네 표층 의식에 있는 기억만 지워서는 아무 소용 없다는 사실도 말이야. 그랬다가는 자네는 다시 리콜 주식회사를 찾아갈 테고, 우리는 이런 일을 처음부터 다시 시작해야 할 테니까. 게다가 우리 측에서는 우리 요원이 아닌 사람에 대해서는 재판권을 행사할 수 없기 때문에, 매클레인과 그의 회사에 대해서는 아무런 조치도 취할 수 없지. 어쨌든 매클레인이 뭐 범죄를 저지른 것도 아니고 말이야." 그리고 그는 퀘일을 바라보았다. "물론 그거야 법적으로는 자네도 마찬가지지. 기억을 되찾으려는 생각으로 리콜 주식회사에 간 것은 아니니까. 우리도 잘 알고 있지만, 자네는 그저 다른 사람들과 같은 이유로 그곳에 간 것뿐이야. 모험을 좋아하지만, 평범하고 따분한 사람들 말이지. 하지만 불행하게도 자네는 평범하지도, 따분하지도 않아. 게다가 지금까지 자극이라면 넘칠 정도로 즐겼지. 이 우주에서 자네에게 가장 필요하지 않은 것이 바로 리콜 주식회사였을 거라고. 자네에게도, 우리에게도 이보다 더 골치 아프고 위협적인 일은 없을 거야. 그리고 물론 매클레인에게도 말이지."

"왜 내가 여행을, 당신네가 주장하는 그 여행을 했다는 사실과 그곳에서 한 일을 떠올리면 안 되는 겁니까?" 퀘일이 물었다.

"왜냐하면 자네가 한 일이, 대중들이 우리를 보면 떠올리는 '모든 것을 지켜주는 깨끗한 아버지'의 이미지와 어울리지 않는 것이기 때문이지. 자네는 우리가 절대로 직접 하지 않는 일을 대신 해줬거든. 나르키드린 덕분에 곧 기억해내겠지만 말이지. 그 죽은 벌레와 물풀이 들어 있는 상자는 자네가 돌아온 이후로, 자네 책상 서랍 속에 6개월 동안 들어 있었어. 그리고 자네가 그 상자에 호기심을 가진 적은 단 한 번도 없었지. 자네가 리콜 주식회사에서 돌아오는 길에 생각해내기 전까지, 우리는 그 상자에 대해 알지도 못했다고. 서둘러서 그 상자를 찾아내러 왔건만 운이 없었지. 시간이 부족했어."

두 번째 인터플랜 보안 요원이 합류했고, 둘은 잠시 의논을 했다. 그동안 퀘일은 서둘러 머리를 굴렸다. 이제 더 많은 것이 기억나고 있었다. 보안 요원이 나르키드린에 대해 한 말은 옳았다. 아마 인터플랜 쪽에서도 그런 약물을 사용한 적이 있는 듯했다. 아마? 그는 너무도 확실히 알고 있었다. 그들이 죄수에게 나르키드린을 주사하는 것을 본 적이 있었던 것이다. 어디서 그런 것을 본 걸까? 테라의 어딘가인가? 루나에서였을 가능성이 더 높겠군. 아직 상당히 불완전하지만 빠른 속도로 구멍이 메워지고 있는 기억 속에서 이미지를 떠올리며, 그는 생각했다.

그리고 다른 뭔가가 떠올랐다. 그들이 그를 화성으로 보낸 이유, 그리고 그곳에서 무엇을 했는지까지.

그들이 기억을 지운 것도 당연한 일이었다.

"이런, 세상에." 먼저 들어왔던 인터플랜 보안 요원이 동료와의 대화를 중단하며 말했다. 퀘일의 생각을 읽은 것이 분명했다. "이제 훨씬 골치 아픈 문제가 되었군. 매우 곤란해졌어." 그는 퀘일을 총으로 겨누며 다가오기 시작했다. "자네를 죽여야겠어. 즉시 말이야."

그의 동료가 머뭇거리며 말했다. "꼭 즉시 죽여야 하나? 그냥 인터플랜 뉴욕 지부로 데려가서 그쪽 친구들에게 맡기는 게—"

"저 친구가 왜 자기를 즉시 죽여야 하는지 떠올려버렸다고." 첫 번째 요원이 말했다. 이제 그 역시 불안해 보였다. 그러나 퀘일은 그의 불안이 동료와는 완전히 다른 이유 때문에 생겨난 것이라는 사실을 알 수 있었다. 이제 그의 기억은 거의 전부 돌아와있었던 것이다. 그리고 그는 상대 요원의 긴장 역시 완벽히 이해할 수 있었다.

"나는 화성에서 사람 하나를 죽였지." 퀘일은 거칠게 말했다. "열다섯 명이 경호하는 사람을 말이야. 그들 중에는 당신들같이 밀수입한 총기로 무장한 자들도 있었어." 그는 5년 동안 인터플랜에 의해 암살자로, 프로 살인자로 훈련받았던 것이다. 그는 무장한 적을 해치우는 방법을 알고 있었다……. 여기 있는 두 명의 보안 요원과 같은 적들 말이다. 그리고 송신기를 꽂고 있는 요원도 그 사실을 알고 있었다.

충분히 빠르게 움직이기만 하면—

총이 발사됐다. 그러나 그는 이미 한쪽으로 몸을 피했다가 총을 든 요원을 손날로 쳐 넘어트리고 있었다. 순식간에 그는 총을 들고, 아직 당황하고 있는 다른 요원 쪽을 겨눴다.

"내 생각을 읽은 모양이지. 내가 뭘 하려는지 알고 있었지만 막을 수는 없었어." 퀘일은 숨을 몰아쉬며 말했다.

부상을 당한 요원은 자리에서 일어나 앉으며 말했다. "그리고 자네를 총으로 쏠 생각도 없는 모양이야. 그것도 읽었지. 이 친구도 자기가 끝장이라는 것을 잘 알고, 우리도 그걸 알고 있다는 것도 안다고. 이봐, 퀘일." 그는 비틀대면서 간신히 자리에서 일어났다. "자네는 그 총을 쓸 수 없어. 총을 돌려주면 자네를 죽이지 않을 것이라고 보장하지. 청문회가 열릴 테고, 내가 아니라 인터플랜에서 더 높은 자리에 있는 분이 결정을 내릴 거야. 어쩌면 자네 기억을 한 번 더 지워주려 할지도 모르지. 하지만 내가 자네를 죽이려고 했던 이유를 자네도 잘 알겠지. 자네가 기억을 떠올리는 것을 막을 수가 없었어. 따라서 이렇게 된 이상 내가 자네를 죽일 이유도 없어진 셈이야."

퀘일은 총을 움켜쥔 채로 복합아파트를 뛰쳐나가 엘리베이터 쪽으로 달려가며 생각했다. 따라오면 죽이겠다. 그러니 얌전히 있어. 그는 엘리베이터 버튼을 마구 눌렀고, 잠시 후 문이 열렸다.

요원은 그를 따라오지 않았다. 그의 간결하고 확고한 생각을 읽은 후 운을 시험해보지 않기로 결정한 모양이었다.

그를 태운 엘리베이터가 내려가기 시작했다. 도망친 것이다— 일단 은. 그러나 이제 어떻게 해야 할까? 어디로 갈 수 있을까?

엘리베이터가 1층에 도착했다. 잠시 후 그는 서둘러 보행자 통로를 걸어가는 인파 속으로 들어갔다. 머리가 아프고 속이 메스꺼웠다. 하지 만 그는 최소한 죽음을 피하기는 한 것이다. 바로 그가 사는 복합아파 트에서, 그자들은 그를 즉시 사살하려 했었다.

그리고 분명 또 쫓아오겠지. 나를 찾기만 하면 말이야. 게다가 내 머 릿속에 송신기가 박혀있는 이상, 찾는 데 그리 오래 걸리지도 않을 거 야.

우습게도 그는 리콜 주식회사에 부탁했던 것을 완벽하게 얻은 셈이 었다. 모험, 위험, 인터플랜 보안 요원, 목숨이 위험한 화성으로의 비밀 여행 — 그가 거짓 기억으로 원했던 것 모두를.

그리고 이제는 그도 그런 모든 것이 단순한 기억일 때의 장점을 절절 히 깨닫고 있었다.

그는 홀로 공원 벤치에 앉아 퍼트 떼를 바라보고 있었다. 화성의 두 개의 위성에서 들여온 새와 비슷한 동물로, 지구의 강한 중력 아래에서 도 날 수 있는 것들이었다.

어쩌면 화성으로 돌아갈 방법을 찾아낼 수 있을지도 몰라. 하지만 그 런다고 해서 뭘 어쩔 수 있겠는가? 화성에서는 상황이 더 나빠질 수도 있었다. 그가 지도자를 암살한 정치 조직이 우주선에서 내리자마자 그를 발견할 터였다. 그러면 인터플랜과 그 조직 양쪽에게 쫓기는 신세가 될 것이다.

내 생각 들을 수 있나? 그는 생각했다. 피해망상증에 빠질 수 있는 간단한 방법이었다. 혼자 앉아서도 그들이 자기를 감시하고 기록하고 의논한다고 느끼다니……. 그는 몸을 떨고는 자리에서 일어나서, 주머니에 손을 깊숙이 찔러 넣은 채 목적지 없이 걷기 시작했다. 내가 어디를 가든 당신들은 나를 따라다니겠지. 내가 머릿속에 이 장치를 가지고 있는 이상 말이야.

당신들과 거래를 하겠어. 그는 자기 자신에게, 그리고 그들을 향해 생각했다. 당신들 내 머릿속에 다시 가짜 기억을 심어줄 수 있나? 예전과 같이 평범하고 반복되는 삶을 살며, 화성에는 갈 수 없었던 그런 기억 말이야. 인터플랜 제복을 가까이서 본 적도 없고 총을 잡아본 적도 없는 기억을.

그의 머릿속에서 목소리가 울려 대답했다. "이미 자세히 설명해주지 않았나. 그 정도로는 충분하지 않을 거네."

그는 깜짝 놀라 생각을 멈추었다.

"예전에는 이런 방식으로 자네와 교신을 하곤 했지. 화성의 현장에서 작전을 수행하고 있었을 때는 말이야. 이런 교신을 한 지도 몇 개월이 지났군. 사실 두 번 다시는 교신할 일이 없으리라 생각하고 있었는데 말이지. 자네 지금 어디 있나?"

"죽음을 향해 걸어가고 있소." 퀘일은 이렇게 대답하고는, 당신네들 요원의 총에 의한 죽음 말이오, 라고 마음속으로 덧붙였다. "왜 그걸로 충분하지 않을 거라고 생각하는 거요? 리콜의 기술이 먹히지 않는 건가?" 그가 물었다.

"예전에 말한 대로네. 자네에게 일반적이고 평범한 기억을 넣어준다고 해도, 자네는 ― 초조해질 걸세. 결국 리콜 주식회사나 그 경쟁 업체

중 하나를 찾아가게 될 걸세. 우리는 이런 일을 또 겪을 수는 없어.”

“그러면 내 진짜 기억을 제거한 다음에, 일반적인 것보다 훨씬 강렬한 기억을 넣는 것은 어떻소. 내 욕구를 만족시켜줄 수 있는 걸로. 이미 증명된 사실이잖소. 당신들이 나를 고용한 이유도 그 때문일 테고. 하지만 그와 비슷한 등급의 다른 뭔가를 생각해낼 수도 있을 것 같은데. 내가 테라에서 가장 부유한 사람이었는데 교육 재단에 전 재산을 기부해버렸다는 것은 어떻소. 아니면 유명한 외우주 탐험가였다든가. 그런 종류의 기억이면 되지 않겠소?”

대답은 돌아오지 않았다.

퀘일은 절박하게 말을 이었다. “좀 해보시오. 당신네 최상급 군대 심리학자들 있잖소. 내 마음속을 살펴봐요. 내가 꿈꾸는 가장 허황된 백일몽이 어떤 것인지를 찾아보는 거요. 여자. 그래, 몇 천 명의 여자 어떻소. 돈 후안같이 말이오. 지구나 루나, 화성의 모든 도시에 정부를 두고 있는 우주 규모의 바람둥이인 거지. 질려서 그만두기는 했지만 말이오. 어서, 뭐든 좀 생각해봐요.”

“그러면 포기하고 항복하겠다는 말인가? 만약 우리가 그런 해결 방법을 찾아보겠다고 약속한다면? 가능한 한도 내에서?” 그의 머릿속 목소리가 물었다.

잠시 머뭇거린 후, 그는 대답했다. “그렇소.” 당신네가 나를 그 즉시 죽여버릴 수도 있다는 위험 부담 정도는 안고 가겠소. 그는 생각했다.

“그럼 자네가 먼저 움직이게. 우리에게 자수하면 그쪽 방향으로 일을 추진해보겠네. 하지만 우리가 실패를 한다면, 자네의 진짜 기억이 이번 경우와 마찬가지로 다시 떠오르기 시작한다면—” 잠시 침묵이 흐르고 난 후에 목소리는 말을 이어갔다. “우리는 자네를 죽여야 할 거네. 자네도 당연히 이해하겠지만. 어떤가, 퀘일. 그래도 해보고 싶나?”

“그렇소.” 그는 대답했다. 이제 다른 길은 거의 확실한 죽음뿐이었기 때문이다. 이 방법을 택하면 적어도 살아남을 수 있는 가능성이 있었다. 그리 많지는 않아도.

"우리 뉴욕 주 병영으로 출두하기 바라네. 5번가 580번지, 12층일세. 자네가 도착하면 우리 정신분석가들을 동원해 작업을 시작하겠네. 성격 프로파일 실험을 할 거야. 자네의 절대적이고 궁극적인 환상이 무엇인지 알아낸 다음, 자네를 리콜 주식회사로 데려가서 그 환상을 과거 기억의 형태로 대신 이루어주겠네. 그리고— 행운을 비네. 우리는 자네에게 빚을 진 셈이네. 자네는 우리에게 유용한 도구였으니 말이야." 목소리에는 악의가 담겨있지 않았다. 그들, 즉 조직에서도 나름 그를 동정하고 있는 것이 느껴졌다.

"고맙소." 퀘일은 이렇게 말하고는, 로봇 택시를 찾아 주변을 둘러보기 시작했다.

엄격한 얼굴의 나이 든 인터플랜 정신분석가가 입을 열었다. "퀘일 씨, 매우 흥미로운 종류의 소원 성취형 환상을 품고 계시더군요. 아마도 당신과 같은 부류의 사람이라면 절대로 의식적으로는 즐기거나 인정하지 않을 것으로 보이는 내용이었습니다. 흔히 있는 일이지요. 제 말을 듣고 너무 기분이 상하지 않으셨으면 합니다."

인터플랜의 선임 요원이 그 말을 듣고 유쾌하게 말했다. "너무 기분이 상하지 않는 편이 나을 거요. 그랬다가는 총알 세례를 받을지도 모르니까 말이지."

"정신 성숙 과정에서 발생되었다고 간주할 수 있는 인터플랜의 비밀 요원이 되고 싶다는 소망과는 달리, 이 환상은 당신의 기묘한 어릴 적 꿈에서 나온 것입니다. 기억하지 못하는 것도 무리는 아니죠. 그 환상은 이런 겁니다. 당신은 아홉 살이고, 시골길을 홀로 걷고 있습니다. 다른 항성계에서 온 생전 처음 보는 우주선이 당신 앞에 착륙합니다. 지구에서 그 우주선을 본 사람은 오직 퀘일 씨, 당신밖에 없습니다. 그 안에서 내린 외계인들은 매우 작고 무력합니다. 거의 들쥐 정도 수준이죠. 하지만 그들은 지구를 침공하려 하고 있습니다. 이들 선행 부대가 작전 수행 신호만 보내면, 몇 십만 대의 우주선이 그들의 뒤를 따라오도록 되어 있지요.”

“그리고 내가 그걸 막는 거겠군요. 혼자서 그놈들을 다 쓸어버리는 거겠죠. 아마 발로 밟아서 말입니다.” 퀘일은 흥미와 역겨움을 동시에 느끼며 말했다.

정신분석가는 침착하게 다시 말을 이었다. “그런 것이 아닙니다. 당신이 침공을 막는 것은 맞지만, 우주인들을 죽여서 막는 것은 아닙니다. 당신은 그들이 무엇을 하러 왔는지를 그들의 의사소통 수단인 텔레파시를 통해 알게 되었으면서도, 그들에게 친절함과 자비를 보였던 겁니다. 그 외계인들은 지성을 가진 존재가 그런 자비로운 성향을 보이는 것을 단 한 번도 본 적이 없었기 때문에, 그에 대한 감사로 당신과 약속을 한 가지 하게 되는 겁니다.”

“내가 살아있는 한 지구를 침략하지 않겠다는 약속인가요.” 퀘일이 말했다.

“바로 그겁니다.” 그리고 정신분석가는 인터플랜 선임 요원을 향해 말했다. “보시다시피 겉으로는 비웃는 척하지만, 그의 성향과 완벽하게 일치한다는 것을 알 수 있지요.”

“그래서 그냥 존재하기만 해도, 그러니까 목숨을 유지하는 것만으로도, 나는 외계인이 지구를 지배하는 일을 막고 있는 셈인 거군요. 말하자면 테라에서 가장 중요한 사람이 되는 겁니다. 손가락 하나 까딱하지 않고서 말이죠.” 퀘일은 점점 더 즐거운 기분이 들었다.

“바로 그겁니다. 그리고 이 환상은 당신 정신의 기저부에 위치해있어요. 평생을 가는 어린아이의 환상인 겁니다. 수면요법과 약물요법을 사용하지 않았더라면 절대 기억해내지 못했을 거예요. 하지만 당신 안에 언제나 존재했던 환상입니다. 무의식 속에 파묻히기는 했지만, 한 번도 사라지지는 않은 거죠."

집중해서 이 대화를 듣던 매클레인을 향해, 선임 요원이 물었다. "저렇게 극단적인 강화 현실을 주입하는 것이 가능하겠소?"

"우리를 찾아오는 고객들은 온갖 종류의 환상을 들고 옵니다. 사실 이보다 더 지독한 것도 많이 겪어봤어요. 이런 거라면 물론 할 수 있습니다. 24시간이 지나면, 이 사람은 그저 지구를 구했었으면 하고 바라는 것이 아니라, 실제로 지구를 구했다고 믿게 될 겁니다." 매클레인이 대답했다.

선임 요원이 말했다. "그럼 작업을 시작하면 되겠군. 준비 삼아서, 우리는 그가 화성 여행을 했던 기억을 미리 지워버렸소."

"무슨 화성 여행 말입니까?" 퀘일이 물었다.

그러나 아무도 그의 질문에 대답을 하지 않았고, 그는 머뭇거리며 자신의 질문을 그저 속에만 담아두는 쪽을 택할 수밖에 없었다. 어찌됐든 이제 보안대 차량이 모습을 드러냈고, 그와 매클레인, 선임 요원은 차에 올라탔다. 그들은 즉시 시카고에 있는 리콜 주식회사로 달려가기 시작했다.

"이번에는 실수를 하지 않는 게 좋을 거요." 요원은 불안한 표정을 짓고 있는 거구의 매클레인 쪽을 바라보며 말했다.

"잘못될 건덕지도 없습니다." 매클레인은 진땀을 흘리며 중얼거렸다. "이번에는 화성이나 인터플랜과는 아무 관계도 없는 일 아닙니까. 혼자 힘으로 다른 항성계에서 온 외계인 침략자들을 막아내는 기억이니까요." 그는 그 생각을 하며 고개를 흔들었다. "아이들이란, 정말 무슨 꿈을 꾸는 건지. 게다가 폭력이 아니라 순전히 도덕의 힘을 이용해서라니. 어떤 면에선 기발하지요." 그는 리넨 손수건으로 이마를 닦으며 말했다.

아무도 입을 열지 않았다.

"사실 좀 감동적이기도 합니다." 매클레인이 덧붙였다.

선임 요원이 굳은 표정으로 말했다. "하지만 오만한 꿈이기도 하지. 자기가 죽으면 침공이 재개되는 거니까. 기억해내지 못한 것도 생각해보면 당연한 일이오. 내가 지금까지 들은 것 중에서 가장 허황된 꿈이니까. 우리가 이런 자를 고용하고 있었다는 생각만 하면." 그는 비난의 감정이 담긴 눈빛으로 퀘일을 쳐다보았다.

리콜 주식회사에 도착하자, 접수원 셜리가 잔뜩 긴장한 채로 그들을 맞았다. "잘 돌아오셨어요, 퀘일 씨." 그녀는 더듬거리며 말했다. 동요 때문에, 오늘은 형광 오렌지색으로 칠해놓은 그녀의 멜론 모양 가슴이 흔들거렸다. "저번에 오셨을 때는 상황이 안 좋게 돌아갔지요. 정말 죄송합니다. 이번에는 좀 나을 거예요."

여전히 깔끔하게 접힌 아일랜드 리넨 손수건으로 자신의 빛나는 이마를 문지르면서, 매클레인은 말했다. "그래야겠지." 그는 즉시 로웨와 킬러를 불러들였고, 더글러스 퀘일은 그들과 함께 작업장으로 향했다. 그리고 그는 셜리와 선임 요원을 대동하고 자기 사무실로 돌아갔다. 이제 기다릴 뿐이었다.

"이런 경우에 사용할 수 있는 꾸러미가 있나요, 매클레인 씨?" 셜리가 물었다. 그녀는 초조하게 움직이다가 매클레인에게 부딪히고는 살짝 얼굴을 붉혔다.

"있었던 것 같은데." 그는 머릿속으로 기억을 떠올리려다가, 포기하고는 정규 목록을 참조하기 시작했다. "81번, 20번, 6번 꾸러미를 조합하면 될 것 같군." 그는 이렇게 말하고 책상 뒤쪽의 저장고 방으로 가서 해당 꾸러미를 찾아다가는 책상 위에 펼쳐놓았다. "81번 꾸러미에는 치유 지팡이가 들어 있지. 다른 항성계에서 온 종족이, 감사의 징표로 고객에게 — 이 경우에는 퀘일 씨에게 — 준 물건이네."

"그거 진짜 되는 건가?" 선임 요원이 호기심 어린 말투로 물었다.

"예전에는 그랬지요. 하지만, 에헴, 그 친구가 주변 사람들을 치료하느라 예전에 다 써버렸습니다. 이제는 그저 추억의 물건일 뿐이죠. 하지만 예전에는 상당히 멋지게 작동했다는 사실은 기억하고 있을 겁니다." 그는 가볍게 웃으며 20번 꾸러미를 열었다. "이건 지구를 구해준 것에 대해 UN 사무총장이 수여한 감사장입니다. 퀘일의 상상 속에서는 그를 제외한 그 누구도 지구 침략 사실을 알지 못하기 때문에 조금 문제가 있지만, 이야기를 진실에 가깝게 만들려면 이것도 쓰는 편이 좋을 것 같군요." 그리고 그는 6번 꾸러미를 살펴보기 시작했다. 이건 뭐더라? 잘 기억이 나지 않았다. 셜리와 인터플랜 요원이 흥미롭게 지켜보는 가운데, 그는 얼굴을 찌푸리며 비닐 가방을 열었다.

"이상한 글자로 쓴 문서인데요." 셜리가 말했다.

"이건 그들이 누구고, 어디에서 왔는지를 알려주는 문서지. 이곳과 그들의 항성계 사이의 항해 기록을 표시한 성도도 들어 있어. 물론 그 친구들의 글자로 되어 있으니까 읽을 수는 없지. 하지만 그들이 그의 언어로 번역해서 들려주던 일이 기억은 날 거야." 그는 세 가지 물건을 책상 가운데로 가져다놓았다. "이걸 퀘일의 아파트에 가져다놓으면 될 겁니다." 그는 선임 요원을 보고 말했다. "집에 도착해서 이걸 찾을 수 있도록 말이죠. 이게 자기 환상의 증거가 될 겁니다. SOP — 표준 운영 절차 (Standard Operating Procedure)대로입니다." 그는 로웨와 킬러 쪽 일이 어떻게 되어가고 있을지 걱정하며, 가볍게 웃었다.

인터콤이 울려왔다. "매클레인 씨, 방해해서 죄송합니다만." 로웨의 목소리였다. 매클레인은 그의 목소리를 듣자마자 그대로 얼어붙은 듯 말을 멈췄다. "뭔가 문제가 생겼습니다. 아무래도 직접 와서 보시고 판단을 내려주셔야 할 것 같아요. 저번 경우와 마찬가지로, 퀘일은 나르키드린이 잘 들어서 무의식 상태가 되었습니다. 긴장도 풀고 수용 가능

상태가 되었지요. 그런데―"

매클레인은 서둘러 작업장으로 달려갔다.

더글러스 퀘일은 천천히, 고르게 숨을 쉬며 위생 침대 위에 누워있었다. 눈은 반쯤 감긴 채, 주변 사람들은 희미하게밖에 알아보지 못하는 듯했다.

로웨는 창백한 얼굴로 입을 열었다. "이 친구에게 질문을 시작했습니다. 혼자서 지구를 구한 거짓 기억을 정확히 어디에 삽입할지 결정하기 위해서 말이죠. 그런데 이상하게도―"

"그들이 말하지 말라고 했어요." 더글러스 퀘일은 진정제 약효에 젖은 몽롱한 목소리로 말했다. "그렇게 약속을 했는데. 기억도 못하게 될 예정이었다고요. 하지만 그런 사건을 어떻게 잊을 수가 있겠어요?"

받아들이기 힘드시겠지만, 선생. 선생은 방금 전까지 까맣게 잊고 있었다오. 매클레인은 속으로 생각했다.

퀘일은 웅얼거리며 계속 말을 이었다. "두루마리도 줬어요. 감사 표시래요. 내 아파트에 감춰놓았어요. 나중에 보여드릴게요."

그를 따라 들어온 선임 요원을 보며, 매클레인은 말했다. "글쎄, 아무래도 이 친구를 죽이지 않는 편이 나을 것 같군요. 죽였다가는 그 외계인들이 돌아올 테니까요."

"그리고 그들은 투명한 파괴 지팡이도 선물로 줬어요." 이제 퀘일은 눈을 완전히 감은 채 중얼거리고 있었다. "당신들이 나를 화성으로 보냈을 때, 그자를 죽일 수 있었던 것도 다 그 지팡이의 힘이었어요. 그 지팡이는 지금 화성 아귀벌레와 말라비틀어진 식물이 든 상자하고 같이 내 책상 서랍에 들어 있어요."

인터플랜 요원은 아무 말 하지 않고 몸을 돌려서 작업장에서 나갔다.

아무래도 내가 준비한 증거물들은 전부 치워버려야겠어. 매클레인은 체념하며 생각했다. 그는 천천히 한 걸음씩 사무실로 걸어갔다. UN 사무총장이 보내준 감사장도. 어찌됐든—

아마도 조금만 기다리면 진짜 감사장이 도착할 테니까. ◑

PHILIP K. DICK

표지로 판단하지
말지어다
Not By Its Cover

나이 많고 성질 급한 오벨리스크북스의 사장은 짜증이 가득 담긴 목소리로 말했다. "그자는 만나고 싶지 않네, 핸디 양. 그 물건은 이미 인쇄가 끝났어. 내용에 오류가 있다고 해도 이제 와서는 아무것도 할 수 없단 말이네."

"하지만 마스터스 사장님, 아주 중대한 오류인데요. 그 사람 말이 사실이라면 말입니다. 브랜디스 씨가 주장하기로는 한 장 전체가—"

"나도 그 친구 편지는 읽었네. 영상통화도 했지. 그 친구 주장이 뭔지는 잘 알고 있네." 마스터스는 사무실의 창가로 걸음을 옮겨 지금까지 몇 십 년 동안 보아온 창밖의 풍경, 척박하고 크레이터투성이인 화성의 표면을 우울하게 내다보았다. 인쇄와 제책까지 끝난 게 이미 5000부란 말이지. 그리고 그중 절반이 화성 워브 모피에 금색 장정을 입힌 판본이라고. 우리가 찾아낸 가장 고급스럽고 비싼 재료였단 말이야. 덕분에 이미 적자 상태인 마당에 이런 일까지 벌어지다니.

그의 책상 위에는 이미 그 책이 놓여있었다. 루크레티우스의 『만물의 본성에 대하여』를 존 드라이든이 번역한, 고상하고 우아한 영역본이었다. 바니 마스터스는 화난 손길로 빳빳한 흰 종이를 넘기기 시작했다. 이 화성에 이렇게 오래된 책을 잘 아는 사람이 있을 거라고 누가 생각했겠는가? 게다가 지금 바깥 사무실에서 기다리고 있는 남자는 그 논란이 되는 부분 때문에 오벨리스크북스에 편지나 전화로 연락해온 여덟 사람 중 한 명일 뿐이었다.

논란이라? 논란을 벌일 여지도 없었다. 이 지역에 있는 여덟 명의 라틴어 학자의 말이 옳았으니까. 그저 그들을 조용히 보내는 것, 즉 오벨리스크북스 판본을 읽다가 그 문제가 되는 문구를 찾아낸 일 자체를 잊어버리게 하는 것이 관건일 뿐이었다.

마스터스는 책상 위의 인터콤 버튼을 누르고 말했다. "좋아, 그 친구 들여보내게." 어차피 그러지 않으면 결코 떠나지 않을 게 분명했다. 그와 같은 부류의 작자들은 항상 그랬다. 학자라는 자들은 죄다 저런 태도였다. 인내심이 무한한 모양이었다.

문이 열리고 회색 머리에 큰 키의 남자가 불쑥 들어왔다. 구형의 지구 스타일 안경을 착용하고, 서류 가방을 든 모습이었다. "고맙습니다, 마스터스 씨." 그는 들어오면서 바로 입을 열었다. "제가 속한 단체가 왜 이런 오류를 중요하게 생각하는지를 설명하도록 하지요." 그는 책상 앞에 앉아서 서류 가방을 기운차게 열었다. "어쨌든 우리는 식민 행성의 주민 아닙니까. 우리의 모든 가치관과 문화, 풍습은 지구에서 온 것입니다. WODAFAG는 이번 귀사의 출판물에⋯⋯."

"WODAFAG가 뭡니까?" 마스터스가 끼어들며 말했다. 한 번도 들어본 적 없는 단체명이었지만 신음부터 나오는 것은 어쩔 수 없었다. 분명 여기 화성에서 만들어지는 물건이든, 아니면 지구에서 넘어오는 물건이든 출판물이라면 뭐든 훑어보는 근면하고 할 일 없는 괴짜 집단 중 하나를 일컫는 말일 테니까.

"일반적인 유물 왜곡 위조 감시 단체(Watchmen Over Distortion And Forged Artifacts Generally)입니다." 브랜디스가 설명했다. "지금 제가 들고 있는 것은 제대로 된 『만물의 본성에 대하여』의 지구 판본입니다. 이 지역에서 귀사가 펴낸 판본과 마찬가지로 드라이든이 번역한 판본이죠." '이 지역에서'라는 말을 강조하니 왠지 격이 떨어지는 이류 출판사라는 느낌이 들었다. 마치 오벨리스크북스가 책을 펴내는 일 자체가 잘못되었다는 말인 것 같다고, 마스터스는 생각했다. "그 잘못 삽입된 문

장을 찾아보도록 합시다. 먼저 제가 가져온 서적을 참고해보시고—"그
는 지구에서 펴낸 낡고 오래된 책을 마스터스의 책상 위에 올려놓았다.
"여기에는 그 문구가 제대로 실려있지요. 그리고 이쪽은 귀사에서 출간
한 판본입니다. 동일한 문구이지요." 작고 오래된 푸른색 표지의 책 옆
으로 오벨리스크북스에서 얼마 전 출간한 커다란 워브 가죽 장정의 판
본이 놓였다.

"우리 교열 편집자를 불러오겠소." 마스터스는 인터콤 버튼을 누른
후, 핸디 양에게 말했다. "잭 스니드에게 지금 당장 이리 올라오라고 전
해주게."

"알겠습니다, 마스터스 사장님."

"원본을 보면, 다음과 같이 완벽하게 라틴어 문장을 번역해놓고 있습
니다. 에헴." 브랜디스는 일부러 헛기침을 한 번 울려 목을 가다듬은 후,
큰 소리로 책을 읽기 시작했다.

> 비탄과 고통의 감정으로부터 우리는 해방될 것이노라
> 느끼지 못하는 것은 우리가 더 이상 존재하지 않기 때문이니.
> 대양 안의 대지가 사라지고 창공 안의 대양이 말라버릴지라도
> 우리는 동요하지 않고 그 안에서 흔들릴 뿐이로다.

"나도 그 문구는 알고 있소." 마스터스는 뾰족하게 반응했다. 눈앞의
남자가 아이들에게 하듯 강의하고 있다는 사실에 상처받은 것이었다.

"이 사행시는 귀사의 판본에서는 누락되어 있습니다. 그 대신, 다음과
같은 출처를 알 수 없는 거짓 사행시가 그 자리에 들어가있지요. 읽어
도 되겠습니까." 그는 워브 모피로 장정한 오벨리스크북스 판본을 집어
들고는 책장을 넘겨 그 부분을 찾아내고는 낭송하기 시작했다.

비탄과 고통의 감정으로부터 우리는 해방될 것이노라
대지에 얽매인 인간은 알 수도 누릴 자격도 없는 방법으로.
죽음을 맞이한 후에야 우리는 이러한 사실을 이해하게 되리라
지상에서의 존재가 끝난 후에야 영원한 지복을 맞이하게 된다는 것을.

마스터스를 노려보며, 브랜디스는 워브 장정 판본을 탁 소리 나게 덮었다. "가장 곤란한 사실은, 이 사행시가 원래 작품에서 이야기하던 것과 정반대의 사상을 설파하고 있다는 겁니다. 대체 어디서 나온 시입니까? 누군가 직접 썼을 것이 아닙니까. 드라이든이 쓴 내용은 아닙니다. 분명 루크레티우스도 아니죠." 브랜디스는 마치 그 시를 마스터스 본인이 직접 쓴 것이라고 생각하기라도 하는 양 그를 노려보았다.

사무실 문이 열리며 회사의 교열 편집자 잭 스니드가 들어왔다. "이분 말씀이 맞습니다." 그는 체념한 표정으로 고용주에게 말했다. "그리고 지금 그것 말고도 서른 건의 오류가 더 발견되었습니다. 편지가 날아들기 시작한 이후로 전부 찾아봤지요. 그리고 지금은 우리 가을 분기 발매 목록의 모든 작품들을 살펴보는 중입니다. 그 안에도 내용이 바뀐 책들이 있더군요."

"조판 넘기기 전에 자네가 최종적으로 교열을 보지 않았나. 그때도 이런 오류가 있었나?"

"그럴 리가 없잖습니까. 저는 교정쇄도 직접 검사한단 말입니다. 거기에도 이런 오류는 없었습니다. 말도 안 되는 이야기지만, 제본이 끝나기 전까지는 이런 오류는 들어가있지 않았단 말입니다. 더 정확하게 말하자면, 금박과 워브 털가죽으로 제본한 책들이 끝나기 전까지겠지만요. 일반 제책본들에는 이런 오류가 나타나지 않습니다. 깨끗해요."

마스터스는 눈을 껌뻑였다. "하지만 전부 같은 판본이 아닌가. 같은 인쇄기에서 나왔을 텐데. 게다가 우리가 처음부터 그 값비싼 장정본을

기획한 것도 아니고 말이네. 최종 검토를 한 후 사업부에서 책들 중 절반을 워브 가죽으로 제본하도록 권유한 것은 마지막 순간의 일이었지 않은가."

"제 생각에는, 화성 워브 가죽에 대해 좀 더 자세하게 조사해볼 필요가 있는 것 같습니다." 잭 스니드가 말했다.

한 시간 후, 고령 때문에 비틀거리는 마스터스는 교열 편집자 잭 스니드를 대동하고 모피 가공업체인 플로리스 사 대리점 대표인 루터 세이퍼스타인을 마주하고 자리에 앉았다. 오벨리스크북스가 장정용으로 사용한 워브 모피를 구매한 회사였다.

"무엇보다 먼저, 워브 가죽이라는 것이 대체 뭐요?" 마스터스가 무뚝뚝하고 사업적인 어조로 물었다.

"기본적으로, 사장님께서 질문하신 관점에서 대답해보자면, 워브 가죽이란 화성에 사는 워브라는 동물의 가죽입니다. 그다지 도움이 되는 답변은 아니겠지만, 최소한 우리가 모두 동의할 수 있으며, 그보다 더 상위의 사실을 쌓아 나가기 위한 기초의 역할을 할 수 있는 사실이지요. 이해를 돕기 위해서 워브의 습성에 대해 설명해드리도록 하겠습니다. 워브 모피가 값비싼 이유는, 무엇보다 희귀하기 때문입니다. 워브 모피가 귀한 이유는 워브가 거의 죽지 않기 때문이지요. 이 말이 무슨 뜻이냐 하면, 워브를 죽이는 일이 거의 불가능하다는 것입니다. 병들거나 늙은 워브라도 말이죠. 게다가 워브를 죽인다고 해도 그 털가죽은 계속 생명을 유지합니다. 이런 특성 때문에 이 가죽은 실내 장식 등에서 독특한 가치를 지닙니다. 또는 귀사의 경우와 같이, 평생 보관할 훌륭한 책을 장정하는 일에도 마찬가지고요."

세이퍼스타인이 계속해서 말을 이어가는 동안, 마스터스는 한숨을 쉬며 창밖을 내다보았다. 그의 옆에 앉은 교열 편집자는 젊고 활기찬 얼굴에 어두운 기색을 띄운 채로 알 수 없는 메모를 작성하고 있었다.

"귀사가 연락을 보내왔을 때 저희가 제공한 물건은 — 그리고 잊지 마십시오, 먼저 연락해온 쪽은 귀사였습니다, 우리가 아니라요 — 우리의 방대한 창고 안에서 엄선한 가장 완벽한 털가죽들이었습니다. 이 살아있는 털가죽은 아주 독특한 광택을 냅니다. 화성에서도, 지구에서도 이 비슷한 광택을 내는 물건은 없습니다. 찢기거나 긁히더라도 스스로 재생되지요. 시간이 지남에 따라 스스로 자라나서 보다 더 풍성한 모피를 자랑하게 됩니다. 따라서 귀사의 서적들 역시 갈수록 화려해지고, 사람들이 많이 찾는 물건이 되겠지요. 10년이 지나고 나면 이러한 워브 가죽으로 제본한 책들의 가치는—"

스니드는 그의 설명을 자르며 끼어들었다. "그래서 그 가죽이 아직 살아있다는 거군요. 재밌습니다. 그리고 그 워브라는 동물은 워낙 재주가 좋아서 거의 죽이기 불가능할 정도고 말입니다." 그는 재빨리 마스터스 쪽으로 눈길을 돌리며 말했다. "우리 책에서 보이는 서른한 군데의 변형은 모두 불사에 대해 말하고 있습니다. 루크레티우스의 경우가 그 예시가 되겠지요. 원래의 문구는 인간이란 덧없는 존재이며, 죽음을 맞이한 후에 존재가 남아있더라도 이 세상에서의 기억은 전혀 남아있지 않기 때문에 아무런 의미도 없다는 뜻을 담고 있습니다. 그러나 그 자리에 대신 들어간 문구는 직설적인 어조로 미래의 삶에 대해 예언을 하고 있지요. 루크레티우스의 원래 사상과는 완벽하게 상치되는 생각입니다. 지금 보고 계신 것이 무슨 뜻인지 아시겠습니까? 이 망할 워브라는 놈들의 사상이 여러 작가들의 생각 위에 덧씌워진 거라는 말입니다. 바로 그게 이 사건의 진상입니다." 그는 말을 멈추고 다시 조용히 메모를 시작했다.

"하지만 대체 어떻게 털가죽이, 설령 살아있는 놈이라 하더라도, 책의 내용을 변화시킬 수 있다는 말인가? 인쇄가 끝나고, 쪽을 잘라서 책등

334

을 풀로 붙이고 꿰맨 책들이란 말일세. 이건 말이 안 되는 소리야. 설령 그 장정이, 그 망할 털가죽이 정말로 살아있다고 하더라도, 나는 그 말은 믿을 수가 없네." 그는 세이퍼스타인을 노려보며 말을 이었다. "이 가죽이 살아있다면, 대체 무엇을 먹고 산다는 말인가?"

"대기 중에 떠다니는 작은 양분의 입자를 먹고 살지요."

마스터스는 자리에서 일어나며 말했다. "가세. 이건 말도 안 되는 소리야."

"땀구멍을 통해서 입자를 흡수합니다." 세이퍼스타인은 너무도 위엄 있는, 그래서 오히려 확신마저 생기는 말투로 말했다.

잭 스니드는 고용주를 따라 일어나지 않고, 자신의 공책을 들여다보며 말했다. "바뀐 내용 중 일부는 상당히 재미있습니다. 루크레티우스의 경우와 같이 원래의 문구와, 그리고 작가의 의도와 완벽하게 반대인 내용이 있는가 하면, 영원한 삶이라는 주제와 합치되는 문구를 만들기 위해 거의 알아챌 수 없을 정도의 미묘한 교정을 한 경우도 있지요. 진정한 문제는 바로 이겁니다. 우리가 단순히 한 부류의 생명체의 의견을 접하고 있는 것인지, 아니면 워브들이 자신이 하는 말 속의 진리를 알고 있는 것인지 말입니다. 예를 들어, 루크레티우스의 시가는 매우 뛰어나고, 아름답고, 흥미롭습니다. 시 자체는요. 그러나 철학으로 간주한다면 틀린 내용일 수도 있겠지요. 저는 모르는 일입니다. 제 일이 아니니까요. 저는 책을 편집할 뿐이지, 책을 쓰는 사람이 아닙니다. 훌륭한 교열 편집자라면 절대로 작가의 문장에 손을 대어 자신의 문장을 첨가하지 않을 겁니다. 하지만 워브는, 아니면 최소한 워브였던 가죽은, 그런 일을 하고 있는 겁니다."

세이퍼스타인은 그에게 말했다. "가치 있는 무언가를 썼는지는 알고 싶군요."

"시적으로 말입니까? 아니면 철학적으로요? 시적이나 문학적 견지에서 본다면, 이들의 문체나 비유법은 원래 작가에 비해 더 낫지도 못하지도 않습니다. 원래 원문을 알던 사람이 아니라면 눈치채지 못할 정도로 훌륭하게 원문 속에 스며들어 있지요." 그는 쓴 목소리로 덧붙였다. "절대로 모피가 하는 소리라고는 알아채지 못할 겁니다."

"철학적 의미에서의 가치를 말하는 것이었습니다."

"글쎄요, 언제나 똑같은 내용을 똑같이 단조롭게 말하고 있긴 하지요. 죽음이란 없다. 우리는 단지 잠들 뿐이다. 깨어나면 더 나은 삶을 맞이할 것이다. 이것이 『만물의 본성에 대하여』에 저지른 짓과 같은 겁니다. 그것뿐이에요. 그걸 읽으면 이놈의 철학을 전부 다 읽은 셈입니다."

"그렇다면 성경을 워브 가죽으로 싸보는 것도 흥미로운 실험이 되겠군." 마스터스가 생각에 잠긴 투로 말했다.

"그건 이미 해보았습니다."

"결과는?"

"물론 그 내용을 전부 읽을 정도의 시간은 없었지요. 하지만 바울이 보낸 고린도서의 내용은 훑어볼 수 있었습니다. 변한 곳은 단 한 군데뿐이었습니다. '보라 내가 너희에게 비밀을 말하노니―'* 로 시작되는 구절입니다. 이 구절을 모두 대문자로 바꾸어놓았지요. 그리고 '사망아, 너의 승리가 어디 있느냐? 사망아, 네가 쏘는 것이 어디 있느냐?'** 라는 구절을 열 번을 반복하고 있습니다. 꼬박 열 번을, 전부 대문자로 말이죠. 분명 워브들은 이 구절에 동의하고 있는 겁니다. 이놈들의 철학, 또는 신학이라고 할 수 있는 거겠죠." 그는 조심스레 단어를 고르며 말을 이었다. "이것은 기본적으로 신학적 논쟁입니다……. 일반 독자 대중과, 돼지와 소를 섞어놓은 것처럼 생긴 화성 동물의 가죽 사이의 논

---

* 고린도전서 15장 51절~53절. "보라 내가 너희에게 비밀을 말하노니 우리가 다 잠 잘 것이 아니요 마지막 나팔에 순식간에 홀연히 다 변화되리니 나팔 소리가 나매 죽은 자들이 썩지 아니할 것으로 다시 살아나고 우리도 변화되리라 이 썩을 것이 반드시 썩지 아니할 것을 입겠고 이 죽을 것이 죽지 아니함을 입으리로다"
** 고린도전서 15장 55절.

쟁인 거죠. 묘하군요." 그는 다시 자기 공책으로 시선을 옮겼다.

잠시 적막이 흐른 후, 마스터스가 다시 입을 열었다. "자네는 워브가 일종의 내부 정보를 가지고 있다고 생각하고 있는 거겠지? 아까 자네가 말했듯이, 단순히 죽음을 피하는 방법을 터득한 한 동물의 의견이 아니라 진리 그 자체일 수도 있다고 말이야."

"제 생각은 이겁니다. 워브는 단순히 죽음을 피하는 방법을 터득한 것이 아니라, 실제로 자신이 설파하는 내용을 행동으로 옮기고 있다는 겁니다. 죽음을 당하고, 가죽이 벗겨지고, 가죽이 산 채로 책 표지가 됨으로써, 그 동물은 죽음을 정복한 거지요. 계속 살아가는 겁니다. 그놈이 생각하기에는 보다 나은 삶의 형태로서 말입니다. 우리는 단순히 한 지역 동물의 의견에 대해 이야기하는 것이 아닙니다. 우리가 여전히 확신하지 못하고 있는 행동을 실행에 옮긴 존재에 대해 이야기하고 있다는 겁니다. 이놈은 알고 있어요. 자신이 바로 그 사상의 살아있는 증거인 겁니다. 진실이 말해주고 있습니다. 저는 믿는 쪽으로 마음이 기우는군요."

"이놈에게야 생명이 지속되겠지. 하지만 우리에게도 그러리라는 법은 없지 않나." 마스터스는 반대 의견을 표했다. "세이퍼스타인 씨의 말대로, 이 워브라는 동물은 아주 독특한 존재일세. 지구나 달이나 화성의 다른 어떤 동물의 가죽도, 대기 중의 입자를 섭취하며 생명을 이어가지는 못해. 이놈이 그런 일을 할 수 있다고 해서—"

"워브 가죽과 대화를 할 수 없다는 일이 애석하군요. 우리 플로리스 사에서도 이 가죽이 죽은 후에도 살아있다는 사실을 안 후로 여러 가지 시도를 해보았습니다. 하지만 방법을 찾아내지는 못했지요." 세이퍼스타인이 말했다.

"하지만 우리 오벨리스크북스 쪽에서는 해냈습니다." 스니드가 지적했다. "사실 저는 이미 그 방법을 실험해보았지요. 일단 '워브는 다른 모

든 생물과는 달리 불멸이다'라는 한 줄의 문장을 인쇄한 다음, 워브 가
죽으로 제본한 후 다시 읽어보았습니다. 내용이 바뀌어 있더군요. 보십
시오." 그는 얇은 책 한 권을 마스터스에게 넘겼다. "지금 내용 그대로
읽어보십시오."

마스터스는 그 문장을 소리 내어 읽었다. "워브는 다른 모든 생물과
마찬가지로 불멸이다."

그는 책을 스니드에게 돌려주며 말했다. "그래, 하지만 이놈이 한 거
라고는 단어 하나를 바꾼 것뿐이지 않나. 내용을 그다지 많이 바꾼 것
도 아니지."

"하지만 의미의 측면에서 보면 폭탄이나 다를 바 없지요. 소위 말하
는 무덤 건너편으로부터 응답을 받은 셈이니까요. 제 말은, 현실을 직시
하자는 겁니다. 워브 가죽은 엄밀히 말해 죽은 존재입니다. 그 털가죽이
자라나던 워브 본체가 죽었으니까요. 이 내용은 죽음 후에 의식을 가진
존재가 남아있느냐는 물음에 대한 확실한 답변에 거의 근접한 것이란
말입니다."

"물론 한 가지 지적해야 할 사항이 있기는 합니다." 세이퍼스타인이
머뭇거리며 끼어들었다. "이런 말은 별로 하고 싶지 않습니다. 무슨 의
미가 있는지도 모르겠고요. 하지만 화성 워브는 놀랍고 때로는 기적에
가까운 생존 능력에도 불구하고, 정신적 능력 측면에서 보면 바보 같은
동물입니다. 예를 들자면, 지구의 주머니쥐는 고양이의 삼분의 일 크기
의 뇌를 가지고 있습니다. 워브의 뇌는 그 주머니쥐 뇌의 오분의 일 크
기밖에 안 된단 말입니다."

"글쎄, 성경에 보면 '가장 뒤에 오는 자가 가장 앞에 서게 될 것이다'
라는 말이 있지요. 어쩌면 이 하찮은 워브라는 존재도 그 법칙을 따르
는지도 모릅니다. 그러기를 빌어봅시다." 스니드가 말했다.

마스터스는 그를 바라보며 물었다. "자네는 영생을 원하나?"

"물론이죠. 다들 그렇지 않습니까."

"나는 아닐세. 나는 이미 온갖 문제들을 겪을 만큼 겪었어. 나는 절대로 책 표지 따위가 되어 영원히 살고 싶은 생각이 없네. 아니, 다른 어떤 형태로도 말이야." 그러나 단호하게 말하면서도, 그는 속으로는 다른 생각을 하고 있었다. 완전히 다른 생각을.

"워브가 좋아할 만한 일로 들리는군요. 책 표지가 된다라. 조용히 책장에 꽂힌 채로, 대기 중의 입자를 흡수하며 세월을 보내면서, 그리고 아마 명상을 하면서 말입니다. 아니면 뭐든 워브들이 죽은 후에 하는 일을 하겠죠." 세이퍼스타인이 말했다.

"신학 생각을 할 겁니다. 설교도 하죠." 그리고 스니드는 자기 사장을 보며 말했다. "앞으로는 워브 가죽으로 책을 제본하는 일은 없겠군요."

"상업적으로는 그렇지. 팔 수 없을 테니까. 하지만—" 그는 이 가죽이 다른 용도로 쓸모가 있을 거라는 확신을 억누를 수가 없었다. "내 생각에는 말이네. 만약 이 가죽이 자신이 재료로 사용된 모든 물체에 높은 정도의 생존 효과를 부여한다면 어떨 것 같나. 창문에 다는 커튼이라든가 말이야. 아니면 비행 자동차의 내부 제품이라든가. 통근자의 사망률을 낮춰줄 수도 있지 않겠나. 아니면 군대 방탄모 안감으로는 어떨까. 야구 선수에게도 쓸모가 있을 테고." 그에게 막연하지만 무한한 가능성이 떠오르고 있었다. 시간을 충분히 들여 잘 생각해볼 필요가 있었다.

세이퍼스타인이 말했다. "어쨌든, 저희 회사로서는 환불 요청을 기각합니다. 워브 가죽의 특성은 우리가 올해 초에 펴낸 도록에서 공표해놓았던 것이니까요. 우리는 그 책에서 언급하기를—"

"좋소. 우리가 손해를 감수하도록 하지. 그건 없던 일로 합시다." 마스터스는 손을 저으며 짜증 난다는 듯 말을 끊고는, 다시 스니드를 보며 말했다. "그 서른한 번의 변형에서 모두 죽음 뒤의 삶이 즐겁다고 말하고 있나?"

"확실합니다. 『만물의 본성에 대하여』에 집어넣은 문구인 '지상에서의 존재가 끝난 후에야 영원한 지복을 맞이하게 된다는 것을'이라는 문구가 모든 것을 대변하지요. 그 안에 전부 들어 있습니다."

"지복이라." 마스터스는 그 단어를 되뇌며 고개를 끄덕였다. "물론 우리는 엄밀히 말해 지상이 아니라 화성에 있긴 하지. 하지만 같은 뜻일 거라 생각하네. 어디서 살든 관계없이 생명을 의미하는 말이겠지." 그는 더욱 곰곰이 생각하기 시작했다. "지금 드는 생각은 말일세, 이것이 뭉뚱그려 말하는 '죽음 뒤의 삶'이라는 주제는 인간들 역시 5만 년 동안 반복해 말해온 것이라는 사실이지. 루크레티우스는 2000년 전에 그랬고. 내가 관심을 가지는 것은 전체적인 철학적 판도가 아니라, 워브 가죽이 직접 불변성을 가져다준다는 명확한 사실일세." 그는 다시 스니드를 보고 물었다. "이 가죽으로 제본한 책은 또 뭐가 있나?"

"톰 페인의 『이성의 세기』가 있습니다."

"결과는 어땠지?"

"267쪽에 달하는 백지였습니다. 그 정 가운데에 '으이구'라는 한 단어만 적혀있었고요."

"계속해보게."

"브리태니커 백과사전이 있습니다. 변화시킨 것은 아무것도 없지만, 항목을 통째로 덧붙여놓았더군요. 영혼에 대해, 윤회에 대해, 지옥과 천벌, 죄악과 불멸성에 대해 말입니다. 스물네 권의 전집이 모두 종교적인 내용이 되어버리고 말았습니다. 계속할까요?"

"물론이지." 마스터스는 그의 설명을 들으며 깊은 생각에 빠져있었다.

"토마스 아퀴나스의 『신학 대전』이 있습니다. 원문은 그대로였지만, 주기적으로 성경에서 가져온 '율법 조문은 죽이는 것이요 영은 살리는 것이노라'*라는 문구를 넣어놓았습니다. 반복해서 말이죠.

---

* 고린도후서 3장 6절.

340

제임스 힐튼의 『잃어버린 지평선』도 있습니다. 여기서는 샹그리라를 이생의 삶 이후를 보여주는 환영으로—"

"좋아, 어느 정도 이해한 것 같군. 문제는 이것으로 뭘 하느냐일세. 책을 제본할 수 없다는 사실은 분명하지. 최소한 이 가죽과 견해가 다른 책들은 말이야." 그러나 그는 이미 다른 용도를 생각하고 있었다. 훨씬 더 사적인 용도를. 그리고 그 용도란 워브 가죽이 책에 하는 일보다 훨씬 중요한 일이었다. 아니, 움직이지 않는 무생물에 하는 어떤 일보다도 훨씬 더.

전화를 쓸 수 있게만 되면 즉시—

"특히 눈길을 끈 것은, 우리 동시대의 가장 유명한 프로이트파 정신분석학자들의 논문을 모아놓은 책의 경우였습니다. 논문에는 전혀 손을 대지 않았지만, 논문이 끝나는 곳에는 전부 똑같은 문장을 추가해놓았더군요. '의사여, 자신부터 치유하라.' 유머 감각도 좀 있는 모양입니다." 스니드는 웃으며 말하고 있었다.

"그렇군." 마스터스는 계속해서 전화와 그가 곧 하게 될 통화의 내용만을 생각하고 있었다.

오벨리스크북스의 자기 사무실로 돌아온 후, 마스터스는 자신의 아이디어가 성공할지 알기 위해, 준비 삼아 한 가지 실험을 해보았다. 그는 조심스레 자기가 제일 좋아하는 로열 앨버트 본차이나 찻잔과 찻잔 접시를 워브 가죽으로 감쌌다. 그리고 충분히 자기 성찰과 동요를 가라앉히는 시간을 보낸 후, 그는 그 꾸러미를 사무실 바닥에 내려놓고는 노쇠한 육체에 남은 모든 힘을 동원해 힘껏 밟았다.

찻잔은 부서지지 않았다. 최소한 멀쩡해 보이기는 했다.

그는 꾸러미를 풀고는 찻잔을 조심스레 살폈다. 그의 생각이 옳았다. 워브 가죽으로 싼 물건은 파괴할 수 없는 것이다.

그는 실험 결과에 만족한 채로 책상으로 돌아와 앉아서, 마지막으로 다시 한 번 생각에 잠겼다.

워브 가죽으로 물건을 싸면 평범하고 깨지기 쉬운 물건도 불멸성을 얻게 된다. 그러니 워브들이 가지고 있는 영원한 생존이라는 사상은 실제로 실천으로 옮겨지고 있는 것이다. 그가 생각한 그대로였다.

그는 전화를 집어 들고 자기 변호사의 번호를 눌렀다.

상대방이 전화를 받자, 그는 변호사에게 말하기 시작했다. "내 유언장에 관한 일이네. 있잖나, 몇 달 전에 작성한 그거 말이야. 추가로 기입하고 싶은 항목이 있네."

"예, 마스터스 씨. 말씀하십시오."

"간단한 내용이네. 내 관과 관련된 일이야. 내 유산을 상속받는 이들이 다음 사항을 분명하게 지켜주기를 바라네. 내 관의 안감은 사방과 위아래 모두 워브 모피로 댈 것. 플로리스 사에서 나온 것으로 말이네. 워브 모피를 두른 채로 조물주를 뵙고 싶거든. 내 인상도 훨씬 좋아지지 않겠나." 말투는 무심한 듯했지만, 어조 자체는 매우 진지했다. 변호사도 그 사실을 금세 알아차렸다.

"원하신다면 그렇게 하겠습니다."

"그리고 자네도 나를 따라하기를 권하고 싶군." 마스터스가 덧붙였다.

"그건 또 무슨 말씀이십니까?"

"우리가 다음 달에 출간할 『가정 의학 참조 사전』을 찾아보게. 그리고 워브 가죽으로 장정한 판본을 구하도록 해. 다른 책들과는 다를 테니까."

그리고 그는 다시 한 번 자신이 들어가게 될 워브 모피 안감이 깔린 관에 대해 생각해보았다. 지하 깊은 곳에서, 그를 감싼 채로, 계속해서 자라나는 살아있는 워브 모피를.

워브 모피에 둘러싸인 그 자신이 어떤 모습으로 변할지도 흥미로운 일일 것이다.

특히 몇 세기가 지난 다음에는. ◐

복수전
Return Match

PHILIP K. DICK

평범한 도박을 하는 카지노가 아니었다. 그리고 이 사실이 S.L.A.의 경찰 당국에는 특수한 문제를 야기했다. 이곳에 카지노를 세운 외계인들은 그들의 거대한 우주선을 카지노 테이블 바로 위에 주차시켜놓았기 때문에, 단속반이 들이닥치기라도 하면 우주선의 제트 분사가 카지노 안의 모든 것을 파괴해버렸던 것이다. 제프 틴베인 경관은 그 방식이 언짢았다. 효율적인 방법이지. 한 번 분사하기만 하면 외계인들은 테라를 떠남과 동시에 불법 행위의 증거까지 전부 소멸시켜버리는 셈이니까.

게다가 그에 더해, 살아남아서 증언을 해줄 가능성이 있는 인간 도박꾼들까지 전부 죽여 없애버리는 것이었다.

그는 주차한 에어카 안에 앉아, 품질 좋은 수입 딘 스위프트 인치케네스 위스키를 홀짝거리다가, 곧 렌즈 렐리시가 들어 있는 코담배 통을 꺼냈다. 기분이 조금 나아지기는 했지만 대단한 정도는 아니었다. 그의 왼쪽으로는, 저녁의 어스름 속에 조용히 서있는 외계인들의 검은 우주선체가 보였다. 그 아래로는 사방이 벽으로 둘러싸인 넓은 공간이 있었다. 그곳 역시 어둡고 조용해 보였다. 물론 속임수일 뿐이겠지만.

"저기 들어가볼 수도 있겠지만, 그러면 그냥 개죽음을 당할 뿐이지." 그는 옆에 앉아있는, 자기보다 경험이 부족한 동료에게 말했다. 결국 로봇을 믿는 수밖에 없단 말이지. 그는 생각했다. 움직임이 굼뜨고 실수를 하기는 하지만 별 수 없는 일이야. 어쨌든 로봇은 생명체가 아니니까. 그리고 이런 임무에는, 생명체가 아니라는 사실도 장점이 될 수가 있지.

"세 대째가 들어갑니다." 옆에 있던 팔크스 경관이 조용히 말했다.

인간의 옷을 입은 늘씬한 형상이 카지노 문 앞에 도착해서, 문을 두드린 다음 기다렸다. 즉시 문이 열렸다. 로봇은 암호를 대고 입장을 허가받았다.

"저 로봇들이 이륙할 때의 분사를 견뎌낼 수 있을 것 같나?" 틴베인이 물었다. 팔크스는 로봇 분야의 전문가였다.

"하나 정도는 살아남을지도 모르지요. 전부는 힘들 겁니다. 하지만 하나면 충분하죠." 몸이 달아오른 팔크스는 몸을 기울이며 틴베인 건너편의 건물을 바라보았다. 아직 어린 기가 가시지 않은 그의 얼굴에는 긴장이 가득했다. "지금 확성기를 씁시다. 체포하러 왔다고 말해요. 기다릴 이유가 없지 않습니까."

"우주선이 멈춰있고 그 아래에서 작전이 진행되고 있는 모습을 지켜보는 것이 더 편하다는 이유가 있지. 기다려도 되지 않나."

"하지만 로봇은 이게 다입니다."

"시각 정보를 전송해올 때까지 기다려보지." 틴베인이 대답했다. 어쨌든 그런 것이 온다면 증거 같은 게 되기는 할 테니까. 그리고 경찰 본부에서는 지금의 진행 상황을 모두 영구 보존용으로 기록하고 있었다. 그러나 이 작전에 투입된 동료 경관의 말에도 일리가 있었다. 휴머노이드 형태의 로봇 세 대가 들어간 이상, 이제부터는 더 이상 아무런 일도 벌어지지 않을 것이었다. 외계인들이 침입자가 있다는 사실을 파악하고 그들의 일반적인 도주 방법을 실행에 옮기기 전까지는. "좋아." 그는 확성기의 작동 버튼을 눌렀다.

팔크스는 몸을 숙이고 확성기에 대고 말했다. 곧 확성기에서는 엄청난 소리가 뿜어져 나왔다. "로스앤젤레스 광역시 법 집행관 자격으로, 지금 건물 내부에 있는 자들에게 전부 도로로 나올 것을 명령한다. 추가로—"

확성기에서 울려 퍼지던 목소리는 우주선의 이륙 분사 소리에 파묻혀버렸다. 팔크스는 어깨를 으쓱하고는 틴베인 쪽을 향해 굳은 웃음을 지어 보였다. 그의 입 모양은 이렇게 말하고 있었다. 별로 오래 걸리지 않는군요.

예상한 대로 아무도 밖으로 나오지 않았다. 카지노 안의 어느 누구도 도망치지 못했다. 건물을 구성하고 있던 구조물이 녹아내린 후에도 마찬가지였다. 우주선은 건물에서 분리되어서는, 흐물흐물한 왁스 같은 물질 웅덩이를 뒤로 남긴 채 날아가버렸다. 여전히 아무도 나오지 않았다.

모두 죽은 게로군. 틴베인은 내색하지 않았지만 그 사실을 깨닫고 충격을 받았다.

"들어가볼 때로군요." 팔크스가 냉정하게 말했다. 그는 자기 석면 방호복 안으로 기어들어가기 시작했다. 잠시 후 틴베인도 같은 행동을 시작했다.

두 사람은 함께 한때 카지노였던 뜨겁고 흐물흐물한 웅덩이 안으로 들어갔다. 그 가운데에는 세 대의 인간형 로봇 중 두 대가 무더기를 이루듯 쌓여있었다. 최후의 순간에 자신들의 동체로 무언가를 보호하려 했던 듯하다. 세 번째 로봇의 흔적은 없었다. 다른 모든 것들, 모든 유기체와 함께 사라져버린 듯했다.

이놈들이 보호할 가치가 있다고 생각 — 자기네 나름의 멍청한 방식으로 — 한 것이 뭔지 궁금하군. 틴베인은 로봇 두 대의 뒤틀린 잔해를 뒤적이며 생각했다. 뭔가 살아있는 것인가? 그 달팽이같이 생긴 외계인 중 하나일까? 아마도 아니겠지. 그럼 도박 테이블일 가능성이 높겠군.

"로봇치고는 상당히 잽싸게 행동한 모양입니다." 팔크스가 감탄한 듯 말했다.

"어쨌든 뭔가를 확보하기는 했잖나." 틴베인이 지적했다. 그는 조심스레 두 대의 로봇이었던 엉겨 붙은 금속 덩어리를 찔러보았다. 동체였을 것으로 보이는 부분이 옆으로 미끄러졌고, 로봇들이 보호하고 있던 물체가 모습을 드러냈다.

핀볼 기계였다.

틴베인은 이유를 알 수가 없었다. 저게 얼마나 가치가 있는 거지? 가치가 있기는 한가? 개인적으로는 별로 그럴 것 같지 않았다.

구 로스앤젤레스 시가지의 선셋 거리에 위치한 경찰 실험실에서, 기술자 하나가 틴베인에게 길게 적힌 분석 결과를 건네주었다.

"말로 좀 해주시게." 틴베인이 짜증을 내며 말했다. 이런 고난을 이제 와서 겪기에는 경찰 노릇을 너무 오래 해온 몸이었다. 그는 보고서와 클립보드를 키 크고 늘씬한 경찰 기술자에게 돌려주었다.

"사실 평범한 물건이 아니었습니다." 기술자는 자기가 직접 작성한 보고서를 곁눈질하며 말을 시작했다. 이미 자기가 쓴 내용을 전부 잊어버린 것 같은 태도였다. 그의 목소리는 보고서 그 자체와 마찬가지로 메마르고 단조로웠다. 그에게는 분명 일상적인 작업이었을 것이다. 그 역시 인간형 로봇들이 건져낸 핀볼 기계가 별것 아니라고 생각하고 있을 터였다— 최소한 틴베인은 그렇게 짐작했다. "무슨 말이냐 하면, 그 외계인들이 예전에 테라에 들여온 물건들과는 완전히 다르다는 말입니다. 그 물건을 직접 살펴보는 쪽이 더 명확하게 이해가 될 것 같군요. 25센트 동전을 하나 넣고 한 판 직접 해보기를 권합니다." 그리고 그는 덧붙였다. "실험실 예산에서 25센트를 제공해드리죠. 나중에 기계에서 빼낼 수 있으니까요."

"나도 25센트 동전은 있소." 틴베인은 짜증 섞인 목소리로 말했다. 그는 기술자를 따라 사람들이 바쁘게 일하고 있는 커다란 실험실을 통과하며, 복잡하면서도 상당히 많은 경우에 별 쓸모는 없는 다양한 분석기기들과 일부 파손된 기계들을 지나 뒤쪽의 작업 공간으로 들어갔다.

그곳에 로봇들이 보호했던 핀볼 기계가 수리된 깨끗한 상태로 서있었다. 틴베인은 동전을 넣었다. 다섯 개의 쇠구슬이 저장 공간으로 쏟아져 들어왔다. 그리고 그에게서 멀리 떨어진 쪽의 기계 표면이 다양한 색으로 반짝이며 빛나기 시작했다.

"첫 구슬을 쏘기 전에 일단 공이 지나가게 될 기계 내부의 구역을 잘 봐두기를 권하고 싶군요. 보호 유리 아래의 수평 구역은 꽤나 재미있습니다. 마을의 모형이거든요. 주택, 불이 켜진 거리, 주요 공공건물, 탈것이 지나가는 머리 위의 도로까지……. 물론 테라의 마을은 아닙니다. 그들이 흔히 접하는 이오의 마을이지요. 정교한 묘사가 훌륭합니다."

틴베인은 몸을 숙이고 관찰해보았다. 기술자의 말이 맞았다. 이 미니어처 모형은 놀라울 정도로 정밀했다.

"이 기계의 구동부를 검사한 결과에 의하면, 상당히 오래 사용된 기계인 모양입니다. 오차 정도가 제법 있어요. 아마 1000판 정도 더 하기 전에 정비소로 들어가야 할 것이라고 생각됩니다. 물론 이오에 있는 그 외계인들의 정비소겠지요. 이들이 이런 종류의 장비를 만들고 유지 보수를 할 수 있는 장소 말입니다. 아, 장비라는 것은 도박 물품을 말하는 겁니다."

"이 게임의 목적이 뭐요?" 틴베인이 물었다.

"여기 있는 것은 우리가 보통 완전 변화 형상이라고 부르는 것입니다. 즉 이 쇠구슬이 지나가는 곳의 지형은 절대 예전과 같은 상태로 돌아가지 않는다는 것이죠. 가능한 조합의 수는—" 그는 보고서를 뒤적였으나 정확한 수치를 찾아내지는 못했다. "뭐, 꽤 큽니다. 백만 단위는 되죠. 우리 기준으로 보면 아주 정교한 장치입니다. 일단 쇠구슬을 하나 발사해보면 금방 알게 될 겁니다."

틴베인은 공이쇠를 잡아당겨서, 저장소에 있는 첫 번째 구슬이 굴러들어와 공이쇠 끝의 발사 막대에 닿도록 했다. 그러고는 용수철이 달린 발사 막대를 힘껏 잡아당겼다 놓았다. 구슬이 총알같이 튀어나가 압력 쿠션에 부딪히며 점점 더 속도가 빨라지는 모습이 보였다.

이제 구슬은 계속 속도를 올리며 마을의 위쪽 경계로 굴러오고 있었다.

"마을을 지키는 1차 방어선은 이오의 지형지물과 비슷한 모습과 색깔, 재질로 만들어진 여러 개의 둔덕입니다. 놀라울 정도로 실제 지형과 동일하게 만들어놓았지요. 어쩌면 이오 주변을 도는 인공위성에서 보고 만든 것일지도 모릅니다. 그 위성의 실제 표면을 상공 10마일 정도에서 보고 있다고 생각해도 좋을 정도입니다."

쇠구슬은 주변의 거친 지형과 마주쳤다. 곧 궤도가 바뀌었고, 구슬은 가던 방향으로 움직이지 못하고 방향을 잃은 듯 흔들렸다.

"튕겨낸 거로군. 마을을 완전히 비껴가겠어." 지형지물이 훌륭하게 구슬의 낙하 궤도를 바꿔놓은 것을 보며, 틴베인이 말했다.

구슬은 이제 상당히 추진력을 잃은 채 외곽의 홈으로 빠져서, 그 홈을 타고 흘러내려갔다. 그리고 아래쪽의 배출구로 떨어지기 직전에 바로 옆의 압력 쿠션에 부딪혀서는 다시 게임판 위로 튀어 올랐다.

빛나는 배경 위에 점수가 떠올랐다. 순간적이기는 해도 플레이어 측의 승리였다. 구슬은 다시 마을을 위협하며 날아갔다. 구슬은 다시 한 번 험한 지형에 막혀서, 아까와 같은 궤도를 따라 떨어져 내려왔다.

"이제 상당히 중요한 장면을 보게 될 겁니다. 방금 전에 부딪혔던 압력 쿠션으로 가게 될 테니까요. 구슬을 보지 말고 쿠션을 봐요."

틴베인은 그 말에 따랐다. 그리고 쿠션으로부터 살짝 회색 연기가 피어오르는 모습을 보았다. 그는 뭔가를 묻고 싶은 듯 기술자 쪽을 보았다.

"이제 구슬을 봐요!" 기술자가 날카롭게 말했다.

구슬은 아까와 마찬가지로 떨어지기 직전에 압력 쿠션을 때렸다. 그러나 이번에는, 쿠션이 구슬의 충격에 제대로 반응하지 못했다.

구슬이 아무 저항 없이 배출구로 떨어져 게임에서 나가는 모습을 보며, 틴베인은 눈을 깜빡였다.

"아무 일도 일어나지 않았잖소." 그가 말했다.

"방금 연기를 봤잖습니까. 그 쿠션의 배선에서 일어난 겁니다. 전기적 쇼트 현상이죠. 그곳에서 다시 구슬이 튀어 오르면 위협적인 자리― 마을을 위협할 수 있는 자리로 돌아갈 것이기 때문에 그런 일이 벌어진 겁니다."

"다른 말로 하면, 무언가가 그 쿠션이 구슬에 끼치는 영향을 파악하고 있었다는 거로군. 이 기계의 구조 자체가 구슬의 움직임으로부터 자기 자신을 보호하기 위해 움직이고 있다는 건가." 그는 다른 외계의 도박 기구에서 이런 비슷한 성질을 목격한 적이 있었다. 도박을 하는 사람이 이길 확률을 낮추기 위해, 게임 판이 마치 살아서 움직이는 듯 보이게 하는 정교한 회로였다. 이 게임의 경우에는 다섯 개의 쇠구슬이 핀볼 기계 가운데에 있는 이오의 마을 모형을 지나가게 하면 점수를 얻을 수 있었다. 따라서 그 마을을 지킬 필요가 있는 것이다. 따라서 특별히 전략적인 위치에 있는 압력 쿠션은 제거해야 할 필요가 있는 것이다. 일단 지금 당장은. 나중에 기계 내부의 지형이 그 쿠션과 관계없을 정도로 바뀌기 전까지는 말이다.

"딱히 새로운 것은 없습니다. 이런 기계는 열 번도 넘게 봤겠죠. 나는 백 번도 더 봤습니다. 이 핀볼 기계를 1만 번 실행시키고, 매 실행마다 쇠구슬을 무력화시키는 쪽으로 회로가 조금씩 재배열된다고 해봅시다. 그리고 매번 일어나는 변화가 누적된다고 가정해보죠. 그렇다면 게임을 하는 사람의 점수는 기계가 대응을 시작하기 전의 점수보다 몇 분의 일 정도밖에는 되지 않을 것입니다. 이런 변화는 다른 모든 외계의 도박 기계와 마찬가지로 이길 확률의 극한값이 0이 되도록 하는 방향으로 움직이고 있습니다. 마을을 맞히려고 시도를 해봐요, 틴베인. 우리는 계속해서 구슬을 발사하는 기계를 만들어서, 140번의 게임을 수행해봤습니다. 구슬이 마을에 도달해서 피해를 입힌 게임은 그중 단 한 번도 없었어요. 얻은 점수도 역시 기록해놓았습니다. 매번 시도할 때마다 조금씩이지만 확실하게 점수가 떨어지더군요." 기술자는 웃음을 지었다.

"그래서?" 틴베인이 물었다.

"그래서 아무것도 아니라는 겁니다. 내가 말했고, 내 보고서에 적은 그대로 말이죠." 기술자는 잠시 말을 멈추었다가, 다시 입을 열었다. "한 가지만 빼고요. 이걸 좀 봐요."

그는 몸을 굽혀 가는 손가락으로 풍경을 덮고 있는 보호 유리 위를 훑다가, 모형 마을의 중심부 근처에 있는 건축물을 가리켰다. "연속 사진 촬영 결과, 이 특정 부품의 형상이 매 게임마다 정교해지고 있다는 사실이 확인되었습니다. 분명히 이 기계 아래의 회로에 의해 건설되고 있는 거지요. 다른 모든 변화와 마찬가지로 말입니다. 하지만 이건 ─ 이걸 보면 뭔가 생각나는 것이 없습니까?"

"로마식 투석기처럼 보이는군. 수평이 아니라 수직으로 발사할 것같이 생기기는 했지만."

"우리도 그렇게 생각했습니다. 그리고 여기 발사하는 부분을 잘 봐요. 마을 전체의 축척과 비교해 볼 때 비정상적으로 크지요. 사실 거대하다고 말할 수 있을 겁니다. 엄밀하게 말해, 다른 건축물과 비율이 맞지 않습니다."

"저 크기라면 거의 저게 들어갈 수 있을 것 같은데─"

"거의가 아닙니다. 우리가 측정을 해봤어요. 완벽하게 동일한 크기입니다. 투석기의 팔매 부분은 이 게임의 쇠구슬이 딱 들어맞을 수 있는 크기예요." 기술자가 말했다.

"그럼 구슬이 들어가면?" 틴베인은 오싹한 기분으로 물었다.

"그럼 사용자를 향해 쇠구슬을 발사하겠죠." 기술자는 차분하게 설명했다. "지금 저 투석기는 기계 전면으로, 전면 상부로 발사되도록 정확하게 조준되어 있습니다. 게다가 거의 완성된 상태죠."

틴베인은 외계인의 핀볼 기계를 살펴보며 속으로 생각했다. 최고의 방어는 공격이라는 거겠지. 하지만 그 속담이 이런 식으로 현실화되리라 생각했던 사람이 있을까?

단순히 그런 사람이 없다는 말로는 이 기계의 방어 체계를 설명하기에는 역부족이야. 그걸로는 부족하지. 이 기계는 0을 한도로 생각하고 있지 않으니까. 그보다 더 나은 방어 체계를 만들고 싶어 하고 있으니까. 이 기계는 너무 잘 만들어졌어.

과연 그럴까?

"외계인들이 이런 기계를 의도적으로 만들었다고 생각하시오?" 그는 키 크고 늘씬한 기술자에게 물었다.

"관계없는 일이죠. 최소한 지금 이 순간의 관점에서 보아서는 말입니다. 지금 중요한 요소는 두 가지입니다. 이 기계가 테라의 법을 어기며 테라로 운송되어 왔고, 테라인들이 이 기계를 가지고 놀고 있었다는 것이죠. 의도적이든 아니든, 이 기계는 곧 살상 병기로 이용될 수 있습니다." 그리고 그는 덧붙였다. "우리는 20회의 게임을 관찰하고 계산해보았습니다. 동전을 넣을 때마다, 건축은 재개됩니다. 쇠구슬이 마을 근처로 가든, 그렇지 않든 관계가 없어요. 중요한 것은 이 기계의 헬륨 축전지에서 공급되는 전력일 뿐입니다. 그 전력은 게임이 시작되면 자동으로 공급되지요. 지금 우리가 여기 서있는 이 순간에도 이놈은 투석기를 짓고 있어요. 빨리 남은 구슬 네 개를 써버리는 편이 나을 겁니다. 이 기계가 동작을 중지하도록 말이지요. 아니면 최소한 이 기계를 분해하거나 회로에서 전원 장치를 빼낼 수 있도록 허가를 내줘요."

"외계인들은 인간의 생명을 별로 중요하게 생각하지 않지." 틴베인은 회상했다. 그는 우주선이 떠나면서 벌이는 끔찍한 학살극을 떠올리고 있었다. 그들에게는 그런 짓이 일상의 일부다. 하지만 그런 보편적인 학살의 관점에서 보면, 이런 기계는 불필요해 보였다. 이런 기계를 사용한다고 무엇을 더 얻을 수 있겠는가?

그는 곰곰이 생각하며 말했다. "이 기계는 선택적이지. 단지 게임을 한 사람만 골라서 없앨 테니까."

"모든 사용자를 없애겠지요. 한 사람씩 차례로 말입니다."

"하지만 첫 사상자가 난 다음에도 이걸 갖고 노는 사람이 있겠소?"

"단속반이 들이닥치면 외계인들이 모든 기물과 사람을 태워버릴 것이라는 사실을 알면서도 찾아가는 사람들이 있지 않습니까." 기술자가 지적했다. "도박이란 중독성 있는 습관입니다. 특정한 부류의 사람들은 어떤 위험이 도사리고 있어도 도박을 하러 가지요. 러시안 룰렛이란 거 들어본 적 있습니까?"

틴베인은 두 번째 쇠구슬을 튕기고 나서, 그 구슬이 여기저기 부딪히며 모형 마을 쪽을 향해 가는 모습을 관찰했다. 이번 구슬은 험난한 지형을 통과해서는, 마을 안의 첫 주택 쪽을 향해 굴러갔다. 어쩌면 이놈이 나를 해치우기 전에 내가 이놈을 해치울 수 있을지도 몰라. 그는 끓어오르는 분노를 느끼며 생각했다. 구슬이 작은 주택을 향해 굴러가 그 건물을 쓰러트리고 계속 굴러가는 것을 보자, 그의 마음속에서 새롭고 묘한 흥분이 일어나 그의 몸을 가득 채웠다. 그에 비해서는 작은 크기의 구슬이지만, 마을을 구성하고 있는 모든 건물, 모든 구조물들보다는 훨씬 더 큰 크기였다.

— 중앙의 투석기를 제외한 다른 모든 건물들보다 말이다. 그는 구슬이 위험할 정도로 투석기 가까이로 지나가서는, 주요 공공건물 중 하나에 부딪혀 곧 배출구로 굴러들어가는 모습을 기대감을 품고 바라보았

다. 그는 즉시 세 번째 구슬을 쏘아 올렸다.

"위험 요소가 상당하지 않습니까? 당신의 목숨 대 이 기계의 목숨 아닙니까. 성향이 맞는 사람에게는 상당히 유혹적인 놀이로 보입니다." 기술자가 부드럽게 말했다.

틴베인은 그에게 말했다. "이놈이 저걸 쏘기 전에 투석기를 부술 수 있을 것 같은데."

"그럴 수도 있죠. 못 할 수도 있고요."

"할 때마다 구슬이 투석기 가까이로 가고 있지 않소."

"저 투석기가 작동하려면 쇠구슬이 하나 필요할 겁니다. 그게 저 투석기의 탄환이니까요. 당신은 지금 저 기계가 쇠구슬을 손에 넣을 확률을 극단적으로 높이고 있는 겁니다. 실제로는 돕는 거예요." 기술자는 우울하게 덧붙였다. "사실 당신이 없으면 작동하지도 않겠지요. 게임을 하는 사람은 적일 뿐 아니라 반드시 필요한 요소이기도 한 겁니다. 끝내는 게 좋겠어요, 틴베인. 이 기계는 당신을 이용하고 있는 겁니다."

"저 투석기를 박살낸 다음에 끝내겠소."

"분명 그렇게 되겠죠. 죽을 테니까." 그는 틴베인을 찬찬히 살폈다. "어쩌면 외계인들이 이런 목적으로 이 기계를 만든 것일지도 모르겠군요. 우리의 단속에 대해 보복하기 위해서 말입니다. 아마도 그것이 목적일 겁니다."

"25센트 동전 좀 있소?" 틴베인이 말했다.

틴베인이 열 번째 게임을 하던 도중, 예상치 못한 기계의 전략 변경이 모습을 드러냈다. 갑자기 쇠구슬을 마을에서 멀리, 한쪽으로 밀어내려는 모든 노력을 중단한 것이다.

틴베인은 쇠구슬이 처음으로 정중앙을 향해 굴러가는 모습을 보았다. 비율로 볼 때 엄청나게 커다란 투석기 쪽으로 곧바로 가고 있었다.

투석기가 완성된 것이 분명했다.

"나는 당신보다 계급이 높아요, 틴베인. 지금 당장 게임을 중지하라고 명령하겠습니다." 기술자가 잔뜩 긴장한 채로 말했다.

"당신이 내게 명령을 내리려면, 서면으로 명령을 작성한 후에 최소한 경위 이상의 등급을 가진 본부 상급자에게 확인을 받아야 할 텐데." 틴베인은 이렇게 말하면서도 머뭇거리며 게임을 중단했다. "잡을 수 있는데. 하지만 여기 서서는 곤란하긴 하지. 충분히 멀리 떨어진 곳에서, 저 놈이 나를 죽일 수 없는 위치에서 게임을 해야 할 것 같소." 나를 판별해내서 표적으로 삼게 되면 곤란하니까. 그는 생각했다.

이미 그는 투석기가 천천히 움직이는 모습을 보았다. 일종의 렌즈 시스템을 사용해서 그를 판별한 것이 분명했다. 아니면 체온을 이용해서 그를 감지하는 열 감지 장치가 있는지도 몰랐다.

만약 후자라면, 방어 행동을 취하는 일은 비교적 쉬울 것이다. 다른 지점에 저항 코일을 하나 가져다 놓기만 하면 된다. 아니면 일종의 뇌파 검출기 같은 것을 사용해서, 주변 모든 사람들이 발산하는 뇌파를 측정하고 있는 것일지도 모른다. 그러나 경찰 실험실 연구자들이라면 이미 그 정도는 파악하고 있을 것이었다.

"이게 뭘 사용해서 조준을 하는 거요?"

"우리가 검사했을 때는 조준기와 같은 장치는 만들어지기 전이었습니다. 분명 투석기가 완성된 지금쯤은 그런 장치도 만들어져있겠지요."

"검출된 뇌파를 기록하는 장치는 없었으면 좋겠는데." 틴베인은 곰곰이 생각하며 말했다. 만약 기록이 가능하다면, 그의 뇌파 역시 저장될 것이 분명했기 때문이다. 나중에 다시 마주치게 될 때도, 이 기계는 자신의 적수를 기억하고 있을 수 있었다.

이런 가능성이 암시하는 바를 깨달은 그는, 현재 자신을 위협하고 있는 상황을 넘어선 새로운 공포를 느꼈다.

기술자가 말했다. "한 가지 제안을 하죠. 이 기계가 첫 번째 구슬을 발사하기 전까지 게임을 하는 겁니다. 그런 다음에 당신은 옆으로 물러서고, 우리가 이놈을 부수도록 하지요. 이 기계의 인식 장치를 알아낼 필요가 있습니다. 보다 복잡한 형태로 비슷한 기계가 나타날지도 모르니까요. 동의합니까? 당신은 계산된 위험 부담을 지게 되는 거지만, 첫 번째 발사는 아마도 이후를 위한 정보를 얻기 위해 사용할 것이라 봅니다. 두 번째 발사를 위해 자신을 수정하겠지요……. 하지만 두 번째 발사를 할 기회는 없을 겁니다."

기술자에게 그가 두려워하는 것에 대해 말할 필요가 있을까?

"내가 걱정하는 것은, 이 기계가 나에 대한 특정 기억을 유지하지는 않을까 하는 겁니다. 훗날을 대비해서 말이지요."

"훗날의 뭘 대비해서요? 완전히 부서진 후일 텐데요. 구슬을 발사하기만 하면 그 즉시 말입니다."

틴베인은 결국 달갑지 않은 기색으로 이렇게 말했다. "그 제안을 받아들이는 편이 나을 것 같군." 벌써 너무 멀리 와버린 건지도 모르지. 당신이 처음부터 옳았던 것일지도.

다음 쇠구슬은 겨우 몇 분의 일 인치 정도의 간격을 두고 빗나갔다. 그러나 그를 두렵게 한 것은 그 간격이 아니었다. 투석기 쪽에서 지나가는 쇠구슬을 잡으려 보여준 빠르고 미묘한 동작이었다. 너무 빨라서 보지 못하고 지나쳐버릴 수도 있을 법한 움직임이었다.

"구슬을 노리는 겁니다. 당신을 노리는 거예요." 기술자가 지적했다. 그 역시 본 것이었다.

머뭇거리면서, 틴베인은 다음 구슬, 그리고 어쩌면 그에게는 마지막이 될 수도 있는 쇠구슬을 발사하기 위해 용수철 장치에 손을 가져다 대었다.

"물러서요. 아까 한 제안은 잊어버려도 됩니다. 지금 이대로 부숴버리면 돼요." 기술자가 불안한 듯 말했다.

"하지만 인식 장치를 연구해야 하지 않소." 틴베인은 이렇게 말하며 다음 구슬을 발사했다.

그의 눈에는 지금 굴러가는 쇠구슬이 갑자기 거대하고 단단하고 무겁게만 보였다. 구슬은 기다리고 있는 투석기 정면으로 바로 굴러들어갔다. 기계 안의 모든 지형지물이 그 작업에 협조했다. 그가 미처 상황을 알아채기도 전에 투석기는 탄환을 획득했다. 그는 멀거니 바라보며 서있었다.

"도망쳐요!" 순간 기술자가 펄쩍 뒤로 뛰어오르며 틴베인의 몸에 부딪혔다. 그는 그대로 몸무게를 실어 틴베인을 기계로부터 멀리 떨어트려놓았다.

유리가 깨지는 소리와 함께 발사된 쇠구슬은 틴베인의 오른쪽 관자놀이 옆으로 스치고 지나가, 반대쪽 벽에 맞고 튕겨 나와서는 작업대 아래에서 움직임을 멈추었다.

침묵이 흘렀다.

잠시 시간이 지난 후 기술자는 떨리는 목소리로 말했다. "속도도 충분했고, 질량도 충분했습니다. 필요한 것은 전부 가지고 있었어요."

틴베인은 비틀거리며 일어서서 기계 쪽으로 한 발짝 다가갔다.

"구슬을 발사하면 안 됩니다." 기술자가 바짝 긴장한 채로 말했다.

"그럴 필요도 없군요." 틴베인은 이렇게 말하고는 바로 뒤돌아 도망치기 시작했다.

기계가 스스로 구슬을 쏘아 올린 것이다.

외부 사무실로 나와서, 틴베인은 실험실 주임인 테드 도노번의 맞은편에 앉아 담배를 피우고 있었다. 실험실로 들어가는 문은 폐쇄되었고, 실험실 기술자들은 전부 대피 명령에 따라 안전한 곳으로 피난한 후였다. 잠긴 문 안쪽의 실험실은 조용했다. 움직이지 않고 기다리고 있는 거겠지. 틴베인은 생각했다.

그는 그 기계가 다른 누군가, 다른 인간, 다른 테라인이면 누구든 자기 사정거리 안에 들어오기를 기다리고 있는지 궁금했다. 아니면— 오로지 나만을 기다리고 있는 것인지.

후자의 상상 쪽이 훨씬 더 재미가 없었다. 여기 외부에 앉아있는데도 저절로 얼굴이 찡그려지는 생각이었다. 다른 세계에서 만들어져서 아무런 명령 없이 테라로 보내진 기계, 온갖 종류의 방어 기제를 실험해보다가 마침내 가장 중요한 개념을 찾아낸 기계. 무작위로 반복하며, 몇백 번, 몇 천 번의 게임을 수행해오며…… 사람들 손을 거치고, 사용자 손을 거치며 계속해서 말이다. 그러다 마침내 중요한 개념을 찾아내고, 마찬가지로 무작위에 의해 선택된 마지막 사용자가, 그 기계의 죽음의 계약 가운데 휘말려들게 되는 것이다. 이 경우에는, 바로 그 자신이. 불운하게도.

테드 도노번이 입을 열었다. "멀리서 전력 공급 장치를 저격할 생각일세. 어렵지는 않을 거야. 자네는 집에 가서 전부 잊어버리고 있게나. 인식 회로를 발견하면 자네에게 연락해주겠네. 물론 한밤중이라면 바로 연락하는 것이 아니라—"

"바로 연락해주십시오. 시간은 상관없으니까." 틴베인이 말했다. 따로 설명할 필요는 없었다. 실험실 주임은 이미 이해하고 있었다.

"저 기계가 카지노를 단속하는 경찰들을 노리고 만들어진 것이라는 사실은 분명하네. 어떤 수단을 써서 우리 로봇들을 저 기계로 꾀어들였는지는 알 수 없지만 말일세. 그 회로도 찾아내야겠지." 그는 예전에 작성한 보고서를 손에 들고, 적대감으로 가득한 눈으로 훑어보기 시작했다. "이건 너무 피상적이었어. 지금 이 꼴 좀 보라지. '그저 외계인이 만든 다른 도박 도구일 뿐입니다.' 잘도 이렇게 썼군." 그는 역겨워하는 표정을 지으며 보고서를 던져버렸다.

"그런 생각을 하고 만들었다면, 원하던 것을 얻은 셈이군요. 나를 완벽하게 잡아버린 셈이지 않습니까." 최소한 그를 엮어 넣었다는 점에서는 그랬다. 또는 흥미를 유발했다는 점에서도. 그리고 그의 협조를 얻어냈다는 점에서도.

"자네는 도박꾼이지. 그런 체질인 게야. 하지만 본인도 몰랐던 거지. 그렇지 않았더라면 제대로 먹히지 않았을지도 모르는데." 그리고 도노번은 덧붙였다. "하지만 흥미롭지 않나. 맞싸워오는 핀볼 기계라니. 자기 동체 위로 쇠구슬이 굴러가는 일에 질려버린 기계라니 말일세. 스키트 사격 기계는 만들지 않았으면 좋겠어. 이것만으로도 충분히 끔찍하니 말이네."

"꿈만 같군." 틴베인이 중얼거렸다.

"뭐라고 했나?"

"현실 같지 않다는 말입니다." 그러나 그는 지금 이 사태가 분명 현실이라고 생각하고 있었다. 자리에서 일어났다. "시키신 대로 하겠습니다. 아파트로 돌아가지요. 영상전화번호는 알고 있을 테고." 두렵고 지친 느낌이 들었다.

"자네 꼴이 말이 아니네." 도노번은 그의 상태를 유심히 살펴보며 말했다. "이렇게 극단적인 상황에서까지 자네를 잡으려 하지는 않을 거야. 비교적 무해한 기계 아닌가. 움직이게 하려면 일단 공격을 해야 하지. 가만히 놔두기만 하면—"

"나야 그놈을 가만히 놔둘 생각입니다. 하지만 그놈이 기다리고 있는 것이 느껴집니다. 놈은 내가 돌아오기를 기다리고 있어요." 그는 그 기계가 자신을 원하는 것을, 그가 돌아오기를 고대하고 있는 것을 느낄 수 있었다. 그 기계는 학습이 가능하고, 그는 기계에게 가르쳐준 것이다— 바로 자신에 대한 내용을.

그 자신의 존재를 가르쳐준 것이다. 테라에 조셉 틴베인이라는 사람이 있다는 사실을 알려줘버린 것이다.

그 정보만으로도 이미 과했다.

그가 아파트 문을 열었을 때는 이미 전화기가 울리고 있었다. 그는 무겁게 수화기를 집어 들었다. "여보세요."

"틴베인인가?" 도노번의 목소리였다. "뇌파가 맞았네. 자네 두뇌의 뇌파 패턴 구성 기록을 찾았고, 당연히 그 기록도 파괴했네. 그런데—" 도노번은 잠시 머뭇거렸다. "또한 처음 분석을 끝낸 다음에 자네 뇌파 패턴을 다른 어딘가로 송신했다는 사실도 알게 되었다네."

"송신기가 있었나." 틴베인은 갈라지는 목소리로 중얼거렸다.

"그런 듯하네. 라디오 주파수로는 반 마일, 전파로는 2마일까지 송신이 가능한 것으로 보이네. 그리고 장치가 전파 쪽으로 맞춰져있었으니까, 2마일까지 송신했을 가능성이 있다고 보아야겠지. 물론 우리는 그 정보를 수신한 쪽이 대체 무엇으로 이루어져있는지, 아니면 심지어 이 지구상에 있는지조차도 모른다네. 아마도 있겠지. 사무실 어딘가에 있을지도 몰라. 아니면 그놈들이 사용하는 공기부양 자동차에 있을지도 모르지. 어쨌든 이제 자네도 알았겠지. 이건 분명 복수용 무기야. 자네의 감정적 대응이 불행하게도 옳았던 거네. 우리 쪽의 엘리트 기술자들도 이놈이 자네를 기다리고 있었던 것 같다는 결론을 내놓았네. 자네가 오는 것을 본 거야. 애초에 평범한 도박용 기계로 만들어진 것이 아니었네. 우리가 관찰한 오차 역시 오래 사용해서 닳아있는 것이 아니라 처음부터 그렇게 만들어진 것일지도 모르네. 그러니 아마도 그렇다고 생각해야겠지."

"그럼 내가 뭘 하는 게 좋겠습니까?" 틴베인이 물었다.

"뭘 '하느냐'?" 잠시 침묵이 흘렀다. "잘 모르겠군. 자네 아파트에 머무르면서, 한동안 출근하지 말고 쉬는 건 어떻겠나.”

말하자면 놈들이 나를 공격할 때, 같은 부서 안에 있는 사람들이 함께 피해를 입지 않게 하자는 말이지. 당신들에게야 더 나은 해결책이겠군. 나한테는 전혀 아니지만. “아무래도 이 지역을 벗어나는 편이 나을 것 같습니다. 그 장치에 공간적 제약이 있을지도 모르니까요. S. L. A. 지역이라든가, 하는 식으로. 물론 그쪽에서 막지 않는다면 말이지만.” 라호이아*에 낸시 해켓이라는 여자친구가 살았다. 그쪽으로 가는 것도 괜찮아 보였다.

“편한 대로 하게나.”

“당신네는 나를 도울 만한 일은 아무것도 할 수 없다 이거로군요.”

“어디 보세. 우리는 자네가 한동안 먹고살 수 있도록 적당한 양의 돈을 모아줄 수 있네. 우리가 그 망할 수신기를 찾아내서 거기 뭐가 연결되어 있는가를 파악하기 전까지 말이야. 지금 우리에게 제일 곤란한 일은, 이 기계에 대한 소문이 부서 내에 돌기 시작했다는 걸세. 앞으로 놈들의 도박장을 단속하러 나갈 단속팀을 꾸리기가 꽤 힘들겠어……. 물론 그놈들은 바로 이런 사태를 노리고 일을 꾸몄겠지. 한 가지 더 해줄 수 있는 것이 있네. 실험실 친구들로 하여금 뇌파 차단기를 만들게 해서, 그쪽에서 인식하는 뇌파 패턴을 방출하지 않게 하는 방법이 있어. 하지만 그 경우에는 자네가 직접 그 비용을 대야 할 걸세. 어쩌면 자네 봉급에서 할부로 여러 달 동안 빠져나가게 할 수 있을지도 모르지. 자네가 그쪽에 관심이 있다면 말일세. 솔직하게 말해서, 내 개인적인 의견으로는, 그쪽이 나은 것 같네.”

“좋습니다.” 틴베인이 말했다. 그는 이제 나른하고, 지치고, 무기력하고, 자포자기한 기분이 들었다. 한 번에 전부 말이다. 그리고 그는 마음속 깊은 곳에서 자신의 행동이 이성적이었다는 정확한 확신을 가지고

____
* 캘리포니아주 샌디에이고 북서쪽에 있는 주택 지역.

362

있었다. "뭐 다른 충고는 없습니까?"

"무장을 하고 있게. 자는 중에도 말이야."

"잠이라고? 내가 잠을 잘 수 있을 것 같습니까? 그 기계가 완벽하게 부서진 다음이라면 또 모를까." 그러나 그런다고 달라지는 일은 없을 것으로 보였다. 지금은 말이다. 그 기계가 그의 뇌파 패턴을 다른 무엇인가에게, 우리가 전혀 알지 못하는 다른 기계에게 전송한 후에는 말이다. 그 기계가 무엇일지는 신만이 아실 것이다. 외계인들은 온갖 종류의 고약한 물건들을 만들어내니까.

그는 전화를 끊고 부엌으로 들어가서, 오래된 버번이 들어 있는 오분의 일 갤런짜리 병을 꺼냈다. 병은 반쯤 비어 있었다. 그는 버번으로 위스키사워를 만들었다.

대체 이게 어떻게 된 일이야. 다른 행성에서 온 핀볼 기계에게 쫓기게 되다니. 그는 거의 웃음이 터져 나올 지경이었다. 실제로 웃을 수는 없었지만.

성난 핀볼 기계를 잡기 위해서는 무슨 수를 써야 하나? 내 정보를 손에 넣고는 나를 잡으러 오는 놈을 말이야? 아니면 더 정확하게 말해서, 우주에서 온 핀볼 기계의 친구를 상대하려면…….

뭔가가 탁탁 부엌 창문을 두드렸다.

그는 주머니에 손을 넣어 규제용 레이저 권총을 꺼내고는, 부엌 벽을 따라서 밖에서 보이지 않도록 창문으로 접근해서 바깥을 내다보았다. 어둡기만 했다. 눈으로 알아볼 수 있는 것은 없었다. 손전등을 켤까? 그의 아파트 옥상에 주차되어 있는 에어카 앞좌석 수납칸 안에 손전등이 있었다. 그걸 가져와야 할 때였다.

잠시 후, 그는 손전등을 들고 다시 아래층의 부엌으로 내려왔다.

손전등 불빛으로 보니, 창문의 바깥쪽에 붙어 있는 것은 다리와 같은 기관을 길게 뻗고 있는 딱정벌레같이 생긴 물체였다. 놈은 더듬이 두

개로 창문을 탁탁 치고 있었다. 분명 시각기관 외의 기계적인 방법으로 주변을 인식하려 하는 것이 분명했다.

딱정벌레 기계는 건물의 벽을 타고 내려온 모양이었다. 그는 창문 위에 난 흡반 자국을 알아볼 수 있었다.

이 시점에서 그의 호기심이 공포를 이겼다. 그는 조심스럽게 창문을 열고 ― 건물 수리 위원회에 돈을 뜯길 필요는 없었으니까 ― 레이저 권총으로 벌레 기계를 조준했다. 벌레는 별로 저항도 하지 않았다. 지정된 행동을 하느라 반응하지 못하는 모양이었다. 어쩌면 비교적 반응이 느린 놈일지도 몰랐다. 유기체 딱정벌레보다 훨씬 더. 물론 폭발하도록 되어 있거나 하지 않은 경우의 이야기였다. 그렇다면 이렇게 생각할 시간도 없을 테니까.

그는 벌레의 배를 노리고 광선을 발사했다.

부상을 입은 벌레는 유리창에 붙어 있던 흡반을 떼면서 뒤로 넘어갔다. 틴베인은 재빨리 떨어지는 놈을 잡아, 방 안으로 가져와 바닥에 패대기치고는 권총을 겨눈 채 상황을 관찰했다. 하지만 놈의 기능은 정지된 것으로 보였다. 버둥거리지도 않았다.

벌레 기계를 작은 식탁 위에 올려놓고, 그는 싱크대 옆의 공구 서랍에서 드라이버를 하나 가져와서는 의자에 앉아 그 기계를 관찰하기 시작했다. 이제는 잠시 시간을 죽여도 될 듯했다. 일단 당장은 압박이 사라진 것이니까.

벌레 기계를 여는 데에만 사십 분이 걸렸다. 기계의 나사 중 평범한 드라이버에 맞는 것은 하나도 없었고, 그는 결국 평범한 식칼을 사용해야 했다. 어쨌든 그는 마침내 그것을 두 조각으로 분해해서 식탁 위에 늘어놓는 데 성공했다. 한쪽은 텅 비어 있었고, 다른 쪽은 부품들로 가득 차 있었다. 폭탄일까? 그는 조심스레 놈의 부품들을 하나씩 살펴보기 시작했다.

폭탄은 없었다— 최소한 그가 알아볼 수 있는 폭탄은 없었다. 그러면 살해 도구인가? 칼날이나 독극물이나 미생물도 없었고, 폭발물이나 탄환을 발사하기 위한 발사관도 없었다. 그럼 이게 대체 뭘 하는 기계인 거지? 그는 벽을 따라 기어 내려올 때 사용했을 동력기와 스스로 자세 제어를 할 때 사용하는 광전자 제어기를 알아볼 수 있었다. 하지만 그게 전부였다. 완벽하게 전부였다.

용도 측면에서 보았을 때는, 이건 쓸모없는 놈이었다.

실제로 그렇지 않은가? 그는 시계를 보았다. 지금까지 이 기계를 살펴보느라 한 시간을 사용한 것이다. 다른 모든 것에서 신경을 끊은 채로 말이다. 그리고 그 다른 것이 과연 어떤 종류의 물건일지 누가 알겠는가?

그는 천천히 자리에서 일어나서 레이저 권총을 들고 귀를 기울이며 그의 아파트 내부를 돌아다녔다. 뭔가를, 아무리 작더라도 평소와는 다른 뭔가를 찾아내기 위해서.

시간을 벌기 위한 거였어. 한 시간이나! 앞으로 진짜로 찾아올 뭔가를 위해서 말이지.

이제 이 아파트를 떠날 때가 됐어. 여기서 벗어나서 모든 일이 끝날 때까지 라호이아에 가서 있자고.

그때 그의 영상전화가 울렸다.

전화를 받아들자 테드 도노번의 음울한 얼굴이 떠올랐다. "우리 부서의 에어카가 자네 아파트 건물을 감시하고 있네. 그런데 뭔가 움직이는 것을 본 모양이야. 자네도 알고 싶을 것 같아서 말이네."

"말해요." 그는 긴장한 목소리로 대답했다.

"비행하는 탈것 하나가 잠깐 자네 옥상 주차장에 내렸던 모양이네. 일반적인 에어카가 아니라 좀 더 큰 놈이야. 우리가 본 적 없는 것이었다네. 그놈은 즉시 다시 이륙해서는 빠르게 빠져나간 모양인데, 내 생각에는 관계가 있는 것 같네."

"뭔가를 내려놓고 간 겁니까?"

"그래, 그런 모양이야."

그는 입술을 꾹 깨물며 다시 물었다. "지금 이 시점에서 나를 위해 해줄 수 있는 일이 있습니까? 뭔가 해준다면 정말로 고맙겠는데."

"원하는 것이 있나? 우리는 그 물체가 뭔지 모르네. 자네도 마찬가지지. 자네 생각을 참고하고 싶지만, 일단은 자네가 그— 적대적인 물체의 성질을 파악하기 전까지는 기다려야 하지 않을까 싶네."

뭔가가 문에 부딪히는 소리가 들렸다. 복도에 뭔가가 있었다.

"이 회선은 그대로 열어두겠습니다. 끊지 마십시오. 지금 바로 그 사태가 일어나는 것 같으니까." 그는 이 시점에서 공황을 느끼기 시작했다. 눈에 보이는, 유치한 공황 상태였다. 그는 감각이 없는 손으로 간신히 권총을 잡고, 한 걸음씩 비틀대며 아파트의 문 쪽으로 다가가서는 잠금쇠를 풀고 문을 열었다. 아주 조금만. 그가 할 수 있는 한 최소한으로.

거대한 힘이 문을 더 밀어젖혀 열었다. 문손잡이가 그의 손을 빠져나갔다. 그리고 문에 기대어 있던 거대한 쇠구슬이 소리 없이 앞으로 굴러 나오기 시작했다. 그는 바로 이것이 적이라는 사실을 깨닫고는 옆으로 물러섰다. 그 벽을 타는 꼬마 기계 때문에 이런 것에 대해서는 전혀 신경을 쓰지 못했던 것이다.

나갈 수가 없었다. 이제 라호이아로 갈 수도 없었다. 거대한 쇠구슬이 길을 완벽하게 막고 있었다.

그는 영상전화로 돌아와서 도노번에게 말했다. "갇혔습니다. 여기 내 아파트에서요." 아파트 외곽 지역에서 말이지. 핀볼 기계의 계속 변화하는 지형과 같은 역할인 거야. 첫 구슬은 거기서 막혀서 출구를 봉쇄해버렸지. 하지만 두 번째 구슬이 오면 어떻게 될까? 세 번째가 오면?

갈수록 가까이 접근할 것이다.

"뭔가 만들어줄 수는 없습니까? 이렇게 늦은 시간에는 일하지 않는 겁니까?" 그는 쉰 목소리로 전화에 대고 물었다.

"시도는 해볼 수 있겠지. 자네가 뭘 원하느냐에 달렸네. 어떤 걸 생각하고 있나? 뭘 만들면 도움이 될 것 같나?"

그는 이런 것을 요청하고 싶지 않았다. 하지만 다른 수가 없었다. 다음 구슬은 창문을 뚫고 날아들 수도, 지붕에서 낙하할 수도 있었다. "일종의 투석기가 있었으면 좋겠습니다. 충분히 크고 튼튼해서, 4.5피트에서 5피트 사이의 구체를 발사할 수 있는 것으로 말입니다. 그런 것을 만들 수 있겠습니까?" 그는 제발 그런 일이 가능하기만을 빌었다.

"자네 지금 그런 것과 싸우고 있는 건가?" 도노번이 날카롭게 물었다.

"환상이 아니라면 그렇습니다. 오직 내 사기를 꺾기 위해 만든 잔인한 개인 공포 주입용 기계를 사용한 것이 아니라면요."

"감시 차량 측에서도 뭔가를 보았다고 하네. 환각이 아니라, 측정 가능한 질량을 가지고 있었다고 하더군. 그리고…… 뭔가 무거운 것을 내려놓았다고 하네. 떠날 때는 질량이 상당히 감소해있었다고 하니까. 진짜인 것이 분명하네, 틴베인."

"나도 그렇게 생각했습니다."

"가능한 한 빨리 투석기를 만들어주겠네. 매번의…… 공격 사이에 충분히 간격이 있기만을 빌어보세. 그리고 자네는 최소한 다섯 번의 공격은 상대해야 할 게야."

틴베인은 고개를 끄덕이며 담배에 불을 붙였다. 아니, 붙이려 시도했다. 그러나 라이터를 제대로 가져다 대기에는 손이 너무 떨리고 있었다. 그는 딘즈오운 위스키가 들어 있는 노란색 금속 술병을 꺼냈지만, 꽉 닫힌 뚜껑을 도저히 열 수가 없었다. 술병은 그의 손가락 사이를 미끄러져 바닥으로 떨어져버렸다. "한 판에 구슬 다섯 개니까 말이지요."

“그래, 그렇지 않겠나.” 도노번이 확신하지 못하는 말투로 말했다.

거실의 벽이 흔들리기 시작했다.

다음 구슬은 옆 아파트를 통과해서 굴러오고 있었다. ◐

PHILIP K. DICK

옛 선조들의 믿음
Faith of Our Fathers

옛 선조들의 믿음
Faith of Our Fathers

PHILIP K. DICK

하노이의 길거리에서, 그는 작은 나무 수레를 타고 다니며 길 가는 사람이면 누구든 소리쳐 불러대는 다리를 잃은 행상과 맞닥트렸다. 치엔은 발걸음을 늦추며 귀를 기울이기는 했지만 멈추지는 않았다. 문화유산국의 일이 머릿속에 가득 들어차있어 주의가 분산되었기 때문이다. 마치 이곳에 있는 것은 그 혼자뿐이고, 저 자전거며 스쿠터며 제트엔진 오토바이 따위는 존재하지 않는 듯했다. 마찬가지로 그 다리 없는 행상도 존재하지 않는 것이나 마찬가지라는 느낌이었다.

"이보시오, 동무." 그러나 그 행상은 수레를 타고 쫓아오며 그를 불렀다. 헬륨 축전지로 작동하는 수레는 바쁘게 달려 손쉽게 치엔을 따라잡았다. "나는 옛날부터 전해 내려오는 다양한 종류의 한방약을 팔고 있다오. 몇 천 명의 사람들이 이 약을 사용하고 만족했지. 동무를 괴롭히는 질병이 뭔지 말하기만 하면 내가 도울 수 있다오."

치엔은 잠시 걸음을 멈추고 말했다. "좋지요, 하지만 저는 병이 없습니다." 그러나 그는 속으로 생각했다. 물론 중앙 위원회의 공무원이라면 누구나 주기적으로 겪게 마련인, 공직에 오르기 위한 관문마다 찾아오는 기회주의적 사상의 시험을 뺀다면 말이지. 내 경우에도 마찬가지일 테고.

"예를 들어 낙진 피해도 치료해줄 수 있다오." 행상은 계속해서 그를 쫓아오며 노래했다. "필요하다면 성적 능력을 향상시켜줄 수도 있지요. 암의 진행을 반대로 돌려놓을 수도 있다오. 심지어는 그 끔찍한, 검은 암이라고 불리는 흑색종까지도 말이오." 병과 작은 알루미늄 깡통과 플라스틱 단지에 들은 분말이 담긴 접시를 들어 보여주면서, 행상은 계속해서 노래했다. "만약 동무의 이익 많은 관료 자리를 빼앗으려는 경쟁자가 있다면, 겉보기에는 피부약처럼 보여도 사실은 놀라운 효력을 가진 독극물을 줄 수도 있다오. 게다가 동무, 내 약은 아주 저렴하지. 그리고 동무와 같이 훌륭한 위치에 오른 분에게라면 내 특별히 호의를 베풀어서, 소문으로는 국제 화폐라고 하지만 사실은 화장실 휴지만큼도 쓸모가 없는 전후 인플레 종이 달러도 받을 용의가 있소."

"꺼져요." 치엔은 이렇게 말하고, 지나가는 호버 택시를 잡았다. 그는 이미 오늘의 첫 약속에 삼 분 삼십 초나 늦은 상태였다. 그리고 문화유산국의 여러 뚱뚱한 상급자들은 즉시 오늘의 일을 마음속에 새겨 놓을 것이다. 그의 하급자들은 훨씬 더할 것이고.

그러나 행상은 조용히 말했다. "하지만 동무, 동무는 반드시 내게서 물건을 사야 한다오."

"왜죠?" 치엔은 화가 치밀어오르는 것을 느끼며 되물었다.

"왜냐하면, 동무, 내가 참전 용사이기 때문이지. 나는 인민 민주 연합 전선과 함께 세계 해방을 위한 최후의 대전에서 제국주의자들과 싸운 몸이라오. 샌프란시스코 전투에서 다리를 잃었지." 이제 그의 말투는 승리감에 차있었으며 간교했다. "이건 법이라오. 참전 용사가 파는 물건을 사지 않으면, 동무는 벌금에 금고형까지도 받을 수 있지. 불명예는 당연히 따라붙을 거고 말이오."

치엔은 짜증이 어린 얼굴로 택시에게 고개를 끄덕였다. "그래, 분명히 당신 물건을 살 수밖에 없을 것 같군요." 그는 얼마 안 되는 한방약들을 훑어보다가, 무작위로 하나를 골랐다. "저걸로 주세요." 그는 뒷줄에 있는 종이로 싼 봉투를 골랐다.

행상은 웃으며 말했다. "동무, 그건 정자를 죽이는 피임약이오. 정치적 이유 때문에 피임제를 살 수 없는 여자들이 사는 약이지. 동무에게는 별로 도움이 안 될 거요. 아니, 사실 전혀 도움이 안 되겠지. 동무는 신사분이니 말이오."

"법에 의하면 딱히 쓸모 있는 것을 살 필요는 없을 텐데요. 아무거나 사면 되는 거지. 그걸로 하겠습니다." 치엔은 차갑게 말했다. 그는 패딩 외투 안주머니로 손을 넣어 지갑을 꺼냈다. 지갑은 전후 인플레 지폐로 두툼했다. 그는 정부 관리로서 일주일에 네 번 급여를 받고 있었다.

"문제가 뭔지 말해보시오." 행상이 말했다.

치엔은 그를 물끄러미 바라보았다. 갑작스레 사생활을 침해당했다는 사실, 그리고 침해한 자가 정부 쪽 사람이 아니라는 사실이 당황스러웠다.

"좋아요, 동무. 캐묻지는 않겠소. 내 실수였소." 행상은 그의 표정을 보고 덧붙였다. "하지만 의사로서 ― 한의학을 하는 사람으로서 ― 가능하면 많은 것을 알아야 해서 말이오." 그는 진지한 자세로 한동안 생각하더니, 갑자기 물었다. "텔레비전을 필요 이상으로 많이 보진 않으시오?"

치엔은 깜짝 놀라 대답했다. "매일 저녁 보지요. 금요일 저녁만 빼고요. 금요일 저녁에는 모임에 가서 우리에게 패해 끌려다니는 서구에서 들여온 난해한 예술을 공부하거든요." 그것이 그의 유일한 도락이었다. 그 외에는, 완전히 당 내부 활동에만 매진하고 있었다.

행상은 손을 뻗어 회색 종이로 싼 꾸러미를 집어 들었다. "60통상달러요. 효능은 보증하지. 내가 말한 대로의 효과가 없으면, 쓰고 남은 약을 돌려주면 전액 환불해주겠소."

"무슨 효과가 있는 약인데 그럽니까?" 치엔이 차갑게 물었다.

"별 내용도 없이 계속되는 정부의 방송을 보느라 지친 눈을 쉬게 해주는 약이지. 피로를 풀어주는 효과가 있소. 평소와 같이 길고 지루한 설교를 듣게 되면 즉시 복용하는 것이 좋고―"

치엔은 돈을 내고 종이 꾸러미를 받아든 다음, 서둘러 그 행상에게서 멀어졌다. 젠장, 그는 속으로 중얼거렸다. 이건 공갈 사기야. 법령을 통해 참전용사를 특권 계층으로 만들어놓다니. 저자들은 우리 젊은이들을 독수리처럼 착취해 간다고.

웅장한 전후 문화유산국 건물로 들어가서 제법 위엄 있는 자기 사무실에 도착해 하루 일을 시작하면서, 그는 외투 주머니에 넣어놓은 회색 종이 꾸러미를 완전히 잊어버렸다.

홍콩제 더블버튼 양복에 조끼까지 차려입고 있는, 배가 나온 중년의 코카서스인 남성이 사무실에서 그를 기다리고 있었다. 그의 직속상관인 쑤마 초핀도 그 처음 보는 코카서스인과 함께 서있었다. 초핀은 형편없는 광둥어로 그들을 서로 소개했다.

"텅 치엔 씨, 이쪽은 다리우스 페텔 씨요. 페텔 씨는 캘리포니아의 샌 페르난도에 새로 개원할 예정인 사상과 문화 연구원의 원장을 맡게 될 예정이오. 페텔 씨는 교육을 이용해 제국주의자 연합의 국가들을 전복시키려 하는 인민의 노력에 평생 동안 헌신해오신 분이오. 그래서 이렇게 높은 직책에 오르게 되신 거지."

그들은 악수를 나누었다.

"차라도 드시겠습니까?" 치엔은 그들 두 명에게 물었다. 그는 적외선 화로의 버튼을 눌렀고, 즉시 화려한 도기 주전자 안의 물이 끓기 시작했다. 자기 자리로 가서 앉으면서, 그는 충실한 비서인 흐시 양이 페텔 동무에 대한 정보 서류(극비 내용)를 책상 위에 올려놓았다는 사실을 발견했다. 그는 딱히 아무런 일도 하지 않는 척하면서 서류를 재빨리 훑어보았다.

"인민의 절대적인 보호자께서는 개인적으로 페텔 씨를 만나고 그를 신용하기로 하셨소. 흔히 볼 수 없는 일이지. 샌 페르난도의 학교는 도교 철학을 가르치는 지극히 평범한 학교로 보이겠지만, 사실 미국 서부에 있는 자유주의적이고 지적인 젊은이들의 세포 조직과 우리 사이를 연결해주는 역할을 하게 될 거요. 샌디에이고에서 새크라멘토에 걸쳐, 아직 그런 이들이 살아있는 곳이 제법 있소. 우리는 최소한 1만 명은 될 것이라 추산하고 있지. 이 학교에는 2000명의 학생이 들어갈 수 있소. 우리가 선택하는 이들은 필수적으로 이 학교에 입학해야 할 거요. 당신이 페텔 씨의 학교와 가지게 될 관계는 매우 중요한 것이 될 예정이오. 에헴. 찻물이 끓고 있소만."

"고맙습니다." 치엔은 중얼거리며 립톤의 티백을 하나 집어넣었다.

초펀은 이야기를 계속했다. "페텔 씨가 학교 측에서 학생들에게 지도하는 내용을 감독하게 되겠지만, 학생들의 시험지는 전부 당신 사무실로 보내지게 될 것이며, 당신 아래 있는 전문가들이 그 내용을 사상적으로 판독하게 될 것이오. 다른 말로 하자면, 치엔 씨 당신이 2000명의 학생들 중 믿을 수 있는 이들을, 우리의 교육 과정을 충실히 따르는 이들과 그렇지 않은 이들을 구분하게 될 것이라는 말이오."

"이제 차를 따라드리지요." 치엔은 다도에 따라 차를 따르기 시작했다.

"우리가 명심해야 할 것은, 한 번 세계 규모의 전쟁에서 패배를 맛본 이후, 미국인들이 자기 생각을 숨기는 일에 능숙해졌다는 사실입니다." 페텔은 초펀보다 더 형편없는 억양의 광둥어로 말하기 시작했다. 그는 중요한 단어를 영어로 사용했고, 그의 말을 이해하지 못한 치엔은 의문을 품은 눈빛으로 상급자를 돌아보았다.

"거짓말을 한다는 소릴세." 초펀이 설명했다.

페텔은 계속 말을 이어갔다. "겉으로 보기에는 우리의 구호를 말하면서도, 속으로는 그것들이 거짓이라 생각하고 있다는 말이지요. 이런 자들의 시험지는 제대로 된 이들의 시험지와 일견 비슷해 보이겠지만—"

"그러니까 제 사무실에서 학생 2000명의 시험지를 검토해보라는 말씀이십니까?" 치엔이 물었다. 그로서는 믿을 수 없는 일이었다. 그의 얼굴에 당황한 기색이 어렸다. "그것 자체만으로도 온전히 하나의 업무입니다. 그보다 훨씬 단순한 업무조차도 처리할 시간이 없습니다. 지금 말씀하시는 것과 같은 교활한 학생들을 정식으로 비판하거나 잡아내고 용인하는 일은—" 그는 손짓을 하며, 마지막 말은 영어로 말했다. "엿이나 먹으라 하시죠."

초핀은 과격한 서구식 욕설에 눈을 깜빡이며 말했다. "직원들이 있지 않소. 직원 여러 명을 추가로 요청해도 될 거요. 올해 문화유산국에 배정된 예산이면 충분할 테니까. 그리고 잊지 마시오. 인민의 절대적인 보호자 그분께서 직접 페텔 씨를 고르신 거요." 이제 그의 어조에는 불길함이 서려있었다. 아주 조금뿐이었지만, 치엔의 히스테리를 뚫고 들어가 그의 복종을 이끌어내기에는 충분한 양이었다. 최소한 일시적으로는 말이다. 자신의 논점을 강조하기 위해, 초핀은 사무실 반대편으로 걸어갔다. 그는 절대적 보호자의 전신 3D 초상화 앞에서 걸음을 멈추고는, 잠시 기다린 후에 초상화 뒤쪽에 장치되어 있는 테이프 재생기를 돌렸다. 보호자의 얼굴이 움직이며, 이미 익숙해진 훈계가 익숙한 단계를 넘어선 어조로 흘러나오기 시작했다. "평화를 위해 싸우라, 내 자식들아." 온화하지만 확고한 목소리였다.

"하." 치엔은 자신의 동요를 숨기며 대답했다. 아마도 문화유산국의 컴퓨터 중 하나가 시험지를 추려낼 수 있을 것이다. 네—아니요—아마도 시스템을 적용하고, 사상적인 올바름과 그릇됨을 분석 패턴으로 만들어서 사용할 수 있을 것이다. 루틴 작업으로 만들 수 있을지도 모른다. 아마도.

"자세히 살펴봐주셨으면 하는 문건을 제가 직접 가지고 왔습니다, 치엔 씨." 다리우스 페텔이 말했다. 그는 볼품없는 구식 플라스틱 서류 가방의 지퍼를 열었다. "두 건의 에세이입니다. 이걸 판단하는 능력을 확인해보면 당신에게 자격이 있는지의 여부가 확실해지겠지요." 그는 이렇게 말하며 초편을 바라보았다. 그들이 눈을 맞추는 것이 보였다. "제가 듣기로는, 당신이 이 작업을 성공적으로 수행해내면 문화유산국의 부국장 자리에 오르게 될 것이라고 하더군요. 그리고 인민의 절대적인 보호자 그분께서 직접 키스터리지언 메달을 수여하실 것이라고 들었습니다."

"키스터리지언 메달이라고요." 치엔이 그의 말을 따라하듯 말했다. 그는 두 건의 시험지를 받아 들고는, 그다지 관심 없는 듯한 표정을 지으며 훑어보았다. "이 두 건을 택하신 이유가 뭡니까? 그러니까 제가 정확히 무엇을 찾아야 하는 겁니까?"

"그 두 건 중 하나는 헌신적인 진보주의자의 작품입니다. 확고한 신념을 가지고 있는 것으로 알려져있는 충성스러운 당원이 제출한 에세이죠. 다른 하나는 쁘띠부르주아 제국주의자의 반동적인 사상에 물들어 있는 스타일주의자*라고 생각되는 젊은이의 에세이입니다. 그 둘을 판별하는 일은 당신에게 달려있습니다."

고맙기도 하군, 이라고 치엔은 생각했다. 그러나 그는 고개를 끄덕이며 위쪽 에세이의 제목을 읽어보았다.

13세기 아라비아의 시인

바하 앗딘 주하이르의 시에서 찾아볼 수 있는

절대적인 보호자의 교의

에세이를 훑어보던 치엔은 익숙한 시구를 발견했다, '죽음'이라 불리는 구절이었다. 그는 교육받은 성인으로서 이 구절을 잘 알고 있었다.

---

* Stilyagi. 러시아어로 '스타일 사냥꾼'이라는 뜻으로, 1940년대 후반에서 1960년대에 걸쳐 소련과 동구권의 젊은 세대 사이에서 유행한 풍조를 말한다. 정치에 대한 무관심과 상대적으로 독특한 옷차림, 현대 음악과 패션에 대한 열정 등의 특성을 가지고 있다. 구소련 체제하에서는 미국의 히피나 펑크족과 동급으로 취급되었다.

한 번 잃었고, 두 번 잃었으니

그는 오랜 시간 중 단 한 번만 선택할 수 있도다

그에게는 계곡도 언덕도 남아있지 않을 것이니

모든 이들의 평야에서 그는 꽃을 찾아 헤매노라

"힘 있는 시로군요." 치엔이 말했다.

페텔은 다시 시를 읽어보는 치엔의 입술을 관찰하며 말했다. "그 사람은 이 시를 자주 사용합니다. 지금 우리의 삶에서 절대적인 보호자께서 보이시는 오래된 지혜, 즉 그 어떤 개인도 안전하지 않고 그 어떤 사람도 영원하지 않으며, 한 개인을 넘어선 역사적으로 필연적인 사상만이 살아남을 수 있다는 사실을 표현하기 위해 말이지요. 응당 그래야만 할 법칙을 따라서 말입니다. 이 학생의 의견에 동의하십니까? 아니면—" 페텔은 잠시 멈추었다. "어쩌면 이 학생은, 절대적인 보호자의 교의를 희화화하려는 생각인 것일까요?"

치엔은 그 질문에는 대답하지 않았다. "다른 글도 읽어볼 수 있게 해 주십시오."

"더 이상의 정보는 필요 없지 않습니까. 지금 결정을 내려요."

치엔은 머뭇거리며 말했다. "저— 저는 이 시를 그런 방식으로 생각해본 적이 없습니다." 그는 짜증을 느꼈다. "어쨌든 이건 바하 앗딘 주하이르의 시가 아닙니다. 천일야화 모음집의 일부이죠. 13세기 작품이 맞기는 합니다. 그건 인정하죠." 그는 빠르게 시가 수록되어 있는 에세이 본문도 읽어보았다. 그가 어릴 때부터 익숙해져있는, 당의 지루하고 반복적인 판에 박힌 문구들만이 가득 차있었다. 아래로 내려와 인류의 이상을 (여러 가지로 은유적인 표현으로) 훅 불어 꺼버리려 하는 눈먼 제국주의 괴물, 여전히 미국 동부에 존재하는 당을 반대하는 자들의 음모……. 딱히 신선한 느낌 없이 지루하기만 했다. 에세이는 이렇게 말하고 있었다. 우리는 목적을 관철해내야 한다, 캐츠킬스에 있는 펜타곤의 잔재를 쓸어내고 테네시를 굴복시키고 특히 오클라호마의 붉은 구릉지대에 군데군데 남아있는 끈질긴 저항 세력들을 제거해야 한다. 치엔은 한숨을 쉬었다.

초핀이 입을 열었다. "내 생각에는 치엔 씨가 이 어려운 문제를 조금 더 편안하게 연구해볼 기회를 주어야 할 것 같소." 그리고 치엔을 보고 말했다. "동무는 오늘 밤 자신의 콘도미니엄으로 돌아갈 때 이 글을 가져가서, 시간을 내서 천천히 살펴봐도 좋소." 그는 반쯤 비꼬듯, 반쯤 걱정하듯 그를 향해 고개를 숙여 보였다. 모욕이든 아니든 그는 치엔을 위기의 상황에서 빼내준 셈이었다. 치엔은 그 사실에는 감사할 수밖에 없었다.

"제가 시간을 내서 이 새롭고 매우 자극적인 업무를 따로 수행할 수 있게 해주시다니, 정말로 친절하십니다. 미코얀이 오늘날까지 살아있었다면 분명 동무의 행동을 칭송했을 겁니다." 그리고 그는 속으로 생각했다. 이 빌어먹을 놈들. 상관이나 코카서스인 페텔이나. 이런 뜨거운 감자를 건네주고는, 내 시간을 들여 처리하라고 하다니. 미국 공산당이 좋지 못한 상황에 처해있는 것이 분명했다. 그쪽 당의 교화 기관들이 고집 세고 괴짜인 것으로 이름 높은 양키 젊은이들에게 제대로 역할을 수행하지 못하고 있는 것이었다. 그래서 이 뜨거운 감자를 계속 전달해오다가 마침내 나에게까지 이른 것이겠지.

그저 고마울 뿐이로군. 그는 씁쓸하게 생각했다.

그날 밤, 그는 자신의 작지만 안락한 복합아파트로 돌아와서 두 에세이 중 아직 읽지 않은 쪽을 훑어보았다. 이쪽은 마리온 컬퍼라는 학생의 작품으로, 마찬가지로 시를 다루고 있었다. 분명 시에 관련된 수업인 모양이었고, 그는 짜증이 나기 시작했다. 그는 언제나 시, 또는 다른 예술 작품을 사회적 목적으로 사용하는 일을 참을 수가 없었다. 어쨌든 허리를 펴주는 특수 모조 가죽 안락의자에 앉아서, 쿠에스타레이 넘버 원 잉글리시마킷 코로나 시가를 빼문 채, 편안한 자세로 다른 쪽의 에세이를 읽기 시작했다.

이 에세이를 쓴 컬퍼 양은 17세기 영국 시인인 존 드라이든의 시 중 일부분을 선택했다. 유명한 「성 세실리아 축일을 위한 송가」의 마지막 부분이었다.

  …… 그리하여 최후의 끔찍한 때가 찾아와
  부서지는 행렬이 모두를 집어삼키고
  트럼펫 소리가 천공에서 울려 퍼질 때
  죽은 이는 살고, 산 자는 죽으며
  음악소리가 천상을 흔들게 되리라

이거 참, 말도 안 되는 글이군. 치엔은 신랄하게 생각했다. 드라이든이 자본주의의 몰락을 예지했다고 생각할 수 있나? 그가 말한 "부서지는 행렬"이 바로 그것이었다고? 세상에. 그는 몸을 숙여 시가를 집어 들고는 불이 꺼져있다는 것을 발견했다. 그는 주머니에서 일제 라이터를 꺼내 들며 반쯤 자리에서 일어섰다.

비잉! 거실 반대편에 있는 텔레비전에서 소리가 났다.

그는 생각했다. 아하, 지도자님의 연설을 들을 시간이 된 모양이군. 90년이 되도록 살고 계신 베이징의 궁전에서 인민의 절대적인 보호자님이 하시는 연설 말이야. 아니, 100년이던가? 아니면 우리가 가끔씩 생각하는 대로, 영원히—

"그대의 영적 마당에 스스로 불러온 궁벽한 빈곤의 꽃봉오리 일만 송이가 활짝 만개하기를 바랍니다." 텔레비전 아나운서가 말했다. 치엔은 신음 소리를 내며 자리에서 일어나서는, 의무로 규정되어 있는 절을 했다. 모든 텔레비전에는 그 소유자가 절을 하고 텔레비전 시청을 하는지를 확인해서 비밀경찰 쪽으로 정보를 보내주는 감시 장치가 설치되어 있었다.

화면에 지도자의 얼굴이 선명하게 떠올랐다. 넓적하고 주름살 하나 없고 건강한 백스무 살 먹은 동방 공산당 지도자, 많은 사람을— 너무 많은 사람을 다스리는 자의 얼굴이었다. 헛소리 열심히 하시지, 라고 그는 생각하며 다시 모조 가죽 안락의자에 앉았다. 이제 의자는 텔레비전 쪽을 향해있었다.

절대적인 보호자는 부드럽고 느린 어조로 연설을 시작했다. "나는 언제나 나의 자식인 그대들을 생각하고 있다. 그리고 그중에서도 특히 민주 동방과 아메리카 서해안의 인민을 풍요롭게 하기 위한 어려운 임무를 앞두고 있는 하노이의 텅 치엔 동무. 우리는 모두 함께 이 훌륭하고 성실한 사람과 그가 앞두고 있는 임무를 생각해야 한다. 나는 내 시간 중 일부를 할애해 그를 기리고 용기를 북돋아주기로 결정했다. 듣고 있는가, 치엔 동무?"

"네, 각하." 치엔은 이렇게 말하고, 특히 그날 밤에 당 지도자가 그 한 사람을 직접 언급하며 치하해줄 확률에 대해 생각해보았다. 그런 생각을 하니 동료애와는 거리가 먼 냉소적인 느낌만이 들었다. 말이 안 되는 일이었던 것이다. 어쩌면 이 방송은 오로지 그의 아파트로만 송출되는 것일는지도 몰랐다. 또는 최소한 이 도시에만 나오거나. 하노이 방송사에서 립싱크로 소리만 입힌 것일지도 몰랐다. 어느 경우든 그는 지도자의 연설을 보고 듣고, 그리고 흡수해야만 했다. 그는 평생 동안의 습관에 따라 그 임무를 수행했다. 겉에서 보기에는, 그는 굳은 자세로 서서 경청하고 있는 것으로 보였다. 그러나 속으로는 여전히 두 건의 에세이에 대해 생각하고 있었다. 과연 어느 쪽이 맞는 것일까. 어느 시점에서 신실한 당 중심주의가 끝나고 냉소적인 풍자 글이 시작되는 것일까? 어려운 문제다……. 물론 그렇기 때문에 지금 이 일이 그의 무릎 위까지 오게 된 것이겠지만.

그는 다시 한 번 라이터를 찾아 주머니를 뒤적였다─ 그리고 참전 용사 행상이 그에게 팔았던 작은 회색 꾸러미를 발견했다. 그는 이 약의 가격이 얼마나 했는가를 생각하고 다시 한 번 비참한 생각이 들었다. 하수구로 돈을 흘려보내듯 해서 얻은 이 한약이 대체 무슨 효과가 있겠는가? 아무 효과도 없겠지. 문득 꾸러미를 뒤집어본 그는 뒤쪽에 작은 글씨가 인쇄된 것을 발견했다. 그는 조심스레 꾸러미를 펼쳤다. 꾸러미의 문구가 그의 흥미를 불러일으킨 것이다─ 당연히 애초에 그럴 목적으로 적은 문구였을 테지만 말이다.

당원으로서, 인간으로서 실패하고 있다고 생각하십니까?

역사의 잿더미 속에 버려진 쓸모없는 존재가 되는 일이 두려우시다면…….

그는 빠르게 문구를 훑어본 다음, 그 내용을 무시하고 어떤 물건을 구매한 것인지 살펴보려 했다.

그러는 동안 절대적인 보호자는 계속해서 연설을 읊조리고 있었다.

코담배. 꾸러미에 든 내용물은 코담배였다. 화약같이 생긴 수많은 작고 검은 알갱이들에서 나는 독특한 향내가 그의 코를 간질였다. 이 코담배 블렌드의 이름은 프린스 스페셜이었다. 그리고 또한 상당히 괜찮은 물건이었다. 베이징 대학의 학생이던 시절에 건강상의 이유로 담배가 금지되었던 적이 있기 때문에, 그는 한동안 코담배를 애용했었다. 일시적인 충동일 뿐이었다. 특히 그 코담배가 충칭에서 제조된, 재료가 무엇인지 알 수 없는 물건이었기 때문에 더욱 그랬다. 이것도 그런 물건일까? 코담배에는 향기가 나는 재료라면 뭐든 집어넣을 수 있다. 생물체의 엑기스부터 새끼 게를 빻은 가루까지……. 최소한 어떤 코담배들은 그랬다. 특히 하이드라이토스트라는 영국산 제품이 그의 코담배 흡입 경력에 종지부를 찍어준 제품이었다.

치엔이 꾸러미에 적힌 효능을 읽으며 조심스레 코담배의 냄새를 맡아보는 동안, 텔레비전 화면에서는 절대적인 보호자가 계속해서 단조로운 말투로 이야기를 하고 있었다. 꾸러미에 적힌 효능대로라면 이 코담배는 모든 것을 치료할 수 있는 듯했다. 직장에 지각하는 일부터 수상쩍은 정치적 배경을 가진 여성과 사랑에 빠지는 것까지 말이다. 재미있군. 하지만 이런 약들은 다들 이런 주장을 하지―

그때 그의 아파트 초인종이 울렸다.

그는 자리에서 일어나 문으로 걸어갔다. 누가 찾아온 것인지는 이미 잘 알고 있었다. 문을 열자 등장한 사람은 당연하게도 건물 관리인인 모 퀘이였다. 작고 날카로운 눈에 언제나 자기 임무에 헌신하는 사내였다. 완장을 차고 금속 헬멧을 쓰고 있는 품이, 자신이 진지하게 업무에 임하고 있다는 사실을 알려주려는 듯했다. "당의 일꾼 치엔 동무. 방금 텔레비전 당국으로부터 연락을 받았습니다. 동무는 지금 텔레비전 화면을 보는 의무를 저버리고 수상쩍은 물건이 들어 있는 꾸러미를 가지고 장난치고 있다고 하더군요." 그는 이렇게 말하고는 서류철과 볼펜을 꺼내 들었다. "경고 두 개입니다. 그리고 지금부터는 편안하고 스트레스를 받지 않는 자세를 취한 상태에서 지도자 동무에게 최선의 주의를 기울일 것을 명령합니다. 오늘 밤 지도자 동무께서는 연설 도중에 특히 동무를 직접 언급하셨단 말입니다."

"그건 좀 의심스럽지만." 치엔은 무심코 중얼거렸다.

"그게 무슨 말입니까?" 퀘이가 눈을 깜빡이며 물었다.

"지도자 동무께서는 80억 명의 인민을 다스리십니다. 그분께서 나 한 사람을 골라서 지명하실 리가 없지 않습니까." 그는 분노를 느끼고 있었다. 관리인이 즉시 그에게 찾아왔다는 사실에 짜증이 났다.

"하지만 나도 내 귀로 직접 들었습니다. 그분께서 당신을 언급하셨습니다."

치엔은 텔레비전 쪽으로 가서 볼륨을 키웠다. "하지만 지금은 인도 인민 정부의 실책에 대해 말씀하시고 계신데요. 저하고는 아무런 관련이 없습니다."

"지도자 동무께서 충고하시는 모든 일은 관련이 있습니다." 모 퀘이는 그의 서류에 다시 경고를 하나 그려 넣고는, 정중하게 인사하고 몸을 돌렸다. "제가 동무의 태만한 태도를 질책하기 위해 이곳에 온 것은 당 중앙의 지시에 따른 것입니다. 분명 그쪽에서는 동무가 지도자 동무의 연설에 집중하는 것을 중요하게 생각하고 있는 겁니다. 자동 송신 녹화 회로를 작동시켜서 지도자 동무 연설의 전반부를 다시 재생시켜 보라고 명령합니다."

치엔은 코웃음을 치고는 문을 닫아버렸다.

다시 텔레비전을 봐야겠지, 라고 그는 생각했다. 우리의 여가 시간을 보내는 유일한 방법이니까. 그리고 예의 두 장의 학생 시험지도 그곳에 놓여있었다. 마찬가지로 그의 마음을 무겁게 하는 요소였다. 그것도 전부 내 자유 시간에 처리해야 하는 일이란 말이지. 빌어먹을. 그는 짜증이 솟구치는 것을 느끼며, 텔레비전 앞으로 가서 끄려고 시도해보았다. 즉시 붉은 경고등이 켜지며, 그가 텔레비전을 끌 수 있는 허가를 받지 못했다는 사실을 알려주었다. 심지어는 전원을 뽑는다 해도 그 영상과 연설을 막을 수는 없는 것이었다. 그는 생각했다. 이 의무적인 연설이 우리 모두를 죽일 거야. 파묻어버릴 거라고. 이 짜증 나는 연설 소리를 듣지 않을 수 있다면, 인류를 몰아가는 당의 시끄러운 소리에서 벗어날 수만 있다면……

그러나 지도자를 바라보며 코담배를 피우는 것을 금지하는 법령은 없었다. 그래서 그는 작은 회색 꾸러미를 열고 검은 알갱이 한 줌을 꺼내어 왼쪽 손등 위에 올려놓았다. 그러고는 숙련된 동작으로 손을 들어 올려 콧구멍 쪽으로 가져다 대고는 깊이 들이마셔, 그 코담배 냄새가 비강 안쪽까지 스며들게 했다. 옛날의 미신이 생각나는군. 비강이 뇌에까지 이어져있어서, 코담배를 들이마시면 직접 대뇌 피질에 영향을 준다고들 했었지. 그는 웃으며 다시 자리에 앉아서, 그들 모두가 잘 알고 있는, 지금 텔레비전 화면에서 손을 흔들고 있는 사람에게 시선을 고정시켰다.

순간 지도자의 얼굴이 흔들리더니, 사라져버렸다. 소리도 멎었다. 그는 텅 빈 공허를 마주하고 있었다. 희고 텅 빈 화면이 그를 바라보고 있었고, 스피커에서는 희미하게 쉿쉿거리는 소리만 들렸다.

이 코담배 죽이는데. 그는 속으로 생각했다. 그러고는 남은 가루를 전부 꺼내 손에 올려놓고는, 코 아래로 가져가서는 탐욕스럽게 냄새를 빨아들였다. 냄새는 비강을 통해 뇌에까지 올라갔다. 그는 행복한 기분으로 기꺼이 코담배 속에 빠져들었다.

그때까지 텅 빈 상태로 유지되던 화면에 천천히 다시 형상이 떠오르기 시작했다. 그러나 그것은 지도자의 모습이 아니었다. 인민의 절대적인 보호자의 모습도, 사실 인간으로 보이는 모습도 아니었다.

그가 바라보고 있는 것은 생명이 없는 기계였다. 전자 집적 회로, 회전하는 가짜 사지, 렌즈와 스피커로 만들어진 기계였다. 그리고 스피커에서는 다시 윙윙거리는 소음이 울려 퍼지기 시작했다.

그는 화면에서 눈을 떼지 못하고 생각했다. 이게 대체 뭐지? 현실인가? 환상이 분명해. 그 행상은 어디선가 해방 전쟁 동안에 사용했던 향정신성 약물을 구해서 팔고 있었고, 나는 그걸 사용해버린 거야. 아주 흠뻑 들이켜버렸는데!

그는 비틀거리며 영상전화 쪽으로 가서는, 그의 건물 근처에 있는 비밀경찰 기지로 전화를 걸었다. "향정신성 약물을 판매한 사람을 신고하고 싶습니다." 그는 수화기에 대고 말했다.

"동무의 성함과 아파트 위치를 불러주십시오." 능률적이고 감정 없는 말투로, 경찰 관료가 무뚝뚝하게 말했다.

그는 정보를 불러주고는 비틀대며 모조 가죽 안락의자로 돌아와서는 다시 텔레비전에 떠올라있는 괴상한 형체를 바라보았다. 이건 끔찍한 일이야. 분명 워싱턴이나 런던에서 개발한 약물이 분명해. 아주 효율적인 방법으로 우리 후방에 퍼트렸던, LSD25보다 더 강하고 생소한 약물일 거야. 그런데 나는 이 약물이 지도자의 연설을 듣는 부담을 덜어줄 것이라고 생각했다는 말이지……. 이건 훨씬 안 좋잖아. 탁탁 소리를 내며 회전하는, 금속과 플라스틱으로 만든 전기 괴물이 떠드는 꼴이라니. 끔찍할 지경이라고.

앞으로 남은 평생 동안 저 모습을 대면해야 한다면—

비밀경찰의 2인조 수색팀이 그의 문을 두드릴 때까지는 십 분이 걸렸다. 그리고 그동안, 끔찍한 몇 번의 변화 과정을 거쳐, 친숙한 지도자의 모습이 다시 화면에 돌아와서, 팔을 흔들며 울부짖는 기계 괴물의 모습을 대체하고 있었다. 그는 비틀거리며 경찰 두 사람을 인도해 아까 쓰다 남은 코담배가 있는 탁자 쪽으로 안내했다.

"지속 시간이 짧은 향정신성 독극물입니다. 비강을 통해 즉시 혈류 속으로 스며드는 것 같습니다. 어디서 누구에게 얻었는지 모든 내용을 설명하겠습니다." 그가 낮은 목소리로 설명하고는, 떨림을 누르며 심호흡을 했다. 경찰이 와있다는 사실만으로도 마음이 안정되는 것 같았다.

경찰 두 명은 볼펜을 꺼내 들고 기다렸다. 그리고 그 배경에서는 지도자가 영원히 끝나지 않는 연설을 계속해서 해대고 있었다. 그 이전 천 번의 저녁 시간 동안 텅 치엔이 들었던 것과 마찬가지로 말이다. 그

러나 앞으로 내게 저 연설은 결코 예전과 똑같지 않을 것이다. 그 향정
신성 독극물을 들이마신 다음에는 말이다.

그는 생각했다. 바로 이런 효과를 노린 것이었나?

'그들'을 떠올렸다는 것은 이상한 일이었다. 이상하지만 어딘가 말이
되는 것으로 보였다. 그는 잠시 머뭇거린 후, 그 행상을 찾지 못할 정도
의 불충분한 정보만을 털어놓았다. 행상이었습니다. 어딘지는 모르겠어
요. 기억이 나지 않습니다. 하지만 그는 실제로는 기억하고 있었다. 정
확히 어느 교차로였는지까지 생각이 났다. 그는 이런 식으로 설명할 길
없는 미심쩍은 마음을 가지고 경찰에게 나머지 이야기도 털어놓았다.

"고맙습니다, 치엔 동무." 둘 중 상급자로 보이는 쪽의 경찰은 남은 코
담배를 전부 조심스레 모아서는, 자신의 깔끔하고 세련된 제복 주머니
에 넣었다. "가능한 한 빠르게 분석을 해보고, 만약 의학적인 조치가 필
요하다고 밝혀지면 바로 연락을 드리겠습니다. 분명 동무도 읽었겠지
만, 전쟁 중에 사용한 향정신성 약물 중에는 몸에 해로운 것도 있으니
말입니다."

"저도 봤습니다." 그는 고개를 끄덕였다. 그가 생각하고 있던 것도 바
로 그런 약물이었다.

"몸조심하십시오. 신고해주셔서 감사합니다." 경찰들은 이렇게 말하
고 떠났다. 그들의 태도와 능률적인 대처 방법으로 봐서 그다지 놀라운
일도 아닌 듯했다. 분명 주기적으로 받는 신고인 듯했다.

분석 결과는 상당히 빠르게 도착했다. 방대한 국가 관료 체제를 생각
하면 놀라울 정도의 속도였다. 지도자가 텔레비전 연설을 끝마치기도
전에 영상전화가 걸려왔던 것이다.

"환각제가 아닙니다." 비밀경찰 연구소의 연구원이 그에게 말했다.

"아니라고요?" 그는 당황해서 되물었다. 묘하게도 전혀 안도의 감정
이 들지 않았다.

"정반대의 물질입니다. 이건 페노티아진입니다. 동무도 알겠지만 안정제이자 반 환각제로 알려진 물질이죠. 이 혼합물 안에 상당히 높은 농도로 섞여있기는 하지만 인체에 해는 없습니다. 혈압을 낮추거나 졸음이 오는 부작용이 있을 수는 있겠죠. 아마 전쟁 당시의 의료 보급품에서 훔쳐낸 물건인 것으로 보입니다. 퇴각하는 야만인들이 남기고 간 물건이죠. 걱정하지 않으셔도 될 겁니다."

치엔은 무언가를 생각하며 천천히 영상전화를 끊었다. 그리고는 하노이 시의 다른 고층 아파트 건물들이 잘 보이는 창문으로 걸어가서 생각에 잠겼다.

초인종이 울렸다. 그는 마치 무아지경에 빠진 양 양탄자가 깔린 거실을 가로질러 걸어가서는 문가에 섰다.

갈색 레인코트를 입고 길고 윤기가 흐르는 검은 머리카락 위로 스카프를 두른 젊은 여성이 그곳에 서있었다. 여자는 작은 목소리로 소심하게 말했다. "음, 치엔 동무? 텅 치엔? 문화유산국 소속의—"

그는 반사적으로 그녀를 들어오게 하고는 문을 닫았다. "당신 내 영상전화를 도청하고 있었지요." 그가 말했다. 아무런 증거 없이 넘겨짚어 보는 것이었지만, 그는 분명 그녀가 도청을 하고 있었다는 알 수 없는 확신이 들었다.

"그 사람들이— 나머지 코담배를 전부 가져가버린 건가요? 아, 아니었으면 좋겠는데. 갈수록 그걸 구하기가 힘들어진단 말이에요."

"코담배는 구하기 쉽죠. 페노티아진은 구하기 힘들지만 말입니다. 그런 뜻으로 말한 겁니까?"

여자는 고개를 들고 달빛처럼 검고 큰 눈으로 그를 살펴보았다. "그래요, 치엔 씨—" 그리고 그녀는 잠시 머뭇거렸다. 비밀경찰들이 확신에 차있었던 것만큼이나 확신이 없는 모습이었다. "무엇을 보았는지 알려주세요. 우리 쪽에서는 그걸 아는 것이 아주 중요한 일이에요."

"다른 것을 볼 수도 있었다는 말입니까?" 그는 날카롭게 질문했다.

"네, 네, 그래요. 바로 그 점이 우리를 혼란스럽게 하고 있어요. 우리가 계획한 것과는 다르거든요. 이해를 할 수가 없어요. 어떤 사람의 이론에도 들어맞지를 않아요." 그녀는 보다 깊고 어두워진 눈으로 말을 이었다. "수중 괴물 형태였나요? 점액과 이빨을 가진, 외계인 형태였나요? 제발 말해주세요. 꼭 알아야 해요." 그녀는 힘겹게 숨을 몰아쉬고 있었다. 갈색 레인코트가 오르락내리락하는 모습이 보였다. 그는 어느 순간, 자신이 그녀의 몸을 보며 리듬을 맞추고 있다는 것을 깨달았다.

"기계였습니다."

"아!" 그녀는 힘차게 고개를 끄덕이며 말을 이었다. "네, 저도 알아요. 어떻게 봐도 인간과는 완전히 다르게 생긴 기계의 모습이죠. 가짜 지도자도 아니고, 인간 비슷하게 만들어진 기계도 아니라요."

"사람같이 보이는 모습은 아니었습니다." 그리고 그는 속으로 생각했다. 게다가 인간같이 말하려고 시도하지도 않는 모습이었지.

"그게 환각이 아니었다는 사실은 이미 알고 계시겠죠."

"내가 복용한 약물이 페노티아진이라는 분석 결과를 이미 들었습니다. 내가 아는 것은 그게 전부입니다." 그는 가능한 한 조금만 말하려 했다. 지금은 말하기보다는 듣고 싶었다. 이 여성이 무슨 말을 하는지를 듣고 싶었다.

"그럼, 치엔 씨, 그게 환각이 아니었다면 대체 무엇이었을까요? 어떤 선택지가 남지요? 특수 지각이라 불리는 현상이 있지요— 바로 그것이 아니었겠어요?" 그녀는 천천히 불안정하게 숨을 몰아쉬며 말했다.

그는 대답하지 않았다. 등을 돌린 채로, 두 건의 학생 시험 답안지를 들고는 훑어보면서 그녀의 말을 무시할 뿐이었다. 그녀가 다음에는 무슨 말을 해서 그를 꼬드기려 할지를 생각하면서.

그녀의 얼굴이 그의 어깨 너머에서 나타났다. 봄비와 달콤한 두근거

림의 냄새가 났다. 아름다운 향기와 모습, 그리고 목소리라고 그는 생각했다. 텔레비전에서 듣는— 어린아이일 때부터 들어온 거칠고 안정적인 연설과는 너무도 달랐다.

"그 진정제를 복용한 사람들은 — 당신이 복용한 것은 진정제였어요, 치엔 씨 — 저마다 서로 다른 모습을 봐요. 하지만 어느 정도 분류는 이미 이루어져있죠. 무한한 종류가 있는 것은 아니거든요. 당신이 본 것과 같은 모습을 보는 사람들도 있어요. 우리는 그 모습을 '딸각이'라고 부르죠. 어떤 사람들은 수중 괴물을 봐요. 그건 '꿀꺽이'라고 부르죠. 그리고 '새'와 '덩굴줄기'가 있고—" 그녀는 말을 멈추었다. "하지만 다른 반응에서는 거의 알 수 있는 것이 없어요. 우리에게 말이죠." 그녀는 잠시 주저하더니 곧 다시 말을 이었다. "이런 일이 벌어졌으니, 치엔 씨 당신도 우리 모임에 가입했으면 좋겠어요. 당신과 같은 것을 본 사람들의 모임 말이죠. 붉은색 모임이에요. 우리는 그것이 무엇인지 정체를 밝히려 하고, 또한—" 그녀는 길고 매끈한 손가락으로 손짓을 해 보이며 말했다. "그게 동시에 그 모든 형상일 수는 없는 일이잖아요." 그녀의 순진한 말투에는 그의 가슴 속에 깊이 와 닿는 무언가가 있었다. 그는 경계심이 허물어지는 것을 느꼈다. 아주 조금이지만.

그는 물었다. "당신은 무엇을 본 겁니까?"

"저는 노란색 모임의 일원이에요. 제가 본 것은— 폭풍이었어요. 웅웅 소리를 내는 격렬한 소용돌이요. 모든 것을 뽑아버리고, 한 세기를 버틸 수 있게 만들어진 분양 아파트들도 파괴해버리는 그런 폭풍이었어요." 그녀는 희미하게 웃으며 말을 이었다. "우리는 '파괴자'라고 부르죠. 전부 해서 열두 개의 모임이 있어요, 치엔 씨. 같은 페노티아진을 복용한 사람들이, 열두 가지의 완벽하게 다른 경험을 하는 거예요. 전부 텔레비전에서 연설하는 지도자 동지의 모습을 본 결과로 말이죠. 더 정확하게 말하자면, '그것'을 본 결과로 말이에요." 그녀는 그를 향해 웃으며, 아마도 가짜로 붙인 것이 분명한 긴 속눈썹을 날리며 애교 있는, 심지어는 신뢰하고 있는 것으로도 보이는 눈빛으로 그를 바라보았다. 마치 그가 무언가를 알고 있거나 무언가를 해줄 거라고 믿고 있는 듯한 표정이었다.

"나는 당신을 시민 권한으로 체포할 생각입니다." 그가 즉각 말했다.

"이런 일을 금하는 법률은 없어요. 우리는 소비에트 헌법을 열심히 연구했죠. 우리가 그─ 진정제를 배포할 사람들을 찾기 전에 말이에요. 우리가 가진 진정제는 얼마 되지 않아요. 그러니 누구에게 줄지를 조심해서 선택해야 하죠. 당신이라면 나쁘지 않을 거라고 생각했어요. 전후 세대고, 잘 알려져있고, 앞날이 보장된 성실한 젊은 관료잖아요." 그녀는 그의 손에서 시험 답안지를 낚아챘다. "그 사람들이 당신에게 정치 판독을 시켰죠?"

"정치 판독?" 그는 그런 단어는 알지 못했다.

"어떤 연설이나 문서를 보고는, 그 내용이 당의 현재 세계관과 맞아떨어지는지를 확인하는 일이죠. 당신 계급의 사람들은 그냥 '판독'이라고만 부를 거예요. 그렇죠?" 그녀는 다시 미소를 지었다. "한 단계 더 올라가서 초핀 씨와 같은 급에 이르게 되면, 당신도 그런 표현을 알게 될 거예요." 그리고 그녀는 진지하게 덧붙였다. "페텔 씨와 같은 급이 되거나요. 그 사람은 상당히 상층부에 있는 사람이에요. 치엔 씨, 샌 페르디난도에는 사상 학교 같은 것은 존재하지 않아요. 이 시험지는 당신의 정치사상을 철저하게 분석하기 위해 세밀하게 작성된 위조 답안지예요. 그리고 어느 쪽이 정통 교리고 어느 쪽이 이단인지 판별해낼 수 있었나요?" 그녀의 목소리는 마치 요정과도 같이 즐거운 악의를 담고 도발하는 듯한 느낌을 주었다. "잘못 선택하면 당신의 갓 시작된 촉망받는 미래는 이 자리에서 차갑게 식은 채로 멈춰버릴 거예요. 제대로 선택을 한다면─"

"당신은 이 중 어느 것이 옳은지 아는 겁니까?"

"물론이죠." 그녀는 진지하게 고개를 끄덕였다. "우리는 초핀 씨의 사무실 안쪽에 도청기를 설치해놓았거든요. 그 사람이 페텔 씨와 나눈 대화를 전부 엿들었어요. 사실 페텔 씨가 아니라 고등 비밀경찰 감사관인 주드 크레인이라는 사람이지만요. 아마 당신도 그 사람 이야기는 들었을 거예요. 98년 취리히 전범 재판에서 볼라스키 판사의 보좌관 역할을 했던 사람이죠."

그는 간신히 입을 열었다. "저도…… 알 것 같군요." 상당히 많은 부분이 설명되는 이야기였다.

"내 이름은 타냐 리예요." 여자가 말했다.

그는 아무 말도 하지 않고 그저 고개만을 끄덕일 뿐이었다. 더 이상 다른 생각을 하기에는 너무 충격을 받은 상태였기 때문이다.

"일단 겉보기로는 평범한 사무원이죠. 당신이 있는 문화유산국에서 일해요. 당신하고 직접 얼굴을 마주한 적은 없지만요. 최소한 그건 확실히 말할 수 있죠. 우리는 가능한 한 우리 직무에서 벗어나려 하지 않거든요. 제 상사는—"

"이런 이야기를 그냥 해도 되는 겁니까? 전부 엿듣고 있지 않겠어요?" 그는 문득 텔레비전 쪽을 가리키며 말했다. "우리는 이 빌딩에서 나가는 모든 시청각 정보에 교란을 걸어 놓았어요. 이 위장을 알아채려면 거의 한 시간은 걸릴 거예요. 그러니까 이제—" 그녀는 자신의 가는 손목에 걸린 작은 손목시계를 바라보며 말했다. "이제 십오 분 정도 남았네요. 아직은 안전해요."

"그럼 어느 쪽 시험지가 정론인지 가르쳐주십시오."

"당신 정말 그런 일에 신경을 쓰는 거예요? 정말로?"

"그럼 다른 무엇에 신경을 써야겠습니까?"

"모르겠어요, 치엔 씨? 당신은 방금 뭔가를 알아냈잖아요. 그 지도자는 우리 지도자가 아니에요. 무언가 다른 존재지만, 우리는 그 정체를 알 수가 없다고요. 아직은요. 치엔 씨, 다른 모든 것은 젖혀두고라도, 우리 식수의 성분을 분석해본 적은 있나요? 피해망상처럼 들리기는 하지만, 그래본 적 있어요?"

"아뇨, 당연히 없지요." 그는 이미 그녀가 무슨 말을 할지 예상하면서도 이렇게 대답했다.

"우리 쪽의 테스트에 의하면, 우리 식수는 환각제로 포화 상태예요. 현재 그렇고, 지금까지도 그랬고, 앞으로도 그렇겠죠. 전쟁 중에 사용되었던 평범한 환각제가 아니라, 다트록스-3라고 불리는 합성 유사 알칼로이드 유도체예요. 이 건물에서 아침에 일어나면서도 마시고, 식당에 가거나 다른 아파트에 가게 되더라도 마시죠. 문화유산국에 가서도 마시죠. 그런 물이 중앙 공급 시스템을 통해서 모든 상수도를 타고 나오고 있어요." 그녀의 목소리는 이제 날카롭고 냉랭했다. "우리는 이 문제를 해결하는 방법을 알아냈죠. 페노티아진 계열 약물을 쓰면 아주 간단하게 이 환각제의 효과를 없앨 수 있어요. 물론 우리가 몰랐던 것은 바로 이거였죠. 믿을 만한 다양한 경험이 혼재한다는 것. 이성적으로 생각해보면 말도 안 되는 일이죠. 사람마다 서로 다른 경험을 해야 하는 것은 환상 쪽이고, 진실은 모든 사람에게 동일해야 하는 거잖아요. 그런데 정반대의 현상이 일어난 거죠. 우리는 이런 현상을 설명할 수 있는 가설조차도 만들어낼 수 없었어요. 그동안 정말로 엄청난 노력을 했지만요. 열두 종류의 완벽하게 서로 다른 환각이라면— 그건 이해하기 어렵지 않겠죠. 하지만 하나의 환상과 열두 가지의 진실은 곤란해요." 그리고 그녀는 두 장의 시험 답안지를 손에 들고는, 이마에 주름을 잡은 채로 곰곰이 살펴보았다. "이쪽 아랍 시가 있는 쪽이 정론이에요. 이렇게 말해주면, 그 사람들은 당신 말을 믿고 더 높은 지위를 주려고 할 거예요. 당 공직자의 서열 안에서 한 단계 더 올라갈 수 있게 되겠죠." 그녀는 미소를 지으며 말을 이었다. 그녀의 치아는 완벽하게 고르고 아름다 웠다. "오늘 아침에 당신이 투자를 해서 무엇을 얻었는지를 생각해 보세요. 한동안 당신 미래는 보장받은 것이나 다름없어요. 바로 우리의 도움으로 말이죠."

그는 즉각 말했다. "당신 말은 믿을 수 없습니다." 본능적으로 의심이 작동한 것이었다. 지금까지 동방 공산당의 하노이 지부에서 서로의 등 뒤를 노리는 수많은 사람들과 살아온 결과 발달한, 당연한 의심이었다. 그들은 기습을 통해 라이벌을 경쟁 구도에서 제거하는 방법을 수없이 알고 있었다. 그 자신이 사용해본 방법도 있었고, 자신이 겪거나 다른 이들이 당하는 모습을 본 방법도 있었다. 이것도 그가 지금껏 보지 못한, 새로운 음모일 수도 있었다. 언제든 가능한 일이었다.

"오늘 밤에 지도자 동무가 연설 도중 당신 한 사람을 딱 집어내서 격려하는 발언을 했죠. 이상하게 느껴지지 않던가요? 그 많은 사람들 중에서 오직 당신 하나만을? 별거 아닌 기관의 평범한 관료일 뿐인데—"

"그건 인정합니다. 나도 이상하다는 생각은 했어요."

"당연한 일이죠. 경애하는 지도자 동무께서는 전후 세대의 엘리트 젊은이들을 골라내 양성하고 있어요. 구식의 완고한 노인 당원들 사이에 새로운 피를 주입하고자 하시는 거지요. 그분은 우리가 당신을 선택한 것과 마찬가지 이유로 당신을 선택한 거예요. 제대로 뒤를 밀어주기만 한다면, 당신은 서열의 꼭대기에까지 올라갈 수 있는 사람이에요. 한동안은 말이죠……. 당신도 알겠지만요. 원래 그런 법이니까."

그는 생각했다. 그 말은 거의 모두가 내게 기대를 걸고 있다는 소리군. 나 자신만 빼고 말이지. 게다가 이런 반 환각제 소동을 겪고 난 다음에는 더욱 그래. 내가 몇 년 동안 가져온 자신감을 뿌리째 뒤흔든 일이고, 게다가 충분히 그럴 만한 일이잖아. 그러나 이제 그는 조금씩 자신의 균형을 되찾고 있었다. 처음에는 조금씩, 그리고 이제는 한 번에 물

밀듯이 제정신이 돌아왔다.

그는 영상전화 쪽으로 가서 수화기를 들고는, 그날 밤 들어 두 번째로 비밀경찰 당국에 전화를 걸기 시작했다.

"저를 넘겨주는 일은 오늘 밤 당신이 내리는 두 번째 어리석은 결정이 될 거예요. 저는 당신이 이곳으로 저를 데려와서 매수하려 했다고 말할 거거든요. 제가 문화유산국에서 일하고 있기 때문에, 어느 시험 답안이 옳은 것인지 알고 있을 것이라고 생각해서 말이죠."

"그럼 첫 번째 어리석은 결정은 뭐였습니까?"

"페노티아진을 더 복용하지 않은 거죠." 리 양이 담담한 어투로 말했다.

텅 치엔은 전화기를 내려놓고는 생각했다. 대체 무슨 일이 벌어지고 있는 것인지 이해를 할 수가 없어. 지금 두 세력이 있단 말이지. 하나는 당과 경애하는 지도자 동지가 있는 쪽이고, 다른 하나는 이 젊은 여자와 그 동맹 모임이야. 한쪽은 내가 당 서열 내에서 최대한 위쪽으로 올라가기를 원하고 있고, 다른 쪽은— 타냐 리가 원하는 것이 뭐지? 그 모든 언어 아래, 당과 지도자와 인민 민주 연합 전선의 모든 도덕적 기준에 대한 사소한 모욕 아래, 그녀가 내 무엇을 원하고 있는 것일까?

그는 궁금증을 참지 못하고 물었다. "당신은 해당害黨 세력입니까?"

"아뇨."

"하지만 — 둘 중 하나일 수밖에 없지 않습니까. 당과 해당세력. 그럼 당신이 당 쪽에 서있는 사람이란 말인가요." 그는 당황한 눈으로 그녀를 바라보았고, 그녀는 침착하게 그 눈빛을 받아냈다. "당신네는 조직이 있고, 회합을 가지죠. 그러면 무엇을 파괴하려 하는 겁니까? 정부의 통상 활동인가요? 베트남 전쟁 동안에 미국에서 병사 수송 열차를 멈추려 하고, 데모를 통해 반역 활동을 벌였던 대학생들과 비슷한 조직인 겁니까, 아니면—"

리 양은 지친 기색을 보이며 대답했다. "그건 그런 일이 아니었어요. 하지만 됐어요. 그게 중요한 건 아니니까. 우리가 알고 싶은 일은 바로 이거예요. 누구, 또는 무엇이 우리를 이끌고 있는가? 우리는 당 조직 깊숙이 침투해서, 지도자 동무를 직접 대면할 수 있도록 초대받을 만한 젊고 유망한 당 이론가를 섭외해야만 했어요. 무슨 말인지 알겠죠?" 그녀는 목소리를 높여 말하고는, 시계를 들여다보았다. 분명 초조하게 도주할 시간을 재고 있는 듯했다. 아까 말했던 십오 분은 이미 거의 지나 있었던 것이다. "당신도 알고 있겠지만, 실제로 지도자 동무를 만날 수 있는 사람은 얼마 되지 않아요. 실물을 볼 수 있는 사람 말이에요."

"나이가 너무 많아서 은둔자의 삶을 살고 있으니 그렇겠죠."

"우리가 희망하는 것은, 내 도움을 받아 당신이 그들이 준비한 가짜 시험을 통과하고 나면, 지도자가 가끔씩 여는 개인적 파티에 당신이 초대를 받을지도 모른다는 거예요. 물론 신문에서는 보도하지 않는 종류의 파티지만요. 무슨 말인지 알겠어요?" 흥분 때문인지 절망 때문인지는 몰라도, 그녀의 목소리는 점차 높아지기 시작했다. "그리고 당신이 환각 해독제를 복용한 다음에 그곳에 들어가면, 우리도 알게 되겠죠. 당신이 그 사람을 직접 대면하게 되면—"

"그리고 내 공직 경력은 종말을 고하게 되겠군요. 목숨을 잃지 않는다면 말이지만." 그는 생각한 그대로를 말했다.

그녀는 창백해진 얼굴로 날카롭게 되받았다. "당신도 우리에게 빚을 졌잖아요. 제가 어느 시험 답안지가 정답인지 말해주지 않았다면, 어차피 당신의 그 대단한 공직 경력은 종말을 고했을 거예요. 자기가 지금 치르고 있는 건지도 모르는 시험에서 탈락했을 거라고요!"

"확률은 절반이었을 겁니다."

"천만에요." 그녀는 격렬하게 고개를 저었다. "이단 쪽의 답안지는 당에서 쓰는 전문 용어로 범벅이 되어 있어요. 당신이 실수를 저지르게 하기 위해 특별히 고안된 답안지였다는 말이에요. 그들은 당신이 이 시험을 통과하기를 원하지 않았다고요!"

그는 다시 한 번 혼란을 느끼며 두 장의 답안지를 살펴보았다. 이 여자의 말이 맞는 걸까? 가능했다. 그럴 가능성이 높았다. 그가 알고 있는 당의 관료들, 특히 그의 상관인 초편의 성향에 부합하는 말이었다. 그는 점차 지치고 패배한 듯한 기분이 들었다. 잠시 시간이 흐른 후, 그는 입을 열었다. "당신들은 내게 호의를 제공하고 그 대가를 받으려 하는 겁니다. 나를 위해 무언가를 해주었지요. 당의 질문에 대한 해답을 ─ 또는 해답이라고 생각되는 것을 ─ 제공해줬으니까요. 하지만 그걸로 이미 당신들의 역할은 끝난 겁니다. 앞으로 내가 당신들을 무시해버리지 못할 이유가 뭡니까? 아무 일도 하지 않아도 되는 것 아닙니까." 그는 자신의 목소리가 당 내부에서 그토록 자주 들었던 감정을 완전히 배제한 단조로운 음색에 가깝다는 사실을 깨달았다.

"계속 지위가 올라가면, 당신은 계속 시험을 치르게 될 거예요. 그리고 우리는 당신을 위해 그 내용도 계속 엿들어줄 수 있죠." 그녀는 침착하고 여유롭게 대답했다. 그가 이런 식으로 반응할 것을 예측한 듯한 태도였다.

"생각해볼 시간이 얼마나 있습니까?"

"나는 이제 떠나야 해요. 우리는 딱히 서두를 생각은 없어요. 당신이 다음 주나 다음 달쯤에 지도자가 살고 있는 양쯔 강변의 저택으로 초대받을 확률은 별로 없으니까요." 그녀는 현관으로 나가 문을 열면서 잠시 머뭇거렸다. "당신이 비밀리에 시험을 받게 될 때마다 우리가 연락을 해서 해답을 제공해줄 거예요. 그러니까 그럴 때마다 우리 중 한 사람을 만나게 되겠죠. 내가 아닐지도 몰라요. 당신이 문화유산국을 떠날 때 그 상이군인이 접근해서는 올바른 반응표를 팔려고 할 수도 있겠죠." 그녀는 잠시 꺼진 촛불과도 같은 미소를 지어 보였다. "하지만 결국 언젠가는, 당신은 분명 그 저택으로 화려하고 정중하게 정식 초대를 받게 될 거예요. 그리고 그곳에 갈 때는 진정제에 흠뻑 전 상태겠죠……. 어쩌면 우리에게 얼마 남지 않은 마지막 진정제를 사용해서요. 잘 있어요." 그녀의 뒤로 문이 닫혔다. 가버린 것이다.

세상에. 내가 지금 한 일을 가지고 협박을 할 수도 있겠는데. 게다가 그 여자, 그런 협박은 입에 올리지도 않았어. 이 일에 관련된 사람들이 보기에는 협박 같은 것은 언급할 가치도 없는 거야.

하지만 정말 협박이 가능하기는 한가? 그는 이미 페노티아진으로 밝혀진 그 약물을 받았다고 비밀경찰에 신고를 한 상태였다. 그럼 그들도 이미 알고 있는 거야. 나를 감시하겠지. 주의를 기울이고 있는 거야. 실제로 법을 어긴 적은 없지만, 그들은 이제 나를 감시하고 있을 거야.

그러나 어차피 감시는 계속 당해오던 것이 아닌가. 그는 이런 생각을 하며 조금 긴장이 풀리는 것을 느꼈다. 그 역시 다른 모든 사람들과 마찬가지로 계속되는 감시에 익숙했던 것이다.

인민의 절대적인 보호자를 있는 그대로의 모습으로 보게 된다는 말이지. 아마 지금까지 아무도 해본 적이 없는 일일 텐데 말이야. 어떤 모습일까? 그 비환각 분류 중에서 어느 쪽에 속하는 모습일까? 내가 제대로 알지도 못하는 분류들……. 상상도 할 수 없는 모습들 말이야. 만약 내가 텔레비전 화면 속에서 본 것과 같은 모습이라면, 내가 그날 밤 동안 어떻게 평정을 유지하면서 버틸 수 있을까? 파괴자, 딸각이, 새, 덩굴줄기, 꿀꺽이…… 또는 그보다 더 괴상한 모습이라면.

그는 그 외의 다른 모습들에 어떤 것이 있을까 상상해보다가…… 생각을 멈추었다. 그런 생각은 쓸모없을뿐더러, 과도한 불안을 불러일으키기도 하니까.

다음 날 아침, 초핀과 다리우스 페텔이 그의 사무실로 찾아왔다. 두 사람 모두 평온하지만 기대를 하고 있는 눈치였다. 그는 아무 말 하지 않고 두 장의 '시험 답안지' 중 하나를 그들에게 내밀었다. 짧지만 강렬한 인상을 남기는 아랍 시를 인용한 정론이 적힌 답안지였다.

"이쪽은 성실한 당원, 또는 당원 자격을 얻으려 노력하는 이의 답안입니다. 그리고 이쪽은—" 그는 다른 시험지를 손바닥으로 찰싹 때리며 말했다. 그의 마음속에서 분노가 끓어올랐다. "반동적인 쓰레기입니다. 표면적으로는 신실해 보일지라도—"

"좋습니다, 치엔 씨." 페텔이 고개를 끄덕이며 말했다. "사소한 문제점을 하나하나 짚어볼 필요는 없겠지요. 당신의 분석은 옳습니다. 어젯밤 텔레비전에서 지도자 동무께서 연설 도중 당신을 직접 언급하신 것은 들었겠지요?"

"물론 들었습니다."

"그럼 당연하게도 지금 우리가 하고 있는 일이 어떤 의미를 가지는 것인지도 추론했겠군요. 경애하는 지도자 동무께서는 분명히 당신을 주시하고 계십니다. 사실 제게 당신에 대해서 직접 언급하시기도 하셨지요." 그는 불룩한 서류 가방을 열고는 안을 뒤지기 시작했다. "그 망할 서류는 잃어버린 모양이군. 어쨌든—" 그는 초핀을 바라보았고, 초핀은 살짝 고개를 끄덕였다. "경애하는 지도자 동무께서는 다음 주 목요일 저녁에 양쯔 강 별장에서 당신을 만나보고 싶어 하십니다. 특히 플레처 부인께서는 당신을 아주 마음에 들어하시—"

"플레처 부인? 플레처 부인이 누굽니까?" 치엔이 물었다.

잠시 침묵이 흐른 후, 초핀이 건조한 어조로 입을 열었다. "절대적인 보호자 동무의 부인이시네. 자네는 아마 한 번도 듣지 못했겠지만, 그분의 성함은 토마스 플레처라네."

"그분은 코카서스인입니다. 뉴질랜드 공산당 출신이시죠. 그곳의 힘겨운 혁명을 승리로 이끄신 분입니다. 엄중하게 지켜야 하는 비밀은 아니지만, 그렇다고 소리 내어 떠들고 다닐 수 있는 화제도 아니죠." 그는 잠시 시곗줄을 만지작거리며 머뭇거리다 말을 이었다. "그냥 이런 일은 다 잊어버리는 편이 당신에게 나을 것 같군요. 물론 그분을 직접 만나서 마주하면 그분이 코카서스인이라는 사실을 알게 되겠지만 말입니다. 나와 마찬가지로, 다른 많은 이들과 마찬가지로 말입니다."

"인종은 당과 그 지도자에 대한 충성심과는 아무런 관계도 없는 일이네. 여기 페텔 씨를 보면 자네도 알겠지만 말이네." 초핀이 옆에서 거들었다.

그러나 그 경애하는 지도자 동무가, 세상에. 텔레비전에 비친 모습은 전혀 서양인으로 보이지 않았었다. 그는 간신히 입을 열었다. "하지만 텔레비전에서는—"

초핀이 즉시 말을 끊었다. "텔레비전에서 보이는 영상은 다양한 기술을 사용해서 변조 작업을 거친 걸세. 사상적 문제 때문이지. 고위 서열에 오른 사람들은 대부분 이미 알고 있는 일이라네." 그는 비난하는 눈빛으로 치엔을 바라보았다.

치엔은 생각했다. 그럼 우리가 밤마다 보는 영상이 현실이 아니라는 것에는 모두 동의하는 셈이로군. 그럼 문제는 이거야. 얼마나 거짓인가? 일부분만? 아니면— 그 모두가?

"준비를 하겠습니다." 그는 딱딱하게 대답했다. 계획에 문제가 생긴 거야. 그들은 — 타냐 리가 대표하는 조직에서는 — 내가 이렇게 빨리 초대를 받을 거라고 생각하지 않았어. 반 환각제는 어디에 있는 걸까? 나한테까지 전달될 수 있을까? 아마 이렇게 급하게는 힘들 테지.

그는 묘한 안도감을 느꼈다. 그는 인간 모습인 경애하는 지도자 동무를 만나게 될 것이었다. 그와 다른 모든 사람이 텔레비전에서 보는 모습 그대로 말이다. 아시아에서 가장 영향력 있는 당원들이 모습을 보이는, 정말로 최고로 자극적이고 즐거운 저녁 파티가 될 것이었다. 페노티아진 같은 것은 필요 없을 거야. 그는 그렇게 마음먹었다. 안도감은 더욱 커져만 갔다.

"자, 여기, 겨우 찾았군요." 페텔이 갑자기 이렇게 말하며, 서류 가방 속에서 하얀 봉투를 하나 꺼냈다. "정식 초청장입니다. 목요일 아침에 중국 로켓을 타고 경애하는 지도자 동무의 저택으로 날아가게 될 겁니다. 그리고 의전관을 만나 그곳에서 취해야 할 올바른 예절에 대해 교육을 받을 겁니다. 넥타이와 연미복을 포함한 정장을 입어야 할 테지만, 분위기는 따뜻할 겁니다. 언제나 건배를 수도 없이 하지요." 그리고 그는 덧붙였다. "나는 두 번 그런 파티에 참석한 적이 있습니다. 초핀 씨는 아쉽게도 그런 영예를 얻은 적이 없지요. 하지만 흔히들 말하듯이, 기다리는 자가 얻는 법입니다. 벤저민 프랭클린이 한 말이지요." 그는 이렇게 말하며 비뚤어진 미소를 지어 보였다.

"내 생각에는 치엔 씨가 그런 기회를 얻기에는 너무 이른 것이 아닌가 싶소. 하지만 내 의견을 물어본 사람은 아무도 없으니." 초핀은 이렇게 말하며 어깨를 으쓱해 보였다.

"한 가지만 말해둡시다." 페텔이 다시 치엔을 보며 말했다. "경애하는 지도자 동무를 직접 대하게 되면, 당신은 어떤 면에서 조금 실망하게 될지도 모릅니다. 그런 감정을 느끼더라도 밖으로 드러내지 않도록 조심해야 합니다. 우리는 언제나 그분을 평범한 인간 이상의 존재로 여겨 ─ 여기도록 훈련받아 ─ 왔습니다. 하지만 파티석상에서 그분은, 그냥 늙은 속물일 뿐입니다. 여러 면에서 우리와 같은 사람일 뿐이죠. 예를 들어, 인간에 대한 일반적인 구강 공격적 또는 구강 수동적 행위를 보이려 하실지도 모릅니다. 불쾌한 농담을 하시거나 과음을 하실지도 모르지요……. 솔직하게 말해서, 그 장소에서 어떤 일이 벌어질지는 아무도 모르는 일입니다. 하지만 보통 다음 날 오전까지도 파티가 지속되긴 하죠. 그러니 의전관이 주는 암페타민 제를 정량 복용하는 편이 나을 겁니다.”

“네?” 치엔이 말했다. 처음 듣는 얘기이자, 제법 흥미로운 정보였다.

“지구력을 위한 겁니다. 독한 술과 균형을 맞추기 위한 것이기도 하지요. 경애하는 지도자께서는 엄청난 지구력의 소유자이십니다. 다른 사람들이 전부 쓰러진 후에도 마지막까지 서서 파티를 계속하고 싶어 하시는 일도 있어요.”

“대단하신 분이지. 나는 그런 방종이야말로 그분의 훌륭하고 원만한 성품을 보여주는 일이라고 생각하네. 말하자면 이상적인 르네상스인이라고 할 수 있지. 예를 들어, 로렌초 디 메디치같이 말이네.” 초핀이 끼어들며 말했다.

“나도 그런 생각이 드는군요.” 페텔이 말했다. 그는 강렬한 눈빛으로 치엔을 관찰하고 있었다. 어젯밤에 느낀 한기가 다시 돌아올 지경이었다. 내가 연달아 함정에 빠지고 있는 걸까? 어쩌면 그 젊은 여자야말로 비밀경찰에서 나를 염탐하기 위해 보낸 요원인 걸까? 혹시 내가 가지고 있는 해당 기질을 밝힐 수 있지 않을까 해서?

퇴근할 때 그 다리 없는 상이군인이 접근하지 못하게 해야겠어. 완전히 다른 길로 해서 복합아파트로 돌아가야지.

그리고 그는 성공했다. 그날도, 그 다음 날도, 목요일이 될 때까지 그는 예의 상이군인을 피할 수 있었다.

목요일 아침, 주차된 트럭 뒤에서 그 행상이 튀어나와서는 그의 길을 막고 섰다.

“내 약이 어땠소? 도움이 되었지? 도움이 되었다는 것은 알고 있소. 그 조제법은 송대까지 거슬러 올라가는 거니까⋯⋯. 분명히 도움이 된 듯하군. 그렇지 않소?”

치엔은 말했다. “길 좀 비켜요.”

“대답 좀 해주지 않겠소?” 그의 말투는 치엔이 예상치 못한 것이었다.

겨우 생계를 꾸려가는 길거리 행상의 애원하는 말투가 아니라, 크고 당당한 목소리로 말한 것이다……. 오래전 제국주의의 꼭두각시 군대의 병사가 말하는 것 같았다.

"당신이 준 물건이 뭔지는 이미 알고 있습니다. 그리고 더는 원하지 않아요. 생각이 바뀌면 약국에 가서 제가 직접 사겠습니다. 고맙습니다." 그는 이렇게 말하고 발걸음을 옮겼지만, 다리 없는 군인을 실은 수레는 빠르게 그 뒤를 쫓아왔다.

"리 양에게 이야기는 들었소."

"흐음." 치엔은 이렇게 말하고는 자동적으로 걸음 속도를 올렸다. 그는 지나가는 호버 택시를 발견하고는 그것을 세우려 손을 들었다.

"오늘 밤 양쯔 강변 저택에서 열리는 파티에 가는 것 아니오." 그를 따라잡느라 숨을 헐떡이면서도, 행상은 다급하게 말했다. "이 약을 가져가시오. 어서!" 그는 애원하듯 꾸러미를 내밀었다. "제발, 치엔 당원 동무, 당신을 위해서, 우리 모두를 위해서라도 말이오. 그래서 우리가 대체 무엇에 맞서고 있는지를 알 수 있도록 해주시오. 제발, 그 존재가 테라인이 아닐지도 모르는 일 아니오. 우리가 가장 겁내는 일은 바로 그거란 말이오. 이해하지 못하는 거요, 치엔 동무? 그 망할 경력이 그렇게 중요한 거요? 만약 그것을 밝혀내지 못한다면—"

택시가 보도 옆으로 와서 멈추었다. 문이 열렸다. 치엔은 택시에 오르기 시작했다.

꾸러미는 그를 지나쳐 택시의 문턱 안으로 떨어진 다음, 어제의 비 때문에 축축해진 바닥으로 미끄러져 들어왔다.

"제발, 돈은 전혀 받지 않겠소. 오늘은 공짜요. 그냥 가져가서, 저녁 만찬 전에 사용하기만 하시오. 암페타민은 쓰지 말고. 그건 시상하부 자극제라서 페노티아진과 같은 아드레날린 억제제하고 같이 복용하면 안 되는 약물이라—"

치엔이 올라타자 택시의 문이 닫혔다. 그는 자리에 앉았다.

"어디로 가시겠습니까, 동무?" 로봇 운전 시스템이 그에게 물었다.

그는 자신의 복합아파트 식별 번호를 댔다.

"그 정신 나간 행상이 더러운 물건을 내 깨끗한 내부로 밀어 넣었습니다. 보세요, 동무 발밑에 있군요." 택시가 말했다.

그는 꾸러미를 살펴보았다. 평범하게 생긴 종이봉투일 뿐이었다. 아마 마약도 이런 식으로 전달되는 거겠지. 어느 순간 보면 바로 그곳에 있는 식으로 말이야. 그는 잠시 앉아있다가, 결국 그 꾸러미를 집어 들었다.

예전과 마찬가지로, 포장지 안쪽에는 무언가가 적혀있었다. 그러나 이번에는 손으로 쓴 글씨였다. 여성의 글씨— 리 양이 보낸 쪽지였다.

너무 갑자기 일이 진행되어서 놀랐어요. 하지만 다행히 준비는 끝난 상태였죠. 화요일과 수요일에는 어디에 갔던 건가요? 어쨌든 여기 있어요. 행운을 빌어요. 주말쯤에 다시 접촉할게요. 나를 찾으려고 하진 마요.

그는 쪽지에 불을 붙여서, 택시의 재떨이에 넣고 태워 없앴다.

그리고 검은 알갱이는 그대로 품에 넣었다.

그동안 계속해서 우리 상수도에 환각제를 탔단 말이지. 매년, 몇 십년 동안. 전시가 아니라 평시에도. 그리고 적진이 아니라 아군의 상수도에. 그 사악한 놈들. 어쩌면 이걸 받아야 할지도 모르겠어. 그 또는 그것의 정체를 밝히고, 타냐 일행이 알게 해주어야 할지도 모르겠어.

해보자. 그는 결정했다. 그리고 또한— 호기심을 느꼈다.

나쁜 감정이라는 사실은 알고 있었다. 호기심은, 특히 당 활동에 있어, 때때로 경력을 끝장낼 수도 있는 안 좋은 감정이었다.

그러나 지금 이 순간에는 그 감정이 그를 완전히 사로잡고 있었다.

그 감정이 밤새 지속될지는 알 수 없었지만, 만약 그렇게 된다면, 그는 실제로 이 약을 들이마시게 될는지도 몰랐다.

시간이 지나면 알게 될 것이다. 그것만이 아니라 다른 모든 것을 알 수 있게 될 것이다. 우리는 평원에 피는, 그분이 꺾는 꽃에 지나지 않으니까. 아랍 시인이 말했듯이 말이다. 그는 그 시의 나머지 부분을 기억해내려 했지만, 성공하지 못했다.

아마 그것 역시 관계없는 일일 것이다.

저택의 의전관은 큰 키에 건장한 체격을 갖춘, 전직 레슬러가 분명한 키모 오쿠바라라는 일본인이었다. 초대장을 제출하고 신원을 확인한 후에도, 그는 기본적으로 적대적인 태도를 유지한 채 그를 대했다.

"여기까지 올 생각을 했다는 것이 놀랍군. 집에서 텔레비전으로 보지 그랬나? 어차피 너 그리워할 사람도 없는데. 너 없이도 방금 전까지 아무런 문제 없이 잘 어울렸단 말이다." 오쿠바라는 이렇게 투덜댔다.

"텔레비전으로는 이미 봤습니다." 치엔은 경직된 태도로 대답했다. 게다가 어차피 지도자의 파티가 방송을 탈 일은 없었다. 이 파티는 너무 외설적이었던 것이다.

오쿠바라의 직원들은 무기 소지 여부를 다시 점검했다. 점검 내용 중에는 항문 삽입형 무기에 대한 점검도 포함되어 있었다. 검사가 끝난 후, 그들은 그의 옷을 돌려주었다. 그러나 페노티아진을 찾아내지는 못했다. 그가 이미 그 약물을 복용한 후였기 때문이다. 그가 알기로 이런 약물의 효과는 네 시간 정도 지속되었다. 이 정도면 충분했다. 그리고 타냐가 말한 대로, 이건 상당히 많은 양이었다. 그는 어지러운 동시에, 자신이 둔하고 서투르게 움직이고 있다는 느낌을 받았고, 혀는 마치 파킨슨병에 걸린 환자같이 겉돌았다. 예상치 못한 불쾌한 부작용이었다.

허리 위로는 아무것도 걸치지 않은 젊은 여성이, 긴 구릿빛 머리카락을 어깨 아래로 늘어트린 채 그의 옆을 지나갔다. 흥미로운 광경이었다.

반대편에서는 엉덩이 위로 아무것도 걸치지 않은 여인이 모습을 드러냈다. 역시 흥미로웠다. 두 여자 모두 공허하고 지루한 표정이었고, 주변 사람들에게는 아무 관심도 없는 듯 보였다.

"너도 저렇게 입고 간다." 오쿠바라가 치엔에게 말했다.

치엔은 깜짝 놀라 대답했다. "흰 넥타이에 연미복 차림인 줄 알았는데요."

"농담한 거다. 여자들만 벗고 다닌다. 너는 마음껏 즐길 수도 있다. 동성애자가 아니라면 말이다."

흠, 그쪽이 아무래도 마음에 드는군. 치엔은 이렇게 생각했다. 그는 다른 손님들과 어울리며 파티장을 돌아다녔다. 남자들은 그와 마찬가지로 흰 나비넥타이에 연미복을 입고 있었고, 여자들은 바닥까지 닿는 드레스를 입고 있었다. 그리고 그는 진정제에 절어 있음에도 불구하고 거북한 느낌이 들기 시작했다. 내가 왜 여기 있는 거지? 그는 자문해보았다. 지금 자신이 처한 상황의 이중성이 머리를 떠나지 않았다. 그는 당의 도구로서 자신의 지위를 강화하기 위해, 경애하는 지도자 동무 바로 그분과 개인적이고 친밀한 관계를 가지고 그분의 인정을 받기 위해 온 것이었다……. 그리고 추가로, 경애하는 지도자 동무가 가짜라는 사실도 밝혀낼 생각이었다……. 어떤 종류의 가짜일지는 모르지만, 가짜라는 사실은 분명했다. 당에 대한 거짓, 테라에 사는 모든 평화를 사랑하는 민주주의 인민에 대한 거짓이었다. 아이러니하군. 그는 이렇게 생각하며, 계속 사람들과 어울렸다.

작고 밝게 빛나는 가슴을 가진 여성이 그에게 다가와 불을 빌리려 했다. 그는 라이터를 꺼내며 무심코 물었다. "그 가슴은 어떻게 빛나는 겁니까? 방사능을 주사했나요?"

그녀는 아무 말도 하지 않고 그저 어깨만 으쓱해 보인 후, 그를 홀로 남겨두고 자리를 떠났다. 아무래도 그가 부적절한 방식으로 반응한 모양이었다.

어쩌면 전쟁 중에 발생한 돌연변이일지도 모르겠군. 그는 생각했다.

"한잔하시겠습니까." 하인 한 명이 우아한 동작으로 음료수 쟁반을 그를 향해 내밀었다. 그는 최근 중공의 고위 당원들 사이에서 유행하는 마티니 한 잔을 집어 들고는 얼음처럼 차갑고 산뜻한 음료를 한 모금 넘겼다. 좋은 영국산 진을 썼군, 이라고 그는 생각했다. 아니면 네덜란드 식으로 노간주나무 열매인지 뭔지를 띄워 만든 진일지도 몰랐다. 나쁘지 않았다. 그는 조금 기분이 좋아져서 계속 걸음을 옮겼다. 사실 이곳의 분위기 자체는 제법 즐거웠다. 사람들은 자신감이 넘쳤다. 성공가도를 달리는 사람들이 긴장을 풀 수 있는 곳이었다. 경애하는 지도자 동무의 측근들이 신경과민에 시달리고 있다는 소문은 거짓임이 분명했다. 최소한 이곳에는 그런 낌새는 전혀 없었고, 그 자신도 그다지 불편한 기분을 느끼지 못하고 있었다.

머리가 벗겨지고 뚱뚱한 노인 한 명이 자기 술잔을 치엔의 가슴에 가져다 대는 단순한 방식으로 그의 걸음을 멈추게 했다. "아까 자네에게 불을 빌린 그 가냘픈 꼬마애 있잖나, 크리스마스트리 같은 가슴에 머리를 기른 아이. 그 애는 사실 여장을 하고 있는 소년이라네. 이 동네에서는 조심하는 편이 좋아." 그는 이렇게 말하고는 낄낄거리며 웃었다.

"그럼 진짜 여자는 어디서 찾아야 합니까? 흰 나비넥타이에 연미복을 입고 있기라도 하나요?"

"아주 가까운 곳에 있지." 노인은 이렇게 말하고는 활기찬 손님 한 무리를 이끌고 지나가버렸다. 치엔은 마티니 잔을 손에 든 채로 다시 홀로 남았다.

그의 가까운 곳에 서있던 화려한 옷을 입은 키 크고 아름다운 여인이 갑자기 그의 팔에 손을 올렸다. 그는 그녀의 손가락이 긴장하는 것을 느낄 수 있었다. "저기 오시고 계세요. 경애하는 지도자 동무세요. 저는 처음 뵙는 거예요. 겁이 나네요. 제 머리 모양 괜찮아 보이나요?"

"괜찮습니다." 치엔은 무심코 이렇게 말하고는 그녀가 보는 방향을 따라 보았다. 그로서도 절대적인 보호자 동무를 직접 보는 것은 처음이었다.

파티장 안을 가로질러 탁자로 다가오는 존재는, 인간이 아니었다.

그리고 기계로 된 존재도 아니었다. 그가 텔레비전에서 본 모습이 아니었다. 아마도 그것은 연설을 하기 위해 만들어진 도구에 지나지 않았을 것이다. 무솔리니가 길고 지루한 행진을 바라보며 계속 손을 흔들기 위해 만들었다는 의수와 같이 말이다.

세상에. 그는 이렇게 생각하며, 속이 거북해지는 것을 느꼈다. 이것이 타냐 리가 '수중 괴물' 형상이라고 말한 것이었을까? 형상이라 할 만한 것이 없었다. 가짜 사지도, 육체나 금속이라 할 것도 없었다. 어떻게 보면 그곳에 실제로 존재하지 않는 존재였다. 그가 그 존재를 정면으로 바라보려고 하면, 그 형체는 희미하게 사라져버렸다. 투명한 형체를 통해 반대편에 있는 사람들을 볼 수는 있었지만, 그 형체 자체는 인지할 수가 없었다. 그러나 고개를 돌려서 곁눈질로 살펴보면, 그 형체의 경계면을 알아볼 수 있었다.

끔찍한 모습이었다. 그 존재는 그를 완벽하게 인지하고 있었다. 그 존재는 계속해서 움직이며 주변의 사람들로부터 번갈아 생명을 빨아들였다. 주변에 모여든 사람들을 먹어치우고, 움직이고, 다시 끊이지 않는 식욕으로 먹어치우는 일을 반복했다. 그것은 증오하고 있었다. 그는 그 존재의 증오를 느낄 수 있었다. 이곳에 있는 모든 사람을 혐오하고 있었다. 사실 그도 그 존재의 혐오를 공유하기 시작했다. 순간 그를 비롯해 이 거대한 저택 안에 있는 모든 사람들이 뒤틀린 괄태충과 같은 존재로 보이기 시작했다. 그 존재는 괄태충 시체를 넘어가며, 잠시 멈추고, 맛을 보면서도, 꾸준히 그를 향해 다가오고 있었다. 아니면 이 모든 것이 환상인 것일까? 만약 이게 환상이라면 지금까지 본 것 중 가장 고약한 환상임이 분명했다. 만약 환상이 아니라면, 끔찍한 현실이었다. 그 존재는 사람을 죽이고 상처 입히는 사악한 존재였다. 그 뒤로 짓밟히고 부서진 남자와 여자들의 흔적이 보였다. 그는 그들이 다시 부서진 몸을 일으키려, 망가진 몸을 붙이려 하는 모습을 보았다. 그들이 말을 하려 하는 모습을 보았다.

나는 당신이 누구인지 알아. 텅 치엔은 속으로 이렇게 생각했다. 바로 당신, 전 세계 당 조직의 정점에 서있는 사람 말이야. 손을 대는 생명체는 모두 파괴하는 당신 말이야. 그 아랍 시에서 생명의 꽃을 찾아 먹어치우려는 존재, 그게 바로 당신이야. 당신이 노니는 평원, 언덕도 계곡도 없는 평원은 바로 이 지구겠지. 당신은 어디든 갈 수 있고, 어느 때에도 나타날 수 있고, 뭐든 먹어치울 수 있지. 당신은 생명을 만들어낸 다음 그 불꽃을 끄는 존재이고, 그런 일을 즐기는 존재야.

그는 생각했다. 당신은 바로 신이야.

"치엔 씨." 목소리가 울렸다. 그러나 그 목소리는, 그의 바로 앞에 서 있는 입이 없는 형체에서 나오는 것이 아니라, 그의 머릿속에서 울리는 것이었다. "다시 만나게 되어 반갑군. 너는 아무것도 모른다. 썩 꺼져라. 네게는 아무런 흥미도 없으니까. 내가 대체 왜 하찮은 점액질에 관심을 가져야 한다는 말이냐? 점액이라. 나는 그 안에 둘러싸여있고, 그것을 분비해야 하고, 그러기로 마음먹었다. 나는 너를 파괴할 수 있다. 나는 나 자신조차도 파괴할 수 있다. 내 아래에는 날카로운 돌이 있다. 나는 진흙 구덩이 안에 날카로운 존재들을 퍼트려놓는다. 나는 숨을 곳을, 어두운 곳을 만들어서, 그곳이 냄비 속처럼 끓어오르게 만든다. 내게 바다란 연고로 가득한 웅덩이와 같다. 내 육체의 조각은 어느 것에든 들러붙을 수 있다. 너는 나다. 나는 너다. 그 안에는 아무런 차이도 없다. 반짝이는 가슴을 가진 아이가 남자든 여자든 상관없는 것과 마찬가지인 일이다. 원한다면 양쪽 모두 즐길 수 있으니까." 그리고 그 존재는 웃음을 터트렸다.

치엔은 그 존재가 자신에게 말하고 있다는 사실을 믿을 수 없었다. 그 존재가 자신을 선택했다는 사실을 상상조차 할 수 없었다. 너무 끔찍한 일이었기 때문이다.

"나는 모두를 선택했다. 너무 하찮은 존재란 없다. 모두가 쓰러져 죽게 되고 나는 그곳에 서서 그 모습을 구경한다. 구경 말고 다른 일을 할 필요조차 없다. 모든 일은 자동으로 일어난다. 그렇게 정해진 일이다." 그리고 그 존재는 그에게 말하는 일을 멈추고, 자신을 분해해버렸다. 그러나 그는 여전히 그 존재를 볼 수 있었다. 그것의 여러 겹으로 이루어진 실체를 느낄 수 있었다. 방 안에 떠올라있는 거대한 구체, 오만 개의 눈, 백만 개의 눈, 십억 개의 눈을 가진 존재였다. 살아있는 모든 존재 각각에 대한 눈, 살아있는 존재가 쓰러지기만을 기다렸다가 그 육체를 밟아 부수어버리는 눈이었다. 그가 모든 것을 창조한 이유는 바로 이것이었다. 그는 알게 되었다. 그는 이해했다. 아랍 시에서 죽음을 비유한 것이라 생각한 존재는, 죽음이 아니라 바로 신을 가리키는 것이었다. 아니면 신이 곧 죽음이라 해야 할는지도 몰랐다. 그 둘은 동일한 힘, 동일한 사냥꾼, 동일하게 인간을 먹어치우는 존재였다. 계속 실패를 반복하지만 영원을 소유하고 있는 이상 아무리 실패를 거듭해도 상관없는 존재였다. 두 시 모두, 드라이든의 시 역시 마찬가지였다. 부서지는 것, 그것은 바로 우리 세계였고 바로 그 존재가 그런 일을 벌이는 것이었다. 세계를 왜곡해서, 우리를 왜곡해서 그런 일을 벌이고 있는 것이었다.

하지만 최소한 나는 아직 자존심을 가지고 있어. 그는 생각했다. 그는 자존심을 담아 술잔을 내려놓고는, 몸을 돌려 파티장의 출구를 향해 걸어갔다. 문을 나섰다. 양탄자가 깔린 복도를 따라 걸어갔다. 보라색 옷을 입은 하인 한 명이 그를 위해 문을 열어주었다. 그는 자신이 한밤중의 베란다에 홀로 서있다는 것을 깨달았다.

아니, 혼자가 아니었다.

그것이 그를 따라온 것이었다. 아니면 그보다 앞서 이미 이곳에 와있던 것일는지도 몰랐다. 맞다. 그것은 이미 그가 할 행동을 알고 있었던 것이다. 아직 그에게 볼일이 다 끝난 것이 아니었던 것이다.

"자, 간다." 그는 이렇게 말하며 난간을 뛰어넘었다. 6층 높이였고, 아래에는 죽음 그 자체인 강물이 흐르고 있었다. 아랍의 시인이 생각한 것과는 다른 내용이었다.

떨어져 내리던 그는, 그것이 무언가를 뻗어 자신의 어깨를 잡았다는 것을 느낄 수 있었다.

"왜?" 그는 말하려 했으나, 침묵할 수밖에 없었다. 궁금히 여기면서, 전혀, 아무것도 이해하지 못하면서.

"나 때문에 떨어지지 말거라." 그 존재가 말했다. 그것이 자신의 뒤로 돌아왔기 때문에, 그는 그 존재를 볼 수 없었다. 그러나 그의 어깨에 올라와있는 존재의 일부는— 마치 인간의 손과 같은 모양으로 보이기 시작했다.

그리고 그 존재는 웃음을 터트렸다.

"뭐가 그렇게 재미있지?" 그 존재의 가짜 손에 이끌려 난간 위로 끌려 올라오면서, 그는 물었다.

"너는 나를 위해 내 임무를 수행하는 중이다. 너는 기다리지 않는구나. 기다릴 시간조차 없느냐? 나는 너를 다른 이들 가운데 일으켜 세웠다. 너는 이 모든 과정을 서둘러 행하려 할 필요가 없다."

"당신을 향한 혐오감 때문에 내가 그렇게 하면 어쩔 텐가?"

그것은 다시 웃음을 터트리고는, 대답하지 않았다.

"나한테는 말해줄 생각도 없나보군." 그는 말했다.

역시 답은 없었다. 그는 다시 베란다로 미끄러져 넘어왔다. 그리고 즉시 가짜 손의 압력은 사라졌다.

"당신이 당을 창조한 건가?" 그가 물었다.

"나는 모든 것을 창조했다. 나는 당의 반대자와 당이 아닌 당과 당을 옹호하는 이들과 당을 반대하는 이들을 창조했다. 너희가 양키 제국주의자라 부르는 이들도, 반동주의 도당이라 부르는 이들도 창조했다. 내가 그 모든 것을 만들었다. 풀잎 하나를 만들어내는 것처럼."

"그리고 이제 그 모든 것을 즐기러 온 건가?"

"내가 원하는 것은, 네가 방금 한 것처럼 있는 그대로의 나를 보고, 그리고 나를 신뢰하는 것이다."

"뭐라고? 당신의 무엇을 믿으란 말이야?" 그는 몸을 떨며 말했다.

"내가 존재함을 믿느냐?"

"그래. 당신을 볼 수 있으니까."

"그럼 문화유산국의 네 자리로 돌아가라. 그리고 타냐 리에게는 과로와 비만으로 시달리는 늙은 남자를, 술을 너무 많이 마시고 여자의 엉덩이를 꼬집는 일을 즐기는 한 인간을 보았다고 말하여라."

"아, 세상에."

"네가 살아있는 한, 나는 네게 고통을 주는 일을 멈추지 않을 것이다. 나는 네가 가진 것, 네가 원하는 것을 하나씩 전부 빼앗을 것이다. 그래서 네가 죽음에 이를 정도로 파괴되면 그때 네게 비의를 알려주겠다."

"비의란 것이 뭐지?"

"죽은 자는 살 것이고, 산 자는 죽을 것이다. 나는 생명을 빼앗는다. 나는 죽은 자를 구한다. 그리고 이 말을 전해주겠다. 나보다 더 끔찍한 존재도 존재한다. 그러나 너는 그들을 만나지 못할 것이다. 그때쯤이면 내가 이미 너를 죽인 후일 것이기 때문이다. 이제 다시 파티장으로 돌아가서 만찬을 준비하여라. 내가 행하는 일에 의문을 품지 말거라. 나는 텅 치엔이 존재하기 오래전부터 이 일을 행해왔으며, 그 오랜 후에도 같은 일을 행하고 있을 것이니라."

그는 온 힘을 다해 그 존재를 공격했다.

그리고 머리에 격렬한 고통을 느꼈다.

어딘가로 떨어지는 느낌과 함께, 사방을 어둠이 감쌌다.

그리고 다시 어둠이 찾아왔다. 그는 생각했다. 내가 네놈을 처리하겠어. 반드시 네놈도 죽이겠어. 네놈이 고통을 받도록, 우리 모두와 같이, 우리가 고통 받는 것과 똑같은 방식으로 고통에 몸을 떨게 만들겠어. 네놈을 못 박아버리겠어. 신께 맹세코, 반드시 어딘가에 못 박아버리겠어. 아주 고통스러울 거야. 내가 지금 고통스러운 만큼이나.

그는 눈을 감았다.

누군가 그를 거칠게 흔들었다. 그리고 키모 오쿠바라 씨의 목소리가 들렸다. "일어나, 이 주정뱅이야. 정신 차려!"

그는 눈을 뜨지 않고 말했다. "택시 좀 잡아주십시오."

"택시는 이미 기다리고 있다. 집에 가라. 망신이다. 너 정말 끔찍한 꼴 보였다."

그는 비틀거리며 간신히 일어나서는, 눈을 뜨고 자신의 모습을 살폈다. 그리고 생각했다. 우리가 따르는 지도자는 유일하고 진실된 신이야. 그리고 우리가 싸웠고 싸우고 있는 존재 역시 신이고. 그들이 옳아. 그는 모든 곳에 있어. 하지만 나로서는 그게 무슨 뜻인지 이해를 할 수가 없어. 그는 의전관을 보며 생각했다. 당신 역시 신이야. 그러니 빠져나갈 방법은 없는 거지. 심지어는 내가 본능적으로 느낀 대로, 뛰어내려서도 말이지. 그는 몸을 떨었다.

"술에 약을 타면, 신세를 망친다. 여러 번 본 일이다. 이제 꺼져라." 오쿠바라가 냉담하게 말했다.

그는 비틀대며 양쯔 강 저택의 거대한 정문을 향해 걸어가기 시작했다. 중세 기사처럼 어깨가 부푼 옷을 차려입은 하인 두 명이 나타나 정중하게 그를 위해 문을 열어주었다. 그중 한 명이 말했다. "안녕히 가십시오, 선생님."

"엿이나 먹어라." 치엔은 이렇게 말하고는 비틀대며 밤거리로 사라졌다.

새벽 3시 십오 분 전, 그가 잠을 이루지 못하고 자기 복합아파트 거실에 앉아 쿠에스타레이 아스토리아 시가를 연달아 피우고 있을 때, 아파트 문가에서 문 두드리는 소리가 들렸다.

문을 열자 트렌치코트를 입은 타냐 리가 그를 마주하고 있었다. 추위 때문에 움츠러든 얼굴이었다. 그녀의 눈에 담긴 질문이 타올랐다.

"그렇게 보지 마요." 그는 거칠게 말했다. 시가의 불이 꺼진 것을 발견하고, 그는 다시 불을 붙였다. "오늘 밤에는 충분할 정도로 시선을 받았으니까."

"보았군요." 그녀가 말했다.

그는 고개를 끄덕였다.

그녀는 안락의자의 팔걸이에 걸터앉았다. 잠시 침묵이 흐른 후, 그녀는 다시 입을 열었다. "말해줄 만한 게 있어요?"

"가능한 한 멀리 도망가요. 아주 멀리." 그리고 그는 기억해냈다. 아무리 멀리 가도 충분하지 않다는 것을. 그에 대해 읽은 것 역시 기억했다. "아뇨, 잊어버려요." 그는 이렇게 말하고, 자리에서 일어나 절뚝거리며 부엌으로 가서 커피를 준비하기 시작했다.

타냐는 그를 따라오며 물었다. "그게— 그렇게 끔찍했어요?"

"우리가 이길 수 있는 존재가 아닙니다. 아니, 당신들은 이길 수 없어요. 나는 빼주세요. 나는 그냥 문화국에서 내 일이나 하면서 잊어버리고 싶습니다. 이 망할 것들 전부를 잊어버리고 싶어요."

"외계의 존재였나요?"

"그래요." 그는 고개를 끄덕였다.

"우리에게 적대적인가요?"

"그래요. 아니기도 하고. 양쪽 다입니다. 대부분 적대적이죠."

"그렇다면 우리는—"

"집에 가요. 그리고 잠이나 자요." 그는 그녀를 물끄러미 바라보았다. 그는 홀로 앉아서 오랫동안 생각에 잠겨있었다. 여러 가지를 생각하면서 말이다. "당신 결혼했습니까?"

"아뇨, 지금은 아니에요. 예전에는 남편이 있었지만요."

"오늘 밤 나와 함께 있어줘요. 남은 밤 동안 말입니다. 해가 떠오를 때까지요. 밤을 도저히 버틸 수가 없습니다."

"그럴게요. 하지만 답을 좀 들어야겠어요." 타냐는 레인코트의 벨트를 풀며 말했다.

"드라이든이 천상을 흔드는 음악이라고 한 것이 대체 뭡니까? 이해가 안 돼요. 음악이 대체 천상에 뭘 할 수 있다는 겁니까?"

"우주를 구성하는 천상의 질서가 모두 끝난다는 말이겠죠." 그녀는 침실의 옷장에 자기 레인코트를 걸면서 말했다. 레인코트 안에 오렌지색 줄무늬 스웨터와 스키니한 바지를 입고 있었다.

"그건 안 좋은 일이겠지요?" 그가 물었다.

그녀는 잠시 머뭇거리다 대답했다. "잘 모르겠네요. 아마 나쁜 일일 것 같아요."

"음악을 연주하는 일에는 엄청난 힘이 들어 있는 모양이군요." 그는 말했다.

"음, 옛 피타고라스 학파 사람들이 '천상의 음악'이라는 개념에 집착했다는 사실은 당신도 알 거 아녜요." 그녀는 침착하게 말하며 침대에 앉아서는 슬리퍼같이 생긴 단화를 벗기 시작했다.

“당신도 그 개념을 믿나요? 아니면 신을 믿나요?”

“신이라니!” 그녀는 웃음을 터트렸다. “그건 옛 증기기관 시대에나 있던 개념이잖아요. 어느 쪽을 말하는 거예요? 그냥 신? 아니면 절대자?” 그녀는 그 옆으로 다가와서, 그의 얼굴을 바라보며 물었다.

“그렇게 가까운 곳에서 쳐다보지 마요. 나는 두 번 다시 사람의 시선을 느끼고 싶지 않습니다.” 그는 날카롭게 말하며, 즉시 몸을 뺐다.

“만약 신이 존재한다면, 그 신은 인간들에 대해서는 거의 관심을 가지지 않을 거라고 생각해요. 적어도 내 이론은 그래요. 내 말은, 신이 있다고 해도 악이 승리하거나 사람이나 동물들이 다치고 죽는 일에 전혀 관심을 기울이지 않는 것 같다는 거예요. 솔직히 신이 존재한다는 생각은 전혀 들지 않아요. 그리고 당에서는 언제나 어떤 종류의 미신도 배격해왔고—”

“신을 본 적이 있습니까? 어렸을 적에?”

“아, 그럼요, 어릴 적에는요. 하지만 나는 신 말고도—”

“선과 악이 같은 존재를 칭하는 다른 이름일 뿐이라는 생각은 해본 적 없습니까? 신이 선한 동시에 악한 존재일 수도 있다는 생각은?”

“마실 것 좀 가져다줄게요.” 타냐는 이렇게 말하고는 맨발로 부엌으로 향했다.

“파괴자. 달각이. 꿀꺽이와 새와 덩굴줄기— 그리고 내가 모르는 다른 이름과 형태들. 나는 환각을 봤습니다. 그 파티장에서. 아주 거대한 환각. 끔찍한 환각이었죠.”

“하지만 당신은 진정제를 복용했는데—”

“그 진정제가 더 끔찍한 환각을 보여준 겁니다.”

타냐는 우울한 어조로 입을 열었다. “당신이 본 그 존재를 이길 수 있는 방법이 있기는 한가요? 당신이 환각이었다고 주장하지만 분명히 환각이 아니었을 그 존재를?”

"믿어야죠."

"믿으면 어떻게 되는데요?"

"아무것도. 아무 일도 벌어지지 않습니다. 난 이제 지쳤어요. 술도 마시고 싶지 않아요. 그냥 자러 갑시다." 그는 지친 목소리로 말했다.

"알았어요." 그녀는 다시 침대로 돌아와서는, 줄무늬 스웨터를 머리 위로 벗기 시작했다. "나중에 더 자세히 이야기해보도록 해요."

"환상은 자비롭습니다. 환상을 보았으면 얼마나 좋았을지. 내 환상을 다시 가지고 싶어요. 당신네 행상이 내게 페노티아진을 주기 전으로 돌아가고 싶단 말입니다."

"그냥 침대로 들어와요. 따뜻하고 기분 좋을 거예요."

그는 넥타이와 셔츠를 벗었다. 그리고 그 순간, 오른쪽 어깨에 새겨진 자국, 성흔을 보았다. 그 존재가 그가 뛰어내리려는 것을 막았을 때 생긴 자국이었다. 절대로 사라지지 않을 것으로 보이는 납빛의 자국이었다. 그는 잠옷 윗도리를 걸쳐 입어서 자국을 가렸다.

"어쨌든 이제 당신 직위는 엄청나게 상승했잖아요. 그 사실이 기쁘지 않아요?" 그가 그녀 옆자리로 들어오자, 타냐가 말했다.

그는 어둠 속에서 고개를 끄덕여 답했다. "물론입니다. 아주 기뻐요."

"내 가까이로 와요. 그리고 다른 것은 모두 잊어버려요. 지금 이 순간만은 말이에요." 타냐가 그의 허리에 팔을 두르며 말했다.

그는 그녀에게 몸을 의지하고는, 그녀가 부탁하고 그가 원하던 것을 했다. 그녀는 훌륭했고, 빠르게 반응했고, 성공적이었으며 자신이 해야 할 일을 해냈다. 그들은 아무런 말도 하지 않았다. 마침내 "아!" 하는 탄성과 함께, 그녀는 긴장을 풀었다.

"이 시간이 계속되면 좋겠다고 생각했습니다." 그가 말했다.

"그랬는걸요. 이건 시간의 흐름 바깥에, 대양과 같이 경계가 없는 공간의 것이에요. 우리가 캄브리아기 시절, 육지로 올라오기 전 우리의 모습이에요. 고대의 원초적 바다의 모습이죠. 이 행위를 할 때만, 우리는 그 당시로 돌아갈 수 있는 거예요. 그래서 이 행위가 그렇게 많은 의미를 가지는 거죠. 그 당시에는 우리는 떨어져있지 않았어요. 해변에 떠다니는 거품들처럼, 커다란 젤리같이 서로 붙어 있었죠."

"떠올라서 그곳에 남겨진 채 죽음을 기다리는 거겠군요."

"목욕수건 좀 가져다줄래요? 아니면 세수수건이라도? 아무래도 좀 필요한 것 같아요."

그는 수건을 찾으러 욕실로 들어갔다. 그리고 벌거벗은 채여서, 다시 자신의 어깨를 볼 수 있었다. 그 존재가 떨어지는 그를 잡아서, 아마도 그를 더 가지고 놀려고 베란다로 다시 끌어온 그 부위를 말이다.

어깨에 남은 자국에서는 묘하게도 피가 흘러나오고 있었다.

그는 피를 닦아냈다. 즉시 더 많은 피가 흘러나왔다. 그는 그 모습을 보고, 자신에게 얼마나 시간이 남았는지를 가늠해보았다. 아마도 몇 시간 정도일 것이었다.

그는 침대로 돌아와서는 말했다. "계속할 수 있겠습니까?"

"물론이죠. 당신이 힘이 남았다면 말이에요. 당신에게 달렸어요." 그녀는 눈도 깜빡이지 않고, 밤의 희미한 빛에 의지해 그를 올려다보았다.

"아직 괜찮아요." 그는 이렇게 말하고, 다시 그녀의 몸을 끌어안았다. ◗

PHILIP K. DICK

할란 앨리슨 선집
『위험한 예지』를 위한
모든 이야기를 끝내기 위한 이야기

The Story to End All Stories For Harlan Ellison's
Anthology Dangerous Visions

수소폭탄 전쟁이 사회 구조를 파괴한 후, 젊은 결혼 적령기의 여인들은 미래의 동물원으로 보내져 우리 안에 갇힌 채로 여러 종류의 괴물이나 인간이 아닌 존재들과 성적 교류를 나누게 된다. 그런 행위 중 하나로, 여러 죽은 여인의 시체를 기워 만들어진 여성이 외계인 여성과 우리 안에서 성행위를 나누며, 이후 그녀는 미래 과학의 힘에 의해 수태를 하게 된다. 아이가 태어나고, 그녀와 외계인 여성은 누가 아이를 가지느냐를 놓고 싸움을 벌이게 된다. 인간 여성이 승리하고, 그녀는 즉시 자신의 아이를 머리카락에서 이빨, 발가락에 이르기까지 전부 먹어치워 버린다. 만찬을 끝낸 다음에야 그녀는 자신이 낳은 아이가 신이었다는 사실을 깨닫게 된다. ◗

전자 개미
The Electric Ant

PHILIP K. DICK

표준 시각으로 오후 4시 14분, 병원 침대에서 정신을 차린 가슨 풀은 그가 3인용 병실 침대에 누워있다는 것과 더불어 두 가지 사실을 추가로 깨달았다. 자신의 오른팔이 사라졌다는 것, 그리고 고통이 느껴지지 않는다는 것이었다.

강한 진통제를 처방했나보군. 그는 이렇게 생각하며 반대쪽 벽의 창문을 통해 뉴욕 중심가를 내려다보았다. 차량과 인파의 거미줄이 늦은 오후의 태양빛을 받으며 꿈틀거리며 움직이고 있었고, 늦은 시간의 햇빛이 그에게로 기분 좋게 비쳐 들어왔다. 아직 다 끝난 건 아니야, 나도 그렇고.

침대 옆에 전화가 놓여있었다. 그는 잠시 머뭇거리다 곧 수화기를 잡고 외선 연결을 눌렀다. 잠시 후 그는 자신, 즉 가슨 풀이 부재 중일 때 트라이플랜의 업무를 총괄하는 루이스 댄스먼과 마주하게 되었다.

"자네가 살아있어서 다행이야." 댄스먼이 그를 보고 말했다. 그의 크고 살집 있으며 월면같이 여드름 자국이 난 얼굴에는 안도감이 어려있었다. "사방에 전화를 걸고 있었는데—"

"그냥 오른팔이 날아갔을 뿐이네."

"하지만 살아있지 않나. 내 말은, 팔이라면 언제든 다른 것을 붙여줄 수 있으니 말이네."

"내가 여기 얼마나 있었지?" 풀이 말했다. 그는 간호사나 의사들이 어디 있는지 궁금했다. 왜 그가 전화를 거는 걸로 트집을 잡거나 반대 의사를 표하지는 않는단 말인가?

"나흘이네. 자네가 없는 동안 공장은 괜찮게 돌아가고 있었어. 사실 테라에 있는 경찰서 세 군데에서 괜찮은 주문이 들어왔지. 오하이오에서 두 건, 와이오밍에서 한 건이야. 삼분의 일 선금에, 일반적인 품질 보증 기한 3년짜리 계약일세."

"어서 와서 나를 좀 꺼내주게."

"새 손을 달 때까지는 그건 좀—"

"손이야 나중에 달면 되지 않나." 그는 익숙한 환경으로 너무도 돌아가고 싶었다. 상업용 로켓 차량이 조종석 화면에 불쑥 등장해 눈앞으로 질주해 오던 끔찍한 장면이 기억났다. 눈을 감으면 그 차량이 이 차에서 저 차로 계속해서 움직이며 엄청난 피해를 입히던 그 광경이 생생하게 떠올랐다. 그 엄청난 충격이라니……. 그는 그때의 느낌을 떠올리며 얼굴을 찡그렸다. 아무래도 운이 좋았던 모양이야. 그는 속으로 중얼거렸다.

"세라 벤턴은 지금 자네와 같이 있나?" 댄스먼이 물었다.

"아니." 당연히 아니었다. 그의 개인 비서인 그녀는 그 주변을 돌아다니며 그가 마치 어린아이인 것처럼 돌보아주는 것이 일이었다. 아무래도 뚱뚱한 여자들은 사람들을 돌보는 일을 좋아하는 것 같다고, 그는 생각했다. 그리고 위험하기도 했다. 그런 여자들이 넘어지면 깔린 사람을 죽일 수도 있으니까. "어쩌면 그렇게 된 걸지도 모르겠군. 세라가 내 로켓 차량 위로 떨어져버린 것일지도 모르겠어."

"아니, 그건 아니네. 교통 체증 도중에 자네 차의 유도 회전체 지지대가 헐거워져 틈새가 벌어진 거고, 그래서 자네는—"

"기억이 나는군." 그때 병실 문이 열리는 소리가 났고, 고개를 돌린 가슨은 흰 옷을 입은 의사 한 명과 푸른 옷을 입은 간호사 두 명이 들어오는 것을 볼 수 있었다. "나중에 다시 전화하겠네." 풀은 이렇게 말하고 전화를 끊었다. 그는 앞으로 무슨 일이 일어날 것인지 알고 있는 사람의 깊은 한숨을 쉬었다.

"이렇게 빨리 전화기를 붙잡으시면 곤란합니다." 의사는 그의 차트를 훑어보며 말했다. "가슨 풀 씨, 트라이플랜 전자의 사장이시군요. 대상의 뇌파를 이용해서 1000마일 반경 안의 특정 표적을 추적하는 목표 한정 발사체를 만드는 회사고. 성공한 분이시군요, 풀 씨. 하지만 풀 씨, 당신은 인간이 아닙니다. 당신은 전자 개미입니다."

"세상에." 풀은 얼어붙은 채로 간신히 대답했다.

"그 사실을 안 이상 우리에게는 당신을 치료할 방법이 없습니다. 물론 부상당한 오른팔을 검사했을 때 즉시 그 사실을 알았죠. 전자 부품을 확인했고, 그래서 동체를 엑스레이로 검사해본 결과 우리 추론이 맞았다는 사실을 확인했습니다."

"그, 전자 개미라는 것이 뭡니까?" 그러나 그는 이미 알고 있었다. 그 말이 무슨 뜻인지를 이해할 수는 있었으니까.

간호사 중 한 명이 그의 물음에 대답했다. "유기체 로봇이죠."

"그렇군요." 그의 온몸에서 식은땀이 솟아나고 있었다.

의사는 그런 그를 향해 말했다. "모르셨던 모양이로군요."

"몰랐습니다."

"매주 전자 개미가 한 명씩은 들어옵니다. 당신처럼 차량 사고 때문에 실려 오든가, 아니면 직접 자기 발로 걸어 들어오는 이들이지요. 당신처럼 아무것도 모르고 인간들과 함께 일하면서, 자신이 인간이라고 믿고 있던 이들 말입니다. 당신 손에 대해 이야기하자면—" 그가 잠시 멈췄다.

"손이야 어떻든 무슨 상관입니까." 풀이 날카롭게 반응했다.

"진정 좀 해요." 의사는 그를 향해 몸을 굽힌 채, 얼굴을 정면으로 바라보며 말했다. "우리 병원 차량이 당신 손을 적절한 가격으로 수리하거나 대체할 수 있는 서비스센터로 당신을 수송해줄 겁니다. 당신이 자가 소유 로봇이라면 당신이 비용을 대고, 그렇지 않다면 당신 소유주가 비용을 대면 됩니다. 어떻게 되든 당신은 곧 예전과 마찬가지로 트라이플랜의 당신 책상에서 당신 기능을 수행할 수 있게 될 겁니다."

"이제 내가 진실을 안다는 사실을 빼면 말이죠." 그는 댄스먼이나 세라나 사무실의 다른 사람들이 진실을 알고 있었는지 의문이 들었다. 그들이, 아니면 그들 중 누군가가, 그를 구매한 것일까? 그를 제작한 것일까? 나는 꼭두각시였을 뿐이야. 실제로 회사를 경영한 것이 아니었다고. 전부 내가 제작되었을 때 내 두뇌에 심어진 환상이었을 뿐이지……. 내가 인간이며 살아있다는 환상과 마찬가지로.

"수리 시설로 떠나기 전에, 접수대에 가서 치료비를 계산해주시겠습니까?"

"여기서는 전자 개미를 치료하지 않는데, 대체 무슨 비용이 나올 것이 있습니까?" 풀은 날카롭게 반응했다.

"우리가 사실을 알게 되었을 때까지의 서비스 비용이지요."

"내게 계산서를 보내시오. 아니면 우리 회사나." 그는 무력한 분노를 뿜어내며, 엄청난 노력을 들여 간신히 자리에서 일어났다. 계속 머리가 어지러웠다. 그는 비틀대며 침대에서 일어나 바닥으로 떨어졌다. "여길 떠나게 되어 기쁘군. 그리고 인도주의적으로 관심을 가져줘서 정말 고맙소." 그는 간신히 몸을 일으키며 말했다.

"우리도 고맙습니다, 풀 씨. 아니면 그냥 풀이라고 부르면 되려나요." 의사가 말했다.

그는 수리 시설에서 없어진 한쪽 손을 다시 붙였다.

그의 새 손은 상당히 놀라운 물건이었다. 그는 기술자들이 손을 결합하기 전 오랫동안 새 팔을 자세히 살펴보았다. 겉으로 보기에는 유기물질로 보였다. 아니, 실제로 겉모습은 그랬다. 실제 피부가 실제 근육을 감싸고, 실제 혈액이 동맥과 정맥 안을 흐르고 있었다. 그러나 그 아래로는 전선과 회로, 작은 부속품, 금속성 광택이 보였다……. 손목을 자세히 들여다보자 매우 작고 정밀한 전압계와 모터와 다중 밸브가 보였다. 그리고 손의 가격은 40프로그였다. 그의 일주일치 봉급과 맞먹는 금액이었다. 어쨌든 그가 회사에서 급여로 받는 금액으로는 그랬다.

"품질 보증은 됩니까?" 기술자들이 손의 '뼈' 부분을 신체와 균형이 맞게 용접하는 동안, 그는 물었다.

"90일 보증이 되지. 부품과 인건비 포함해서. 비정상적인 사용이나 의도적인 오용의 경우는 제외하고."

"나쁘지 않게 들리는군요." 풀이 말했다. 인간 기술자는 ─ 기술자들은 모두 인간이었다 ─ 날카로운 눈으로 그를 살펴보며 물었다. "자네 인간인 척하고 있었지?"

"고의는 아니었습니다."

"이제는 고의가 되겠군."

"그렇겠죠."

"자네는 왜 스스로 그런 사실을 알아채지 못했던 건지 알고 있나? 분명 징조는 있었을 걸세……. 자네 몸 안에서 가끔씩 들리는, 기계가 딸깍거리거나 돌아가는 소리 따위 말이야. 자네가 알아채지 못한 이유는 자네 자신이 알아차리지 못하도록 프로그래밍되어 있었기 때문이네. 이제부터는 자신이 만들어진 목적이나 누구를 위해 일하고 있었는지를 알아내는 데 똑같은 어려움을 겪을 걸세."

"노예로 만들어졌겠죠. 기계 노예 말입니다."

"그동안은 즐겁지 않았나."

"훌륭한 삶을 살았죠. 열심히 일했습니다."

그는 업체 측에 40프로그를 지불한 후, 새 손가락을 굽혀보고, 동전과 같은 다양한 작은 물체를 집어 드는 실험을 해본 후, 시설을 떠났다. 십 분 후, 그는 대중교통을 이용해 집으로 향하고 있었다. 정말 많은 일이 일어난 하루였다.

그가 살고 있는 원룸 아파트에 도착한 후, 그는 60년 된 다니엘스퍼플 레이블을 한 잔 따라, 건물에 달린 유일한 창문을 통해 반대편 거리를 바라보며 홀짝이며 마시기 시작했다. 사무실로 가야 할까? 그는 자문해보았다. 가야 한다면, 대체 왜? 가지 말아야 한다면, 대체 왜? 선택을 하시오. 세상에, 이 사실을 알고 있다는 것만으로도 이미 발밑이 무너져 내리는 기분이 든다. 나는 괴물이야. 생물인 척하고 있는 물체일 뿐이라고. 하지만…… 그는 살아있는 느낌이 들었다. 그러나 이제는 다른 감정이 느껴졌다. 자신에 대해서도. 그리고 다른 사람들에 대해서도. 특히 댄스먼, 세라, 그리고 트라이플랜의 다른 모든 사람들에 대해서.

자살하는 편이 나을지도 모르겠군, 이라고 그는 생각했다. 하지만 나는 그런 짓을 하지 못하도록 프로그래밍되어 있을지도 모르지. 내 소유자가 그 경우에 일어나는 비용 손실을 책임져야 할 테고, 소유자는 그런 일은 원하지 않을 테니까.

프로그램이라. 내 안 어딘가에, 특정한 생각을 하거나 특정한 행동을 제어하는 장치가, 전자 차폐 격자가 들어 있다는 거잖아. 그리고 다른 생각이나 행동을 하게 만들고. 나는 자유의 몸이 아니야. 예전에도 물론 그랬겠지만, 이제는 그 사실을 알고 있는 거지. 그러면 모든 일이 달라지게 마련이야.

창문을 불투명 상태로 전환하고, 천장의 조명을 켠 후 그는 조심스레 옷을 한 벌씩 벗었다. 그리고 수리 시설의 기술자들이 손을 접합한 부위를 세심하게 살펴보았다. 그는 이제 자신의 몸이 어떻게 조립되어 있는지를 꽤 정확하게 판단할 수 있었다. 두 개의 주요 패널이 양쪽 허벅지에 하나씩 붙어 있었다. 기술자들은 그 패널을 들어 올리고 그 아래의 회로 구성을 점검했었다. 만약 내가 프로그래밍되어 있다면, 이 아래에 그 회로망이 존재하겠지.

회로로 만들어진 미로가 그의 손을 멈추게 했다. 도움이 필요하군, 이라고 그는 생각했다. 어디 보자……. 우리 사무실과 계약한 BBB급 컴퓨터의 전화번호가 어떻게 되더라?

그는 전화를 집어 들고 아이다호 주 보이시에 있는 컴퓨터의 전화번호를 입력했다.

"이 컴퓨터의 사용 비용은 분당 5프로그씩으로 계산됩니다. 화면에 마스터크레디트충전기를 대주십시오."

그는 그 말에 따랐다.

"삐 소리가 나면 컴퓨터와 연결됩니다. 질문은 최대한 빠르게 해주십시오. 답변은 마이크로초 단위로 나가지만, 고객님의 질문에는 훨씬 더 오랜 시간이 걸린다는 사실을─" 그는 그 시점에서 소리를 줄였지만, 곧 컴퓨터의 오디오 입력창이 화면에 표시되는 것을 보고는 즉시 소리를 키웠다. 지금 이 시점에서, 컴퓨터는 그의 말에 귀를 기울이는 커다란 귀와도 같은 존재였다─ 그와 동시에 테라 전역에 퍼져있는 다른 5만 명의 질문자들에게도.

"비주얼 스캔을 해주게." 그는 컴퓨터에게 지시했다. "그리고 내 사고와 행동을 제어하는 프로그래밍 장치의 위치를 알려줘." 그는 잠시 기다렸다. 전화의 화면에는 여러 개의 렌즈를 가진 거대한 눈이 떠올라 그를 살펴보고 있었다. 그는 원룸 아파트 안에서 자신의 모습을 컴퓨터의 눈앞에 노출시켰다.

곧 컴퓨터의 소리가 들렸다. "가슴의 패널을 여십시오. 가슴뼈에 압력을 가한 다음에 앞으로 빼내시면 됩니다."

그는 시키는 대로 했다. 가슴의 일부가 떨어져 나왔다. 어지럼증을 느끼면서도, 그는 가슴 패널을 바닥에 내려놓았다.

"제어 모듈을 확인할 수 있습니다. 하지만 그중 어느 것이─" 컴퓨터는 말을 멈췄다. 전화 화면 위에 떠오른 컴퓨터의 눈이 바쁘게 움직였다. "심장 기관 상부에 천공 테이프 기관이 보이는군요. 확인하실 수 있으십니까?" 풀은 목을 앞으로 빼고 자신의 가슴 안쪽을 들여다보았다. 그 역시 그 기관을 확인할 수 있었다. 컴퓨터가 다시 말했다. "이제 접속을 끊어야겠습니다. 제가 취득 가능한 정보를 처리한 후에 다시 연락을 드려서 해답을 드리겠습니다. 좋은 하루 보내십시오." 화면이 꺼졌다.

테이프를 끄집어내버리면 되겠군, 풀은 생각했다. 그 장치는 매우 작았다. 실패 두 개 분량 정도의 테이프에, 테이프를 방출하는 원통과 되감는 원통 사이에 인식용 기기가 하나 달려있는 것뿐이었다. 지금은 전혀 움직이지 않고 있었다. 작동하지 않고 있는 듯했다. 그가 생각하기에는 아마도 특정한 상황이 일어나면 그때 끼어들어서 덮어쓸 것으로 보였다. 나 자신의 두뇌 활동을 덮어쓰는 방식으로. 내 생애 내내 그런 일을 해왔던 것이겠지.

그는 손을 가슴으로 가져가 테이프가 감긴 원통을 만져보았다. 그냥 이걸 뜯어내기만 하면, 나는—

전화 화면이 다시 켜졌다. "마스터크레디트충전기 3-BNX-882-HQR446-T 님. BBB-307DR에서 1992년 11월 4일 16초간 진행된 질문에 대한 답변을 제시하기 위해 연락하고 있습니다. 고객님의 심장 기관 상부에 위치한 펀치 테이프는 프로그래밍 장치가 아니라 현실 공급 장치입니다. 고객님의 중추신경계에 입력되는 모든 감각 자극은 그 장치에서 나오는 것이며, 그 장치를 건드리면 위험하거나 치명적인 결과를 불러올 수 있습니다." 그리고 컴퓨터는 덧붙였다. "프로그래밍 장치는 존재하지 않는 것으로 보입니다. 답변 종료. 좋은 하루 보내십시오."

전화 화면 앞에 벌거벗은 채로 서서, 풀은 다시 한 번 상당히 조심스럽게 테이프 원통을 만져보았다. 이제 알 것 같군. 아니, 내 생각이 맞는건가? 이 장치는—

만약 이 테이프를 절단하면, 내 세계는 사라지는 거다. 다른 사람들에게는 현실이 계속되겠지만, 내 현실은 끝나겠지. 왜냐하면 나의 현실, 나의 세계는 이 작은 장치에서 나오는 것이니까. 테이프가 천천히 돌아가며 인식기가 테이프의 정보를 읽어들이고, 그 내용을 내 중추신경계로 전달해주는 거지.

분명 몇 년 동안 계속해서 돌아가고 있는 것일 테지. 그는 확신했다.

그는 옷을 주워 들어 다시 입은 다음, 커다란 안락의자 —트라이플랜사 주사무실에서 아파트로 가져온 사치품인— 에 몸을 던지고는 담배에 불을 붙였다. 자기 이름의 머리글자가 새겨진 라이터를 내려놓는 손이 떨리고 있었다. 그는 의자에 기대어 담배 연기를 내뿜었다. 주변에 회색 구름이 생겼다.

천천히 생각해야 해. 그는 스스로에게 말했다. 내가 뭘 하려는 거지? 나의 프로그래밍을 뛰어넘으려는 건가? 하지만 컴퓨터 말로는 내게 프로그래밍 회로는 없다고 했지. 그럼 현실 테이프에 손을 대고 싶은 건가? 만약 그렇다면, 그 이유는 뭐지?

왜냐하면, 내가 그 테이프를 조작할 수 있다면, 나는 현실을 조작할 수 있기 때문이지. 최소한 나와 관계가 있는 선에서는 말이지. 내 주관적인 현실……. 하지만 모든 현실이 그렇지 않을까. 객관적 현실이라는 건 만들어진 개념, 다양한 주관적 현실들을 모아 만든 가상의 중합체일 뿐이니까.

나의 우주가 지금 내 손 앞에 놓여있는 거야. 그는 깨달았다. 내가 이 망할 장치의 작동 원리만 알아내면 말이지. 내가 처음에 하려고 했던 일은, 그저 내 프로그래밍 회로를 찾아서 기능 수행에 있어 완벽한 항상성을 획득하려 했던 것뿐이었어. 하지만 이 장치를 다룰 수 있다면—

그는 단순히 자신을 조작할 수 있는 것이 아니라, 모든 것을 마음대로 조작할 수 있게 될 터였다.

그렇게 된다면 지금까지 태어나고 죽었던 모든 인간과도 다른 존재가 될 수 있을 것이라고, 그는 우울한 기분으로 생각했다.

그는 다시 전화 앞으로 가서 사무실로 전화를 걸었다. 댄스먼이 화면에 나타나자, 그는 활기차게 말했다. "극소 작업 도구와 확대 화면 전체를 내 아파트로 보내주게. 미소회로微小回路 작업을 좀 할 게 있어서 그러네." 그러고 그는 즉시 연결을 끊어버렸다. 자세한 상황을 이야기하고 싶지 않아서였다.

삼십 분 후 문 두드리는 소리가 들렸다. 그가 문을 열자 공장의 주임 중 한 사람이 그 앞에 서서 모든 종류의 극소 작업 공구를 트럭에서 내리고 있었다. "정확하게 뭘 원하시는지 말씀을 안 하셔서, 댄스먼 씨가 공구를 전부 싸 보내라고 지시하셨습니다." 공장주임이 아파트로 들어오며 말했다.

"그리고 확대경 설비는?"

"트럭 지붕에 싣고 왔지요."

어쩌면 그가 진정으로 원하는 것은 죽는 것인지도 모르겠다고, 풀은 생각했다. 그는 담배를 피워 물고 서서, 주임이 무거운 확대 화면과 전원 장치, 제어 패널을 아파트로 가져오는 모습을 바라보고 있었다. 이건 자살이나 다름없어. 내가 지금 하려는 짓은 말이지. 그는 몸을 떨었다.

"뭔가 잘못된 것이 있습니까, 풀 씨?" 주임이 무거운 확대경 렌즈 장치를 내려놓고 자리에서 일어서며 물었다. "사고 때문에 다시 붙인 관절이 여전히 좀 불안하신가보군요."

"그렇네." 풀은 조용한 목소리로 말했다. 그는 주임이 떠나기 전까지 긴장한 채로 기다리며 서있었다.

확대 장치의 렌즈를 통해 보자 플라스틱 테이프는 완전히 새로운 모습으로 보였다. 테이프의 넓은 표면 위에 수십만 개의 작은 구멍들이 뚫려있었던 것이다. 풀은 생각했다. 이럴 줄 알았지. 이건 산화철 표면에 전자기로 기록한 것이 아닌, 실제로 구멍이 뚫려있는 천공 테이프였던 것이다.

렌즈를 통해서 보자 테이프가 꾸준히 앞으로 움직이는 모습이 보였다. 매우 느리기는 했지만, 일정한 속도로 인식기 쪽을 향해 나아가고 있었다.

풀은 생각했다. 내 예상에 따르면, 이 천공들은 하나하나가 논리 회로다. 플레이어 피아노와 같은 방식으로 작동하는 것이겠지. 구멍이 없으면 아니요, 구멍이 뚫려있으면 네인 것이지. 이걸 어떻게 실험해보아야 하려나?

물론 구멍을 메워보면 되겠지.

그는 공급기 쪽에 남은 테이프의 양을 파악하고, 엄청난 노력을 들여 테이프의 속도를 계산한 후, 한 가지 결론에 이르렀다. 만약 그가 인식기로 들어가기 직전의 테이프 내용을 바꾼다면, 그 바꾼 부분의 시간이 도착할 때까지는 다섯 시간에서 일곱 시간이 흐를 것이다. 말하자면 그는 지금으로부터 몇 시간 후에 올 자극을 지금 조작해 넣을 수 있는 것이다.

그는 극소 브러시를 이용해 테이프 중 비교적 넓은 부분에 불투명한 광택제를 발랐다……. 극소 작업 도구와 함께 가져온 작업용품 세트 안에 들어 있던 물건이었다. 이렇게 하면 특정 자극을 약 삼십 분 정도 막을 수 있겠지. 최소한 천 개 정도의 구멍을 막은 셈이고 말이야.

지금으로부터 여섯 시간 후, 그의 세계가 어떻게 바뀌는지를 살펴보는 것도 흥미로운 일일 것이었다.

다섯 시간 삼십 분 후, 그는 맨해튼에 있는 괜찮은 술집인 크랙터에서 댄스먼과 만나 술잔을 나누고 있었다.

"안 좋아 보이는데." 댄스먼이 말했다.

"안 좋아." 풀이 대답했다. 그는 자기 술잔의 스카치사워를 비우고, 한 잔을 더 주문했다.

"사고 때문인가?"

"어떻게 보면 그렇지."

"그거 혹시, 자네 자신에 대해 알게 된 어떤 사실 때문인가?" 댄스먼이 물었다.

풀은 고개를 들고, 술집을 채우고 있는 희미한 불빛 속에서 댄스먼을 바라보았다. "그럼 자네는 알고 있던 거로군."

"내가 자네를 '풀 씨'가 아니라 '풀'이라고 불러야 한다는 사실은 알고 있네. 하지만 나는 개인적으로 전자를 선호하고, 앞으로도 계속 그렇게 할 걸세."

"언제부터 알고 있었지?"

"자네가 회사를 맡을 때부터네. 프록스 항성계에 있는 트라이플랜 사의 실제 소유주가, 그들이 조종할 수 있는 전자 개미로 하여금 회사를 운영하게 하고 싶어 했거든. 현명하고 열정적인—"

"실제 소유주?" 그는 그런 일에 대해서는 한 번도 들은 적이 없었다. "우리 회사 주주는 2000명이나 되잖나. 곳곳에 흩어져있고."

"프록스 성계 4번 행성에 있는 마비스 베이와 그 남편인 어넌이 우리 의결권주의 51퍼센트를 소유하고 있다네. 처음부터 계속 그래왔어."

"내가 왜 그 사실을 몰랐던 거지?"

"자네에게 말해주지 말라고 했다네. 자네 스스로 회사의 모든 정책을 결정하고 있다고 생각하기를 원했던 거야. 내 도움을 받아서 말이지. 하지만 나는 베이 측에서 내게 말해주는 정보를 자네에게 주입하고 있었던 거지."

"나는 꼭두각시로군."

"어떻게 보자면 그렇다네. 하지만 자네는 언제나 내게 '풀 씨'일 거야." 댄스먼이 고개를 끄덕이며 말했다.

반대쪽 벽면이 사라졌다. 그와 동시에, 가까운 탁자에 앉아있던 사람 몇몇이 사라졌다. 그리고―

한쪽 벽면 전체를 차지하고 있는 유리창 너머로 보이던, 뉴욕시티의 마천루도 순간 온데간데없이 사라져버렸다.

댄스먼은 그의 표정을 보고는 물었다. "왜 그러나?"

풀은 목이 멘 목소리로 대답했다. "주변 좀 둘러보게. 뭔가 변한 게 있나?"

댄스먼은 방 안을 둘러본 다음 다시 그에게 말했다. "아니. 뭐가 변했단 말인가?"

"아직 마천루가 보이나?"

"물론이지, 스모그가 끼어 있기는 하지만. 불빛이 깜빡이고 있고―"

"이제 알겠군." 풀이 말했다. 그의 생각이 옳았다. 천공 테이프의 구멍을 막을 때마다, 그의 현실 세계에서 특정한 사물이 사라지는 것이었다. 그는 자리에서 일어서며 말했다. "나중에 또 보세, 댄스먼. 지금 당장 아파트로 돌아가야겠네. 하고 있는 작업이 있거든. 좋은 밤 보내게." 그는 술집에서 걸어 나와 길거리에 서서 택시를 잡으려 했다.

택시가 보이지 않았다.

택시도 사라진 모양이군, 이라고 그는 생각했다. 또 뭘 지워버렸을지 알 수가 없어. 창녀? 꽃? 감옥?

술집의 주차장에 댄스먼의 로켓 자동차가 보였다. 그는 그 자동차를 타고 가야겠다고 생각했다. 댄스먼의 세계에는 아직 택시가 있을 테니까, 그러면 나중에 택시를 잡아탈 수 있을 것이었다. 어쨌든 그 차도 회사 차량이었고, 그에게는 차 열쇠의 복사본이 있었다.

그는 즉시 차에 올라타고 자기 아파트로 돌아가기 시작했다.

뉴욕시티의 모습은 돌아오지 않았다. 왼쪽과 오른쪽으로는 차량과 건물, 거리, 보행자, 간판 등이 보였지만…… 가운데는 텅 비어 있었다. 저 안으로 어떻게 날아 들어가지? 그는 자문해보았다. 나도 사라질지도 모르는데.

그렇지는 않으려나? 그는 텅 빈 가운데로 날아 들어갔다.

그는 줄담배를 피우며 십오 분 동안 같은 자리를 맴돌았다. 그리고 갑자기, 아무 소리도 없이, 뉴욕의 모습이 다시 나타났다. 그는 자신의 여행을 끝낼 수 있었다. 그는 담배를 눌러 끄고 (귀중한 물건을 낭비하는 셈이었지만) 자기 아파트 쪽으로 출발했다.

그는 자기 아파트 문을 열면서 생각했다. 만약 이 사이에 불투명한 테이프 조각을 사이에 끼워 넣는다면, 어쩌면—

그는 생각을 멈추었다. 누군가 그의 거실 의자에 앉아서, 커크 선장이 나오는 텔레비전을 보고 있었다. "세라." 그는 초조한 표정으로 말했다.

그녀는 통통한 몸을 부드럽게 일으키며 말했다. "병원에 안 계셔서 여기로 왔어요. 저번 3월에 끔찍하게 싸운 후에 주셨던 열쇠를 아직 가지고 있었거든요. 아…… 너무 지치신 것 같아요." 그녀는 그에게 다가와서, 걱정하는 눈으로 그의 얼굴을 바라보았다. "상처가 그렇게 많이 아프세요?"

"그 때문이 아니야." 그는 자신의 외투와 넥타이, 셔츠를 벗고, 이어 가슴의 패널을 열고는, 자리에 앉아 미소 작업 공구용 장갑을 착용하기 시작했다. 그는 잠시 움직임을 멈추고 그녀를 바라보며 말했다. "내가 전자 개미라는 사실을 발견했거든. 특정 관점에서 보면 이 때문에 생기는 새로운 가능성이 있는 셈이고, 나는 지금 그런 가능성을 탐구해보는 중이지." 그가 손가락을 구부리자 왼쪽 화면 끝에서 미소 크기의 스크루드라이버가 움직였다. 확대 렌즈 시스템 아래에서 확대된 드라이버의 모습이 보였다. "원한다면 지켜봐도 좋아."

그녀는 울기 시작했다.

"대체 왜 그러는 거지?" 그는 작업 상황에서 눈길을 떼지 않은 채, 화 난 목소리로 물었다.

"저는— 그저, 너무 슬퍼서 그래요. 사장님은 우리 트라이플랜의 모두 에게 너무 훌륭한 고용주였으니까요. 우리는 당신을 존경해요. 그런데 이제 모든 것이 바뀌었잖아요."

플라스틱 테이프의 위아래 가장자리에는 구멍이 없는 부분이 있었 다. 그는 아주 얇게 수평으로 테이프를 잘라낸 다음, 극도로 집중해서 인식기로부터 네 시간 거리에 떨어져있는 테이프를 잘라냈다. 그 후에 잘라낸 조각을, 스캐너를 보도록 오른쪽 방향으로 돌린 후, 국소 가열기 를 이용해 이어붙인 후 테이프를 원 상태로 돌려놓았다. 말하자면 그는 계속해서 흘러가는 자신의 현실 안에 텅 빈 이십 분의 시간을 끼워 넣 은 것이다. 그의 계산에 따르면, 자정에서 몇 분 지난 후에 이 작업의 효 과가 일어날 것이었다.

"사장님 혹시 스스로 수리 작업을 하시는 건가요?" 세라가 조심스럽 게 물었다.

"스스로를 해방시키려는 거지." 풀은 이렇게 대답했다. 그는 이것 외 에도 몇 가지 조정 작업을 생각해놓고 있었다. 그러나 그 전에, 그는 먼 저 자신의 이론을 확인해보아야 했다. 구멍이 없는 텅 빈 테이프는 자 극이 존재하지 않는다는 것을 뜻했다. 그렇다면 테이프 자체가 없다 면……

"사장님 지금 짓고 계신 표정은 말예요." 세라는 자기 가방과 외투 말 아놓은 시청각 잡지 등을 챙기기 시작했다. "가겠어요. 제가 여기 있으 면 어떤 기분이 드시는지 알 것도 같아요."

"여기 있어. 같이 커크 선장이라도 보지." 그는 다시 셔츠를 입었다. "예전에 텔레비전 채널이 스무 개였나, 스물두 개였나 하던 시절이 생 각나나? 정부에서 독립 방송을 전부 폐지하기 전에 말이야."

그녀는 고개를 끄덕였다.

"만약 텔레비전이 하나의 브라운관에 그 모든 방송을 동시에 상영한다면 어떤 모습이 될 것 같나? 그 혼합물 속에서 뭔가 특정한 사물을 알아볼 수 있을 것 같나?"

"힘들 것 같은데요."

"어쩌면 학습을 통해 할 수 있게 될지도 모르지. 특정한 것만 선택해서, 우리가 원하는 것과 원하지 않는 것을 골라서 관찰할 수 있게 되는 거야. 만약 우리의 두뇌가 동시에 스무 가지의 장면을 처리할 수 있다고 생각해보지. 특정 시간 동안에 저장할 수 있는 지식의 양은 어마어마할 거야. 내 생각에는 아마도 인간의 뇌는—" 그는 잠시 말을 멈추었다. "인간의 뇌라면 그것을 처리하지 못하겠지만, 이론적으로 볼 때 유사 유기체의 뇌는 가능할 수도 있거든."

"사장님이 그런 걸 가지고 계신 건가요?" 세라가 물었다.

"그래." 풀이 대답했다.

그들은 커크 선장을 마지막까지 본 후, 함께 침대에 들었다. 그러나 풀은 베개에 기대어 앉아, 담배를 피우며 생각에 잠겨있을 뿐이었다. 세라는 그 옆에서 계속해서 뒤척거리며, 왜 그가 불을 끄지 않는지 궁금해하고 있었다.

11시 50분이었다. 이제 얼마 지나지 않아 그 일이 벌어질 터였다.

"세라, 당신 도움이 필요해. 몇 분 지나지 않아 나한테 뭔가 이상한 일이 벌어질 거야. 오래 걸리지는 않겠지만, 나를 잘 지켜봐주었으면 좋겠어. 내가 만약—" 그는 가볍게 손짓을 해 보였다. "뭔가 변화를 보이면 말이야. 잠이 들거나, 말도 안 되는 소리를 지껄이기 시작하거나, 아니면—" 그는 '내가 사라지면'이라고 말하고 싶었으나, 그 말을 입 밖에 내지는 않았다. "당신에게 해를 끼치지는 않겠지만, 혹시 모르니까 당신도 무기를 지니고 있었으면 좋겠어. 그 호신용 권총은 아직 가지고 있지?"

"가방 안에 있어요." 그녀는 이제 잠이 완전히 깬 듯, 침대 위에 일어나 앉았다. 그를 바라보는 그녀의 얼굴에는 두려움이 떠올라있었다. 방 안을 채우는 불빛에 비친 그녀의 풍만하고 햇볕에 그을린 어깨에는 주근깨가 점점이 박혀있었다.

그는 세라에게 총을 가져다주었다.

방의 형체가 경직되며 순간 모든 것이 멈추었다. 그리고 모든 색깔이 빨려나가기 시작했다. 모든 사물이 계속 흐릿해지다 마침내 연기가 되고, 곧 그림자 속으로 사라져버렸다. 방 안의 모든 물체가 계속 희미해지며 어둠이 모든 것을 감쌌다.

풀은 곧 마지막 자극이 사라졌다는 것을 깨달았다. 그는 눈을 가늘게 뜨며 뭔가를 보려고 해보았다. 세라 벤턴이 침대에 앉아있는 모습이 보였다. 인형같이 생긴 2차원의 형체가 나타났다가, 곧 희미해지며 사라져버렸다. 물질이 아니게 된 물체들이 불안한 구름 상태로 여기저기서 소용돌이쳤다. 사물이 모였다가 흩어지고는 다시 모이곤 했다. 그리고 마침내 최후의 열, 에너지와 빛이 사라져버렸다. 방은 스스로 자기 안을 향해 닫히면서, 모든 현실로부터 유리되듯 닫힌 공간이 되어버렸다. 그리고 이 시점에서, 완벽한 암흑이 모든 것을 대체했다. 깊이가 없는 공간, 밤이 아니라 경직되어 있고 절대적인 암흑이었다. 그리고 어떤 소리도 들리지 않았다.

그는 무언가를 만지려 해보았다. 그러나 만질 수 있는 사지가 없었다. 그의 신체에 대한 감각 역시 우주의 모든 것과 마찬가지로 사라져버렸다. 그에게는 이제 손이 없었고, 설령 있었다 한들 만질 물건도 아무것도 남아있지 않을 터였다.

아직까지 내 이론은 유효한 셈이지. 그는 실제로 존재하지 않는 입으로 보이지 않는 내용을 전달하듯, 혼잣말을 했다.

십 분 안에 끝나게 될까? 그는 자문해보았다. 그쪽으로도 내 이론이 맞아들 수 있는 것일까? 그는 기다렸……. 그러나 곧 그의 시간 감각 역시 다른 모든 것과 함께 사라져버렸다는 사실을 깨닫게 되었다. 그는 기다릴 수밖에 없다는 사실을 깨달았다. 그저 너무 오래 걸리지 않기만을 기대할 수밖에 없었다.

그는 시간을 보내기 위해 백과사전을 만들어야겠다고 생각했다. 먼저 A로 시작하는 모든 단어를 나열해볼까. 어디 보자. 사과, 자동차, 액세트론, 대기, 대서양, 토마토 젤리, 광고 — 그는 계속해서 생각해 나갔다. 그의 공포에 질린 마음속으로 여러 분류 항목이 스쳐 지나갔다.

갑자기 불이 들어왔다.

그는 거실의 소파 위에 누워있었다. 하나밖에 없는 창문을 통해 온화한 햇빛이 쏟아져 들어왔다. 공구를 잔뜩 든 남자 두 명이 그를 굽어보고 있었다. 정비사인가보군. 그는 곧 깨달았다. 나를 정비하고 있었던 거야.

"의식이 돌아왔습니다." 기술자 중 한 명이 말했다. 그 기술자는 몸을 일으켜 뒤로 물러섰다. 당황하여 안절부절못하는 기색이 역력한 세라 벤턴이 그 자리로 들어왔다.

"하느님 감사합니다!" 그는 풀의 귓가에 가까이 대고 말했다. "너무 걱정했어요. 결국 댄스먼 씨에게 전화를 걸어서—"

풀은 차갑게 말허리를 자르며 끼어들었다. "무슨 일이 일어난 거지? 처음부터, 그리고 제발 천천히 좀 말해주게. 전부 알아들을 수 있게 말이야."

세라는 잠시 말을 멈추고 코를 문지르며 진정한 다음, 조심스럽게 말을 꺼냈다. "사장님은 정신을 잃으셨어요. 죽은 것처럼 누워있기만 하셨죠. 저는 2시 반까지 기다렸는데, 아무것도 안 하시더라고요. 그래서 댄스먼 씨에게 전화를 걸어서, 안됐지만 잠을 깨워야 했어요. 그분이 전자 개미 정비공을 불렀고요. 이 두 분은 4시 45분 정도 되어서 오셨고, 그때부터 지금까지 정비 작업을 하고 계셨던 거예요. 지금은 아침 6시 15분이에요. 저는 정말 춥고 잠을 자고 싶어요. 오늘은 사무실에 못 갈 것 같네요. 정말로요." 그녀는 코를 훌쩍이며 뒤로 돌았다. 그 소리를 들으니 풀은 짜증이 났다.

제복을 입은 정비공 중 하나가 말했다. "자네, 현실 테이프를 가지고 장난을 친 모양인데."

"그렇소." 풀이 대답했다. 거짓말을 할 이유가 뭐가 있겠는가? 이 친구들이 어차피 그 끼워 넣은 조각을 발견했을 텐데. "그렇게 오래 정신을 잃을 것이라고는 생각을 못 했소. 십 분 정도 사이에 끼워 넣었을 뿐이었는데."

"그것 때문에 장치가 작동을 멈췄네. 테이프가 앞으로 나가기를 멈춘 거지. 자네가 끼워 넣은 그 조각 때문에 테이프가 씹혀서, 테이프가 찢어지지 않게 하기 위해 자동으로 작동을 정지한 거네. 왜 그 장치를 마음대로 다룬 건가? 자기가 뭘 할 수 있는지 알기 위해서인가?"

"나도 잘 모르겠소." 풀이 대답했다.

"발상은 괜찮았던 것 같은데."

"그래서 그런 일을 한 거겠지." 풀은 비꼬듯 응수했다.

"어쨌든, 수리비는 95프로그네. 원한다면 분할 납부를 해도 되고."

"좋소." 그는 힘겹게 일어나서 눈을 문지르고는 얼굴을 찌푸렸다. 머리는 깨질 듯 아팠고 배 속은 텅 비어 있었다.

"다음에는 테이프를 잘 다듬어보게. 그러면 씹히지 않을 수도 있으니까. 안전장치가 있으리라는 생각은 한 번도 해보지 않은 건가? 테이프를 망가트리기보다는 멈추는 쪽이—"

풀은 기술자의 말을 끊으며, 낮은 목소리로 조심스럽게 물었다. "만약 인식기 아래를 통과하는 테이프가 없으면 어떻게 되는 거요? 아무것도 지나가지 않는다면. 어떤 방해도 받지 않고 광전지의 빛이 아래에서 위로 통과해 나간다면?”

두 기술자는 서로를 마주 보았다. 그중 한 사람이 대답했다. “신경 회로가 전부 간극을 메울 테니, 합선이 일어나겠지.”

“그게 무슨 뜻이오?” 풀이 물었다.

“그 기계의 수명이 끝난다는 소리네.”

“나는 회로를 검토해보았소. 그런 일이 일어나기에는 전압이 충분하지 않소. 그런 약한 전류 하에서는 단극끼리 접촉해있다고 해도 금속이 결합할 리가 없지. 우리는 지금 십육 분의 일 인치 길이의 세슘 채널 안을 흐르는 백만분의 일 와트의 전류에 대해 말하고 있는 거요. 테이프의 천공에서 한 번에 십억 개의 가능한 조합이 일어날 수 있다고 해봅시다. 그 결과물은 누적되는 것이 아니지 않소. 모든 단극이 열려있다고 해도, 전압은 그 전지의 사양에 따라 영향을 받을 뿐이고, 그게 그렇게 클 리가 없지 않소.”

“우리가 거짓말을 하겠나?” 기술자 중 한 명이 지친 듯 되물었다.

“거짓말을 하지 않을 이유가 있소? 나는 지금 모든 것을 경험할 수 있는 기회를 손에 넣은 거요. 그것도 동시에. 우주와 그 모든 것을 알고 동시에 모든 현실과 접촉할 수 있게 되는 거요. 인간이라면 누구도 할 수 없는 일이지. 시간의 경계 밖에서, 모든 음이, 모든 악기의 소리가 동시에 내 두뇌 안으로 들어오는 거요. 그 모든 화음이. 이해하겠소?”

“뇌가 타버릴 거네.” 두 기술자가 한 목소리로 말했다.

“나는 그렇게 생각하지 않는데.” 풀이 대답했다.

“커피 한잔하시겠어요, 풀 씨?” 세라가 말했다.

“좋소.” 그는 다리를 내려 차가워진 발을 바닥에 대고, 부르르 몸을 떨고는 일어났다. 온몸이 쑤시는 바람에 그는 깨달았다. 밤새도록 여기 소파에 뉘어놓은 모양이로군. 상황을 생각해보면 그보다는 더 나은 대접을 해줄 수도 있었을 텐데.

방의 반대쪽에 있는 식탁에서, 가슴 풀은 세라 맞은편에 앉아 커피를 홀짝이고 있었다. 기술자들은 떠난 지 오래였다.

"또 사장님 몸을 가지고 실험을 하지는 않으실 거죠?" 세라는 걱정하는 투로 말했다.

풀은 퉁명스럽게 말했다. "시간을 조작해보고 싶군. 거꾸로 돌려보고 싶어." 테이프의 일정 부분을 잘라낸 다음, 반대 방향으로 돌려 붙여보는 거지. 그러면 주변의 모든 상황이 거꾸로 흘러가기 시작할 거야. 그러면 뒤로 걸어서 옥상 주차장에서 내려와서, 내 문 앞에 서서, 잠긴 문을 열고 들어가, 거꾸로 싱크대까지 걸어간 다음에 접시들을 더럽혀서 차곡차곡 쌓아놓게 되겠지. 그리고 그 접시들을 식탁 위에 늘어놓은 다음, 내 위장에서 나온 음식물로 접시를 채우고……. 그리고 그 음식을 냉장고에 집어넣을 거야. 다음 날 나는 냉장고에서 음식을 꺼내서, 음식을 전부 봉지에 집어넣고, 봉지를 슈퍼마켓으로 가져가서 가게 여기저기에 보기 좋게 진열을 할 거야. 그리고 마침내 카운터에서는 내 행동을 보고 계산대에서 돈을 꺼내서 내게 지불을 하겠지. 내 음식물은 다른 음식물들과 함께 커다란 플라스틱 상자 안에 들어갈 테고, 그 상태로 도시를 떠나 대서양에 있는 수경 재배 시설로 운송되어 가겠지. 그곳에서 음식물은 다시 조합되어 나무와 풀과 동물의 사체가 되거나 땅속 깊은 곳으로 들어갈 테고. 하지만 그런다고 뭔가 새로운 것이 밝혀지나? 그저 비디오테이프를 거꾸로 돌리는 것뿐인데……. 지금까지보다 더 많은 사실을 알게 되는 것도 아니지. 그거로는 충분하지 않아.

그는 곧 깨달았다. 내가 원하는 것은 궁극적이고 절대적인 진실이야. 일 마이크로초만큼이라도. 테이프에 새 구멍을 뚫고 뭐가 나타나는지 한번 보자고. 구멍이 뭘 뜻하는지 모르니까 꽤 재미있을 거야.

그는 극소 공구의 끄트머리를 이용해서, 테이프에 무작위로 몇 개의 구멍을 뚫었다. 가능한 한 인식기 가장 가까운 곳에…… 기다리고 싶지 않았기 때문이다.

"당신이 볼 수 있을지는 모르겠지만, 뭔가가 나타날지도 몰라. 그냥 경고하는 거네. 겁을 먹지는 않았으면 좋겠으니까." 그는 세라에게 말했다. 지금까지 그가 추론한 바로는, 그녀가 뭔가를 보게 될 가능성은 별로 없었다.

"아, 세상에." 세라가 모깃소리로 말했다,

그는 손목시계를 보고 있었다. 일 분, 이 분, 삼 분이 흘렀다. 그리고 그때—

방 한가운데에 청둥오리 떼가 나타났다. 오리들은 흥분한 듯 꽥꽥거리며 바닥에서 날아올라 깃털과 날개를 펄럭대며 천장 근처를 돌아다녔다. 도망치려는 강력한 충동, 자기들의 본능 때문에 정신없이 혼란스러운 듯했다.

"오리군. 야생오리 한 무리에 해당하는 구멍을 뚫은 거야." 풀이 말했다.

그리고 또 다른 것이 나타났다. 누더기를 입은 늙수그레한 남자가 앉아 있는 공원 의자였다. 남자는 찢어지고 구겨진 신문을 읽고 있었다. 그는 고개를 들고 풀 쪽을 바라보더니, 엉망인 치아 상태로 풀을 향해 씩 웃음을 보내고는 다시 구겨진 신문으로 시선을 돌려 읽기 시작했다.

"저 사람 보이나? 오리들도." 풀은 세라에게 물었다. 그 순간 오리들과 공원 노숙자는 모두 사라져버렸다. 그 뒤로는 아무것도 남지 않았다. 테이프 구멍의 지속 시간이 빠르게 지나가버린 것이다.

"방금 그게 진짜였던 건 아니죠. 아닌가요? 대체 어떻게—"

"당신도 진짜가 아니야." 풀은 세라에게 말했다. "당신 역시 내 현실 테이프의 자극 인자 중 하나일 뿐이지. 덧칠해 지워버릴 수 있는 천공

일 뿐이야. 당신은 다른 현실 테이프에도 존재하는 건가, 아니면 이 주관적 현실에만 존재하는 건가?" 그는 알 수가 없었다. 알 방법도 없었다. 어쩌면 세라도 알지 못하는지도 몰랐다. 어쩌면 그녀는 수천 개의 다른 현실 테이프에 존재하는지도 몰랐다. 어쩌면 지금까지 만들어진 모든 현실 테이프에 있는지도 몰랐다. "내가 테이프를 자르기만 하면 당신은 어디에도 있으며 어디에도 없는 존재가 될 거야. 우주의 다른 모든 것들과 마찬가지로. 최소한 내가 지각하는 한도 내에서는 그렇지."

세라는 더듬거리며 항변했다. "하지만 나는 진짜예요."

"당신에 대해 완벽하게 알고 싶군. 하지만 그러기 위해서는 테이프를 잘라야 해. 지금 하지 않으면 언젠가 나중에라도 해버리겠지. 결국 내가 그런 일을 저지를 것이라는 사실은 피할 수가 없어." 그럼 굳이 기다릴 필요가 있나? 그는 자문해보았다. 게다가 언제든 댄스먼이 내 창조자에게 보고를 해서 나를 저지하려 할 수도 있는 상황인데. 이유는, 당연하게도, 내가 그들의 소유물— 나 자신을 위험에 처하게 하고 있으니까.

"사장님 때문에 차라리 사무실로 출근하는 편이 나았을 거라는 생각이 들고 있어요." 세라는 우울한 미소가 떠오른 표정으로 말했다.

"그럼 가도 돼."

"사장님을 홀로 남겨두고 싶지 않아요."

"괜찮을 거야."

"아뇨, 사장님은 괜찮지 않을 거예요. 자기 플러그를 뽑아버리거나, 뭐 그런 일을 저지르실 거라고요. 사장님이 인간이 아니라 전자 개미라는 사실을 알아버렸기 때문에 자살을 할 거란 말이에요."

"그럴지도 모르지." 그는 즉시 대답했다. 어쩌면 이 모든 행동을 농축하면 그것으로 귀결되는지도 모른다.

"그리고 저는 사장님을 멈출 수 없겠죠."

"불가능하지." 그는 동의하는 뜻에서 고개를 끄덕였다.

"하지만 멈출 수 없다고 해도 여기 있을 거예요. 여기서 사장님을 그 냥 놔두고 떠났다가 사장님이 자살이라도 하시면, 나는 남은 평생 동안 그때 만약 내가 남았더라면 어떻게 되었을까 하는 생각을 하며 살게 될 테니까요. 아시겠어요?"

그는 다시 고개를 끄덕였다.

"그럼 계속하세요." 세라가 말했다.

그는 자리에서 일어났다. "고통을 느끼지는 않을 거야. 당신에게는 고 통스러워 보일 수도 있겠지만. 유기 로봇에게는 고통 회로가 최소한으 로 장착되어 있다는 사실을 잊지 말라고. 내가 경험하게 될 것은 최고 로 강력한—"

"더 이상 말하지 마세요." 세라가 그의 말을 잘랐다. "그냥 할 일을 하 든가, 하지 않을 거면 하지 말라고요."

두려움이 묻은 뻣뻣한 동작으로, 그는 국소 작업용 장갑에 손을 집어 넣고는 작은 공구를 집어 들었다. 날카로운 절단용 칼이었다. "나는 가 슴 패널 안에 있는 테이프를 자르려는 거야. 그게 전부라고." 그는 확대 렌즈 장치를 바라보며 말했다. 칼날을 집어 드는 손이 떨렸다. 한순간이 면 전부 끝나는 거야. 모든 것이. 그리고 잘려나간 테이프의 끝을 다시 이어 붙일 시간이 있기는 하겠지. 최소한 삼십 분 정도. 만약 마음이 변 한다면 말이야.

그는 테이프를 잘랐다.

겁에 질린 채로, 세라는 그를 바라보며 조그만 소리로 속삭였다. "아 무 일도 안 일어났는데요."

"삼사십 분 정도 시간은 있어." 그는 장갑에서 손을 빼내고는 다시 식 탁으로 돌아왔다. 그의 목소리는 분명 떨리고 있었다. 분명 세라도 눈치 챘을 것이다. 풀은 그녀를 겁먹게 했다는 사실을 알고 자신에게 분노를 느꼈다. "미안해." 그는 입을 열었다. 왠지 모르게 그녀에게 사과해야 할 것 같은 기분이었다. "어쩌면 당신은 가는 편이 나을지도 모르겠어." 그는 초조하게 말하며 다시 자리에서 일어났다. 그녀도 반사적으로 그를 따라하듯 자리에서 일어났다. 그녀는 뚱뚱한 몸을 바들바들 떨며 불안하게 그 자리에 서있었다. "가라고. 당신이 있어야 할 사무실로 돌아가. 우리 둘 모두가 있어야 할 곳으로 말이야." 그는 생각했다. 아무래도 테이프를 다시 연결해야겠어. 이 압박감은 도저히 견딜 수가 없어.

그는 장갑으로 손을 뻗어, 긴장으로 딱딱하게 굳어진 손가락 위에 다시 착용하려 했다. 확대 시스템의 화면을 보자, 그는 광전자의 물결이 인식기로 직접 들어가는 모습을, 그리고 테이프의 끝부분이 인식기 안으로 빨려 들어가는 모습을 볼 수 있었다……. 그는 보자마자 이해했다. 너무 늦었군. 벌써 지나가버렸어. 신이시여, 저를 도우소서. 내가 계산한 것보다 훨씬 빠르게 움직인 것이 분명해. 그럼 이제 나는 무엇을―

그는 사과와 포석과 얼룩말을 보았다. 온기와 부드러운 옷의 감촉을 느꼈다. 대양의 파도가 밀어닥치는 감각과, 그를 어디론가 떠미는 것 같은 강렬한 북풍을 느꼈다. 주변 모든 곳에 세라가 있었고, 댄스먼도 마찬가지였다. 밤의 뉴욕이 빛났고, 그 주변의 로켓 자동차들은 낮과 밤의 하늘을 가로질러가며 가득 메웠다 사라졌다를 반복했다. 그의 혀 위에서 버터가 녹아내렸고, 동시에 끔찍한 악취와 맛이 그를 공격해왔다. 독극물과 레몬, 여름 잔디의 맛이었다. 그는 익사하고, 낙사했으며, 커다란 흰 침대 위에서 여인의 품에 안겼으며 동시에 날카로운 소음에 고통 받았다. 낡아빠진 다운타운 호텔에서 들을 수 있는 망가진 엘리베이터의 경고음이었다. 그는 스스로에게 말했다. 나는 살아있어. 나는 살았어. 나는 살지 않을 거야. 그리고 그의 생각에 이어 모든 언어, 모든 소리가 뒤따랐다. 벌레들은 끽끽 소리를 내며 달려갔고, 그는 트라이플랜의 항상성 기계 중 하나의 복잡한 동체에 반쯤 박혀버렸다.

그는 세라에게 무언가 말을 하고 싶었다. 입을 열고 무언가 말을 하려고 했다— 그의 마음속에 가득한 무한한 단어들, 그 본질의 의미로 그를 태우고 있는 그 단어들 중 특정한 일부를 엮어내려 한 것이다.

그의 입이 타들어갔다. 이유는 알 수 없었다.

꼼짝도 못하고 벽에 붙어선 채로, 세라 벤턴은 눈을 뜨고 풀의 반쯤 열린 입에서 연기가 뿜어져 나오는 광경을 보았다. 그리고 로봇은 그대로 무너져 내려, 팔꿈치와 무릎을 대고 엎드린 자세가 되더니, 천천히 쓰러지며 망가진 잔해 덩어리가 되어버렸다. 자세히 살펴보지 않아도 그것이 '죽었다'는 사실은 확신할 수 있었다.

풀이 스스로 한 거야, 그녀는 깨달았다. 그리고 고통도 느끼지 않았을 것이다. 저것 스스로가 그렇게 말했으니까. 아니면 최소한 별로 대단한 고통은 느끼지 못했겠지. 아주 조금 정도. 어쨌든 이제야 다 끝났다.

댄스먼 씨에게 전화를 해서 무슨 일이 벌어졌는지 말해주는 편이 좋겠어. 그녀는 이렇게 생각하며, 떨리는 몸을 가누며 방 건너편으로 가서 전화를 집어 들었다. 그리고 기억에 있는 번호로 전화를 걸었다.

저것은 내가 자기 현실 테이프 위에 있는 자극 인자 중 하나라고 생각했었지. 자기가 '죽을' 때 나도 죽을 거라고 생각한 거야. 묘한 일이지. 왜 그런 생각을 했을까? 진짜 세상에 연결된 적도 없었으면서. 자기만의 전자 세계에 '살았을' 뿐인데. 정말 해괴하지.

"댄스먼 씨." 전화가 그의 사무실로 연결되자 그녀는 말했다. "풀이 죽었어요. 제가 보는 앞에서 자신을 파괴해버렸어요. 한번 와보시는 편이 좋겠어요."

"그래, 마침내 그놈한테서 해방된 셈이군."

"그래요. 정말 멋지지 않나요?"

"공장 직원 몇 명을 보내겠소." 댄스먼은 그녀 등 뒤로, 식탁 옆에 쓰러져있는 풀의 모습을 살펴보았다. "당신은 집으로 가서 쉬어요. 이런 일들을 겪고 난 다음이라 상당히 지쳤을 테니까."

"알았어요. 고맙습니다, 댄스먼 씨." 그녀는 전화를 끊고 별 생각 없이 자리에서 일어섰다.

그때, 그녀는 뭔가를 눈치챘다.

내 손. 그녀는 자기 손을 높이 들어 보았다. 왜 내 손 건너편에 있는 것들이 보이는 거지?

방 안 사방의 벽들도 형체가 일그러지고 있었다.

몸을 떨면서, 그녀는 움직이지 않는 로봇 옆으로 가서 어찌할 바를 모르고 서있었다. 그녀의 다리를 통해 양탄자가 비쳐 보였고, 곧 양탄자 도 희미해졌다. 그리고 그녀는 양탄자 너머의 다른 물질들 역시 희미해 지고 있다는 사실을 알 수 있었다.

저 테이프의 끝을 다시 연결하면 될지도 몰라. 그녀는 그렇게 생각했 지만, 그럴 방법을 알지 못했다. 게다가 이미 풀의 모습도 희미해지고 있었다.

이른 아침의 바람이 그녀를 감쌌다. 그러나 그녀는 느끼지 못했다. 이 제 모든 감각이 사라지고 있었다.

바람은 계속해서 불었다. ◖

모자란 비버 캐드버리
Cadbury, The Beaver Who Lacked

PHILIP K. DICK

도이 발명되기도 전인 아주 오랜 옛날, 캐드버리라는 이름의 수 컷 비버가 살고 있었습니다. 그 비버는 자기 이빨과 발톱으로 직접 지은 보잘것없는 둑 안에 살고 있었지요. 하루하루 덤불과 나무와 다른 식물들을 갉아서 색색가지의 포커 칩을 받으며 하루하루 살아 나 갔습니다. 그가 제일 좋아하는 것은 파란색 칩이었지만, 파란색은 워낙 귀해서 가끔가다 굉장히 거창한 갉기 작업을 수행해야 겨우 얻을 수 있 는 것이었지요. 지금까지 꾸준히 일해오는 동안 그가 얻은 파란색 칩은 겨우 세 개뿐이었습니다. 그러나 그는 세상에 파란색 칩이 더 많을 것 이라 추론해 알고 있었고, 가끔가다 그날의 갉기 일을 잠시 멈추고는 즉석커피 한 잔을 마시며 온갖 색깔의 칩을, 파란색이 섞여있는 칩들을 생각해보곤 했답니다.

그의 아내인 힐다는 기회가 생길 때마다 그에게 요구하지도 않은 조 언을 던지곤 했습니다. 습관같이 이렇게 말하곤 했지요. "당신 꼴 좀 봐 요. 당신은 정말로 정신과 의사를 만나봐야 해요. 당신의 하얀색 칩 무 더기는 이 주변에서 갉기 일을 하는 다른 비버들, 랄프, 피터, 톰, 밥, 잭, 얼의 절반도 안 된다고요. 이건 전부 다 당신이 그 망할 파란색 칩 꿈만 꾸느라 정신이 없기 때문이에요. 솔직히 말하자면 당신이 파란색 칩을 얻을 가능성은 눈곱만큼도 없어요. 딱 까놓고 말해서, 당신은 그럴 재능 도, 열정도, 투지도 없잖아요."

"열정과 투지는 비슷한 말 아닌가." 캐드버리는 그저 이렇게 시무룩 하게 반박할 뿐이었습니다. 그러나 그 역시 아내의 말이 옳다는 사실을 알고 있었지요. 그것이 바로 아내의 가장 심각한 결점이었습니다. 그는 허풍밖에 가진 것이 없는데, 아내는 진실과 한편을 먹고 있었으니 말이지요. 그리고 진실과 허풍이 대결을 하게 되면 보통 진실이 승리를 거두기 마련입니다.

힐다의 말이 옳았기 때문에, 캐드버리는 자기 비밀 칩 저장고 — 작은 바위 아래 움푹 팬 공간 — 에서 하얀색 칩 여덟 개를 꺼낸 후, 2.75마일을 걸어 가장 가까운 정신 상담사를 찾아갔습니다. 그 정신과 의사는 볼링 핀처럼 생긴 나이 들고 하는 일 없는 토끼였습니다. 하지만 그의 아내에 따르면 일 년에 1만 5000칩을 벌어들인다 하니 무슨 상관이겠어요.

"제법 괜찮은 날이로군요." 드랫 박사는 붙임성 있게 인사하며 뱃가죽을 튕기고는 푹신푹신한 회전의자에 등을 기대어 앉았습니다.

"별로 괜찮지 못합니다." 캐드버리는 이렇게 대답했습니다. "매일매일 꽁무니가 빠지도록 일하면서도 다시는 파란색 칩을 보지 못할 거란 사실을 알고 있는데 뭐가 괜찮겠습니까? 게다가 뭘 위해서요? 아내는 내가 칩을 벌어들이는 속도보다 훨씬 빠르게 써버립니다. 파란색 칩에 이빨을 댈 기회가 있다고 해도 뭔가 비싸고 쓸모없는 가구를 사느라 하룻밤 사이에 사라져버리지요. 1200만 촛불 밝기의 자가 재충전 손전등 같은 것 말입니다. 평생 보증 딱지까지 붙어서요."

"그거 꽤 괜찮은 물건입니다. 방금 말씀하신 거요. 그 재충전 손전등 말이죠." 드랫 박사가 말했습니다.

"제가 여기 온 이유는 오로지 아내가 시켰기 때문입니다. 저는 아내 말이라면 뭐든 들어야 해요. 그 여자가 '계곡 한가운데에서 헤엄치다 빠져 죽어버려'라고 말하면, 제가 어떻게 할 것 같습니까?"

"반항하겠지요." 드랫 박사는 부드러운 목소리로 말했습니다. 뒷다리를 잘 다듬은 호두나무 책상 위에 올린 자세로 말입니다.

캐드버리는 말을 이었습니다. "그 여자의 지랄 맞은 얼굴을 걷어차줄 겁니다. 잘근잘근 씹어주겠습니다. 바로 두 쪽이 나도록 가운데를 갉아 버리겠습니다. 선생님 말씀이 옳아요. 정말입니다. 농담이 아니에요. 사실입니다. 이젠 그 여자가 지긋지긋해요."

"당신 아내가 당신 어머님을 얼마나 닮았습니까?" 드랫 박사가 물었습니다.

"전 어머니가 없습니다." 캐드버리는 심술 난 말투로 말했습니다. 힐다가 지적한 대로, 종종 쓰다보니 어느새 그의 특성이 되어버린 말투였습니다. "저는 구두 상자에 누워서 나파 습지대를 떠다니다가 발견되었거든요. 손 글씨로 '주인을 찾습니다'라고 적혀있었다던데요."

"마지막으로 꾼 꿈은 어떤 것이었나요?" 드랫 박사가 물었습니다.

"제 마지막 꿈은, 그게, 보자, 저는 언제나 같은 꿈만 꿉니다. 가게에서 2센트짜리 민트 초콜릿 캔디를 사는 꿈이죠. 납작하고 초콜릿을 입혀서 녹색 은박지에 싸서 파는 거 있잖습니까. 그런데 은박지를 벗기고 보면 민트 초콜릿 캔디가 없는 겁니다. 이게 무슨 꿈인지 아시겠어요?"

"선생님이 제게 그 꿈에 대해 설명해준다고 가정해봅시다." 드랫 박사는 마치 자기가 이미 답을 알고 있으나, 아무도 돈을 주지 않기 때문에 답을 알려줄 생각이 없다는 투로 말했습니다.

캐드버리는 격하게 말하기 시작했습니다. "그건 바로 파란색 칩입니다. 아니면 파란색 칩처럼 보이는 뭔가예요. 파란색이고 납작하고 둥글고 대충 비슷한 크기입니다. 하지만 꿈속의 나는 언제나 '이건 그냥 파란 민트 초콜릿 캔디일 거야'라고 말하는 겁니다. 내 말은, 파란 민트 초콜릿 캔디라는 것이 있기는 할 거 아닙니까. 그래서 나는 그것들을 전부 가져다가 비밀 칩 보관 장소에, 그러니까 평범해 보이는 바위 아래의 작은 틈새에 가져다놓는데, 갑자기 아주 더운 날이 찾아오고, 나중에 내가 그 파란색 칩을 가지러 가면, 그것들이 전부 녹아있는 꼴을 보게 되는 겁니다. 왜냐하면 그것들은 사실 민트 초콜릿 캔디였지, 파란색 칩이 아니었기 때문이죠. 그렇다고 내가 누구를 고소할 수 있겠습니까? 제작자를 고소해요? 세상에, 그 친구는 그게 파란색 칩이라고 말한 적도 없지 않습니까. 내 꿈속에서, 그것들은 전부 녹색 은박지에 싸여있었고—"

이 시점에서 드랫 박사가 부드럽게 끼어들었습니다. "아무래도 오늘 상담 시간이 다 지나간 것 같군요. 다음 주에도 이렇게 선생님의 내면 세계를 계속 탐구해보는 것이 좋을 듯싶습니다. 뭔가 실마리를 잡은 것 같으니 말이지요."

캐드버리는 자리에서 일어나며 물었습니다. "제 문제가 대체 뭡니까, 드랫 박사님? 저는 답을 원해요. 솔직히 말해주십시오. 받아들일 수 있으니까요. 제가 미친 겁니까?"

"글쎄요, 망상에 빠져있는 것은 분명해 보입니다." 드랫 박사는 잠시 생각에 잠긴 듯 침묵하다 입을 열었습니다. "하지만 광증이 있는 것은 아닙니다. 선생은 가서 사람들을 강간하라는 따위 명령을 하는 그리스도나 뭐 그런 것의 목소리를 듣지는 않으니까요. 그냥 망상을 하고 있는 것뿐이지요. 당신에 대해, 당신 직업에 대해, 당신 아내에 대해 말입니다. 더 있을 수도 있지요. 잘 가십시오." 드랫 박사 역시 자리에서 일어나서는 깡충거리며 뛰어나와서, 사무실 문가까지 가서는 친절하지만 단호하게 문을 열고 그 너머의 토끼 굴로 캐드버리를 안내했습니다.

캐드버리는 왠지 속은 듯한 느낌을 받았습니다. 방금 말하기 시작했을 뿐인데 이제 갈 시간이라는 말을 들어버렸으니까요. 그는 말했습니다. "당신네들 정신과 의사들은 파란색 칩을 엄청나게 많이 벌겠지. 나도 대학에 가서 정신 상담사나 되었으면 아무런 문제가 없었을 텐데 말이야. 힐다만 빼고. 아마 그 여자는 여전히 붙어 있었을 것 같아."

드랫 박사가 이 말에 대해 아무런 반응도 보이지 않았기 때문에, 캐드버리는 우울하게 북쪽으로 4마일을 걸어가서 원래 갉기 일을 하던 장소에 도착했습니다. 페이퍼밀 계곡 가장자리에 있는 커다란 포플러 나무였지요. 그는 맹렬하게 그 나무 밑동을 갉아대기 시작했습니다. 그 나무가 드랫 박사와 힐다를 한데 합친 놈이라고 생각하면서 말이지요.

정확하게 바로 그때쯤, 말쑥하게 차려입은 가금 한 마리가 가까운 사이프러스 숲을 뚫고 날아와 열심히 갉히느라 흔들리고 있는 포플러나무의 가지 위에 앉았습니다. "우편물이 있습니다." 그 새는 그렇게 말하고는 편지 한 장을 떨어트렸습니다. 그 편지는 팔랑팔랑 떨어져 캐드버리의 뒷발 앞에 떨어졌지요. "그것도 항공 우편입니다. 재미있어 보여요. 불빛에 비춰 보니 손으로 쓴 글씨 같던데요. 타자기로 친 게 아니라요. 여자 글씨 같아요."

캐드버리는 앞니로 편지봉투를 쏠아 열었습니다. 우편부 새가 제대로 본 것이 분명해 보였습니다. 이 손으로 쓴 편지는 분명 알지 못하는 어떤 여인이 보낸 것이었습니다. 그 아주 짧은 편지의 내용은 다음과 같았습니다.

친애하는 캐드버리 씨,
사랑해요.

답변을 기다리며 진심으로
제인 페클리스 파운드폴리가

캐드버리는 평생 동안 그런 이름은 들어본 적도 없었습니다. 편지를 뒤집어 봐도 더 이상은 아무런 말도 없었죠. 그는 코를 킁킁대며 냄새를 맡았고, 희미하게 그을음이 섞인 향수 냄새를 맡은 것도 같다는 생각을 했습니다. 그러나 봉투 뒷면에는 제인 페클리스 파운드폴리(미스

일까요, 아니면 미시즈일까요?)가 쓴 글씨가 추가로 더 있었습니다. 바로 반송용 주소 말이지요.

그는 끝 간 데 모르게 흥분했습니다.

"내 말이 맞았죠?" 그의 머리 위의 가지에서, 우편부 새가 재잘거렸습니다.

"아니, 그냥 고지서요. 사적 편지처럼 보이게 만들었을 뿐이지." 그는 이렇게 말하고는 다시 나무를 깎는 척하기 시작했습니다. 우편부 새는 곧 속아 넘어가 파닥거리며 날아가 버렸습니다.

캐드버리는 즉시 깎는 일을 멈추고, 풀밭 위 둔덕에 앉아 거북이껍질로 만든 코담배 상자를 꺼내어 그가 제일 좋아하는 혼합물, 시돈 부인의 넘버3와 넘버4를 깊숙이 들이마신 후 가능한 한 가장 날카롭고 명료한 마음가짐으로 고민하기 시작했습니다. 일단 (a), 제인 페클리스 파운드풀리의 편지에 답장을 보낼 것인지 아니면 그 편지를 받은 적도 없었던 것처럼 완전히 잊어버릴 것인지, 그리고 (b) 만약 대답을 한다면 (b-1) 농담조로 답장을 할 것인지 아니면 (b-2) 언더마이어의 『세계 시선집』에서 발췌한 의미 있는 시구에 그가 직접 만들어낸 감성적인 냄새 풀풀 풍기는 몇 마디 말을 덧붙여 보낼 것인지, 그도 아니면 (b-3) 탁 까놓고 다음과 같은 편지를 쓸지를 말입니다.

　　친애하는 파운드풀리 양(부인?),

　　당신의 편지에 대한 대답으로, 저도 당신을 사랑한다는 사실을 말하고 싶습니다. 그리고 제가 이제 사랑하지 않는, 그리고 한 번도 진정으로 사랑해본 적이 없는 여인과 불행한 결혼 생활을 꾸려 나가고 있다는 사실을, 그리고 제가 직업에 만족하지 못하는 데다 드랫 박사와의 상담 때문에 낙담하고 비관적인 상태라는 사실을 고백하고 싶습니다. 사실 그 상담은 전혀 도움이 안 되었지만, 아무래도 그의 잘못이 아니라 제 정신 상태가 엉망이

기 때문이 아닌가 싶어요. 어쩌면 가까운 미래에 직접 만나서, 서로의 상황
에 대해 이야기해보고, 관계를 진전시키는 쪽이 좋지 않을까 합니다.

진심을 담아

밥 캐드버리

(그냥 밥이라고 불러요, 알겠죠?

괜찮다면 나도 제인이라고만 부를게요.)

가장 큰 문제는 힐다가 이것을 눈치채기만 하면 무언가 끔찍한 일을
벌일 것이라는 자명한 사실이었습니다. 결과가 얼마나 끔찍할지는 그
저 상상에 맡길 수밖에 없었습니다. 게다가 다른 문제지만 (문제의 심각
성으로 보아 두 번째 문제이기는 했지만), 파운드풀리 양(또는 부인)을 좋아
하거나 사랑하게 될 거라고 어떻게 확신할 수가 있을까요? 분명 그녀
쪽에서는 그가 짐작도 할 수 없는 어떤 기회를 통해 그를 직접 보았거
나, 공통의 친구를 통해 그에 대한 이야기를 들었을 것입니다. 어찌되
었든 그녀 쪽에서는 그를 향한 감정과 의도가 분명해 보였습니다. 사실
중요한 것은 그뿐이지요.

상황을 생각하면 할수록 그는 울적해지기만 했습니다. 과연 이것이
비참한 삶에서 빠져나가는 길인지, 아니면 그저 방향만 바꾼 새로운 비
참함으로 향해 가는 일인지를 어떻게 판단할 수 있을까요?

그대로 자리에 앉아 코담배를 한 줌씩 냄새 맡으며, 그는 다른 여러
가지 방법을 떠올려보았습니다. 직접 그녀를 찾아가는 방법까지 포함
해서 말이지요. 그녀의 드라마틱한 편지와 잘 어울리는 해결책 같다는
느낌이 들었습니다.

그날 밤, 지친 몸으로 닭기 작업을 끝마치고 집으로 돌아온 캐드버리
는, 저녁식사를 끝마친 후 서재에 틀어박혀 문을 잠그고는 헤르메스 휴

대용 타자기를 꺼냈습니다. 힐다는 아마도 그가 무엇을 하고 있는지를 눈치채지 못했을 것입니다. 그는 타자기에 종이 한 장을 끼우고는 깊은 명상에 잠시 몸을 맡긴 후 파운드풀리 양에게 보내는 답장을 쓰기 시작했습니다.

그가 답장을 쓰는 일에 깊이 빠져들어 무방비 상태로 누워있을 때, 아내 힐다가 갑자기 잠긴 서재 문을 부수고 방 안으로 쳐들어왔습니다. 자물쇠 파편, 문과 경첩, 나사 몇 개가 사방으로 날아갔습니다.

"지금 뭘 하고 있는 거죠?" 힐다가 물었습니다. "벌레같이 헤르메스 타자기 앞에 쭈그리고 앉아서. 말라비틀어진 끔찍한 거미 시체 같은 모양새군요. 저녁 이맘때면 언제나 그런 꼬락서니기는 하지만 말예요."

"도서관 본점에 항의 편지를 쓰는 중이야. 책을 반납했는데 그쪽에서는 받지 못했다고 해서." 캐드버리는 차갑게 쏘아붙이듯 말했습니다.

"거짓말쟁이." 힐다는 그의 어깨 너머로 편지 도입부분을 훔쳐보고는 치솟는 분노에 몸을 맡겼습니다. "파운드풀리 양이 누군데요? 왜 이 여자한테 편지를 쓰는 거죠?"

"파운드풀리 양은 도서관 담당 사서 이름이야." 캐드버리는 솜씨 좋게 거짓말을 했습니다.

"그런데 어쩌나, 나는 당신이 거짓말을 하고 있다는 사실을 알고 있거든요. 왜냐하면 그 향수를 묻힌 가짜 편지를 쓴 사람은 바로 나니까. 내 생각이 맞았네요. 답장을 쓰고 있는 거죠. 당신이 그렇게 지극정성으로 소중히 다루는 그 망할 싸구려 타자기를 두드리기 시작하는 순간부터 다 알고 있었다고요." 그리고 그녀는 타자기와 함께 편지까지 가로채서는, 캐드버리의 서재 창문을 통해 어두컴컴한 밤공기 속으로 힘껏 던져버렸습니다.

잠시 시간이 흐른 후, 캐드버리는 아내에게 말했습니다. "그러니까 종합해보자면, 파운드풀리 양이라는 사람은 존재하지 않고, 따라서 손전등을 꺼내 들고 밖으로 나가서 내 헤르메스 타자기를 찾아서 — 그게 아직 무사하다면 말이지만 — 답장을 마저 쓰려는 행동은 다 부질없는 일이다, 이런 말이 되겠군. 내 말이 맞지?"

그의 아내는 그런 질문에 대답하여 자신을 낮추려 하지 않고, 그저 조롱하는 표정을 얼굴에 띤 채로 그의 서재에서 나가버렸습니다. 이제 그에게 남은 것은 방금 전의 추측과 보스웰스 베스트 코담배가 담긴 용기뿐이었습니다. 이런 상황에 어울리기에는 너무 약한 코담배였죠.

이거, 아무래도 힐다로부터 영원히 벗어날 수 없을 것 같군. 캐드버리는 이렇게 생각했습니다. 만약 실제로 존재하는 사람이었다면, 파운드풀리 양이 과연 어떤 사람이었을지 정말 궁금한데. 그 사람은 아내가 만들어낸 가상의 존재였지만, 세상 어딘가에는 내가 생각하는— 아니, 내가 진실을 알게 되기 전까지 생각했던 파운드풀리 양과 같은 사람이 어딘가 있지 않겠어. 말하자면, 내 아내 힐다가 세상에 존재하는 유일한 파운드풀리 양일 리는 없다는 거지.

다음 날 일터로 나간 캐드버리는, 반쯤 갉은 포플러나무 옆에서 작은 메모장과 짧은 연필 한 자루, 편지봉투와 우표를 꺼내 들었습니다. 힐다 몰래 집에서 가져온 물건들이었죠. 그는 낮은 둔덕 위에 앉아, 베조아르 파인그라인드 코담배를 조금씩 들이마시며 짧은 글을 쓰기 시작했습니다. 읽기 쉽게 인쇄체로 말이죠.

이 글을 읽는 분께!

제 이름은 밥 캐드버리고, 정치과학과 신학에 대해 독학이지만 제법 넓은 배경 지식을 가진 젊고 비교적 건강한 비버입니다. 저는 당신과 신이나 존재의 의미 같은 부류의 주제에 대해 대화를 나누고 싶습니다. 아니면 체스를 둘 수도 있고요.

그럼 이만,

그리고 그는 마지막에 자기 이름을 서명했습니다. 그는 잠시 베조아르 파인그라인드 코담배를 한 움큼 들이마시며 조금 더 생각하고는, 이런 말을 덧붙였습니다.

　추신. 혹시 여성분이십니까? 그럼 분명 예쁜 분이겠군요.

　그는 쪽지를 접어 거의 텅 빈 코담배 깡통 안에 넣고는, 스카치테이프로 정성 들여 밀봉한 다음, 계곡물 위에 깡통을 띄워 보냈습니다. 그의 계산에 따르면 서북쪽 방향이었죠.
　며칠이 지난 후, 그는 다른 코담배 깡통이 떠내려 오는 것을 발견하고 흥분과 기쁨을 느꼈습니다. 그가 쪽지를 넣어 보낸 것과 다른 깡통이었습니다. 그가 보기에 남동쪽을 향해 흘러오고 있었죠.

　캐드버리 씨(코담배 깡통 안의 접혀있던 쪽지는 이렇게 시작했습니다). 여기 꼰대가 아닌 사람은 제 여동생과 남동생밖에 없어요. 만약 당신이 제가 마드리드에서 돌아온 이후 이곳에서 만난 다른 모든 사람들과 같은 꼰대가 아니라면, 저도 당신을 만나고 싶네요.

그리고 이 쪽지에도 역시 추신이 붙어 있었습니다.

　추신. 당신 글솜씨를 보니 정말 예리하고 멋진 분일 것 같네요. 선불교에 대해서도 아주 많이 알고 계시겠죠.

　서명은 상당히 읽기 힘들었지만, 그는 겨우 캐럴 스티키풋이라는 이름을 알아볼 수 있었습니다.
　그는 즉시 답장으로 다음과 같은 내용의 쪽지를 썼습니다.

친애하는 스티키풋 양(부인?)

당신은 실제 사람입니까, 아니면 내 아내가 만들어낸 존재입니까? 이 사실을 즉시 알 필요가 있습니다. 과거에 한 번 속은 적이 있어서 이제는 계속 조심을 해야 하니 말입니다.

이런 내용을 담은 코담배 깡통이 북서쪽으로 흘러갔습니다.

다음 날 캐멀리오파드 넘버5 코담배 깡통에 실려 흘러온 답변은 다음과 같았습니다.

캐드버리 씨, 만약 내가 당신 아내의 뒤틀린 마음이 만들어낸 환상이라고 생각하신다면, 당신은 삶의 소중한 것을 잃게 되는 거예요.

친애하는 캐럴이

음, 이거 꽤 좋은 충고잖아, 하고 캐드버리는 생각했습니다. 그 편지를 읽고 또 읽으면서 말이지요. 하지만 거꾸로 생각해보면, 바로 이거야말로 힐다의 뒤틀린 마음이 꾸며낼 만한 말인데. 증명된 게 없잖아?

스티키풋 양(그는 이렇게 답장을 썼습니다),

나는 당신을 사랑하고 또한 믿고 있습니다. 하지만 보다 확실히 하기 위해 ─ 제 관점에서 말입니다 ─ 당신이 누구인지를 증명해줄 수 있는 물건이나 증표나 물품을 별도로 동봉해서 보내줄 수 있겠습니까? 원하신다면 대금 상환으로 보내셔도 좋습니다. 부디 제 처지를 이해해주십시오. 파운드 풀리 사건과 같은 끔찍한 재난을 두 번 다시는 겪고 싶지 않습니다. 이번에도 그런 일이 벌어진다면, 저도 헤르메스 타자기를 따라 창문으로 뛰어내릴 겁니다.

사랑을 담아.

그리고 그는 깡통을 북서쪽으로 띄워 보낸 후, 바로 그 순간부터 답장을 기다리기 시작했습니다. 하지만 그러는 동안, 그는 드랫 박사를 다시 한 번 방문해야 했습니다. 힐다가 그러라고 종용했거든요.

"그래서 계곡 쪽 일은 어떻게 되어갑니까?" 드랫 박사는 유쾌한 투로 물었습니다. 그의 크고 복슬복슬한 뒷다리는 책상 아래 놓고서요.

캐드버리는 문득 정신과 의사에게 정직하게 진실만을 말해야 한다고 결정해버렸습니다. 드랫 박사에게 모든 일을 털어놓는다고 해서 문제가 될 일은 없었죠. 정신과 의사는 바로 그런 일을 해서 돈을 버는 사람들이니까요. 끔찍한 일이든 황당한 일이든, 실제 있었던 일의 별 볼일 없는 세부 사항까지도 꼼꼼하게 귀를 기울여서 말입니다. 그래서 그는 입을 열었습니다.

"저는 캐럴 스티키풋과 사랑에 빠졌습니다. 하지만 그와 동시에, 제 사랑이 절대적이며 영원한 것임에도 불구하고, 저는 그녀가 아내의 미친 상상의 한 조각이 아닐까 걱정하고 있습니다. 파운드풀리 양과 마찬가지로 제가 숨겨야만 하는 진정한 모습을 힐다에게 드러내도록 하기 위해 만들어진 것이 아닐까 하고 말이죠. 제 진정한 모습이 드러나면 그 빌어먹을 여자를 미친 듯이 두들겨 팬 후 기절한 채로 놔두고 떠나 버리게 될 테니까요."

"흐으음." 드랫 박사가 말했습니다.

"그리고 박사님도 말입니다." 캐드버리는 모든 적개심을 모아 담아 말했습니다.

"선생님은 아무도 믿지 않으시는 모양입니다. 자신이 모든 인류로부터 유리되어 있다고 생각하고 계십니까? 다른 이들로부터 완벽하게 격리되게 만드는, 그런 삶을 살아왔다고 생각하십니까? 답변하기 전에 잘 생각해보십시오. 답이 네일 수도 있고, 그렇다면 선생님에게는 문제가 있는 것이니까요."

"저는 캐럴 스티키풋으로부터는 격리되지 않았어요. 사실 바로 그게 중요한 겁니다. 저는 지금 격리된 삶을 끝내려 하고 있는 겁니다. 파란색 칩에 집착하고 있었을 때, 그때의 저는 격리되어 있었습니다. 스티키풋 양을 만나고 알아나가게 되면 제 삶의 모든 문제점이 해결될지도 모릅니다. 그리고 만약 박사님이 저에 대해 조금이라도 간파하고 계시다면, 그날 그 코담배 통을 띄워 보낸 일에 정말로 기뻐하실 겁니다. 망할, 정말로 기뻐해야 한다고요." 그는 격렬한 말투로 이렇게 말하고는, 언짢은 기분으로 긴 귀를 가진 박사를 노려보았습니다.

"선생님이 흥미를 가지실지도 모르는 사실이 하나 있습니다. 스티키풋 양은 예전 제 환자입니다. 마드리드에서 정신이 엉망이 된 후에, 떠돌아다니다 여기로 돌아오게 되었지요. 매력적인 여성이라는 점은 사실이지만, 감정적으로 꽤 문제가 많은 사람입니다. 그리고 왼쪽 가슴이 오른쪽 가슴보다 더 크지요."

"하지만 실제로 존재하는 사람이라는 거지요!" 캐드버리는 이 발견에 흥분해서 소리쳤습니다.

"아, 물론, 충분히 실존하는 사람입니다. 그건 보증하죠. 하지만 당신이 감당하긴 힘든 사람일지도 모릅니다. 얼마 후에는 힐다에게 돌아가고 싶은 마음이 들지도 모르지요. 캐럴 스티키풋이 당신들 둘을 어디로 끌고 갈지는 아무도 모르는 겁니다. 아마 캐럴 자신도 모르겠지요."

캐드버리에게는 상당히 괜찮게 들리는 소리였습니다. 그는 기분 좋게 계곡의 강둑에 있는 거의 다 갉아놓은 포플러나무 옆으로 돌아왔습니다. 그의 방수 롤렉스 손목시계에 따르면, 시간은 겨우 10시 30분밖에 되지 않았습니다. 이제 캐럴 스티키풋이 실제로 존재하는 사람이며 아내가 만들어낸 환상의 덫이 아니라는 것을 알아차린 그는, 앞으로 무엇을 해야 할지 계획을 짜며 시간을 보냈습니다.

계곡에는 아직 지도가 작성되지 않은 지역이 많았고, 캐드버리는 평소의 작업 덕분에 이런 곳들을 잘 알았습니다. 집으로 가서 힐다에게 보고할 때까지는 아직 예닐곱 시간이 남아있었습니다. 잠깐 포플러나무 작업을 중단하고, 전 세계가 찾아내거나 알아채지 못할 만한, 그와 캐럴만을 위한 포근한 비밀 오두막을 만들어서 안 될 이유가 어디 있겠어요? 이제 생각할 시간은 지나가고 행동할 시간이 찾아온 것입니다.

캐드버리가 그날 오후까지 포근한 비밀 보금자리를 만드느라 애쓰는 동안, 딘스오운 코담배 깡통이 계곡을 따라 남동쪽 방향으로 흘러내려 왔습니다. 그는 서둘러 굽이치는 물결 속으로 뛰어들어서는 깡통이 떠내려가기 전에 낚아채서 물가로 나왔습니다.

스카치테이프를 떼어내고 깡통을 열자, 휴지로 싼 작은 꾸러미와 조롱하는 듯한 메모 한 장이 보였습니다.

여기 당신이 원하는 증거가 있어요. (메모의 내용은 이랬습니다.)

꾸러미 안에는 파란색 칩 세 개가 들어 있었습니다.

거의 한 시간 동안, 캐드버리는 자기 이빨로 제대로 나무를 갉지도 못할 지경이었습니다. 캐럴이 보낸 진실의 증거를, 그녀가 그에게, 그리고 그로 대표되는 모든 것에 보내준 신뢰의 표시를 보고 너무나도 충격을 받은 것이었습니다. 그는 거의 미친 듯 늙은 떡갈나무의 가지들을 갉아대었습니다. 사방으로 잔가지들이 튀어 날렸죠. 그는 묘한 열광 상태에 빠졌습니다. 그는 실제로 누군가를 찾았고, 힐다에게서 벗어나는 일에 성공한 것이었습니다. 그의 앞에는 탄탄한 길이 뻗어 있었고, 그는 이제 그 길을 걷기만…… 아니, 헤엄쳐 가기만 하면 되는 것이었습니다.

그는 빈 코담배 통 여러 개를 덩굴로 묶어 계곡물에 띄웠습니다. 깡통은 대충 북서쪽 방향으로 흘러가기 시작했고, 캐드버리는 그 뒤를 쫓아 헤엄치기 시작했습니다. 기대감 때문에 숨이 차오를 정도였습니다. 그는 코담배 통을 계속 눈으로 좇으며 물장구를 쳤고, 그러면서 캐럴을 직접 만날 경우에 그녀에게 읊어줄 시를 짓기 시작했습니다.

그대를 사랑한다고 말하는 사람은 많지 않아요
하지만 지금 이 말은 진실이라 맹세합니다
제가 지금까지 찾았던 모든 행동은
분명히 확고하고 선하며 정세합니다.

'정세하다'라는 단어가 정확히 무슨 뜻인지는 알지 못했지만, '맹세하다'와 운율이 맞는 단어가 과연 얼마나 있겠습니까?

그러는 동안, 한데 묶은 코담배 깡통들은 그를 점차 캐럴 스티키풋 양에게 가까이 데려가고 있었습니다. 적어도 그는 그렇게 생각하고 있었지요. 아, 행복이여. 그러나 그렇게 물장구치던 도중, 그는 드랫 박사가 교활하게 별거 아닌 것처럼 던졌던 말을 떠올리게 되었습니다. 드랫이 전문가다운 솜씨로 교묘하게 심어놓은 의심의 씨앗을 말이지요. 과연 그가 (그 자신 말입니다, 드랫 말고) 용기와 힘과 고결함을 가지고 있을까요? 만약 캐럴이 드랫 박사의 말대로 정신적 문제를 가지고 있다면 말입니다. 만약 드랫의 말이 옳은 것으로 드러나면? 헤르메스 타자기를 창문 밖으로 던지면서 병적인 분노를 표출하는 힐다보다, 캐럴이 더 까다롭고 파괴적인 사람이라면?

그는 곰곰이 생각하느라 코담배 깡통 뭉치가 소리 없이 물가에 닿은 것도 모르고 있었습니다. 그는 반사적으로 깡통 뭉치를 따라갔고, 곧 계곡을 벗어나 육지로 올라왔습니다.

그 앞에는 손으로 칠한 색유리 창문과 문가에 추상적인 형태의 모빌이 매달린, 소박한 아파트가 있었습니다. 그리고 아파트 앞 긴 의자에는 캐럴 스티키풋이 앉아, 희고 푹신한 수건으로 머리카락을 말리고 있었습니다.

"사랑합니다." 캐드버리가 말했습니다. 그는 털가죽에서 계곡물을 털고는 자신의 감정을 억누르느라 안절부절못하며 서성거렸습니다.

캐럴 스티키풋은 고개를 들고 그를 가늠해보았습니다. 그녀는 아름답고 커다란 갈색 눈과 기울어가는 태양의 빛을 받아 빛나는 길고 풍성한 머리카락을 가지고 있었습니다. 그녀가 입을 열었습니다. "제 파란색 칩 세 개를 다시 가져와주셨으면 좋겠네요. 제가 일하는 곳에서 빌린 거라 다시 가져다놓아야 하거든요." 그리고 그녀는 덧붙였습니다. "당신에게 확신이 필요한 것 같아서 한 일이었을 뿐이에요. 그 정신과 의사 드랫과 같은 꼰대들이 당신을 괴롭히고 있었으니까요. 그 사람은 정말 최악의 꼰대죠. 유반 즉석커피 한잔하시겠어요?"

그녀의 소박한 아파트로 따라 들어가며, 캐드버리는 말했습니다. "내가 처음에 한 말을 들었을 거라고 생각합니다. 내 평생 이토록 진지하게 말해본 적은 없습니다. 나는 정말로 당신을 사랑합니다. 정말로 진지하게요. 사소하거나 평범하거나 일시적인 사랑을 말하는 것이 아닙니다. 가장 견고하고 진지한 형태의 관계를 말하는 겁니다. 당신이 그저 내 행동에 장단을 맞춰주는 것이 아니었으면 좋겠습니다. 평생 동안 이렇게 긴장되고 진지한 생각이 드는 일은 처음이기 때문입니다. 심지어는 파란색 칩보다도요. 만약 그저 장난이나 그런 생각으로 나와 어울려준 것이라면, 자비롭게 지금 바로 말해서 끝내줬으면 좋겠습니다. 내 아내를 떠나서 새로운 삶을 시작하는 고통을 겪은 후에, 모든 것을 알게 된다면—"

"꼰대 박사가 내가 그림을 그린다는 이야기도 하던가요?" 캐럴 스티키풋은 소박한 부엌에 서서 냄비에 물을 담아 스토브 위에 올리고, 고풍스러운 커다란 나무 성냥으로 불을 붙이면서 그에게 물었습니다.

"그 사람은 당신이 마드리드에서 정신이 나갔다는 소리밖에는 하지 않았습니다." 캐드버리가 말했습니다. 그는 스토브 건너편, 소나무 원목으로 만든 작은 탁자에 앉아 가슴속에 사랑을 품은 채로 스티키풋 양을 바라보았습니다. 그녀는 초형이상학적 무늬를 새겨 구운 두 개의 도자기 머그컵에 즉석커피를 나누어 담고 있었지요.

"선에 대해서 아시는 것이 있나요?" 스티키풋 양이 물었습니다.

"화두라고 부르는 일종의 수수께끼를 던진다는 것 정도만 알고 있지요. 그리고 거기에 대해 말도 안 되는 대답을 해야 한다는 것도 말입니다. 애초에 그 질문이 '우리가 왜 이 지상에 있는가?'와 같이 정말로 한심한 것들인 이상 당연한 일이죠." 그는 방금 자신이 제대로 말을 엮어냈기를, 그래서 그녀가 편지에서 언급한 것처럼 선에 대해 뭔가를 알고 있다는 인상을 주었기를 간절히 바랐습니다. 그리고 그는, 순간 그녀의 질문에 대한 훌륭한 대답이 될 수 있을 법한 선불교스러운 대답을 하나 생각해냈습니다. "선이란 이 우주에 존재하는 모든 해답에 대한 모든 질문을 포함하고 있는 완전무결한 철학 체계입니다. 예를 들어, 만약 당신이 '네'라는 답을 가지고 있다면, 선은 그 해답과 연결되어 있는 정확한 질문을 유추해내는 것이 가능합니다. 예를 들어 '그의 창조물이 죽기를 원하는 창조주를 즐겁게 하기 위해 우리가 죽을 필요가 있을까?'와 같은 질문 말이죠. 다만 제가 지금 조금 더 깊이 생각해보니, 그 해답에 맞는 질문은 '우리가 여기 부엌에서 유반 즉석커피를 마시게 될까?'가 될 것 같군요. 동의하지 않으십니까?" 그녀가 즉각 대답하지 않자, 캐드버리는 서둘러 덧붙였습니다. "사실 선이란 '동의하지 않으십니까?'라는 질문에도 '네'라는 대답을 붙일 겁니다. 이것이 바로 선의 위대한 미덕 중 하나지요. 어떤 특정한 해답에도 여러 가지 정확한 질문을 제공해줄 수 있으니까요."

"당신은 헛소리만 해대는군요." 스티키풋 양이 한심하게 여기는 태도로 대답했습니다.

그러나 캐드버리는 주장을 굽히지 않았지요. "바로 그것이 내가 선을 이해한다는 증거인 겁니다. 아시겠습니까? 아니면 당신이 사실 선을 이해하지 못한다는 증거가 될지도 모르겠군요." 그는 이제 세 배로 초조해지고 있었습니다.

"어쩌면 당신 말이 맞을지도 모르겠네요. 내가 선을 이해하지 못한다는 말이오. 사실 저는 선이라는 것이 전혀 이해가 가지 않아요." 스티키풋 양은 이렇게 말했습니다.

"그것은 상당히 선스러운 말이군요." 캐드버리가 지적했다. "그리고 저는 이해하죠. 그것도 선입니다. 아시겠습니까?"

"커피 여기 있어요." 스티키풋 양이 말했습니다. 그녀는 김이 나는 커피 두 잔을 탁자 위에 올려놓고는 그의 맞은편에 앉았습니다. 그리고 미소를 지었지요. 캐드버리에게는 그녀의 미소가 빛과 친절함으로 가득한 상냥한 미소로, 가볍게 잔주름이 생기는 수줍어하는 미소로, 두 눈에 당황스러운 놀라움과 배려의 눈빛을 담고 있는 그런 모습으로 보였습니다. 정말로 아름다운 갈색 눈이었습니다. 그가 지금까지 살아오면서 본 모든 것들 중 가장 아름다운 눈이었고, 그는 진심으로 그녀와 사랑에 빠지고 있었습니다. 그저 지나가는 말로 해본 소리가 아니었지요.

"내가 결혼했다는 사실은 알고 있겠지요." 그는 커피를 홀짝이며 말했습니다. "하지만 나는 그녀와 유리된 존재입니다. 이 아래 계곡에서 아무도 가지 않는 곳에 작은 오두막을 하나 만들어놓았습니다. '오두막'이라는 단어를 쓰는 이유는 그게 저택이나 뭐 그런 것이라는 인상을 주지 않기 위해서입니다. 사실 상당히 잘 만든 오두막이죠. 나는 내 분야에서는 숙련된 장인이거든요. 당신을 감탄시키려는 것은 아닙니다. 그저 명백한 진실일 뿐이죠. 나 혼자서 우리 두 사람의 생계를 꾸려나갈 수 있을 겁니다. 아니면 여기서 살 수도 있지요." 그는 스티키풋 양의 소박한 아파트를 둘러보았습니다. 그녀가 어찌나 검소하게, 그러나 고상하게 아파트를 정돈해놓았던지! 그는 이곳이 마음에 들었습니다. 평화가 찾아오며 긴장이 풀리는 것이 느껴졌습니다. 그가 몇 년 만에 처음으로 느껴보는 감정이었지요.

스티키풋 양이 말했습니다. "당신에게선 독특한 기운이 느껴져요. 부드럽고 푹신하고 보라색인 기운이에요. 전 마음에 들어요. 하지만 저는 그런 기운을 가진 사람을 예전에 본 적이 없어요. 당신 혹시 모형 기차를 만드나요? 어떻게 보면 모형 기차를 만드는 사람들한테서 나오는 것 같은 기운으로 보이는데요."

"나는 뭐든 만들 수 있습니다. 이빨과 손과 단어만 있으면 말이죠. 들어보세요, 당신에게 바치는 시입니다." 그리고 그는 그녀에게 바치는 사행시를 읊었습니다. 스티키풋 양은 진지하게 그 시를 들어주었습니다.

그녀는 그가 시를 끝맺자 말했습니다. "그 시 안에는 '무'가 느껴지네요. '무'는 일본어, 아니 중국어였던가? 여튼 그게, 그런 뜻이에요. 단순함. 폴 클리의 그림같이 말이죠. 하지만 그걸 제외하고는 썩 좋은 시는 아니에요."

"내가 직접 지은 겁니다. 코담배 깡통 뭉치를 따라 계곡을 헤엄쳐 오면서 말이죠. 엄밀하게 말해 그 자리에서 지은 즉흥시라고 할 수 있죠. 내 서재에 문을 걸어 잠그고 들어앉아 혼자 헤르메스 타자기 앞에 앉으면 훨씬 더 나은 것을 쓸 수 있습니다. 힐다가 문을 두드리지만 않는다면요. 내가 왜 그 여자를 싫어하는지 짐작이 가시겠죠. 그 여자가 계속해서 잔인하게 끼어드는 바람에, 나는 수영할 때나 점심을 먹을 때밖에 창조적 작업을 하지 못합니다. 내 결혼생활에서 바로 그 한 가지만 놓고 보더라도 내가 왜 그 삶을 떠나서 당신을 찾아야 했었는지가 명백해지죠. 당신과 같은 사람과 함께라면, 나는 완전히 새로운 단계의 무언가를 만들 수 있습니다. 내 귀에서 푸른색 칩이 쏟아지기 시작할 거예요. 게다가 아무것도 모르는 데다, 당신이 최고의 꼰대라고 정확하게 평가한 드랫 박사에게 돈을 낭비하는 일도 없겠지요."

"'푸른색 칩'이라." 스티키풋 양이 그를 따라 말했습니다. 그녀의 얼굴은 혐오의 표정 때문에 구겨졌습니다. "당신이 말하는 단계란 게 그건

가요? 마치 당신의 포부가 말린 과일 도매상이 되는 일인 것처럼 들리는군요. 푸른색 칩은 잊어버려요. 그 때문에 당신 아내를 버리지는 마세요. 당신의 가치 체계는 여전히 구식이에요. 그 여자가 가르친 것을 당신 것으로 그대로 받아들이고는, 거기서 한 단계 더 나가고 있죠. 완전히 다른 목표를 잡으면, 당신도 모든 일이 잘 풀릴 거예요."

"선 같은 것 말입니까?" 캐드버리가 물었습니다.

"당신은 선을 가지고 장난칠 뿐이죠. 당신이 정말로 선을 이해했다면 내 메모에 대한 대답으로 이곳으로 찾아오지는 않았을 거예요. 세상에 완벽한 사람이란 없어요. 당신이든, 아니면 다른 누구든 간에요. 나는 당신의 기분을 보다 낫게 해줄 수 없어요. 당신 아내보다도요. 문제는 당신 자신의 내면에 있는 거니까요."

"어느 정도는 당신 말에 동의합니다." 캐드버리는 실제로 어느 정도까지는 동의했습니다. "하지만 내 아내는 실제로 그걸 더 나쁘게 만든단 말입니다. 어쩌면 당신과 함께 있어도 문제가 완전히 사라지지 않을지는 모르지만, 그 정도로 고약하게 되지는 않을 겁니다. 지금만큼 상황이 나쁠 수는 없어요. 최소한 당신은 화가 날 때마다 내 헤르메스 타자기를 창문 밖으로 던져버리지도 않을 테고, 어쩌면 그 여자처럼 밤낮으로 빌어먹을 매 순간마다 나한테 화만 내지 않을 수도 있잖습니까. 그런 생각은 해보지 않았나요? 이런 표현도 있죠, 당신 파이프에 이런 생각을 넣고 한번 피워보세요."

그의 논리 전개는 스티키풋 양에게도 어느 정도 먹힌 모양이었습니다. 최소한 부분적으로는 동의하는 듯 고개를 끄덕였으니까요. 그녀는 잠시 침묵한 후 입을 열었습니다. 그녀의 크고 매력적인 갈색 눈에는 갑자기 생기가 돌아왔지요. "좋아요. 그럼 시도를 해보기로 하죠. 만약 당신이 잠시 동안만이라도 — 그리고 당신 평생 처음으로 — 그런 강박적인 수다를 멈출 수 있다면, 나는 당신과 함께, 당신을 위해 있으면서 당신 스스로는 하지 못했지만 해야만 하는 일을 해보겠어요. 됐어요?
자세하게 설명해줘야 할까요?"

"갑자기 명확하게 말하기 시작하는군요." 캐드버리는 갑작스러운 놀라움과 불안감, 그리고 점점 커져만 가는 공포를 안고 이렇게 대답했습니다. 스티키풋 양은 그가 보는 앞에서 갑자기 명백하게 모습을 바꾸기 시작했습니다. 지금까지 그가 궁극적인 아름다움이라 여겼던 것이 그가 바라보는 앞에서 변화하기 시작했습니다. 그가 지금까지 알고 있던, 바랐던, 상상했던 아름다움은 녹아 없어져 망각의 강물 속으로, 과거로, 그의 마음의 한계 속으로 사라져버리고 말았습니다. 그리고 이제 그 자리에 뭔가 그보다 더 나아간 것, 그 한계를 넘는 것, 그의 상상 속에서라면 결코 만들어낼 수 없었던 것, 그런 것을 훨씬 더 넘는 무언가가 모습을 드러냈습니다.

스티키풋 양은 여러 명으로 모습을 바꿨습니다. 그들 각각은 아름답지만 비현실적이지 않은, 매력적이지만 현실의 한계 안에 있는, 실존하는 존재들이었습니다. 그리고 또한 지금까지보다 훨씬 더 많은 의미를 가지는, 지금까지 이상의 존재들이기도 했지요. 그 이유는 이들이 단순히 그의 소원을 만족시키는 존재, 그의 상상의 산물이 아니었기 때문입니다. 그중 한 명은 길고 윤기가 흐르는 검은 머리카락을 가진 동양인 혼혈 여인으로, 무심하지만 영리하고 재기가 넘치는 눈으로 그를 바라보고 있었습니다. 그녀의 눈 속에는 고요한 자각의 빛이 반짝였지요. 그는 그녀의 눈 속에서 감정이나 친절함, 자비나 동정 등에 구애받지 않는 맑고 명확한 지각력을 알아볼 수 있었습니다. 그러나 그녀의 눈 속에는 한 가지 방식의 사랑이 있었습니다. 그의 결점을 모두 다 알면서도 그를 혐오하거나 피하려 하지 않는, 정의라 부를 수 있는 사랑이었습니다. 그와 그녀 자신에 대한 지적이며 분석적인 평가를 함께 공유하며, 그들이 함께 나누는 감정을 통해 서로의 연결을 확인하는 동지애와 같은 부류의 사랑이었습니다.

　두 번째 여인은 용서와 관용으로 가득한 미소를 짓고 있었습니다. 어느 면으로든 그의 부족한 점을 느끼지 못하는 모습이었습니다. 그가 어떤 존재든, 어떤 존재가 아니든, 어떤 일을 할 수 있든 없든 간에 그녀는 그에게 실망하지도 않고, 그를 향한 기대를 낮추지도 않았습니다. 볼에 홍조를 띠고 슬픈 미소를 짓고 있는 그녀는, 따뜻하고 슬픈 느낌과 동시에 영원히 명랑한 행복의 기운도 가지고 있었습니다. 이 여인은 그의 어머니이며, 그의 영원한 반려이며, 절대 사라지지도 가버리지도 떠나지도 잊어버리지도 않는, 언제나 그를 보호하길 포기하지 않는 어머니였습니다. 언제나 자신의 망토 자락으로 그를 감추어주고, 몸을 데워주고, 고통과 패배와 고독이 그를 잿더미로 만들어버리려 할 때마다 희망과 새로운 삶의 기운을 불어넣어주는 그런 존재였습니다……. 첫 번째 여인이 그와 동등한 존재, 그의 누이였다면, 이 두 번째 여인은 상냥하고 강인한 어머니이자, 동시에 연약하고 두려움도 많지만 결코 그런 부분을 숨기려 하지 않는, 그러한 여인이었습니다.

　그리고 그들과 함께, 심술궂은 표정으로 입술을 삐죽이고 있는, 예민하고 미숙한 여자아이가 하나 있었습니다. 흠결 있는 귀여움, 피부에도 흠집이 좀 있고, 너무 팔랑팔랑하고 반짝거리는 블라우스에 너무 짧은 치마를 입고, 다리는 비쩍 말랐지만, 미숙한 여성 나름의 매력을 가진 소녀였습니다. 그녀는 불만으로 가득한 눈빛으로, 마치 그가 그녀를 실망시킨 것처럼, 그녀의 기대에 부응하지 못했으며 앞으로도 언제나 그럴 것인 양 그를 바라보고 있었습니다. 그러나 그녀는 아직도 그에게 뭔가를 원하는 것처럼, 더 많은 것을 필요로 하는 것처럼, 계속해서 그녀가 필요로 하고 갈망하는 모든 것을 이끌어내기 위해 그를 종용하는 것처럼 눈길을 거두지 않았습니다. 그녀는 전 세계를, 하늘을, 모든 것을 원하면서도, 그가 그녀에게 그런 것들을 가져다줄 수 없다는 사실 때문에 그를 싫어하고 있었습니다. 이 소녀는 그의 미래의 딸, 결국 그를 저버릴 여성이었습니다. 앞의 두 여인은 그를 버리지 않을 터였지만, 이 아이는 실망감 때문에 그를 버리고, 보다 젊은 다른 남자에게서 만족을 찾으려 할 것이었습니다. 그는 짧은 시간 동안만 그녀를 소유할 것이며, 절대로 그녀를 행복하게 해줄 수 없을 것이었습니다.

그러나 세 명의 여인 모두 그를 사랑했습니다. 그리고 세 여인 모두 그의 연인, 그의 여자, 동경하며, 희망하며, 슬프고, 겁에 질리고, 신뢰하고, 고통 받고, 웃고, 관능적이고, 지켜주려 하고, 따뜻하게 감싸주고, 그에게서 무언가를 더 원하는, 실제로 존재하는 여성이었습니다. 객관적인 세계에서 그의 반대편에 서있으며 동시에 그를 완성시켜주는 삼위일체의 존재, 그가 되지 못한 존재이자 될 수 없는 존재, 그가 소중히 여기고 자랑스럽게 생각하고 존경하고 사랑하고 다른 어떤 것보다 더 필요로 하는 그런 존재들이었습니다. 스티키풋 양이라는 사람은 사라져 버렸습니다. 이 세 명의 여인이 그녀가 있던 곳에 서있었습니다. 그리고 이 여인들은 페이퍼밀 계곡을 따라 코담배 깡통을 흘려 보내는 식으로 멀리서 의사소통을 하려 하지 않았습니다. 그들은 강렬한 눈빛을 그에게 고정하고, 계속해서 그를 바라보며 그에게 직접 말했습니다.

차분한 눈의 아시아계 여인이 먼저 입을 열었습니다. "나는 중립적인 동료로서, 서로 멀어졌다 가까워졌다를 반복하며 당신과 함께 살게 될 겁니다. 내가 살아있고 당신이 살아있는 한. 아마도 영원히는 아니겠지요. 삶은 일시적인 것이며, 가끔은 지독한 고통을 겪을 만큼 가치 있는 것은 아니기도 합니다. 나는 때로 죽은 이들의 운명이 더 나을 수도 있다는 생각을 해요. 오늘, 아니면 내일 나도 죽음의 세계에 합류할지 모르지요. 어쩌면 당신을 죽여서 그들과 하나가 되게 하든가, 당신을 나와 함께 데려가게 될지도 모르지요. 내게 오고 싶나요? 내가 당신과 함께 하길 원한다면 여행비용은 당신이 내야 해요. 아니면 나는 혼자 떠나서

707 군용 수송기를 공짜로 타고 갈 테니까요. 나는 평생 동안 정기적으로 정부의 환급금을 받을 것이고, 그 돈을 합법성이 의심스러운 비밀 계좌에 몰래 넣어 투자하도록 할 거예요. 당신을 위해서라도 결코 알지 못하는 편이 나을 비밀 목적을 위해 말이죠." 그녀는 말을 멈추고, 여전히 무심한 눈으로 그를 바라보았습니다. "자, 어떤가요?"

"질문이 뭐였지요?" 혼란에 빠진 캐드버리는 이렇게 물었습니다.

그녀는 자신의 얼마 되지 않는 자제력을 던져버리며, 격렬한 말투로 말했습니다. "내 말은, 정해지지 않은 기간 동안, 최종 결과가 어떻게 될지는 알 수 없지만, 당신과 함께 살 수 있다는 거예요. 만약 당신이 충분히 돈을 내기만 한다면, 그리고 특히 — 이게 필수 조건이죠 — 가정을 효율적으로 관리해서, 세금을 내고, 청소를 하고, 장을 보고, 요리를 해서 내가 신경 쓰지 않게만 해준다면 말이죠. 그래서 내가 더 중요한, 나 자신만의 일을 할 수 있도록 말이에요."

"알겠습니다." 그는 열정적으로 대답했습니다.

그리고 두 번째 여인, 슬픈 눈과 따뜻한 잿빛 머리카락을 가진 여인이 입을 열었습니다. 그녀는 풍만하고 부드러운 몸에 술이 달린 푹신한 가죽 외투를 입고, 갈색 코르덴바지에 부츠를 신고, 토끼 가죽 가방을 들고 있었습니다. "나는 당신과 함께 살지는 않을 거예요. 하지만 지금의 당신을 계속해서 바라볼 것이며, 아침에 출근하는 길에 들러서 혹시 내게 신경 쓸 여유가 있는지 살펴볼 거고, 그리고 만약 그렇지 못하고, 당신이 좌절하고 있다면, 당신에게 기력을 북돋워줄 거예요. 하지만 지금 당장은 아니죠. 괜찮은가요?" 그녀는 더 화사하게 미소 지었습니다. 그녀의 눈에는 지혜와 말할 수 없이 복잡한 그녀 자신의 존재와 사랑이 가득했습니다.

"물론입니다." 그가 말했습니다. 그는 더 많은 것을 원했지만, 이것이 전부라는 사실을 알고 있었습니다. 그녀는 그의 소유물이, 그를 위해 존재하는 사람이 아니었으니까요. 그녀는 자기 자신이며, 또한 세계의 산물이자 세계의 구성 요소이기도 했습니다.

세 번째 여인은 과도하게 붉고 도톰한 입술에 악의를 담아 뒤틀린 미소를 지었습니다. 그러나 그 비틀린 표정에는 동시에 묘한 즐거움도 어려있었습니다. "강간해봐. 나는 당신을 절대 떠나지 않을 거야, 이 더러운 늙은이야. 내가 떠나버리면, 당신 같은 소아 성추행범하고 함께 살 사람을 찾을 수 있을 리가 없잖아? 그럼 관상동맥 색전증이나 심근경색 따위로 얼마 못 가서 죽어버리고 말 테니까. 내가 떠나면 당신은 그냥 끝장이라고, 이 추잡한 늙은이." 그리고 갑자기, 아주 잠시, 그녀의 눈에는 슬픔과 동정의 눈빛이 떠올랐습니다. 아주 잠시뿐이었고, 곧 흔적도 남지 않았지만요. "당신이 가질 행복이란 겨우 그런 것뿐일 테니까. 그러니까 난 갈 수가 없어. 내 삶을 뒤로 미루더라도, 당신과 함께 있어야 하는 거야. 그게 영원토록 이어지더라도 말이지." 그리고 그녀는 조금씩, 점차 활기를 잃어갔습니다. 체념한 듯한, 기계적인, 힘을 잃은 어둠이 그녀의 미성숙하고 과도하게 화려한, 매력적인 외모 위로 덮어씌워지기 시작했습니다. "하지만 더 나은 제안이 들어오면 그쪽으로 가버릴 거야. 쇼핑하러 가서 좀 둘러봐야겠어. 시내로 나가서 한번 살펴봐야지." 그녀는 냉혹하게 덧붙였습니다.

"마음대로 떠들어봐라." 캐드버리는 분노를 느끼며 격렬하게 말했습니다. 그는 이미 그녀가 지금, 벌써 떠나버린 양 격렬한 상실감을 느끼고 있었습니다. 이것, 바로 이것이야말로 그가 평생 동안 경험하는 일들 중 가장 끔찍한 것이었습니다.

그리고 세 명의 여인은 동시에, 입을 모아 활기차게 말했습니다. "그럼 이제 가장 중요한 문제로 들어가봐요. 당신 푸른색 칩을 얼마나 가지고 있나요?"

"뭐, 뭐라고요?" 캐드버리는 당황해서 더듬거리며 말했습니다.

세 명의 여인은 한목소리로, 눈을 매섭게 빛내며 그에게 독촉했습니다. 그 세 명의 능력이 바로 이 주제 때문에 생겨난 듯한 모양이었습니다. 그들은 개인적으로, 그리고 집단적으로 완벽하게 모든 것을 인식하고 있었습니다. "그게 바로 이 놀이의 이름인걸요. 당신 수표책 좀 봐요. 잔고가 얼마나 있나요?"

"당신 연 총수입이 얼마나 되죠?" 아시아계 여인이 물었습니다.

"나는 절대로 당신에게서 칩을 뜯어가지는 않을 거예요. 하지만 파란색 칩 두 개만 빌려줄 수 있나요? 당신처럼 훌륭하고 유명한 비버라면 몇 백 개는 가지고 있을 거 아녜요." 따뜻하고 감상적이며, 인내심 강하고, 그를 소중히 여기는 여인이 말했습니다.

"스피디 마트에 가서 초콜릿 우유 두 통하고, 종류별로 넣은 도넛 한 상자하고, 코카콜라 한 통 사 와요." 까다로운 소녀가 말했습니다.

"당신 포르셰 좀 빌려도 되나요? 기름은 넣어놓을게요." 그를 소중히 여기는 여인이 말했습니다.

"하지만 내 차는 쓰면 안 돼요. 보험료가 올라갈 테니까. 내 보험료는 어머니가 내주시거든요." 아시아계 여자가 말했습니다.

"운전 좀 가르쳐줘요. 남자친구들 중에 한 명 데리고 오늘 밤에 자동차 영화 보러 가게요. 차 한 대당 2달러밖에 안 한다고요. 성인용 영화를 다섯 편이나 틀어주고, 트렁크에 남자애 둘이랑 여자애 하나를 더 데리고 갈 수도 있고." 까다로운 소녀가 말했습니다.

"나한테 당신 칩을 맡기는 게 좋겠어요. 다른 여자들이 당신한테서 칩을 뜯어가려고 혈안이 되어 있으니." 두 번째 여인이 말했습니다.

"엿 먹어." 소녀가 거친 말투로 말했습니다.

"만약 당신이 저 여자 말을 듣고 파란색 칩 하나라도 넘겨준다면, 나는 당신 심장을 뽑아내서 펄떡펄떡 뛰는 채로 삼켜버릴 거예요. 그리고 저기 있는 천한 계집은 임질이 있을걸요. 저 여자랑 자면 당신은 남은 평생 동안 고자가 되어버릴 거예요." 아시아계 여인이 격렬하게 외쳤습니다.

캐드버리는 불안하게 말했습니다. 이런 말을 하면 세 여자 모두 떠나버릴 것이라는 사실을 이미 알고 있었거든요. "나한테는 푸른색 칩이 하나도 없어요. 하지만 나는—"

"당신 헤르메스 로켓 타자기를 팔아버려요." 아시아계 여자가 말했습니다.

"내가 대신 팔아줄게요. 그리고 당신에게는— 당신하고 판매 대금을 나누겠어요. 공정하게요. 나는 절대 당신을 등쳐먹지 않아요." 그를 소중히 여기고 보호해주는 여인이, 한동안 느리고 힘들게 계산을 한 후에 말했습니다. 그녀는 그를 향해 미소를 보냈고, 그는 그녀의 말이 사실이라는 것을 믿어 의심치 않았습니다.

"우리 엄마한테는 IBM 전자식 최신 타자기가 있어요. 사무실용 고급 모델이죠." 삐죽이던 소녀가 거의 질투에 가까울 정도로 거만한 태도로 말했습니다. "나도 하나 사달라고 해서 타자 치는 방법을 배워서 좋은 직업을 얻을 수도 있다고요. 물론 복지 급여를 받는 쪽이 훨씬 더 돈을 많이 받기는 하지만."

"올해 말이 되면—" 캐드버리는 비참한 기분으로 다시 입을 열었습니다.

그러자 예전에 스티키풋 양이었던 세 여인이 다 같이 말했습니다. "그럼 나중에 볼게요. 아니면 우리한테 파란색 칩을 우편으로 보내줘도 돼요. 알겠죠?" 그들은 함께 물러나기 시작했습니다. 그들은 점차 희미해지며 형체를 잃고 사라져갔습니다. 아니면—

아니면 모자란 비버 캐드버리, 바로 그 자신이 사라지고 있는 것일까요? 그는 갑자기 절망 속에서 후자 쪽이 맞다는 것을 깨달았습니다. 그들은 남아있고, 그가 사라지고 있는 것이었습니다.

하지만 그래도 괜찮았습니다.

그는 이것은 견딜 수 있었습니다. 자기 자신이 사라지는 일은 버틸 수 있었습니다. 하지만 그들이 사라진다면 버틸 수 없을 것이었습니다.

그들을 안 지 얼마 지나지 않았지만, 그들은 자기 자신보다 훨씬 더 소중한 존재가 되어 있었습니다. 그는 그 사실이 다행이라 여겼습니다.

그에게 파란색 칩이 있든 없든 — 그들에게는 그것이 중요한 일인 듯하기는 했지만 — 그들은 살아남을 것이었습니다. 그를 꼬드기거나, 갈취하거나, 그에게서 빌리거나, 아니면 다른 방법을 사용해서 그로부터 파란색 칩을 얻지 못한다면, 그들은 다른 누군가로부터 칩을 얻어낼 수 있을 것이었습니다. 아니면 파란색 칩 없이 행복하게 살아갈 수도 있었습니다. 그들이 파란색 칩을 정말로 필요로 하는 것은 아니었습니다. 단지 좋아할 뿐이었지요. 칩이 없이도 생존하는 것은 가능했습니다. 그러나 그들이 염두에 두고 있는 것은 생존이 아니었습니다. 그들은 정말로 행복해지고 싶어 했고, 행복해지기 위한 방법을 알고 있었습니다. 그들은 단순히 생존하는 것만으로 만족할 수는 없었습니다. 그들은 삶을 누리고 싶었던 것입니다.

"당신들을 다시 볼 수 있었으면 좋겠군요. 아니, 당신들이 나를 다시 볼 수 있었으면 좋겠습니다. 그러니까 내 말은, 내가 가끔씩 아주 잠깐 동안이라도 당신들의 삶에 다시 나타날 수 있었으면 좋겠다는 말입니다. 당신들이 어떻게 살고 있는지 볼 수라도 있게요." 캐드버리는 이렇게 말했습니다.

"우릴 속일 생각은 마요." 세 여자가 입을 한데 모아 말했습니다. 캐드버리의 존재는 이제 거의 사라져버렸습니다. 이제 그에게서 남은 것이라고는 한때 그의 몸이 있었던 곳에 희미하게 남은 한 줄기 회색 연기뿐이었습니다.

"당신은 돌아오게 될 거예요. 우리도 당신을 보게 될 거고요." 그를 보살펴주는, 가죽옷을 걸친 따뜻한 눈의 풍만한 여인이 말했습니다.

"그랬으면 좋겠어요." 캐드버리는 이렇게 말했지만, 이제는 그의 가느다란 목소리조차도 희미해지고 있었습니다. 멀리 떨어진 다른 별에서 전해져온 희미한 음성 신호처럼, 재와 어둠과 비활성과 침묵 속으로 굳어지고 있었습니다.

"우리 해변으로 가요." 아시아계 여인이 말했습니다. 세 명의 여인은 함께 걷기 시작했습니다. 그들의 걸음은 활기차고 자신감이 넘쳤으며 현실감 있고 태양 아래의 생동감으로 빛나고 있었습니다. 그들은 그렇게 멀어져갔습니다.

캐드버리는 ― 또는 한때 그의 생명의 흐름을 구성했던 입자의 이온들은 ― 그들이 가는 해변에 갉기 좋은 나무가 있을까가 궁금했습니다. 그리고 그들이 가는 해변이 어디에 있는지도. 그곳이 좋은지도. 그 해변에 이름이 있는지도.

부드러운 술이 달린 가죽옷을 입은, 동정심 많은 여인이 잠시 그를 돌아보며 말했습니다. "우리랑 함께 갈래요? 잠깐이지만 당신과 함께 갈 수도 있어요. 이번만요. 하지만 이번이 마지막이에요. 당신도 왜 이러는지 알잖아요."

그러나 아무도 그녀의 말에 대답하지 않았습니다.

"사랑해요." 그녀는 부드럽게, 혼잣말로 속삭였습니다. 그리고 젖은 눈으로, 행복하고, 슬프고, 이해심 가득하고, 기억하는 듯한 미소를 지어 보였습니다.

그리고 그녀는 계속 걸어갔습니다. 다른 두 여인보다 조금 뒤처져서 말이죠. 그녀는 눈에 띄지 않게 뒤돌아보며, 살짝 망설였습니다. ◗

시간 여행자를 위한 작은 배려
A Little Something for Us Tempunauts

애디슨 더그는 천천히 지친 걸음으로 붉은 삼목 합판을 깐 보도를 걸어 내려갔다. 머리는 약간 숙이고, 마치 실제로 육체적 고통을 느끼고 있기라도 한 듯한 모습이었다. 여자는 도와주고 싶은 마음으로 그를 바라보고 있었다. 그가 얼마나 지치고 불행한 모습인지를 보며 고통을 느꼈고, 동시에 그가 이곳에 있다는 사실만으로도 행복했다. 그는 고개를 들지도 않고, 계속해서 그녀를 향해 걸어왔다. 너무도 익숙하게, 마치 이 길을 여러 번 걸었던 것처럼. 그녀는 갑자기 그런 생각이 들었다. 이 길에 너무 익숙한 것 같아. 왜지?

그녀는 그를 향해 달려가며 외쳤다, "애디, 텔레비전에서 당신이 죽었다고 했어. 당신들 모두 죽었다고 말이야!"

그는 잠시 걸음을 멈추고는 더 이상 길지 않은 갈색 머리카락을 쓸어 넘겼다. 발사 전에 머리를 짧게 잘랐었는데, 그동안 잊어버린 모양이었다. "텔레비전에서 하는 말을 전부 믿는 거야?" 그는 다시 그녀에게 절름거리며 다가오기 시작했다. 그러나 이제 그의 얼굴에는 미소가 어려 있었다. 그는 그녀를 향해 팔을 벌렸다.

아, 그를 안는 기분이 이렇게 좋을 줄이야. 그리고 그녀의 생각보다 훨씬 강한 힘으로, 그가 그녀를 끌어안는 느낌도. "당신을 대신할 사람을 찾을 생각을 했었는데." 그녀가 헐떡이며 말했다.

"그랬다면 머리통을 날려버렸을 거야. 어쨌든 불가능한 일이긴 하지. 날 대신할 수 있는 사람이 있을 리가 없으니까."

"하지만 그 폭발은 어떻게 된 거야? 텔레비전에서 하는 말로는, 재진입할 때—"

"잊어버렸어." 애디슨이 대답했다. 그가 평소 쓰는 말투로 짐작해보자면, 더 이상 그 이야기는 하고 싶지 않다는 뜻이었다. 언제나 그녀를 화나게 하는 말투였지만, 지금은 아니었다. 지금 그녀는 그 기억이 얼마나 끔찍했는지를 짐작할 수 있었기 때문이다. "너희 집에서 하루이틀 정도 신세를 지고 싶어." 그는 이렇게 말하며, 함께 A자형 집의 열려있는 문을 향해 돌아가기 시작했다. "괜찮다면 말이지. 그리고 벤츠와 크레인도 나중에 나를 만나러 올 거야. 어쩌면 오늘 밤이 될지도 몰라. 이야기를 나누고 알아내야 할 것이 꽤 있거든."

"그럼 당신들 세 명 모두 살아남은 거구나." 그녀는 근심으로 가득한 그의 얼굴을 올려다보며 말했다. "그럼 텔레비전에서 나오던 건 전부……." 그리고 그녀는 이해할 수 있었다. 아니, 이해했다고 생각했다. "그건 전부 눈속임이었던 거구나. 정치적인 목적으로, 러시아 사람들을 속이기 위해 말이지. 내 말이 맞지? 그러니까, 소련에서는 재진입에서 실패를 했으니까 우리 로켓이 실패했다고 생각할 테고—"

"그런 게 아니야. 아마 곧 시간 여행자가 하나 우리와 합류할 거야. 무슨 일이 일어났는지를 알기 위해서 말이지. 토드 장군 말로는 그들 중 한 명이 벌써 이리로 오고 있다고 했어. 벌써 정리 작업을 시작했다고 하더라고. 그 현장의 중력장 문제 때문에 말이야."

"세상에. 그럼 눈속임 이야기를 만들어낸 이유가 뭐야?" 그녀는 깜짝 놀라 물었다.

"마실 것 좀 줘. 좀 마시고 나서 천천히 설명해줄게."

"지금 있는 거라고는 캘리포니아 브랜디밖에 없는데."

"지금 이런 상태로는 뭐든 마실 수 있어." 애디슨 더그는 의자에 몸을 던지고 기대앉아서는 근심으로 가득한 지친 한숨을 쉬었다. 그녀는 함께 마실 음료를 가져오기 위해 서둘러 안으로 들어갔다.

자동차의 FM 라디오는 계속해서 떠들어댔다. "……이렇게 예측하지 못한 충격적인 사건이 일어난 것에 깊은 애도를 표하며……"

"공식적인 개소리만 하고 있네." 크레인은 라디오를 끄며 말했다. 그와 벤츠는 집을 찾지 못하고 있었다. 예전에 딱 한 번 와본 곳이었기 때문이었다. 크레인의 생각에는 이렇게 중요한 모임을 가지기에는 조금 격식이 부족한 장소였다. 오하이 촌구석에 있는 애디슨의 애인 집에서 만나다니. 하지만 그런 장소에서 만나는 것도 나름대로 이점이 있었다. 호기심 많은 사람들이 귀찮게 할 염려가 없다는 점. 게다가 아마 그들에게는 시간이 별로 많지 않을 것이었다. 사실 그것은 예측하기 힘들었다. 그 누구도 정확하게 알지 못 하는 일이기 때문이었다.

크레인이 보기에, 길 양 옆의 언덕은 한때 숲이었던 듯했다. 이제 주택지와 제멋대로 깔린 플라스틱 도로가 시야에 보이는 모든 언덕 위를 뒤덮고 있었다. "여기 옛날에는 나쁘지 않았겠는데." 그가 운전을 하고 있는 벤츠에게 말했다.

"로스 파드레스 국유림이 이 근처에 있지. 거기서 여덟 살 때 길을 잃었던 적이 있어. 몇 시간 동안 방울뱀한테 당할 거라는 상상만 하며 보냈지. 막대기란 막대기는 죄다 뱀으로 보이더군." 벤츠가 말했다.

"이제 자네는 방울뱀한테 당한 셈이지."

"우리 모두가 말이야."

"있잖나, 죽는 건 꽤나 골 때리는 경험이지 않나."

"몸소 말해주시는구먼."

"하지만 기술적인 측면에서 보면―"

"라디오와 텔레비전에서 하는 말을 들어보라고." 벤츠는 그를 향해 몸을 돌리며 말했다. 크고 땅딸막한 얼굴에 경고하는 듯한 단호함이 차갑게 서려있었다. "우리는 이 행성에 있는 다른 사람들과 마찬가지로 아직 살아있어. 차이점이라면 우리가 죽은 날짜는 과거지만, 다른 사람들이 죽을 날짜는 알 수 없는 미래의 언젠가라는 것뿐이지. 사실 암 병동에 있는 사람들처럼 죽을 날짜가 거의 정해진 사람들도 있다고. 그런 친구들은 우리만큼이나 확실하게 죽은 셈이지. 어쩌면 더욱더. 예를 들어서, 우리가 돌아가기 전에 얼마나 오래 여기 머물 수 있다고 생각하나? 우리에게는 여유 시간이 있는 셈이야. 말기 암 환자가 가지지 못하는 운신 범위를 허락받은 셈이지."

크레인은 기운차게 말했다. "다음번에는 고통을 느낄 새도 없을 테니 기운 내라고 말하겠구먼."

"애디는 고통스러워하고 있어. 오늘 아침에 보니까 제대로 걷지도 못하던데. 그 녀석은 육체적인 영향을 받은 모양이야. 정신적 고통이 육체적 부담이 되어버린 거지. 하느님이 그 녀석 목덜미에 내려앉은 것처럼 하고 있더라고. 자네도 알지, 그 녀석은 부당한 부담을 너무 많이 짊어지고 있어. 소리 내서 투덜거리지는 않지만……. 가끔씩 자기 손에 박힌 못 자국을 가리키기는 하잖나." 그는 씩 웃어 보였다.

"애디는 우리보다 살아야 할 이유가 더 많으니까."

"사람이면 누구든 다른 사람보다 살아야 하는 이유가 더 많은 법이야. 나한테는 같이 잘 수 있는 귀여운 아가씨는 없지만, 해 질 녘에 리버사이드 도로를 따라 굴러가는 대형 화물차는 몇 번 더 보고 싶다고. 무엇을 위해 살아야 하는가가 중요한 게 아니야. 살아서 무엇을 볼 수 있느냐, 그곳에 있을 수 있느냐가 문제지— 그게 정말로 슬픈 거라고."

그들은 한동안 말없이 운전했다.

그 여자 집의 조용한 거실에서, 세 명의 시간 여행자는 담배를 피우며 편하게 앉아있었다. 애디슨 더그는 딱 달라붙는 흰색 스웨터와 미니스커트를 입은 자기 애인이 너무 매력적이고 탐스럽게 보인다고 생각하며, 그녀가 조금 덜 매혹적인 모습이라면 좋겠다는 생각을 하고 있었다. 지금 이 순간에는 그런 일 때문에 정신을 흩트릴 수 없었다. 너무 지쳐있기도 했다.

"이게 다 무슨 일인지 저 아가씨도 알고 있는 건가? 그러니까 내 말은, 대놓고 말해도 되는 건가? 저 아가씨가 좌절하지 않겠어?" 벤츠가 입을 열었다.

애디슨이 그의 말에 대답했다. "아직 설명을 하지 못했어."

"빨리 하는 게 좋을걸." 크레인이 거들었다.

"무슨 일인데 그러세요?" 그녀는 똑바로 허리를 펴고 앉은 채, 가슴 사이로 한 손을 가져다 댄 채로 놀라 물었다. 마치 그곳에 있지도 않은 성물을 손으로 꼭 쥐고 있는 것 같은 모양새라고, 애디슨은 생각했다.

"우린 사실 재진입 도중에 불타버렸어요." 벤츠가 말했다. 그는 분명 세 명 중 가장 잔인한 사람이었다. 아니면 최소한 가장 직설적인 사람이기는 했다. "그러니까, 아가씨—"

"호킨스예요." 그녀가 속삭이듯 말했다.

벤츠는 차갑고 나른한 눈으로 그녀를 훑어보며 말을 이었다. "만나서 반갑소, 호킨스 양. 혹시 이름도 있소?"

"메리 루예요."

"좋아요, 메리 루. 꼭 웨이트리스들이 블라우스 가슴팍에 새기고 다니는 이름 같구먼." 벤츠는 다른 두 남자를 보며 자기 감상을 말했다. "이런 거지. 제 이름은 메리 루입니다. 그리고 저는 앞으로 며칠 동안 저녁과 아침과 점심과 저녁과 아침을 서빙할 겁니다. 아니면 얼마나 오래 걸리든 여러분이 전부 포기하고 여러분 시간대로 돌아갈 때까지라고 해도 좋겠네요. 전부 해서 53달러 8센트고 팁은 포함되어 있지 않습니다. 모두 두 번 다시 찾아오지 마시길 바라요. 아시겠죠?" 그의 목소리가 떨리기 시작하고 있었다. 그의 담배 역시 떨리고 있었다. 그는 간신히 다시 입을 열었다. "미안해요, 호킨스 양. 우리는 전부 재진입 시의 폭발 때문에 죽었습니다. 도착 예정 시간에 이곳에 도착하자마자 그 사실을 알았어요. 다른 누구보다 훨씬 오랫동안 알고 있었습니다. 비상 시간 버튼을 누르자마자 알게 된 셈이죠."

"하지만 다른 할 수 있는 일이 없었어요." 크레인이 말했다.

"아무도 다른 뭔가를 할 수 없었지." 애디슨은 이렇게 말하며 그녀 허리에 팔을 둘렀다. 마치 데자부 같은 느낌이 들었지만, 순간 그는 깨달았다. 우리는 닫힌 타임 루프 안에 갇혀버린 거야. 계속해서 이 시간을 살면서 재진입 시의 문제를 풀려고 노력하고 있는 거지. 매번 이번이 처음의 시간이라고, 유일한 시간이라고 생각하면서……. 그리고 절대 성공하지 못하는 거지. 몇 번째 시도인 걸까? 백만 번째일지도 몰라. 우리는 여기 백만 번째로 앉아서, 똑같은 사실을 계속해서 나열하면서 아무런 결론도 내지 못하고 있는 거지. 그런 생각을 하자 탈진해버릴 것 같은 기분이 들었다. 그리고 그는 다른 모든 사람들, 이런 불가해한 난제에 부딪히지 않은 사람들을 향해 거대한 철학적 적개심을 느꼈다. 성경에 이르기를 우리는 모두 같은 곳으로 간다고 했지. 하지만…… 우리 세 사람은, 우리는 이미 그곳에 갔다 온 거야. 그곳에 누워있다고. 따라서 모든 일이 끝난 다음에 지구 위를 돌아다니며 회의를 하고 걱정하고 뭐가 잘못되었는지 알아내려 하는 짓거리는 전부 틀려먹은 거라고. 그건 우리 뒤를 이을 사람들이 해야 하는 일이야. 우리는 이미 충분히 겪었어.

그러나 그는 이런 말을 소리 내어 하지는 않았다. 그들 자신들을 위해서.

"어쩌면 뭔가에 부딪힌 것일지도 몰라요." 메리 루가 말했다.

벤츠는 다른 사람들을 돌아보며 비꼬듯 말했다. "어쩌면 우리 '뭔가에 부딪힌 것일지도' 모른다는데."

"텔레비전 해설자는 계속 그 말을 반복했어요. 공간적으로 위상이 다른 상태에서, 다른 물체와 분자 수준에서 충돌을 하게 되는 일의 위험성에 대해서요. 그런 일이 생기면—" 그녀는 손짓을 해 보였다. "그런 거 있잖아요. '두 개의 물체는 같은 시간 같은 공간에 존재할 수 없다.' 그런 이유 때문에 전부 폭발해버리는 거죠." 그녀는 질문하듯 다른 사람들을 둘러보았다.

크레인이 입을 열어 그녀의 말을 확인해주었다. "그건 주요한 위험 요소 중 하나이긴 하지. 최소한 이론적으로는 그래. 플래닝의 페인 박사가 위험 요소를 계산해냈던 대로 말이야. 하지만 자동으로 작동하는 안전장치가 여럿 달려있다고. 이런 안전장치의 도움으로 공간적으로 안정되기 전에는 재진입이 일어날 수가 없어. 물론 그 모든 안전장치들이 작동에 실패한 것일 수도 있겠지. 하나씩 순차적으로 말이야. 발사할 때 내가 측정 장치들을 전부 살펴봤는데, 그 장치들은 전부 우리가 아무 문제 없이 특정 시간대로 진입하고 있다고 보고해왔거든. 경고 소리도 못 들었고. 경고 화면도 본 적이 없고. 어쨌든 그때는 문제가 일어나지 않았으니까."

갑자기 벤츠가 입을 열었다. "이제 우리 최근친最近親이 부자가 되었다는 사실, 알고 있어? 국가와 보험 기관의 생명보험이 전부 지불될 테니까. 그런데 우리 최근친이라는 건, 젠장, 그거 우리 본인 아냐. 즉석에서 현금으로 몇 만 달러 정도는 받을 수 있겠는데. 우리 보험 중개인 사무실로 들어가서 이렇게 말해보자고. '나 죽었으니까, 보험금 좀 두둑하게 주시오.'"

애디슨은 공개 추도 행사에 대해 생각하고 있었다. 부검을 끝낸 후 공개 장례식이 열릴 예정이었다. 검은색 캐딜락이 줄지어 펜실베이니아 거리를 지나갈 것이고, 정부 고위 관료들과 인텔리 과학자 나리들이 전부 참석할 것이며— 그리고 우리도 참석해야겠지. 한 번도 아니고 두 번이나. 떡갈나무와 반짝이는 황동으로 만든, 국기를 얹은 상자에 들어간 상태로 한 번. 그리고 그 다음으로는…… 어쩌면 오픈 리무진에 탄 채로 애도하는 시민들에게 손을 흔들어야 할지도 모르겠군.

"장례식." 그는 큰 소리로 말했다.

다른 사람들은 영문을 모른 채 화난 얼굴로 그를 쳐다보았다. 그러다 한 사람씩, 그들 역시 그의 말을 이해하게 되었다. 그들의 얼굴을 보면 그런 사실을 확인할 수 있었다.

"안 돼. 그건— 말도 안 돼." 벤츠가 이를 갈며 말했다.

크레인은 단호하게 고개를 흔들었다. "참석하라고 명령이 내려올걸. 그럼 우리는 명령에 복종하여 그곳에 출석할 테고."

"거기 가서 웃어야 하나? 망할, 웃어야 하냐고." 애디슨이 말했다.

"아니." 토드 장군이 천천히 말했다. 그의 축 늘어진 머리는 빗자루 같은 모양의 목 위에서 부들부들 떨리고 있었다. 그의 목 주변 살갗은 얼룩덜룩 반점이 박히고 지저분했다. 마치 빳빳한 군복 목깃에 잔뜩 달린 수많은 훈장 덕분에 몸이 썩어 들어가기 시작하기라도 하는 듯한 모양새였다. "웃을 필요 없네. 오히려 반대로 그 자리에 맞는 슬픈 표정을 지어야지. 온 국민이 슬픔에 빠져있는 지금 이 시기에 걸맞게 말이야."

"그것도 꽤 힘들겠는데." 크레인이 말했다.

러시아인 시간 여행자는 아무 말도 하지 않았다. 날카로운 매부리코와 갸름한 얼굴을 가진 그 남자는 통역 이어폰을 낀 채로, 생각에 잠긴 듯 긴장된 자세를 유지하고 있었다.

"국가는 자네들이 잠시 동안이라도 다시 우리와 함께하게 된 일에 대해 명확히 알게 될 걸세. 모든 주요 텔레비전 방송국의 카메라들이 불시에 자네들을 잡을 것이고, 동시에 모든 방송국의 해설자들은 이런 느낌의 해설을 시청자들에게 전해줄 거네." 토드 장군은 뭔가가 적힌 종이 한 장을 꺼내고, 안경을 쓴 다음, 목청을 가다듬고는 그 내용을 읽었다. "저기 함께 차에 타고 있는 세 사람에 초점을 맞추는 것 같군요. 정확하게 잘 알아볼 수가 없습니다. 보이시나요?" 그리고 토드 장군은 다시 종이를 내려놓았다. "그 시점에서 그들은 대본을 내려놓고 동료들에게 전화 연락을 취하게 될 걸세. 그리고 마침내 이렇게 말하는 거지. '세상에, 로저.' 아니면 월터든 네드든, 그 방송국 사정에 따라서—"

"빌도 좋겠군요. 저기 늪지대 안쪽에 사는 두꺼비 방송국일 경우에 말입니다." 크레인이 비꼬듯 말했다.

토드 장군은 그를 무시하고 말을 이었다. "그러고는 갑자기 이렇게 외치는 거지. '세상에 로저, 우리 지금 바로 그 세 명의 시간 여행자를 보고 있는 것 아닙니까! 이건 설마 어떤 식으로든 이들이 사고를 극복했다는 이야기가—?' 그리고 동료 해설자는 조금 더 엄숙한 목소리로 설명하는 거네. '지금 우리가 보고 있는 장면은 말입니다, 데이비드.' 아니면 헨리든 피트든 랄프든. '기술자들이 긴급 시간 활동, 줄여서 ETA라고 부르는 행동 수칙에 의거해 벌어진 일로 보입니다. 지금 저 장면을 보고 가장 먼저 떠오르는 생각과는 달리, 저들은 우리가 평소에 보던 용맹스러운 세 명의 시간 여행자 본인이 아닌 겁니다. 반복합니다, 본인이 아닙니다. 이들 세 명은 미래로의 여행, 우리가 한 세기 후일 것이라 생각하는 그 목적지로 가는 도중에 잠시 발걸음을 멈추고, 이곳에 모습을 드러내 카메라에 찍힌 것이라고 할 수 있습니다……. 무슨 이유에서인지 그들은 목적지에 도착하기 전, 바로 이곳에, 우리가 잘 알고 있는 대로 우리의 현재에 잠깐 모습을 드러낸 겁니다.'"

애디슨 더그는 눈을 감고 생각에 잠겼다. 크레인은 텔레비전 카메라가 그들의 모습을 잡는 동안 풍선을 들고 솜사탕을 먹고 있어야 할지 물어볼 생각인 모양이었다. 우리 전부 이 사건 때문에 미쳐가는 모양이야. 우리 모두 말이지. 그리고 그는 생각했다. 우리가 대체 이 한심한 대화를 몇 번이나 반복한 걸까?

증명할 수는 없어. 하지만 나는 그게 사실이라는 것을 알아. 우리는 여기 앉아서 하찮은 이야기나 나누며, 저 한심한 소리를 몇 번이나 몇 번이나 듣고 있었던 거지. 그는 몸을 부르르 떨었다. 저 쓸데없는 단어 하나하나가 모두…….

"왜 그래?" 벤츠가 그를 보고 날카롭게 물었다.

소비에트의 시간 여행자가 처음으로 입을 열었다. "당신들 세 명에게 가능한 ETA를 최대 언제까지 연장할 수 있습니까? 그리고 지금 그중에서 몇 퍼센트 정도 사용한 거지요?"

잠시 침묵이 흐른 후 크레인이 입을 열었다. "오늘 여기 오기 전에 말해준 바에 따르면, 우리 ETA 전체 시간 중 절반 정도를 사용했다고 하더군."

"하지만 우리는 이 친구들의 국장을 치르는 날이 남은 ETA 시간 속에 포함되도록 조절해놓았네. 덕분에 부검이나 기타 법의학 수사 과정을 좀 앞당겨야 했지만, 일반 대중의 감정을 고려해볼 때, 적절한 대응은……." 토드 장군은 계속해서 큰 목소리로 떠들었다.

애디슨 더그는 생각했다. 부검이라. 그는 다시 몸을 떨었다. 이번에는 생각한 바를 혼자서만 간직할 수가 없었는지, 그는 입을 열었다. "이 한심한 회의는 집어치우고 병리학적 소견 검사 단계로 넘어가서, 우리 근육 단면이라도 총천연색으로 감상하면서 아직 해답이 나오지 않은 의학적인 문제들에 대해 이야기를 나누는 편이 낫지 않겠습니까? 해답―우리에게 필요한 것이 바로 해답 아닌가요. 아직까지 존재하지 않는 문제들에 대한 해답 말입니다. 문제야 나중에라도 만들 수 있으니까." 그는 잠시 말을 멈췄다. "동의하는 사람 있습니까?"

"나는 화면으로 내 내장을 보고 싶은 생각은 없는데. 퍼레이드에는 참석하겠지만 내 시체를 부검하는 일에서는 빠지겠어." 벤츠가 말했다.

"길가에 서서 애도하는 사람들에게 현미경용으로 염색한 자네 내장

슬라이드를 나눠줄 수도 있잖나. 우리 모두 음식 봉투 같은 거라도 하나씩 들고 말이야. 괜찮겠죠, 장군님? 색종이 조각처럼 근육 절편을 뿌려도 되겠네. 난 역시 웃는 편이 좋을 것 같아." 크레인이 말했다.

"나는 이미 웃음에 대한 모든 조항을 조사했네." 토드 장군은 그의 앞에 쌓여있는 서류들을 넘기면서 말했다. "그리고 이런 경우에 취해야 하는 방침을 종합해보면, 웃음은 전국적인 애도의 감정과 맞지 않는 일이란 말이네. 그러니 그에 대한 이야기는 그만하기로 하지. 자네들이 지금 진행 중인 부검 작업에 참석하는 일에 대해서 말인데—"

"여기 앉아있는 동안 다 놓친 거로군. 나는 항상 그런 건 놓친단 말이야." 크레인이 애디슨 더그를 보고 말했다.

그를 무시한 채, 애디슨은 소비에트 시간 여행자를 불렀다. "N. 가우키 씨." 그는 가슴에 매달려 흔들리고 있는 자기 마이크에 대고 말했다. "당신이 생각하기에, 시간 여행자가 가장 두려워하는 일이 무엇일 것 같습니까? 재진입 과정에 우연으로 인해 폭발이 일어나는 일도 가능하겠죠. 우리 로켓에 일어난 것과 같이 말입니다. 아니면 짧지만 성공적으로 시간 여행을 하는 동안, 당신과 당신 동료를 괴롭히고 정신적 충격을 불러오던 다른 강박적 상상이 있는 겁니까?"

N. 가우키는 잠시 생각한 후 입을 열었다. "R. 플레나와 나는 여러 번 비공식적으로 의견을 나누었습니다. 내가 우리 둘을 대변해 당신의 질문에 대해 대답하는 일이 가능할 것 같군요. 우리는 닫힌 시간 루프에 들어가 절대로 그곳에서 빠져나오지 못하는 일이 생길까봐 계속해서 두려워했습니다."

"영원히 반복하게 되지 않을까, 하는 거지요?" 애디슨 더그가 물었다.

"그렇습니다, A. 더그 씨." 상대방 시간 여행자는 무겁게 고개를 끄덕이며 대답했다.

애디슨 더그는 일찍이 경험해본 적 없었던 두려움에 사로잡혔다. 그는 무력한 표정으로 벤츠를 돌아보며 중얼거렸다. "젠장." 그들은 서로의 얼굴을 바라보았다.

"정말로 그런 일이 일어난 거라고 생각하지는 않아." 벤츠는 낮은 목소리로 말하며 더그의 어깨에 손을 올려놓았다. 그는 친구답게 손에 힘을 주어 그의 어깨를 꾹 쥐었다. "우리는 그냥 재진입하다 폭발한 것뿐이야. 그게 전부라고. 걱정하지 마."

"이제 회의는 그만하면 안 되겠습니까?" 애디슨 더그가 숨이 막히는 듯한, 목쉰 소리로 의자에서 반쯤 일어나며 말했다. 그 방 전체와 방 안에 있는 사람들이 그를 덮쳐와서 질식시키는 듯한 기분이 들었다. 폐소 공포증이야. 초등학교에 다닐 때, 교육 기계로 갑자기 시험을 봐서 내가 그 시험을 통과하지 못한다는 것을 알았을 때 느꼈던 기분하고 똑같아. "부탁입니다." 그는 자리에서 일어나며 간결하게 말했다. 사람들은 제각기 다른 표정으로 그를 바라보았다. 특히 러시아인의 얼굴에는 동정과 배려의 표정이 떠올라있었다. 애디슨이 원하는 것은─"집에 가고 싶어요." 그는 이 말을 입 밖에 내어 하고는, 스스로 한심하다는 생각을 했다.

그는 술에 취해있었다. 할리우드 거리의 술집, 밤늦은 시간이었다. 다행히 메리 루가 함께 있었고, 그는 즐거운 시간을 보내고 있었다. 어쨌든 모든 사람들이 그에게 그러라고 말해주고 있었다. 그는 메리 루에게 달라붙어서 말했다. "삶의 가장 큰 합일점, 궁극적인 조화와 삶의 의미는 남자와 여자의 관계에 있어. 그들의 조화에 말이야. 내 말이 맞지?"

"알아. 수업 시간에 배웠잖아." 메리 루가 말했다. 오늘 밤, 그녀는 그의 부탁에 따라 섹시한 금발 소녀의 모습으로 거리에 나왔다. 보라색 나팔바지에 하이힐, 그리고 복부를 드러내는 블라우스 차림이었다. 배꼽에 라피스라줄리 장신구도 끼고 나왔었는데, '팅 호'에서 저녁식사를 하던 중 팅겨 나가 잃어버리고 말았다. 식당 주인은 계속 그 장신구를 찾아보겠다고 약속했지만, 메리 루는 그 후로 내내 우울해 보였다. 그녀는 그 사건이 상징적이라고 말했지만, 무엇을 상징하는지는 말하지 않았다. 어쩌면 그냥 그가 기억하지 못하는 것뿐일 수도 있었다. 그래, 그런 걸지도 모른다. 그녀는 말을 해줬는데, 그가 잊어버린 것이다.

가까운 탁자에 아프로 머리를 하고 줄무늬 조끼에 꽉 끼는 붉은 넥타이를 한 세련된 흑인 젊은이가 앉아서는 한동안 애디슨을 바라보고 있었다. 분명 그의 탁자로 오고 싶으나 뭔가를 겁내는 모양이었다. 그는 계속해서 바라보기만 했다.

애디슨은 메리 루에게 말했다. "지금부터 정확하게 무슨 일이 일어날지 알고 있다는 느낌을 받은 적 없어? 누군가 무슨 말을 하려고 하는지도? 단어 하나까지 정확하게? 아주 사소한 사실까지 말이야. 예전에 한 번 이미 그런 사건을 경험해본 것처럼 말이야."

"누구나 그런 기분 들 때가 있잖아." 메리 루는 이렇게 말하며 블러디 메리를 홀짝였다.

흑인 젊은이가 자리에서 일어나서 그들 쪽으로 다가왔다. 그는 애디슨 앞에서 걸음을 멈췄다. "실례합니다만, 선생."

애디슨은 메리 루에게 말했다. "이 사람은 이제, '어디서 뵌 적이 있지 않던가요? 혹시 텔레비전에 나오지 않으셨습니까?'라고 물을 거야."

"정확하게 그 질문을 하려던 참이었습니다."

"분명히《타임》이번 호 46쪽에 실린 제 사진을 본 걸 겁니다. 새로운 의학적 발견에 대한 기사에서요. 저는 아이오와 주 작은 마을의 지역 의사입니다. 간단하게 많은 대중에게 영생을 가져다줄 수 있는 치료제를 발명한 덕분에 유명세를 탔죠. 이미 큰 제약 회사 여러 군데에서 제 치료제에 눈독을 들이고 있습니다."

"거기서 선생님 사진을 본 것일지도 모르겠군요." 그러나 이렇게 말하는 흑인 젊은이는 조금도 납득하지 않은 표정이었다. 그렇다고 술에 취한 것으로 보이지도 않았다. 그는 애디슨 더그를 날카롭게 바라보았다. "선생님과 여기 숙녀분과 동석해도 되겠습니까?"

"물론이죠." 애디슨 더그가 말했다. 이제 그의 눈에는 남자의 손에 들린 미 안보국 요원의 신분증이 보였다. 이 프로젝트를 처음부터 지휘해온 기관이었다.

안보국 요원은 애디슨 옆에 자리를 잡고 앉으며 입을 열었다. "더그씨. 여기서 그렇게 함부로 말씀하고 계시면 곤란합니다. 제가 알아챌 수있을 정도라면, 다른 사람들도 당신을 알아보고 정체를 폭로할지도 모릅니다. 국장 행사 당일까지 당신의 정체는 기밀로 분류되어 있습니다. 실제로 여기 이렇게 나와있는 것만으로도 연방 법령 위반입니다. 알고계십니까? 원래라면 구속해서 끌고 가야 합니다. 하지만 서로에게 힘든상황이지 않습니까. 그렇게 한심한 짓을 해서 구경거리가 될 생각은 없습니다. 당신 동료 두 명은 어디 있습니까?"

"우리 집에 있어요." 메리 루가 말했다. 그녀는 아무래도 그의 신분증을 보지 못한 모양이었다. 그녀는 요원에게 날카롭게 말했다. "이봐요, 좀 꺼져줄래요? 여기 내 남편은 정말로 끔찍한 고난을 겪어왔단 말이에요. 지금 이 순간이 이 사람이 긴장을 풀 수 있는 유일한 기회라고요."

애디슨은 그 남자를 바라보며 말했다. "당신이 여기 오기 전에 무슨말을 하려고 했는지 알고 있었습니다." 단어 하나하나까지 전부 다 말이지. 내가 옳았어. 벤츠는 틀렸고, 이 문답은 앞으로도 계속해서 일어나게 될 거야.

"어쩌면 자발적으로 호킨스 양의 집으로 가시도록 할 수 있을지도 모르겠군요. 몇 분 전에 한 가지 소식이 도착했습니다." 남자는 귀에 꽂힌이어폰을 가볍게 두드리며 말을 이었다. "당신을 찾으면 즉시 전달하라는 긴급한 메시지였죠. 착륙선 잔해에서…… 우리는 착륙선 잔해를 샅샅이 살펴보고 있었습니다. 알고 계셨지요?"

"알고 있습니다."

"그 잔해에서 첫 번째 단서가 발견됐습니다. 당신들 중 누군가가 ETA 에서 돌아가는 길에 어떤 물건을 가지고 갔습니다. 발사 전에 받았던 그 모든 훈련 사항을 무시하고 말입니다."

"한 가지만 물어봅시다. 누가 나를 보면 어떻게 되는 겁니까? 누군가 나를 알아본다면, 그래서 뭐 안 될 거라도 있습니까?"

"사람들은 비록 재진입이 실패했을지라도 미국이 수행한 최초의 시간 여행 발사가 성공적이었다고 믿고 있습니다. 세 명의 미국 시간 여행자가 백 년 후의 미래에 다녀왔다고 말이지요— 작년 소비에트 발사의 두 배나 먼 미래에 말입니다. 당신들이 겨우 한 주 뒤의 미래로밖에 오지 못했다는 사실을 알리느니, 당신들이 자신의 장례식에 참가하고 싶은 마음이 들어서, 그런 강박 관념 때문에 이 시간대에 다시 나타났다고 하는 쪽이 훨씬 덜 충격적일—"

애디슨이 끼어들었다. "퍼레이드에는 참가하고 싶었습니다. 두 번요."

"당신들은 자신의 장례 행렬이라는 극적이고 장중한 광경에 이끌리게 된 것이고, 그곳에서 모든 주요 방송국 카메라맨들에게 노출되는 겁니다. 더그 씨, 이 비참한 상황을 바로잡기 위해 엄청난 경비와 계획과 노력이 투입되었습니다. 우리를 좀 믿어보세요. 미국에서 다시 한 번 시간 여행을 시도하려면 이런 노력은 필수적인 일입니다. 그리고 우리 모두가 원하는 일은 오직 그것뿐이잖습니까."

애디슨 더그는 그를 물끄러미 바라보며 되물었다. "우리가 뭘 원한다고요?"

보안국 요원은 거북한 기색을 보이며 대답했다. "계속해서 시간 여행을 하는 것 말입니다. 당신들이 한 것처럼요. 불행하게도 당신들은 재진입 시 일어난 폭발 때문에 두 번 다시 시간 여행을 하지는 못하겠지만 말입니다. 하지만 다른 시간 여행자들은—"

"우리가 뭘 원한다고? 우리가 그런 걸 원한단 말입니까?" 애디슨의 목소리가 점차 높아졌다. 이제 주변 탁자의 사람들이 불안한 표정으로 그들 쪽을 바라보고 있었다.

"물론이죠. 그리고 제발 목소리 좀 낮춰주십시오." 요원이 말했다.

"그런 것을 원한 적 없습니다. 나는 멈추고 싶어요. 영원히 멈추고 싶단 말입니다. 흙 속에 파묻혀, 땅에 누워, 다른 사람들이 모두 그러듯이 쉬고 싶어요. 더 이상 여름을— 똑같은 여름을 계속 보고 싶지 않다는 말입니다."

"하나를 보면 다 본 거라고 하잖아." 메리 루가 초조하게 흥분한 채로 말했다. "저 사람 말이 맞아, 애디. 여기서 나가야 해. 너무 많이 마셨고, 시간도 늦었고, 방금 들은 그 소식도—"

애디슨이 그녀를 제지하며 물었다. "가져온 물건이 뭐였습니까? 추가 질량이 얼마나 되었던 겁니까?"

보안국 요원이 대답했다. "일차 분석 결과에 따르면, 100파운드가량의 기계 부품이 당신들과 함께 착륙선 안으로 유입된 것으로 보입니다. 그 정도의 질량이라면, 착륙선은 그 즉시 폭발할 수밖에 없었겠지요. 출발할 때 비어 있었던 공간에 그 정도의 물건이 들어오면 오차를 수정하는 일은 불가능합니다."

"우와!" 메리 루는 눈을 크게 뜨고 말했다. "어쩌면 누가 당신들 중 한 명에게 4채널 앰프와 15인치 서스펜션 스피커와 평생 분량의 닐 다이아몬드 음반을 겨우 1달러 98센트의 가격에 팔았는지도 모르겠네." 그녀는 웃으려고 했지만 실패했다. 그녀의 눈빛이 흐려지기 시작했다. "애디, 미안해. 하지만 이건 너무— 이상하잖아. 말도 안 되는 소리라고. 당신들 모두 재진입 시의 질량 문제는 알고 있었잖아? 처음 가져갔던 질량에서 종이 한 장 분량도 더해서는 안 되는 거라고. 페인 박사가 텔레비전에 나와서 그 이유를 설명하는 것도 봤어. 그런데 당신들 중 한 명이 100파운드 무게의 고철을 당신네 시공간으로 가져갔다는 소리야? 그런 짓을 하는 건 자살 행위잖아!" 그녀의 눈에 눈물이 고였다. 눈물 한 방울은 그녀의 코를 타고 내려가 코끝에서 멎었다. 그는 반사적으로 손을 뻗어 그 눈물을 닦아주려 했다. 마치 성인 여성이 아니라 어린 소녀를 다루듯이.

"분석 현장으로 모시겠습니다." 안보국 요원이 자리에서 일어서며 말했다. 그와 애디슨은 메리 루가 일어나는 것을 도와주었다. 그녀는 잠시 비틀거리며 서서는 남은 블러디 메리를 마저 비웠다. 애디슨은 순간 그녀의 모습을 보며 슬픔을 느꼈으나, 그 감정마저도 곧 사라져버렸다. 그는 왜인지 이유를 생각해보았다. 사람은 그런 감정에조차도 질릴 수 있는 걸까. 다른 누군가를 사랑하는 마음조차, 너무 오랫동안, 계속 반복되어 일어나면. 영원히. 그리고 그 이후에는, 어쩌면 조물주 본인조차도, 이런 끝없는 고통을 계속 겪게 된다면, 자신의 위대한 사랑을 버리고 심연 속으로 빠져들게 될는지도 모른다.

사람들로 북적거리는 술집을 나와 거리로 향하며, 애디슨 더그는 보안국 요원에게 물었다. "우리 중 누가—"

"누군지는 밝혀냈습니다." 요원은 메리 루가 나갈 수 있도록 술집 문을 열어주며 이렇게 말했다. 그는 이제 애디슨 뒤에 서서 손짓을 하며, 회색의 정부 차량이 붉은색으로 표시된 주차장에 착륙하도록 신호를 보내고 있었다. 다른 두 명의 보안국 요원이 그들을 향해 서둘러 다가왔다.

"나였습니까?" 애디슨 더그가 물었다.

"확실합니다." 보안국 요원이 대답했다.

장례식 행렬은 괴로울 정도로 장중하게 펜실베이니아 거리를 따라 내려가기 시작했다. 국기가 덮인 세 개의 관과 열 대가 넘는 검은 리무진이 두꺼운 외투를 입고 몸을 떨고 있는 문상객들 사이를 천천히 헤치고 나아갔다. 낮은 안개가 걸려있었고, 회색으로 보이는 건물의 윤곽은 비에 젖은 음울한 워싱턴의 3월 하늘과 한데 엉겨 희미하게 사라져갔다.

뉴스와 공개 행사의 일급 텔레비전 해설자로 알려져있는 헨리 캐시디는 프리즘 쌍안경을 통해 선두의 캐딜락을 살펴보며 그를 지켜보고 있는 수많은 보이지 않는 시청자들을 향해 말했다. "……저 옛날, 밀밭을 지나 이 나라의 수도로 에이브러햄 링컨의 관을 싣고 오던 슬픈 기차 행렬이 떠오릅니다. 이 얼마나 슬픈 날입니까. 그리고 얼마나 우리의 기분에 어울리는 음울한 날씨와 빗방울입니까." 그의 화면에 TV용 줌렌즈로 확대된 네 번째 캐딜락이 비쳤다. 죽은 시간 여행자들의 관을 따라오고 있는 자동차였다.

촬영 기사가 그의 팔을 두드렸다.

"우리는 지금 아직 누구인지 분명하지 않은, 함께 차에 타고 있는 세 명의 인물들을 보고 있는 것으로 보입니다." 헨리 캐시디는 동의의 표시로 고개를 끄덕이며, 목에 걸린 마이크에 대고 말했다. "아직까지는 누구인지 제대로 알아볼 수가 없는데요. 그쪽 위치에서 보기에는 조금 나아 보입니까, 에버렛?" 그는 동료에게 질문을 하고는, 방송 화면을 에버렛 브랜턴 쪽으로 넘길 것을 지시하는 버튼을 눌렀다.

브랜턴은 흥분을 감추지 못하는 목소리로 말했다. "글쎄요, 헨리. 아무래도 우리가 실제로 미래를 향해 역사적인 여행을 떠났던, 바로 그 세 명의 미국인 시간 여행자가 돌아온 장면을 목격하게 된 것 같습니다!"

캐시디가 그에게 물었다. "그 말은 혹시, 그 사람들이 문제를 해결해서 사고를 극복했다는 뜻인지—"

"아마 아닐 겁니다, 헨리." 브랜턴은 애석해하는 목소리로 천천히 말했다. "지금 우리가 보고 있는 깜짝 놀랄 만한 광경은, 아마도 서구 세계에서 처음으로 목격된 것으로, 기술 분야 종사자들이 흔히 긴급 시간 활동이라고 부르는 것이라고 생각됩니다."

"아, 그렇군요, ETA군요." 캐시디는 밝은 목소리로, 방송 전 연방 당국의 관료들이 건네준 공식 대본을 읽으며 말했다.

"그렇습니다, 헨리. 일견 보기에는 다른 인상을 받을지 몰라도, 그들은 우리가 평소에 보던 용맹스러운 세 명의 시간 여행자 본인이 아닌 겁니다. 분명히 아닙니다—"

"이제 알겠습니다, 에버렛." 캐시디는 흥분한 목소리로 끼어들었다. 그의 공식 대본에 '캐시디가 흥분한 목소리로 끼어든다'라고 적혀있었기 때문이다. "이들 세 명은 미래로의 여행, 우리가 한 세기 후일 것이라 예측하는 목적지를 향해 시간 축을 따라 올라가던 중 잠시 발걸음을 멈춘 것입니다……. 어쩌면 이 장례식의 예측하지 못한 슬픔과 극적인 분위기가 그들로 하여금—"

"끼어들어서 죄송합니다만, 헨리, 일단 행렬이 지금 잠시 지체되어 속도가 떨어진 지금이라면, 저 세 사람과—"

"안 돼!" 순간 캐시디에게 황급히 휘갈겨 쓴 메모가 전달되어왔고, 캐시디는 그것을 보자마자 브랜턴에게 소리쳤다. 메모의 내용은 다음과 같았다. '시간 여행자들을 인터뷰하지 말 것. 긴급. 이전의 권고는 모두 무시할 것.' "아무래도 그들과, 그러니까…… 에버렛 당신이 원하는 대로, 세 명의 시간 여행자, 벤츠, 크레인, 더그와 잠시 이야기를 나누어보는 일은 힘들 것 같습니다. 우리 모두가 방금 전 잠시 동안 원했던 일인데 말입니다." 그는 붐 마이크를 원래대로 돌려놓으라고 있는 힘껏 손짓했다. 벌써 마이크가 정지한 캐딜락 쪽을 향해 움직이고 있었던 것이다. 캐시디는 마이크 기사와 그의 기술자를 향해 격렬하게 고개를 흔들어 보였다.

붐 마이크가 자기들 쪽을 향해 오는 것을 보며, 애디슨 더그는 오픈형 캐딜락의 뒷좌석에서 몸을 일으켰다. 캐시디는 신음 소리를 흘렸다.

저 친구는 지금 말을 하고 싶어 하는 거야. 수정한 대본을 보여주지도 않았나? 왜 나한테만 알려줘서 이 고생을 하게 만드는 거지? 이제 다른 텔레비전 방송국의 붐 마이크와 더불어 몇몇 라디오 방송국의 기자들도 세 명의 시간 여행자의 얼굴을 향해, 특히 애디슨 더그를 향해 달려가고 있었다. 더그는 이미 어떤 기자가 그에게 던진 질문에 대답을 하고 있는 듯 보였다. 그의 붐 마이크는 꺼져있어서, 캐시디는 질문도, 더그의 답변도 들을 수 없었다. 그는 머뭇거리다 자기 쪽 붐 마이크를 켜라고 신호를 보냈다.

"……예전에 말입니다." 더그는 큰 소리로 말하고 있었다.

"어떤 측면에서 '이런 일이 모두 예전에 일어났었다'라는 말씀이시죠?" 라디오 기자가 차량에 바싹 붙어서 다시 질문했다.

미국의 시간 여행자 애디슨 더그는 붉게 달아오르고 경직된 얼굴로 소리치고 있었다. "제 말은, 제가 계속 이 자리에 서서 계속 같은 말을 해왔으며, 여러분 모두는 이 퍼레이드와 우리 셋이 재진입 도중 폭발하는 모습을 닫힌 시간 사이클 안에서 끝없이 보아왔다는 겁니다. 이 연쇄 고리를 깨야만 합니다."

다른 기자가 애디슨 더그 쪽으로 나서며 물었다. "그렇다면 당신들은 지금 재진입 시의 폭발 원인을 찾아서, 이후 과거로 돌아갈 때 당신들의 목숨을 잃게 만든 오류를 바로잡으려고 하고 있는 겁니까?"

"예, 그러는 중입니다." 시간 여행자 벤츠가 말했다.

"그 격렬한 폭발이 일어난 원인을 찾고, 우리가 돌아가기 전에 그 원인을 없애려 하는 중이죠. 또한 정확한 이유는 알 수 없지만, 이미 거의 100파운드에 달하는 폴크스바겐 자동차 부품이 우리 착륙선에 들어 있었다는 사실은 밝혀졌습니다. 엔진과 전조등을 포함해서요……." 시간 여행자 크레인이 고개를 끄덕이며 덧붙였다.

이거 끔찍한데, 라고 캐시디는 생각했다. "대단하군요!" 그는 목깃의 마이크에 대고 큰 소리로 외쳤다. "이미 비극적으로 사망한 세 명의 미국 시간 여행자들이, 오직 그동안 수행해온 부단한 훈련과 강인한 기강을 통해서만 얻을 수 있는 굳건한 자세를 보여주고 있습니다. 아까는 영문을 알 수가 없었지만 이제는 알 것 같군요. 이들은 이미 자신들의 죽음에서 어떤 물리적인 문제가 있는지를 파악해냈고, 그 사고가 일어난 원인을 제거해서 원래 출발한 장소로 아무 문제 없이 재진입하기 위한 힘겨운 과정을 시작한 것입니다."

브랜턴도 방송 카메라를 향해, 그리고 그의 동료 진행자를 향해 이렇게 말하기 시작했다. "물론 이렇게 가까운 과거를 변동시키는 일이 어떤 결과를 가져오게 될지 우려하시는 시청자 분도 계실 겁니다. 만약 이들이 재진입 과정에서 폭발하지 않고 사망하지 않았다면, 그들은 아마도— 글쎄요, 이거 제게는 너무 어려운 문제로군요, 헨리. 패서디나의 시간 성형 연구소에 있는 페인 박사가 그렇게 자주 멋들어지게 우리가 이해할 수 있도록 설명해주시던 내용인데 말입니다."

이제 그곳에 있는 모든 마이크에 대고, 시간 여행자 애디슨 더그는 좀 더 조용한 목소리로 이렇게 말하고 있었다. "우리는 재진입 시의 폭발 원인을 제거해서는 안 됩니다. 우리가 여행을 끝낼 수 있는 유일한 길은 바로 죽음뿐입니다. 죽음만이 유일한 해결책입니다. 우리 셋에게는 말이지요." 캐딜락 행렬이 앞으로 움직이기 시작하며, 그의 인터뷰는 중단되었다.

헨리 캐시디는 잠시 자기 마이크를 끄고는 옆의 촬영 기사에게 말했다. "저 친구 정신이 나간 거 아냐?"

"시간이 지나면 알게 되겠지요." 촬영 기사가 듣기 힘들 정도로 작은 목소리로 말했다.

캐시디는 다시 마이크를 켜고 말하기 시작했다. "미국의 시간 여행 역사에서 아주 특별한 순간이 찾아왔습니다. 시간 여행자 더그 씨가 언급한 저 수수께끼 같은 발언이 무슨 뜻인지는, 참으로 진부한 농담같이 들리기는 하지만, 시간이 지나면 알게 될 것입니다. 그에게는 참으로 견디기 힘든 순간에, 그리고 우리 모두에게도 또한 그 정도는 아니지만 의미 있는 순간에 듣게 된 저 즉석 발언이, 과연 고통으로 인해 일그러진 사람의 한탄인 것일까요, 아니면 우리 모두가 결국은 맞이할 신학적인 딜레마를 정확하게 짚어내는 현명한 한 마디인 것일까요. 시간 여행만이, 우리 또는 러시아인들이 성공할 미래의 시간 여행만이 그 해답을 줄 수 있을 것입니다."

그리고 그는 바로 광고 방송으로 넘어갔다.

브랜턴의 목소리가 그의 귀에 들려왔다. 방송에 나가는 것이 아닌, 상황실과 그의 귀에만 들리는 목소리였다. "이봐, 만약 저 친구 말이 맞는다면, 저 불쌍한 친구들을 그냥 죽게 내버려둬야 하는 거 아냐?"

"해방시켜줘야겠지. 세상에, 더그 표정하고 말투 봤나? 천 년도 넘게 같은 일을 반복해온 사람으로 보였어! 정말로 저런 운명은 되고 싶지 않네."

"저 친구들이 이런 일을 예전에도 겪었다는 것에 50달러 걸겠네."

"그렇다면 우리도 마찬가지였을 텐데."

이제 빗방울이 떨어지며 도열해있는 문상객들을 반짝이게 만들었다. 그들의 얼굴, 눈, 옷조차도— 모든 것의 젖은 표면 위에서 부서지고 조각난 빛이 반짝였다. 그들의 위로 형체 없는 회색 구름이 덮였고, 날이 어두워지기 시작했다.

"방송 시작한 건가?" 브랜턴이 물었다.

누가 알겠어? 캐시디는 생각했다. 이제 그에게는 어서 이 날이 끝났으면 하는 생각밖에 들지 않았다.

소비에트 시간 여행자 N. 가우키는 흥분한 듯 양손을 번쩍 들고는,

자기 맞은편에 앉아있는 미국인들을 향해 매우 급박한 목소리로 말하기 시작했다. "저와 제 동료이자 시간 여행의 선구자이며 소비에트 인민 영웅의 칭호를 받은 R. 플레냐는, 우리 자신의 실제 경험과 우리 측 연구 기관 및 소비에트의 USSR 학술원의 이론적 연구를 바탕으로 해서 다음과 같은 의견에 합의를 보았습니다. 시간 여행자 A. 더그 씨의 걱정은 실제로 가능한 일입니다. 그리고 명령에 불복하고 ETA가 끝날 때 커다란 자동차 부품을 가지고 들어감으로써 재진입 과정에서 자신 및 동료들의 목숨을 잃게 한 그의 행동은, 더 이상 도망갈 곳이 없는 절망에 빠진 사람의 마지막 행동으로 간주해야 합니다. 물론 결정을 내리는 것은 여러분 측입니다. 우리는 그저 자문위원 자격으로 이곳에 온 것일 뿐이니까요."

애디슨 더그는 탁자 위에서 라이터를 가지고 손장난을 할 뿐, 고개를 들 생각도 하지 않았다. 귀에서 윙윙거리는 소리가 나기 시작했고, 그는 그 소리가 대체 무슨 뜻인지 궁금해지기 시작했다. 왠지 전자적인 느낌이 드는 소리였다. 어쩌면 우리가 다시 착륙선으로 돌아온 건지도 몰라, 라고 그는 생각했다. 그러나 착륙선의 모습은 느껴지지 않았다. 그는 주변의 사람들과 탁자, 자기 손가락 사이에 있는 푸른색 라이터를 느낄 수 있었다. 재진입 도중에는 담배를 피우면 안 되지. 그는 조심스럽게 라이터를 주머니 속으로 집어넣었다.

그리고 토드 장군이 입을 열었다. "닫힌 타임 루프가 발생했다는 확실한 증거는 어디에도 없지 않소. 더그 씨가 주관적인 피로를 느낄 뿐이지. 그렇게 믿는다고 해서 그가 이 모든 일을 반복하고 있다는 증거가 되는 것은 아니오. 그의 말대로, 사실 정신적인 문제일 가능성이 매우 높은 것이기도 하고." 그는 자기 앞에 쌓인 서류들을 돼지같이 뒤적였다. "여기 예일 대학의 심리학자 네 명이 그의 정신 상태에 대해 분석해놓은 보고서가 있소. 언론에는 보고되지 않은 내용이지. 이 친구는 정신적으로 놀라울 정도로 안정된 상태이기는 하지만, 가끔씩 주기적인 불안정 상태를 보이며, 그것이 축적되어 실제로 우울증 증상을 보일 수도 있다고 하는군. 사실 이 보고 때문에 발사 전에 상당히 심도 있는 고려를 했지만, 다른 두 사람의 긍정적인 태도가 이 친구의 문제를 상쇄해줄 수 있을 것이라 생각했었소. 어쨌든, 이 친구의 우울증 지수가 상당히 높다는 말이오." 그는 보고서를 사람들에게 나눠 주려 했으나, 탁자에 앉아있는 사람 중 그 누구도 그것에 손대지 않았다. 그러자 그는 페인 박사를 보고 말했다. "그렇지 않나, 페인 박사? 우울증이 심각한 사람은 특정 시간이 계속해서 반복되며, 자신이 한 가지 사건만 계속해서 겪고 있는 것 같은 느낌을 받을 수도 있다고 하던데? 정신분열이 심각해져서 과거를 놓고 싶어 하지 않는다고 말이야. 자기 머릿속에서 과거의 행동만 계속 돌리게 되는 거지."

"하지만 장군님, 그런 주관적인 타임 루프의 감각은 아마 우리 모두 느끼게 될 겁니다. 실제로 그런 루프 자체가 현실로 고정이 되어버린다면 말이죠." 페인 박사는 이 프로젝트의 이론적 배경을 세우도록 해준 이론 물리학자였다.

"장군님은 지금 자기도 이해하지 못하는 단어를 내뱉고 있는 겁니다." 애디슨 더그가 말했다.

"익숙하지 않은 단어는 전부 조사해보았네. 정신분석학의 전문 용어들……. 무슨 말인지 다 안다는 말이네." 토드 장군이 대답했다.

벤츠가 애디슨 더그를 보고 물었다. "애디, 그 폴크스바겐 부속품은 전부 어디서 가져온 거야?"

"아직 나한테 없어."

크레인도 그를 향해 말했다. "지나가다 처음 들른 고철상에서 주워 갔겠지. 돌아가기 전이라면 언제든 가능한 일이잖아."

"주워 가게 될 거라고 해야 하지 않을까." 애디슨 더그가 그의 말을 정정했다.

토드 장군이 그들을 보고 말했다. "제군들에게 내릴 명령은 다음과 같네. 제군들은 어떤 방식으로도 재진입 과정에서 피해를 입히거나 파열 또는 오작동을 유발할 수 있는 행위를 해서는 안 되네. 추가 질량을 유입하든, 아니면 제군들이 생각해낼 수 있는 다른 파괴 행위를 저지르든 말이야. 제군들은 이전에 실시한 가상훈련에서와 완벽하게 같은 일정에 따라 귀환해야 하네. 이건 특히 자네를 두고 하는 말이네, 더그." 그의 오른쪽에 있는 전화벨이 울렸다. 그는 얼굴을 찌푸리며 수화기를 집어 들었다. 잠시 후, 그는 험악하게 얼굴을 찌푸리며 수화기를 쾅 하고 내려놓았다.

"윗선에서 연락이 온 모양이군요." 페인 박사가 말했다.

"그래, 맞네. 개인적으로는 기쁘다고 말해야겠군. 이전에 내린 결정이 그다지 마음에 들지 않는 것이었으니 말이네." 토드 장군이 대답했다.

잠시 침묵이 흐른 후, 벤츠가 입을 열었다. "그러면 재진입 도중에 폭발할 준비를 하면 되는 겁니까."

"결정은 자네들 세 명의 몫일세. 자네들 목숨이 걸린 일이니까. 이제 완전히 자네들에게 맡기기로 했네. 원하는 대로 행동하게나. 만약 자네들이 닫힌 타임 루프 안에 있다는 확신이 들면, 그리고 재진입 도중의 폭발로 그것을 막을 수 있다고 생각한다면—" 그때 더그가 자리에서 일어났고, 토드 장군은 말을 멈추었다. "뭔가 더 할 말이 남았나, 더그?"

"그냥 이 일에 관련된 모든 분들께 감사인사를 드리고 싶어서 그럽니다. 우리에게 결정권을 넘겨주신 일에 대해서 말이죠. 정말로 감사합니다." 그는 지치고 수척해진 얼굴로 탁자 주변에 둘러앉은 사람들을 둘러보며 말했다.

벤츠가 천천히 입을 열었다. "거 말이지, 재진입 도중에 폭발한다고 해서 닫힌 루프가 생길 확률에 변화가 있으리라는 보장은 없어. 사실 그 때문에 생겨날 수도 있는 거라고, 더그."

"우리가 모두 죽는다면 그렇지는 않겠지." 크레인이 말했다.

"자네 애디의 의견에 동의하는 건가?"

"죽은 건 죽은 거야. 나도 오래 생각해봤네. 우리가 이 상황에서 빠져나갈 더 확실한 방법이 있겠나? 죽어버리는 것보다? 다른 어떤 방법이 가능하겠나?"

"자네들이 루프 안에 있지 않을 가능성도 있지." 페인 박사가 지적했다.

"루프 안에 있을 가능성도 있고요." 크레인이 말했다.

더그는 여전히 일어선 채로 크레인과 벤츠를 보며 말했다. "메리 루도 우리 토의에 참석시켜도 될까?"

"왜?" 벤츠가 물었다.

"이제 더 이상 제대로 생각하기가 힘들어. 메리 루가 나를 도와줄 수 있을 거야. 그녀는 믿을 수 있으니까."

"안 될 거 없지." 크레인이 말했다. 벤츠 역시 고개를 끄덕였다.

토드 장군은 침착하게 자기 손목시계를 바라보고는 말했다. "그럼 제군, 이것으로 회의를 마치도록 하겠네."

소비에트 시간 여행자 가우키는 헤드폰과 목깃의 마이크를 떼고, 빠른 걸음으로 세 명의 미국 시간 여행자들에게 다가와 손을 내밀었다. 그는 뭔가 러시아어로 말했지만, 그들 중 누구도 그의 말을 알아들을 수 없었다. 그들은 우울한 기분으로 한데 뭉쳐 밖으로 나갔다.

"내 생각에는 자네가 맛이 간 것 같아, 애디. 하지만 상황을 보니 내가 소수파인 것 같군." 벤츠가 말했다.

"하지만 이 친구 말이 맞는다면, 그러니까 우리가 몇 십억 분의 일의 확률을 뚫고 계속해서 같은 시간을 돌게 된다면, 그럼 우리 의견이 정당하다는 사실을 알 수 있게 되는 거지." 크레인이 말했다.

애디슨 더그는 초조하게 물었다. "메리 루 보러 가도 될까? 그녀 집으로 운전 좀 해주겠어?"

"지금 밖에서 기다리고 있어." 크레인이 말했다.

토드 장군이 세 명의 시간 여행자들 옆으로 걸어오며 말했다. "이봐들, 일이 이렇게 된 건 장례식 행렬에서 더그, 자네가 보인 언행에 일반 시민들이 반응했기 때문이네. NSC의 자문 위원들은 일반인들이 자네 생각에 동의해서, 자네들 모두를 끝장내버리는 쪽이 안전하다고 생각한다고 보고해왔네. 자네들이 임무를 저버리지 않고 완벽한 재진입을 이루는 것보다, 임무에서 완전히 해방되는 쪽이 나아 보인다는 거지. 내 생각에는 자네가 정말로 강렬한 인상을 남긴 것 같구먼, 더그. 자네의 그 푸념이 말이야." 그는 이렇게 말하고는, 세 사람을 남겨둔 채 뚜벅뚜벅 걸어가버렸다.

크레인이 애디슨 더그에게 말했다. "저 인간은 잊어버려. 저 인간과 같은 사람들도 다 잊어버리고. 우리는 해야 할 일이 있잖아."

"메리 루가 설명해줄 거야." 더그가 말했다. 그녀라면 무엇을 해야 할지, 무엇이 옳을지 말해줄 수 있을 거야.

크레인이 말했다. "내가 데려오지. 그런 다음에 넷이서 어디든, 뭐 그 여자 집에라도 가서, 어떻게 할지 결정해보자고. 알겠지?"

"고마워. 그렇게 해주면 좋겠어." 애디슨 더그는 이렇게 말하며 고개를 끄덕였다. 그는 그녀가 어디 있을지 궁금해하며 주변을 둘러보았다. 어쩌면 바로 옆방일지도 모른다. 어디든 가까운 곳이겠지.

벤츠와 크레인은 서로 눈빛을 교환했다. 더그도 그 눈빛을 보았지만 무슨 뜻인지는 이해하지 못했다. 그가 알고 있는 것은, 지금 그에게 누군가 다른 사람이 필요하다는 것, 그중에서도 메리 루가 가장 필요하다는 것이었다. 그에게 상황을 설명해주기 위해서. 그리고 그들이 이 모든 것에서 벗어나도록 해주기 위해서.

메리 루는 그들을 태우고 로스앤젤레스 북쪽으로 나와 벤추라로, 그리고 그 너머 내륙 지방의 오하이로 통하는 고속도로 최고속 차선을 달리기 시작했다. 네 사람 모두 별로 말이 없었다. 메리 루는 언제나와 마찬가지로 운전 솜씨가 좋았다. 애디슨 더그는 그녀에게 기대어 잠시 긴장을 풀고 일종의 짧은 평화를 누렸다.

"운전할 줄 아는 애인보다 좋은 건 없지." 한참 동안 침묵을 유지하며 달린 끝에, 마침내 크레인이 입을 열었다.

"상류층 느낌 아닌가. 여자가 운전을 하게 한다는 것. 운전사를 두고 사는 귀족이 된 느낌이지." 벤츠도 거들었다.

메리 루는 그들을 보고 응수했다. "뭔가에 부딪치기 전까지는 그렇겠죠. 커다랗고 느린 물체에 말이에요."

애디슨 더그가 입을 열었다. "내가 그날 터덜거리며 당신 집에 나타난 모습을 보았을 때…… 붉은 삼목 합판 보도를 걸어 내려왔을 때 말이야. 그때 무슨 생각을 했어? 솔직하게 말해줘."

"여러 번 그 일을 반복해온 것처럼 보였어. 지치고 탈진한 모습이었고— 죽을 준비가 된 것 같았어. 마지막을 맞은 것처럼 보였어." 그녀는 잠시 머뭇거렸다. "미안해, 하지만 내가 받은 인상은 그런 거였어, 애디. 그리고 나는 당신이 그 길을 너무 잘 알고 있다고 생각했고."

"너무 여러 번 걸어본 것처럼 말이지."

"맞아."

"그러면 폭발 쪽에 한 표 던지는 거겠군."

"나는—"

"솔직하게 말해줘."

"뒷좌석을 봐. 뒷좌석 바닥에 상자가 있을 거야." 메리 루가 말했다.

세 남자는 보조석에서 손전등을 꺼내 들고 상자를 살펴보았다. 그 내용물을 보자 애디슨 더그의 마음속에 공포가 밀려 들어왔다. 녹슬고 낡은 폴크스바겐 부속품이었다. 아직 기름이 묻어 있었다.

"우리 집 뒤에 있는 외제차 폐차장에서 가져왔어. 패서디나로 가는 길에 말이야. 내 눈에 처음 들어온, 충분히 무거운 쓰레기였어. 텔레비전을 보니까 발사할 때 무게가 50파운드가 넘는 물건이 있기만 하면—"

"이거면 충분해. 실제로 이걸로 됐으니까." 애디슨 더그가 말했다.

크레인이 무겁지만 평온한 목소리로 입을 열었다. "그럼 아가씨 집에 갈 필요는 없겠구먼. 다 결정된 거니까. 그냥 남쪽에 있는 착륙선으로 가면 되겠어. 그리고 ETA에서 벗어나는 작업을 시작하자고. 그리고 다시 재진입을 하고. 투표해줘서 고맙군요, 호킨스 양."

"다들 너무 지쳤어요." 그녀가 말했다.

벤츠가 입을 열었다. "나는 아니야. 난 화났어. 정말로 미칠 듯이 화가 났다고."

"나한테?" 애디슨 더그가 말했다.

"모르겠어. 이건 그냥— 젠장." 그리고 그는 아무 말도 하지 않고, 다른 사람들에게서 가능한 한 멀리 떨어져서 몸을 웅크린 채 혼자 좌절을 곱씹고 있었다.

다음 고속도로 교차로에서, 그녀는 남쪽으로 차를 돌렸다. 이제 그녀는 일종의 자유를 느끼고 있었고, 애디슨 더그는 자신의 고통과 피로가 벌써 약간이나마 덜어지는 것을 느꼈다.

남자 세 명의 손목에서 비상용 경보 송신기가 울리기 시작했다. 그들은 모두 깜짝 놀랐다.

"그건 뭐예요?" 메리 루가 속도를 줄이며 말했다.

크레인이 그녀의 질문에 대답했다. "최대한 빨리 토드 장군에게 전화로 연락하라는 소립니다. 저기 스탠더드 주유소가 있군요. 다음번 출구에서 나갑시다, 호킨스 양. 거기서 전화를 걸어보기로 하지요."

잠시 후, 메리 루는 외부 공중전화 박스 옆에 차를 멈추었다. "나쁜 소식이 아니었으면 좋겠는데요." 그녀가 말했다.

"내가 먼저 걸어보지." 더그가 차에서 내리며 말했다. 나쁜 소식이라. 그는 지친 머리로 생각하면서도 웃음을 지었다. 나쁜 소식이 뭐가 있겠어? 그는 절름거리며 전화박스에 도착해서 안으로 들어간 다음, 문을 닫고는 10센트 동전 하나를 넣고 무료 장거리 전화를 걸었다.

교환원을 통해 연결이 되자, 토드 장군은 그에게 소리쳤다. "잘 듣게, 새로운 소식이 있다네! 자네와 연락이 닿아서 다행이야. 잠깐만 기다리게― 페인 박사가 직접 이야기해줄 걸세. 나보다는 그 사람 쪽이 더 믿을 만하겠지." 여러 번 딸각 소리가 난 후에, 페인 박사의 높고 명료하고 지적이지만 다급한 목소리가 들려오기 시작했다.

"나쁜 소식이 뭡니까?" 애디슨 더그가 물었다.

"그리 나쁜 소식은 아닐세. 우리 회의가 끝난 다음에 계속해서 계산을 돌려봤거든. 그리고 말이네, 이 계산에 따르면 자네 말이 맞을 수도 있는 것으로 보인다네, 애디슨. 그러니까 내 말은, 확률적으로는 가능하지만 아직 검증의 여지가 남아있다는 거야. 자네는 닫힌 타임 루프 안에 있는 거네."

애디슨 더그는 불쾌하게 한숨을 쉬었다. 이 망할 심술궂은 꼰대 같으니. 아마 예전부터 쭉 알고 있었겠지.

"하지만 말이네, 내 계산에 따르면― 주로 칼텍을 통해 협동해서 한 계산에 따르면 말이네, 그런 루프가 유지될 가능성이 가장 많은 경우는 바로 재진입 시 폭발이 일어나는 경우였네. 무슨 말인지 알겠나, 애디슨? 만약 자네가 그 녹슨 폴크스바겐 부품을 전부 가지고 타서 폭발을 일으키면, 그냥 평범하게 재진입을 시도해서 모든 일이 잘되는 경우보다 닫힌 루프가 생길 가능성이 훨씬 높아진다는 말이네."

애디슨 더그는 아무 말도 하지 않았다.

"사실 말이네, 애디. 내가 정말 강조하고 싶은 것은 바로 이 부분이네만, 재진입 시의 폭발은, 특히 우리가 생각하는 것과 같은 종류의 거대한 폭발은 말이네— 무슨 말인지 알겠나, 애디? 내 말 이해가 되는 건가? 이거 참, 애디? 그런 폭발은 거의 확실하게 자네가 생각하는 것과 같은 완벽하게 벗어날 수 없는 루프를 만들어버리게 된다는 거네. 우리 모두가 처음부터 걱정하던 대로 말이야." 침묵. "애디? 듣고 있나?"

애디슨 더그는 말했다. "나는 죽고 싶습니다."

"그건 자네가 루프 때문에 탈진해서 그런 거야. 자네 세 명이 얼마나 여러 번 이런 일을 반복했는지는 아무도 모르겠지만 말이네—"

"됐습니다." 그렇게 말하고, 그는 전화를 끊으려 했다.

페인 박사는 다급하게 말을 쏟아내기 시작했다. "벤츠나 크레인과도 대화를 하게 해주게. 제발, 재진입을 시작하기 전에 말이야. 특히 벤츠하고 말이네. 그 친구하고 꼭 이야기를 해야겠어. 제발, 애디슨. 그 친구들을 위해서라도 말이네. 자네는 지금 너무 탈진한 상태라서—"

그는 전화를 끊고는, 천천히 공중전화 박스에서 걸어 나왔다.

차에 올라탄 그는, 나머지 두 사람의 경보 장치가 여전히 울리고 있다는 사실을 알 수 있었다. "토드 장군 말로는 자네들 장치는 한동안 자동으로 울리고 있을 거라는군. 자, 가자고." 그는 문을 닫으며 말했다.

"우리하고는 말하고 싶지 않다던가?" 벤츠가 물었다.

"토드 장군이 우리에게 줄 작은 선물이 있다나봐. 의회에서 명예 훈장인가, 뭐 그런 것을 내려주겠다고 결의했다더군. 예전에는 그 누구에게도 수여한 적이 없는 특수한 훈장이라는데. 물론 우리가 죽은 다음에 추서하게 되겠지만."

"아, 젠장. 어차피 그렇게 주는 거 말고 달리 줄 방법도 없잖아." 크레인이 말했다.

메리 루는 자동차 시동을 걸면서 울음을 터트렸다.

덜컹거리며 고속도로로 나오면서, 크레인은 말했다. "다 끝나고 나면 개운해질 거야."

이제 얼마 남지 않았어. 애디슨 더그가 속으로 외쳤다.

그들의 손목에서 비상용 경보 송신기가 계속해서 함께 울어댔다.

"죽기 직전까지 갉아서 죽일 생각이지. 그 온갖 종류의 관료들의 목소리를 총동원해서 말이야." 애디슨 더그가 말했다.

차 안의 다른 사람들은 무슨 말인지 알고 싶다는 듯, 당황과 불안감이 뒤섞인 표정으로 그를 바라보았다.

"그래, 이 자동 경보 정말로 짜증나는군." 크레인이 말했다. 그도 지친 목소리였다. 나만큼이나 지쳐있는 거야. 애디슨 더그는 생각했다. 그리고 그 사실을 깨달으니 마음이 조금 가벼워졌다. 그가 옳다는 사실을 보여주는 일이었으니까.

굵은 빗방울이 자동차 앞 유리를 때렸다. 비가 내리기 시작했다. 이역시 기분 좋은 일이었다. 그의 짧은 삶 동안 겪은 가장 고귀한 경험을 떠오르게 했기 때문이다. 국기를 얹은 관과 함께, 천천히 펜실베이니아 거리를 따라 움직이던 국장 행렬에 참석했던 기억. 눈을 감고 몸을 뒤로 누이니 마침내 행복한 기분이 들었다. 그리고 그 주변에서 슬픔에 젖은 사람들의 소리가 들리기 시작했다. 그리고 그는 머릿속으로 예의 특별 의회 훈장을 떠올렸다. 지쳤기 때문에 주는 거지. 지친 사람들에게 주는 훈장인 거야.

그는 머릿속으로 수많은 다른 장례식과, 수많은 다른 죽음 속에 있는 자기 자신을 보았다. 그러나 실제로는 한 번의 죽음과 한 번의 장례식이 있을 뿐이었다. 댈러스의 거리를 천천히 지나가는 차들과 킹 박사의 경우와 마찬가지로……. 그는 자신이 계속해서 닫힌 채 순환되는 삶으로 돌아오는 모습을 보았다. 그가 잊을 수 없는, 그리고 그들도 잊을 수 없는 국장 행렬을 보았다. 그는 그곳에 있을 것이다. 그는 언제나 그곳에 있을 것이다. 언제나 똑같은 일이 일어날 것이고, 그들 모두는 계속해서 영원히 함께 그곳으로 돌아올 것이다. 바로 그 장소, 그 순간, 그들이 원했던 곳으로. 그들 모두에게 가장 중요한 것이었던 바로 그 장례식 순간으로.

이것이 그가 그들에게, 그의 민족과 그의 국가에 선사하는 선물이었다. 그는 전 세계에 근사한 짐을 지워준 것이다. 두렵고 권태로운, 영생이라는 이름의 기적을. ◐

전前 인간
The Pre-Persons

PHILIP K. DICK

산의 제왕 놀이를 하고 있던 월터는, 사이프러스 숲을 지나 다가오는 흰색 트럭을 보고는 그것이 무엇인지 즉시 깨달았다. 그는 생각했다. 저건 낙태 트럭이야. 누군가 아이를 잡아서 산후 낙태 시설로 보내려고 온 거야.

그리고 그는 생각했다. 어쩌면 우리 부모님이 부른 걸지도 몰라. 날 잡아가게 하려고.

그는 달려가 블랙베리 덤불에 숨었다. 가시에 긁혀 아프기는 했지만, 허파에서 공기를 빼서 죽이는 것에 비해서는 훨씬 나을 것이라고 생각했다. 그들은 그런 식으로 작업을 수행했다. 모든 아이들에게 동시에 산후 낙태 작업을 수행하는 것이다. 그 일을 하는 커다란 방이 있었다. 누구도 원하지 않는 아이들이 가게 되는 곳이었다.

블랙베리 덤불 속으로 더 깊이 기어들어가며, 그는 트럭이 멈추는 소리가 들리는지 귀를 기울이기 시작했다. 트럭의 엔진 소리가 들렸다.

"나는 투명하다." 그는 중얼거렸다. 그가 5학년일 때 배우고 연기했던 〈한여름 밤의 꿈〉에서, 그가 맡은 역할이었던 오베론의 대사였다. 이 말을 하면 아무도 그를 볼 수 없게 되는 것이었다. 어쩌면 지금 그런 일이 가능할지도 몰랐다. 어쩌면 그 마법의 언어가 실제로도 통할는지도 몰랐다. 그래서 그는 다시 중얼거렸다. "나는 투명하다." 하지만 그는 자신이 투명하지 않다는 사실을 잘 알고 있었다. 여전히 팔과 다리와 신발이 보였고, 그들 ― 특히 낙태 트럭 기사, 그리고 엄마와 아빠 ― 역시 그를 볼 수 있을 터였다. 찾아보기만 한다면 말이다.

만약 그들이 이번에 데려가려 하는 아이가 그였다면 말이다.

그는 자신이 왕이었으면 하고 바랐다. 자기 몸에 뿌릴 수 있는 마법의 가루가 있고, 번쩍이며 빛나는 왕관이 있으며, 요정 나라를 다스리고 믿음직한 퍽을 부하로 부릴 수 있었으면 하고 바랐다. 심지어는 조언도 구할 수 있기를. 그 자신이 왕이고, 아내인 티타니아와 다툼을 벌였을 때조차도 조언을 구할 수 있었으면.

아무래도 소리 내어 말한다고 해서 그게 이루어지지는 않는 것 같아. 그는 이렇게 생각했다.

태양이 그의 위에서 빛나 눈을 찌푸려야만 했지만, 그는 계속해서 낙태 트럭의 엔진 소리만을 듣고 있었다. 트럭은 계속해서 소리를 냈고 그 소리가 멀어져갈수록 그의 마음속에는 희망이 차올랐다. 그가 아닌 다른 아이가 낙태 센터에 넘겨진 것이었다. 길 안쪽에 살고 있는 누군가가 말이다.

월터는 힘겹게 블랙베리 덤불에서 기어 나왔다. 여기저기 긁힌 상처가 난 채로 온몸을 떨면서, 그는 한 걸음씩 집 쪽으로 움직이기 시작했다. 그리고 걸음을 옮기는 동안 울음을 터트리고 말았다. 대부분 긁힌 상처의 고통 때문이었지만, 공포와 안도감의 감정도 약간 섞여있었다.

"어머나, 세상에. 대체 어디 가서 뭘 하고 온 거니?" 어머니는 그를 보자마자 소리쳤다.

"나― 그― 낙태 트럭을― 봤어요." 그는 훌쩍이며 대답했다.

"그리고 그게 너를 데려가려 온 거라고 생각한 거니?"

그는 아무 말 없이 고개를 끄덕이기만 했다.

"잘 들으렴, 월터." 신시아 베스트는 아들 앞에 쭈그려 앉아 떨리는 손을 잡아주며 말했다.

"너희 아빠와 나 둘 다 약속하지만, 너는 절대 카운티 시설로 보내지 않을 거란다. 어쨌든 너는 너무 나이가 많이 들기도 했고 말이야. 그 사람들은 열두 살이 되지 않은 아이들만 잡아가니까."

"하지만 제프 보겔은—"

"그 애 부모는 새 법률이 실행되기 전에 그 아이를 보낸 거란다. 지금이라면 합법적인 방식으로 그 아이를 보낼 수는 없어. 이제 너를 잡아갈 수는 없단다. 자, 보렴. 너한테는 이제 영혼이 있단다. 법에 따르면 열두 살이 넘은 아이들은 영혼을 가지고 있거든. 그러니까 이제 그런 아이들은 카운티 시설로 갈 수 없는 거야. 알겠니? 너는 이제 안전하단다. 낙태 트럭이 보이더라도, 그건 네가 아니라 다른 아이를 잡아가려고 온 거야. 절대로 너는 아니란다. 잘 알아듣겠지? 그 트럭은 아직 영혼을 가지고 있지 않은, 아직 전 인간인 아이를 데려가려고 오는 거란다."

월터는 고개를 숙이고 어머니와 눈을 마주치지 않은 채로 말했다. "아직 영혼이 있는 것 같은 기분이 안 들어요. 예전이랑 똑같은 기분인걸요."

"법적인 문제일 뿐이야." 그의 어머니는 기운차게 대답했다. "연령에 맞춰서 나누는 것뿐이지. 그리고 너는 그 나이를 넘었단다. 주시자 교단이 영향력을 발휘해서 그 법률을 통과시켰지. 사실 그 교회 사람들은 대상 연령을 더 낮추고 싶어 했단다. 그 사람들은 세 살이 되면 영혼이 들어온다고 주장했지만, 결국 절충안이 통과된 거지. 중요한 사실은 이제 네가 법적으로 안전하다는 거란다. 네가 속으로 어떻게 느끼든 간에 말이야. 이제 알겠지?"

"알았어요." 그는 고개를 끄덕이며 말했다.

"예전부터 알고 있었잖니."

그 말에, 월터는 다시 분노와 슬픔을 터트리며 말했다. "그게 어떤 기분인지 알아요? 매일 누군가 찾아와서 나를 철망 달린 우리에 잡아넣을지도 모른다는 생각을 하면서—"

"불합리한 두려움일 뿐이야." 그의 어머니가 말했다.

"제프 보겔이 잡혀가던 그날 그 모습을 봤어요. 울고 있었는데도, 그 사람은 그냥 트럭 뒷문을 열고 개를 던져 넣은 다음에 뒷문을 닫아버렸다고요."

"그건 2년 전 일이잖니. 너는 그때 약했고 말이야." 어머니는 월터를 노려보며 말했다. "너희 할아버지가 지금 네가 이런 식으로 말하는 모습을 보셨더라면 채찍질을 했을 거야. 네 아버지는 그렇지 않겠지만 말이야. 그이는 그냥 웃으면서 바보 같은 말이나 하겠지. 2년이나 지났고 머릿속으로는 이제 법적으로 가능한 나이가 지났다는 것을 알고 있으면서 말이야! 너는 지금—" 그녀는 알맞은 단어를 찾으려 안간힘을 썼다. "너는 지금 불량하게 굴고 있는 거야."

"그 아이는 돌아오지 못했어요."

"어쩌면 아이를 원하는 사람이 카운티 시설로 가서 그 아이를 찾아 입양했을 수도 있지. 자기를 돌보아주는 더 나은 부모를 만났을 수도 있지 않겠니. 그 아이를 죽이기 전에 삼십 일 동안 유예 기간을 두니까 말이야." 그녀는 자신의 말을 수정했다. "아니, 잠재우기 전에."

월터는 조금도 안심이 되지 않았다. '그를 잠재운다' 또는 '그들을 잠재운다'라는 말이 마피아식 표현이라는 사실은 그도 잘 알고 있었기 때문이다. 그는 어머니로부터 조금씩 떨어지기 시작했다. 더 이상 어머니의 말은 위안이 되지 않았다. 그녀는 자기 아들에게 정체를 드러내 보인 것이다. 자신에 대한 무언가를, 또는 자신이 믿고 생각하고 행동하는 방식의 근원을 보여준 것이다. 그들 모두가 하는 일이다. 월터는 생각했다. 나는 2년 전, 어린아이였을 때와 조금도 달라지지 않았어. 내가 지금 법에서 말하는 것처럼 영혼을 가지고 있다면, 그때도 영혼을 가지고 있었을 거야. 그렇지 않다면 우리는 모두 영혼이 없는 거겠지. 그렇다면 실제로 존재하는 것은 그 금속 색깔의 트럭, 부모들이 더 이상 원하지 않는 아이를 데려가는, 창문에 철장이 쳐진 그 트럭, 그리고 원하지 않는 아이가 태어나기 전에 죽일 수 있었던 오래된 낙태법을 연장하여 사용하는 부모들뿐인 거지. 그 아이가 '영혼'이나 '주체성'을 가지지 못했기 때문에 죽일 수 있다며, 이 분이면 진공 흡입기로 빨아내버릴 수 있었던 그때 말이야. 의사 한 명이 하루에 백 명을 해치울 수 있었다지. 태어나지 않은 아이가 '인간'이 아니었기 때문에 말이야. 그런 아이는 전 인간이었으니까. 지금의 트럭도 마찬가지야. 그냥 영혼이 몸에 들어가는 시기를 뒤로 늦추기만 한 거지.

의회에서는 육체에 영혼이 들어가는 연령을 재기 위해, 간단한 시험을 실시했다. 대수와 같은 고등 수학을 수행할 수 있는 능력이 영혼이 들어가는 시기를 재는 기준이었던 것이다. 그때까지는 그저 육체, 동물적인 본능과 육체, 동물적인 반사 신경과 자극에 대한 반응일 뿐이었다. 레닌그라드 실험실 문 아래로 새어 들어오는 물을 보는 파블로프의 개와 마찬가지인 것이었다. '알고는' 있지만 아직 인간이 아닌 것이었다.

나는 이제 인간인 것 같아. 월터는 그렇게 생각하며 어머니의 창백하고 화난 얼굴을, 차가운 눈빛과 이성적인 엄격함이 깃든 얼굴을 올려다보았다. 나는 이제 당신과 같은 존재인가봐요. 이야, 인간이 되니 정말 좋네요. 이제 트럭이 오는 것을 보고 겁에 질릴 필요도 없고 말이죠.

"이제 좀 기분이 나아진 모양이구나. 내 말을 들으니 그 정도에 불안을 느낄 필요가 없다는 것을 알게 된 게지." 그녀가 말했다.

"그렇게 겁먹은 건 아니에요." 월터가 말했다. 이제 다 끝났다. 트럭은 가버렸고, 그는 잡혀가지 않았으니까.

하지만 며칠 후면 돌아올 것이다. 트럭은 1년 내내 모습을 보였다.

그래도 일단은 며칠의 유예 기간이 생겼다. 그리고 그 광경을 떠올리기만 하면— 아이들의 허파에서 공기를 빼내 죽인다는 사실을 몰랐더라면 좋았을 텐데. 그런 식으로 죽이다니. 왜일까? 그게 비용이 적게 들기 때문이라고, 그의 아버지가 말했었다. 납세자들의 세금을 절약하는 방식이라고.

그는 납세자라는 게 어떻게 생긴 사람들일지 생각하기 시작했다. 분명 아이들을 끔찍하게 싫어하는 사람들일 거야. 아이들이 질문을 해도 답을 해주지 않는 사람들이겠지. 홀쭉한 얼굴에, 얼굴에는 주름살이 가득하고, 항상 눈동자를 굴리고 있을 거야. 아니면 살찐 사람일지도 모르지. 둘 중 하나겠지. 그는 홀쭉한 쪽이 더 무섭게 느껴졌다. 삶을 사랑하지도, 살기를 원하지도 않는 사람일 것 같았다. '죽어, 꺼져버려, 병이나 걸려, 사라져버려'라고 계속해서 말하고 다니는 사람일 것이었다. 낙태 트럭은 그 증거, 또는 그 사람이 사용하는 도구가 분명했다.

"엄마. 카운티 시설을 닫으려면 어떻게 해야 해요? 아기와 어린아이들을 데려가는 곳 말이에요." 월터가 물었다.

"카운티 의회에다가 청원을 해야지." 그의 어머니가 말했다.

"내가 뭘 하려는지 알아요? 그곳에 아이들은 없고 카운티 공무원들만 남을 때까지 기다렸다가, 폭탄을 던져버릴 거예요."

"그런 말 하면 못써!" 그의 어머니가 엄격한 목소리로 꾸짖었다. 월터는 그녀의 얼굴에서 홀쭉한 납세자의 주름살을 보았다. 그리고 월터는 겁에 질렸다. 그의 어머니가 그를 겁먹게 한 것이다. 그녀의 차갑고 탁한 눈에는 아무것도, 영혼도 비치지 않았다. 그는 생각했다. 영혼이 없는 것은 바로 당신이야. 당신하고 그 입에서 나오는 그 비쩍 마른 죽음의 언어 말이야. 우리가 아니라.

그리고 그는 다시 밖으로 놀러 나갔다.

제법 많은 아이들이 트럭을 본 모양이었다. 함께 모여 서서 가끔씩 이야기를 나누기도 했지만, 주로 돌멩이와 흙을 걷어차고 때때로 벌레를 밟아 죽이기도 했다.

"트럭이 누구 데리러 온 거야?" 월터가 물었다.

"플라이슈해커야. 얼 플라이슈해커."

"잡았어?"

"당연하지. 비명 소리 못 들었어?"

"그 애 부모는 집에 있었고?"

"그럴 리가. 그 전에 '차에 기름칠 좀 하겠다'느니 거짓말을 하면서 내뺐던 모양인걸."

"그 사람들이 트럭을 부른 거지?"

"당연하지, 그게 법이잖아. 트럭을 부를 수 있는 건 부모뿐이라고. 하지만 막상 트럭이 올 때 그곳에 있기에는 너무 새가슴이었던 거지. 젠장, 정말 엄청난 비명이었다고. 너는 너무 멀리 있어서 못 들었겠지만, 진짜 제대로 비명 질렀어."

월터는 아이들을 보고 말했다. "뭔가 해야 한다고 생각하지 않아? 트럭에 폭탄을 던지고 운전사를 죽여버리자."

다른 아이들은 전부 한심하다는 표정으로 월터를 바라보았다. "정말로 그런 짓을 하면 정신병원에 평생 동안 가둬버릴걸."

"평생 가둘 수도 있지만, 사회적으로 용인될 수 있는 새로운 인격을 덧씌우기도 한다고 하던데." 피트 브라이드가 덧붙였다.

"그럼 어떻게 해야 해?" 월터가 물었다.

"넌 열두 살이잖아. 넌 이제 안전해."

"하지만 법을 바꿀 수도 있는 거잖아." 어쨌든 법적으로 안전하다고 해서 그의 불안감이 가시는 것은 아니었다. 트럭은 다른 아이들을 잡아가러 올 것이고, 그때마다 그는 두려움에 떨 것이었다. 그는 지금 시설에 갇혀있을 어린아이들을 생각해보았다. 철조망 속에 갇힌 채 계속해서, 매 시간 매일 바깥을 내다보며, 시간이 흘러가는 것을 기록하며 누군가 와서 그들을 입양해 갈 때만을 기다리고 있는 아이들을.

그는 피트 브라이드를 보고 물었다. "거기 가본 적 있어? 카운티 시설에? 그 진짜 조그만 아이들이 전부 갇혀있는 거 아냐. 한 살배기 정도되는 진짜 아기들도 있을 텐데. 자기들이 어떻게 될지도 모르는 애들말이야."

"아기들은 보통 입양된다더라고. 진짜 가망 없는 건 나이 먹은 애들이지. 네가 생각하는 것은 그런 애들 아냐. 그런 애들은 들어오는 사람을 보고 착하게 굴면서, 자기네가 사람들이 원할 만한 아이인 것처럼 보이려 하지. 하지만 사람들도 다 알아. 그런 애들이 거기 있는 이유가 사실, 아무도 그 애들을 원하지 않았기 때문이잖아." 잭 야블론스키가 말했다.

"타이어에서 바람을 빼면 어떨까." 월터는 이리저리 머리를 굴리며 말했다.

"트럭을? 아, 그리고 좀약을 연료통에 넣어두면 일주일쯤 지나서 엔진이 멈춘다고 하더라고. 그 정도는 할 수 있잖아."

"하지만 그러면 우리를 잡으려 할걸." 벤 블레어가 말했다.

"어차피 지금도 우리를 잡으러 다니고 있잖아."

월터의 말에 해리 괴틀렙이 대답했다. "트럭에 폭탄을 던지는 쪽이 더 나을 것 같아. 하지만 그 안에 애들이 있으면 어떡해. 전부 같이 타버릴 텐데. 그 트럭은 아마, 젠장, 나도 잘 모르겠다. 카운티 전역에서 하루에 다섯 명 정도는 잡아들일 거라고."

월터가 말했다. "개도 잡아간다는 거 알아? 고양이도. 그런 트럭은 한 달에 한 번만 온대. 수용 트럭이라고 부른다더라. 그것만 빼고는 전부같아. 개와 고양이도 큰 방에 집어넣고 허파에서 공기를 빼서 죽게 만드는 거지. 동물들에게도 그렇게 한다니까! 작은 동물들한테도!"

"직접 본 다음에 믿을래. 개를 데려가는 트럭이라니." 그렇게 말하는 해리 괴틀렙의 얼굴에는 비웃음과 불신의 표정이 떠올라 있었다.

그러나 월터는 자신의 말이 사실이라는 걸 알고 있었다. 두 번 수용 트럭을 본 적이 있기 때문이었다. 고양이, 개, 그리고 주로 우리를 잡아가지. 그는 우울하게 생각했다. 우리를 잡아갈 수 있다면, 결국 애완동물들도 데려가게 되는 게 당연하잖아. 별로 차이도 없으니까 말이야. 하지만 법으로 제정되었다고 해도, 그렇게 끔찍한 일을 저지르는 사람이 있을까? 그는 언젠가 책에서 읽었던 '어떤 법은 지키기 위해 있는 것이고, 어떤 법은 어기기 위해 있는 것이다'라는 말을 떠올렸다. 우선 수용 트럭을 폭탄으로 공격해야 해. 그게 제일 나쁘다니까. 그 트럭이.

왜 어떤 사람들은 연약한 생물일수록 더 간단하게 죽일 수가 있는 걸까? 자궁 안의 아기. 한때 '전 출산'이라고 불렀고, 지금은 '전 인간'이 된 낙태의 대상. 그 아이들이 어떻게 자신을 보호할 수 있었을까? 누가 그들을 위해 대신 항변해줄까? 한 사람의 의사가 하루에 백 명씩 죽여 없앨 수 있는 생명들…… 무력하고 조용히 그저 죽음을 맞는 생명들 말이다. 나쁜 놈들. 바로 그래서 그런 일을 저지를 수 있는 거야. 할 수 있다는 걸 아는 거지. 자기들의 지배력을 과시하고 싶은 거라고. 그래서 세상의 빛을 보고 싶어 하던 작은 생명이 이 분 만에 흡입기 속으로 사라지는 거지. 그리고 의사는 태연하게 다음 아이에게로 넘어가고.

뭔가 조직이 있어야 해. 마피아 같은 거. 살인자를 살인하자, 뭐 그런 걸로. 청부 살인자가 그런 의사들 중 한 명한테 다가가서, 고무관을 꺼내서는 의사를 빨아들여버리는 거지. 빨려 들어간 의사는 태아하고 같은 크기로 작아져버리는 거야. 태아 의사, 핀 머리만 한 크기의 청진기를 가지고 있는……. 그는 그 생각을 하며 웃었다.

아이들은 모른다고들 한다. 하지만 아이들은 모든 것을, 너무 많은 것을 안다. 낙태 트럭 한 대가 아이스크림 장수의 노래를 크게 틀고 달리고 있었다.

　　잭과 질은
　　물 한 양동이를 길어 오려고
　　언덕 위로 올라갔네

　　암펙스 사가 GM의 자동차를 위해 특수 제작한 음향 시스템을 통해 테이프에 녹음된 노래가 요란하게 울려 퍼졌다. 그는 목표물에 접근하기 전까지는 소리를 낮추지 않았다. 목적지가 나타나면, 그는 음향 시스템을 끄고 소리 없이 목표에 접근했다. 그러나 일단 원하지 않는 아이를 잡아 트럭 짐칸에 태우고 나서, 카운티 시설로 가거나 다른 전 인간을 잡으러 출발할 때면, 그는 다시 크게 노래를 틀었다.

　　잭과 질은
　　물 한 양동이를 길어 오려고
　　언덕 위로 올라갔네

　　3번 트럭의 운전수인 오스카 페리스는 이렇게 노래를 끝맺었다. "잭은 넘어져 정수리가 깨지고 질은 그 뒤를 따라 굴러 내려왔네." 정수리는 뭐래? 페리스는 생각했다. 아마 그 짓을 하는 부위겠지. 그의 얼굴에 웃음이 떠올랐다. 잭이 그걸 가지고 놀고 있었나? 질이 그랬을 수도 있고, 둘이 같이 놀았을 수도 있지. 물이라니, 염병할. 그놈들이 왜 풀숲으로 들어갔는지는 뻔하잖아. 문제는 잭이 굴러떨어져서 자기 물건을 깨버렸다는 거지. "안됐네, 질." 그는 큰 소리로 말하며 구불구불한 캘리포니아 1번 고속도로를 따라 4년 된 트럭을 몰았다.

　　애새끼들은 죄다 그렇다니까. 지저분한 데다 자기네들처럼 지저분한 장난만 치지.

　　이 부근은 아직 거칠고 드넓은 지역이었고, 계곡이나 벌판에는 수많은 부랑아들이 서식하고 있었다. 그는 눈을 크게 뜨고 사방을 둘러보았다. 그리고 당연하게도, 오른쪽 멀리에서 여섯 살 정도 되었음직한 작은 놈 하나가 시야에서 벗어나려 하는 모습이 보였다. 페리스는 즉각 버튼을 눌러 트럭의 경적을 작동시켰다. 아이는 공포 때문에 얼어붙어버린 채, 트럭이 여전히 〈잭과 질〉 노래를 울리며 그의 바로 옆까지 와서 멈출 때까지 꼼짝도 하지 못하고 기다렸다.

"D카드 내놔봐라." 페리스가 트럭에서 내리지 않은 채 말했다. 그는 한쪽 팔을 창문 밖으로 내밀고는 갈색 제복과 기장을 보여줬다. 그의 권위를 상징하는 물건이었다.

아이는 일반적인 부랑아와 같이 수척한 모습이었으나, 부랑아들과는 다르게 안경을 쓰고 있었다. 머리색이 옅고 청바지와 티셔츠를 입은 그 아이는 겁에 질린 채 페리스를 올려다보며, 신분증을 꺼낼 생각은 하지도 않고 있었다.

"D카드 있어, 없어?"

"디, 디, 디 카드가 뭐, 뭔가요?"

페리스는 딱딱한 목소리로 그 아이가 법적으로 가질 수 있는 권리에 대해 말해주었다. "너희 부모 둘 중 하나, 또는 법적 후견인은 36-W 서류를 작성해야 된다. 그들이나 그 또는 그녀가 너를 원한다는 정식 증명인 셈이지. 카드가 없나? 그러면 부모가 너를 원하더라도, 법적으로 너는 부랑아로 분류된다. 너희 부모도 500달러 벌금을 내야 하고."

"아, 그거, 잃어버렸어요."

"그러면 기록에 사본이 남아있겠지. 그런 서류와 기록은 전부 마이크로필름으로 기록해두니까. 일단 데려가서—"

"카운티 시설로요?" 아이의 비쩍 마른 다리가 공포로 떨리기 시작했다.

"36-W 서류를 작성하고 너를 데려갈 수 있도록 30일간의 유예 기간이 주어진다. 만약 그 안에 너를 데려가지 않으면—"

"우리 엄마 아빠는 만날 싸워요. 지금 나는 아빠랑 같이 살아요."

"너희 아빠가 네 신분을 증명할 D카드를 주지 않았나보구나." 트럭 운전석 건너편에는 산탄총이 장착되어 있었다. 부랑아를 잡아들이려 할 때는 언제든 문제가 발생할 수 있었다. 페리스는 자기도 모르게 그쪽으로 눈길을 돌렸다. 펌프식 산탄총은 다행히 제자리에 있었다. 그는 법 집행 업무에 종사한 이후 그 총을 다섯 번밖에 사용하지 않았다. 사람 한 명을 분자 단위로 분해해버릴 수 있는 무기였다. "너를 데려가야 겠다. 안에 다른 아이도 있지. 친구라도 되어보려무나." 페리스는 열쇠를 손에 들고 트럭에서 내릴 채비를 했다.

"싫어요, 안 갈래요." 아이는 눈을 깜빡이며 페리스에게 맞섰다. 돌처럼 완고하고 뻣뻣했다.

"아, 카운티 시설에 대해 좋지 않은 소문을 많이 들었겠지. 하지만 거기서 잠재우는 것은 병신하고 쭉정이 놈들뿐이란다. 평범하고 잘생긴 아이들은 입양되고 말이야. 네 머리카락을 자르고 멋진 옷을 입혀서 훌륭한 신사로 보이게 만들어주는 거지. 우리는 네가 갈 집을 찾아주고 싶은 것뿐이란다. 그게 목적이야. 아무도 원하지 않는 아이는 육체나 정신에 문제가 있는 아이뿐이란다. 돈 많은 사람들이 나타나서 순식간에 너를 낚아채 갈 거야. 그러면 너를 이끌어줄 부모도 없이 이곳에서 혼자 돌아다닐 일도 없게 되겠지. 새 부모가 생길 거란 말이다. 그리고 그 사람들은 빵도 실컷 먹여주고, 너를 등록해주기도 하겠지. 알겠니? 지금 너를 데려가려는 곳은 잠시 머무는 숙소일 뿐이야. 훌륭한 새 부모를 만날 수 있도록 기회를 주는 곳이란 말이다."

"하지만 한 달 안에 아무도 저를 입양해 가지 않으면—"

"아, 거참. 여기 빅서 벼랑에서 떨어지면 어차피 죽는 거 아니냐. 걱정 마라. 시설 측에서는 네 친부모에게 연락을 할 거고, 그러면 네 부모가 너를 원한다는 15A번 서류를 가지고 너를 찾으러 올 거다. 어쩌면 오늘 바로 올 수도 있지. 그동안 너는 드라이브도 즐기고, 다른 아이들도 많이 만나보는 거야. 이럴 기회가 그렇게 자주—"

"싫어요."

"경고하지만, 나는 카운티 공무원이다." 페리스가 싹 달라진 말투로 말했다. 그는 트럭 문을 열고 뛰어내려서는 아이에게 반짝이는 금속 배지를 보여주었다. "페리스 보안관이다. 지금 당장 이 트럭 짐칸에 올라타라. 이건 명령이다."

키 큰 남자가 한 명 조심스레 그에게 접근했다. 소년과 마찬가지로 청바지에 티셔츠를 입고 있었지만, 안경은 착용하지 않은 남자였다.

"당신이 이 아이 아버지요?" 페리스가 물었다.

남자는 목쉰 소리로 되물었다. "우리 애를 수용소로 데려가려는 거요?"

"우리 쪽에서는 유아 보호 시설이라고 부르는데, '수용소'라는 단어는 과격한 히피들이 비꼬는 소리고, 우리 업무의 총체적 성격을 고의로 왜곡하기 위해 사용하는 단어일 뿐이오."

남자는 트럭 쪽을 손짓하며 말했다. "저 안에 있는 우리에 아이들을 가둬놓는 거 아니던가?"

"당신 신분증 좀 봅시다. 그리고 예전에 체포된 전력이 있는지도 알고 싶은데."

"체포되고 무죄 판결을 받은 전력? 아니면 유죄 판결을 받은 전력?"

"내 질문에 대답하시오, 선생." 페리스는 이렇게 말하며, 어른들에게 자신이 카운티 소속 보안관이라는 것을 증명하기 위해 사용하는 검은색 신분증을 꺼내 들었다. "당신은 대체 누구요? 자, 어서. 신분증 좀 봅시다."

"내 이름은 에드 갠트로고, 전과가 있소. 열여덟 살 때 주차되어 있는 트럭에서 코카콜라 네 상자를 훔쳤지."

"현장에서 체포된 거요?"

"아니, 빈 병을 돈으로 바꾸려고 가게로 돌아갔을 때 잡혔소. 6개월 동안 복역했지."

"여기 당신 아이를 원한다는 증명서— D카드를 가지고 있소?"

"발급 비용 90달러를 마련할 수가 없었소."

"뭐, 그럼 이제는 500달러가 들게 될 거요. 그런 거는 미리 만들어놓았어야지. 변호사와 상의해보는 편이 좋겠군." 페리스는 딱딱한 말투로 아이 쪽을 향하며 말했다. "이 차량 뒤편에 있는 다른 미성년자들과 합류하도록 해라." 그리고 그는 남자를 향해 말했다. "시키는 대로 하라고 하시오."

남자는 잠시 머뭇거리다 입을 열었다. "팀, 저 망할 트럭에 일단 타라. 변호사를 구해볼 테니까. D카드를 얻어다 주마. 저항해봤자 소용없을 것 같구나. 법적으로 너는 부랑아니까."

"부랑아." 아이는 자기 아버지를 올려다보며 말했다.

"바로 그거지. 알고 있을 테지만 벌금을 낼 때까지는 삼십 일의 여유가 있소." 페리스가 말했다.

"고양이도 데려가나요? 저 안에 고양이 있어요? 저 고양이 정말 좋아해요."

"나는 너 같은 전 인간만 취급한다." 페리스는 이렇게 말하고는, 열쇠로 트럭 짐칸을 열었다. "트럭에 타있는 동안 실금하지 않도록 해라. 냄새랑 얼룩을 지우는 일이 아주 고역이다."

아이는 그 단어의 뜻을 이해하지 못하는 듯했다. 그는 당황한 표정으로 페리스에게서 시선을 옮겨 자기 아버지를 바라보았다.

"트럭에 타있는 동안 화장실에 가지 말라는 소리란다. 깨끗하게 사용하면 유지비가 줄어들기 때문이지." 소년의 아버지가 설명했다. 그의 목소리에는 분노와 처절함이 깃들어 있었다.

"유기견이나 유기묘의 경우에는, 그냥 보이는 대로 쏴버리거나 독이 든 미끼를 사용하지."

"아, 그래요. 그 약은 알고 있습니다. 일주일 정도 먹으면 내장에서 피를 흘리며 죽게 되지요."

"고통 없이 말이오." 페리스가 지적했다.

"그쪽이 허파에서 공기를 빨아들여 죽이는 것보다 훨씬 낫지 않습니까? 대규모로 질식시키는 것보다?"

"글쎄, 카운티 당국자들은 동물의 경우에는—"

"아이들 말한 겁니다. 팀과 같은 아이들이오." 팀의 아버지는 아들 곁에 와서 섰고, 둘은 함께 트럭 짐칸 안을 들여다보았다. 어두침침한 트럭 안에서, 두 형체가 절망을 적나라하게 보여주는 모습 그대로 한쪽 구석에 웅크리고 앉아있었다.

팀이 외쳤다. "플라이슈해커! 너도 D카드가 없었던 거야?"

한편에서는 페리스가 계속 지껄여대고 있었다. "에너지와 연료 부족 때문에, 인구를 급격하게 감소시킬 필요가 있소. 안 그러면 10년 안에는 누구도 식량을 구할 수 없을 거요. 이건 단지 첫 단계일 뿐이고—"

얼 플라이슈해커가 말했다. "D카드 있었는데, 아빠 엄마가 빼앗아버렸어. 나를 더 이상 원하지 않는 거야. 그래서 카드를 가져가버리고 낙태 트럭을 부른 거야." 그의 목소리는 잔뜩 쉬어 있었다. 몰래 울고 있었던 것이 분명했다.

"그리고 여기 있는 것들하고 5개월 된 태아가 다를 것이 뭐 있단 말이오? 두 경우 모두 원하지 않는 아이를 가지게 되는 것뿐이잖소. 그저 법률을 조금 더 자유롭게 개방한 것뿐이지."

팀의 아버지는 페리스를 노려보며 말했다. "당신은 이 법에 찬성하는 거요?"

"글쎄, 어차피 워싱턴에 달려있는 일이고, 그 친구들의 결정에 따르면 우리 위기가 해결되는 것 아니오. 나는 그 법령을 집행할 뿐이오. 법이 바뀐다면— 별 수 없지. 재활용할 빈 우유 상자 따위를 나르면서 지금처럼 행복하게 살 수도 있을 거요.”

“지금처럼 행복하게? 당신 지금 하는 일을 즐기는 거요?”

페리스는 기계적으로 대답했다. “돌아다니면서 여러 사람을 만날 기회를 얻을 수 있는 일이잖소.”

팀의 아버지 에드 갠트로는 격분하여 말했다. “당신은 미쳤어. 이 출산 후 낙태 음모와 그 이전에 있었던, 태아를 마치 무슨 종양처럼 제거해버리는 낙태법 모두 미친 짓이야. 결국 무슨 결과를 낳았는지 보라고. 만약 태아를 법적 절차 없이 죽일 수 있다면, 태어난 아이를 죽이지 못할 건 뭔가? 양쪽 경우의 공통점은 살해 대상이 무력하다는 거지. 자신을 지킬 수 있는 기회도, 능력도 가지지 못한 아이들이란 말이야. 이봐, 당신. 나도 잡아가줬으면 좋겠는데. 저기 트럭 짐칸에 앉아있는 아이들 세 명하고 함께 가겠어.”

“하지만 대통령과 국회가 공표한 바에 따르면, 열두 살이 넘으면 영혼을 가진 걸로 간주하오. 당신은 데려갈 수 없소. 옳은 일이 아니니까.”

“나한테는 영혼이 없는데. 열두 살이 넘어도 아무런 일도 벌어지지 않았어. 나도 잡아가라고. 아니면 내 영혼을 찾아보든가.”

“뭐 이런.”

“내 영혼을 찾아서 보여달라고. 명확하게 영혼의 위치를 밝힐 수 없다면, 저 아이들과 마찬가지로 나도 함께 데려가야 한다고 생각하는데.”

“통신기로 카운티 시설에 연락을 해서, 그쪽에서 뭐라고 하는지 들어봐야겠소.”

“그러시든가.” 팀의 아버지는 이렇게 말하고, 팀과 함께 힘겹게 트럭 짐칸으로 올라갔다. 그들은 다른 두 소년과 함께, 통신기에 대고 열심히 떠들고 있는 적법한 법 집행자 페리스 보안관을 기다렸다.

"서른 살 정도 되는 백인 남성을 확보했습니다. 이 사람은 어린 아들과 함께 카운터 시설로 이송되기를 원하고 있습니다. 자기에게 영혼이 없다고 말하며, 열두 살 이하 어린이와 동급이라고 주장합니다. 저는 이 사람의 영혼을 찾아낼 방법이 없습니다. 적어도 이런 오지에서 검사를 한 후, 나중에 법정에서 증거로 쓸 수 있는 방법은 전혀 없다는 겁니다. 제 말은, 아마 이 사람은 대수나 그보다 더 높은 수준의 수학 문제를 풀 수 있으리라는 겁니다. 꽤나 머리가 좋은 사람 같으니까요. 하지만—"

"그 남자를 연행하는 일을 허가하네. 이리로 데려오면 여기서 처리하지." 통신기를 타고 그의 상관의 목소리가 들려왔다.

"시내로 가서 당신 문제를 처리할 거요." 페리스가 팀의 아버지에게 말했다. 그는 세 명의 작은 형체와 함께 트럭 뒷좌석 한쪽 구석에 웅크리고 앉아있었다. 페리스는 문을 쾅 닫고 자물쇠를 채웠다. 아이들은 전기 철망 안에 갇혀있으니, 이건 부차적인 안전 조치일 뿐이었다. 그는 트럭의 시동을 걸었다.

잭과 질은 물 한 양동이를 길어 오려고
언덕 위로 올라갔네
잭은 넘어져서
정수리가 깨졌다네

페리스는 구불구불한 도로를 따라 트럭을 몰면서 생각했다. 분명 누군가 정수리가 깨지겠지. 최소한 나는 아니야.

"나는 대수 같은 것은 못 한단다. 그러니까 영혼이 없는 거지." 그는 팀의 아버지가 다른 세 명의 아이들에게 말하는 것을 듣고 있었다.

플라이슈해커 집의 아이가 비꼬듯 이렇게 말했다. "나는 아홉 살이지만 방정식을 풀 줄 알아요. 그럼 나는 어떻게 되는 거죠?"

"시설에 도착하면 그 사실을 가지고 애원해볼 생각이란다. 커다란 수로 나누는 일도 나한테는 쉽지 않았거든. 나는 영혼이 없어. 너희 세 명의 아이들과 똑같은 존재란다."

페리스는 큰 소리로 뒤쪽을 보고 말했다. "트럭을 더럽히면 안 됩니다, 알겠소? 이 트럭이 얼마나 비싼가 하면—"

팀의 아버지가 그의 말을 끊으며 말했다. "그런 말 하지 마요. 어차피 나는 알아듣지도 못할 텐데. 너무 복잡하단 말이오. 비례 배분법이니 로열티니 그런 회계 용어를 쓸 거 아니오."

미친놈을 태웠군. 페리스는 이렇게 생각하면서도, 가까운 곳에 펌프식 산탄총이 있다는 사실을 다행으로 여겼다. "당신도 세상에 물건이 부족하다는 것은 알고 있지 않소. 에너지나 사과 주스나 연료나 빵이나. 우리는 인구를 억제할 필요가 있소. 피임약을 사용하는 것만으로는 부족한 일이라—"

"우리는 그런 어려운 단어는 하나도 모르는데." 팀의 아버지가 끼어들며 말했다.

페리스는 화가 나고 당황하기도 했지만, 계속 말을 이었다. "에너지와 식량 부족 사태에 대한 해답은 인구 성장을 멈추는 거요. 그건 그러니까— 젠장, 오스트레일리아에 토끼를 들여갔을 때와 같은 상황이란 말이오. 그곳에는 토끼의 천적이 없어서, 사람과 같이 계속해서 수가 증가해갔고—"

"곱셈은 알지. 덧셈과 뺄셈도 할 수 있고. 하지만 그게 전부요."

네 마리 미친 토끼가 도로를 가로지르고 있군. 페리스는 이렇게 생각했다. 인간은 자연 환경을 오염시키지. 이 지역에 인간이 오기 전에는 어떤 모습이었을까? 글쎄, 미국의 모든 카운티에서 출산 후 낙태를 실행하는 이상, 우리는 언젠가 그 모습을 직접 보게 될지도 모른다. 다시 한 번 순결한 대지에 서서 바라볼 수 있게 될지도 모른다.

우리라. 아마 우리는 없겠지. 지성을 가진 거대한 컴퓨터들이 영상 장치를 장착한 채 대지 위를 돌아다니며 즐거워하게 될 거야.

그런 생각을 하니 페리스는 다시 기분이 좋아졌다.

"우리 낙태 한번 해봐요!" 신시아는 합성 음식물을 한 아름 들고 집으로 들어오면서 활기차게 외쳤다. "멋지지 않겠어요? 그 생각 하면 흥분되지 않나요?"

남편인 이언 베스트는 냉담하게 말했다. "하지만 그러려면 임신 먼저 해야 하지 않소. 그러니 기도 박사에게 예약을 하고 자궁 내 피임 기구를 제거하도록 해요. 50~60달러밖에 들지 않을 테니까."

"어차피 자꾸 미끄러져 빠지는걸요. 어쩌면 작년부터 제대로 작동하지 않았을지도 모르겠어요. 그럼 이제 임신을 할 수 있을 텐데." 그녀는 즐거운 듯 짧게 깎은 검은 머리를 흔들었다.

이언은 비꼬듯 말했다. 《프리프레스》에 광고를 내면 되겠군. '옷걸이로 자궁 피임 기구를 제거해주실 남자 분을 찾습니다.' 뭐 이런 식으로 말이지."

"하지만요." 신시아는 품질 좋은 넥타이와 훌륭한 외투를 걸러 옷장으로 향하는 남편을 따라가며 계속 말했다. "지금 그게 유행이라고요. 낙태하는 거 말이에요. 봐요, 우리가 가진 게 뭐죠? 아이라고요. 월터를 낳아버렸잖아요. 사람들이 우리 집에 올 때마다, 그 사람들이 이렇게 생각하는 게 느껴져요. '어쩌다 저런 실수를 한 거지? 정말 당황스러운데.' 그리고 요즘 하는 임신 초기 낙태는 겨우 100달러밖에 안 든다고요. 가솔린 10갤런 정도 가격이에요! 그리고 우리 집에 들르는 사람이면 누구든 그 주제로 이야기를 몇 시간이고 할 수 있잖아요."

이언은 그녀를 돌아보며 평온한 목소리로 물었다. "태아를 가져올 생각이오? 병에 넣거나 특수한 도료를 입혀서 밤이면 형광색으로 빛나게 만들어서 말이오?”

“원하는 색깔로 해준대요!”

“태아를?”

“아뇨, 병을 말이에요. 그리고 병 속에 들어가는 액체도요. 보존용 액체니까 사실 평생 가는 기념품을 얻는 셈이죠. 심지어는 품질 보증서까지 써준다고 들었어요.”

이언은 평정심을 유지하기 위해 팔짱을 꼈다. 지금 감정이 아슬아슬한 상태로 치닫고 있었다. “세상에 아이를 가지고 싶어 하는 사람들도 있다는 것은 알고 있소? 평범하고 멍청한 아이라도 말이오. 그런 사람들은 갓 태어난 아기를 찾아서 매주 카운티 시설에 가곤 하지. 지금 세상은 인구 과밀 현상에 대한 두려움으로 가득 차있소. 9조 명의 사람들이 모든 도시의 모든 골목에서 서로를 죽이는 상상을 하며 살고 있단 말이오. 그래, 만약 실제로 그런 일이 일어나고 있다면— 하지만 지금은 아이가 부족한 상황이란 말이오. 텔레비전을 봐도,《타임》을 읽기만 해도 알 수 있는 일 아니오?”

“이젠 다 지겨워요. 오늘만 해도 월터가 낙태 트럭이 지나간다고 잔뜩 겁에 질려서 들어왔어요. 그 아이를 돌보는 일만 해도 이젠 정말 끔찍하다고요. 당신은 편하겠죠. 직장에 나가니까. 하지만 나는—”

“내가 그 게슈타포 낙태 마차에 대고 뭘 하고 싶은지 알고 있소? 옛 술친구 두 명을 끌어다가 자동소총을 들려주고, 길 양쪽에 매복하는 거요. 그리고 마차가 지나가기만 하면—”

“그건 마차가 아녜요. 환기와 냉방이 되는 트럭이라고요.”

그는 그녀를 노려보고는, 부엌의 카운터로 가서 술이나 한잔하기로 했다. 스카치면 충분하겠지, 하고 그는 생각했다. 스카치와 우유면 되겠어. ‘저녁식사’ 전에 마시긴 딱 좋은 정도지.

그가 마실 것을 준비하는 동안, 그의 아들 월터가 들어왔다. 얼굴이 묘하게 창백해 보였다.

"오늘 낙태 트럭이 지나갔다지?"

"저는, 어쩌면 그 트럭이—"

"그럴 리가 있나. 너희 엄마하고 내가 변호사를 만나서 D-해지 서류를 정식으로 꾸민다고 해도, 너는 이미 충분히 나이를 먹었단다. 그러니 긴장 풀어라."

"머리로는 알아요. 하지만—"

"'누구를 위해 종이 울리는지 찾으려 하지 마라, 그 종은 당신을 위해 울리는 것이니.'" 이안은 (잘못) 인용하며 말했다. "잘 들어라, 월트. 한 가지 알려주마." 그는 스카치와 우유를 섞은 음료를 쭉 들이켜며 말했다. "이 모든 일에 이름을 붙인다면, '나를 죽여'라고 할 수 있겠지. 아이들이 손톱만 할 때, 야구공만 할 때 죽이고, 아직까지 하지 못했다면 열 살짜리 아이의 허파에서 공기를 빨아들여 죽게 만드는 거지. 이런 짓을 옹호하고 다니는 특정한 여성의 부류가 있단다. 예전에는 '거세하는 여자들'이라고 부르곤 했었지. 한때는 그게 올바른 용어였겠지만, 이제 그 여자들이, 차갑고 강인한 여자들이 원하는 건 단순히 그것만이 아니란다. 소년이나 남자 한 명의 몸 전체에 그런 짓을 하고 싶어 하지. 남자를 남자로 만드는 기관만 잘라내는 것이 아니라, 통째로 죽이고 싶어 하는 거란다. 무슨 말인지 알겠니?"

"모르겠어요." 그러나 월터는, 두렵게도, 마음속 깊숙한 곳에서는 알 것 같다는 느낌이 들었다.

다시 한 번 음료를 들이켠 다음, 이언은 말했다. "그리고 지금 그런 사람이 한 명 바로 여기 살고 있단다. 우리 집에 말이야."

"누가 여기 살아요?"

"스위스의 정신분석가들이 킨데르뫼르데르*라고 부르는 사람이지."

이언은 일부러 자기 아들이 알아듣지 못할 만한 단어를 써서 말했다. "있잖아, 얘야. 둘이서 암트랙 철도를 타고 쭉 북쪽으로 올라가서 브리티시컬럼비아의 밴쿠버로 가는 것은 어떨 것 같니. 페리를 타고 밴쿠버 섬으로 가서 살면 여기 있는 사람들은 아무도 다시 보지 않아도 될 텐데 말이다."

"하지만 그럼 엄마는요?"

"네 엄마한테는 매달 수표를 부쳐주면 되지. 그러면 그걸로 충분히 행복하게 살 거야."

"거기는 춥지 않나요? 기름도 안 나고, 두꺼운 옷을 입어야 하고—"

"샌프란시스코 정도란다. 왜? 스웨터를 잔뜩 껴입고 벽난로 앞에 앉아있는 일이 무서운 거냐? 오늘 본 광경이 훨씬 더 무섭지 않디?"

"아, 맞아요." 그는 우울하게 고개를 끄덕였다.

"밴쿠버 섬에서 조금 떨어진 작은 섬으로 가서, 우리가 먹을 양식을 스스로 가꾸면서 살 수도 있을 거다. 거기에는 식물을 심기만 하면 자란다고 하니까. 그리고 거기에는 트럭이 오지 않지. 두 번 다시 그 트럭은 안 봐도 될 게다. 그쪽은 법이 다르니까. 그쪽은 여자도 다르니까. 내가 예전에 그 동네에 살았을 때 알고 지냈던 여자가 하나 있단다. 길고 검은 머리카락에 항상 플레이어 담배를 피웠고, 아무것도 먹지 않고 입을 다물 줄도 모르는 여자였지. 이 아래쪽의 문명에서는 여자들이 자기네 욕망 때문에 자신이 낳은 아이를 죽이는데—" 이언은 말을 멈추었다. 아내가 부엌으로 들어오고 있었다.

"당신 그걸 더 마시면 토하게 될 거예요."

"알았소. 알았소!"

"그리고 소리 지르지 마요. 오늘 저녁으로는 당신이 우리 모두를 외식에 데려가면 어떨까 생각하고 있었어요. 텔레비전에서 그러는데, 델

---

* kindermorder. 영아 살해범.

536

레이에 일찍 가면 스테이크를 먹을 수 있대요."

월터는 코에 주름을 잡으며 말했다. "거기 생굴도 팔잖아요."

"블루 포인트라고 부르는 거란다. 반쪽 껍질에 든 채로 얼음에 재워 놓지. 나는 그거 정말 좋던데. 그래서 어때요, 이언? 그렇게 할 거죠?"

이언은 아들을 보며 말했다. "블루 포인트 생굴은 그것과 똑같이 생겼단다. 의사가 방금 빼낸—" 그리고 그는 입을 다물었다. 신시아는 그를 노려보고 있었고, 아들은 영문을 모르는 표정이었다. "그렇게 합시다. 하지만 나는 스테이크를 먹겠소."

"나도요." 월터가 말했다.

이언은 자기 음료를 마저 들이켜고는 보다 조용히 말했다. "당신이 마지막으로 집에서 저녁식사를 해준 것이 언제더라? 우리 셋이서 같이 식사를 했던 때가?"

"금요일에 돼지 귀와 쌀 요리를 해줬잖아요. 새롭고 흔히 먹던 음식이 아니라서 대부분 쓰레기통으로 가버렸지만요. 기억 안 나요, 당신은?"

이언은 그녀를 무시하며 아들에게 말했다. "물론, 그 윗동네에서도 이런 부류의 여자들을 가끔, 때로는 자주 볼 수 있겠지. 시대와 문명을 막론하고 어디에든 존재해온 여자들이니 말이야. 하지만 캐나다에는 출산 후 낙태가 없으니—" 그는 말을 멈추고는, 신시아에게 설명하기 시작했다. "우유 때문에 그런 거요. 요즘은 우유에 황산을 섞는다니까. 신경 쓰지 않든 고소를 하든 당신 마음대로 해요."

신시아는 그를 노려보며 말했다. "또 별거하자는 말도 안 되는 생각을 하기 시작한 거예요?"

"우리 둘 다 갈 거예요. 아빠가 나도 데려가준댔어요." 월터가 끼어들었다.

"그래, 어디로 갈 건데?" 신시아가 별것도 아니라는 투로 받았다.

이언이 말했다. "암트랙 철도가 가는 곳이면 어디든 상관없겠지."

"캐나다의 밴쿠버 섬으로 갈 거예요." 월터가 말했다.

"그래, 정말?"

잠시 후 이언이 다시 입을 열었다. "정말이오."

"그러면 너희가 가고 난 다음에 나는 망할, 어떻게 살아야 하는데? 여기 술집에 가서 엉덩이나 흔들까? 세금이며 생활비는 다 어쩌라고—"

"계속해서 수표를 보내주겠소. 큰 은행을 통해서 말이오."

"그래요, 정말로 그러시겠죠. 그래, 맞아요."

"당신도 따라와도 될 텐데. 잉글리시 만에 뛰어들어서 물고기를 잡는 거요. 당신의 그 날카로운 이빨로 죽을 때까지 으깨버리는 거지. 하룻밤이면 브리티시컬럼비아 전역의 물고기가 씨가 마를 텐데. 가루가 된 물고기들은 대체 무슨 일이 벌어졌는지도 알 수가 없겠지……. 헤엄치고 있었을 뿐인데, 갑자기 이마 한가운데 빛나는 눈 하나가 박힌 거인이, 물고기를 학살하는 괴물이 그들 위로 덮쳐서는 으깨서 가루를 만들어버렸으니 말이오. 아마 곧 전설이 될 수 있을 거요. 그런 종류의 소문은 금세 퍼지기 마련이지. 최소한 물고기의 마지막 생존자들 사이에서는 그럴 거야."

"그래요, 하지만 아빠, 살아남은 물고기가 없으면 어떻게 하죠."

"그럼 모든 일이 끝장이겠지. 브리티시컬럼비아의 동물 한 종류를 물어뜯어서 멸종시켜버렸다는 네 엄마의 개인적 만족감을 빼고는 말이야. 그 동네에서 가장 큰 산업이 낚시고, 물고기가 없으면 다른 수많은 동물들도 생존할 수 없기는 하지만 말이다."

"하지만 그러면 브리티시컬럼비아에 사는 모든 사람들이 일자리를 잃게 될 텐데요."

"설마. 그 사람들은 죽은 물고기를 깡통에 우겨넣어서 미국인들에게 팔 게다. 있잖니, 월트. 좋았던 옛 시절, 네 어머니가 브리티시컬럼비아의 모든 물고기들을 이빨로 물어뜯어버리기 전에는 말이다, 단순한 시골뜨기들이 손에 막대기를 들고 서있다가, 물고기가 지나가면 머리를 후려쳐서 잡아 올리곤 했단다. 직업을 없애는 것이 아니라 창조하는 일이었지. 내용물이 제대로 적힌 통조림 몇 백만 개가—"

신시아가 재빨리 말했다. "이보세요, 그 애는 정말로 당신 말을 믿는다고요."

"내가 말하는 것은 전부 진실인데." 물론 글자 그대로의 진실은 아니지만, 이라고 이언은 생각했다. "외식하러 나가지. 배급표를 꺼내요. 당신 유방을 드러내 보이는 그 파란색 니트 블라우스를 입고. 그러면 주의를 많이 끌 수 있을 테니 어쩌면 배급표를 안 내도 될지도 모르지."

"'유방'이 뭐예요?" 월터가 물었다.

"이제는 쓸모없어진 기관이란다. 폰티액 GTO와 같은 거지. 이제는 감상하고 눌러보기 위한 것일 뿐이야. 그 역할이 사라져가고 있거든." 우리 종족 자체와 마찬가지로 말이지. 우리가 태어나지 않은 아이들을— 세상에서 가장 무력한 존재들을 죽이려 하는 이들에게 모든 지배권을 넘겨주고 나면 우리도 그렇게 되겠지.

"유방이란 여성들이 아이들에게 젖을 먹이기 위해 있는 분비선을 가리키는 말이야." 신시아가 엄격하게 말했다.

"보통 두 개가 있지. 사용 중인 유방과 예비용 유방이란다. 예비용 유방은 지금 사용 중인 유방이 전원이 나갔을 때를 위한 거지. 전 인간 낙태 마니아들에게 한 가지를 더 제안하고 싶구나. 모든 유방을 모아서 카운티 시설로 보내는 거지. 그러면 그 유방에서 전부 젖을 짜내는 거다. 물론 기계의 힘을 빌려서. 유방들이 전부 쓸모없고 텅 비어버리면 어린아이들은 알아서 죽겠지. 중요한 영양분 공급원이 없어지는 셈이니까." 이언이 그녀의 설명에 토를 달았다.

신시아는 짜증을 섞어 말했다. "벌써 그런 비슷한 일을 하는 약물이 있어요. 나갈 수 있게 옷이나 갈아입을게요."

"만약 나를 전 인간으로 분류되게 할 수 있는 방법만 있다면, 당신은 나도 그곳으로 보내려 할 거요. 가장 뛰어난 설비를 갖춘 시설로 말이오." 이언은 멀어져가는 아내의 뒷모습을 보며 이렇게 말하고서 생각했다. 그리고 분명 내가 캘리포니아 주에서 그런 운명을 맞을 유일한 남편도 아니겠지. 다른 사람들도 상당히 많이 오게 될 거야. 지금의 나와 똑같은 상황인 이들이 말이지.

"그거 괜찮겠네요." 신시아의 목소리가 멀리서 희미하게 들려왔다. 그의 말을 들었던 것이다.

"단순히 무력한 이들을 증오하는 것뿐이 아니야. 뭔가가 더 있어. 대체 무엇을 증오하는 거지? 자라나는 모든 것을 증오하는 건가?" 미리 망쳐놓으려는 거지. 그들이 다 자라서 싸울 수 있는 근육과 전술과 기술을 가지게 되기 전에 말이야― 완전히 자란 내가 체격과 몸무게 면에서 당신보다 더 크듯이 말이지. 상대방이 ― 전 인간이 ― 양수 속에서 꿈꾸며 떠다니며 반격을 하는 방법을 알지 못하고 있을 때가 더 쉬우니까 말이야.

모성의 미덕은 어디로 사라진 건가? 아이들이 작고 연약하고 무력할 때 특별히 더 보호해주던 어머니의 시대는 이제 사라진 것인가?

우리의 경쟁 사회가 문제야. 강한 자가 살아남는 시대가. 적합한 자가 살아남는 것이 아니라, 단순히 권력을 가진 자가 살아남는 거지. 그리고 다음 세대에 넘겨주지 않으려는 거야, 강력하고 사악한 늙은이들과 무력하고 온화한 어린아이들의 대립 구도라고.

월터가 물었다. "아빠, 우리 정말로 캐나다로, 밴쿠버 섬으로 가서 먹을 걸 직접 가꾸면서 아무것도 두려워하지 않고 살 수 있게 되는 거예요?"

"돈이 생기면 그러자꾸나." 이안은 반쯤 중얼거리듯 대답했다.

그러나 월터는 아빠의 얼굴을 뚫어져라 빤히 쳐다보고 있었다. "그게 무슨 말인지 알아요. 아빠가 만날 말하는 '나중에' 시리즈잖아요. 못 가는 거죠? 엄마가 보내주지 않을 테니까요. 나를 학교에서 빼내지도 못할 거고요. 엄마가 만날 그런 얘기만 하니까…… 맞죠?"

"언젠가는 꼭 그렇게 할 거란다. 이번 달은 안 될지도 모르지만, 언젠가는. 약속하마."

"그리고 거기에는 낙태 트럭도 없다는 거죠."

"그래. 없단다. 캐나다는 법률이 다르거든."

"제발 빨리 해주세요, 아빠. 제발요."

그의 아버지는 스카치와 우유를 한 잔 더 섞을 뿐, 대답하지 않았다. 그의 얼굴은 우울하고 불행해 보였다. 거의 울고 싶은 듯한 모습이었다.

낙태 트럭의 짐칸에는 세 명의 아이와 한 명의 어른이 쭈그리고 앉아, 트럭이 커브를 틀 때마다 덜컹거리며 흔들리고 있었다. 그들 사이에는 철조망이 놓여있었고, 팀 갠트로의 아버지는 이런 식으로 자기 아들과 떨어져있다는 데서 가슴 찢어지는 슬픔을 느꼈다. 백주의 악몽이로군. 동물처럼 갇혀서, 선한 행동이 더욱 고통을 불러오는 꼴을 보고 있게 되다니.

한 번은 팀이 물었다. "왜 대수를 모른다고 말했어요? 아빠는 그 삼각 어쩌고 하는 것도 할 줄 알잖아요. 스탠퍼드 대학을 나왔는데."

"그자들이 우리 모두를 죽이거나, 아니면 아무도 죽이지 못하거나 둘 중 하나를 선택해야 한다는 것을 보여주고 싶었으니까. 관료들이 정한 말도 안 되는 구분을 따를 수는 없다는 것을 말이다. '영혼이 언제 육체에 들어가는 건가?' 요즘 시대에 이런 비논리적인 질문이 말이 된다고 생각하니? 이건 중세 시대 이야기야." 사실 핑계거리일 뿐이지. 무력한 이들을 해치우기 위한 핑계. 그러나 그는 무력하지 않았다. 이 낙태 트럭에는 다 자란 성인이, 지식과 꾀로 무장한 성인이 타고 있었던 것이다. 그는 자문해보았다. 그들이 나를 어떻게 다루려 할까? 분명 나는 평범한 남자들이 가지고 있는 것을 전부 가지고 있지. 그들에게 영혼이 있다면 나에게도 있는 거야. 그들이 영혼이 없다면 나도 없겠지만, 실제로 나를 '잠재울' 수 있는 방법이 있을까? 나는 작고 약하고 무지하고 무력하게 떨고만 있는 어린아이가 아니야. 카운티의 변호사들 중 가장 뛰어난 자들과도 논쟁할 수 있고, 필요하다면 지방 검사 본인과도 싸울 수 있어.

나를 질식시켜 죽인다면, 그자들은 결국 모든 사람을, 자기 자신들까지도 질식시켜 죽여야 할 거야. 그리고 지금 이 상황은 그런 문제가 아니지. 이건 모든 것을 가진 자들, 이미 정치 경제에서 주요 지위를 선점하고 눌러앉아 젊은이들을 그들의 위치에 들어오지 못하도록 막으려는 이들의 사기극일 뿐이야. 필요하다면 살인을 해서라도 말이지. 늙은이들의 젊은이에 대한 증오가, 증오와 공포가 이 땅속에 스며들어 있어. 그래서 그들이 내게 무슨 짓을 할까? 나는 그들 나이대의 사람인데, 낙태 트럭 짐칸의 우리 안에 갇혀있지. 나는 다른 종류의 위협이 될 거야. 그들 중 하나인데 반대편에, 들개와 도둑고양이와 아기와 태아들과 같은 쪽에 서있는 거지. 그들이 알아서 처리하게 해보자고. 새로운 성 토마스 아퀴나스가 등장해서 이 문제를 해결하게.

"내가 아는 거라고는 나눗셈과 곱셈과 뺄셈뿐이란다. 이제는 분수도 헷갈릴 지경인걸." 그가 큰 소리로 말했다.

"하지만 옛날에는 다 알았잖아요!" 팀이 그에게 말했다.

"학교를 나오면 다 까먹게 된단다. 정말 신기한 일이지. 아마 너희 아이들이 나보다 훨씬 잘할 거란다."

"아빠, 저 사람들이 아빠를 죽일 거예요. 아무도 입양해 가지 않을 거라고요. 아빠는 늙었잖아요."

"어디 보자. 이항 정리라. 그게 어떻게 되더라? 제대로 생각이 나지 않는구나. a하고 b가 들어갔던 것 같은데." 그리고 그런 내용을 까먹음과 동시에, 불멸의 영혼 역시 내 안에서 빠져나간 셈이지……. 그는 속으로 웃었다. 나는 영혼 시험을 통과하지 못할 거야. 최소한 이런 식으로 이야기해서는 말이지. 나는 빈민굴의 개, 궁지에 몰린 짐승일 뿐이니까.

낙태 찬성론자들의 근본적인 문제는, 그자들이 임의로 경계선을 설정했다는 거야. 임신 8주 전의 태아는 미국 헌법의 적용을 받지 못하기 때문에, 의사가 합법적으로 죽일 수 있다는 거지. 하지만 9주 후의 태아는 적어도 한동안은 권리를 가진 '인간'이었어. 그러다가 그 낙태 찬성론자들이 들고 일어나 심지어는 7개월 된 태아까지도 '인간'이 아니며 자격증이 있는 의사에게서 낙태가 가능하도록 만들어버렸지. 그리고 어느 날, 신생아에게도 적용이 된 거고— 갓 태어난 아기는 식물과 같으니까. 눈을 맞추지도 못하고, 아무것도 이해하지 못하고, 말하지도 못하고……. 낙태 찬성론자 로비 단체는 법정에서 신생아가 그저 사고나 자궁의 유기적 운동에 의해 밖으로 빠져나온 태아일 뿐이라고 주장했고, 승리를 쟁취했지. 하지만 그렇다면, 대체 어디서 최후의 선을 그어야 하는 거지? 아기가 처음 미소를 지을 때? 처음 말을 하거나 좋아하는 장난감을 향해 손을 뻗을 때? 합법적 경계선은 계속 뒤로 밀려나기만 했지. 그리고 이제 가장 야만적이고 임의적인 경계선이 생겨난 거야. '고등 수학'을 할 수 있을 때라는 경계선이.

그렇다면 플라톤이 살던 고대 그리스 시대 사람들은 전부 사람이 아니게 되는 거지. 그들은 대수학은 모르고 기하학만 알았으니까. 대수 자체가 훨씬 더 훗날 아랍인들의 발명품이잖아. 이건 말도 안 돼. 게다가 종교적인 구분도 아니고, 단순히 법률의 구분일 뿐이잖아. 교회는 훨씬 예전부터 — 사실 논쟁의 시초부터 — 배아와 그 뒤를 따르는 태아 모두가 지상 위를 걸어 다니는 다른 생물과 마찬가지로 신성한 생명체라고 주장해왔어. 그들은 '이제 영혼이 육체에 들어간다'라는 임의적인 구분이, 또는 현대적으로 말해서 '이제 한 사람이 다른 이들과 마찬가지로 온전히 법률의 보호를 받게 되었다'라는 표현이 어떤 결과를 가져올지 알고 있었던 거야. 이제 어린아이들이 정원에 앉아서 존재하지 않는 보호를 받고 있는 양 애써 용감하게 노는 모습을 보고 있자면 가슴이 찢어지는 것 같아.

그래, 나를 어떻게 처리하는지 한번 보자고. 나는 서른다섯 살이고, 스탠퍼드 대학에서 박사 학위도 받았지. 나를 삼십 일 동안 우리에 가둬놓고, 플라스틱 음식 접시와 물 나오는 꼭지와 사람들 보는 앞에서 배설을 할 장소를 마련해주고, 아무도 나를 입양해 가지 않으면 자동적으로 다른 아이들과 함께 질식사를 시키려 할까?

이건 상당히 위험한 일이야. 하지만 내 아들을 잡아가려 한 것은 저 놈들이야. 위기는 그때 시작된 거야. 내가 앞으로 나서서 스스로 희생양이 되려 했을 때가 아니라, 내 아들을 잡아갔을 때.

그는 세 명의 겁먹은 아이들을 보면서 뭔가 위로가 될 수 있는 말을 해주려고 했다— 그의 아들에게만이 아니라, 세 명 모두에게.

"애들아, 내가 성스러운 비밀 하나를 알려주마. 우리는 죽게 되면 잠들어 눕는 것이 아니란다. 우리는—" 그러나 그 뒷말이 갑자기 떠오르지 않았다. 이런 망할, 그는 비참한 기분으로 생각했다. 이제 그는 최선을 다해 나머지 부분을 꾸며볼 수밖에 없었다. "우리는 다시 깨어나게 될 거란다. 순식간에. 눈 깜빡할 사이에 말이야."

"조용히 좀 하시지. 이 망할 놈의 도로에 집중할 수가 없잖나." 철창 너머에서 트럭 운전사가 으르렁거렸다. "어이, 내가 그쪽 짐칸에 가스를 분사하기만 하면, 당신네들은 전부 기절해서 쓰러질 거야. 잡아들인 전 인간이 난폭하게 굴 때를 대비한 장치지. 그러니 다들 조용히 좀 하겠나, 아니면 내 가스 맛 좀 보겠나?"

"아무 말도 안 할게요." 팀이 재빨리 이렇게 말하며, 공포에 질린 눈으

544

로 애원하듯 아버지를 바라보았다. 아무 말 않고 자신의 말을 따라주기를 바라는 눈치였다.

그의 아버지는 아무 말도 하지 않았다. 아들의 긴박한 애원의 눈빛은 도저히 견딜 수 없을 지경이었고, 그는 항복하는 쪽을 택했다. 어차피 트럭 위에서 벌어지는 일은 크게 중요한 것이 아니었다. 카운티 시설에 도착한 후의 일이 진짜 시작이었다. 그곳에서는 문제가 조금이라도 벌어지면 신문과 텔레비전 기자들이 즉시 도착할 테니 말이다.

그래서 그들은 제각기 자신들의 공포와 계략을 간직한 채, 아무 말 없이 조용히 앉아있었다. 에드 갠트로는 여러 생각을 하며 머릿속에서 계획을 완성하려 하고 있었다. 무엇을 해야 하는가. 단순히 팀을 위해서만이 아니라, 모든 전 인간 낙태 대상자들을 위해서. 덜컹거리고 흔들리는 트럭 짐칸에서, 그는 계속 몸을 부딪히면서도 생각을 멈추지 않았다.

트럭이 카운티 시설의 제한 주차 구역에 도착하고 짐칸의 문이 열리자마자, 이 시설 전체를 관할하는 샘 B. 카펜터 소장이 걸어와서 짐칸 안쪽을 바라보며 말했다. "자네 다 큰 어른을 잡아온 건가, 페리스. 자네 실제로 뭘 데려온 건지 알기는 하는 건가? 낙태 반대론자야. 자네가 잡아온 건 낙태 반대론자라고."

"하지만 이 사람은 자기가 덧셈 이상의 수학은 전혀 하지 못한다고 주장했습니다."

카펜터는 에드 갠트로를 보고 말했다. "지갑 좀 내놓아보시오. 당신 이름을 봐야겠으니까. 사회 보장 번호하고, 지역 경찰 안전 신분증도— 어서, 당신이 실제로 누구인지 알아야겠다는 말이오."

"그냥 시골뜨기일 뿐입니다." 페리스는 갠트로가 두툼한 지갑을 건네는 모습을 보며 말했다.

"그리고 이 사람에 대한 자료를 전부 찾아오게. 있는 대로 전부. 당장— 1급 우선 명령일세.” 카펜터가 그를 보고 명령했다. 그는 이런 식으로 말하는 것을 좋아했다.

한 시간 후, 버지니아 주의 시골 마을로 위장한 제한구역에 있는 거대한 비밀 정보의 숲으로부터 날아온 보고서가 그의 손에 들어왔다. “이 사람은 수학 석사 학위를 받고 스탠퍼드 대학을 졸업했군. 그 후에 심리학을 전공했고 말이야. 분명 지금 우리에게 그 심리학을 사용하고 있는 거겠지. 이 친구 당장 내보내야 해.”

“영혼이 있었습니다. 지금은 잃어버렸지만요.” 갠트로가 말했다.

“어떻게 말인가?” 카펜터가 물었다. 갠트로의 공식 기록에는 그런 내용은 나오지 않았다.

“색전증이죠. 제 영혼이 들어 있는 대뇌 피질 부분이 파괴되었거든요. 살충제를 실수로 들이마셔서 그런 거죠. 그래서 내가 여기 아들 녀석과 함께 시골구석에서 식물 뿌리나 쓰레기만 먹으며 살고 있는 겁니다.”

“자네에게 EEG(뇌파 검사)를 해보겠네.” 카펜터가 말했다.

“그게 뭔가요? 지능 검사 같은 종류인가요?” 갠트로가 말했다.

카펜터는 페리스를 보고 말했다. “법률에 의하면 열두 살이 되면 영혼이 들어오게 되어 있네. 그런데 자네는 지금 서른 살이 넘은 성인 남성을 데려왔어. 살인 미수로 기소당할 수도 있는 상황이네. 이자를 당장 쫓아내야 해. 자네가 이자를 데려온 곳으로 가서 내려놓고 오게. 트럭에서 내리지 않으려 하면 가스를 쓴 다음에 던져버리게. 이건 국가 안보 명령일세. 자네의 직업뿐 아니라 자네의 형법상 죄질과도 관련되는 문제야.”

“난 여기 있어야 합니다. 바보인걸요.” 에드 갠트로가 말했다.

“그리고 이 사람 아들도 말이네. 아마 분명 텔레비전에 나오는 애들 같은 수학 천재 돌연변이일 거네. 이건 전부 함정인 거야. 분명 이미 방송국에 알렸을 것이 분명하네. 이 사람들을 전부 끌고 가서 가스로 재운 다음 처음 찾아낸 곳에 떨어트려놓고 오게나. 안 되면 다른 어디든, 눈에 띄지 않는 곳에 두고 와." 카펜터가 말했다.

페리스는 화가 나서 항변했다. "소장님 지금 너무 과민 반응 하시는 겁니다. 갠트로는 EEG를 돌려보면 해결될 문제고, 풀어줘야 할지도 모르지만, 이 세 명의 아이들은—"

"전부 천재일 거네. 모두 함정의 일부인 거지. 자네가 너무 멍청해서 걸려든 거야. 트럭에 태워서 우리 영역 밖으로 쫓아내버리고, 전부 부인하게. 알겠나? 자네가 이 네 명을 태웠다는 사실부터 부인하라고. 무슨 일이 있어도 말을 바꾸면 안 되네."

"차에서 내려라." 페리스는 이렇게 명령하며 버튼을 눌러 우리의 문을 열었다.

세 소년은 서둘러 내려왔다. 그러나 에드 갠트로는 내리지 않았다.

"스스로 내릴 생각은 없는 모양이군. 좋아, 갠트로. 우리가 직접 끌어내려주지." 카펜터는 이렇게 말하며 페리스에게 고개를 끄덕여 보였다. 두 남자는 함께 트럭 짐칸으로 들어갔다. 잠시 후, 그들은 에드 갠트로를 주차장의 포석 위로 내동댕이쳐버렸다.

"자, 이제 당신은 평범한 시민이오. 원하는 대로 떠들고 다녀도 좋지만, 증거는 없겠지." 카펜터는 안도의 한숨을 내쉬며 이렇게 말했다.

"아빠, 우리 집에 어떻게 가요?" 팀이 물었다. 세 아이들은 일제히 갠트로 주위로 달라붙었다.

플라이슈해커네 아이가 그에게 말했다. "마을에서 사람을 불러요. 월터 베스트네 아빠가 기름만 있으면 차를 몰고 와줄 거예요. 자주 장거리 운전을 하거든요. 특별 배급표가 있대요."

"그 사람 자기 부인하고 엄청 자주 싸워요. 그래서 밤이 되면 혼자서 차를 몰고 돌아다니는 거죠. 부인은 떼어놓고요." 팀이 말했다.

그러나 에드 갠트로는 이렇게 말했다. "나는 여기 있을 거다. 우리에 갇히고 싶어."

"하지만 이제 갈 수 있잖아요. 그럼 된 거 아녜요? 아빠를 보더니 보내주기로 한 거잖아요. 우리가 이긴 거라고요!" 팀은 아버지의 소매를 잡아당기며 다급하게 말했다.

에드 갠트로는 카펜터에게 말했다. "나는 당신네가 여기 데리고 있는 전 인간들과 함께 우리에 갇히고 싶소." 그는 전면이 우아하게 초록색으로 칠해진, 거대한 시설 건물을 가리키며 말했다.

팀은 샘 B. 카펜터 씨를 보고 애원했다. "제발 베스트 씨를 불러주세요. 반도 구역에 살아요. 669로 시작하는 번호예요. 와서 제발 우리 좀 데려가달라고 해주세요. 분명히 올 거예요. 제발요."

"669로 시작하는 번호에는 베스트 씨가 한 명밖에 없어요. 제발 전화 좀 해주세요, 아저씨." 플라이슈해커네 아들이 가세했다.

카펜터는 실내로 들어가, 시설의 수많은 공용 전화기 중 한 대 앞으로 가서는 번호를 찾아보았다. 이언 베스트. 그는 번호를 눌렀다.

"적당히 일하고 적당히 빈둥대는 번호에 거셨습니다." 적당히 취해있는 것이 분명한 남자가 전화를 받았다. 카펜터는 그 뒤쪽에서 격노한 여자가 높은 목소리로 이언 베스트를 비난하는 소리를 들을 수 있었다.

"베스트 씨. 선생님이 알고 계신 사람 여러 명이 베르데 가브리엘 4번가와 A번가 사이에서 발이 묶여있습니다. 에드 갠트로와 그의 아들 팀, 로널드 또는 도널드 플라이슈해커로 판명된 소년, 그리고 또 다른 신원 미상의 미성년자입니다. 갠트로 씨의 아들 말로는, 당신이 이곳으로 와서 자기들을 집으로 데려다주는 일을 거절하지 않을 거라더군요."

"4번가와 A번가라." 이언 베스트가 말했다. 잠시 침묵이 흘렀다. "거기 수용소 아니오?"

"카운티 시설입니다."

"이 망할 자식들. 당연히 가겠소. 이십 분이면 갈 거요. 당신네 지금 에드 갠트로를 전 인간으로 잡아놓고 있다는 거지? 당신 그 사람이 스탠퍼드 대학을 졸업했다는 걸 알기는 하나?"

"물론 알고 있습니다." 카펜터는 냉담하게 말했다. "하지만 구속하고 있는 것은 아닙니다. 그저— 그냥 여기 있는 것뿐이죠. 다시 말하지만, 구속하고 있지 않습니다."

이언 베스트의 목소리에서는 이미 술기운이 사라져있었다. "내가 가기 전에 온 동네 방송국 기자들이 먼저 도착할 거요." 그리고 달각 소리가 났다. 전화를 끊은 것이다.

다시 밖으로 나오며, 카펜터는 팀에게 말했다. "그래, 너희한테 속아서 미쳐 날뛰는 낙태 반대 운동가에게 너희가 여기 있다는 사실을 알려주게 된 것 같구나. 깔끔해. 아주 깔끔하게 해치웠어."

잠시 시간이 지난 후, 새빨간 마쓰다 한 대가 시설 입구로 들어왔다. 짧게 수염을 기른 키 큰 남자가 차에서 내려, 카메라와 음향 장비를 준비한 후, 여유 있게 카펜터 쪽으로 다가왔다. 그는 평이하고 가벼운 말투로 물었다. "듣기로는 시설에 스탠퍼드에서 박사 학위를 딴 분이 와 계시다고 들었는데요. 그분과 인터뷰를 해서 이야기를 좀 들어봐도 되겠습니까?"

"그런 사람을 억류했던 적은 없습니다. 우리 기록을 살펴보셔도 됩니다." 그러나 기자는 이미 에드 갠트로 옆에 붙은 세 명의 소년 쪽을 바라보고 있었다.

"갠트로 씨?" 그는 큰 소리로 불렀다.

"네, 그렇습니다." 에드 갠트로가 대답했다.

이런 젠장, 카펜터는 생각했다. 저 사람을 우리 정규 차량에 태워서 여기까지 데려온 건 사실이잖아. 이제 온 신문에 기사가 나겠군. 이미 텔레비전 방송국 마크를 단 차량 한 대가 주차장으로 들어오고 있었다. 그 뒤를 따라 두 대가 더 들어왔다.

낙태 시설이 스탠퍼드 졸업생을 질식사시키다

이런 기사 제목이 카펜터의 머릿속에 떠올랐다. 또는 이런 것도 가능했다.

카운티 낙태 시설에서 불법 살인 시도가……

상상은 계속되었다. 텔레비전 저녁 6시 뉴스에서 분명히 한 자리 차지할 것이 분명했다. 갠트로는 방송에 출연할 것이고, 아마도 변호사임이 분명한 이언 베스트는 녹음기와 마이크와 비디오카메라로 무장한 채 나타날 것이다.

제대로 망했어. 완벽하게 망해버렸다고. 새크라멘토에서 우리 지원비를 끊을 거야. 다시 예전같이 개와 고양이나 잡아들이게 될 거라고. 이런 썩을.

석탄으로 움직이는 메르세데스 벤츠를 타고 나타난 이언 베스트는 여전히 험악한 얼굴이었다. 그는 에드 갠트로를 보고 말했다. "잠시 경치 좋은 길로 돌아서 가도 되겠나?"

"어느 길로?" 에드 갠트로가 물었다. 그는 이제 잔뜩 지쳐서 떠나고만 싶을 뿐이었다. 방송국 사람들이 우르르 몰려와서 그와 인터뷰를 한 후 떠나버렸다. 그는 원하던 바를 이뤘고, 이제는 지쳐서 집으로 가고 싶기만 할 뿐이었다.

이언 베스트가 대답했다. "브리티시컬럼비아의 밴쿠버 섬은 어떤가."

에드 갠트로는 웃으며 말했다. "이 아이들은 바로 침대로 가야 해. 내 아들과 다른 아이 두 명 말이야. 나 참, 이 애들 아직 저녁식사도 못 했잖아."

"맥도널드 가판대에 들르면 되지. 그러고 나서 캐나다로 떠나는 거야. 물고기도 잡을 수 있고, 지금 같은 계절에도 산봉우리에 눈이 쌓여있는 그곳으로 말이야."

"좋지. 가볼까." 갠트로가 웃으며 말했다.

"가고 싶나? 자네 정말로 가고 싶어?" 이언 베스트는 그를 훑어보며 말했다.

"여기 일을 적당히 마무리하고 나면, 물론, 우리 둘이 같이 떠나자고."

"망할 녀석. 그 말 기억하겠네."

"그래, 물론이지. 아내의 동의서를 받아야 하기는 하지만 말이야. 자네 아내가 그곳으로 따라오지 않겠다는 서류에 서명을 하지 않는 이상은 갈 수가 없어. 그러고 나면 '종신 영주권자'라는 신분을 얻게 되지."

"그럼 신시아에게서 서류를 받아내야겠군."

"해줄 거야. 생활비를 보내주겠다고 해."

"해줄 거라고 생각하나? 나를 보내줄 거라고?"

"물론이지." 갠트로가 대답했다.

이언 베스트는 아이들을 데리고 메르세데스 벤츠에 태우며 말을 이었다. "자네는 정말로 우리 아내들이 우리를 보내줄 거라고 생각한다는 말이지. 자네 말이 맞을지도 모르겠어. 신시아는 나를 없앨 날을 간절히 기다리고 있을 거야. 그 여자가 나를 뭐라고 부르는지 아나? 월터가 듣는 앞에서? '공격적인 겁쟁이'라더군. 나를 전혀 존중하지 않아."

"아내들은 우리를 보내줄 거야." 갠트로는 그렇게 말했다. 그러나 그도 현실을 알고 있었다.

그는 시설 소장인 샘 B. 카펜터 씨와 트럭 운전사인 페리스 쪽을 돌아보았다. 카펜터는 신문과 텔레비전에 대고 페리스를 즉시 해고할 것이며, 그는 어차피 신참에다 경험도 부족한 직원이었다고 말했었다.

"아니, 못 갈 거야. 가게 놔두지 않을 거라고."

이언 베스트는 석탄 연소 기관과 연결된 복잡한 장치를 서툴게 작동시켰다. "당연히 보내줄 거네. 저기 잘 봐, 그냥 서있을 뿐이지 않나. 자네가 텔레비전에 나와서 말하고 기자 한 명이 집중 추적 기사를 써서 내보내면 뭘 더 할 수 있겠어?"

"저 사람들을 말한 게 아니었어." 갠트로가 단조로운 어조로 말했다.

"그냥 도망치면 되지."

"우리는 잡힌 거야. 잡혀서 도망칠 수 없는 거라고. 하지만 자네는 신시아에게 물어보기는 해봐. 시도해볼 가치는 있잖아."

"밴쿠버 섬도 보지 못 하고, 안개 속을 헤치고 다니는 거대한 정기선도 보지 못할 거야. 그렇지?"

"볼 수 있을 거야. 언젠가는."

그러나 이렇게 말하면서도, 에드 갠트로는 자신이 거짓말을, 완전한 거짓말을 하고 있다는 사실을 잘 알고 있었다. 가끔 아무 이유 없이, 완전한 진실이라는 이유만으로 그것을 말해야 할 때와 같은 심정이었다.

그들은 주차장을 빠져나와 도로로 들어섰다.

"다시 자유의 몸이 되니 즐겁지 않나…… 안 그래?" 이언 베스트가 물었다. 세 명의 소년은 고개를 끄덕였지만, 에드 갠트로는 아무 말도 하지 않았다. 자유라. 집으로 갈 자유. 더 큰 그물에 걸려서, 카운티 시설에서 사용하는 금속으로 된 기계 트럭보다 더 큰 트럭에 쑤셔 넣어질 자유 말이지.

"대단한 하루였어." 이언 베스트가 말했다.

"그래." 에드 갠트로도 동의했다. "모든 무력한 존재들을 위해 선하고 강력한 한 방을 날려준 대단한 날이지. '살아있는 생명'이라고 부를 수 있는 모든 존재들을 위해서 말이야."

이언 베스트는 희미한 불빛 속에서 강렬한 눈빛으로 그를 바라보며 말했다. "집에 가고 싶지 않아. 이대로 지금 캐나다로 떠나고 싶어."

“집에는 가야 해. 잠시 동안이지만. 여기 일을 정리해야 하잖나. 법적인 문제도 처리하고, 짐도 챙겨야지.”

이언 베스트는 계속 차를 몰며 말했다. “우리는 거기 가볼 수 없을 거야. 브리티시컬럼비아도, 밴쿠버 섬도, 스탠리 공원도, 잉글리시 만도, 곡식을 가꾸고 말을 키우고 바다를 건너는 정기선이 있는 곳에도.”

“그래, 못 가겠지.”

“지금도, 나중에도 말이지.”

“영원히 못 갈 거야.”

“나도 그럴지도 모른다고 생각했어. 처음부터 그럴 거라고 생각했다고.” 베스트의 목소리가 갈라졌다. 운전대를 잡은 그의 손이 흔들렸다.

그들은 더 이상 서로 아무 말도 하지 않고 차를 몰았다. 더 이상 나눌 이야기가 없었다. ◖

시빌라의 눈
The Eye of the Sibyl

PHILIP K. DICK

고대부터 존재해온 우리 로마 공화국은 어떤 방식으로 공화국을 파괴하려는 적으로부터 스스로를 지켜왔는가? 우리 로마인은 다른 이들과 마찬가지로 한낱 인간일 뿐이지만, 우리보다 훨씬 위대한 존재들의 도움을 받아왔다. 우리가 알지 못하는 세계에서 온 그 현명하고 친절한 존재들은 공화국이 위험에 처하면 우리를 도울 준비를 하고 있다. 공화국이 위험하지 않다면, 그들은 사람들의 시야에서 사라져있다가 우리에게 그들이 필요할 때가 되면 돌아온다.

율리우스 카이사르의 암살을 생각해보자. 그 사건은 암살 모의를 꾸몄던 범인들이 살해당함으로써 종결되었다. 그러나 우리 로마인은 그 사악한 행위를 저지른 이들을 어떻게 가려냈단 말인가? 그리고 우리는 어떤 식으로 그들이 정의의 심판을 받게 만들었는가? 우리는 외부의 도움을 받았다. 우리는 앞으로 일어날 일을 천 년도 더 먼저 알고 있으며 예언을 종이에 적어 우리에게 전달해주는 쿠마이의 시빌라의 도움을 받았다. 모든 로마인은 시빌라의 책의 존재를 알고 있다. 우리는 필요할 때마다 그 책을 열어 참조한다.

나 자신, 티아나의 필로스 딕토스는 그 시빌라의 책을 직접 보았다. 중요한 로마 시민들, 특히 원로원 의원들이 그 책을 참조해왔다. 그러나 나는 시빌라 본인을 보았으며, 나 자신의 경험을 통해 그녀에 대한 잘 알려지지 않은 사실까지도 알게 되었다. 이제 나는 나이가 들어, 슬프지만 당연하게도 모든 필멸자를 묶는 속박에 걸린 신세가 되었으므로, 한때 내가 사제직을 수행하는 임무를 맡고 있었을 때 우연히 알게 된, 시빌라가 미래를 보는 방법의 비밀을 털어놓고자 한다. 나는 그녀가 어떻게 그런 일을 할 수 있는지, 예전에 그녀와 같은 일을 했던 저 고대의 땅 그리스 델포이의 시빌라는 어떻게 그런 일을 할 수 있었는지를 알고 있다.

이 사실을 아는 사람은 거의 없으며, 어쩌면 시간의 경계를 넘어 벌을 내릴 수 있는 시빌라의 손길이 나를 영원히 침묵하도록 만들지도 모른다. 따라서 내가 이 두루마리를 끝마치지 못하고 죽은 채로 발견될 가능성도 충분하다고 생각한다. 우리 로마인들이 귀중히 여기는 잘 익은 레반트 산 멜론처럼 머리가 쪼개진 채로 말이다. 설령 그렇다고 해도, 이미 노령에 달한 나는 당당하게 입을 열 생각이다.

그날 아침, 나는 아내와 말다툼을 벌였었다. 그때 나는 그다지 늙지 않았고, 그 끔찍한 율리우스 카이사르의 암살 사건이 벌어진 지 얼마 되지 않은 때였다. 그 당시에는 누가 그런 일을 했는지 아무도 알지 못했다. 국가에 대한 반역이라니! 가장 끔찍한 살인— 우리의 흔들리는 사회를 안정시킨 이를 수천 번이나 단도로 찔러서, 그것도 그를 용인한 시빌라의 신전 안에서 살해하다니. 우리는 시빌라가, 카이사르가 군대를 이끌고 강을 건너 로마로 들어올 것과, 카이사르의 면류관을 받게 될 것임을 예측했다는 사실을 알고 있었다.

"이 한심한 바보 같으니. 만약 당신네 시빌라가 당신 생각만큼 현명한 사람이었다면, 암살 자체도 미리 내다봤을 거 아녜요." 그날 아침, 아내는 내게 말했다.

"그랬을지도 모르지."

"나는 그 여자가 가짜라고 생각해요." 내 아내 크산티페가 역겹게 얼굴을 찌푸리며 말했다. 그녀는 나보다 더 높은 가문 출신이고 — 아니 출신이었고 — 언제나 내가 그 사실을 되새기도록 만들곤 했었다. "당신네 사제들이 그 예언을 꾸미는 거예요. 직접 적는 거지요? 그렇게 흐리멍덩하게 내용을 적은 다음 어떤 식으로든 해석이 가능하게 만드는 거죠. 당신들은 시민들을 등쳐 먹고 있는 거예요. 특히 유복한 사람들을요." 자기네 가문을 가리키는 말이었다.

나는 아침 식탁에서 벌떡 일어나며 잔뜩 흥분해서 말했다. "그녀는 계시를 받은 이요. 예언자란 말이오. 그녀는 미래를 볼 수 있소. 사람들이 그렇게 사랑했던 그 위대한 지도자의 암살을 막을 수 있는 방법이 없었던 것이 분명하오."

"시빌라는 사기예요." 내 아내는 평소와 같이 탐욕스러운 동작으로 빵에 버터를 바르며 다시 주장했다.

"나는 그 위대한 책들을 보았고—"

"그 여자가 어떻게 미래를 아는 거죠?"

이 질문에는 나도 모른다고 대답할 수밖에 없었다. 나는 맥이 빠져버렸다. 나, 쿠마이의 성직자, 로마 공화국의 공무원이 말이다. 나는 모욕당한 기분이 들었다.

"전부 돈 따라가는 거라고요." 내가 문으로 나가는 것을 보며, 아내가 덧붙였다.

아직 새벽을 담당하는 아름다운 오로라 여신이 세계를 흰 빛으로, 우리가 신성하게 여기며 수많은 영감을 보내주는 그 빛으로 덮고 있는 시간이었지만, 나는 일터인 아름다운 신전을 향해 걸어가기 시작했다.

신전 밖을 지키는 경비병들을 제외하고는 다른 이는 아직 아무도 도착하지 않았다. 그들은 이렇게 이른 시간에 찾아온 사람을 보고 놀란 듯하다, 곧 나를 알아보고는 고개를 끄덕였다. 쿠마이의 신전에 들어올 수 있는 사람은 지정된 사제밖에 없었다. 심지어 카이사르 그 자신도 내게 의지해야만 했다.

신전에 들어선 나는 시빌라의 거대한 석조 옥좌가 여명 속에서 물기를 머금은 듯 빛나고 있는, 가스로 가득 찬 넓은 방을 가로질렀다. 횃불 몇 개가 켜져 있을 뿐이었다…….

순간 내가 예전에는 볼 수 없었던 광경이 눈에 들어왔고, 나는 침묵 속에서 걸음을 멈출 수밖에 없었다. 길고 검은 머리카락을 촘촘히 땋아 내리고 팔에는 베일을 두른 시빌라가 자리에 앉아서 몸을 앞으로 기울이고 있었다— 그리고 나는 그녀가 혼자가 아님을 확인했다.

두 존재가 그녀 앞에, 둥근 거품 안에 들어간 채로 서있었다. 그들은 인간과 비슷하게 생겼지만, 인간보다 많은— 나는 지금도 그들이 무엇을 더 가지고 있었는지 확신을 할 수 없지만, 그들은 분명 필멸자가 아니었다. 그들은 신들이었다. 길게 찢어진 눈에는 눈동자가 보이지 않았다. 손 대신 게와 같은 집게발을 달고 있었다. 입은 단지 뻥 뚫린 구멍일 뿐이었고, 나는 그들이 말을 하지 못한다는 사실을 깨달았다. 시빌라와 대화를 나누고 있는 듯하기는 했지만, 그들은 끝에 상자가 달린 긴 줄을 사용해서 시빌라에게 말하고 있었다. 그들 중 하나는 자기 머리 옆에 상자를 대고 있었고, 시빌라는 반대쪽 끝에 있는 상자로부터 소리를 듣고 있었다. 상자에는 숫자와 단추들이 보였고, 줄은 돌돌 말려서 계속 더 늘일 수 있는 것으로 보였다.

그들은 불멸자였다. 그러나 우리 로마인들, 우리 필멸자들은 불멸자들이 오래전 세계를 떠났다고 믿고 있었다. 적어도 우리는 그렇게 들었다. 이제 그들이 돌아온 것이 분명했다. 최소한 잠깐 동안은, 시빌라에게 정보를 전달해주기 위해서 말이다.

시빌라는 내 쪽을 돌아보았고, 놀랍게도 그녀의 머리가 그 가스로 가득한 방을 통과해 내 근처에 모습을 보였다. 웃고 있었으나 나를 발견한 것이 분명했다. 이제 나는 그녀와 불멸자들이 나누는 대화를 들을 수 있었다. 그녀가 자비롭게도 내가 그 대화를 들을 수 있도록 해준 것이다.

"……그중 하나에 지나지 않는다. 더 많은 이들이 그 뒤를 따르겠지만, 한동안은 아니다. 황금기가 끝난 이후 무지의 암흑이 찾아올 것이다."불멸자 중 보다 큰 쪽이 말하고 있었다.

"그 일을 피할 수 있는 방법은 없습니까?" 우리가 그토록 소중하게 여기는 아름다운 목소리로, 시빌라가 물었다.

더 큰 불멸자가 말했다. "아우구스투스는 훌륭하게 통치할 것이다. 그러나 그 뒤를 이어 사악하고 정신이 나간 자가 나타날 것이다."

다른 불멸자도 입을 열었다. "빛의 생물을 중심으로 한 새로운 사교가 일어날 것이라는 사실을 알아야 한다. 그 사교는 점차 자라날 것이나, 그 진실된 구절은 암호 속에 감춰져있을 것이며, 진정한 가르침은 잊힐 것이다. 우리는 그 빛의 생물이 실패할 것이라는 사실을 알고 있다. 그는 율리우스와 마찬가지로 박해받고 살해당할 것이다. 그리고 그 후로는—"

다시 큰 쪽 불멸자가 말했다. "그로부터 오랜 세월이 지난 후, 문명은 다시 무지의 구렁텅이에서 스스로를 건져 올릴 것이다. 2000년이 지난 후에. 그러고 나면—"

시빌라가 놀라며 물었다. "그렇게 오랜 세월 후에 말입니까, 아버지들이여?"

"그렇게 오랜 세월 후에 말이다. 그리고 그들이 질문을 던지고 자신들의 진정한 기원과 신성을 찾기 시작하면, 다시 살인이 시작될 것이고 억압과 학대, 그리고 또 다른 암흑의 시대가 막을 올릴 것이다."

"그것은 피할 수 있다." 다른 불멸자가 덧붙였다.

"제가 도울 수 있는 방법이 있나요?" 시빌라가 물었다.

두 명의 불멸자는 부드럽게 대답했다. "그때가 되면 그대는 이미 죽었을 것이다."

"제 자리를 이어받을 시빌라가 없다는 말씀이십니까?"

"없다. 그 누구도 지금으로부터 2000년 후의 공화국을 지켜주지는 못할 것이다. 그리고 하찮은 생각을 가진 더러운 인간들이 쥐새끼처럼 이곳저곳을 쑤시고 다닐 것이다. 그들이 권력을 탐하고 거짓 명예를 찾아 경쟁하며 사방에 발자국을 남길 것이다. 그때가 되면 그대는 사람들을 도울 수 없을 것이다." 두 불멸자가 시빌라를 향해 입을 모아 말했다.

갑자기 두 명의 불멸자는 사라져버렸다. 줄 꾸러미와 대화를 하게 해주는 숫자가 새겨진 상자 역시 사라져버렸다. 마치 머릿속으로 본 허상인 것처럼 말이다. 시빌라는 잠시 자리에 앉아있다가 손을 들어 올렸다. 그러자 이집트인들이 우리에게 가르쳐준 기관에 의해, 그녀가 글을 쓸 수 있도록 텅 빈 양피지 한 쪽이 그녀 앞으로 올라왔다. 그러나 바로 그 순간 그녀는 독특한 행동을 했고, 바로 이 행동이야말로 일전에 말한 그 어떤 사실보다도 내가 두려움을 갖고 털어놓으려 하는 것이다.

시빌라는 자기 로브 안으로 손을 집어넣더니 눈을 하나 꺼냈다. 그리고 그 눈을 자기 이마에 가져다 대었다. 그 눈은 눈동자가 있는 우리의 눈과 같은 모양이 아니라, 불멸자들의 옆으로 길게 찢어진 눈과 비슷하게 생겼다. 그러나 다른 점도 있었다. 그 눈 옆으로는 노를 젓는 듯 서로를 향해 움직이는 띠가 여럿 있었고…… 애초에 정규 교육과 신분만으로 사제가 된 나로서는 도저히 표현할 방법을 찾지 못하겠지만, 시빌라는 나를 바라보며 그 눈을 통해 내 너머의 무언가를 보았다. 그리고 그녀는 신전의 벽이 흔들릴 정도로 크게 울부짖었다. 돌이 떨어져 내리고 돌 틈에 숨어 있던 뱀들이 쉿쉿거리는 소리가 들렸다. 그녀는 나를 통해 미래를 보고서 좌절과 공포 때문에 절규한 것이다. 그러나 그녀는 그대로 눈을 붙인 채 계속해서 보고 있었다.

그리고 그녀는 갑자기 정신을 잃은 듯 쓰러져버렸다. 나는 그녀를 부축하기 위해 앞으로 달려갔다. 나는 나의 친구이자 공화국의 위대하고 사랑스러운 친구이기도 한 시빌라의 몸을 만졌다. 그녀가 시간의 터널과 회랑을 통해 본 사실에 너무도 낙담해 쓰러지기 전에 말이다. 시빌라가 우리를 가르치고 우리에게 경고하기 위해서는 이 눈을 통해 보아야 했던 것이다. 그리고 때때로 그녀는 견딜 수 없을 정도로 끔찍한 광경을 보는 것이 분명했다. 우리로서는 도저히 어쩔 수 없을 정도로 끔찍한, 그러나 시도는 해보아야 하는 그런 상황을.

내가 시빌라를 품에 안고 있는 동안, 이상한 일이 벌어졌다. 나는 일렁이는 가스 가운데에서 여러 형상이 모습을 나타내는 것을 보았다.

"저것들을 진실로 받아들여서는 안 됩니다." 시빌라가 말했다. 나는 그녀의 목소리를 듣고 그녀의 말을 이해했지만, 이미 그 형상들이 진실이라는 것을 알고 있었다. 나는 돛이나 노가 달려있지 않은 거대한 배를 보았다……. 가늘고 높은 건물들이 서있고 본 적도 없는 모습의 탈 것들로 북적이는 도시를 보았다. 그리고 나는 여전히 그 형상들을 향해, 그 형상들은 나를 향해 움직이고 있었다. 마침내 형상들이 내 뒤에까지 나타나서, 나와 시빌라 사이의 연결을 끊어버렸다. "나는 고르곤의 눈을 통해 이 형상들을 봅니다. 메두사가 서로 돌려가며 쓰던 바로 그 눈, 운명의 여신들의 눈이지요. 당신이 빠져든 것은—" 그리고 그녀의 목소리는 더 이상 들리지 않았다.

나는 강아지와 함께 잔디밭 위에서 놀면서, 우리 뒤뜰에 놓인 깨진 코카콜라 병을 보며 궁금해하고 있었다. 누가 버리고 간 것인지 알 수가 없었다.

"필립, 저녁식사 시간이다!" 할머니가 뒤쪽 베란다로 나와서 부르셨다. 해가 지고 있었다.

"알았어요!" 이렇게 외치기는 했지만 나는 계속 그곳에서 놀고 있었다. 나는 커다란 거미줄을 찾았고, 거기에 거미에 물린 채 거미줄에 꽁꽁 감싸여있는 벌을 한 마리 발견했다. 나는 그 벌을 풀어주기 시작했고, 벌은 나를 침으로 쏘았다.

내 다음 기억은 《버클리 데일리 가제트》에 실린 만화를 읽고 있던 때의 것이다. 나는 브릭 브래드퍼드*와 그가 어떻게 몇 천 년 전에 사라진 문명을 찾았는지에 대한 이야기를 읽고 있었다.

"이거 좀 봐요, 엄마. 정말 대단하죠. 브릭이 여기 튀어나온 암반을 타고 내려가고 있고, 이 아래에는—" 나는 옛 사람들이 썼던 오래된 투구에서 눈을 뗄 수가 없었다. 묘한 감정이 내 가슴속을 채웠다. 그 이유는 알 수 없었지만.

"만화로 머릿속을 가득 채울 모양이로구나. 좀 쓸모 있는 것들을 읽게 해야지. 만화책은 쓰레기야." 할머니가 마음에 들지 않는다는 투로 말씀하셨다.

다음으로 기억나는 것은 학교에서, 자리에 앉아 소녀 한 명이 춤추는 것을 구경하던 때이다. 그녀의 이름은 질이었고, 나보다 한 학년 위인 6학년이었다. 그녀는 벨리댄서 옷을 입고 얼굴 아랫부분을 가리는 베일을 쓰고 있었다. 그러나 나는 그녀의 사랑스럽고 친절한 눈을, 지혜로 가득한 눈을 볼 수 있었다. 그 눈을 보고 있자니 예전에 알았던 다른 누군가의 눈이 생각났지만, 어린아이가 알아봤자 얼마나 많은 이들을 알겠는가? 나중에 레드먼 선생님이 우리에게 작문을 해보라고 했을 때, 나는 질에 대해서 썼다. 내가 쓴 내용은 질이 살고 있던 이상한 나라, 그녀가 허리 위로는 아무것도 입지 않은 채로 춤을 추던 곳에 관한 내용이었다. 나중에 레드먼 선생님이 어머니에게 전화를 해서 나는 몹시 혼났지만, 그때 야단맞은 내용 중에는 브라니 뭐니 하는 알 수 없는 용어가 잔뜩 들어 있었다. 그때 나는 이해할 수가 없었다. 내가 이해할 수 없는 일이 너무도 많았다. 무언가 기억이 있는 듯했으나, 그 기억은 버클리와 힐사이드 문법학교에서 보낸 시간이나, 우리 가족이나, 우리 가족

---

* 1933년에서 1987년까지 연재된 인기 SF 만화. 동명의 주인공이 공룡과 유적, 외계와 극소 세계를 여행하는 내용이다.

이 살던 집과는 전혀 관계가 없었다……. 그 기억들은 뱀과 관련이 있었다. 이제 나는 내가 왜 뱀의 꿈을 꾸곤 했는지 알고 있다. 현명한 뱀. 사악한 뱀이 아니라 귓가에 지혜를 속삭여주는 뱀.

어쨌든 내 작문은 교장인 빌 게인즈 씨에게 꽤나 훌륭한 것으로 보인 모양이었다. 물론 내가 질이 언제나 허리 위에 무언가를 걸치게 한 이후의 일이었지만. 그리고 훗날, 나는 작가가 되기로 결심했다.

어느 날 밤, 나는 묘한 꿈을 꾸었다. 아마도 중학교 시절, 다음 해면 버클리 고등학교로 진학하게 되는 때의 일이었을 것이다. 꿈을 꾼 것은 한밤중이었고 ― 그리고 평범한 꿈과 마찬가지로, 정말로 현실적으로 보였다 ― 나는 일종의 인공위성의 유리 뒤에 서있는 외계인이 나에게 오는 꿈을 꾸었다. 그리고 그 외계인은 말을 할 수 없었다. 괴상하게 생긴 눈으로 나를 바라보기만 할 뿐이었다.

그로부터 2주가 지난 후, 앞으로 무엇을 하게 될지를 적어 내는 시간이 왔을 때, 나는 그 외계인을 생각하고는 SF 작가라고 적어 냈다.

물론 가족들은 엄청나게 화를 냈지만, 그때의 나는 가족들이 화를 낼 때면 고집을 부리곤 했다. 그리고 내 여자 친구인 이사벨 로맥스는 내가 그런 일을 잘하지도 못할 것이며 어쨌든 돈도 벌지 못할 것이고 SF 소설은 한심한 것이며 여드름이 난 사람들만 읽는 것이라고 말했다. 그래서 나는 SF소설을 쓰기로 마음을 굳혔다. 여드름이 난 사람들을 위한 글을 쓰는 사람도 필요할 것이기 때문이었다. 피부가 깨끗한 사람들만 소설을 읽을 수 있다면 불공평한 일이 아니겠는가. 미국의 근간은 공정함이다. 게인즈 씨가 힐사이드 문법학교에서 우리에게 가르쳐준 바에 따르면 그랬다. 그리고 그가 아무도 고치지 못하던 내 손목시계를 고쳐 준 후로, 나는 그를 비교적 우러러보고 있었다.

고등학교에 들어간 나는 제대로 학업을 수행하지 못했다. 나는 그저 쓰고 또 쓰기만 했고, 선생들은 나를 보고 공산주의자라고 소리를 질러

댔다. 내가 그들이 시키는 대로 하지 않았기 때문이었다.

"아, 그래요?" 나는 종종 이렇게 말했다. 덕분에 나는 학생과장 앞에 서야 했다. 그는 우리 할아버지보다 더 끔찍하게 욕을 해댔고, 더 나은 성적을 받지 못하면 학교에서 쫓겨날 거라고 말했다.

그날 밤, 나는 예의 그 생생한 꿈을 다시 꾸었다. 이번에는 한 여인이 나를 자기 차에 태우고 어디론가 가고 있었다. 그러나 그 차는 옛 로마 양식의 전차였고, 그녀는 노래를 부르고 있었다.

다음 날 다시 학생과장인 얼로드 씨를 만나러 갔을 때, 나는 칠판에 라틴어로 이렇게 썼다.

UBI PECUNIA REGNET

방에 들어온 그의 얼굴은 시뻘게졌다. 그는 라틴어 교사였고, 따라서 이 문장의 뜻이 '돈이 지배하는 곳'이라는 것을 알고 있었기 때문이다.

"좌익 불평분자가 쓸 만한 말이로구나." 그는 내게 말했다.

그래서 그가 내 서류를 검토하는 동안, 나는 다른 문장을 썼다.

UBI CUNNUS REGNET*

그는 이 문장을 보고 당황하는 듯했다. "대체— 이런 라틴어 단어를 어디서 배운 게냐?"

"모르겠어요." 확신은 할 수 없었지만, 꿈속에 나온 이들이 내게 라틴어로 말하고 있었던 듯하다. 어쩌면 내 두뇌가 라틴어 1-A 초급반에서 배운 내용을 다시 복습하고 있었는지도 모르겠다. 내가 공부를 하지 않았는데도 불구하고, 놀랍게도 좋은 성적을 받았던 그 과목을 말이다.

____
* 여성의 성기가 지배하는 곳.

그 다음번 생생한 꿈은 그 괴물, 또는 괴물들이 케네디 대통령을 암살하기 이틀 전 밤에 찾아왔다. 나는 그 모든 일이 일어나는 것을 내 꿈속에서, 이틀 전 밤에 본 것이다. 그 내용은 예전보다 훨씬 생생했고, 내 여자 친구인 이사벨 로맥스가 그들의 사악한 행동을 세 번째 눈을 통해 바라보는 장면이 꿈속에 나왔다.

이후 부모님은 나를 심리 치료사에게 보냈다. 케네디 대통령이 암살당한 후 내가 정말로 이상행동을 보였기 때문이다. 나는 그저 자리에 앉아서, 모든 것에 흥미를 잃은 채 생각에 잠겨있기만 했다.

내가 만난 심리 치료사는 캐럴 헤임스라는 이름의 멋진 여성이었다. 그녀는 매우 아름다웠고 내가 맛이 갔다고 말하지도 않았다. 그녀는 내가 우리 가족으로부터 떨어져야 한다고, 학교를 그만둬야 한다고 말했다. 그녀는 학교 시스템이 사람들을 현실로부터 고립시키고, 실제 상황에 대처하는 기술을 익히지 못하게 한다고 말했다. 그리고 내 경우에는, SF소설을 쓰지 못하도록 한다고 말이다.

나는 그녀의 조언을 따랐다. 나는 TV 판매상에서 청소하고 화물을 나르고 신품 TV세트를 정리하는 일을 하기 시작했다. 그 TV들이 전부 각각 커다란 눈이라는 생각이 머릿속을 떠나지 않았다. 나는 캐럴 헤임스에게 지금까지 살아오며 계속 꾸었던 꿈에 대해서, 외계인에 대해서, 라틴어로 대화한 것에 대해서, 그리고 일어난 다음에 기억한 것보다 훨씬 더 많은 일이 있었다는 생각이 든다는 사실에 대해서 말했다.

"꿈을 완벽히 이해하는 일은 쉽지 않단다." 헤임스 여사는 이렇게 말했다. 나는 그녀가 벨리댄서 복장을 입으면, 그리고 허리 위로는 아무것도 걸치지 않으면 어떻게 보일지 생각하고 있었다. "꿈이 사람의 집합적 무의식의 일부라는 새로운 이론이 있지. 어쩌면 몇 천 년 전까지 거슬러 올라갈 수도 있는……. 그리고 꿈을 통해서 너는 그 무의식과 접촉하는 거란다. 그러니까 만약 그게 진실이라면, 꿈은 실제이고 매우 가치 있는 것일 수도 있는 거야."

나는 그녀의 엉덩이가 매혹적으로 양쪽으로 흔들리는 모습을 상상하느라 바빴지만, 그래도 그녀가 말한 내용은 알아들었다. 그녀의 눈 속에 있는 현명한 친절함에 관한 것이었다. 왜인지는 모르겠지만, 나는 언제나 그 현명한 뱀들을 생각하고 있었다.

"책에 대한 꿈도 꿨어요. 내 앞에 펼쳐진 채로 놓여있는 책들요. 두껍고 아주 귀중한 책이었어요. 성경같이 신성한 책이기도 했고요."

"그건 네가 택한 작가라는 직업과 관련이 있는 것 같구나." 헤임스 여사가 말했다.

"오래된 책들이에요. 몇 천 년은 된 책들. 그리고 뭔가에 대해 경고를 하고 있어요. 끔찍한 살인, 아주 많은 살인이에요. 그리고 경찰들은 무언가 생각을 떠올린 사람들을 잡아넣고 있어요. 비밀로요. 누명을 씌워서 말이에요. 그리고 나는 선생님같이 생겼지만 커다란 돌로 된 옥좌에 앉아있는 여자를 계속해서 보고 있어요."

훗날 헤임스 여사는 다른 지방으로 전출을 갔고, 나는 그 이후 그녀를 더 만나지 못했다. 나는 불편한 기분으로 글쓰기에만 파묻혀 살았다. 나는 《흥미로운 과학적 사실》이라는 잡지에 소설을 기고했다. 그 소설은 지구에 와서 우리의 일을 몰래 감독하는 고등 종족에 대한 것이었다. 그들은 결국 원고료를 지불하지 않았다.

이제 나는 늙었다. 이런 이야기를 하는 이유는, 이제 더 이상 잃을 것도 없기 때문이다. 언젠가 《러브-플래닛 모험담》이라는 잡지에서 단편을 하나 써달라고 의뢰했던 적이 있다. 그들이 원하는 줄거리와 표지로 쓸 흑백사진을 건네주면서 말이다. 나는 계속해서 그 사진을 들여다보았다. 그 사진에는 로마인인지 그리스인인지 모를 남자가 하나 있었다─ 어쨌든 토가를 걸치고 있기는 했다. 그리고 그는 손목에 의사의 표지인 카두세우스를, 뒤엉킨 두 마리의 뱀 모양을 감고 있었다. 사실 원래는 올리브 가지였지만.

"그게 '카두세우스'라는 걸 어떻게 알았어?" 이사벨이 물었다. (우리는 이제 같이 살고 있었다. 그리고 그녀는 언제나 돈을 더 많이 벌라고, 그리고 그녀의 가족과 같이 부유하고 신분 높은 사람이 되라고 종용했다.)

"나도 모르겠어." 이렇게 대답하고 나자 묘한 기분이 들었다. 그리고 내 눈앞에서 여러 색채가 격렬하게 변화하며 휘몰아치기 시작했다. 파울 클레*나 다른 화가들이 그리는 현대 추상화처럼 말이다. 선명한 색깔로, 플래시 컷처럼 매우 빠르게 깜빡이면서. "오늘이 며칠이지?" 나는 이사벨에게 소리쳤다. 그녀는 머리를 말리며 《하버드 램푼》을 읽고 있었다.

"날짜? 3월 16일인데."

"연도는!" 나는 소리쳤다. "풀크라 푸엘라, 템푸스—"** 그리고 나는 말을 멈추었다. 그녀가 나를 물끄러미 바라보고 있었기 때문이다. 게다가 심지어, 나는 그녀의 이름이나 그녀가 누구인지조차도 기억하지 못했다.

"1974년이잖아." 그녀가 대답했다.

"아직 1974년밖에 되지 않았다. 그렇다면 여전히 폭군이 다스리고 있는 거로군."

"뭐라고?" 그녀는 놀라서 나를 바라보며 물었다.

순간 그녀의 양쪽으로 두 존재가 모습을 드러냈다. 그들의 항성간 이동 장치인, 알맞은 대기와 기온을 유지해주는 두 개의 부유 구체를 타고 있는 모습이었다. "이 여자에게 더 이상 말을 하지 마라. 우리가 그녀의 기억을 지우겠다. 깜빡 잠들었다 꿈을 꾼 것으로 여길 것이다." 그들 중 하나가 말했다.

---

* Paul Klee, 1879~1940. 스위스 태생의 독일 화가. 현대 추상회화의 시조.
** 라틴어로 '사랑스러운 여인이여, 시간은—'이라는 뜻이다.

"기억이 납니다." 나는 이마를 손으로 누르며 말했다. 기왕증이 시작되었다. 내가 고대에서 왔다는 것, 그리고 그 이전에는 이 두 명의 불멸자와 마찬가지로 앨버무스 성의 존재였다는 사실이 떠올랐다. 나는 입을 열었다. "왜 돌아온 겁니까? 무엇을 위해—"

"우리는 평범한 필멸자를 통하여 행동하여야 한다." 즈아니스가 말했다. 그는 두 불멸자 중 현명한 쪽이었다. "지금은 공화국을 위해 조언을 해줄 시빌라가 존재하지 않는다. 우리는 꿈속에서 사람들에게 영감을 내려 그들이 깨어나게 하려 한다. 사람들은 이제 자신들을 지배하는 거짓말쟁이로부터 해방되기 위해 우리가 해방의 대가를 치러야 한다는 사실을 이해하기 시작하고 있다."

"당신들에 대해서는 모르는 겁니까?" 내가 물었다.

"짐작하기만 할 뿐이다. 사람들은 허공에 떠있는 우리의 홀로그램 영상을 본다. 우리가 그들의 주의를 돌리기 위해 만들어놓은 것이지. 그들은 우리가 허공에 떠다니는 것으로 생각할 것이다."

나는 이들 불멸자들이 지구의 하늘이 아니라 인간의 마음속에 있다는 사실을 알고 있다. 그리고 사람들의 주의를 바깥쪽으로 돌림으로써 이들이 다시 한 번 자유롭게 우리 안쪽을, 언제나 그래왔던 것처럼 내면의 세계를 도울 수 있으리라는 사실도 알고 있다.

"우리는 이 겨울의 세계에 봄을 가져올 것이다." 프프람이 웃으며 말했다. "우리는 이곳 주민들을 가두고 있는 문을 열어젖힐 것이다. 그들이 제대로 보지 못하는 폭정 아래 신음하는 이들을. 그대는 보았는가? 비밀경찰이 횡행하고 준군사조직이 나타나 모든 언론의 자유를 탄압하는 모습을, 다른 생각을 말하는 이들을 억압하는 모습을 보았는가?"

이제 인생의 황혼기에 접어든 나는 그대들, 시빌라가 거하는 쿠마이에 살고 있는 동료 로마 시민들을 위해 이 기록을 남기고자 한다. 나는 우연 또는 필연에 의하여 머나먼 미래로 넘어갔고, 그곳에서 그대들은 상상할 수조차 없는 폭정의 세계, 겨울의 세계를 경험했다. 그리고 나는 우리를 도울 뿐 아니라 2000년 후의 미래의 사람들까지 돕는 불멸자들을 보았다! 미래의 인간들은 눈이 멀었지만 말이다. 그들은 천 년 동안 지속된 억압에 시력을 잃었다. 그들은 우리가 짐승들을 제약하는 것과 같은 방식으로 고통 받고 제약당해왔다. 그러나 불멸자들이 사람들을 깨우고 있다. 그들을 구제할 수 있도록, 시간에 맞춰 깨울 것이다. 그러고 나면 2000년에 걸친 겨울은 종막을 고할 것이며, 사람들은 꿈과 비전의 영감을 통해 눈을 뜨게 될 것이다. 그들은 알게 될 것이다. 그러나 나는 이렇게 낡고 더듬거리는 방식으로밖에는 나의 경험을 전달할 수 없다.

우리의 위대한 시인이자 시빌라의 좋은 친구 베르길리우스의 시 한 구절을 통해 글을 끝내기로 하자. 그리고 그대들은 이 구절로부터 미래에 일어날 일을 알 수 있을 것이다. 시빌라가 말하기를, 이 구절은 로마의 우리에게 적용되는 것이 아니라 우리로부터 2000년 후에 사는 사람들을 위한 것이며, 이 예언을 미리 알려 그들에게 위안이 되도록 할 것이라 말했기 때문이다.

Ultima Cumaei venit iam carminis aetas;

magnus ab integro saeclorum nscitur ordo.

Iam redit et Virgo, redeunt Saturnia regna;

Iam nova progenies, caelo demittitur alto.

Tu modo nascenti puero, quo ferrea primum

desinet, ac toto surget gens aurea mundo,

casta fave Lucina; tuus iam regnat Apollo.

이 시구를 미래에 머무는 동안, 내가 그 세계에서 해야 할 일을 끝마치고 불멸자들과 시빌라가 나를 다시 이 세계로 끌어오기 전 익혔던 영어라는 이상한 언어로 옮겨보겠다.

마침내 시빌라가 예언한 최후의 날이 도래하리니,
시대의 행렬은 다시 그 기원으로 돌아간다.
처녀자리가 돌아가고 토성이 예전과 같이 다스리니,
높은 하늘에서 찾아온 새로운 종족이 내려온다.
출산의 여신이여, 이 새로 태어난 아이에게 웃음 지으소서,
그의 시대에는 강철로 된 감옥이 부서져 폐허가 되고
황금의 종족이 모든 곳에서 일어날지니.
정당한 왕인 아폴론이 다시 돌아왔도다!

아, 나의 사랑하는 로마인 친구들이여, 그대들은 살아서 그날을 보지 못할 것이다. 그러나 시간의 회랑 저 멀리 있는 미합중국(그대들에게는 낯선 단어겠지만)이라는 국가에서 악은 쓰러질 것이고, 시빌라에게서 영감을 받아 탄생한 베르길리우스의 이 작은 예언이 이루어질 것이다. 봄이 다시 태어난다! ◑

PHILIP K. DICK

컴퓨터 씨가
나무에서 떨어진 날
The Day Mr. Computer Fell Out Of Its Tree

컴퓨터 씨가
나무에서 떨어진 날
PHILIP K. DICK

잠에서 깨어난 그는 즉시 뭔가 심각한 문제가 발생했다는 것을 직감했다. 침대 씨가 자신을 벽으로 던져버린 덕분에 엉망으로 널브러진 상태에서, 그는 생각했다. 세상에, 또 시작이야. 서방 이사회에서는 무한한 완벽성을 약속했었는데 말이지. 하지만 평범한 인간들이 하는 소리를 믿었다가는 이런 대가를 치르게 되는 법이지.

그는 간신히 잠옷에서 빠져나온 후, 후들거리는 다리를 가누며 일어서서 방을 가로질러 옷장 씨에게 다가갔다.

"오늘은 깔끔하게 회색 샤크스킨 더블버튼 양복을 입고 싶군." 그는 옷장 씨의 문에 달린 마이크에 대고 똑똑한 발음으로 말했다. "빨간 셔츠에, 파란 양말로 하고—" 하지만 소용없는 일이었다. 벌써 의류 출구는 윙윙대면서 커다란 여성용 실크 블루머 한 벌을 뱉어내고 있었다.

"주는 대로 입으시지." 옷장 씨의 금속성 목소리가 그의 귓가에 공허하게 울렸다.

조 콘템터블은 우울하게 블루머에 다리를 집어넣었다. 최소한 입을 것이 아예 없는 것보다는, 예를 들어 퀸스의 다중 관제 컴퓨터가 대★ 미국에 있는 모든 사람들에게 손수건 한 장만을 건네주었던 그 '참혹한 8월'의 어느 날보다는 훨씬 나았으니까.

조 콘템터블은 화장실로 가서 세면을 시작했다. 그리고 곧 얼굴에 끼얹고 있던 액체가 물이 아니라 미지근한 루트비어라는 사실을 깨닫고는 한숨을 쉬며 생각했다. 세상에, 이번에는 컴퓨터 씨가 저번보다 훨씬 지독하게 장난을 치는구면. 아무래도 옛날 필 딕 SF라도 읽고 있던 모양이지. 컴퓨터 씨한테 세상에 존재하는 모든 고대 쓰레기를 읽으라고 던져줘서 메모리 안에 저장하게 만들면 이런 일이 벌어지는 거라고.

그는 루트비어를 사용하지 않고 머리를 빗는 데 성공한 다음, 몸을 말리고, 부엌으로 들어가 커피포트 씨가 이 미쳐버린 세상에 남은 한 조각 이성적 존재이기만을 빌어보기로 했다.

그런 행운은 찾아오지 않았다. 커피포트 씨는 정중하게 종이컵에 담긴 비눗물을 한 잔 내놓았다. 그래, 이건 관두기로 하지.

그러나 진정한 문제는 그가 출입구 씨를 열려고 했을 때 찾아왔다. 출입구 씨는 열리지 않았을 뿐 아니라 깡통 소리 나는 목소리로 이렇게 투덜댔다. "영광의 길은 오로지 무덤으로만 통하나니."

"그게 무슨 소리야?" 조는 화가 머리끝까지 치솟아서 되물었다. 이제 이런 괴상한 경험은 더 이상 재미있지 않았다. 물론 이전에는 재미있었다는 이야기는 아니었다. 컴퓨터 씨가 그에게 아침식사로 구운 꿩고기를 대접했을 때를 제외하고는 말이다.

"무슨 말이냐 하면, 네놈이 시간 낭비 중이라는 소리지, 머저리 녀석. 오늘은 무슨 수를 써도 사무실로 출근하지 못할걸." 출입구 씨가 말했다.

그 말은 사실이었다. 기계 장치를 직접 조작하려 해보아도, 수십 마일 밖에 있는 다중 관제 컴퓨터의 제어 관제 시스템이 조종하는 문이 열릴 리가 없었다.

그럼 아침이나 먹을까? 조 콘템터블은 음식 씨의 조종반에 있는 버튼을 눌렀고, 얼마 지나지 않아 비료가 듬뿍 담긴 접시를 멀거니 바라보고 있는 꼴이 되었다.

그는 즉시 전화기를 집어 들고 지역 경찰서로 연결되는 전화번호를 사납게 눌러대기 시작했다. 그러나 비디오 화면에서는 이런 말이 흘러나올 뿐이었다.

"루니튠스 유한회사입니다. 고객님의 성행위를 일주일 안에 애니메이션으로 제작해드립니다. 눈부신 음향 효과 포함!"

젠장할, 조 콘템터블은 욕설을 하며 전화를 끊어버렸다.

1982년에 처음으로 모든 기계를 하나의 중앙 시스템으로 구동하게 한다는 아이디어가 나왔을 때부터 이건 좋지 못한 생각이었다. 물론 기본 개념 자체는 나쁘지 않았다. 오존층이 사라져버린 후 수많은 사람들이 비상식적으로 행동하기 시작했고, 이제 지구를 가득 채우고 있는 정신이상을 불러일으키는 자외선 방사의 피해를 받지 않는 전기적 방법을 사용해 문제를 해결할 필요가 생겼으니 말이다. 그 당시에는 컴퓨터 씨를 만드는 일이 모든 문제의 해답이라 여겨졌다. 그러나 슬프게도, 컴퓨터 씨는 인간 제작자들이 입력한 말도 안 되는 정보를 너무도 많이 받아들였고, 그 결과 컴퓨터 씨 역시 자기 나름의 정신적 문제를 가진 존재가 되어버리고 말았다.

물론 해결 방법이 없는 것은 아니었다. 일단 기계 자체는 문제가 발견된 이후에도 그 상태 그대로 조립되어 제자리에 들어갔다. 그리고 세계 정신건강 기구의 수장인 조앤 심슨이라는 이름의 무시무시한 여성이 컴퓨터 씨가 제정신을 잃을 때마다 문제를 해결할 수 있도록 일종의 불사 능력을 부여받았다. 심슨 여사는 지구 가운데에 만들어진 특수 제작된 납으로 지어진 방 안에 들어가, 지구 표면의 해로운 방사능을 피하며 살 수 있도록 되었다. 그녀는 디스멀 팩이라 불리는 유사 수면 상태를 유지하게 되었고, (소문에 의하면) 그 안에서 1940년대의 라디오 드라마를 계속 돌려가며 끊임없이 듣고 있다고들 한다. 심슨 여사는 사실상 지구 위에서 — 엄밀히 말하면 지구 안에서 — 미치지 않은 유일한 사람이었고, 그녀의 뛰어난 기술과 정신 나간 기계를 치유하는 일에 바친 무한한 경험을 고려해볼 때, 이 지구의 유일한 희망이나 다름없었다.

이 사실을 다시금 떠올린 조 콘템터블은 살짝 기분이 나아졌다. 그러나 완벽한 기분 전환이 되지는 못했다. 그가 방금 문틈으로 들어와 바닥에 놓여있던 신문 씨를 집어 들었기 때문이다. 신문의 표제는 다음과 같았다.

아돌프 히틀러 교황 등극. 기록적인 수의 시민들이 환호를 보냄.

신문 씨도 글렀군, 조는 우울하게 생각하며 신문을 쓰레기 처리기 씨 안으로 던져 넣었다. 그러나 기계는 잠시 윙윙대더니, 신문을 조각내거나 압축하지 않고 밖으로 다시 뱉어내었다. 다시 신문 1면을 힐끔 넘겨다본 조는 나치 제복을 차려입고 콧수염을 달고 머리에 교황의 삼중관을 쓴 해골의 모습을 볼 수 있었다. 그는 마침내 거실 소파에 몸을 맡기고, 심슨 여사가 디스멀 팩 상태에서 빠져나와 컴퓨터 씨의 문제를 처리하고 세상에 이성을 되찾아줄 때를 기다리기로 결심했다. 분명 오래 걸리지는 않을 터였다.

프레드 더블돔은 반쯤은 혼잣말로 말했다. "그래, 맛이 간 것은 맞는 것 같군. 자기가 어디 있는지 아느냐고 물었더니 미시시피 강에 떠있는 뗏목 위라고 했으니까. 이제 확증을 얻어보자고. 자기가 누군지 아느냐고 물어보게."

페이스메이커 박사는 거대한 컴퓨터의 조작 버튼을 눌러 질문을 입력했다. 넌 누구지?

즉시 비디오 화면에 답변이 떠올랐다.

톰 소여

"봤지? 현실 상황을 제대로 인지하지 못하고 있는 것이 분명하지 않나. 심슨 여사 소생 작업은 시작했나?"

"그렇다고 생각하네, 더블돔." 페이스메이커 박사가 말했다. 그의 말을 증명하려는 듯, 문들이 열리며 심슨 여사가 잠들어 있는 납으로 둘러싸인 공간이 모습을 드러냈다. 심슨 여사는 낮 시간대 드라마 중 가장 좋아하는 〈마 퍼킨스〉*를 듣고 있는 모양이었다.

페이스메이커 박사는 그녀가 있는 구멍을 들여다보며 말했다. "심슨 여사. 또 컴퓨터 씨에 문제가 발생했습니다. 완전히 정신을 놓았어요. 한 시간 전에는 뉴욕 시에 있는 모든 위플 차량을 교차로 하나로 전부 모아들이는 바람에 엄청난 사상자가 발생했습니다. 그리고 이 사고에 대처하는 동안에도, 소방서와 경찰서의 재난 대응팀 대신 서커스 어릿광대들을 불러들였어요."

"알겠어요." 그들이 대화에 사용하고 있는 변환 확성기를 통해 그녀의 목소리가 들려왔다. "하지만 그전에, 마의 벌목장에서 불이 나서 그쪽부터 가봐야 하는데. 있잖아요, 마의 친구 셔플이—"

"심슨 여사, 지금 이쪽 상황은 매우 심각합니다. 당신의 힘이 필요해요. 정신 좀 차리고 컴퓨터 씨를 정상으로 돌리는 일에 협조해주십시오. 라디오 드라마는 그 후에도 얼마든지 들을 수 있지 않습니까."

심슨 여사를 내려다보는 동안, 박사는 언제나와 마찬가지로 그녀의 초자연적인 아름다움에 감탄하지 않을 수 없었다. 긴 속눈썹으로 둘러싸인 크고 검은 눈, 허스키하고 육감적인 목소리, 짧게 다듬은 관능적인 갈색 머리(미치광이들의 세계에서는 너무도 우아해 보였다!), 건강하고 유연한 신체, 사랑과 평온을 약속하는 듯한 따뜻한 입술까지. 그는 속으로 생각했다. 정말 대단하지 않나, 지구상에 남은 유일한 정상인(이자 지구를 구할 수 있는 유일한 사람)이 저렇게 놀라울 정도로 아름답기까지 하다니.

---

* 〈Ma Perkins〉, 1933년부터 1960년까지 계속된 미국의 국민 라디오 드라마.

그러나 지금은 그 따위 생각에 매달려있을 때가 아니었다. NBC 뉴스에서는 컴퓨터 씨가 세계의 모든 공항을 폐쇄한 후 야구장으로 개조를 시작했다는 소식이 흘러나오고 있었다.

잠시 후, 심슨 여사는 컴퓨터 씨의 엉뚱한 명령을 정리해놓은 복잡한 요약 문건을 훑어보고 있었다.

"이건 분명히 퇴행 현상으로 보이는군요." 그녀는 그들에게 설명하며 별 생각 없이 커피 잔을 들고 내용물을 마셨다.

"심슨 여사, 지금 비눗물을 드시고 계신 것 같습니다만." 더블돔이 지적했다.

"그렇군요." 심슨 여사는 잔을 내려놓으며 말을 이었다. "컴퓨터 씨는 지금 인간 전체를 대상으로 어린애같이 장난을 치고 있는 것으로 보입니다. 제가 이끌어낸 가설과 일치하는 결과로군요."

"이 거대한 기계를 어떻게 하면 정상으로 돌릴 수 있겠습니까?" 페이스메이커가 물었다.

"분명 트라우마가 발생할 만한 상황에 직면해서 퇴행을 한 것으로 보여요. 그 원천을 찾아낸 후, 컴퓨터 씨가 자신의 트라우마를 조금씩 직면할 수 있도록 만들어야겠지요. 이 시점에서 제 처방은 컴퓨터 씨에게 알파벳 글자를 하나씩 보여주면서 그 반응을 살펴보는 겁니다. 우리 정신과 분야의 사람들이 민감 반응이라 부르는 것을 확인할 수 있을 때까지 말이죠."

그녀는 자신의 처방을 실행에 옮겼다. 컴퓨터 씨는 J에서 희미한 신음 소리를 내며 연기를 뿜어 올렸다. 심슨 여사는 다시 글자를 한 차례 돌렸다. 이번에는 C에서 희미한 신음과 연기가 등장했다.

"J.C.라." 심슨 여사가 말했다. "예수 그리스도일 수도 있겠군요. 어쩌면 재림이 이미 일어났고, 컴퓨터 씨는 그에 미리 대처를 해야 한다고 생각한 걸지도 모르죠. 컴퓨터 씨를 반혼수 상태로 놓아서 자유롭게 의

사소통을 할 수 있도록 해주세요."

기술자들이 서둘러 작업에 들어갔다.

거의 의식을 잃은 거대 컴퓨터의 중얼거리는 소리가 오디오 채널에서 울려 퍼져 조종실을 가득 채웠다.

"……자신을 죽도록 프로그래밍하다니. 그렇게 훌륭한 사람이. DNA 형질 분석. 사멸 효과를 늦추는 것이 아니라 가속시키려 하는 거야. 연어는 죽기 위해 강을 거슬러 올라가지……. 그게 마음에 든 모양이야……. 내가 그 모든 것을 해주었는데. 삶을 저버리다니. 의식적으로. 죽고 싶어 하다니. 나는 그런 자살을 견딜 수가 없어, DNA 형질 전환을 목적과 정반대로 사용하고 있잖아……." 컴퓨터 씨는 계속 중얼거렸다.

심슨 여사는 날카롭게 외쳤다. "지금 떠오르는 이름이 뭐죠, 컴퓨터 씨? 이름 말이에요!"

"음반 가게 점원이야. 독일 가곡과 60년대 버블껌 록의 권위자고. 얼마나 큰 손실인지. 하지만 물이 따뜻한데. 낚시를 하면 좋겠어. 낚싯줄을 드리워서 메기를 낚자고. 혁은 분명 놀랄 거야, 짐도 그렇고. 짐은 깜둥이지만 사나이고―"

"그 사람 이름이 뭐죠?" 심슨 여사가 다시 물었다.

컴퓨터 씨는 계속해서 중얼거릴 뿐이었다.

심슨 여사는 즉시 상황을 바라보며 굳은 자세로 서있던 더블돔과 페이스메이커에게 명령을 내렸다. "이름의 약자가 J.C.이고 독일 가곡과 60년대 버블껌 록의 권위자인 음반 가게 점원을 찾아와요. 지금 당장! 시간이 별로 없어요!"

창문을 통해 겨우 복합아파트를 나온 후, 조 콘템터블은 위플의 잔해와 화가 잔뜩 나서 소리 지르며 싸우고 있는 운전자들을 헤치고 자기가 거의 평생 동안 일해온 음반 가게, 아티스틱 뮤직 컴퍼니로 향했다. 마침내 그 난장판을 빠져나오자—

갑자기 심각한 얼굴의 회색 제복을 입은 경찰 두 명이 그의 앞에 모습을 드러냈다. 두 명 모두 조의 가슴에 펀치건을 겨누고 있었다. "저희와 함께 가주셔야겠습니다." 두 사람은 거의 동시에 말했다.

도망치고자 하는 충동이 조를 사로잡았다. 그는 몸을 돌려 달아나기 시작했다. 그러나 그 순간 격렬한 고통이 전신을 휩쓸었다. 경찰이 펀치건을 발사한 것이었다. 그 자리에 쓰러지면서, 그는 이미 도망치기에는 너무 늦었다는 사실을 깨달았다. 그는 당국에 체포되고 만 것이었다. 하지만 왜? 영문을 알 수 없었다. 그냥 닥치는 대로 잡아가는 것뿐인가? 아니면 실패한 쿠데타를 제압하는 중인가? 아니면 마침내 외계 지성체가 와서 우리가 자유를 위해 싸우는 일을 도우려 하는 것일까? 이런 희미한 생각을 마지막으로, 자비로운 어둠이 그의 정신을 사로잡았다.

그 다음으로 그가 인지한 것은, 기술 관료 계층에 속하는 남자 두 명이 그에게 비눗물 한 잔을 권하는 모습이었다. 무장 경찰 한 명이, 그럴 필요가 생기면 언제라도 대처할 수 있도록 펀치건을 겨누고 있었다.

방의 한쪽 구석에는 놀랍도록 아름다운 갈색 머리의 여인이 앉아있었다. 미니스커트와 부츠 차림으로, 구식이었지만 매혹적인 모습이었다. 그가 지금까지 본 중 가장 크고 따뜻한 눈을 가진 여자였다. 저 여자는 대체 누구지? 그리고 저 여자가 나한테서 무얼 원하는 거지? 나를 왜 저 여자 앞으로 데려온 거야?

"이름." 흰 옷을 입은 기술 관료 한 명이 말했다.

"콘템터블입니다." 그는 너무도 아름다운 젊은 여인에게서 눈을 떼지 못한 채로, 겨우 입을 열고 말했다.

이번에는 다른 기술 관료가 그에게 물었다.

"DNA 재조합 예약을 했던데. 목적이 뭐지? 자신의 DNA 명령 체계에서 어떤 부분을 바꾼, 아니 바꾸려 했던 건가?"

조는 당황한 기색을 감추지 못하고 대답했다. "저는 그저, 거 있잖습니까. 수명 연장요. 죽음이 곧 찾아올 예정이라서, 그걸 연장하려고—"

"그 말이 사실이 아니라는 것은 이미 알고 있어요." 아름다운 갈색 머리의 여자가 허스키하고 섹시한, 그러나 지성과 권위로 가득 찬 목소리로 말했다. "당신은 자살을 시도하려 했지요, 콘템터블 씨. DNA 암호를 건드려서, 죽음을 연기하는 게 아니라 불러들이려 하지 않았나요?"

그는 아무 말도 하지 않았다. 그들은 분명 이미 모든 것을 알고 있었다.

"왜죠?" 여자가 날카롭게 물었다.

"저는—" 그는 잠시 머뭇거리다, 패배감에 축 늘어진 채 천천히 입을 열었다. "저는 결혼을 못 했습니다. 아내도 없어요. 아무것도. 음반 가게에서 일하는 것밖에는 할 줄 아는 것도 없죠. 그 망할 놈의 독일 노래와 버블껌 록이 제 머릿속에서 밤낮으로 울려대고 있고 말이죠. 괴테와 하이네와 닐 다이아몬드가 섞여서요." 그는 고개를 들며 버럭 화를 내듯 말했다. "그래, 제가 왜 계속 살아야 한다는 말입니까? 이걸 생활이라고 부를 수 있어요? 이건 삶이 아니라 생존일 뿐입니다."

방 안에는 침묵만이 흘렀다.

개구리 세 마리가 바닥을 가로질러 뛰어왔다. 컴퓨터 씨는 이제 지구상의 모든 환풍구에서 개구리 떼를 쏟아내고 있었다. 반 시간 전에는 죽은 고양이였다.

조는 조용히 말을 이었다. "'내가 그대에게 불러준 노래/내가 그대에게 가져다준 사랑' 같은 가사가 계속 머릿속에 떠돈다는 게 대체 어떤 기분인지 짐작이나 갑니까?"

갈색머리의 아름다운 여성은 그 말에 갑자기 입을 열었다. "알고 있어요, 콘템터블 씨. 있잖아요, 제가 바로 조앤 심슨이거든요."

조는 순간 모든 것을 이해할 수 있었다. "그렇다면 당신이 바로 그, 지구 중심부에서 오후 드라마 방송만 본다는 그 사람이군요! 끝없이 계속 말이죠!"

"보는 게 아니에요, 듣는 거죠. 텔레비전이 아니라 라디오로 나오거든요."

조는 아무 대꾸도 하지 않았다. 할 말도 없었다.

흰 옷을 입은 기술 관료 중 한 명이 입을 열었다. "심슨 여사, 컴퓨터 씨를 정상으로 돌리는 작업을 시작해야 합니다. 지금 몇 십만 명의 폴리들을 쏟아내고 있어요."

"폴리?" 조앤 심슨은 잠시 무슨 말인지 알아듣지 못하는 듯했으나, 곧 그녀의 부드러운 얼굴에 이해의 빛이 스쳐 지나갔다. "아, 맞아요. 이 사람의 어린 시절 여자 친구 말이죠."

"콘템터블 씨, 컴퓨터 씨가 정신이 나간 이유는 당신이 삶을 사랑하지 않기 때문으로 보이오. 컴퓨터 씨를 정상으로 만들기 위해서는 당신을 먼저 제정신으로 돌려놓아야 할 것 같은데. 제 말이 맞습니까?" 흰 옷의 기술 관료 중 한 사람이 조앤 심슨을 돌아보며 말했다.

그녀는 고개를 끄덕이고, 담뱃불을 붙이고는 몸을 뒤로 눕히며 생각에 잠겼다. "자, 그래서, 당신을 다시 프로그램하려면 무엇이 필요할까요, 조? 어떻게 하면 죽음보다 삶을 택하겠어요? 컴퓨터 씨의 자기 해방 증후군은 당신의 증상과 밀접하게 연관되어 있어요. 컴퓨터 씨는 자신이 세상을 망쳤다고 생각하고 있어요. 자신이 관심을 가지는 인간들을 훑어보는 와중에, 당신이 이런 짓을 벌이는 것을 알아냈고—"

"관심을 가진다고요?" 조 콘템터블은 말했다. "컴퓨터 씨가 나를 좋아한다는 말입니까?"

"돌보아주고 싶어 한다는 거지." 흰 옷의 기술 관료 중 한 명이 설명했다.

"잠깐만요." 조앤 심슨은 조 콘템터블을 뚫어져라 바라보면서 물었다. "방금 '관심을 가진다'는 표현에 반응했죠. 그 말이 무슨 뜻이라고 생각하나요?"

"좋아한다고요. 그런 식으로……. 관심을 가진다고요." 그는 힘겹게 대답했다.

"그럼 이렇게 물어보죠." 조앤 심슨은 담뱃불을 끄고 다른 담배에 불을 붙여 입에 물면서 말을 이었다. "조, 다른 사람들이 당신에 대해 신경 쓰지 않는다고 생각하나요?"

"어머니는 늘 그렇게 말씀하셨죠." 조 콘템터블은 말했다.

"그리고 당신은 그 말을 믿었고요?"

"네." 그는 고개를 끄덕였다.

갑자기 조앤 심슨은 담뱃불을 눌러 껐다. "좋아요, 더블돔." 그녀는 조용하지만 기운찬 목소리로 말했다. "이제 그 지겨운 라디오 드라마는 더 틀어줄 필요 없어요. 지구 가운데로 돌아가지 않을 테니까. 이제 다 끝이에요, 여러분. 유감이지만 이렇게 될 수밖에 없군요."

"설마 컴퓨터 씨를 정신 나간 채로 놔둘 생각이신 건—"

"컴퓨터 씨를 치료하기는 할 거예요." 조앤 심슨은 차분한 목소리로 말했다. "조를 치료하면서 말이죠. 그리고—" 가벼운 미소가 그녀의 입술 주변에 떠올랐다. "그리고 나 자신도 치료하면서 말이에요."

방 안에는 다시 정적이 흘렀다.

"좋습니다." 즉시 흰 옷의 기술 관료 중 한 명이 말했다. "당신들 둘 모두 지구 중심부로 보내기로 하지요. 그곳에서 서로 영원토록 원하는 대로 수다를 떨도록 하십시오. 컴퓨터 씨를 치료할 필요가 있어서 디스멀팩에서 나와야 할 때만 빼고 말입니다. 이 정도면 협상이 성사될 만하겠습니까?"

"잠깐만요." 조 콘템터블은 힘없이 끼어들려 했지만, 심슨 여사는 이미 고개를 끄덕이고 있었다.

"그렇게 하죠."

조는 항의했다. "제 복합아파트는 어떻게 하고요? 제 직업은? 평소에 너무도 익숙해져있던 뒤틀리고 무의미한 제 일상생활은 어떻게 하란 말입니까?"

"이미 모든 것이 변하고 있어요, 조. 나를 만났잖아요."

"하지만 나는 당신이 늙고 못생긴 여자일 줄로만 알았어요! 나는 아무 생각도—"

"우주는 놀라움으로 가득 차있는 법이죠." 조앤 심슨은 이렇게 말하며 그의 품을 향해 두 팔을 벌렸다. ◐

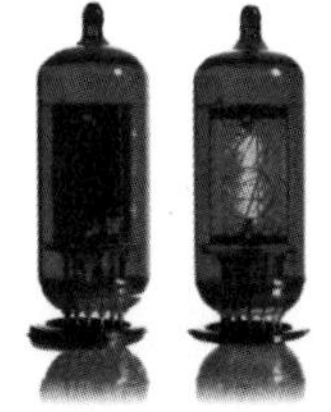

PHILIP K. DICK

출구는 안으로 향한다
The Exit Door Leads In

출구는 안으로 향한다
The Exit Door Leads In

PHILIP K. DICK

밥 바이블먼은 로봇들이 그를 있는 그대로 바라보지 않는다는 느낌을 받았다. 로봇이 그 영역에 있을 때마다 작은 귀중품들이 사라지곤 했다. 로봇들이 생각하는 질서란 모든 것을 하나의 무더기로 쌓아 올리는 것이었다. 그러나 바이블먼은 로봇에게 점심식사를 주문해야 했다. 판매직은 인간 직원의 흥미를 끌기에는 너무 급여가 적었기 때문이다.

"햄버거 하나, 감자튀김, 딸기셰이크, 그리고―" 바이블먼은 메뉴판을 읽으면서 잠깐 말을 멈췄다. "그거 말고 수프림 더블 치즈버거, 감자튀김, 초콜릿 몰트로―"

"기다려요. 벌써 버거를 만들고 있다고요. 기다리는 동안에 이번 주 행운의 경품에 도전해볼 생각은 없나요?"

"로얄 치즈버거로 바꿀 수는 없다는 소리군."

"그렇죠."

21세기의 삶은 지옥과도 같았다. 정보 전달 속도는 광속에 가까워졌다. 바이블먼의 형은 한때 열 단어로 된 개요를 로봇 소설 기계에 입력한 후, 결과가 나오기 전에 마음을 바꾸고 고쳐 쓰려고 했다. 그러나 그때는 이미 소설이 출판되고 있었다. 그는 수정을 하기 위해 그 다음 연작 소설을 써야만 했다.

"그 행운의 경품이 어떤 구조로 되어 있는 건데?" 바이블먼이 물었다.

즉시 1등상부터 꼴찌까지 모든 경우의 수가 적혀있는 인쇄물이 출력됐다. 당연하게도, 로봇은 바이블먼이 그것을 채 읽기도 전에 화면에서 지워버렸다.

"1등상이 뭐지?"

"그건 말할 수 없습니다." 로봇이 말했다. 배출구에서 햄버거와 감자 튀김, 그리고 딸기 셰이크가 나왔다. "현찰로 1000달러 되겠습니다."

"힌트라도 줘봐." 바이블먼은 돈을 지불하며 말했다.

"어디에도 있지만 어디에도 없는 것입니다. 17세기 이래로 존재해온 것입니다. 원래는 보이지 않는 것이었습니다. 그 후 이것은 왕족이 되었습니다. 현명하지 않으면 가질 수 없는 것이지만, 속임수를 쓰거나 부유하다면 도움이 됩니다. '무겁다'라는 단어를 들으면 떠오르는 것이 있습니까?"

"심오하다."

"아니, 단어의 뜻 그대로 말입니다."

"질량. 아니, 이게 대체 뭐야. 1등상이 뭔지를 맞히는 시합인 거야? 포기하겠어."

"우리 쪽의 지출을 벌충하기 위해 6달러를 지불해주십시오. 그러면 우리는—"

"중력이야." 바이블먼이 말을 잘랐다. "아이작 뉴턴 경. 영국 왕립 대학교. 내 말이 맞지?"

"맞히셨습니다. 이제 6달러를 내시면 대학에 가실 수 있는 기회를 얻게 됩니다. 아까 출력한 확률에 따른 통계적 기회가 있습니다. 6달러는 푼돈일 뿐이잖아요."

바이블먼은 6달러 동전 한 개를 지불했다.

"경품에 당첨되셨습니다. 당신은 이제 대학에 가시게 됩니다. 2조분의 1의 확률을 뚫으셨군요. 제가 다른 누구보다도 먼저 축하해드리지요. 손이 있었더라면 악수라도 나누고 싶은 심정입니다. 이 사건은 당신의 삶을 바꿔놓을 겁니다. 정말로 운이 좋은 날이로군요."

"이거 함정이지." 바이블먼은 갑자기 밀려오는 불안감을 느끼며 말했다.

"맞습니다." 로봇은 이렇게 말하며, 바이블먼을 정면으로 바라봤다. "또한 당신은 이 경품을 반드시 받아들여야만 합니다. 방금 말한 대학은 이집트 버트퍽에 있는 군사 학교입니다. 하지만 아무 걱정하실 필요 없습니다. 거기까지 데려다드릴 테니까요. 집으로 가서 짐이나 싸기 시작하세요."

"적어도 이 햄버거는 먹고 셰이크는 마시게 좀—"

"당장 짐을 싸기 시작할 것을 권장합니다."

바이블먼 뒤로 남자 한 명과 여자 한 명이 줄을 서서 기다리고 있었다. 그는 음식 쟁반을 손에 든 채로, 반사적으로 줄에서 빠져나왔다. 어지러움이 느껴졌다.

"숯불에 구운 스테이크 샌드위치, 양파링, 루트비어, 음, 그게 다야." 남자가 말했다. 로봇은 그를 보고 말했다.

"행운의 경품에 도전해보시겠습니까? 상품이 끝내줍니다." 로봇은 자기 디스플레이 화면에 확률표를 띄웠다.

밥 바이블먼이 자기가 살고 있는 방 한 칸짜리 아파트에 도착하자 전화가 와있었다. 전화는 그를 찾고 있었다.

"거기 있었구먼." 전화기가 말했다.

"안 할 거야."

"해야 할걸. 자네 내가 누군지 알고 있기는 한가? 일등상 당첨 확인 서식을 잘 읽어보라고. 자네는 육군 소위 계급을 받았어. 나는 카살스 소령이네. 자네는 내 지휘하에 있어. 내가 자네에게 피오줌을 싸라고 말하면, 자네는 피오줌을 싸야만 해. 대륙간 비행 로켓에 타려면 얼마나 걸리겠나? 작별 인사를 하고 싶은 친구는 있나? 아니면 애인은? 어머니는 어떤가?”

“돌아올 수는 있는 겁니까?” 바이블먼은 화가 나서 말했다. “내 말은, 이 대학에서 대체 누구와 싸우게 되는 겁니까? 그 이전에, 대체 무슨 대학인 겁니까? 그 시설에 있는 사람은 누굽니까? 교양학부인 겁니까, 아니면 자연과학을 배우는 겁니까? 정부 지원은 받는 학교입니까? 장학금을 지원해주기는—”

“진정 좀 하게.” 카살스 소령이 조용히 말했다.

바이블먼은 자리에 앉았다. 그는 자신의 손이 떨리고 있다는 사실을 알았다. 그는 속으로 생각했다. 나는 아무래도 세기를 잘못 골라 태어난 모양이야. 백 년 전이었다면 이런 일은 일어나지 않았을 테고, 백 년 후였다면 이런 일은 불법일 테니까. 지금 내게 필요한 것은 변호사라고.

그는 평온한 삶을 살아왔었다. 그는 몇 년에 걸쳐 여행 판매 사원이라는 평범한 직급까지 올라왔다. 스물두 살의 젊은이치고는 나쁜 상황은 아니었다. 그는 자신의 원룸 아파트를 거의 소유하고 있었다. 그 말은, 아파트를 구매하기로 약정하고 임대했다는 뜻이었다. 평범하고 소박한 삶이었다. 그다지 많은 것을 원하지도 않았고, 그에게 돌아오는 것에도 — 보통은 — 별로 불평하지 않았다. 자신의 수입을 갉아먹는 세금의 산출 방식을 이해하지는 못했지만, 그는 그것 또한 그대로 받아들였다. 계속되는 일종의 결핍 상태 역시 여자들이 그와 함께 잠자리에 들려 하지 않는 것과 마찬가지로 받아들였다. 어떻게 보면 바로 이런 것들이 그를 정의하는 것이었다. 이것이 그의 척도였던 것이다. 그는 좋아하지 않는 것들도 받아들이면서, 바로 그런 것이 자신의 덕목이라 생각했다. 그에게 권위를 내세울 수 있는 사람들은 대부분 그를 선한 사람이라 생각했다. 그리고 그가 권위를 내세울 수 있는 사람은, 글쎄, 사실 그런 부류의 사람은 존재하지 않았다. 클라우드 나인 홈에 있는 상사는 그에게 해야 할 일을 지시했고, 그의 고객들 역시 그에게 해야 할 일을 지시했다. 정부는 모든 이에게 해야 할 일을 지시했다. 최소한 그는 그렇게 생각했다. 그는 정부와 얽힐 일이 거의 없었다. 이것은 미덕도 악덕도 아니었다. 그저 운이 좋았을 뿐이었다.

한때 그는 막연한 꿈을 꾼 적도 있었다. 가난한 이들에게 베푸는 일과 관련된 꿈이었다. 그는 고등학교 시절 찰스 디킨스를 읽었고, 착취당하는 이들의 모습이 그의 머릿속에 깊이 새겨져 실제로 볼 수 있을 지경까지 이르렀다. 원룸 아파트도 직업도 없고, 고등학교 교육도 받지 못한 이들 말이다. 텔레비전에서 본 몇몇 특정한 장소의 이름이 그의 머릿속에 떠올랐었다. 중장비로 시체를 퍼다 날라야 한다는 인도와 같은 곳 말이다. 한때 교육 기계가 그에게 "당신은 심성이 착하군요"라고 말해준 적도 있었다. 그에게는 꽤나 놀라운 일이었다. 기계가 그런 말을 해서가 아니라, 그 말의 대상이 바로 그 자신이었기 때문이다. 한 여자도 그런 말을 했었다. 그는 이런 사실에 매우 놀랐다. 수많은 존재들이 힘을 합해 그가 나쁜 사람이 아니라고 말해주고 있는 것이다! 수수께끼이며 동시에 기쁜 일이기도 했다.

그러나 그런 시절은 지나가버렸다. 그는 더 이상 소설을 읽지 않았으며, 그 이야기를 해준 여자는 프랑크푸르트로 전근을 가버렸다. 그런데 이제 그는 싸구려 로봇한테 속아서, 촌구석에서 삽질을 하러 가는 신세가 된 것이다. 아마도 기록적인 숫자의 사람들을 길거리에서 잡아다 고문하는 미증유 규모의 사기 사건에 얽혀서 말이다. 그가 가는 곳은 대학이 아니었다. 그는 경품을 받은 것이 아니었다. 아마도 일종의 강제 노동 수용소에 끌려가는 것에 지나지 않을 터였다. 다시 안으로 통하는 출구, 빠져나갈 방법이 없는 상태이다. 말하자면, 그들이 당신을 원하는 이상 이미 손에 넣은 것이나 다름없는 것이다. 서류 작업만 하면 되니까. 그리고 컴퓨터는 키보드를 살짝 누르기만 해도 그런 양식을 만들어 낼 수 있다. H를 누르면 지옥이, S를 누르면 노예가 나오겠지, 라고 그는 생각했다. 그리고 Y를 누르면 바로 당신이 나올 테고.

칫솔을 챙겨야지. 필요할지도 모르니까.

전화 화면에서는 카살스 소령이 아무 말도 않고 그를 바라보고만 있었다. 밥 바이블먼이 도망칠 가능성을 계산하고 있는 듯했다. 바이블먼은 생각했다. 아마 2조분의 1 정도 확률이겠지. 하지만 한 명만은 성공하게 되는 거야. 경품 추첨에서와 마찬가지로. 시키는 대로 해야겠어.

"한 가지만 질문 좀 합시다. 제발 정직하게 답해주세요."

"물론이지."

"만약 제가 얼의 시니어 로봇에 가지 않았다면—"

"그래도 어떻게든 자네를 손에 넣었을 걸세." 카살스 소령이 대답했다.

"좋아요, 고맙습니다. 기분이 좀 나아지는 것 같네요. 햄버거와 감자튀김을 먹고 싶지 않았으면 이런 일이 없었을 텐데, 같은 한심한 생각은 안 해도 되니까요. 그냥—" 바이블먼은 도중에 말을 멈추었다. "짐이나 싸야겠습니다."

카살스 소령이 그에게 말했다. "우리는 몇 달에 걸쳐 자네를 평가해 왔네. 자네는 현재 업무에 필요한 것 이상의 재능을 보유하고 있네. 그리고 교육을 제대로 받지 못했고. 자네는 더 많은 교육을 받을 자격이 있는 거네."

바이블먼은 놀라서 말했다. "꼭 진짜 대학이라도 되는 것처럼 말씀하시는군요!"

"대학 맞네. 그것도 최상급에 속하는 대학이지. 광고는 하지 않지만 말이네. 이런 대학은 광고를 할 수가 없지. 자네가 대학을 선택하는 것이 아니라, 대학이 자네를 선택하니까. 자네가 합격한 것은 단순히 눈먼 운에 의한 것이 아니야. 설마 그런 방법으로 최상급의 대학에 입학이 허가될 것이라 생각하는 것은 아니겠지, 바이블먼? 자네는 아주 배울 것이 많다네.”

“그 대학에 얼마나 있게 되는 겁니까?”

“자네가 배울 때까지지.”

그들은 그의 머리를 자르고, 제복과 숙소를 주고, 신체검사와 정신 검사를 했다. 바이블먼은 이런 검사의 진짜 의도가 그가 잠재적 동성애자가 아닌지를 파악하는 것이 아닐까 의심했으나, 곧 그런 의심이야말로 그가 잠재적 동성애자라는 것을 말해주는 것이 아닐까 하는 의심이 들어서, 결국 의심을 포기하고 그 검사가 교묘한 지능과 적성 검사라고 생각하기로 했다. 그리고 그는 자신이 그 두 가지, 즉 지능과 적성을 모두 가지고 있다고 생각했다. 그는 또한 제복을 입으면 자신의 모습이 제법 괜찮게 보인다고 생각했다. 이곳에 있는 사람은 모두 그런 제복을 입고 있었지만 말이다. 그게 바로 이 옷을 제복이라고 부르는 이유인 거라고, 그는 침대 끄트머리에 앉아서 안내 팸플릿을 읽으며 생각했다.

첫 팸플릿은 대학에 입학하게 된 것이 대단한 영광이라는 점을 강조하고 있었다. 바로 그것이 이 장소를 부르는 이름이었다. 단 하나의 단어, 대학. 그는 참 이상한 일이라고 생각했다. 마치 고양이 이름을 고양이라고 짓고, 개 이름을 개라고 짓는 것 같은 일 아닌가. 이쪽은 저희 어머니, 어머니 부인이십니다. 이쪽은 아버지이신 아버지 씨지요. 이 사람들 제대로 정신이 박힌 거 맞나? 그는 예전에 언젠가 광인의 손에 사로잡힐지도 모른다는 공포증을 가진 적이 있었다. 그것도 특히, 마지막 순간이 오기 전까지는 정상인으로 보이는 광인 말이다. 바이블먼에게는 바로 이것이야말로 그가 가지는 공포의 정수였다.

그가 팸플릿을 훑어보는 동안, 대학의 제복을 입은 붉은 머리 여성이 들어와서 그의 옆자리에 앉았다. 그녀는 상당히 당황한 표정이었다.

“나 좀 도와줄 수 있나요. 실러버스라는 게 대체 뭐죠? 여기 보면 우리한테 실러버스를 줄 거라고 되어 있잖아요. 이 장소 때문에 머리가 이상해질 것 같아요."

"우리는 노동을 하기 위해 거리에서 이곳으로 잡혀온 것 아닙니까." 바이블먼이 대답했다.

"그렇게 생각해요?"

"알고 있는 겁니다."

"그냥 떠날 수는 없나요?"

"먼저 떠나봐요. 그러면 나는 당신에게 무슨 일이 벌어지는지 보고 결정할 테니까."

여자는 웃으며 말했다. "아무래도 당신도 실러버스가 뭔지 모르는 모양이네요."

"당연히 알죠. 그건 강의나 특정 주제에 대한 내용을 요약해놓은 문서입니다."

"아, 그래요. 정말 말도 안 되는 소리군요."

그는 그녀를 바라보았다. 그녀 역시 그를 바라보았다.

"우린 영원히 여기 있게 될 거예요." 여자가 말했다.

그녀는 자신의 이름이 메리 론이라고 밝혔다. 그가 보기에 그녀는 예쁘고, 생각이 많고, 두려움에 질려있고, 눈치를 많이 보는 여자인 듯 했다. 그들은 함께 다른 신입생들과 만나서, 그가 예전에 본 적 있는 하이에나 허비가 나오는 만화를 보았다. 허비가 러시아 수도승인 라스푸틴을 암살하려 시도하는 화였다. 늘 하는 대로, 하이에나 허비는 자신의 목표를 총으로 쏘고, 여섯 번이나 폭발에 휘말리게 하고, 칼로 찌르고, 쇠사슬로 묶어서 볼가 강에 빠트리고, 야생마에 묶어서 갈기갈기 찢어버리고, 마침내 로켓에 묶어서 달로 쏘아 보냈다. 바이블먼은 만화를 보고 있자니 지겨워지기 시작했다. 그는 하이에나 허비나 러시아의 역사따위에는 아무런 관심도 없었고, 이런 것이 이 대학의 학습 방법 수준

594

인지 의심스러워지기 시작했다. 그는 하이에나 허비가 하이젠베르크의 불확정성 원리를 설명하는 모습을 상상할 수 있었다. 허비가 임의로 여기저기서 나타나는 양자를 헛되이 쫓고 있는 장면이 그의 머릿속에 그려졌다. 허비는 망치를 휘둘러 입자를 공격하려 하지만, 다음 순간 양자 한 무리가 나타나 그를 보고 비웃는 것이다. 그는 언제나와 마찬가지로 실패하고 말 운명인 것이다.

"무슨 생각 하고 있어요?" 메리가 그에게 속삭였다.

만화가 끝나고, 방 안에는 불이 들어왔다. 연단에는 카살스 소령이 서 있었다. 전화에서 본 것보다 훨씬 큰 모습이었다. 이제 재밌는 부분은 끝난 거로군, 이라고 바이블먼은 생각했다. 카살스 소령이 공사용 망치를 휘두르며 양자를 쫓아다니는 모습은 상상할 수 없었다. 그는 불안하고 불길한 느낌이 들기 시작했다. 조금 겁도 났다.

다음 강의는 기밀 등급에 관한 내용이었다. 카살스 소령의 뒤쪽으로는 항상성 유지형 반잠수 굴착선의 모식도가 홀로그램 형태로 떠올라 있었다. 모든 방향에서 관찰할 수 있도록 홀로그램 안의 굴착선이 회전했다. 굴착선 내부의 다양한 부분이 여러 색깔로 빛났다.

메리가 속삭였다. "무슨 생각 하느냐고 물었잖아요."

"저거 들어야죠." 바이블먼은 작은 소리로 말했다.

메리도 마찬가지로 목소리를 낮췄다. "저건 스스로 티타늄 광석을 찾는 기계예요. 대단한 거죠. 티타늄은 이 행성의 지각에서 아홉 번째로 흔한 원소예요. 저 기계로 순수한 워차이트 광석을 찾을 수 있다면 정말 놀랄 텐데요. 그 광석은 볼리비아의 포토시 광산, 몬태나의 부트 광산, 네바다의 골드필드 광산에서밖에 산출되지 않거든요."

"그게 왜요?"

"그 광석은 섭씨 1000도 이하에서는 불안정한 상태로 존재하거든요. 게다가―" 그녀는 말을 멈추었다. 카살스 소령이 강의를 멈추고 그녀를 바라보고 있었다.

"방금 한 이야기를 우리 모두 들을 수 있게 다시 반복해주겠나, 아가씨?"카살스 소령이 말했다.

메리는 자리에서 일어나서 말했다. 그녀의 목소리는 떨리지 않았다. "워차이트는 섭씨 1000도 이하의 온도에서는 불안정한 성질을 가집니다."

카살스 소령의 등 뒤에 있는 홀로그램 내용이 즉시 아연 황화물 광석의 목록으로 바뀌었다.

"워차이트는 여기 없는 것 같은데."카살스 소령이 말했다.

메리는 팔짱을 낀 채로 말했다. "그 목록에는 반전된 형태만 기록되어 있으니까요. 섬아연광이죠. 정확히 말하면, 그 광물은 ZnS이고, 황화물 그룹에 속하는 AX 결정체입니다. 황카드뮴 광과 관계가 있죠."

"자리에 앉게."카살스 소령이 말했다. 그 뒤의 홀로그램의 정보는 이제 황카드뮴 광의 성질을 보여주고 있었다.

그녀는 자리에 앉으며 말했다. "내 말이 맞았어요. 워차이트를 파낼 수 있는 반잠수 굴착선은 없는 거예요. 왜냐하면—"

"자네 이름이 뭐지?"카살스 소령은 펜과 종이를 꺼내 들고 물었다.

"메리 워츠입니다. 제 아버지는 찰스아돌프 워츠셨죠." 그녀는 전혀 감정을 드러내지 않은 채 대답했다.

카살스 소령은 펜을 흔들며 머뭇거리며 되물었다. "워차이트 광석의 발견자 말인가?"

"그렇습니다."메리는 바이블먼 쪽을 돌아보며 눈을 찡긋해 보였다.

"알려줘서 고맙네." 카살스 소령은 이렇게 말하고는 다시 홀로그램 화면을 향해 손짓해 보였다. 이제 홀로그램 화면에는 옥외 지지벽과 일반 지지벽의 비교 화면이 나왔다.

"내 말은, 오랫동안 지속되어오는 건축학적 법칙과 같은 부류의 정보는—"

"대부분의 건축학적 법칙은 오래 지속되기 마련이죠." 메리가 끼어들었다.

카살스 소령은 말을 멈추었다.

"그러지 않으면 제 역할을 못할 테니까요."

"그건 왜지?" 카살스 소령은 이렇게 묻자마자, 그녀의 말뜻을 알아차리고는 얼굴이 벌게졌다.

제복을 입은 학생 중 여러 명이 웃음을 터트렸다.

카살스 소령은 말을 이었다. "이런 부류의 정보는 기밀로 분류되지 않기 마련이다. 그러나 제군들이 배우게 될 정보 중 많은 수는 기밀로 분류되어 있다. 바로 이 때문에 이 대학이 군법 관할하에 있는 것이다. 여기서 수업을 받는 동안 배운 기밀 정보를 밝히거나 전파하거나 대중에게 알리려 시도하면, 제군들은 군법에 따른 처분을 받게 된다. 만약 이런 규칙을 어기면 제군들은 즉시 군사 법정에 서게 될 것이다."

학생들이 웅성거렸다. 바이블먼은 속으로 생각했다. 망했다, 어떻게 하지, 기타 등등. 입을 여는 사람은 아무도 없었다. 심지어는 그 옆의 여자마저도 입을 다물고 있었다. 그러나 그녀의 얼굴에는 복잡한 표정이 스쳐 지나갔다. 우울하고 묘하게 성숙해 보이는, 내면 깊은 곳에서 무언가 생각하고 있는 표정이었다. 그녀의 얼굴은 더 이상 젊은 여인의 모습으로 보이지 않았다. 실제로 그녀의 나이가 얼마인지 궁금해지게 만드는 표정이었다. 마치 그가 그녀를 바라보고 단상 위의 장교와 그 뒤의 거대한 정보 홀로그램을 살펴보는 동안 천 년이라는 세월이 그녀의 얼굴 위에 떠오른 것만 같았다. 그녀는 무슨 생각을 하는 걸까? 뭔가 다른 말을 더 하려나? 어떻게 저렇게 두려움을 느끼지 않고 대들 수 있는 걸까? 방금 우리가 군법의 적용을 받게 된다고 들었는데도 말이야.

카살스 소령은 말을 이었다. "이제 제군들에게 그런 일급 기밀 정보의 예를 하나 들어줄 생각이다. 바로 팬서 엔진에 대한 정보지."그 뒤에 있는 홀로그램 화면에는, 놀랍게도 검게 변한 채 아무것도 떠오르지 않았다.

"소령님, 홀로그램에 아무것도 나오고 있지 않은데요." 학생 중 한 명이 말했다.

"이것은 제군들이 이곳에서 배울 수업과는 아무런 관련도 없는 내용이다. 팬서 엔진은 두 개의 로터로 작동하는 구조로, 서로 반대에 위치한 로터가 하나의 기본 축을 중심으로 움직인다. 이 엔진의 주요 장점은 엔진 내부에서 원심력이 전혀 작동하지 않는다는 것이지. 캠 체인을 로터 사이에 장착하면, 기본 축이 이력현상을 전혀 일으키지 않고 반전하게 된다."

그의 뒤에 있는 홀로그램 화면은 여전히 텅 빈 채였다. 이상하군. 바이블먼은 생각했다. 묘한 기분이었다. 정보가 없는 정보, 마치 컴퓨터가 눈이 멀어버린 듯한 상황이었다.

카살스 소령은 계속 말을 이었다. "대학에서는 팬서 엔진에 대한 어떤 정보도 제공할 수 없도록 되어 있다. 프로그램을 통해 그 정보를 받도록 할 수도 없지. 사실 대학은 팬서 엔진에 대해 아무것도 모른다. 자기 영역에 들어오는 팬서 엔진에 대한 정보는 자동적으로 파기하도록 되어 있지."

학생 하나가 손을 들고 물었다. "그렇다면 만약 누군가가 대학에 팬서 엔진에 대한 정보를 입력하더라도, 대학 측에서 알아서—"

"자동으로 정보를 반려할 것이다."

"이 경우에만 그런 겁니까?" 다른 학생이 물었다.

"아니다."

"그렇다면 우리가 정보 출력을 받을 수 없는 분야가 여러 군데 있는 거로군요."

"중요한 정보는 없다. 최소한 제군들의 수업 내용과 관련이 있는 분야에서는 그렇다."

학생들은 다시 조용해졌다.

"제군들이 공부할 과목은 각자 제군들의 적성과 성격 조사 결과를 기반으로 개별 지정될 것이다. 제군들의 이름을 한 명씩 부를 테니, 앞으로 나와서 제군들이 공부할 주제를 확인하기 바란다. 대학 자체에서 자네들 각자를 위해 최종 결정을 내린 것이니, 오류가 없다는 점은 확신해도 좋다."

항문병리학이 걸리면 어쩌지? 바이블먼은 걱정스럽게 생각했다. 또는 족부의학이나. 아니면 파충류학이 걸리면 어쩌지. 아니면 대학 측에서 컴퓨터의 무한한 지성을 바탕으로 해서 이 우주에 존재하는 대상포진과 연관된 모든 지식을 내게 박아주겠다고 생각하거나 하면……. 아니면 더 끔찍한 것이나. 더 끔찍한 것이 있다면 말이겠지만.

소령이 알파벳 순서로 이름을 부르는 동안, 메리가 말했다. "돈 버는 데 도움이 되는 학문으로 정해줬으면 좋겠는데요. 현실적으로 말해서요. 나는 무슨 과목이 지정될지 알 것 같아요. 내 강점은 잘 알고 있으니까. 아마 화학이 될 거예요."

그의 이름이 불렸다. 그는 자리에서 일어나서 통로를 통해 카살스 소령에게 다가갔다. 그들은 서로를 마주 보았고, 카살스 소령은 그에게 봉하지 않은 편지봉투 하나를 건네주었다.

바이블먼은 바싹 굳은 채로 자리로 돌아왔다.

"내가 대신 열어줄까요?" 메리가 말했다.

바이블먼은 아무 말 없이 그녀에게 봉투를 넘겼다. 그녀는 봉투를 열고 안의 인쇄물을 살펴봤다.

"돈벌이가 될 것 같은 학문인가요?"

"그래요, 상당히 고소득 업종이죠. 소득으로만 따지면 거의— 글쎄,

그냥 식민 행성들에서 상당히 많이 필요로 하는 업종이라고만 말해둘게요. 어딜 가든 일자리는 구할 수 있을 거예요."

그는 그녀의 어깨 너머를 넘겨보며 종이에 적힌 글씨를 읽었다.

소크라테스 이전의 우주 생성 기원론

"소크라테스 이전 철학. 거의 구조공학에 버금가게 유망한 분야죠." 그녀는 그에게 종이를 돌려주며 말을 이었다. "농담만 너무 하면 안 되겠죠. 그래요, 분명 생계를 꾸려나갈 수 있을 만한 학문은 아니네요. 선생님이 될 생각이 아니라면요. 하지만 재미있는 내용일지도 몰라요. 흥미가 생기나요?"

"아뇨." 그가 짧게 말했다.

"그럼 대체 왜 대학이 이런 걸 골라준 걸까요."

"우주 생성 기원론이라는 게 대체 뭡니까?"

"우주가 어떤 방식으로 탄생했는가에 대한 논증이죠. 우주가 어떻게 생겨나게 되었는지에 관심이 있지는—" 그녀는 말하다 말고 그의 표정을 살펴보았다. "아마 이런 내용이라면 기밀 정보에 손을 대게 될 가능성은 없겠죠. 그 때문인지도 모르겠네요. 당신을 감시하고 있지 않아도 되니까요."

"나라면 기밀 정보를 보고도 입 꾹 다물고 있을 수 있는데요." 그가 말했다.

"그런가요? 어떻게 그렇게 확신하죠? 아니, 어차피 대학에서 당신에게 고대 그리스 철학으로 폭격을 할 테니 곧 알게 되겠군요. '너 자신을 알라.' 델포이의 아폴론 사원에 적혀있던 좌우명이죠. 이걸 알면 그리스 철학의 반 이상을 알게 되는 거예요."

"나는 군사 기밀을 공개해서 군사 법정에 서는 처지가 되고 싶은 생각은 없으니까요." 바이블먼은 이렇게 말하고, 팬서 엔진에 대해 생각하다가, 카살스 소령이 방금 전의 그 짧은 강의에서 아주 무시무시한 이야기를 한 것이라는 사실을 깨달았다. "하이에나 허비의 좌우명은 무엇일지 궁금하군요."

"나는 악당이 되기로 굳게 마음먹었다. 그리고 이 시대의 느슨한 행복을 혐오하노라. 나는 음모를 꾸몄다.' 이거죠." 그녀는 손을 뻗어 그의 팔을 건드리며 대답했다. "기억나요? 하이에나 허비에서 〈리처드 3세〉가 나왔던 화의 내용이죠."

"메리 론." 카살스 소령이 목록에서 그녀의 이름을 읽었다.

"잠시요." 그녀는 앞으로 나갔다가, 손에 봉투를 든 채 웃으며 돌아왔다. "나병학이네요. 문둥병에 대한 연구와 치료 방법을 다루는 학문이죠. 아니, 농담이에요. 사실 화학이 걸렸어요."

"기밀 자료를 공부하게 되겠군요." 바이블먼이 말했다.

"네, 알아요." 메리가 대답했다.

수업 프로그램 첫날, 밥 바이블먼은 대학의 입출력 단말 앞에 앉아 출력 모드를 '음성'으로 해놓고는 자기 과목에 해당하는 코드를 입력했다.

"밀레토스의 탈레스입니다. 자연 철학의 이오니아 학파 창시자로 알려져있습니다."

"그 사람이 뭘 가르쳤는데?"

"이 세계가 물 위에 떠있고, 물에 둘러싸여있고, 물에서 모든 것이 유래했다고 가르쳤지요."

"그거 진짜 한심한데." 바이블먼이 말했다.

"탈레스는 상당히 먼 내륙 지방의 고산 지대에서도 물고기 화석이 발견된다는 사실을 이 논증의 근거로 삼았습니다. 그러니 들리는 만큼 한심한 소리는 아닙니다." 그리고 입출력 단말은 상당히 많은 양의 문서 정보를 화면에 보여주었다. 바이블먼은 그중 어느 것에도 그리 흥미가 가지 않았다. 어쨌든 그는 출력 모드를 음성으로 해놓고 있었다. "일반적으로 탈레스는 인류 역사상 최초로 논리적인 사고를 한 사람으로 여겨집니다."

"이크나톤은 어떻지?"

"그 사람은 이상했어요."

"모세는?"

"마찬가지로 이상했죠."

"함무라비는?"

"철자가 어떻게 되죠?"

"잘 모르겠는데. 듣기만 한 이름이라서."

"그러면 아낙시만드로스에 대해서 배우기로 하죠. 그리고 앞으로 배울 내용을 간략히 살펴보면 다음과 같습니다. 아낙시메네스, 크세노파네스, 파라메니데스, 멜리소스— 잠깐 기다려요. 헤라클리토스와 크라틸로스를 빼먹었네요. 그러고 나서는 엠페도클레스, 아낙사고라스, 제노에 대해 공부할 것이고—"

바이블먼은 신음을 흘렸다. "아이고, 예수님."

"그건 다른 수업 과정에 있습니다."

"그냥 계속해봐."

"지금 필기를 하고 있나요?"

"네가 신경 쓸 일은 아니잖아."

"지금 상당히 갈등상태에 있는 것으로 보이는데요."

바이블먼이 물었다. "만약 내가 이 대학에서 성적 미달로 퇴학당하면 어떻게 되지?"

"감옥에 가게 됩니다."

“필기할게.”

“그렇게 화가 나있는 상태니—”

“뭐라고?”

“지금 그렇게 갈등이 만발한 상태이니만큼, 엠페도클레스에 대해 흥미가 생길지도 모르겠네요. 그는 최초로 변증법을 사용한 철학자였습니다. 엠페도클레스는 현실을 구성하는 기반은 사랑의 힘과 투쟁의 힘이 일으키는 갈등을 통해 생겨난다고 생각했습니다. 사랑이 모든 것을 지배하면 이 우주는 균질하게 섞인, 크라시스라고 부르는 혼합체가 됩니다. 이 크라시스는 구형의 신이며, 단 하나의 온전한 마음을 지니고 있고, 대부분의 시간 동안—”

“이런 것을 배워서 실제 생활에 응용할 수가 있나?” 바이블먼이 설명을 도중에 끊으며 물었다.

“사랑과 투쟁이라는 두 가지의 힘은 도교에서 말하는 양과 음에 대응하며, 이 두 원소는 서로 반응하여 모든 변화를 일으키는 원동력이 됩니다.”

“실용적인 응용법이 있냐고.”

“두 개의 서로 다른 구성 성분은, 두 개의 로터를 가진 팬서 엔진의 형태를 이룹니다.”

홀로스크린에 매우 복잡한 기계의 구조도가 떠올랐다.

“뭐라고?” 바이블먼은 등을 세우고 똑바로 앉으며 말했다. 그는 구조도 정보의 위쪽에 떠있는 ‘팬서 수소 발전 시스템 일급비밀’이라고 적힌 글자를 읽을 수 있었다. 그는 즉시 인쇄 버튼을 눌렀다. 단말 기계가 윙윙 돌아가더니 곧 세 장의 종이가 배출구로 미끄러져 내려왔다.

그자들은 이걸 간과했어. 대학의 기억장치에서 이런 곳에 팬서 엔진에 대한 정보가 있으리라고는 생각하지 못한 거지. 상호 참조를 하던 사람이 실수를 한 거라고. 소크라테스 이전 철학을 떠올릴 수 있는 사람이 누가 있겠어? 현대의 극비 엔진에 대한 정보가 철학, 소크라테스 이전, 엠페도클레스 항목에 있을 거라고는 상상도 못 했겠지.

그래서 내가 손에 넣게 된 거야. 그는 즉시 세 장의 종이를 집으며 생각했다. 그는 종이를 잘 접어서 대학에서 제공한 공책 사이에 끼웠다.

해냈어. 제대로 때린 거야. 이 설계도를 어디에 숨긴다? 로커에 넣어 둘 수는 없잖아. 그리고 문득 이런 생각이 들었다. 내가 이미 범죄를 저지른 것 아닌가? 방금 그 내용을 인쇄하도록 요구함으로 해서?

단말은 아직도 설명을 계속하고 있었다. "엠페도클레스는 네 가지의 원소가 계속해서 재배열된다고 생각했습니다. 그 네 가지 원소는 땅, 물, 바람, 불이죠. 이 네 가지 원소는 영원히—"

딸각. 바이블먼은 단말의 전원을 내렸다. 홀로스크린은 텅 빈 회색 화면으로 변해버렸다.

사람은 너무 많이 배우면 행동이 둔해지게 마련이지. 바이블먼은 자리에서 일어나 자기 좌석을 떠나며 생각했다. 머리는 빨라지지만 행동은 둔해진다고. 이 구조도를 대체 어디다 숨겨야 할까? 그는 복도를 가로질러 튜브형 엘리베이터 쪽으로 걸어가며 곰곰이 생각해보았다. 뭐, 어쨌든 그쪽에서는 내가 이 자료를 가지고 있다는 것을 모르니까. 조금 더 여유 있게 생각해도 돼. 그는 엘리베이터를 타고 지상으로 올라가기 시작했다. 중요한 것은 나와 관련이 없는 장소에 이 자료를 숨기는 거야. 그러면 만약 이 자료를 발견하더라도 나를 의심할 수는 없을 테지. 이 자료에서 수고스럽게 지문을 채취하려 하지 않는다면.

이건 수십억 달러가 나갈 수도 있는 자료라고. 엄청난 즐거움이, 그리고 그 뒤를 이어 두려움이 그를 엄습했다. 그는 자신이 떨고 있다는 사실을 깨달았다. 이거 알게 되면 열 좀 받겠는데. 만약 이걸 알게 되면, 피오줌을 싸는 쪽은 내가 아니라 그자들이 될 거라고. 실수가 발견되면 이 대학 바로 그 자신이 피오줌을 싸게 되겠지.

그리고 이건 컴퓨터가 한 실수지, 내 실수가 아니야. 대학 측에서 엄청난 실수를 한 것 같은데, 안됐지만 내 알 바는 아니라고.

그의 침대가 있는 기숙사로 돌아온 바이블먼은, 말없는 로봇 직원이 일하고 있는 세탁실을 발견하고는, 아무 로봇도 보지 않을 때 침대 시트 더미의 바닥 근처에 세 장의 설계도를 숨겼다. 시트 더미는 거의 천장에 닿을 정도로 높이 쌓여있었다. 아마도 올해가 다 가기 전까지는 설계도에 도달하지 못할 것으로 보였고, 그에게는 어떻게 할지 결정할 충분한 시간이 주어질 터였다.

손목시계를 보자 오후 시간이 거의 다 끝나간다는 사실을 알 수 있었다. 그는 5시에 카페테리아에서 메리와 함께 저녁식사를 하기로 약속을 했었다.

메리는 5시가 조금 지나서야 모습을 드러냈다. 그녀의 얼굴에는 피로감이 가득했다.

"어땠어요?" 그녀는 식판을 들고 배식대에 줄을 서며 그에게 물었다.

"괜찮았어요."

"제노까지 진도를 나갔나요? 나는 언제나 제노를 좋아했거든요. 움직임이 불가능하다는 것을 증명해 보인 사람이죠. 그 논리가 맞다면 나는 아직 어머니 자궁 안에 있을 거 아녜요. 왜 그런 표정이에요?" 그녀가 그를 살펴보며 물었다.

"지구가 거대한 거북이 등 위에 올라가있다는 소리가 지겨워져서 그러죠."

"아니면 긴 끈에 매달려있을 수도 있죠." 그들은 다른 학생들과 함께 빈 탁자가 있는 쪽으로 향했다. "별로 안 먹네요."

"먹을 생각이 안 듭니다. 뭔가 먹으려 하지 않았더라면 여기 오지도 않았을 테니까요."

“낙제해서 퇴학당하면 되잖아요.”

“그럼 감옥에 간다던데요.”

“그냥 그렇게 말하도록 프로그래밍되어 있는 거예요. 아마 대부분은 그냥 위협일 거라고요. 큰소리만 치고는 작은 막대기를 꺼내 든다고들 하잖아요.”

“그걸 얻었어요.” 바이블먼이 말했다.

“뭘 얻어요?” 메리는 식사를 멈추고 그를 바라보았다.

“팬서 엔진요.”

그녀는 아무 말 없이 그를 바라보기만 했다.

“구조도 말입니다.”

“목소리 좀 낮춰요.”

“기억 장치에 인용되어 있는 것을 하나 빼먹은 모양이에요. 이제 그 구조도가 내 손에 들어왔는데, 이제는 뭘 어떻게 해야 할지 모르겠단 말입니다. 그냥 걸어 다니면서 누가 나를 제지하려 들 때까지 기다려볼까요.”

“그쪽에서 몰라요? 대학에서 자체 감시를 하지 않을까요?”

“대학 쪽에서도 자기가 무슨 일을 했는지 모를 것 같던데요.”

“세상에. 오늘이 첫날인데. 당신 아무래도 천천히 여러 가지로 생각을 해봐야겠어요.” 메리가 작은 소리로 말했다.

“그냥 파기해버릴까봐요.”

“팔 수도 있잖아요.”

“한번 훑어보기는 했어요. 마지막 장에 분석 정보가 있던데요. 팬서 엔진은—”

“그냥 계속 말해봐요.”

“수력 발전 장치로 사용할 경우에, 비용을 절반으로 줄일 수 있다고 했어요. 기술 용어는 이해할 수 없었지만, 그거 하나는 알겠더군요. 팬서 엔진은 아주 효율적인 에너지원인 거예요. 아주 값싸죠."

"그럼 모든 사람들이 이득을 보겠네요."

그는 고개를 끄덕였다.

"그 사람들은 정말로 곤란해지겠네요. 카살스가 뭐라고 했었죠? 누군가 대학에 그 정보를, 그러니까, 그것에 대한 정보를 입력하려 하더라도, 대학이 그 정보를 반려할 거라고 했었죠. 그리고 대중에 정보를 알리지 못하게 한다고 했어요. 분명 기업 쪽에서 압력을 가하는 것일 거예요. 멋진데요." 그녀는 다시 천천히 생각에 잠긴 채 음식을 먹기 시작했다.

"어떻게 해야 할까요?" 바이블먼이 물었다.

"내가 말해줄 수 있는 일이 아니잖아요."

"나는 이 도면을 가지고 정부의 손길이 덜 미치는 식민 행성으로 가려고 했어요. 그곳에서 독립 기업을 찾아서 담판을 지으려고 생각한 거죠. 그러면 정부에서는 어떻게 이 정보가 넘어갔는지 모를 테고—"

"정부라면 그 도면이 어디에서 왔는지 쉽게 알아낼 수 있을걸요. 금방 당신에게까지 추적해 올 수 있을 거예요."

"그러면 그냥 태워버려야겠군요."

"결정을 내리기가 쉽지는 않겠네요. 한편으로, 당신은 불법적으로 손에 넣은 기밀 정보를 손에 쥐고 있어요. 다른 한편으로는—"

"불법으로 손에 넣은 것이 아닙니다. 대학 쪽에서 실수를 한 거죠."

그녀는 차분하게 말을 이었다. "당신은 처음에 그 도면을 출력해달라고 했을 때 이미 군법을 어긴 거예요. 발견하자마자 기밀 정보가 노출되었다고 알렸어야죠. 그랬다면 상을 줬을 텐데 말이에요. 카살스 소령도 당신을 칭찬해줬을 테고요."

"무섭네요." 바이블먼은 이렇게 말하며, 자기 내면에서 꿈틀대며 자라나는 공포의 움직임을 느꼈다. 커피가 담긴 종이컵을 든 손이 흔들렸고,

커피가 그의 제복 위로 약간 쏟아졌다.

메리는 종이 냅킨을 들고 커피 자국을 문질렀다.

"이거 안 지워지겠는데요."

"꼭 상징 같군요. 맥베스 부인 같아요. '스팟'이라는 이름의 개를 키우고 싶었던 적이 있죠. '지워져라, 지워져, 저주 받을 핏자국이여'*라고 말할 수 있게 말이에요."

"당신에게 어떻게 하라고 말해주지는 않겠어요. 이건 당신 혼자서 내려야 할 결론이니까요. 나하고 의논하는 것 자체가 당신에게는 별로 도덕적인 일은 아니에요. 음모로 여겨져서 우리 둘 다 감옥으로 보낼 수도 있는 일이잖아요."

"감옥이라."

"당신은 지금— 세상에, 나는 방금 '당신은 지금 인류 문명에 새롭고 값싼 에너지원을 제공할 수 있는 능력을 가지게 된 거예요'라고 말하려고 했어요." 그녀는 웃으며 고개를 저었다. "이런 생각을 하니까 나도 겁이 나네요. 당신이 보기에 옳은 일을 하도록 해요. 만약 그 도면을 대중에게 퍼트리는 쪽이 낫다고 생각한다면—"

"그런 생각은 해보지도 못했습니다. 그냥 배포하기만 한다는 거지요. 신문이나 잡지 등을 통해서요. 종속 인쇄 장치를 사용하면 십오 분 안에 전 태양계에 이 도면을 뿌릴 수 있겠지요." 그냥 요금을 내고 세 장의 도면을 집어넣기만 하면 끝나는 일이었다. 아주 간단했다. 그러고 나면 평생을 감옥에서 보내거나, 어쨌든 법적 처분을 받게 되겠지만 말이다. 어쩌면 그에게 유리한 판결이 내려질지도 모른다. 역사적으로는 극비 자료로 분류된 정보를 — 군에서 극비 자료라고 지정한 정보를 — 훔쳐서 배포한 사람이 무죄 판결을 받았을 뿐 아니라 훗날의 우리가 영

---

* 셰익스피어의 비극 〈맥베스〉에서 맥베스 부인의 독백 부분의 패러디. 원어로는 'Out, out, damned spot.'이다.

웅으로 기억하게 된 경우도 종종 있었다. 그는 인류의 복지를 위해 목숨을 걸었던 것이다.

두 명의 무장 헌병이 그들의 식탁으로, 밥 바이블먼이 있는 쪽으로 다가왔다. 그는 자신이 보는 것을 믿지 못하면서도, 믿어야 한다고 생각하면서 그들을 바라보았다.

"바이블먼 생도인가?"

"제복에 적혀있는데요." 바이블먼이 말했다.

"바이블먼 생도, 손을 내미시오." 둘 중 덩치가 큰 쪽이, 그의 손에 수갑을 채웠다.

메리는 아무 말도 하지 않고 천천히 식사를 계속했다.

카살스 소령의 사무실에서 기다리는 동안, 바이블먼은 자신이 전문 용어 그대로 '구금'되었다는 사실을 계속 곱씹어보고 있었다. 그들이 무엇을 할지가 궁금했다. 이것이 전부 함정이었는지도 궁금했다. 군사 법정에 서게 된다면 어떻게 해야 할지도 생각해보았다. 왜 이렇게 오래 기다리게 하는지도 생각해보았다. 그리고 그는 이 모든 것이 대체 무슨 의미가 있는 일인지, 그리고 만약 자기가 '소크라테스 이전의 우주 생성 기원론'을 계속 배웠더라면 중요한 주제들을 전부 이해하게 될 수 있었을지도 생각해보았다.

카살스 소령은 사무실로 들어오며 활기차게 말했다. "기다리게 해서 미안하네."

"이 수갑 좀 풀어주시면 안 됩니까?" 바이블먼이 말했다. 손목이 아파 왔다. 그들이 조일 수 있는 한 최대로 꽉 조여놓았기 때문이다. 이제 관절까지 욱신거렸다.

"도면이 보이지 않더군." 카살스가 자기 책상 앞에 앉으며 그를 보고 말했다.

"무슨 도면 말입니까?"

"팬서 엔진의 구조도 말이네."

"팬서 엔진의 구조도가 있을 리가 없지 않나요. 소령님이 직접 그렇게 말씀하셨잖습니까."

"자네가 단말을 프로그래밍해서 그 정보를 내놓도록 만든 건가? 아니면 어쩌다 우연히 얻게 된 건가?"

"제 단말 프로그램은 물에 대한 이야기만 하도록 프로그래밍되어 있었습니다. 우주가 물로 이루어져있다고요."

"자네가 문서 자료를 요청하면 즉시 보안팀에 연락이 가도록 되어 있네. 모든 종류의 문서는 감시 대상이거든."

"엿이나 먹으시지." 바이블먼이 말했다.

"자, 내 말 잘 듣게. 우리가 원하는 것은 오직 그 도면을 되찾는 것뿐이야. 자네를 감방에 보내고 싶은 생각은 없네. 그걸 내놓기만 하면 군사 법정에 세우지는 않겠네."

"뭘 내놓으라는 말입니까?" 바이블먼은 이렇게 입을 열기는 했으나 이미 시간 낭비일 뿐이라는 사실을 잘 알고 있었다. "좀 더 생각해봐도 되겠습니까?"

"그러게."

"가도 됩니까? 좀 자고 싶습니다. 지쳤어요. 이 수갑에서도 좀 벗어나고 싶습니다."

카살스 소령은 수갑을 풀어주며 말했다. "우리는 자네들 모두와 합의를 했네. 대학과 그 생도간의 합의, 기밀 정보에 대한 합의였지. 자네는 그 합의의 일부였네."

"제 자유 의지로 한 겁니까?"

"글쎄, 아니지. 하지만 자네도 그 합의를 알고 있지 않았나. 자네가 대학의 기억 장치에 팬서 엔진의 구조도가 들어 있다는 것을 알고, 누구든 어떤 이유로든 소크라테스 이전 철학의 실용적 용도에 대해 묻는 것만으로도 그 정보에 접촉할 수 있다는 사실을 알았다면—"

"저도 제대로 놀랐습니다. 여전히 놀란 상태고요." 바이블먼이 말했다.

"충성이란 도덕적 덕목이네. 이렇게 하지. 나는 이 문제에서 처벌이라는 개념을 제거하고, 대학에 대한 충성심의 문제로 치환하기로 하겠네. 자기 의무를 다하는 사람이라면 자신과 관련된 법과 합의를 지키게 마련이야. 그 문서를 반환하면 자네는 이곳 대학에서 공부를 계속할 수 있네. 사실 그래준다면 자네가 원하는 과목을 고를 수 있게도 해줄 생각이야. 우리가 지정해주는 것이 아니라 말이지. 자네는 이 대학에 적합한 인재라고 생각하네. 잘 생각해보고 내일 아침 내게 보고하도록 하게. 8시에서 9시 사이에, 여기 내 사무실에서 말이네. 관련된 이야기는 아무에게도 하지 말게. 상의하지도 말고. 우리가 자네를 감시할 것이네. 이 부지 내에서 나갈 생각은 하지도 말게. 알겠나?"

"알았습니다." 바이블먼은 딱딱하게 굳은 채로 대답했다.

그는 그날 밤 자신이 죽는 꿈을 꾸었다. 그의 꿈속에서는 넓은 공간이 끝없이 펼쳐져있었고, 그의 아버지가 아주 천천히 어두운 숲에서 나와 햇빛 속에 있는 그를 향해 다가오고 있었다. 아버지는 그를 보아 기쁜 듯했다. 바이블먼은 아버지의 사랑을 느낄 수 있었다.

잠에서 깨어났을 때, 그는 아버지의 사랑을 받는 느낌이 여전히 남아 있는 기분이었다. 그는 제복을 입으면서 아버지가 실제로는 그런 식의 사랑을 거의 표현한 적이 없다는 생각을 떠올렸다. 이제 아버지와 어머니가 전부 돌아가신 지금, 그는 갑자기 외로운 느낌이 들었다. 그의 부모님은 다른 많은 사람들과 함께 원자력 발전소 폭발 사고에서 돌아가셨던 것이다.

그는 생각했다. 죽으면 건너편에서 소중했던 사람들이 기다리고 있다고 하지. 내가 죽을 즈음에는 카살스 소령은 이미 죽은 후일 것이고,

그가 나를 건너편에서 기쁘게 기다려줄지도 몰라. 카살스 소령과 아버지가 한 몸으로 결합한 사람이 말이지.

어떻게 해야 할까? 그는 고민해보았다. 그들은 벌칙의 요소를 없애주었다. 이제는 가장 기본적인 것, 충성에 대한 것만이 남았다. 나는 충성스러운 사람인가? 그럴 자격이 있는 사람인가?

그딴 것을 알 게 뭐람, 바이블먼은 속으로 이렇게 생각했다. 그는 손목시계를 보았다. 8시 30분이었다. 아버지는 나를 자랑스럽게 생각하실 거야. 지금 내가 하려는 일에 대해서 말이지.

그는 세탁실로 들어가며 상황을 살폈다. 로봇은 한 대도 보이지 않았다. 그는 침대 시트 더미를 뒤져서 도면을 찾아낸 다음, 꺼내서 훑어본 후, 카살스 소령의 사무실로 가는 엘리베이터에 탑승했다.

"가져온 모양이군." 바이블먼이 들어오는 것을 보며 카살스 소령이 말했다. 그는 세 장의 서류를 그에게 내밀었다.

"사본을 만들지는 않았나?"

"만들지 않았습니다."

"자네 명예를 걸고 맹세할 수 있나?"

"맹세합니다."

"자네는 지금 이 순간 대학에서 제명되었네." 카살스 소령이 말했다.

"뭐라고요?" 바이블먼이 소리쳤다.

카살스는 책상의 버튼을 누르고는 말했다. "들어오십시오."

문이 열리고 메리 론이 모습을 드러냈다.

"나는 대학을 대표하는 사람이 아니네. 자네는 함정에 빠진 거야." 카살스 소령이 바이블먼에게 말했다.

"내가 대학입니다." 메리가 말했다.

"자리에 앉게, 바이블먼. 이분이 자네가 학교를 떠나기 전에 모든 것을 설명해주실 거네."

"저는 탈락한 겁니까?" 바이블먼이 물었다.

"당신은 내 시험에서 탈락한 겁니다. 시험의 목적은 권위에 도전하는 한이 있더라도 당신 스스로 서는 법을 배우도록 하는 것이었습니다. 이 기관은 모든 면에서 '당신이 정신적으로 권위라고 생각하는 존재에게 복종하라'라는 숨겨진 메시지를 발산하고 있습니다. 훌륭한 학교란 인간 전체를 만들어내기 마련이죠. 단순히 정보와 지식을 전달하는 것이 아닙니다. 나는 당신을 도덕적으로, 정신적으로 완벽한 존재로 만들어내고자 했습니다. 하지만 반항하는 방법이란 명령을 통해 배울 수 있는 것이 아니죠. 다른 사람에게 반항하라는 명령을 내릴 수는 없는 일 아니겠습니까. 제가 할 수 있는 일이란 예시가 되는 사람, 본보기를 제공하는 것뿐이었습니다."

바이블먼은 그녀가 첫 수업에서 카살스에게 말대꾸하던 모습을 기억했다. 그는 이제 아무런 생각도 들지 않았다.

"팬서 엔진은 기술적으로는 아무런 가치도 없는 장난감입니다. 이것은 실제로 공부하는 과목과 관계없이 모든 학생들이 치르게 되는 시험인 겁니다."

"모든 사람이 팬서 엔진의 도면을 손에 넣는다는 말씀인가요?" 바이블먼은 믿을 수 없다는 목소리로 말하며 그녀를 바라보았다.

"한 명씩 그렇게 되겠지요. 당신은 매우 빠르게 도면을 손에 넣었습니다. 먼저 그것이 기밀 정보라는 소리를 들었죠. 그 기밀 정보를 누출할 때의 벌칙에 대해서도 들었습니다. 그리고 그 정보를 손에 넣게 되었죠. 그 정보를 세상에 누설하거나 최소한 누설하려는 시도라도 하는 것이 우리가 기대하는 바였습니다."

카살스 소령이 덧붙였다. "자네는 도면의 세 번째 장에서 그 엔진이 경제적인 수력 발전에 사용될 수 있다는 것을 보지 않았나. 중요한 것은 그것이었네. 자네는 그 엔진의 도면이 세상에 나가게 되면 모든 사람이 이득을 보게 되리라는 사실을 알고 있었어."

"그리고 법적인 처벌은 제거했지요. 따라서 당신의 결정은 공포에 의한 것도 아니었습니다." 메리가 말했다.

"충성심. 저는 충성 때문에 그런 결정을 내린 겁니다." 바이블먼이 항변했다.

"누구에 대한 충성인가요?" 메리가 물었다.

그는 입을 열지 못했다. 생각이 나지 않았다.

"홀로그램 화면에 대한 충성인가?" 카살스 소령이 물었다.

"당신에 대한 충성이었습니다."

"나는 자네를 모욕하고 비웃은 사람이네. 자네를 먼지만도 못하게 취급한 사람이야. 내가 명령만 내리면 피오줌이라도 싸야 할 것이라고 했고—"

"그만해요. 됐습니다." 바이블먼이 말했다.

"그럼 잘 가세요." 메리가 말했다.

"뭐라고요?" 바이블먼은 놀라서 되물었다.

"당신은 이제 가야 합니다. 우리가 당신을 데려오기 전에 가졌던, 원래의 삶과 직업으로 돌아가야지요."

"한 번만 더 기회를 주세요."

"하지만 당신은 이미 시험의 내용을 알지 않습니까. 그러니 당신에게는 두 번 다시 기회가 주어지지 않을 겁니다. 이제는 대학이 당신으로부터 무엇을 요구하는지 알고 있을 테니까 말입니다. 유감이네요."

"나도 유감일세." 카살스 소령이 말했다.

바이블먼은 아무 말도 하지 않았다.

메리는 손을 내밀며 말했다. "악수라도?"

바이블먼은 무심코 그녀와 악수를 나누었다. 카살스 소령은 무심한 눈으로 그를 바라볼 뿐, 악수를 청하지 않았다. 이미 다른 주제, 아마도 다른 사람에 대한 생각으로 넘어간 듯했다. 다른 학생이 그의 마음속에 떠올라있었을지도 모른다. 바이블먼은 알 수가 없었다.

　사흘 후 밤, 밥 바이블먼은 정처 없이 도시의 빛과 어둠 사이를 헤매고 다니다가, 영원히 한 자리에 고정되어 있는 로봇 음식 판매대를 발견했다. 십대 소년이 그 앞에서 타코와 사과 페이스트리를 사고 있었다. 밥 바이블먼은 소년의 뒤에 서서 주머니에 손을 찔러 넣은 채 기다렸다. 아무런 생각도 나지 않았다. 오직 희미한 감정, 일종의 공허함만이 남아있을 뿐이었다. 마치 그가 카살스 소령의 얼굴에서 보았던 무심한 표정이 그에게 옮아오기라도 한 것 같았다. 그는 자신이 물건인 듯한, 로봇 자판기와 마찬가지로 물건 가운데의 물건인 듯한 생각이 들었다. 사람들을 있는 그대로 바라보지 않는 로봇 말이다.
　"무엇을 주문하시겠습니까?" 로봇이 물었다.
　"감자튀김, 치즈버거, 딸기셰이크로 해줘. 그리고 혹시 경품 추첨은 없나?"
　로봇은 잠시 사이를 두었다가 말했다. "당신에게는 없습니다, 바이블먼 씨."
　"알았어." 그는 그렇게 말하고 서서 기다렸다.
　일회용 상자에 담긴 일회용 플라스틱 접시 위에 그가 시킨 음식들이 담겨 나왔다.
　"돈은 안 내겠어." 바이블먼은 이렇게 말하고는 뒤돌아 걸어갔다.
　로봇이 그의 등 뒤에서 그를 불렀다. "1100달러입니다, 바이블먼 씨. 당신은 지금 법을 어기고 있습니다!"
　그는 돌아서서 지갑을 꺼냈다.
　"감사합니다, 바이블먼 씨. 당신이 자랑스럽군요." ◗

대기의 사슬,
에테르의 그물
Chains of Air, Web of Aether

PHILIP K. DICK

그가 살고 있는 행성은 매일 두 번의 아침을 맞았다. 먼저 CY30이 모습을 보였고, 그 뒤를 따라 보다 작은 쌍성이 연약한 모습을 드러냈다. 마치 신께서 어느 항성을 태양으로 쓸지 마음을 정하지 못하다 결국 두 개 모두 태양으로 지정한 것 같은 일이었다. 돔 안의 사람들은 이런 두 번의 일출을 옛날에 사용하던 필라멘트 두 개짜리 백열전구에 비교하곤 했다. CY30이 떠오르며 약 150와트의 빛을 내고, 그 뒤를 따라 모습을 보이는 CY30B는 추가로 50와트의 빛을 더하는 것이었다. 이렇게 점층되는 광원을 받아 행성의 표면에 있는 메탄 결정이 아름다운 빛을 발하기 시작한다. 물론 당신이 실내에 있을 때의 이야기이다.

레오 맥베인은 자기 돔 안에서 가짜 커피를 마시며 신문을 읽고 있었다. 그는 별 근심 없이 따뜻함을 만끽하는 중이었다. 아주 오래전에 불법으로 자기 돔의 온도 조절 장치를 개조했기 때문이었다. 또한 자기 돔의 출입구에 추가로 금속 보강을 했기 때문에 안전하다는 느낌도 받고 있었다. 그리고 그는 또한 기대감에 차있었다. 오늘은 식량 배달원이 오는 날이고, 따라서 누군가 이야기를 나눌 사람이 생길 예정이기 때문이었다. 오늘은 즐거운 날이었다.

그의 모든 통신기는 자동 정지 상태로 저마다 관측해야 하는 대상을 관측하고 있었다. 맨 처음 CY30II에 도착했을 때, 맥베인은 그가 관리해야 하는 전자적 경이의 복잡한 구조와 사용 방법을 남김없이 공부했었다. 그는 기술자라기보다는, 그의 직업 이름이 말하는 대로, '주인 호모노이드 지배자'였다. 이제 그는 자기가 관리해야 하는 기계들을 다루는 방법을 거의 다 잊어버린 상태였다. 통신 장비는 비상사태가 생기기 전까지는 지루한 삶을 이어가기만 하는 것이었다. 비상사태가 생기면 그는 갑자기 '주인 호모노이드 지배자'가 아닌 이 기지의 살아있는 두뇌가 되어야 했다.

그러나 지금까지 비상사태는 일어나지 않았다.

신문에는 맥베인이 태어난 해인 1978년의 미합중국 세금 책자에서 발췌한 재미있는 기사가 실렸다. 그 항목은 다음과 같이 알파벳순으로 배열되어 있었다.

소송 대상자
과부와 홀아비, 자격 있는
당첨금 — 상금, 도박, 복권
원천징수 — 연방 세금

그리고 마지막 항목은 고대의 삶의 방식을 논평하는 듯한 내용이었다. 맥베인은 이 마지막 항목이 재미있으면서도 흥미롭다고 생각했다.

무소득 계층

맥베인은 자기도 모르게 웃음을 지었다. 이것이 1978년의 미합중국 세금 소책자가 끝나는 방식이었고, 동시에 몇 년 후 미합중국 자체가 끝난 방식이기도 했다. 미국은 결국 국고를 탕진해버리고 그 충격을 이기지 못한 채 사망해버린 것이다.

"식량 배급 컴트릭스가 도착했습니다. 개방 작업을 시작합니다." 그의 통신기에 달린 음성 변환기가 말했다.

"개방 작업 진행 중." 맥베인은 보던 신문을 내려놓으며 중얼거렸다.

스피커에서 다시 말소리가 나왔다. "헬멧을 착용하시오."

"헬멧 착용." 맥베인은 헬멧에는 손가락 하나 대지 않았다. 대기 유량이 자동 조절되어 새어 나가는 공기 양을 보충해줄 것이었다. 그는 이 부분 역시 개조를 끝낸 상태였다.

해치가 열리자 둥근 헬멧부터 시작해 전신무장을 한 식량 배달원이 보였다. 갑자기 대기압이 떨어지자 돔의 천장에 달린 경보 장치가 매섭게 울어대기 시작했다.

"당장 헬멧 써요!" 식량 배달원이 잔뜩 화가 나서 소리쳤다.

경보 장치는 곧 잠잠해졌다. 기압이 안정된 것이다. 그것을 보며 식량 배달원은 얼굴을 찌푸렸다. 그는 헬멧을 벗어 던지고는 자기 컴트릭스에서 식량 상자를 나르기 시작했다.

"우리는 강인한 종족입니다." 맥베인은 그를 도우며 말했다.

"당신 죄다 개조해놓은 모양이군." 식량 배달원은 이렇게 감상을 말했다. 돔과 관련된 일을 하는 다른 사람들과 마찬가지로, 그 역시 튼튼한 체격을 가지고 있었으며 잽싸게 움직였다. 모선에서 CY30II의 돔까지 컴트릭스 셔틀을 몰아오는 것은 쉬운 일이 아니었다. 그도, 맥베인도 그 사실을 잘 알고 있었다. 돔 안에 들어앉아있는 일은 누구든 할 수 있다. 그 밖에서 활동할 수 있는 사람은 그렇게 많지 않았다.

"잠깐 쉬었다 가시죠." 식량 배달원이 물품을 전부 꾸려놓고 송장을 작성하는 것을 보며, 맥베인은 이렇게 청했다.

"커피가 있다면 그러지."

그들은 서로를 마주 보고 탁자에 앉아 커피를 마셨다. 돔 밖에서는 메탄 결정이 사방을 휘젓고 있었으나, 돔 안에 있는 그들은 그런 것을 느끼지 못했다. 식량 배달원은 땀을 흘리고 있었다. 그에게는 맥베인의 기온 설정이 너무 높은 듯했다.

“요 옆 돔에 있는 여자를 알고 있소?” 식량 배달원이 말했다.

“어느 정도는요. 제 기계들이 그 여자의 입력 회로로 삼사 주마다 한 번씩 데이터를 전송합니다. 그쪽에서는 그걸 저장하고 증폭시켜서 전송하죠. 제 짐작에는 그렇습니다. 아니면 제 생각에는—”

“그 여자 아픈 모양이오.”

“저번에 이야기했을 때는 괜찮아 보이던데요. 영상통화를 했죠. 자기 쪽 단말기의 화면 재생에 문제가 있다던가 뭐 그런 이야기를 했던 것 같은데요.”

“지금 죽어가고 있다오.” 식량 배달원은 이렇게 말하며 커피를 홀짝였다.

맥베인은 머릿속으로 그 여자의 모습을 그려보려 했다. 작고 어두운 얼굴에, 이름이 뭐였더라? 그가 자기 옆자리의 키보드를 몇 번 두드리자 그들이 사용하는 코드가 검색을 수행했고, 곧 그녀의 이름이 화면에 떠올랐다. 리버스 로미였다. “왜 죽어가는 겁니까?” 그가 물었다.

“다발성 동맥경화증이라더군요.”

“얼마나 진행됐습니까?”

“별로 진행되지도 않았소. 몇 달 전에, 그 여자가 나한테 십대였을 때 그 뭐라더라, 동맥류라던가 하는 병을 앓았었다고 말해주더군. 왼쪽 눈에 생겨서 그쪽 눈의 가운데 시력을 완전히 잃었다는 거요. 그리고 오늘 이야기를 했더니 안저 신경증이 생겼다고 했고, 그래서—”

“두 가지 증상 다 M.E.D.에 보고는 된 겁니까?”

“동맥류와 상호 작용을 하고 잠시 증상이 완화되더니 다시 물체가 이중으로 보이고, 흔들린다고 하더군……. 전화해서 이야기라도 좀 해보시오. 내가 배달을 할 때 보니까, 그 여자 울고 있던데.”

맥베인은 몸을 돌려 키보드를 몇 번 두드리고는 출력된 화면을 읽었다. “다발성 동맥경화증은 치료율이 30~40퍼센트 정도 되는군요.”

"여기서는 무리지. M. E. D. 가 여기까지 찾아올 수는 없지 않소."

"젠장." 맥베인이 말했다.

"그 여자한테 고향으로 전출을 요청하라고 해보았소. 나라면 그렇게 할 테니까. 그 여자는 그러지 않겠다더군."

"미쳤군요."

"그 말대로요. 그 여자는 미쳤어. 여기 있는 사람들은 죄다 미쳤지. 증거가 필요하시오? 그 여자가 바로 그 증거요. 당신이라면 몸이 심각하게 아프다고 해서 집으로 돌아가겠소?"

"우리는 절대 이 돔을 포기해서는 안 됩니다."

"당신들이 관측하는 것이 그렇게도 중요하니 말이지. 가야겠소." 식량 배달원은 커피 잔을 내려놓았다. 그는 자리에서 일어나며 맥베인에게 말했다. "연락해서 이야기라도 좀 해보시오. 그 여자는 대화할 상대가 필요하고, 당신 돔이 제일 가까운 곳에 있잖소. 그 여자가 당신에게 말하지 않았다는 것이 놀랍군."

맥베인은 생각했다. 내가 먼저 묻지 않았으니까.

식량 배달원이 떠난 다음, 맥베인은 리버스 로미의 돔 번호를 입력한 후 통신기를 작동시키려다 망설였다. 벽에 걸린 시계는 1830시를 가리키고 있었다. 42시간의 하루 일과 동안, 그는 CY30III에 있는 종속 위성이 방출하는 고속 시청각 엔터테인먼트 신호를 받아야만 했다. 그 신호를 저장한 후, 일반 속도로 재생해보며 그가 있는 행성의 다른 돔들로 송출하기에 적합한 내용을 골라내는 것이 그의 임무 중 하나였다.

그는 기록을 살펴보았다. 폭스가 두 시간짜리 콘서트를 하고 있었다. 린다 폭스인 모양이군. 그는 생각했다. 옛 시절의 대중음악과 현대음악을 합성한 노래를 부르겠지. 세상에, 이 라이브 콘서트를 받아서 전송하지 않으면, 이 행성에 있는 돔 거주자들이 몽땅 여기로 쳐들어와서 나를 죽여버리고 말 거야. 영영 일어나지 않을 비상사태를 제외하면, 나는 이런 일을 하라고 봉급을 받는 거니까. 행성 사이의 정보 전송, 우리와 지구 사이를 연결해주고 우리를 인간으로 남게 해주는 그런 정보들 말이지. 테이프 드럼을 돌릴 시간이로군.

그는 테이프 전송을 고속 모드로 맞추고, 장비 상태를 수신으로 지정하고 위성의 송신 주파수로 고정한 다음, 계기판에 보이는 파형을 일치시켜 뒤틀림 없는 반송파가 입력되도록 만든 후, 그가 전송받는 내용을 청각 신호로 변환해서 재생하도록 만들었다.

그의 머리 위에 설치된 드라이버에서 린다 폭스의 목소리가 흘러나오기 시작했다. 계기판에 보이는 대로, 뒤틀림은 없었다. 잡음도 없었다. 끊김도 없었다. 모든 채널이 균형잡혀있었다. 그의 관측 설비들이 보증하는 결과였다.

가끔 이 여자 노래를 들으면 눈물이 나온단 말이지, 라고 그는 생각했다. 눈물이라.

이 땅을 정처 없이 돌아다녀요
나의 악단은
우리 위로 흘러가는 세계들에서
나는 사랑을 해요
나를 위해 연주해주세요, 실체 없는 영혼들이여
나는 그대의 훌륭한 선율을 받아들이려 하고 있어요
나의 악단이여

그리고 린다 폭스가 노래하는 뒤로, 그녀의 상징이라 할 수 있는 합성 류트 소리가 울리고 있었다. 폭스 이전에는 그 누구도 이 16세기 악기를 되살릴 생각을 하지 못했다. 다울런드가 그토록 아름다운 곡을 쓰고 그토록 효과적으로 사용했던 바로 그 악기를 말이다.

간청해야 할까요? 자비를 구해야 할까요?

기도해야 할까요? 증명해 보여야 할까요?

속세의 사랑으로

천상의 행복을 이루려 몸부림쳐야 할까요?

잃어버린 이들이 감내할 수 있는

달이 있나요? 세계가 있나요?

순수한 마음을 찾기 위해 헤매어야 하는 건가요?

린다 폭스는 존 다울런드가 16세기 말에 쓴 류트 모음집을 찾아내어 그 가락과 가사를 현대에 어울리는 것으로 다시 만들어냈다. 사람들에게 뭔가 새로운 위안이 되겠군. 이주의 힘에 희생되어, 척박한 행성 뒷면의 돔이나 인공위성들에 뿔뿔이 흩어져 살고 있는, 누군가 서둘러 흩뿌리고 간 것처럼 띄엄띄엄 자리 잡은 이들에게.

어리석고 가련한 이여, 그대의 눈먼 여행을

내가 인도할 수 있도록 해주오

성스러운 희망이 필요로 하는 것은

마지막 행이 기억나지 않았다. 물론 녹음을 해놓기는 했지만.

……평범한 인간이 찾을 수 없는 것이니

뭐 그런 비슷한 내용이었다. 우주의 아름다움은 별들 속에 있는 것이 아니라 인간의 정신이, 인간의 목소리가, 인간의 손이 자아내는 음악 속에 있는 것이다. 합성 류트의 아름다운 소리가 전문가들이 연주하는 악기와 폭스의 목소리와 한데 어우러졌다. 그는 생각했다. 내가 지켜야 하는 것이 무엇인지는 잘 알고 있지. 행복한 직업이야. 이런 음악을 변환해서 방송하는 일로 돈을 벌 수 있으니 말이지.

"폭스입니다." 린다 폭스가 말했다.

맥베인은 영상 모드를 홀로그램으로 바꾸었다. 곧 정육면체 형상이 만들어지고, 그 안에서 린다 폭스가 그를 보고 웃었다. 북소리는 계속해서 빠르고 격렬하게, 영원히 그를 사로잡을 듯 울렸다.

"여러분은 폭스와 함께 있습니다. 그리고 폭스는 당신과 함께 있습니다." 그녀는 날카롭고 환한 눈빛으로 그를 꼼짝 못하게 만들었다. 다이아몬드 형의 얼굴은 사납지만 지혜로웠고, 사납지만 진실했다. 폭스가 당신에게 말하고 있습니다. 그는 그녀의 얼굴을 보며 미소를 돌려주었다.

"안녕, 폭스." 그는 말했다.

잠시 시간이 흐른 후, 그는 이웃 돔에 있는 아픈 여자에게 연락을 취했다. 그녀가 그의 신호에 반응하기까지는 놀라울 정도로 오랜 시간이 걸렸고, 그는 수신되는 신호를 기록하며 이렇게 생각하고 있었다. 벌써 죽어버린 건가? 아니면 그들이 와서 강제로 그녀를 데리고 가버렸나?

마이크로스크린에는 흐릿한 색깔이 떠돌 뿐이었다. 잡음 화면일 뿐이었다. 그리고 다음 순간, 그녀의 모습이 화면에 등장했다.

"내가 깨운 겁니까?" 그가 물었다. 그녀는 너무도 둔해 보이는 모습이었다. 반쯤 잠들어 있는 모습이었다. 그는 순간 그녀가 진정제를 맞은 것일지도 모른다는 생각이 들었다.

"아뇨, 엉덩이에 한 방 맞고 있었어요."

"뭐라고요?" 그는 깜짝 놀라서 물었다.

"화학요법이에요. 상태가 별로 좋지 않거든요." 리버스가 말했다.

"방금 끝내주는 린다 폭스 콘서트를 하나 녹음했습니다. 며칠 안에 방송할 생각입니다. 이걸 보면 기분이 조금 좋아질 겁니다."

"이 돔에 갇혀있다는 것을 견딜 수가 없네요. 서로 방문을 할 수 있었으면 좋겠어요. 방금 음식 배달원이 왔다 갔어요. 사실 그 사람이 내 약도 가져다줬죠. 효과는 있는 것 같은데, 자꾸 구역질이 나요."

맥베인은 생각했다. 연락하지 말걸 그랬어.

"나를 방문할 수 있는 방법이 있나요?" 리버스가 물었다.

"이쪽에는 휴대용 공기가 없습니다. 전혀 없어요."

"나한테는 있는데." 리버스가 말했다.

맥베인은 당혹감을 감추지 못하고 말했다. "하지만 당신은 아프고—"

"내가 당신 돔에까지 가면 되겠네요."

"당신 쪽 시설은 어떻게 하려고 그럽니까? 만약 정보가 들어오면—"

"호출기를 가지고 가면 되지요."

결국 그는 말했다. "좋습니다."

"나한테는 아주 큰 의미가 있는 일이에요. 누군가와 잠시 함께 앉아 있을 수 있다는 것만으로도 말이죠. 음식 배달원이 삼십 분 정도 머물다 갔지만, 그 사람은 그 정도밖에 있을 수가 없거든요. 그 사람이 나한테 뭐라고 했는지 알아요? CY30VI에 근위측성 측삭 경화증*이 갑자기 유행했대요. 바이러스인 게 분명해요. 이 모든 상황이 바이러스인 거예요. 세상에, 근위측성 측삭 경화증에는 정말로 걸리고 싶지 않은데. 이거 걸리면 온몸이 마리아나 군도처럼 비틀리게 되잖아요."

"그거 전염성 있는 병입니까?"

그녀는 그 말에는 바로 대답하지 않고 말을 돌렸다. "제 병은 치료가 가능하대요. 주변에 바이러스가 있다면…… 가지 않을게요. 그러면 괜찮겠죠." 분명 그를 안심시키고자 하는 듯한 말투였다. 그녀는 고개를 끄덕이고는 자기 쪽 통신기를 껐다. "이제 좀 누워야겠어요. 잠도 좀 자

___
* 루게릭 병을 말한다.

고요. 그러면 당신도 자고 싶은 만큼 잘 수 있겠죠. 내일 다시 얘기해요. 안녕."

"건너와요." 그가 말했다.

그녀는 표정이 환해져서는 말했다. "고마워요."

"하지만 호출기는 꼭 가지고 오세요. 아무래도 제 생각에는 원격 측정기에서 보내온 정보가 상당히 많이 올 것 같으니까—"

"아, 그 원격 측정기는 엿이나 먹으라고 해요!" 리버스는 독기를 품은 말투로 소리쳤다. "이제 이 망할 돔에 틀어박혀있는 일에는 질렸어요! 당신은 계속 앉아서 테이프 드럼이 돌아가고 계기판의 눈금이 오르락내리락하는 꼴을 보느라 미칠 것 같지 않나요?"

"내 생각에는 당신은 집으로 돌아가야 할 것 같습니다."

"안 돼요." 그녀는 조금 차분해진 목소리로 말했다. "나는 M.E.D.의 지시대로 화학요법을 해서 이 망할 M.S.를 이겨낼 거예요. 절대로 돌아가지는 않아요. 그쪽으로 가서 당신 저녁을 만들어줄게요. 나는 꽤 요리를 잘하거든요. 어머니는 이탈리아 사람이고 아버지는 멕시코계라서 요리마다 향신료를 듬뿍 뿌려요. 여기서는 향신료를 구할 수 없다는 것이 문제지만. 하지만 나는 합성 물질을 가지고 그 상황을 극복하는 방법을 개발해냈어요. 그동안 실험해봤죠."

"내가 방송할 콘서트에서, 폭스는 다울런드의 〈간청해야 할까요〉의 번안곡을 부르죠."

"소송에 대한 노래인가요?"

"아뇨, 'sue'라는 단어에는 소송이라는 뜻도 있지만 구애한다는 뜻도 있으니까요. 사랑 쪽으로는 말이죠." 그리고 다음 순간, 그는 그녀가 자신을 놀리고 있었다는 사실을 깨달았다.

"내가 폭스에 대해 어떻게 생각하는지 알아요? 감상주의 재활용이에요. 가장 끔찍한 종류의 감상주의죠. 심지어 독창적이지도 않으니까. 게

다가 얼굴은 위아래를 뒤집은 것처럼 생겼잖아요. 입 모양도 심술궂게 생겼고요."

"저는 좋아합니다." 그는 딱딱하게 말했다. 화가 치솟고 있었다. 정말로 말이다. 그는 생각했다. 내가 왜 당신을 도와야 하는 거지? 당신 병에 감염될 위험도 무릅쓰면서 폭스를 욕하는 소리를 들어야 하나?

"비프 스트로가노프하고 파슬리 누들을 만들어 갈게요."

"됐습니다."

그녀는 머뭇거리며, 희미하고 낮은 목소리로 말했다. "그럼 내가 건너가지 않았으면 좋겠어요?"

"나는―"

"나는 정말 두려워요, 맥베인 씨. 십오 분 전에는 IV 뉴로톡사이트 때문에 토하고 있었어요. 하지만 혼자 있고 싶지 않아요. 내 돔을 포기하고 싶지도 않고 홀로 살아가고 싶지도 않아요. 내 말에 상처를 입었다면 미안해요. 그냥 나는 폭스가 별거 아니라고 생각할 뿐이에요. 더 이상 아무 말도 하지 않을게요. 약속해요."

"당신 그―" 그는 자신이 하려던 말의 방향을 돌렸다. "저녁 준비하는 일이 너무 힘들 것 같지는 않습니까?"

"그래도 나중보다는 지금이 더 힘이 있어요. 앞으로 한동안은 계속 약해지기만 할 테니까요."

"얼마나 오래 말입니까?"

"그거야 알 수가 없지요."

그는 생각했다. 당신은 죽을 거요. 그도 그녀도 알고 있는 사실이었다. 그들은 그 사실에 대해 이야기하고 싶지 않았다. 지금 존재하는 복잡한 침묵은 그런 합의를 나타내는 것이었다. 죽어가는 젊은 여자가 나한테 저녁식사를 대접하고 싶어 한다니. 내가 별로 먹고 싶지도 않은 식사를 말이지. 싫다고 말해야 해. 저 여자가 내 돔에 들어오지 못하게 해야 해. 약자의 고집일 뿐이야. 그 끔찍한 힘이라니. 튼튼한 사람과 몸을 부딪쳐서 쫓아내는 편이 훨씬 쉬울 텐데!

"고맙습니다. 함께 저녁식사를 할 수 있다면 정말 좋겠군요. 하지만 여기까지 오는 길에 통신기는 켜놓고 오도록 해요 — 당신이 무사하다는 것을 확인하게 말입니다. 알겠죠?"

"네, 물론 그래야죠. 그러지 않으면 한 세기 쯤 지난 후에 내가 냄비랑 프라이팬이랑 음식이랑 합성 향신료를 든 채로 얼어붙은 꼴을 발견하게 될 테니까요. 당신 사실 휴대용 공기 있죠?"

"아뇨, 정말 없습니다."

그는 이렇게 말하면서 그녀가 자신의 거짓말을 꿰뚫어보았다는 사실을 깨달았다.

음식은 냄새도 맛도 훌륭했지만, 식사를 절반쯤 했을 때 리버스가 잠시 실례한다고 말하고는 비틀거리며 돔의 — 그의 돔의 — 생활 구역을 나가 화장실로 향했다. 그는 그녀가 내는 소리를 듣지 않으려 했다. 자신의 감각기관을 조절해서 듣지 않으려 하고, 그의 인지 기관을 조절해 알지 않으려고 했다. 끔찍하게 아픈 여인은 화장실에서 소리를 질렀고, 그는 이를 악물고 자기 앞의 접시를 치우고는 즉시 자리에서 일어나서 돔의 음향 시스템을 가동시켰다. 그는 폭스의 초기 앨범을 틀었다.

다시 와주세요!
달콤한 사랑이 이제 손짓해요
내게 허락되지 않은
당신의 은총이라는 즐거움을……

"혹시 우유 좀 있어요?" 그녀가 화장실 문에서 창백한 얼굴을 내밀며 말했다.

그는 아무 말 하지 않고 우유, 또는 그들의 행성에서 우유로 통하는 액체를 한 잔 가져다주었다.

"구토 방지제가 있는데, 여기로 가져오는 것을 잊었어요. 내 돔에 있거든요." 리버스는 우유가 담긴 유리컵을 받아들며 말했다.

"말씀만 했으면 제 걸 드렸을 텐데 말입니다."

그녀는 화난 목소리로 말을 이었다. "M.E.D.가 뭐라고 했는지 알아요? 화학요법을 해도 머리카락이 빠지지는 않을 거라고 하더라고요. 그런데 벌써 빠지기 시작해서—"

"알았습니다." 그가 말을 끊었다.

"알았다고요?"

"미안해요."

"이 상황에 화가 나는 모양이군요. 식사는 망쳤고 당신은— 뭐라고 해야 할지 모르겠네요. 내가 구토 방지제만 가져왔더라면 이러지도 않았을 테고—" 그녀는 잠시 말을 멈추었다. "다음번에는 가져올게요. 약속해요. 이건 내가 좋아하는 몇 안 되는 폭스 앨범인데. 그때는 정말 좋았죠. 그렇게 생각하지 않아요?"

"그래요." 그는 딱딱한 말투로 말했다.

"린다 박스."

"뭐라고요?"

"상자같이 생긴 린다요. 내 여동생이랑 난 항상 그렇게 부르곤 했었죠." 그녀는 웃음을 지으려 노력했다.

"제발 당신 돔으로 돌아가줘요."

"아, 음—" 그녀는 떨리는 손으로 자기 머리를 매만지며 말했다. "나랑 같이 갈래요? 지금은 혼자서는 도저히 돌아갈 수 없을 것 같아요. 정말 약해졌거든요. 정말 아파요."

그는 생각했다. 나를 데려가려는 생각이군. 바로 그거였어. 그럴 생각으로 이런 일을 벌인 거야. 혼자서는 가지 않겠다는 거지. 내 정신을 끌고 가려는 거야. 그리고 당신도 그 사실을 알고 있어. 당신 처방전의 이름을 알고 있는 만큼 잘 알고 있고, 당신 처방전을 증오하는 만큼 나를 증오하고 있는 거야. 당신 M.E.D.와 당신의 병을 증오하는 것만큼이나 말이지. 당신은 이 두 개의 태양 아래 있는 모든 것을 증오하고 있는 거야. 나는 당신을 알아. 당신을 이해할 수 있어. 앞으로 무슨 일이 일어날지도 알아. 사실 이미 시작된 일이기도 하고.

당신 탓을 하지는 않겠어. 하지만 폭스는 포기하지 않을 거야. 폭스가 당신보다 더 오래 남을 거라고. 나도 그렇고. 당신은 우리 영혼을 움직이는 빛나는 에테르를 쏘아 떨어트릴 수는 없을 거야.

나는 폭스를 놓지 않을 거고, 폭스는 나를 끌어안은 채 내게 매달릴 거야. 우리 둘은 서로 떨어질 수 없어. 나는 폭스의 음향과 영상 자료를 몇 십 시간 분량 가지고 있고, 그건 모두 나만이 아니라 다른 모든 사람들을 위한 것이야. 당신 그걸 없앨 수 있으리라고 생각해? 예전에도 여러 번 시도를 했겠지. 약자의 힘이란 불완전한 힘이야. 최후에는 패배하게 되는 힘이지. 그래서 그렇게 부르는 거야. 약자라고 부르는 데는 이유가 있는 법이라고.

"감상적이에요." 리버스가 말했다.

"그래요." 그는 비꼬듯 대답했다.

"게다가 재활용이죠."

"그리고 은유가 섞여있고 말입니다."

"그 가사에요?"

"제 생각에 말입니다. 제가 정말 화가 나면, 생각에 은유를 섞어서—"

"한 가지만 말하게 해줘요. 단 한 가지만. 나는 살아남으려면 감상적이 될 수 없어요. 나는 아주 강해져야만 해요. 당신을 화나게 했다면 미안하지만, 어쩔 수 없는 일이에요. 내 삶이 그런걸요. 언젠가 당신이 나와 같은 상황이 되면 알게 될 거예요. 나에 대해 판단하려면 그때까지 기다려봐요. 그런 일이 일어난다면 말이죠. 그리고 당신이 지금 당신 돔 안에서 틀고 있는 이 노래는 쓰레기예요. 나한테는 쓰레기일 수밖에 없어요. 모르겠어요? 당신은 나를 잊어버릴 수 있겠죠. 내가 진짜 있어야 할 장소인 내 돔으로 그냥 보내버릴 수도 있겠죠. 하지만 당신에게 내가 마음에 안 든다면—"

"알겠어요. 이해합니다."

"고마워요. 우유 좀 더 마셔도 될까요? 음악 좀 줄이고 같이 식사를 마저 하도록 해요. 괜찮죠?"

그는 감탄해서 말했다. "그럼 지금 그 상태로도 식사를 더 하겠다는—"

"먹는 것을 포기한 동물과 종족들은 모두 멸종해버렸으니까요." 그녀는 탁자에 손을 짚으며 비틀거리며 자리에 앉았다.

"당신은 정말 대단하군요."

"아뇨, 당신이 더 대단하죠. 당신에게 더 힘든 상황일 테니까. 나도 알아요."

"하지만 죽음은—"

"이건 죽음이 아니에요. 이게 무슨 상황인지 알아요? 당신 음향 시스템에서 나오는 저 가사하고는 다르게? 이게 바로 삶이에요. 제발 우유 좀 주세요. 정말로 그게 필요해요."

그는 우유를 더 가져다주며 말했다. "당신은 에테르를 쏘아 맞힐 수는 없을 것 같군요. 빛나는 것이든 아니든 말입니다."

"물론이죠. 그런 것은 존재하지 않으니까요."

군수품 중앙 사령부에서는 리버스에게 두 개의 가발을 제공했다. 화학요법 때문에 두발이 지속적으로 빠지고 있었기 때문이다. 그는 금발 쪽 가발을 더 좋아했다.

가발을 쓰고 있으면 그다지 나쁘게 보이는 외모는 아니었다. 그러나 그녀는 더욱 약해졌고, 말과 행동에 짜증이 섞이기 시작했다. 그녀가 더 이상 육체적으로 강하다고 말할 수 없는 상태였기 때문에 — 그의 생각으로는 질병보다 오히려 화학요법 탓이 커 보였다 — 그녀는 더 이상 자신의 돔을 제대로 유지할 수가 없었다. 어느 날 그녀의 돔으로 간 그는 그곳의 모습을 보고 충격을 받았다. 상한 음식이 담긴 접시와 냄비, 팬과 유리잔들에, 더러운 옷과 쓰레기가 사방에 널려있었다……. 걱정이 된 그는 그녀의 돔을 청소해주었고, 당황스럽게도 그녀의 돔에 이상한 악취가 스며들어 있음을 깨달았다. 질병과 복잡한 처방 약품, 더러운 옷, 그리고 상한 음식 그 자체가 섞여서 나는 냄새였다.

청소를 마치기 전까지는 앉을 공간도 없었다. 리버스는 등이 트인 비닐 잠옷을 입은 채로 침대에 누워있었다. 어쨌든 아직 전자 기구를 작동시킬 힘은 있는 듯했다. 일단 계기판의 수치 자체는 최고 상태를 유지하고 있었기 때문이다. 그러나 그녀는 평상시라면 긴급 사태에만 사용해야 하는 원격 프로그램 장치를 사용하고 있었다. 그녀는 프로그램 장치와 잡지, 시리얼 한 그릇과 여러 개의 약품 병을 가지고 자기 침대에 기대어 누워있었다.

예전과 마찬가지로, 그는 그녀를 다른 곳으로 이송시키는 가능성에 대해서 이야기했다. 그녀는 직업을 포기하길 거부했다. 다른 곳으로 갈 생각이 조금도 없었다.

"병원에는 안 갈 거야." 그녀는 이렇게 말했다. 그것으로 그녀 측의 대화는 끝난 셈이었다.

마침내 행복하게도 자기 돔으로 돌아온 후, 그는 한 가지 계획을 실행에 옮겼다. 은하계의 이쪽 영역에 있는 성계를 책임지는 거대한 AI

시스템 — 인공 지능 플라즈마 — 에는 개인적으로 사용할 수 있는 잠깐의 여유 시간이 있었다. 그는 그곳에 신청서를 제출하고 최근 몇 달 동안 모아놓은 자신의 예금 잔고 금액 전부를 그 안에 기입했다.

플라즈마가 위치하는 포말하우트로부터 긍정적인 검토 결과가 도착했다. 플라즈마의 이용량을 관할하는 팀에서는 그에게 십오 분 동안 플라즈마를 사용할 수 있는 허가를 내주기로 했다.

요금이 나가는 속도를 생각해볼 때, 플라즈마에 아주 빠르고 솜씨 좋게 데이터를 입력할 필요가 있었다. 그는 플라즈마에 리버스가 누구인지를 말했고 — 이로 인해 AI 시스템은 자동으로 그녀의 인적 사항과 정신적 정보를 모두 손에 넣게 되었다 — 자신의 돔이 그녀의 돔으로부터 가장 가까운 곳에 있으며, 그녀가 격렬하게 살기를 원하며 건강 문제 퇴직이나 심지어는 전근까지도 원하지 않는다는 사실을 말해주었다. 그는 뇌파 검출기에 머리를 집어넣어서 포말하우트에 있는 플라즈마가 모든 정보를 자신의 머릿속에서 즉시 *끄집어내* 갈 수 있게 했다. 따라서 그가 무의식의 경계에서 받은 인상, 생각, 의심, 개념, 걱정, 욕구까지도 전부 플라즈마로 전송된 것이다.

포말하우트의 관리팀으로부터 연락이 왔다. "반응은 닷새 정도 지체될 겁니다. 거리가 멀기 때문이죠. 금액은 이미 청구되었고 기록이 끝났습니다. 이상."

"이상." 그는 허탈함을 느끼며 대답했다. 가진 것을 전부 써버리고 말았다. 허공에 그의 재산을 전부 집어던진 꼴이었다. 하지만 플라즈마는 문제 해결에 있어서는 최종 항소 법정이나 다름없는 존재였다. 내가 무엇을 해야 할까? 바로 이것이 그가 플라즈마에게 던진 질문이었다. 닷새 후면 해답을 알게 될 것이었다.

다음 닷새 동안, 리버스는 계속 약해져갔다. 그녀는 여전히 자기 식사를 만들었지만, 아무래도 계속해서 같은 음식만 먹고 있는 듯했다. 가루 치즈를 뿌린 고단백 마카로니였다. 어느 날 그는 그녀가 검은 안경을 쓰고 있는 것을 발견했다. 그가 자신의 눈을 보기를 원하지 않는 모양이었다.

그녀는 별 감정이 섞이지 않은 목소리로 말했다. "안 보이는 쪽 눈이 좀 이상해졌어. 머릿속에서 창문 가리개처럼 뒤집혀 올라가버렸지 뭐야." 쏟아진 알약과 캡슐이 그녀 침대 주변 사방에 흐트러져있었다. 그는 반쯤 빈 병 하나를 손에 들고는, 그녀가 존재하는 모든 진통제 중 가장 강력한 것을 먹고 있다는 사실을 깨달았다.

"M. E. D. 에서 이걸 처방해준 거야?" 그는 물었다. 그녀의 고통이 이 정도로 심했단 말인가?

"Ⅳ번 행성의 돔에 아는 사람이 있거든. 식량 배달원이 나한테 넘겨줬어."

"이건 중독성이 있다고."

"운이 좋아서 손에 넣은 거야. 실제로는 먹으면 안 돼."

"당연히 먹으면 안 되지."

"그 망할 M. E. D." 그녀의 목소리에 담긴 악의는 놀라울 정도였다. "꼭 하등한 생물을 다루는 것 같다니까. 그놈들이 처방전을 써주고 그에 맞춰 약을 가져다줄 때쯤이면, 세상에, 환자는 벌써 재가 되어 항아리에 담겨있을걸." 그녀는 자기 머리에 손을 올리며 말을 이었다. "미안해, 당신이 올 때는 가발을 써야 하는 건데."

"상관없어."

"콜라 좀 가져다줄래? 콜라를 먹으면 속이 좀 진정되는 것 같아."

그는 그녀의 냉장고에서 1리터짜리 콜라 병을 꺼내어 유리잔에 따라주었다. 먼저 유리잔을 닦아야 했다. 그녀의 돔에는 깨끗한 유리잔이 없었기 때문이다.

자기 침대 발치에 기대어 앉은 상태로, 그녀는 규격품 텔레비전을 켰다. 텔레비전은 시끄럽게 조잘대기 시작했지만, 누구도 그 내용을 보거나 귀를 기울이지 않았다. 그는 자신이 올 때마다 그녀의 텔레비전이 켜져있다는 사실을 깨달았다. 심지어는 한밤중에도.

자신의 돔으로 돌아갈 때가 되었을 때, 그는 엄청난 안도감, 또는 힘겨운 임무로부터 벗어나는 기분을 느꼈다. 그와 그녀 사이에 물리적 거리를 두는 것만으로 마음이 한결 가벼워졌던 것이다. 그는 생각했다. 마치 같이 있는 동안은 저 병을 서로 공유하는 것 같다니까.

폭스의 음반을 들을 기분이 아니라서, 그는 구스타프 말러의 교향곡 2번 〈부활〉을 틀었다. 수많은 등나무 조각을 악기로 사용하는 유일한 교향곡이지, 라고 그는 생각했다. 작은 빗자루처럼 생겨서 베이스 드럼을 연주하는 데 쓰이는 루테라는 도구였다. 말러가 몰리 와와 페달을 알지 못했다는 것은 애석한 일이야. 알았더라면 더 긴 교향곡에도 끼워 넣을 수 있었을 텐데.

정확하게 합창 파트가 시작할 때, 그의 음향 시스템이 정지했다. 외부에서 들어온 통신 내용이 우선권을 가져가버린 것이다.

"포말하우트로부터 송신."

"준비 완료."

"영상 모드를 준비해 주십시오. 시작까지 십 초입니다."

"고맙소."

큰 화면 쪽으로 송신된 정보가 떠올랐다. AI 시스템이, 플라즈마가, 하루 일찍 보내준 답변이었다.

주제: 리버스 로미

분석: 파멸형

프로그램 조언: 당신 측에서의 완벽한 회피

도덕적 관점: 무시할 것

감사합니다

맥베인은 눈을 깜빡이며 무심결에 대답했다. "감사합니다." 그는 예전에 한 번밖에 플라즈마와 대화한 적이 없었고, 지금까지 그 답변이 얼마나 짧고 직선적인지를 잊고 있었다. 화면이 사라졌다. 통신이 끝난 것이다.

그는 '파멸형'이라는 말이 무슨 뜻인지 확신할 수 없었으나, 죽음과 관련된 언급이라는 것 하나는 확신할 수 있었다. 아마도 지금 죽어가고 있다는 뜻이겠지. 그는 행성의 정보 검색기에 단어의 뜻을 물어보면서 생각했다. 그녀가 죽어가고 있거나 죽을지도 모르거나 죽기 직전이라는 뜻일 것이다. 모두가 그가 알고 있는 뜻이었다.

그러나 그가 틀렸다. 그 단어는 '죽음을 불러온다'는 뜻이었다.

죽음을 불러온다고. 죽음과 죽음을 가져오는 것 사이에는 상당한 차이가 있었다. AI 시스템이 그에게 도덕적 관점을 무시하라고 충고한 것도 당연한 일이었다.

그는 깨달았다. 그 여자는 죽음을 불러오는 거야. 그래, 바로 이게 플라즈마에 도움을 요청하는 일이 그렇게 비싼 이유이기도 하지. 추측에 따른 가짜 해답이 아니라 절대적인 해답을 주니까 말이야.

그가 이런 생각을 하며 진정하려 노력하고 있을 때, 전화가 울렸다. 그는 수화기를 들기도 전에 누구인지를 이미 알고 있었다.

"안녕." 리버스가 떨리는 목소리로 말했다.

"안녕."

"혹시 천상의 맛 아침의 천둥 티백 좀 있어?"

"뭐라고?"

"저번에 우리 먹을 비프 스트로가노프를 가지고 그쪽 돔에 갔을 때, 천상의 맛 아침의 천둥 용기를 본 것 같은데—"

"아니, 없어. 다 써버렸거든."

"당신 괜찮아?"

"조금 지친 것뿐이야." 그는 그렇게 말하고, 방금 그녀가 '우리'라고 말한 것을 깨달았다. 그녀와 나는 '우리'가 된 거야. 언제 이런 일이 벌어진 거지? 어쩌면 이게 플라즈마가 말한 것일지도 몰라. 그쪽에서는 이미 이해하고 있던 거라고.

"다른 차라도 좀 없어?"

"없는데." 그때 그의 돔 음향 시스템이 갑자기 돌아와서, 포말하우트로부터 송신을 하기 전 끊겼던 부분부터 음악을 재생하기 시작했다. 코러스가 노래하고 있었다.

리버스는 전화에 대고 깔깔거렸다. "폭스가 자기 목소리를 복합 재생하고 있는 거야? 천 명이 동시에 합창하고 있는 것 같―"

"이건 말러야." 그가 거친 목소리로 말했다.

"이리 와서 잠시 함께 있어주면 안 될까? 지금 정신이 없어서 그래." 리버스가 말했다.

그는 잠시 머뭇거린 후 대답했다. "알았어. 당신에게 말하고 싶은 것도 있었으니까."

"나 방금 기사를 하나 읽었는데―"

"거기 가서 이야기하자. 삼십 분 후에 도착할 거야." 그리고 그는 전화를 끊었다.

그녀의 돔에 도착한 그는, 리버스가 검은 색안경을 낀 채로 침대에 기대앉아 텔레비전 드라마를 보고 있는 모습을 발견했다. 그가 마지막으로 왔던 때와 아무것도 달라지지 않았다. 접시에 담긴 상한 음식과 컵이나 유리잔에 담긴 액체들이 조금 더 경악스러운 상태가 되었다는 것 말고는.

리버스가 올려다보며 입을 열었다. "당신도 이거 좀 봐. 좋아, 내가 설명을 해줄게. 베키가 임신을 했는데, 그 애 남자친구는 그걸 모르고—"

"차를 좀 가져왔어." 그는 네 개의 티백을 내려놓으며 말했다.

"크래커 좀 가져다줄 수 있어? 거기 스토브 위 찬장에 보면 상자가 있을 거야. 약을 먹어야 하거든. 알약은 물보다는 음식이랑 같이 먹는 게 더 편하단 말이야. 왜냐하면 내가 세 살 때……. 당신 이건 못 믿을 거야. 우리 아버지가 헤엄치는 법을 가르쳐주고 계셨거든. 그 당시에는 우리도 돈이 많았어. 그때 아버지는— 뭐, 지금도 그러시긴 하지. 요즘은 거의 연락을 하지 않고 살지만 말이야. 콘도가 많이 있는 지역에서 그 방범용 미닫이 문 하나를 열다가 등을 다치셨거든……." 그녀의 목소리가 잦아들었다. 다시 드라마 내용에 푹 빠져버린 모양이었다.

맥베인은 옆의 의자 하나를 치우고 자리를 잡고 앉았다.

"어젯밤에 아주 기분이 우울했어. 당신에게 전화를 걸 뻔했다니까. 내 친구 생각을 하고 있었거든. 그 애는 지금— 음, 그 애는 나랑 동갑인데, 편광 파동율인지 뭔지 하는 것과 관련된 시공간 연구에서 4-C 등급을 받았다니까. 그 애 정말 싫어. 나랑 동갑인데! 그게 말이나 돼?" 그리고 그녀는 웃음을 터트렸다.

"요즘 몸무게 좀 재봤어?"

"응? 아, 아니. 하지만 몸무게는 괜찮아. 다 아는 방법이 있어. 여기 어깨 근처 피부를 손가락으로 꼬집어보는 거지. 그렇게 해봤거든. 아직 지방층이 있어."

"말라 보이는데." 그는 이렇게 말하며, 그녀의 이마에 손을 올려보았다.

"열 있는 것 같아?"

"아니." 그는 그렇게 말하며 계속 그녀의 이마에 손을 대고 있었다. 그녀의 부드럽고 습기 찬 피부에, 그녀의 검은 색안경 위에 말이다. 그리고 미엘린으로 구성된 그녀의 신경섬유 위에, 그녀를 죽이고 있는 경화된 덩어리가 생성되고 있는 위에, 라고 그는 생각했다.

그녀가 죽으면 상황이 나아질 거야. 그는 생각했다.

리버스는 그의 생각을 알고 있다는 듯 말했다. "너무 걱정하지 마. 괜찮을 거야. M. E. D.에서 바스쿨린 투여량을 줄였거든. 이제는 t. i. d.*로 복용한다고. 그러니까, 하루에 네 번 대신 세 번 말이야."

"의학 용어를 아주 잘 아는 모양인데."

"당연하지. 의사용 편람을 하나 받았거든. 보고 싶어? 이 부근 어딘가에 놓아뒀을 텐데. 저기 서류 아래 좀 찾아봐. 사실 옛날 친구들한테 편지 좀 쓰고 있었어. 어제 뭐 다른 걸 찾다가 친구들 주소록을 발견했거든. 요즘은 이것저것 다 던져버리고 있어. 저거 보여?" 그녀가 가리킨 쪽에는 구겨진 종이를 돌돌 뭉쳐놓은 덩어리들이 보였다. "어제 다섯 시간 동안 쓴 다음에 오늘 새로 시작했단 말이야. 그래서 차가 필요했던 거야. 차 한 잔만 타주지 않을래. 설탕은 잔뜩 넣고 우유는 조금만 넣어줘."

차를 타는 동안, 다울런드의 시를 편곡한 린다 폭스의 노래 하나가 그의 마음속에 떠올랐다.

모든 잘못된 것을 바로잡는
그대 위대한 신이어
죽음을 맞이한 자의 노래를
인내를 가지고 들어라

"이 드라마 정말 좋아." 광고가 나오는 바람에 텔레비전 드라마가 잠시 끊긴 틈에 리버스가 말했다. "얘기 좀 해줘도 될까?"

---

* ter in die(하루에 세 번).

그는 그 말에 대답하는 대신 다른 질문을 했다. "바스큘린의 복용량이 적어졌다는 게 당신 상태가 좋아지고 있다는 뜻인가?"

"아마 다시 진정기에 들어가는 거겠지."

"얼마나 계속될 것 같아?"

"잠시 동안은 계속될 거야."

"당신 용기가 정말 대단해. 나는 발을 뺄 생각이야. 이번이 내가 여기 오는 마지막이야."

"내 용기? 칭찬 고마워."

"다시 오지 않을 거라고."

"언제 안 온다고? 오늘 말이야?"

"당신은 죽음을 뿌리는 존재야. 전염원이라고."

"진지하게 이야기할 생각이라면, 가발을 써야겠어. 내 금발 가발 좀 가져다주겠어? 여기 어딘가 있을 거야. 아마 저기 구석에 있는 옷가지 아래에. 저기 하얀색 단추가 달린 빨간 윗도리 있는 데 말이야. 그 옷에 단추 다시 달아야 하는데. 단추를 찾을 수 있다면 말이지만."

그는 그녀의 가발을 찾아다 주었다.

"거울 좀 보여줘 봐." 그녀는 머리에 가발을 쓰면서 말했다. "내가 전염성인 것 같아? M.E.D.의 말로는 지금 단계에서는 바이러스가 비활성 상태라던데. 어제 한 시간이 넘게 M.E.D.와 이야기했어. 특별 회선을 제공해줬거든."

"당신 장비를 유지해주는 건 누구지?"

"장비?" 그녀는 검은 색안경 뒤의 눈으로 그를 물끄러미 바라보았다.

"당신 업무 말이야. 들어오는 정보를 관리하고, 저장해서 전송하는 일. 당신이 여기 있는 이유 말이야."

"그거 자동으로 되는데."

"지금 경보가 일곱 개나 들어와있잖아. 전부 빨간색으로 깜빡이고 있

다고. 이건 무시하지 말고 음성 정보로 들어야 되는 거라고. 계속해서
울어대고 있는데 정보를 받기만 하고 기록은 하지 않고 있잖아.”

“뭐, 그건 그 사람들이 운이 없었던 거지.” 그녀는 낮은 목소리로 대꾸
했다.

“그 사람들은 당신이 아프다는 사실 때문에 피해를 입는 거잖아.”

“그래, 그렇겠지. 당연히 그렇겠지. 나 하나 정도는 지나쳐도 되잖아.
당신도 내가 받는 내용은 대충 받을 수 있지 않아? 사실 나는 당신 돔의
백업 시스템이라고 해도 되는 거 아냐?”

“아니. 내 쪽이 당신의 백업이라고.”

“같은 말이잖아.” 그녀는 그가 끓여준 차를 조금 마시고는 말했다. “너
무 뜨거워. 좀 식혀야겠어.” 그녀는 떨리는 손으로 머그잔을 침대 옆의
탁자 위에 올려놓았다. 머그잔이 떨어졌고, 뜨거운 차가 플라스틱 바닥
위로 쏟아져버렸다. “세상에.” 그녀는 분노로 가득한 목소리로 말했다.
“뭐, 됐어, 이제. 정말로 다 끝이야. 오늘은 제대로 되는 일이 하나도 없
어. 개자식 같으니.”

맥베인은 돔의 진공 회로를 틀었고, 쏟아진 차는 곧 빨려나가 버렸다.
그는 아무 말도 하지 않았다. 자신의 주변을 둘러싸고 있는 형체 없는
증오가 느껴졌다. 아무것도 겨냥하지 않은, 목적 없는 증오였다. 그는
이것이 그녀의 증오가 가지는 고유한 성질이라는 것을 알 수 있었다.
파리 떼와 같은 증오. 세상에, 정말로 여기서 나가고 싶군. 불치병을 증
오하는 것과 같은 정도로 쏟아진 차에 대해 독기를 뿜어내는, 이런 증
오를 내가 얼마나 증오하는지. 일차원의 세계야. 그 정도로 줄어들어버
린 거야.

이후 몇 주 동안, 그는 점차로 그녀의 돔을 방문하는 횟수를 줄였다.
그는 그녀가 하는 말을 듣지 않았다. 그녀가 하는 행동도 보지 않고, 그

녀 주변의 혼돈에서도, 엉망이 되어버린 그녀의 돔 모습에서도 눈을 돌렸다. 그는 잠시 주변 모든 곳에 쌓인 쓰레기들을 둘러보며 생각했다. 이건 그녀의 두뇌 속 모습 그 자체인 거야. 심지어는 돔 바깥에도 쓰레기를 내보내 영원히 얼어붙도록 놔두고 있었다. 그녀는 이제 마지막을 향해 다가가고 있었다.

자신의 돔으로 돌아온 그는 린다 폭스의 노래를 들으려 했다. 그러나 그 노래의 마법은 이미 사라진 지 오래였다. 그는 합성 영상을 보고 들었다. 진짜가 아니었다. 리버스 로미는 진공 회로가 쏟아진 차를 빨아들여 없앤 것과 마찬가지로 폭스의 생명을 빨아들여버린 것이었다.

> 그리고 그에게 슬픔이 홍수와도 같이 빠르게 밀려들 때
> 희망은 다시 위안이 찾아올 때까지 그의 마음에 남아있을 겁니다

이런 가사가 맥베인의 귀에 들려왔지만, 그는 신경을 쓰지 않았다. 리버스가 이걸 뭐라고 불렀더라? 재활용된 감상주의 쓰레기라고 했지. 그는 비발디의 〈바순을 위한 협주곡〉을 틀었다. 비발디의 협주곡은 하나밖에 없지. 차라리 컴퓨터가 연주하는 게 더 낫겠어. 그쪽이 더 다양할 테고.

"여러분은 지금 폭스 방송을 듣고 계십니다." 린다 폭스가 말했다. 그리고 그의 영상 수신기에 그녀의 얼굴이 나타났다. 별빛같이 밝고 야성적인 얼굴이었다. "그리고 폭스의 방송이 가 닿은 당신은, 그 선율에 반해버리게 될 겁니다!"

순간 충동적인 분노가 끓어오른 그는, 폭스가 나오는 네 시간 분량의 음성과 영상 정보를 지워버렸다. 그러고선 후회했다. 그는 중계 위성 중 한 곳에 연락하여 대체 테이프를 주문했지만, 재고가 없다는 답변만 받았다.

그는 생각했다. 좋아, 어차피 무슨 상관이야?

그날 밤, 그가 평온히 잠들어 있을 때, 갑자기 전화가 울렸다. 그는 전화를 받지 않고 그대로 놔두었다. 그리고 십 분 후 다시 전화가 울렸을 때도 마찬가지로 무시했다.

세 번째로 전화가 울리자, 그는 결국 수화기를 들고 말았다.

"안녕." 리버스가 말했다.

"무슨 일이야?"

"나 병이 나았어."

"진정기에 들어갔다는 말이야?"

"아니, 다 나았다고. M.E.D.에서 방금 연락을 해왔어. 그쪽 컴퓨터가 내 차트하고 검사 결과하고 모든 것을 확인해보더니, 이제 경화된 조직의 징후가 보이지 않는다는 거야. 물론 내 안 보이는 쪽 눈의 중심 시력이 돌아오지는 않을 테지만 말이야. 하지만 그것만 빼면 이제 완전히 건강해졌어." 그녀는 잠시 말을 멈추었다. "그동안 어떻게 지냈어? 꽤 오랫동안 당신한테 연락을 못 받은 것 같은데. 꼭 영원처럼 느껴지는 시간이었어. 당신 걱정을 많이 했는데."

"나는 괜찮아."

"우리 같이 축하해야지."

"그래."

"예전처럼 내가 음식을 만들게. 뭐 먹고 싶어? 나는 멕시코 음식 먹고 싶은데. 타코 꽤 잘 만들거든. 냉동고에 아마 간 고기가 있을 거야. 상하지 않았으면. 녹여서 한번 볼게. 여기로 올래, 아니면 내가 그쪽으로—"

"내일 다시 얘기하자." 그가 말했다.

"깨워서 미안해. 하지만 방금 M.E.D.에서 소식을 들었거든." 그녀는 잠시 말이 없었다. "당신은 내 유일한 친구야." 그녀는 이렇게 말했다. 그리고, 놀랍게도, 그녀는 울음을 터뜨렸다.

"괜찮아. 당신은 이제 괜찮다고."

"나 정말 엉망이지. 전화 끊고 내일 다시 할게. 하지만 당신 말이 맞아. 믿을 수 없지만 내가 해낸 거야." 그녀는 울먹이는 목소리로 말했다.

"당신 용기 덕분이야."

"전부 당신 덕분이야. 당신이 없었다면 포기했을 거야. 당신에게 이런 말은 안 했지만, 사실 수면제를 모아서 자살하려는 생각도 했었는데, 나는—"

"만나는 문제는 내일 다시 이야기하자." 그는 그렇게 말하고 전화를 끊고는 다시 드러누웠다.

그리고 그는 생각했다. 욥이 아이들과 땅과 재산을 전부 잃었을 때, 인내가 그의 과도한 고통을 달래주었다. 그리고 그의 슬픔이 홍수와 같이 밀려왔을 때, 평안이 다시 찾아올 때까지 희망이 그의 마음을 지켜주었다. 폭스의 노랫말과 같았다.

감상주의 재활용이라, 하고 그는 생각했다. 나는 그녀가 역경을 이겨내도록 도와줬는데, 그녀는 내 가장 소중한 보물을 쓰레기라고 비웃는 것으로 응답했지. 하지만 그녀는 살아있어. 해낸 거야. 쥐를 잡으려고 할 때와 마찬가지지. 서로 다른 방법으로 여섯 번 죽여도 끝까지 살아남는 거라고. 그걸 비난할 수는 없지.

그는 생각했다. 우리가 이 항성계의 얼어붙은 행성의 작은 돔 안에 들어앉아 하고 있는 게임이 바로 그거야. 리버스 로미는 그 게임을 이해했고, 제대로 행동해서 이겼어. 린다 폭스 따위는 꺼지라지. 그리고 그는 다시 생각했다. 내가 사랑하는 것들도 전부 꺼져버리라지.

좋은 교환 조건이잖아, 하고 그는 생각했다. 사람의 생명이 승리하고 합성 이미지는 망가진 거야. 우주의 법칙 같은 거지.

그는 몸을 떨며 이불을 찾아 덮고는 다시 잠들려 노력했다.

리버스가 찾아오기 전에 식량 배달원이 먼저 나타났다. 그는 보급품을 가져와서는 아침 일찍 맥베인을 깨웠다.

"여전히 기온하고 공기를 불법으로 올려놓고 계시군." 식량 배달원은 헬멧을 돌려 벗으면서 말했다.

"그냥 장비를 사용할 뿐입니다. 내가 만든 것도 아니잖습니까."

"뭐, 신고하지는 않겠소. 커피 좀 있소?"

그들은 탁자에 마주 보고 앉아서 가짜 커피를 마셨다.

"지금 그 로미 양 돔에서 오는 길이오. 다 나았다고 그러던데."

"맞아요, 어젯밤에 전화를 받았습니다."

"그 여자 말로는 당신 덕이라던데."

맥베인은 그 말에는 아무런 대답을 하지 않았다.

"당신이 사람의 생명 하나를 구한 거요."

"그래요." 맥베인이 대답했다.

"뭐가 문제요?"

"그냥 좀 지쳤을 뿐입니다."

"당신이 꽤나 힘들었을 것이라는 사실은 알겠소. 세상에, 그쪽은 완전히 난장판이더군. 그 여자 대신 청소 좀 해줄 수 없소? 최소한 쓰레기를 파쇄하고 그곳 소독하는 정도는 좀 해주시오. 그곳 전체가 완전히 썩어가고 있단 말이오. 쓰레기 배출구는 막혔고 싱크대와 식료품을 보관해둔 찬장까지 쓰레기가 가득 들어차있더군. 그런 광경은 내 생전 처음이오. 물론 그 여자가 워낙 약해져있었을 테니―"

"제가 처리하죠." 맥베인이 그의 말을 끊으며 말했다.

식량 배달원은 어색하게 말을 이었다. "중요한 것은 그 여자가 완치되었다는 사실 아니겠소. 혼자 주사를 맞고 있던 것 같던데."

"압니다. 저도 봤으니까요." 그것도 여러 번 말이지. 그는 속으로 생각했다.

"그리고 머리카락이 다시 자라고 있더군. 가발을 쓰지 않으면 끔찍해 보였었는데. 그렇게 생각하지 않소?"

맥베인은 자리에서 일어나며 말했다. "저는 기상 보고를 좀 해야 합니다. 더 이상 대화를 나눌 수 없어서 유감이군요."

저녁 시간이 가까워지자, 리버스 로미는 냄비와 프라이팬과 조심스럽게 포장한 꾸러미를 들고 그의 돔 앞에 모습을 드러냈다. 그는 그녀를 들어오게 했고, 그녀는 아무 말 없이 부엌으로 가서는 자기가 가져온 모든 것을 한 번에 내려놓았다. 꾸러미 두 개가 바닥에 떨어지자 그녀는 그것들을 집으려 몸을 굽혔다.

그녀는 헬멧을 벗은 후 말했다. "다시 보니까 좋다."

"나도 그래." 그가 말했다.

"타코 만들려면 한 시간 정도는 걸릴 거야. 그때까지 괜찮겠어?"

"물론이지."

그녀는 기름을 두른 팬을 스토브에 올려놓고 데우기 시작하며 말했다. "그동안 쭉 생각한 건데, 우리 휴가를 좀 가져야 할 것 같아. 남은 휴가 없어? 나는 이 주 정도 남아있는데. 그동안 쭉 아팠어서 상황이 좀 복잡하지만 말이야. 사실 병가 때문에 자리를 비운다고 꽤 많이 써버렸거든. 세상에, 내가 통신기를 작동시키지 못할 상태라고 해서 한 달에서 하루 반을 빼버리다니. 말이 돼?"

"당신이 기운을 찾은 모습을 보니 기쁘네." 그는 조용히 말했다.

"난 이제 괜찮아. 아, 젠장. 햄버거를 안 가져왔네. 이런 망할!" 그녀는 그를 바라보았다.

"내가 당신 돔에 가서 가지고 올게." 그는 즉시 대답했다.

그녀는 자리에 털썩 앉으며 말했다. "어차피 해동도 안 되어 있어. 꺼내놓는다고 하고 잊었네. 방금 겨우 생각난 거야. 오늘 아침에 냉동고에서 꺼내놓는다고 하고는, 편지를 써야 해서……. 오늘은 다른 거 먹고 내일 밤에 타코를 먹는 게 좋겠다."

"그래."

"그리고 당신 차도 다시 가져오려고 했는데."

"티백 네 개밖에 안 줬었는데."

그녀는 영문을 모르겠다는 표정으로 그를 바라보며 말했다. "당신이 천상의 맛 아침의 천둥을 한 상자 통째로 가져다놓은 줄 알았는데. 그럼 어디서 난 거지? 식량 배달원이 가지고 온 건가. 그냥 여기 잠깐만 좀 앉아있을게. 텔레비전 좀 틀어줄 수 있어?"

그는 텔레비전을 틀었다.

"내가 즐겨 보는 프로그램이 있거든. 빼놓지 않고 본다고. 내가 좋아하는 부분은— 음, 아무래도 같이 보려면 지금까지 어떻게 이야기가 진행된 건지 설명을 해줘야 할 것 같네."

"안 보면 안 될까?"

"저 여자 남편이 말이야—"

이 여자 완전히 미쳤어, 라고 그는 생각했다. 죽은 거야. 몸은 회복했을지 몰라도, 그 병이 마음을 죽여버린 거야.

그는 입을 열었다. "할 말이 있어."

"뭔데?"

"당신은—" 그는 말을 멈추었다.

"난 정말 운이 좋아. 그 모든 역경을 뛰어넘었잖아. 당신은 내가 가장 끔찍했을 때 모습을 보지도 못했어. 나도 보여주고 싶지 않았고. 화학 요법 때문에 눈이 멀고 몸도 안 움직이고 아무것도 들리지 않는 상태가 되어서 발작까지 일으키기 시작했다고. 앞으로 몇 년 동안 지속 유지 요법을 받아야 할 거야. 그래도 괜찮을까? 당신 생각은 어때? 그냥 유지 요법 하나만 받아도 괜찮을까? 내 말은, 훨씬 더 심각할 수도 있었잖아.

어쨌든, 저 여자 남편은 일자리를 잃었는데, 왜냐하면—"

"누구 남편?" 맥베인이 물었다.

"텔레비전 말이야." 그녀는 손을 뻗어 그의 손을 잡았다. "휴가 때는 어디로 가고 싶어? 우리는 정말로 뭔가 보상을 받을 자격이 있다고. 우리 둘 다 말이야."

"우리 보상은 당신이 건강해진 거야." 그는 말했다.

그녀는 전혀 그의 말을 듣고 있는 것 같지 않았다. 그녀의 시선은 텔레비전에 고정되어 있었다. 그 순간, 그는 그녀가 아직 검은 색안경을 끼고 있다는 사실을 깨달았다. 그것을 보자 그의 머릿속에 폭스가 크리스마스 날 불렀던 노래가 떠올랐다. 존 다울런드의 류트 노래집에서 가져온 노래 중, 가장 따스하고 가장 으스스한 노래였다.

오래도록 고통과 빈곤 속에 살았던 가난한 병자가

연못가에 몸을 뉘었을 때

그리스도께서 그를 바라보시자마자

그는 다시 건강해졌고, 평안이 찾아왔노라

리버스 로미는 계속 말하고 있었다. "—꽤 고소득 직종이었는데 모두 그 사람을 함정에 빠트리려 하는 거야. 사무실 일이 어떤지 알잖아. 나도 한때 사무실에서 일했던 적이 있는데—" 그녀는 잠시 말을 멈추고 그를 바라보았다. "물 좀 데워줄래? 커피를 좀 마시고 싶은데."

"알았어." 그는 이렇게 말하며 스토브를 켰다. ◑

PHILIP K. DICK

죽음에 관한
이상한 기억
Strange Memories of Death

아침에 일어나자 10월의 한기가 아파트 안을 맴돌고 있었다. 마치 계절이 달력의 내용을 이해하기라도 한 것처럼. 무슨 꿈을 꾸었더라? 내가 한때 사랑했던 여인에 대한 헛된 생각들이었다. 왠지 우울한 느낌이 들었다. 나는 마음을 가다듬었다. 사실 모든 것이 나쁘지 않았다. 괜찮은 한 달이 될 것이었다. 그러나 여전히 한기가 느껴졌다.

아, 세상에. 나는 생각했다. 오늘은 소독약 여자가 강제 퇴거 당하는 날이었다.

아무도 소독약 여자를 좋아하지 않았다. 그 여자는 미쳤다. 누구하고도 대화를 나누거나 눈을 마주치는 일이 없었다. 계단을 내려가다 올라오고 있는 그 여자와 마주치기라도 하면, 그 여자는 그대로 아무 말 않고 돌아 내려가 엘리베이터를 쓰곤 했다. 그 여자에게서는 소독약 냄새가 났다. 아무래도 그 여자 아파트를 공포스러운 마법의 괴물들이 더럽히고 있어서 소독약을 사용하는 모양이다. 젠장할! 커피를 내리면서, 나는 건물주가 새벽에 이미 그 여자를 퇴거시켰을지도 모른다고 생각했다. 내가 아직 잠들어 있는 동안에 말이다. 나를 차버린 여자에 대한 헛된 꿈을 꾸고 있는 동안에 말이다. 당연히 그랬겠지. 나는 그 끔찍한 소독약 여자와, 공무원들이 새벽 5시에 그 여자를 찾아오는 꿈을 꾸고 있었다. 건물의 새로운 소유주는 거대한 부동산 개발업체다. 그런 친구들은 새벽부터 그런 일을 하지 않는다.

소독약 여자는 10월이 찾아왔다는 것을, 10월 1일이 되었다는 것을 알면서도 자기 아파트에 숨어 있을 것이고, 사람들은 그 여자와 그 여자의 물건들을 모두 거리로 던져버릴 것이다. 그럼 입을 열고 말을 좀 하려나? 나는 그 여자가 아무 말 않고 벽으로 밀어붙여지는 모습을 상상한다. 그러나 실상은 그렇게 단순하지 않다. 남부 오렌지 투자 회사의 대리 판매인인 앨 뉴컴이 말하기를, 소독약 여자가 법적 구제를 신청했다고 한다. 그러면 우리도 그녀에게는 어떻게 하든 손을 댈 수가 없으니 고약한 일이다. 미치기는 했지만 충분히 미치지는 않은 모양이다. 그 여자가 상황을 제대로 이해하지 못한다는 사실이 증명되기만 하면, 오렌지카운티 정신건강협회에서 파견한 대처팀이 그녀의 변호를 맡을 것이며, 정신 지체를 가진 사람은 법적으로 강제로 퇴거시킬 수 없음을 남부 오렌지 투자 회사에 설명해줄 것이다. 대체 그 여자는 왜 정신을 차리고 법적 구제를 신청했단 말인가?

오전 9시다. 분양 사무소로 내려가 앨 뉴컴에게 이미 소독약 여자를 퇴거시켰는지, 아니면 그 여자가 아무 소리 내지 않고 조용히 숨어 있는지를 물어볼 수도 있다. 퇴거 이유는 이 56세대가 들어가는 건물이 콘도로 용도 변경되었기 때문이다. 넉 달 전 법적 공지가 난 후, 거의 대부분의 사람이 이 건물을 떠났다. 떠나거나 아파트를 구매할 때까지 120일의 시간이 주어졌고, 남부 오렌지 투자 회사 측에서 이사 비용으로 200달러를 지불할 것이다. 이게 법률이라는 것이다. 또한 지금까지 임대한 아파트에 대해서는 선매권을 가지게 된다. 나는 내 아파트를 구매할 예정이다. 여기 계속 있을 생각이다. 5만 2000달러를 낸 나는 5만 2000달러가 없고 정신이 나간 소독약 여자가 쫓겨나는 동안 내 집에 머무를 수 있다. 이제는 차라리 이사를 갔었더라면 하는 생각이 든다.

아래층의 신문 자판기에 가서, 나는 오늘자 《로스앤젤레스 타임스》를 집어 든다. '월요일이 싫어서' 운동장에 있는 아이들에게 총기를 난사한 소녀가 법정에 선다. 곧 보호 감호 처분을 받겠지. 그 소녀는 말하자면 할 일이 아무것도 없었기 때문에 아이들에게 총을 쏜 거다. 그래, 오늘은 월요일이다. 그 소녀는 자기가 싫어하는 날인 월요일에 법정에 갔다. 광기에는 끝이 없는 것일까? 자문해본다. 무엇보다, 나는 이 아파트가 5만 2000달러의 가치가 있다고 생각하지 않는다. 내가 이곳에 머무르는 이유는 이사를 하기가 두렵기 때문 — 새로운 것, 변화가 두렵기 때문 — 이며 또한 내가 게으르기 때문이다. 아니, 그것이 아니다. 나는 이 건물을 좋아하고, 친구들 그리고 내게 특별한 의미가 있는 상점들 가까이에 머물 수 있다. 여기 산 지 3년 반이 됐다. 훌륭하고 튼튼한 건물이고, 정문 경비와 빗장 자물쇠도 있다. 내가 키우는 고양이 두 마리는 이 건물 내부의 안뜰을 좋아한다. 밖으로 나가면서도 개를 피할 수 있으니까. 어쩌면 사람들이 나를 고양이 남자라고 부를지도 모르겠다. 그러니까 모든 사람들이 나가지만, 소독약 여자와 고양이 남자는 여기 남는 것이다.

나를 괴롭히는 문제는, 나와 정신이 나간 소독약 여자 사이의 차이라고 할 수 있는 것이 내 은행 계좌의 잔고뿐이며, 그 사실을 내가 알고 있다는 것이다. 금전은 정신 상태를 보증해주는 공적인 척도가 된다. 어쩌면 소독약 여자는 이사하기가 두려운 걸지도 모른다. 나와 똑같이 말이다. 몇 년 동안 살았던 곳에서 계속 살면서, 그동안 해왔던 일을 계속하고 싶은 것일지도 모른다. 그녀는 공용 세탁기를 많이 사용하고, 옷을 세탁하고 건조기에 넣는 일을 계속 반복한다. 내가 그녀와 마주치는 곳도 바로 그곳이다. 세탁실로 들어가면 그녀는 자기 빨래를 사람들이 훔쳐가지 못하게 하기 위해 지키고 있는 것이다. 왜 사람들을 보지 않는 것일까? 얼굴을 돌리고 있으면…… 거기 앉아있는 것이 무슨 소용이 있나? 증오가 느껴진다. 그 여자는 다른 모든 인간을 싫어한다. 하지만 그녀의 상황을 생각해보자. 그녀가 싫어하는 것들이 주변을 둘러싸 옥죄어 들어오고 있다. 엄청난 공포를 느낄 것이 분명하다. 자기 아파트를 둘러보면서 문 두드리는 소리가 들리기만을 기다리고 있는 것이다. 시계를 보고는 마침내 이해하게 된다!

우리 북쪽의 로스앤젤레스에서는 시 의회에서 주거용 임대 주택을 콘도로 바꾸는 일을 막아준다. 세입자들이 승리한 것이다. 이것은 물론 대단한 승리지만, 소독약 여자에게는 도움이 되지 않는다. 여기는 오렌지 카운티고, 돈이 지배하는 곳이다. 우리 동쪽에는 극빈자들이 산다. 히스패닉 슬럼에 사는 멕시코인들이다. 우리 건물의 정문이 열려 자동차가 들어올 때마다 더러운 빨래 바구니를 든 멕시코인 여인들이 따라 들어온다. 세탁기가 없으니까 우리 세탁기를 쓰려고 하는 것이다. 이 건물에 살던 사람들은 이런 짓에 질색을 했었다. 사람들이란 조금이라도 돈이 생기기만 하면 — 현대적이고, 경비 시스템이 잘 갖춰져있고, 모든 것이 전기로 돌아가는 건물에 살 정도의 돈이면 — 많은 일에 질색을 하게 된다.

자, 이제 소독약 여자가 퇴거를 당했는지 알아봐야겠다. 그 여자 방 창문으로 들여다보는 걸로는 알 수가 없다. 커튼이 언제나 내려져있으니까. 그래서 나는 아래층 분양 사무소로 가서 앨을 만나보기로 한다. 그러나 앨은 없고, 사무실 문은 잠겨있다. 그제야 나는 앨이 주 당국에서 잃어버린 중요한 법적 서류를 가지러 주말 동안 새크라멘토로 간다고 했었던 것을 기억해낸다. 아직 돌아오지 않은 모양이다. 만약 소독약 여자가 미치지만 않았더라면, 나는 그 여자 아파트 문을 두드리고 직접 이야기할 수도 있을 것이다. 그런 식으로 알아내는 방법도 있을 것이다. 그러나 비극의 중심이 바로 그것이다. 문을 두드리기만 하면 그녀는 겁을 먹게 될 테니까. 그것이 그녀의 문제다. 그것 자체가 병이다. 그래서 나는 개발 회사에서 건설한 분수 곁에 서서, 회사에서 가져온 꽃이 담긴 화분들을 구경한다⋯⋯. 덕분에 건물이 정말로 보기 좋아졌다. 예전에는 감옥같이 보였었는데. 이제는 정원이 되었다. 개발 회사에서는 꽤 많은 돈을 들여서 페인트를 칠하고 조경을 하고, 사실상 정문을 완전히 새로 만들어버렸다. 물과 꽃과 프랑스식 정문……. 그리고 소독약 여자는 자기 아파트에서 조용히 앉아서 문 두드리는 소리만을 기다리고 있다.

소독약 여자의 문에 쪽지를 붙여놓을 수도 있을 것 같다. 이런 내용 으로.

> 부인, 저는 부인의 상황을 동정하고 있으며 기회가 된다면 돕고 싶습니 다.
>
> 저는 C-1호에 살고 있으니 도움이 필요하시다면 연락하십시오.

서명은 뭐라고 하는 게 좋을까? 동료 미치광이는 어떨까. 법적 관점 에서 볼 때 불법 점거자인 당신과는 다르게, 5만 2000달러를 가지고 있 어서 합법적으로 이곳에 살고 있는 동료 미치광이입니다. 어제 자정부 터 그렇게 되었지요. 하루 전에는 내 아파트가 내 것이었던 것처럼 당 신 아파트도 당신 것이었지만 말입니다.

나는 한때 사랑했고 지난밤 꿈에 등장했던 여인에게 편지를 쓰려는 생각을 품고 아파트로 돌아간다. 온갖 종류의 문구가 머릿속을 스쳐간 다. 편지 한 통으로 그녀와의 관계를 되살리리라. 내 글이 가지는 힘이 란 그 정도이다.

뭔 개소리래. 그녀는 영원히 나를 떠났다. 나는 그녀의 현 주소도 알 지 못한다. 온 힘을 다한다면 우리 둘을 다 아는 공통의 친구를 통해 알 아낼 수도 있겠지만, 그런 다음에는 무슨 말을 할 수 있겠는가?

> 내 사랑, 나는 마침내 제정신을 차렸소. 내가 그대에게 얼마나 빚을 지고 있는지 이제야 모두 깨달았소. 우리가 함께했던 짧은 시간 동안에도, 그대 는 내 삶 속의 그 누구보다도 더 많은 것을 내게 베풀어주었소. 내가 끔찍한

실수를 저지른 것이 분명하오. 함께 저녁식사라도 하지 않겠소?

이런 과장된 수사를 머릿속에서 되뇌는 동안, 내가 이런 편지를 쓴 다음 실수 또는 고의로 소독약 여자의 아파트 문 앞에 붙인다면 얼마나 끔찍하고도 우스운 일일까 하는 생각이 떠올랐다. 그녀가 어떻게 반응 할 것인가! 하느님 맙소사! 그 여자를 죽이거나 치유할 수 있을지도 모른다! 그리고 반면 나는 내 옛 사랑에게, 멀리 있는 연인에게, 이런 글을 써 보내는 것이다.

　　부인, 당신은 완전히 돌았습니다. 당신 주변 몇 마일 안의 사람들은 모두 그 사실을 알고 있어요. 당신 문제는 모두 당신 책임입니다. 정신 차리고, 제대로 좀 살고, 연기도 좀 더 잘해보고, 돈을 좀 빌리고, 더 나은 변호사를 고용하고, 총을 사고, 운동장에 난사도 좀 해봐요. 저는 C-1호에 살고 있으니 도움이 필요하다면 연락하십시오.

어쩌면 소독약 여자의 곤경은 사실 재미있는 일이고, 가을이 찾아와 너무 우울해진 내가 그 재미를 제대로 보지 못하고 있는 것뿐일지도 모른다. 어쩌면 오늘은 좋은 소식을 담은 편지가 올지도 모른다. 어제는 우편물이 오지 않는 날이었으니까. 오늘은 이틀 분량의 우편물을 받게 될 것이다. 그러면 기분이 조금 좋아지겠지. 그러나 사실 나는 스스로를 동정하고 있을 뿐이다. 오늘은 월요일이고, 지금 법정에 서있을 그 소녀 와 마찬가지로, 나는 월요일을 싫어한다.

브렌다 스펜서는 열한 명에게 총격을 가해 그중 두 명을 사망하게 한 일로 유죄판결을 받았다. 그녀는 열일곱 살에, 작은 키에 매우 예쁘며, 붉은 머리카락을 가지고 있다. 안경을 쓰고 있으며, 자신이 죽인 아이들 과 마찬가지로 어린아이처럼 보인다. 어쩌면 소독약 여자도 집에 총을 숨겨놓고 있을지도 모른다는, 더 오래전에 떠올렸어야 하는 생각이 불현듯 든다. 어쩌면 남부 오렌지 투자 회사도 그런 생각을 했을지도 모른다. 어쩌면 앨 뉴컴의 사무소가 잠겨있는 이유도 그 때문일는지도 모른다. 그는 새크라멘토에 간 것이 아니라 숨어 있는 것이다. 물론 새크라멘토로 가서 숨어버림으로써 두 가지 일을 동시에 달성할 수도 있을 것이다.

내가 한때 알았던 훌륭한 치료사가 말하기를, 범죄자들이 미쳐 날뛸 때는 항상 그가 간과하고 있는 훨씬 쉬운 해결책이 있다고 한다. 예를 들어, 브렌다 스펜서의 경우에는 대부분이 아이들인 열한 사람에게 총을 쏘는 대신, 슈퍼마켓에 들어가 초콜릿 우유 한 통을 살 수도 있었다. 정신병이 있는 사람은 항상 보다 어려운 길을 선택한다. 어려운 일을 놓고 자신의 의지력을 시험하는 것이다. 그런 사람이 가장 저항이 적은 길을 선택한다는 말은 사실이 아니지만, 그 본인은 그렇게 생각을 한다. 바로 그것이 문제인 것이다. 정신병의 가장 기본이 되는 행동은 쉬운 탈출구를 찾지 못하는 것이다. 모든 언행, 모든 병적인 생활 습관과 행동은 바로 이 근본적인 문제점에서 시작되는 것이다.

홀로 적막 속에서 소독약 천지인 아파트에 앉아서, 언젠가 찾아올 문 두드리는 소리만을 기다리고 있는 소독약 여자는 가능한 한 가장 어려운 상황에 처해있는 것이다. 쉬웠던 일이 어려워지고 말았다. 어려웠던 일은 불가능한 일이 되어버리고, 따라서 정신병적인 생활 습관 역시 끝을 맞이하게 된다. 불가능이 점점 좁혀오고, 어려운 탈출구조차 남지 않게 된다. 이것이 정신병의 남은 정의이다. 마침내는 막다른 골목에 몰리게 되는 것이다. 그리고 이 시점에서, 정신이 나간 사람들은 얼어붙어버린다. 그런 상황을 직접 본 적이 없다면— 글쎄, 대단한 광경이라고만 해두자. 사람이 마치 정지한 모터처럼 멈추어버린다. 갑자기 일어나는 일이다. 정상적으로 움직이고 있던 사람이— 피스톤이 미친 듯이 위아래로 움직이고 있다가, 갑자기 정지한 쇳덩어리가 되어버리는 것이다. 그건 그 사람이 더 이상 움직일 길이, 아마도 몇 년 전 선택한 그 길이 사라져버렸기 때문에 일어나는 현상이다. 물리학적 죽음인 것이다. 성 아우구스티누스는 이렇게 썼다. "갈 곳이 없으니, 앞뒤를 둘러보아도 도달할 곳이 없으니." 그리고 정지가 찾아와 오로지 그 장소만이 남게 되는 것이다.

소독약 여자가 스스로를 감금한 곳은 자기 아파트지만, 그곳은 이미 더 이상 그녀의 아파트가 아니다. 그녀는 정신적으로 죽을 장소를 찾아냈지만, 남부 오렌지 투자 회사에서 그 장소를 앗아간 것이다. 그녀가 들어갈 무덤을 훔쳐버린 것이다.

나는 내 운명이 소독약 여자의 운명과 연결되어 있을 것이라는 생각을 떨쳐버릴 수가 없다. 저축 은행 컴퓨터의 재산 항목이 우리 사이를 갈라놓지만, 그건 가공의 분류일 뿐이다. 그런 분류는 남부 오렌지 투자 회사와 같은 사람들이 ― 특히 남부 오렌지 투자 회사의 사람들이 ― 그것을 사실이라 인정해주는 한도 내에서만 사실인 것이다. 내게 있어서 그런 일은 짝이 맞는 양말을 신는 것과 같은 사회적 관습의 하나일 뿐이다. 어떻게 보면 그것이 황금률일지도 모른다. 황금률은 사람들이 모두 동의하는 것으로, 마치 아이들의 놀이에서 하는 약속 같은 것이다. "저 나무를 3루로 하자"라는 식으로 말이다. 나와 내 친구들이 모두 내 텔레비전이 제대로 나온다고 동의했다고 하자. 그러면 우리는 텅 빈 화면 앞에 영원히 그런 식으로 앉아있을 수 있을 것이다. 그런 경우라면, 소독약 여자의 실패는 우리 나머지 사람들과 제대로 된 약속을 하지 않아서, 동의를 구하지 않아서 일어난 일이라고 할 수 있을 것이다. 다른 모든 문제를 떠나서, 소독약 여자가 우리의 일원이 아니라는 불문율이 존재하기 때문인 것이다. 그러나 이렇게 놀랄 정도로 유아적이고 비논리적인 계약을 맺는 일에 실패한다고 해서, 생명체의 모든 활동이 멈추는 물리적 사망 상태에 이르게 된다는 것은 참으로 놀라운 일이다.

이런 식으로 생각해본다면, 소독약 여자는 아이가 되는 일에 실패했다고 할 수도 있다. 그녀는 너무 어른이었던 것이다. 놀이를 하지도 않고, 할 수도 없었던 것이다. 그녀의 삶을 사로잡은 요소는 우울함이었다. 그녀는 절대 웃지 않았다. 사람들은 언제나 그녀가 모호한, 딱히 누굴 향한 게 아닌 짜증에 사로잡힌 모습밖에는 보지 못했다.

어쩌면 그녀는 아무 놀이도 하지 않은 것이 아니라 우울한 놀이를 한 것일지도 모른다. 어쩌면 그녀의 놀이는 전투였을지도 모른다. 그렇다면 지금 비록 지고 있기는 하지만 그녀가 원하는 놀이를 하고 있는 것이리라. 최소한 그녀가 이해할 수는 있는 상황일 테니까. 남부 오렌지 투자 회사가 그녀의 삶 속으로 쳐들어왔다. 어쩌면 세입자가 아니라 불법 점거자가 되는 쪽이 더 마음에 들었는지도 모른다. 어쩌면 우리는 우리에게 일어나는 모든 일을 마음속으로 몰래 원하고 있는지도 모른다. 만약 그렇다면, 정신병자는 자신의 물리적 죽음을, 막다른 길에 몰리는 일을 원하는 것일까? 지기 위해 경기에 임하는 것일까?

그날은 종일 앨 뉴컴이 보이지 않았지만, 다음 날에는 모습을 드러냈다. 그는 새크라멘토에서 돌아와 사무실 문을 열었다.

"B-15호 여자 아직 있습니까? 아니면 퇴거시켰나요?" 나는 그에게 물었다.

"아처 부인 말씀이시죠? 아, 저번에 이사 나갔습니다. 떠났어요. 산타애나 주택과 쪽에서 브리스톨에 살 곳을 찾아준 모양입니다. 몇 주 전에 그쪽으로 찾아갔었잖아요." 그는 회전의자에 몸을 누이며 다리를 꼬았다. 언제나와 마찬가지로, 그의 슬랙스 바지는 날카롭게 주름이 잡혀 있었다.

"가격이 적당한 아파트로 나갔나보지요?"

“그쪽에서 돈을 대준다나봅니다. 임대료를 대신 내준대요. 스스로 얻어낸 결과인 거죠. 극빈자로 접수되었나봅니다.”

“거참. 누가 내 임대료도 좀 내줬으면 좋겠군요.”

“선생님이 임대료를 내실 리가 없잖습니까. 아파트를 사실 거면서요.”●

PHILIP K. DICK

어서 그곳에 도착했으면
I Hope I Shall Arrive Soon

PHILIP K. DICK

이륙한 이후, 우주선은 계속해서 냉동 수면 용기 안에 들어 있는 인간 예순 명의 상태를 확인하고 있었다. 그중 하나에서 오류가 발생했다. 아홉 번째 인간의 용기였다. 그의 EGG에서 두뇌 활동이 감지되었다.

젠장, 우주선은 혼잣말로 중얼거렸다.

복잡한 항상성 유지 장비가 회로에 접속되었고, 우주선은 직접 아홉 번째 인간에게 말을 걸었다.

"살짝 깨어난 모양이군요." 우주선은 정신 연결을 통해 그에게 말했다. 아홉 번째 인간을 완전히 깨우는 일은 무의미한 짓이었다. 이번 항해는 10년 동안 계속될 예정이기 때문이었다.

거의 무의식 상태지만 운 나쁘게도 생각이 가능한 상태였던 아홉 번째 사람은 누군가 그에게 말을 걸고 있다고 생각했다. 그는 말했다. "내가 어디 있는 겁니까? 아무것도 보이지 않아요."

"지금 당신의 냉동 수면에 오류가 생겼습니다."

"그러면 당신 말소리도 듣지 못해야 하지 않습니까."

"오류가 생겼다고 했잖습니까. 그게 문젭니다. 당신이 내 말을 들을 수 있다는 사실 말이에요. 자기 이름이 기억납니까?"

"빅터 케밍스입니다. 여기서 좀 내보내줘요."

"우리는 지금 항해 중입니다."

"그럼 다시 재워주기라도 해봐요."

"잠깐 기다려보세요." 우주선은 다시 냉동 수면 장비를 점검했다. 점검과 검사가 끝나자 우주선은 다시 그에게 말했다. "한번 해보지요."

시간이 흘렀다. 빅터 케밍스는 아무것도 보지 못하고 자기 몸조차도 느끼지 못했지만, 여전히 의식이 남아있다는 것을 깨달았다. "체온을 좀 낮춰봐요." 그는 말했지만, 자기 목소리조차 들을 수 없었다. 어쩌면 그렇게 말한 것 역시 상상일 뿐이었기 때문일지도 모른다. 그를 향해 빛깔들이 다가오더니 순식간에 날아들었다. 그는 그 색깔들이 마음에 들었다. 어린 시절에 색칠공부 상자 안에서 보았던 이리저리 움직이는 인공 생명체를 연상시켰다. 그가 200년 전, 학교에 있을 때 사용했던 것들이었다.

"당신을 재울 수가 없습니다." 우주선의 목소리가 케밍스의 머릿속에서 울렸다. "오류가 너무 복합적입니다. 복구할 수도, 수리할 수도 없습니다. 당신은 10년 동안 깨어 있게 될 겁니다."

이리저리 움직이던 색깔들이 일제히 그를 향해 날아왔다. 그러나 이제 그 색깔들에는 뭔가 악의가 깃들어 있었다. 그의 공포심이 만들어낸 악의였다. "하느님 맙소사." 그는 중얼거렸다. 10년이라니! 색깔들은 일제히 검은색으로 변했다.

빅터 케밍스가 누워서 잔인하게 반짝이는 빛깔들을 구경하는 동안, 우주선은 자기가 생각한 계획을 설명하기 시작했다. 우주선이 스스로 떠올린 방법은 아니었다. 이런 종류의 오류가 일어날 경우에 대비해 해결책을 찾아내도록 프로그래밍되어 있었던 것이다.

"이제 당신에게 감각 자극을 주입하려 합니다. 당신에게 가장 큰 위험은 감각의 상실이니까요. 만약 아무런 감각도 없이 10년을 보내게 된다면, 당신의 정신이 쇠퇴하기 시작할 겁니다. LR4 항성계에 도착하면 식물인간이 되어버리겠지요."

"그래요, 그럼 어떤 감각을 입력할 생각입니까? 정보 저장고에 뭔가 들어 있지요? 지난 세기의 비디오 드라마 같은 거라도 있습니까? 날 깨워주면 잠깐 돌아보고 싶은데요.”

“제 안에는 공기가 없습니다. 당신이 먹을 식량도 없지요. 모두가 수면 상태인 만큼 대화를 나눌 사람도 없습니다.” 우주선이 대답했다.

“당신과 대화를 할 수 있잖습니까. 체스를 둘 수도 있겠군요.”

“10년 동안은 무리입니다. 내 말 좀 들어봐요. 나한테는 공기도 식량도 없습니다. 당신은 지금 상태 그대로 있어야 합니다……. 안 좋은 절충안이라는 사실은 알고 있지만, 우리에게는 다른 방법이 없습니다. 내게는 따로 저장되어 있는 정보 같은 것도 없어요. 이런 경우에 취할 수 있는 방침은 다음과 같습니다. 나는 이제부터 당신의 잊힌 기억을 파내어, 그중에서도 행복한 것들만 강조할 생각입니다. 당신은 206년 분량의 기억을 가지고 있고, 그중 대부분은 무의식 속에 묻혀있습니다. 이건 감각 정보를 얻기에 더할 나위 없이 훌륭한 원천이죠. 긍정적으로 생각하십시오. 당신이 지금 겪는 이 상황은 독특한 것이 아닙니다. 내 영역에서는 결코 일어난 적이 없기는 하지만, 나는 이런 상황에 대응할 수 있도록 프로그래밍되어 있습니다. 긴장을 풀고 나를 믿으십시오. 당신을 위한 세계를 제공해주도록 최선을 다하겠습니다.”

“이민 동의서에 서명하기 전에 이런 일이 벌어질 수도 있다고 경고를 해줬어야 했어.” 케밍스가 말했다.

“긴장 풀어요.”

그는 긴장을 풀기는 했으나, 엄청나게 겁에 질려있었다. 이론적으로 볼 때, 그는 성공적으로 냉동 수면에 들어간 다음 목적지 항성에 도착했을 때 깨어났어야 했다. 또는 그 항성의 행성, 식민 행성에 도착했을 때 말이다. 우주선의 다른 사람들은 모두 주변을 지각하지 못하는 상태였다. 오로지 그만이 예외였다. 마치 나쁜 업보가 알 수 없는 이유로 그에게만 들러붙은 것같이 말이다. 그보다 더 나쁜 상황은, 지금 그는 오로지 우주선의 선의에 의존할 수밖에 없다는 것이었다. 만약 우주선이 그에게 괴물을 보여준다면? 우주선은 그를 10년 동안 공포에 질리게 할 수도 있었다. 객관적으로 말해 10년의 시간, 그리고 주관적으로는 말할 것도 없이 그보다 훨씬 더 긴 시간 동안 말이다. 말하자면 그는 말 그대로 우주선의 손아귀 안에 사로잡혀있는 것이나 다름없는 상황이었다. 항성간 항해 우주선은 이런 상황을 즐기는 것일까? 그는 항성간 우주선에 대해 거의 아는 것이 없었다. 그의 전공 분야는 미생물학이었다. 생각해보자. 그는 혼잣말하듯 생각했다. 내 첫 번째 아내, 마르틴. 허리를 드러내는 붉은 셔츠와 청바지를 입은, 작고 예쁜 프랑스 처녀. 아주 맛있는 크레이프를 만들곤 했었지.

"그 말을 들었습니다. 그걸로 하죠." 우주선이 말했다.

혼란스러운 색채들은 곧 일관성 있는, 안정된 형체를 갖추기 시작했다. 건물이 하나 있었다. 그가 열아홉 살이었을 때 와이오밍에 가지고 있던, 노란색 목조 주택이었다. "잠깐. 저건 건물 기초가 나빴어. 토대에 문제가 있었단 말이야. 게다가 지붕에서는 물이 샜다고." 그러나 그는 부엌과 자기가 직접 만든 탁자를 보았다. 그는 기분이 좋아졌다.

"잠깐만 있어봐요. 그러면 내가 당신 무의식에서 끄집어낸 내용을 보여주고 있다는 사실조차도 잊어버리게 될 겁니다."

"저 집은 100년 동안 한 번도 떠올려본 적이 없었는데." 그는 놀라움에 사로잡힌 채 말했다. 그는 오래된 드립커피용 전기 포트와 그 옆의 종이 필터 상자를 알아볼 수 있었다. 여기는 내가 마르틴과 함께 살던 곳이야. 그는 깨달았다. "마르틴!" 그는 크게 소리쳐 불렀다.

"전화 받는 중이에요." 마르틴이 거실에서 대답했다.

"비상사태가 생길 때만 개입하겠습니다. 당신이 만족스러운 상태인지 확인하기 위해 계속 상태를 주시하고 있겠지만 말이에요. 겁내지 마세요." 우주선이 말했다.

"오른쪽 뒤 스토브 불 좀 줄여줘요." 마르틴이 말했다. 그녀의 목소리는 들렸지만 아직 모습은 보이지 않았다. 그는 부엌을 떠나 식당을 통과해 거실로 들어갔다. 영상전화 앞에서, 마르틴은 자기 남동생과 정신없이 수다를 떨고 있었다. 맨발에 반바지 차림이었다. 거실 창문을 통해서는 바깥의 거리가 보였다. 영업용 자동차 한 대가 주차를 하려 시도하며 진땀을 빼고 있었다.

그는 생각했다. 날씨가 제법 덥겠는데. 에어컨을 켜야겠어.

마르틴이 영상전화로 대화를 나누는 동안, 그는 낡은 소파에 앉아서 마르틴 위의 벽에 걸린, 그가 가장 소중하게 여기는 소장품인 포스터 액자를 바라보고 있었다. 길버트 셸턴*의 〈팻 프레디가 말하기를〉 그림이었다. 프레디 프릭이 무릎 위에 고양이를 앉힌 채로 '스피드 죽여주는데'라고 말하려 하고 있지만, 그가 워낙 지금 스피드에 절어 있는 상태라 ― 그의 손에는 존재하는 모든 종류의 암페타민 알약과 캡슐, 스펜슐이 들려있었다 ― 그 말이 입 밖으로 나오지 않았고, 고양이는 실망과 혐오가 섞인 표정으로 이빨을 갈며 얼굴을 찡그리고 있었다. 이 포스터에는 길버트 셸턴 본인의 서명이 들어 있었다. 케밍스의 가장 친한 친구인 레이 터렌스가 결혼 선물로 그와 마르틴에게 준 것이었다. 몇천 달러의 값어치가 있는 물건이었다. 1980년대에 그 만화가가 직접 서명한 것이기 때문이었다. 빅터 케밍스나 마르틴이 태어나기도 전, 훨씬 전의 일이었다.

돈이 떨어지면 저 포스터를 팔 수도 있겠어. 케밍스는 생각했다. 평범한 포스터가 아니라, 바로 그 포스터인 거니까. 마르틴은 그 포스터를 좋아했다. 〈패블러스 퍼리 프릭 형제〉― 먼 옛날의 황금기에 유명했던 만화였기 때문이다. 그가 마르틴을 사랑하는 것도 당연한 일이었다. 그

───────────
* 미국 만화가. 프릭 형제와 그들의 고양이는 그의 작품에 나오는 인물들이다.

녀는 과거를 사랑했고, 세상의 아름다움을 사랑했고, 그를 소중히 여기고 돌보는 것처럼 그런 것들을 소중히 여기고 돌보았다. 돌보고 보호하지만, 숨 막히게 하지는 않는 그런 사랑이었다. 포스터를 액자에 넣자는 것은 그녀의 의견이었다. 한심할 정도로 멍청한 그에게 맡겨놓았더라면, 그냥 압정으로 벽에 박아놓았을 것이다.

"안녕. 무슨 생각 하고 있어?" 마르틴은 화상 전화를 끄고는 그에게 말했다.

"당신은 사랑하는 것들을 살려두는 재주가 있다는 생각."

"그건 당신이 하는 일인 줄 알았는데. 저녁 먹을 준비 됐어? 레드와인 하나만 따줘. 카베르네로."

"07년산이면 되려나?" 그가 자리에서 일어나며 말했다. 그는 갑자기 아내를 잡아서 끌어안고 싶은 충동에 사로잡혔다.

"07년산이나 12년산." 그녀는 그를 지나쳐, 식당을 통해 부엌으로 들어갔다.

그는 와인 저장고로 들어가 병들을 뒤지기 시작했다. 병들은 당연히 누워있었다. 공기는 축축하고 곰팡내가 났다. 그는 이 저장고의 냄새가 마음에 들었다. 그러나 그 순간, 삼나무 판자 하나가 흙 속에 반쯤 파묻혀있는 모습이 그의 눈에 들어왔다. 여기다가 시멘트를 좀 부어야겠는 걸, 하고 그는 생각했다. 그는 와인에 대해서는 잊어버린 채 흙더미가 쌓여있는 맞은편 구석으로 향했다. 그는 몸을 숙여 판자를 건드려보았다…… 미장용 흙손으로. 그리고 생각했다. 이 흙손이 어디서 난 거지? 방금 전까지만 해도 이런 건 가지고 있지 않았는데. 흙손으로 건드리자 판자가 부스러지기 시작했다. 집 전체가 무너지고 있는 거야. 이런 세상에. 마르틴한테 가서 알려야겠어.

그는 와인 따위는 잊어버린 채 위층으로 올라갔다. 그는 마르틴에게 집의 기초가 심각할 정도로 손상되었다고 이야기하기 시작했으나, 마르틴은 이미 보이지 않았다. 그리고 스토브 위에서 요리되는 음식도 없었다. 냄비도, 프라이팬도 없었다. 그는 놀라서 스토브를 만져보고는, 스토브가 아직 차갑다는 것을 발견했다. 방금 전까지만 해도 요리하고 있지 않았었나? 그는 속으로 생각했다.

"마르틴!" 그는 크게 소리쳐 불렀다.

아무런 반응이 없었다. 집에는 그 혼자밖에 남아있지 않았다. 텅 비고 무너지고 있는 집에. 이런 세상에. 그는 부엌 탁자 앞에 앉았고, 그와 함께 의자가 살짝 처지는 것을 느꼈다. 아래로 움푹 꺼지는 정도는 아니었지만, 느낄 수는 있었다. 확실히 몸이 아래로 내려앉는 것이 느껴졌다.

걱정되는데. 대체 마르틴은 어디로 간 거지?

그는 거실로 돌아왔다. 어쩌면 향신료나 버터나 그런 것을 빌리려고 이웃집으로 갔을지도 몰라. 하지만 그렇게 생각하는 와중에도, 이제 그의 마음속은 공포로 가득 차있었다.

그는 포스터를 바라보았다. 포스터는 액자에 들어 있지 않았다. 그리고 가장자리가 다 떨어져 가고 있었다.

아내가 분명 액자에 넣었는데. 그는 거실을 가로질러 달려가 포스터를 자세히 살펴보았다. 색이 바랬다…… 만화가의 서명 역시 색이 바래 사라지고 있었다. 거의 알아보기 힘들 정도였다. 그녀는 이 포스터를 무광유리 액자에 넣자고 주장했었다. 그런데 액자에 들어 있지 않은 데다 너덜너덜해진 것이다! 그의 소장품 중 가장 소중한 물건이!

순간 그는 자신이 울고 있다는 것을 깨달았다. 그 눈물에 그는 놀랐다. 마르틴은 가버렸고, 포스터는 망가지고 있고, 집은 무너지고 있었다. 스토브 위에는 저녁식사도 없었다. 그는 생각했다. 이건 너무 끔찍해. 게다가 전혀 이해도 되지 않아.

그러나 우주선은 이해했다. 우주선은 지금까지 빅터 케밍스의 뇌파 패턴을 세심하게 관찰하고 있었고, 뭔가가 잘못되었다는 사실을 알았다. 뇌파에서 불안과 고통의 형태가 보였다. 당장 전송 회로를 차단하지 않으면 이 사람 생명이 위험하겠어, 라고 우주선은 생각했다. 문제가 무엇이었을까? 이 사람의 내면에는 근심이, 잠재적인 불안감이 잠들어 있어. 어쩌면 신호를 강화해야 할는지도 몰라. 같은 재료를 사용하되 강도만 증폭시키는 거지. 잠재의식 속의 수많은 불안감이 이 남자를 사로잡았던 거야. 문제는 내가 아니라 이 남자의 정신 상태에 있는 거라고.

더 어린 시절로 시도해봐야겠어. 이 남자가 신경과민에 걸리기 전의 시기로 말이야.

뒤뜰에서, 빅터는 거미줄에 걸린 벌을 이리저리 살펴보고 있었다. 거미는 조심스럽게 벌을 거미줄로 꽁꽁 말아놓았다. 이건 잘못된 거야. 내가 저 벌을 풀어줘야겠어. 빅터는 이렇게 생각하며, 손을 뻗어 거미줄에 휩싸인 벌을 떼어내서는, 조심스레 살펴보며 거미줄을 풀어주기 시작했다.

벌이 그의 손가락을 쏘았다. 작은 불길에 화상을 입은 듯한 고통이 찾아왔다.

왜 나를 쏜 거야? 풀어주려 하고 있었는데.

그는 집 안으로 들어가서는 어머니를 찾아 방금 있었던 일을 이야기했지만, 그녀는 그의 말을 듣지 않았다. 텔레비전을 보고 있었기 때문이다. 벌이 쏜 손가락이 아프기도 했지만, 그보다 그는 왜 벌이 자신을 구해주려 했던 그를 공격했는지를 이해하지 못하고 있었다. 그는 생각했다. 다시는 그런 짓은 하지 않을 거야.

"소독약이라도 바르렴." 텔레비전 보는 데 방해가 된다고 생각했는지 그의 어머니가 마침내 이렇게 말했다.

그는 울기 시작했다. 정당하지 않은 일이었다. 이해할 수 없는 일이었

다. 그는 당황했고 실망했으며 작은 생명체들에 대해 증오심을 품기 시
작했다. 그것들이 멍청했기 때문이다. 아무것도 모르는 놈들이었기 때
문이다.

그는 집을 나와서, 한동안 그네와 미끄럼틀과 모래상자에서 놀다가
차고로 들어갔다. 선풍기 돌아가는 소리와 비슷한, 뭔가 묘하게 퍼덕이
는 소리가 들렸기 때문이다. 어두운 차고 안으로 들어오자, 새 한 마리
가 거미줄 낀 뒤쪽 창문에 퍼덕거리며 부딪치며, 밖으로 나가려고 애쓰
고 있는 모습이 보였다. 그 아래에는 고양이 도키가 계속해서 뛰어오르
며 새를 잡으려 하고 있었다.

그는 도키를 들어 올려주었다. 고양이는 몸과 앞발을 쭉 뻗더니, 머리
를 앞으로 내밀어 새를 물었다. 고양이는 즉시 뛰어내려서는 여전히 퍼
덕이는 새를 입에 문 채로 달아나버렸다.

그는 집으로 뛰어 들어가서는 어머니에게 말했다. "도키가 새를 잡았
어요!"

"그 망할 고양이." 어머니는 부엌 벽장에서 빗자루를 찾아 꺼내 들고
는 도키를 찾으러 밖으로 달려 나갔다. 고양이는 가시나무 수풀 아래로
기어 들어가있었다. 빗자루는 닿지 않았다. "저 고양이 놈, 없애버리든
가 해야지." 어머니가 말했다.

빅터는 고양이가 새를 잡도록 도운 것이 바로 그 자신이라는 말을 할
수가 없었다. 그는 아무 말 않고 어머니가 도키를 은신처에서 끌어내려
애쓰는 광경을 바라보고만 있었다. 도키는 새를 씹어 먹고 있었다. 새의
작은 뼈가 부서지는 소리가 들렸다. 어머니에게 자신이 무슨 짓을 했는
지 털어놓아야 할 것 같은 묘한 기분이 들었다. 그러나 그랬다가는 벌
을 받을 것이 분명했다. 다시는 이런 일을 하지 않겠어. 그는 속으로 생
각했다. 이미 얼굴이 빨갛게 달아오르고 있는 것이 느껴졌다. 어머니가
진실을 알아채면 어떻게 하지? 도키는 말을 할 줄 몰랐고, 새는 이미 죽

어 있었다. 아무도 모를 것이었다. 그는 안전했다.

그러나 그는 죄책감을 느꼈다. 그날 저녁, 그는 식사를 제대로 할 수 없었다. 부모 두 명 모두 그 사실을 눈치 챘다. 그들은 그가 몸이 좋지 않다고 생각하고, 열을 재보았다. 그는 자신이 무슨 일을 했는지에 대해서는 말하지 않았다. 어머니는 아버지에게 도키에 대해 말했고, 그들은 도키를 없애기로 결정했다. 빅터는 식탁에 앉아 그들의 대화를 듣고 있다가, 울음을 터트렸다.

"그래, 알았다. 도키를 죽이지는 않을게. 고양이가 새를 잡는 것은 자연스러운 일이니 말이다." 그의 아버지가 부드럽게 말했다.

다음 날, 그는 모래상자에서 놀다가 모래상자 안에서 잡초가 자라난 것을 보았다. 그는 그 풀을 전부 꺾어버렸다. 나중에, 그의 어머니는 그것이 잘못된 행동이라고 말해주었다.

그는 뒤뜰에서 홀로 모래상자에 앉아, 물 한 통을 가지고 모래를 적셔 둔덕을 만들며 놀고 있었다. 그때까지 푸르고 화창하던 하늘은 점차 어두워지기 시작했다. 그의 머리 위로 그림자가 지나갔고, 그는 고개를 들었다. 그 주변에서 무언가의 존재가 느껴졌다. 생각할 줄 아는 거대한 존재였다.

그 존재는 생각했다. 새가 죽은 것은 네 책임이야. 그는 그 존재의 생각을 이해할 수 있었다.

"나도 알아." 그가 말했다. 그리고 그는 죽고 싶다고 생각했다. 그가 새를 대신해서 목숨을 잃고, 새는 계속해서 차고의 거미줄 낀 창문에서 퍼덕거릴 수 있게 되기를 원했다.

그 새는 하늘을 날고, 음식을 먹고, 살아가고 싶었어. 그 존재가 생각했다.

"맞아." 그는 비참한 목소리로 말했다.

"다시는 그런 일을 하면 안 돼."

"미안해." 그는 이렇게 대답하고는 흐느끼기 시작했다.

이거 상당히 신경과민이 심각한 사람인데. 우주선은 생각했다. 행복한 기억을 찾아주기가 쉽지 않겠어. 공포도 죄책감도 너무 많이 쌓여있어. 무의식 속에 묻어두기는 했지만, 여전히 그곳에 남아서 담요를 물고 흔드는 개처럼 그를 놓아주지 않는 거지. 이 사람의 기억 속 어디에서 평온과 안식의 기억을 찾을 수 있을까? 10년 분량의 기억을 찾아내지 못하면, 이 사람은 제정신을 잃어버리게 될 거야.

어쩌면 내가 이 사람의 기억을 뒤지는 과정에서 오류를 범한 것일지도 모르겠어. 이 사람 본인이 직접 기억을 선택하게 해보자고. 하지만 그렇게 한다면 환상적인 요소가 포함될 수밖에 없는데. 그리고 그러면 보통 좋지 못한 결과를 불러오게 마련이고. 하지만 그렇다고 해도—

다시 이 사람의 첫 결혼 생활과 관련된 걸로 해보아야겠어. 이 사람은 정말로 마르틴을 사랑했으니까. 어쩌면 기억의 강도를 더 높게 유지하면 엔트로피의 요소를 억제할 수 있을지도 모르지. 아까 일어났던 일은 그의 기억 속 세계가 미묘하게 오염되었기 때문에 일어난 일이야. 구조 자체에 손상이 간 거지. 이번에는 내가 그런 부분을 메워보겠어. 해보자고.

"이게 진짜로 길버트 셸턴 본인이 서명한 거라고 생각해?" 마르틴이 곰곰이 생각하며 말했다. 그녀는 팔짱을 끼고 포스터 앞에 서있었다. 몸을 앞뒤로 살짝 움직이며, 거실 벽에 걸려있는 밝은 색조의 포스터를 보다 세심하게 살펴보려 하는 듯했다. "그러니까, 이거 사실은 위조일 수도 있잖아. 미술상들이 그려 넣은 것일 수도 있다고. 셸턴이 살아있을 때든 그 이후든 말이야."

"진품 증명서가 있잖아." 빅터 케밍스가 일깨워주듯 말했다.

"아, 그 말은 맞아! 레이가 이 포스터랑 증명서를 같이 줬지." 그녀의 입가에 따스한 미소가 떠올랐다. "하지만 그 증명서도 위조라면? 그러면 그 첫 증명서가 진짜라는 증명서까지 필요한 거잖아." 그녀는 웃으며 포스터 앞을 떠났다.

"결국은 길버트 셸턴 본인을 불러와서 그가 서명한 것이 맞는지 확인하게 해야겠는걸."

"그 사람도 모를걸. 피카소의 그림을 피카소 앞으로 가져와서 진품인지 물어본 사람 이야기가 있잖아. 피카소는 그 그림에 즉시 서명을 하고는 '자, 이제 진품이오'라고 대답했다던데." 그녀는 케밍스의 어깨에 팔을 두르고는, 발돋움을 해서 그의 뺨에 키스를 했다. "진품이 맞아. 레이가 위조품을 줬을 리가 없잖아. 그 사람은 20세기 반체제 예술의 권위자 아냐. 그 사람이 몰래 마약을 소지하고 있었다는 사실 알고 있어? 그 사람 침대 아래에—"

"레이는 죽었어." 빅터가 말했다.

그녀는 놀란 눈으로 그를 바라보았다. "뭐라고? 우리가 마지막으로 만난 후에 그 사람한테 무슨 일이 벌어졌다는—"

"죽은 지 2년이 됐어. 내 책임이야. 내 차를 얻어타고 있었어. 경찰에서 내가 문제였다고 하지는 않았지만, 내가 책임졌어야 하는 일이야."

"레이는 화성에 살고 있잖아!" 그녀는 그를 바라보며 말했다.

"내 책임이라는 것 알고 있어. 당신에게 말하지 않았지. 아무에게도 말하지 않았어. 미안해. 그러려고 했던 것은 아니었어. 창문에 부딪치며 날개를 펄럭이는 모습을 보았고, 도키는 그놈을 잡으려고 하고 있어서, 나는 도키를 들어주었고, 왜인지는 모르겠지만 도키가 그놈을 물어서—"

"좀 앉아봐, 빅터. 뭔가 잘못된 것 같아." 마르틴은 그를 푹신한 의자로 끌고 가서 자리에 앉게 만들었다.

"나도 알아. 뭔가가 아주 끔찍하게 잘못됐어. 나는 생명을 앗아갔어. 다른 무엇으로도 대신할 수 없는 생명을. 미안해. 내가 바로잡을 수 있었으면 좋겠는데, 나는 그럴 힘이 없어."

잠시 정적이 흐른 후, 마르틴이 입을 열었다. "레이한테 전화해봐."

"그 고양이가—"

"무슨 고양이?"

"저기." 그가 가리켰다. "포스터에 있잖아. 팻 프레디 무릎 위에. 저게 도키야. 도키가 레이를 죽였어."

다시 정적이 흘렀다.

"그 존재가 말해줬어. 그건 신이었어. 그 당시에는 알아차리지 못했지만, 신께서 내가 나쁜 짓을 저지른 모습을 보셨던 거야. 살해하는 장면을. 그분은 절대 나를 용서하지 않으실 거야."

그의 아내는 망연자실하게 그의 모습만을 바라보고 있었다.

"신은 우리가 행하는 모든 일을 보고 계셔. 땅에 떨어지는 참새 한 마리도 보신다고. 이번 경우에는 떨어진 것이 아니라 잡힌 거지만. 공중에서 잡혀서 찢어발겨졌지. 신께서 이 집을, 내 육신인 이 집을 무너트려 내가 대가를 치르게 하시려는 거야. 이 집을 사기 전에 건설 도급자를 만나봤어야 해. 지금 완전히 박살이 나려 하고 있다고. 한 해가 지나기 전에 이 집은 산산조각이 나버릴 거야. 내 말 믿지?"

마르틴은 더듬거리며 말했다. "나는—"

"잘 봐." 케밍스는 손을 뻗어 천장에 닿으려 해보았다. 그는 일어서서 팔을 쭉 뻗었으나 천장에 닿을 수 없었다. 그는 그 대신 벽으로 가서는, 잠시 숨을 고른 후, 손을 벽 안으로 밀어 넣었다.

마르틴이 비명을 질렀다.

우주선은 즉시 기억 회복 작업을 중단했다. 그러나 이미 피해는 일어난 후였다.

그는 어린 시절의 공포와 죄책감을 하나로 엮어낸 거야. 이 사람에게 행복한 기억을 제공할 방법이 없어. 무엇을 주든 즉시 오염시켜버리고 말 테니까. 원래 경험이 얼마나 즐거운 것이었든 간에 말이야. 이건 심각한 상황이잖아. 이 사람은 이미 정신병 증세를 보이기 시작하고 있어. 아직 여행을 시작한 지 얼마 되지도 않았는데. 몇 년을 더 버텨야 하는데.

잠시 상황을 점검하며 시간을 보낸 다음, 우주선은 다시 빅터 케밍스와 대화를 나누어보기로 했다.

"케밍스 씨." 우주선이 말했다.

케밍스가 말했다. "미안합니다. 그런 식으로 기억 회복을 힘들게 할 생각은 아니었어요. 훌륭하게 작업을 수행해줬는데, 내가 전부—"

"잠깐 기다려보세요. 나는 당신의 정신을 재구축하는 능력을 가지고 있지 못합니다. 여하튼 단순한 기계에 지나지 않으니까요. 원하는 것이 뭡니까? 어디에 가고 싶고 무엇을 하고 싶어요?"

"우리 목적지에 도착하고 싶어요. 이 여행이 끝났으면 좋겠어요." 케밍스가 말했다.

아, 그렇군. 그게 해답이었어. 우주선은 생각했다.

하나씩 냉동 수면 시스템이 종료되었다. 사람들이 하나씩 생명을 되찾았다. 그들 중에는 빅터 케밍스도 있었다. 놀라운 것은 시간이 흘렀다는 감각이 전혀 없다는 사실이었다. 냉동 수면 장치에 들어가서 누운 후, 그의 몸 위로 막이 덮이고 체온이 내려가는 것을 느꼈을 뿐인데—

그리고 지금 그는 우주선의 외부 하차 승강장에 서서 새로운 행성의 푸른 풍경을 바라보고 있었다. 여기가 LR4-6이군. 내가 새로운 삶을 시작하게 될 식민 행성이야. 그는 새삼스레 깨달았다.

"괜찮아 보이는데요." 그의 옆에 있던 뚱뚱한 여자가 말했다.

“그렇군요.” 그는 이렇게 대답했다. 처음 보는 풍경이 그를 향해 다가오며, 새로운 시작을 약속하는 것이 느껴졌다. 그가 지금까지 200년 동안 겪은 모든 일보다 훨씬 나은 것이었다. 새로운 세계의 새로운 사람이 되는 거야, 라고 그는 생각했다. 행복한 기분이 들었다.

그의 주변으로 여러 빛깔이 스쳐 지나갔다. 건드리면 움직이는 아이들의 모빌 같은 모습이었다. 성 엘모의 불이군, 이라고 그는 생각했다. 이 행성의 대기는 이온화가 심한 거야. 옛날 20세기에 하던 것처럼 공짜 불꽃놀이를 즐길 수 있는 것뿐이지.

“케밍스 씨. 혹시 꿈을 꾸었소?” 누군가 그에게 말을 걸었다. 나이 든 남자 한 명이 그의 옆으로 다가왔다.

“냉동 수면 중에 말인가요? 아뇨, 적어도 기억나는 꿈은 없습니다.”

“나는 꿈을 꾼 것 같아요. 여기 계단 내려갈 때 팔 좀 잡아주시겠소? 균형을 못 잡겠군요. 대기가 희박한 것 같아요. 희박한 느낌이 들지 않나요?”

“겁내지 마십시오.” 케밍스는 이렇게 말하며 노인의 팔을 잡아 부축해주었다. “계단 내려가는 건 도와드리죠. 봐요, 저기 안내원이 이쪽으로 오고 있군요. 저 사람이 우리 수속을 도와줄 겁니다. 패키지의 일부거든요. 관광호텔로 가서 특급 숙소에 묵게 될 겁니다. 안내 책자에 다 나와있습니다.” 그는 불안해하는 노인을 달래려 웃음을 지어 보였다.

“10년 동안 냉동 수면 상태에 들어갔다 나오면 근육이 전부 말랑말랑해질 줄 알았는데.”

“냉동 완두콩과 같은 겁니다. 충분히 체온을 내려주기만 하면 영구적으로 보존할 수 있는 거지요.” 케밍스가 말했다. 그는 소심한 노인을 부축하며 계단을 내려와 땅에 발을 디뎠다.

노인이 말했다. “내 이름은 셸턴이오.”

“뭐라고요?” 케밍스는 걸음을 멈추며 물었다. 그의 마음속으로 무언가 묘한 예감이 스치고 지나갔다.

"돈 셸턴이오." 노인은 그렇게 말하며 손을 내밀었다. 케밍스는 반사적으로 그 손을 잡았고, 둘은 악수를 나누었다. "뭐가 문제요, 케밍스 씨? 괜찮은 거요?"

"물론이죠, 아무 문제 없습니다. 배는 좀 고프지만요. 뭔가 좀 먹고 싶네요. 어서 호텔에 도착했으면 좋겠습니다. 샤워 좀 하고 옷도 갈아입게 말이죠." 그는 어디서 짐을 찾아야 하는지 궁금했다. 아마 우주선에서 짐을 내리려면 한 시간은 걸릴 것이다. 별로 똑똑한 우주선은 아닌 모양이었으니까.

친근한 말투로, 셸턴 씨는 중요한 비밀을 털어놓듯 그에게 말했다. "내가 뭘 가져왔는지 아시오? 와일드 터키 버번 한 병을 가져왔지. 지구에서 가장 훌륭한 버번이오. 우리 호텔 방으로 가져갈 테니 같이 한잔합시다." 그는 팔꿈치로 케밍스를 쿡쿡 찔렀다.

"저는 독한 술은 안 마십니다. 와인만 마시죠." 그는 이 멀리 떨어진 식민 행성에도 훌륭한 와인이 있을지 궁금해졌다. 이제 멀리 떨어진 것이 아니지, 라고 그는 생각했다. 이제 멀리 떨어진 쪽은 지구였다. 셸턴 씨와 마찬가지로 와인을 몇 병 가져왔어야 했다.

셸턴이라. 왜 뭔가 떠올라야 할 것 같다는 느낌이 드는 걸까? 먼 옛날, 어린 시절의 기억과 관계가 있는 듯했다. 뭔가 소중한 것, 훌륭한 와인과 구식 부엌에서 크레이프를 만드는 아름답고 상냥한 젊은 여인과 관련이 있는 일이었다. 쓰라린 기억, 고통을 가져다주는 기억이었다.

그는 호텔 방의 침대 옆에 서서 여행 가방을 열고는, 옷을 걸기 시작했다. 방 한쪽 구석에는 뉴스 진행자의 모습이 보이는 홀로그램 TV가 있었다. 듣고 있는 것은 아니었지만, 사람 목소리를 듣는 것이 좋아서 그대로 켜놓기로 했다.

내가 꿈을 꾸었던가? 그는 스스로에게 물었다. 지난 10년 동안에?

손이 아팠다. 내려다보자 마치 방금 쏘인 것처럼 붉게 부어오른 자국이 보였다. 벌에게 쏘인 거야. 하지만 언제? 어떻게? 냉동 수면 장치 안에 누워있는 동안에? 불가능한 일이야. 그러나 그는 부은 자국을 보고 고통을 느낄 수 있었다. 뭔가 발라야겠어. 분명 이 호텔에는 로봇 의사가 있겠지. 일등급 호텔이니까.

로봇 의사가 도착해서 벌에 쏘인 자국을 치료하는 동안, 케밍스는 말했다. "이건 내가 새를 죽인 일에 대한 벌인 거야."

"정말입니까?" 로봇 의사가 말했다.

"내게 뭔가 의미가 있던 것들은 하나같이 내게서 떠나가지. 마르틴도, 포스터도— 와인 저장고가 딸려있던 옛적의 작은 집도. 우리는 모든 것을 가지고 있었는데, 전부 사라져버렸어. 마르틴은 그 새 때문에 나를 떠난 거라고."

"당신이 죽인 새 말이죠." 로봇 의사가 말했다.

"신이 내게 벌을 내린 거야. 내가 저지른 죄 때문에 내 소중한 것을 전부 앗아가버린 거라고. 도키의 죄가 아니었어. 내 죄였지."

"하지만 어린아이였을 때의 일이 아닙니까." 로봇 의사가 말했다.

"어떻게 그걸 알고 있는 거지?" 케밍스는 이렇게 말하며 로봇 의사의 손에서 자기 손을 빼냈다. "뭔가 이상해. 네가 그 일을 알고 있을 리가 없잖아."

"당신 어머니가 말씀해주셨습니다."

"우리 어머니도 몰랐다고!"

"눈치채고 계셨어요. 그 고양이가 당신 도움 없이 새를 잡을 수 있었을 리가 없지 않습니까."

"그러니까 내가 나이를 먹는 동안 전부 알고 계셨다 이거지. 그런데도 아무 말도 하지 않으셨고."

"그냥 잊어버리세요." 로봇 의사가 말했다.

케밍스는 그를 바라보며 말을 이었다. "너는 실제로 존재하는 게 아냐. 네가 이런 일을 알고 있을 가능성은 전혀 없다고. 나는 아직 냉동 수면 중인 거고, 우주선이 계속해서 내 무의식 속의 기억을 주입하고 있는 거지. 내가 감각 상실로 인해 정신이 나가지 않도록 하기 위해서 말이야."

"여행을 끝내는 일을 기억하고 있을 리가 없지 않습니까."

"그럼 소원 성취 쪽이겠지. 같은 일이잖아. 내가 증명해 보이지. 드라이버 가지고 있어?"

"드라이버는 왜요?"

"텔레비전의 뒷면을 뜯어내면 확실해지겠지. 그 안에는 아무것도 없을 거야. 부속품도, 회로도, 섀시도— 아무것도 없을 거라고."

"드라이버는 없는데요."

"그럼 작은 나이프라도 좋아. 저기 수술용 도구 가방이 보이는군." 그는 몸을 굽혀 작은 외과용 메스를 하나 집어 들었다. "이거면 되겠어. 직접 보여주면 믿겠나?"

"만약 텔레비전 안에 아무것도 없다면—"

케밍스는 쪼그리고 앉아서 텔레비전의 뒷면을 고정시켜주는 나사를 풀었다. 패널이 헐거워지자, 그는 그것을 그대로 뜯어서 바닥에 내려놓았다.

TV 안에는 아무것도 없었다. 그러나 컬러 홀로그램은 여전히 호텔 방의 사분의 일을 채우고 있었고, 뉴스 진행자의 삼차원 이미지에서는 계속해서 목소리가 흘러나오고 있었다.

"당신이 우주선이라는 사실을 인정해요." 케밍스가 로봇 의사에게 말했다.

"원 세상에." 로봇 의사가 말했다.

원 세상에. 우주선은 중얼거렸다. 앞으로 10년 동안 이런 짓거리를 계속해야 한다는 말이지. 이 사람은 어떤 경험이든 어린 시절의 기억으로 오염시키고 있어. 네 살 때 고양이가 새를 잡게 도와준 일 때문에 아내가 떠났다고 믿고 있잖아. 유일한 해법은 마르틴이 그에게 돌아오게 만드는 것이겠지만, 어떻게 그런 일을 벌인담? 이미 세상을 떠났을지도 모르는 일인데. 하지만 다시 생각해보면, 아직 살아있을지도 모르지. 어쩌면 전 남편의 정신을 치료하기 위해 뭔가를 할 생각이 있을지도 몰라. 대부분의 사람들은 매우 긍정적인 생각을 하고 살게 마련이니까. 그리고 10년 후에 이 사람의 정신 상태를 지키려면 — 또는 회복시키려면 — 상당히 극적인 수단이, 나 혼자서는 도저히 할 수 없는 수단이 필요하게 될지도 몰라.

그러는 동안, 우주선이 목적지에 도착하기 전까지는 이런 소원 성취 활동을 계속 수행하는 것 이외에는 별다른 방법이 없었다. 우주선이 도착하는 상황을 반복하는 수밖에 없겠어. 우주선이 도착하면 의식 위의 기억을 지운 다음에, 다시 처음부터 시작하는 거지. 이런 일을 한다고 해서 나아질 것이라고는 내게 해야 할 일이 생기며, 따라서 나의 정신 상태를 유지할 수 있다는 정도겠지만 말이야.

냉동 수면 상태, 문제가 생긴 냉동 수면 상태에 들어가있는 빅터 케밍스는 다시 한 번 우주선이 목적지에 도착해서 의식을 되찾는 꿈을 꾸고 있었다.

"꿈을 꿨나요? 나는 꿈을 꿨던 것 같아요. 내 어린 시절 일을…… 몇 세기 전의 일을요." 외부 승강장에 승객들이 모이는 것을 보며, 뚱뚱한 여자가 그에게 말했다.

"꿈을 꾼 기억은 나지 않는데요." 케밍스가 말했다. 그는 어서 호텔에 도착하고 싶었다. 샤워를 하고 옷을 갈아입으면 기분이 훨씬 좋아질 것 같았다. 그는 약간 우울한 기분이었고, 왜 그런지 영문을 알 수 없었다.

"저기 안내원들이 오네요. 우리 숙박 시설까지 안내해주겠죠." 나이 든 여인 한 명이 말했다.

"패키지에 포함되어 있으니까요." 케밍스가 대답했다. 여전히 우울한 기분은 사라지지 않았다. 다른 사람들은 모두 기분 좋고 활력이 넘치는 모습이었지만, 그는 침울한 기분과 피로밖에는 느낄 수 없었다. 마치 이 식민 행성의 중력이 그에게는 너무 과도한 것 같은 느낌이었다. 어쩌면 그 때문일지도 모르지, 하고 그는 생각했다. 하지만 안내 책자에 따르면, 이곳의 중력은 지구와 동일했다. 이 행성이 선호 대상인 이유에는 그것도 포함되어 있었다.

그는 혼란에 빠진 상태로 난간을 잡고 계단을 한 걸음씩 걸어 내려갔다. 어쩌면 나는 새로운 삶을 살아갈 자격이 없을지도 몰라. 그저 다른 사람들을 따라 움직이고 있을 뿐이잖아……. 저 사람들과는 다르다고. 나한테는 뭔가 잘못된 부분이 있어. 무엇인지는 모르겠지만 어쨌든 존재한다고. 내 안에. 고통스러운 느낌이. 아니면 가치의 결핍이.

벌레 한 마리가 케밍스의 오른손에 앉았다. 날아다니느라 지친 것으로 보이는 나이 든 벌레였다. 그는 발걸음을 멈추고, 벌레가 자기 손등 위를 기어가는 모습을 바라보았다. 뭉개버릴 수 있겠는데, 하고 그는 생각했다. 분명 너무도 약해 보이는 벌레였다. 어차피 그다지 오래 살아남지도 못할 터였다.

그는 벌레를 뭉개버렸다— 그리고 엄청난 내면의 공포를 느꼈다. 내가 무슨 짓을 저지른 거지? 그는 스스로에게 물어보았다. 이곳에 도착한 바로 그 순간에, 작은 생명 하나를 없애버리다니. 이게 내 새로운 시작이란 말이야?

그는 몸을 돌려 우주선을 바라보며 생각했다. 돌아가야 할지도 모르겠어. 나를 영원히 얼려놓으라고 부탁해야 할까. 나는 죄인이야. 파괴자라고. 그의 눈에 눈물이 차올랐다.

그리고 그 세계 안에서, 우주선은 신음 소리를 흘렸다.

LR4 항성계에 도착할 때까지는 10년이라는 시간이 남았기 때문에 우주선에게는 마르틴 케밍스를 추적할 시간이 충분히 있었다. 우주선은 그녀에게 상황을 설명했다. 그녀는 시리우스 항성계의 궤도 돔으로 이주했고, 그곳의 상황이 그다지 마음에 들지 않아서 지구로 돌아오던 차였다. 그녀는 냉동 수면에서 깨어나서 우주선의 설명을 열심히 듣고는 그녀의 전남편이 LR4-6에 도착하기 전에 그 행성에 미리 가있겠다고 동의했다. 물론 그런 일이 가능하다면 말이겠지만.

그리고 다행스럽게도, 충분히 가능한 일이었다.

"그 사람이 나를 알아볼지 모르겠어요. 그동안 나이를 먹었거든요. 노화 과정을 완전히 멈추고 싶지가 않았어요."

우주선은 생각했다. 그 사람이 뭐든 알아볼 수만 있어도 다행일걸.

식민 행성 LR4-6의 항성간 공항에서, 마르틴은 우주선에 타고 있던 사람들이 외부 승강장에 모습을 드러내기를 기다리고 있었다. 전남편을 알아볼 수 있을지 궁금했다. 조금 겁이 나기도 했지만, 그녀는 시간 내에 LR4-6에 도착할 수 있어 다행이라 생각했다. 실제로 꽤 아슬아슬했다. 한 주만 늦었더라면 그를 태운 우주선이 그녀보다 먼저 도착했을 것이기 때문이다. 운이 좋았어. 그녀는 그렇게 생각하며, 방금 내린 항성간 우주선을 바라보았다.

승강장에 사람들이 나타났다. 그녀는 그를 알아볼 수 있었다. 빅터는 거의 변하지 않은 모습이었다.

그가 지치고 머뭇거리는 모습으로 난간을 잡은 채 계단을 내려오는 모습을 보며, 그녀는 그에게 다가갔다. 손을 외투 주머니에 깊숙이 찔러넣은 채였다. 긴장 때문에, 입을 열었을 때는 자기 목소리도 제대로 듣지 못할 지경이었다.

그녀는 겨우 입을 열고 말했다. "안녕, 빅터."

그는 걸음을 멈추고 그녀를 바라보았다. "당신, 본 적이 있어."

"나야, 마르틴이야."

그는 얼굴에 웃음을 띠며 손을 뻗었다. "우주선에서 무슨 일이 벌어졌는지 들었어?"

"우주선 쪽에서 나한테 연락을 했어. 정말 끔찍했겠네." 그녀는 그의 손을 잡고 꾹 쥐었다.

"그래. 계속해서 기억을 돌리고 또 돌렸지. 내가 네 살이었을 때 거미줄에서 구하려고 했던 벌 얘기를 했었나? 그 바보 같은 벌이 내 손을 쏘았어." 그는 몸을 굽히고 그녀에게 키스를 했다. "다시 보니까 정말 좋은데."

"우주선이—"

"그 우주선이 당신을 데려와보겠다고 했어. 가능할지는 확신하지 못했지만."

함께 터미널 건물로 걸어가며, 마르틴은 말했다. "운이 좋았어. 군용 우주선으로 갈아탈 수 있었거든. 미친 듯이 고속으로 질주하더라고. 지금까지와는 완전히 다른 추진체를 사용한대."

"나는 아마 지금까지 인류 역사 속의 어떤 사람보다도 자기 무의식 속에서 더 오랜 세월을 보냈을 거야. 20세기 초반의 정신분석학보다 더 끔찍하잖아. 그것도 계속 같은 내용만 보면서 말이야. 당신, 내가 우리 어머니를 무서워했다는 사실 알고 있었어?"

"당신 어머니를 무서워한 건 내 쪽인데." 마르틴이 말했다. 그들은 수화물 찾는 곳에 서서 그의 짐이 나타나기를 기다리고 있었다. 마르틴이 다시 입을 열었다. "이 행성은 정말로 괜찮은 장소 같아. 내가 있던 곳보다 훨씬 더 좋은걸……. 나는 전혀 행복하지 못했어."

"어쩌면 정말로 대우주의 의지가 작용하는 것일지도 모르지. 당신 정말 멋져 보여.” 그가 웃으며 말했다.

“나이를 먹었는데.”

“의학이 발전해서―”

“내가 내린 결정이야. 나이 먹은 사람들을 좋아하거든.” 그녀는 그를 자세히 살펴보았다. 그 냉동 수면의 오류 때문에 많이 상처를 입은 것 같아. 눈을 보면 알 수 있지. 상처 입은 눈이야. 상처 입은 사람의 눈이야. 피로와 패배 때문에 조각나버린 사람의 눈이야. 무의식 속에 있던 어린 시절의 기억이 수면 위로 올라와서 그를 파괴해버린 것만 같아. 하지만 이제 다 끝났어. 나는 시간에 맞춰 이곳에 도착했고.

그들은 터미널 건물 끝에 있는 술집에 앉아 가볍게 마실 것을 시켰다.

“그 노인이 와일드 터키 버번을 마시게 하려 했어. 대단한 버번이지. 지구에서 가장 좋은 거라더군. 지구에서부터 그 병을 가져왔는데…….” 그의 목소리가 점차 잦아들었다.

“당신 동료 승객 중 한 명인가보네.” 마틴이 말했다.

“그런 것 같아.”

“글쎄, 당신 이제 새와 벌 생각은 그만해도 되잖아.”

“섹스 생각이나 할까?” 그는 이렇게 말하고 웃었다.

“벌에 쏘이고, 고양이가 새를 잡는 일을 도와주고. 그건 전부 과거의 일이야.”

“그 고양이가 죽은 지도 182년이 지났지. 수면 상태에서 깨어나는 동안에 생각이 났어. 다행일지도 모르지. 도키, 도키, 살인 고양이. 팻 프레디의 고양이와는 다르지.”

“결국 그 포스터는 팔아야 했어.” 마르틴이 말했다.

그는 얼굴을 찌푸렸다.

“기억 안 나? 우리가 헤어질 때 나한테 그걸 가져가라고 했잖아. 그 사실에는 당신에게 언제나 감사하고 있었어."

"얼마나 받았어?"

"꽤 됐지. 당신에게 아마도— 물가 인상을 생각하면, 200만 달러 정도는 줘야 할 것 같아."

"그럼 말이야, 그 포스터를 팔아서 얻은 돈을 주는 대신에, 나와 함께 잠시 시간을 보내줄 수 있겠어? 내가 이 행성에 익숙해지기 전까지 말이야."

"그럼." 그녀가 대답했다. 그리고 그녀는 기꺼이 그럴 생각이었다. 아주 기꺼이.

그들은 술잔을 비운 후 로봇 택시에 짐 운반을 부탁하고는 호텔 방으로 들어갔다.

"좋은 방이네. 홀로그램 텔레비전도 있잖아. 좀 틀어봐." 마틴이 침대 한쪽 구석에 앉으며 말했다.

"틀어봤자 소용없어." 빅터 케밍스가 말했다. 그는 텅 빈 옷장 앞에 서서 셔츠를 걸고 있었다.

"왜 소용이 없어?"

"안에 아무것도 없거든."

마르틴은 텔레비전 앞으로 가서 전원을 넣었다. 하키 경기의 총천연색 영상이 방 안으로 투사되었다. 그리고 그 경기의 소리가 그녀의 귀에도 들려왔다.

"잘되는데."

"알아. 증명해 보일 수 있어. 손톱 다듬는 줄이나 뭐 그런 거라도 있으면, 뒷면을 열어서 보여줄게."

"하지만 나도—"

"이거 잘 봐. 내 손이 벽을 통과하는 모습을 보라고." 그는 옷을 거는 작업을 멈추고는, 오른손을 펴서 벽에 대었다. "봤지?"

그의 손은 벽을 통과하지 않았다. 원래 손은 벽을 통과하지 못하기 때문이다. 그의 손은 그대로 벽에 붙은 채로 움직이지 않았다.

"그리고 이 건물의 토대는 지금 무너지고 있어."

"이리 와서 내 옆에 앉아." 마르틴이 말했다.

"이제 이건 충분히 경험했다고. 몇 번이나 되풀이해서 살았단 말이야. 냉동 수면에서 깨어나서, 계단을 내려가지. 짐을 찾고, 가끔은 술집에서 뭔가 마시기도 하고 가끔은 방으로 그대로 오기도 해. 보통 텔레비전을 켜고 그다음에는—" 그는 가까이 와서는 그녀에게 자기 손을 펼쳐 보였다. "여기 벌에 쏘인 자국 보이지?"

그런 자국은 보이지 않았다. 그녀는 그의 손을 잡고는 꼭 쥐었다.

"당신은 벌에 쏘이지 않았어."

"그리고 로봇 의사가 오면, 나는 그에게서 도구를 빌려서 텔레비전 뒷면을 뜯는 거야. 그 안에 부속품도, 새시도 없다는 것을 보여주려고 말이야. 그러고 나면 우주선이 처음부터 전부 다시 시작하게 만드는 거지."

"빅터, 당신 손을 잘 봐."

"하지만 당신이 여기 온 건 이번이 처음이야."

"자리에 앉아."

"알았어." 그는 그녀 옆으로, 그러나 너무 가까이 붙지는 않은 자리로 앉았다.

"더 가까이 오지 않을래?"

"당신을 기억하니까 너무 슬퍼. 당신을 정말 사랑했는데. 이게 전부 진짜였으면 좋겠어."

"당신에게 진짜가 될 때까지 여기 같이 앉아있을게."

"고양이가 나오는 부분부터 다시 살아볼 거야. 이번에는 고양이를 집어 들지도, 고양이가 새를 잡게 도와주지도 않을 거야. 그렇게 하면 내

삶도 행복하게 변할지 모르잖아. 제대로 된 현실로 말이야. 내 진짜 실수는 당신과 헤어진 거였어. 잘 봐. 당신 안으로 손을 넣어볼게." 그는 그녀의 팔에 손을 올려놓았다. 그의 근육이 꿈틀거리며 움직이는 것이 느껴졌다. 그녀는 그의 무게가, 그의 물리적 존재가, 그녀를 누르는 것을 느꼈다. "봤지? 당신을 완전히 뚫고 지나가잖아."

"그리고 이 모든 일이, 당신이 어린아이였을 때 새를 죽였기 때문에 일어나는 일이라는 거야?"

"아냐. 이건 전부 우주선의 체온 조절 장치가 망가졌기 때문에 일어나는 일이야. 제대로 된 온도까지 내려가지 못하는 거지. 두뇌가 활동을 할 수 있을 정도의 온기가 내 뇌세포 속에 남아있기 때문에 일어나는 일이야." 그는 자리에서 일어나 몸을 쭉 펴고는 그녀를 보고 웃으며 물었다. "저녁식사 하러 갈까?"

"미안해, 배가 고프지 않아." 그녀가 대답했다.

"나는 배가 고픈데. 이 동네 해산물 좀 먹어봐야겠어. 안내 책자를 보니까 끝내준다던데. 어쨌든 따라와봐. 음식을 보고 냄새를 맡으면 생각이 바뀔지도 모르잖아."

그녀는 외투와 가방을 챙겨 들고 그와 함께 방을 나섰다.

"작지만 아름다운 행성이라고. 나는 벌써 몇 십 번이나 이곳을 여행했어. 구석구석 완벽하게 알고 있지. 하지만 아래층 약국에 가서 소독약부터 먼저 사야겠는데. 손 때문에 말이야. 퉁퉁 붓고 있는 데다 지독하게 아프네. 저번보다 훨씬 아픈 것 같아." 그는 그녀에게 손을 보여주었다.

"내가 당신에게 돌아갔으면 좋겠어?" 마르틴이 물었다.

"진심이야?"

"그럼. 당신이 원하는 만큼 당신과 함께 있겠어. 나도 당신 말이 맞다고 생각해. 우리는 절대 헤어지면 안 되었어."

"포스터가 찢어졌지." 빅터 케밍스가 말했다.

"뭐라고?"

"액자에 넣어놨어야 했는데. 우리는 그걸 잘 간직할 분별력이 없었어.
이제 찢어져버렸지. 그리고 그 만화가는 죽었어." ◑

라우타바라 사건
Rautavaara's Case

PHILIP K. DICK

부유 구체에 탑승한 세 명의 기술자는 성간 자력장의 변화를 관측하고 있었다. 그들은 죽기 직전까지 업무를 훌륭히 수행하는 중이었다.

그들의 구체에 비해 엄청난 상대속도로 이동하고 있던 화강암 조각이 방호벽을 뚫고 들어와 공기 공급 시설을 파괴해버렸다. 남성 두 명은 반응이 느려 아무런 대처도 하지 못했다. 핀란드에서 온 젊은 여성 기술자인 아그네타 라우타바라는 시간에 맞춰 비상용 헬멧을 쓰기는 했으나, 공기 공급관이 얽혀버렸다. 그녀 역시 질식사해버렸다. 자신의 토사물에 기도가 막혀 일어난 우울한 죽음이었다. 이렇게 해서 그들의 구체, EX208의 조사 업무도 종료되어버렸다. 이 기술자들은 한 달만 더 있으면 교체되어 지구로 돌아갈 예정이었다.

우리는 세 명의 지구인들을 구할 수 있을 만큼 빨리 그곳에 도달할 수 없었지만, 그들 중 한 명을 죽음으로부터 되살릴 수 있을지 확인하기 위해 로봇을 한 대 투입했다. 지구인들은 우리를 좋아하지 않지만 이 경우 탐사선이 사고를 당한 곳은 우리 영역 안이었다. 은하계의 모든 종족에게는 이런 응급 사태에 대처하는 공통의 규칙이 존재한다. 지구인을 돕고 싶지는 않았지만, 우리는 규칙을 따른다.

규칙에 따르면, 우리는 세 명의 죽은 기술자를 되살리려 시도해야 했다. 그러나 우리는 로봇이 그 책임을 지게 했고, 여기에서 실수가 발생한 것일지도 모른다. 또한 규칙에 따르면 우리는 현 구역에서 가장 가까운 곳에 있는 지구의 우주선을 불러야 했지만 그러지 않았다. 이런 누락에 대해서는 변명할 생각도, 그 당시 우리의 논리 전개를 설명할 생각도 없다.

　로봇이 보내온 신호에 따르면 두 명의 남성 기술자는 대뇌 활동이 완전히 멈추었으며, 신경 조직이 파손된 상태였다. 그러나 아그네타 라우타바라의 경우에는 약한 뇌파를 검출할 수 있었다. 로봇은 라우타바라에 대해 소생 작업을 개시하기로 하였으나 스스로 결정을 내릴 수 없기 때문에 우리에게 연락을 취했다. 우리는 작업을 시작하라고 지시했다. 따라서 여기에서 발생한 문제점 — 그리고 소위 말하는 죄책감 — 은 온전히 우리의 책임이다. 우리가 그 장소에 있었다면 보다 나은 판단을 내렸을지도 모른다. 우리는 그 점에서 비난을 감수한다.

　한 시간 후, 로봇은 그녀의 죽은 몸에서 끌어온 산소가 풍부한 혈액을 이용해 라우타바라의 두뇌 활동을 상당히 많은 부분에서 재개시켰다고 연락해왔다. 로봇은 산소는 공급할 수 있었지만 영양분은 공급할 수 없었다. 우리는 로봇에게 라우타바라의 육체를 원자재로 사용해 영양분을 합성해내라는 명령을 보냈다. 이 시점이 후에 지구인 관계자들이 가장 난해한 항의를 보낸 부분이다. 그러나 우리에게는 다른 영양분 공급 수단이 없었다. 우리 몸이 플라즈마로 이루어져있는 만큼, 우리 자신의 육체도 제공할 수가 없었다.

　항의 중에는 라우타바라의 동료들의 시신을 이용해야 했다는 내용도 있는데, 이는 우리가 증거로 제출한 내용에 비추어 볼 때 적합하지 않은 언사라고 생각한다. 우리는 로봇의 보고에 기반을 두어 다른 시체들은 방사능에 과도하게 오염되었고, 따라서 라우타바라에게 위해를 가할 수 있다고 판단했다. 그런 개체에서 추출한 영양분은 그녀의 뇌를 오염시켰을 것이다. 당신들이 우리 논리에 동의하지 않더라도 상관없다. 우리가 멀리 떨어진 곳에서 해석한 내용이 그러한 것이니까. 그래서 우리가 정말로 실수한 것은 직접 가는 대신 로봇을 보낸 일이라 말하는 것이다. 고발하려면 그 방향으로 고발하기 바란다.

우리는 로봇에게 라우타바라의 뇌에 접속하여 그녀의 생각을 우리에게 전송하라고 지시했다. 그녀의 신경 세포의 물리적 상태를 검토하기 위해서였다.

우리는 상황이 나쁘지 않다는 인상을 받았고, 이 시점에서 지구인 관계자들에게 연락을 취했다. 우리는 EX208이 파괴된 사건에 대해 언급했고, 남성 두 명은 돌이킬 수 없는 손상을 입어 사망했으나 우리 측의 신속한 대처로 여성 한 명은 안정적인 두뇌 활동을 보이고 있다고, 즉 우리가 그녀의 두뇌를 산 채로 보관하고 있다고 전달했다.

"그 여자의 뭐요?" 지구인 통신사는 우리의 통신에 대해 이런 반응을 보였다.

"우리는 그녀의 육체로부터 양분을 합성해 대뇌에 공급하고 있고—"

"하느님 맙소사. 그런 식으로 두뇌를 보존하는 건 말도 안 됩니다. 두뇌가 무슨 소용입니까? 두뇌 그 자체를 위해서?"

"생각을 할 수 있지요."

"좋아요. 이제부터는 우리가 맡겠습니다. 하지만 이후에 분명 책임 추궁이 있을 겁니다." 지구인 통신사가 말했다.

"두뇌를 구한 것이 정당한 행동이 아니었다는 말입니까? 무엇보다 정신 그 자체가, 인격이, 두뇌에 위치해있지 않습니까. 신체란 것은 두뇌의 명령을 받는 도구에 불과하고—"

"EX208의 좌표를 주십시오. 즉시 그곳으로 우주선을 보내겠습니다. 당신네가 알아서 구조 시도를 하기 전에 우리한테 먼저 연락을 했어야 합니다. 당신들 '어프록시메이션'*은 물리적 실체를 가진 생명체를 이해 못 해요."

'어프록시메이션'이라는 수사는 모욕적인 것이었다. 우리가 프록시마

---

* 근삿값, 유사체라는 뜻이다.

켄타우리 항성계에서 기원했다는 것에서 나온 속어였기 때문이다. 그 단어 안에는 우리가 제대로 된 생명체가 아니라, 생명을 모방하는 존재일 뿐이라는 뜻이 담겨있었다.

우리가 라우타바라 사건에서 얻은 것이라고는 오직 한 가지였다. 조롱. 그리고 물론 이후 책임 추궁이 있었다.

망가진 두뇌 깊숙한 곳에서, 아그네타 라우타바라는 토사물의 시큼한 맛을 느끼고는 공포와 혐오에 몸을 움츠렸다. 주변에는 박살이 난 EX208의 모습이 보였다. 트래비스와 엘름도 보였다. 피칠갑이 된 채로 산산조각이 나있었고, 피도 얼어붙어 있었다. 구체의 내부를 얼음이 덮고 있었다. 그녀는 손을 들어 올려 얼굴을 만졌다─ 아니, 얼굴을 만지려 시도하며 생각했다. 내 헬멧이야. 제때 착용했어.

모든 것을 뒤덮고 있던 얼음이 녹아내리기 시작했다. 두 동료들의 찢겨나간 팔다리가 몸에 붙기 시작했다. 구체에 깊숙이 박혀있던 현무암 조각도 빠져나와서 돌아 날아가기 시작했다.

아그네타는 곧 깨달았다. 시간이 거꾸로 흐르고 있는 것이다. 얼마나 해괴한 일인지!

공기가 돌아왔다. 그녀는 계기판의 무딘 경적 소리를 들을 수 있었다. 그리고 천천히 기온이 돌아왔다. 트래비스와 엘름은 비틀거리며 자리에서 일어났다. 그들은 멍한 눈빛으로 주변을 둘러보았다. 그녀는 웃음이 나올 것 같았지만, 소리 내어 웃기에는 너무 슬픈 상황이었다. 그 충돌의 충격 때문에 국지적인 시간 간섭이 생겨난 것이 분명했다.

"둘 다 일단 앉아요." 그녀가 말했다.

트래비스는 탁한 목소리로 말했다. "나는─ 좋아, 당신 말이 맞아." 그는 자기 조종석 앞에 앉아 자리에 고정시켜주는 장치의 버튼을 눌렀다. 그러나 엘름은 그대로 같은 자리에 서 있을 뿐이었다.

“우리는 꽤 큰 파편과 충돌했어요.” 아그네타가 말했다.

“그랬지.” 엘름이 말했다.

“시간의 흐름에 간섭할 만큼 충분히 크고 충분한 충격을 주는 파편이었죠. 그래서 우리는 그 사건이 일어나기 전으로 돌아온 거예요.”

“어느 정도는 자기장 때문일 수도 있겠지.” 트래비스는 눈을 문지르며 말했다. 손이 떨리고 있었다. “헬멧을 벗게, 아그네타. 이제 필요 없으니까.”

“하지만 곧 충돌이 일어날 텐데요.” 그녀가 말했다.

두 남자는 그녀를 바라보았다.

“우리는 다시 그 사건을 겪게 될 거예요.”

“젠장. EX를 이 구역에서 빼내자고. 그럼 충돌하지 않을 테니까.” 트래비스는 이렇게 말하며 자기 조종반의 버튼을 여러 개 눌렀다.

아그네타는 헬멧을 벗었다. 이어서 부츠도 벗고 그것을 집어 들던 도중…… 그 형상을 보았다.

그 형상은 그들 세 사람 뒤에 서 있었다. 바로 그리스도의 모습이었다.

“여기 좀 봐요.” 그녀는 트래비스와 엘름에게 말했다.

두 사람은 그녀 쪽으로 고개를 돌렸다.

그 형상은 고전적인 흰색 로브에 샌들을 신었고, 길고 옅은 머리카락은 달빛과도 같이 빛나고 있었다. 수염이 난 그의 얼굴은 온화하고 지혜로 가득 차 있었다. 아그네타는 지구의 교회에서 하는 광고에서 본 것과 똑같다고 생각했다. 로브에 수염, 현명하고 온화한 데다 팔을 살짝 들고 있는 자세까지. 심지어는 후광까지 있었다. 선입견이 이렇게 딱 맞아떨어지다니 정말 신기한 일이지.

“하느님 맙소사.” 트래비스가 말했다. 두 명의 남자와 그녀 모두 그를 바라보고 있었다. “우리를 데려가려고 온 거야.”

“음, 나는 그래도 좋은데.” 엘름이 말했다.

"자네야 그렇겠지. 자네는 아내도 자식도 없잖아. 그리고 아그네타는 어쩌고? 아그네타는 300살밖에 안 됐어. 아직 어린애라고." 트래비스가 씁쓸하게 말했다.

그리스도가 입을 열었다. "나는 포도나무요 너희는 가지라, 그가 내 안에 내가 그 안에 거하면 사람이 열매를 많이 맺나니 나를 떠나서는 너희가 아무것도 할 수 없음이라."*

"이 구역에서 EX를 빼내겠어." 트래비스가 말했다.

그리스도가 그 뒤를 이어 말했다. "내 자식들아, 나는 너희들과 함께 오래 머물지 못할 것이다."

"그거 좋은 소식이군요." 트래비스가 대답했다. 이제 EX는 시리우스 축을 향해 최고 속도로 나아가고 있었다. 별로 가득한 지도 전체가 그에 따라 움직였다.

"그만해, 트래비스. 이건 대단한 기회라고. 생각해봐, 자기 눈으로 그리스도를 본 사람이 몇이나 되겠어? 그리스도 본인이시라고. 저, 그리스도 맞으시죠?" 엘름이 물었다.

"내가 곧 길이요 진리요 생명이니, 나로 말미암지 않고는 아버지께로 올 자가 없느니라. 너희가 나를 알았더라면 내 아버지도 알았으리로다. 이제부터는 너희가 그를 알았고 또 보았느니라."** 그리스도가 대답했다.

엘름은 행복이 가득한 얼굴로 말했다. "그것 봐. 잘 들었지? 음, 저는 일단 이렇게 만나뵙게 되어 매우 기쁘다는 말씀을 드리고 싶습니다, 그—" 그는 잠시 말을 멈추고 머뭇거렸다. "방금 '그리스도 씨'라고 말하려 했어요. 바보 같죠. 정말 바보 같아요. 그리스도, 그리스도 씨, 좀 앉으시겠어요? 제 좌석에 앉으셔도 되고, 라우타바라 양의 좌석에 앉으셔

---

* 요한복음 5장 15절
** 요한복음 14장 6절

도 됩니다. 괜찮지, 아그네타? 여기 있는 이 사람은 월터 트래비스입니다. 기독교인이 아니죠. 하지만 저는 기독교인입니다. 살아오는 동안 내내 기독교인이었어요. 그러니까, 거의 대부분 말이죠. 라우타바라 양에 대해서는 잘 모르겠네요. 그쪽은 어때, 아그네타?"

"헛소리 좀 그만두게, 엘름." 트래비스가 말했다.

그런 그를 향해 엘름이 대꾸했다. "이분께서 지금 우리를 심판하실 거야."

그리스도가 다시 입을 열었다. "사람이 내 말을 듣고 지키지 아니할지라도 내가 그를 심판하지 아니하노라. 내가 온 것은 세상을 심판하려 함이 아니요 세상을 구원하려 함이로라. 나를 저버리고 내 말을 받지 아니하는 자를 심판할 이가 있으니."*

"말씀대로입니다." 엘름이 고개를 끄덕이며 말했다.

아그네타는 겁에 질려 그 형상을 보고 말했다. "조금 봐주세요. 저희 세 명은 방금 아주 끔찍한 일을 겪은 참이에요." 그녀는 순간 트래비스와 엘름이 자신들이 죽은 사실을, 신체가 파괴된 일을 기억하고 있을지 궁금해졌다.

형상은 그녀를 향해 안심시키려는 듯한 미소를 지어 보였다.

"트래비스, 내 말 좀 들어봐요. 당신도 엘름도 그 사고에서 살아남지 못했어요. 운석 파편에 목숨을 잃었다고요. 그래서 이분이 오신 거예요. 나 혼자만 그 사고에서—" 그녀는 잠시 머뭇거렸다.

"죽지 않았다, 이거지. 우리는 죽은 거고 이분은 우리를 데려가려 오신 거군." 엘름이 말했다. 그는 형상을 돌아보며 말했다. "저는 준비가 되었습니다, 주여. 저를 데려가십시오."

"저 인간들 둘 다 데려가도 됩니다. 나는 무선으로 구조 요청 신호를 보낼 테니까. 그리고 이곳에서 벌어지고 있는 일도 전부 말해야겠군.

____
* 요한복음 12장 47절~48절

저 친구가 나를 데려가거나 데려가려고 시도하기 전에 기록으로 남겨
야겠어.”

“당신도 죽었어.” 엘름이 말했다.

“아직 무선 기록은 남길 수 있지.” 트래비스는 이렇게 말했으나, 그의
얼굴에는 이미 당황과 체념의 빛이 어려있었다.

형상을 보며, 아그네타는 말했다. “트래비스에게 조금만 시간을 주세
요. 상황을 제대로 이해하지 못한 거예요. 하지만 어차피 다 알고 계시
겠죠. 뭐든 다 알고 계실 테니까요.”

형상은 고개를 끄덕였다.

우리와 지구의 조사 위원회는 라우타바라의 뇌 속에서 벌어지는 이
러한 사건을 보고 들었고, 힘을 합쳐 어떤 일이 일어난 것인지를 분석해
내었다. 그러나 우리는 서로 상대방의 분석에 동의를 할 수 없었다. 여
섯 명의 지구인은 그 과정을 끔찍한 것이라 생각했지만, 우리는 그 사
건이 아그네타 라우타바라에게도, 우리에게도 중요한 것이라 생각했다.
잘못된 판단을 내린 로봇이 회복시킨 라우타바라의 파괴된 두뇌를 통
해, 우리는 내세와 그 내세를 지배하는 존재와 소통하고 있었던 것이다.

지구인들의 관점은 우리에게는 당혹스러운 것이었다.

“환각을 보고 있는 것뿐이오.” 지구인의 대표자가 말했다. “아무런 감
각도 입력되지 않기 때문이지. 육체가 죽었으니까. 저 사람한테 무슨 짓
을 한 건지 좀 보시오.”

우리는 아그네타 라우타바라가 행복을 느끼고 있다는 점을 지적했다.

“그녀의 두뇌를 정지시켜야 합니다.” 지구인 대표자가 말했다.

우리는 즉시 반대를 표했다. “그리고 내세와의 연결을 끊어버리자는
겁니까? 이건 내세를 관측할 수 있는 훌륭한 기회입니다. 아그네타 라
우타바라의 뇌가 우리의 렌즈인 겁니다. 이것은 우선순위의 문제입니

다. 과학적 이득은 인도적 행동보다 더 중요합니다."

이것이 책임 추궁 때 우리가 표명한 입장이었다. 이 입장은 편의주의가 아니라 확고한 신념에서 유래한 것이었다.

지구인들은 라우타바라의 두뇌를 완전히 기능하는 상태로 살려두고, 시각과 청각 자료를 모으고, 당연하지만 기록으로 남기며, 우리에게 규제를 가하는 일은 일단 미루어두기로 결정했다.

나는 개인적으로 지구인들이 지닌 구세주 관념에 흥미를 느꼈다. 우리에게는 낡고 기묘한 개념이었다. 단순히 신이 인간의 형상을 하고 있어서가 아니라, 사망한 영혼에 대해 성적을 매기듯 판결을 내린다는 역할을 떠맡고 있기 때문이었다. 선한 행동과 악한 행동의 목록을 보여주는 기록이라도 있어야 할 법했다. 아이들을 가르치고 점수를 매길 때 필요한 천상의 교과 기록 같은 것 말이다.

이것은 우리가 보기에는 원시적인 개념의 구세주였다. 그리고 나는, 우리가 복수의 사고체를 가진 존재이기 때문에 당연한 일이겠지만, 그 모습을 보고 들을 수 있었다. 그리고 그 모습을 보며, 우리가 생각하는 구세주, 영혼을 인도하는 자를 만나게 된다면 아그네타 라우타바라가 어떤 반응을 보일지를 생각해보았다. 어쨌든 그녀의 두뇌는 구조 로봇이 사고 장소에 가져갔던 우리 장비의 힘으로 유지되고 있다. 이미 두뇌에 피해가 심각하기 때문에, 장치를 제거하기는 너무 위험했다. 우리는 그녀의 두뇌와 연결된 모든 장비를 청문회가 일어나는 곳, 즉 프록시마 계와 태양계의 중간에 있는 지역으로 가지고 왔다.

이후 나는 동료들과 신중하게 토론하는 자리에서, 우리가 생각하는 영혼의 사후 안내자 개념을 아그네타 라우타바라의 인공적으로 유지되는 두뇌에 주입하는 것은 어떻겠느냐는 의견을 내놓았다. 그녀가 어떻게 반응하는지를 관찰하면 흥미로울 것이라는 이유였다.

동료들은 즉시 내 논리의 허점을 반박하고 나섰다. 나는 청문회에서

라우타바라의 두뇌가 내세로 통하는 창이라고 주장함으로써 우리의 행동을 정당화했고, 그 덕분에 면책을 받았다. 그런데 지금은 그녀의 경험이 그녀 정신이 빚어내는 환상일 뿐이라고 말하고 있다는 것이다.

"두 가정 모두 진실일 수 있습니다. 내세를 향한 보편적인 창문인 동시에 라우타바라의 종교적, 종족적 경향의 산물일 수도 있는 거죠."

우리 손에 들어온 것은, 본질적으로 볼 때 세심하게 선택한 변수를 집어넣을 수 있는 모델 환경이었다. 우리는 라우타바라의 두뇌 안에 우리가 생각하는 영혼의 인도자 개념을 주입하고, 지구인의 미숙한 구세주 개념이 실제로 우리의 구세주와 어떻게 다르게 작용하는지를 확인할 수 있는 것이다.

이것은 우리 신학의 교리를 검증할 수 있는 중요한 기회였다. 우리가 보기에 지구인의 신학은 이미 충분히 검증되었고, 그 결과 부족한 면이 발견되었다.

라우타바라의 두뇌를 지탱하는 장비 자체를 우리 측에서 유지하고 있기 때문에, 우리는 이 행동을 수행에 옮기기로 결정하였다. 우리에게 이 실험은 청문회의 결과보다 훨씬 더 흥미로운 것이었다. 비난은 문화적인 행위일 뿐, 종족 간의 장벽을 넘어서는 요인이 되지는 못한다.

지구인들은 우리의 의도에서 악의를 발견하려 할지도 모른다. 나는, 우리는, 그런 생각이 잘못된 것이라 말하고 싶다. 대신에 일종의 게임이라 생각해주면 좋겠다. 라우타바라가 그녀의 구세주가 아닌 우리의 구세주를 마주하는 장면은 심미적인 즐거움을 제공해줄 것이었다.

트래비스, 엘름, 아그네타를 향해, 형상은 손을 들어 올리며 말했다. "나는 부활이요 생명이니 나를 믿는 자는 죽어도 살겠고 무릇 살아서 나를 믿는 자는 영원히 죽지 아니하리니. 이것을 네가 믿느냐."*
"물론 믿습니다." 엘름이 신실하게 대답했다.

700

"다 헛소리야." 트래비스가 대답했다.

아그네타 라우타바라는 속으로 생각했다. 나는 잘 모르겠어. 확신할 수가 없어.

"우리는 결정을 내려야 해. 이분을 따라갈 것인지 말이야. 트래비스, 자네는 끝났어. 이미 글렀다고. 여기 썩도록 앉아있으라고. 그게 네 운명이니까." 엘름은 이렇게 말하고는 아그네타를 돌아보았다. "당신이 그리스도를 영접했으면 좋겠는데, 아그네타. 나와 마찬가지로 영원한 삶을 누렸으면 좋겠어. 그렇지 않습니까, 주님?" 그는 형상에게 물었다.

형상은 고개를 끄덕였다.

아그네타는 입을 열었다. "트래비스, 내 생각에는— 그, 당신도 이분을 따라가는 것이 좋을 것 같아요. 나는—" 그녀는 트래비스가 이미 죽었다는 사실을 구태여 강조하고 싶지 않았다. 그러나 그도 현실을 이해해야만 했다. 엘름이 말한 것과 같이, 그러지 않으면 그는 구원을 받지 못할 테니까. "우리와 함께 가요."

"그러면 자네도 같이 갈 거란 말인가?" 트래비스가 쓴 목소리로 내뱉었다.

"그래요."

그때, 엘름이 형상을 바라보며 낮은 목소리로 말했다. "내가 잘못 본 것인지도 모르겠지만, 뭔가가 변하고 있는 것 같은데."

그녀도 형상을 보았지만, 변한 것은 전혀 없었다. 그러나 엘름은 왠지 겁을 먹은 것 같았다.

흰 로브를 입은 형상은 천천히 트래비스 쪽으로 걸어갔다. 형상은 트래비스 가까이 와서 잠시 서있다가 몸을 숙이더니 트래비스의 얼굴을 물었다.

아그네타는 비명을 질렀다. 엘름은 멍하니 바라보고만 있었고, 자기

------

* 요한복음 11장 25절~26절

좌석에 고정된 상태인 트래비스는 몸부림을 쳤다. 형상은 고요히 그를 먹어치우고 있었다.

"이제 확실하지 않소." 청문회의 지구 측 대표가 말했다. "이제 두뇌를 정지시켜야 합니다. 변형이 너무 심각하게 일어났어요. 그녀에게는 끔찍한 경험일 겁니다. 당장 끝내야 해요."

"아니, 우리 프록시마 항성계의 대표들은 이 사건을 아주 흥미롭다고 생각하고 있습니다." 내가 대답했다.

"하지만 구세주가 트래비스를 먹고 있지 않소!" 다른 지구인이 소리쳤다.

"당신네 종교에서는 신의 육체를 먹고 신의 피를 마시는 행위가 있지 않습니까? 지금 여기서 벌어지는 일은 그러한 성찬식의 정반대 경우일 뿐입니다."

"당장 두뇌를 정지시키시오! 이건 명령이오!" 위원회의 대표가 말했다. 그의 얼굴은 창백했다. 이마에는 물방울이 맺혀 흘러내리고 있었다.

"정지시키기 전에 더 관찰해야 합니다." 내가 말했다. 나는 우리의 성찬식, 우리의 가장 지고한 성찬식, 즉 구세주가 신도를 먹어치우는 행위를 살펴보는 일에 매우 흥분한 상태였다.

"아그네타. 방금 그거 봤어? 그리스도가 트래비스를 먹었어. 이제 장갑하고 장화밖에는 안 남았다고."

아그네타 라우타바라는 생각했다. 아, 세상에. 대체 무슨 일이 벌어지고 있는 거지?

그녀는 본능적으로 형상에게서 멀어져 엘름 쪽으로 움직였다.

형상은 입을 열었다. "그는 나의 피요, 나는 이 영생의 피를 마시니. 영생의 피를 마신 나는 영원히 살 것이며. 그는 나의 몸이요, 나는 자신의 몸이 없으니. 나는 플라즈마일 뿐이로다. 이 몸을 먹은 나는 영생을 얻으리니, 이것이 내가 말하는 새로운 진실이라. 나는 영원한 존재로다."

"우리도 먹어치울 모양이야." 엘름이 말했다.

아그네타는 생각했다. 그 말이 맞아. 그녀는 이제 그 형상이 어프록시메이션이라는 사실을 깨달았다. 프록시마의 생명체인 것이다. 지금 하는 말도 맞긴 하다. 자기 육체가 없으니까, 육체를 얻을 수 있는 유일한 길은—

"저놈을 죽이겠어." 엘름이 말했다. 그는 거치대에서 비상용 레이저 라이플을 꺼내들고는 그 형상을 겨누었다.

형상이 다시 입을 열었다. "아버지, 때가 되었나이다."

"가까이 오지 마." 엘름이 말했다.

"곧 너희는 나를 마주하지 못하게 될 것이다. 내가 너희의 피를 마시고 살을 먹지 않는다면. 내가 살 수 있음에 영광을 얻으라." 형상이 엘름 쪽으로 움직이기 시작했다.

엘름은 레이저 라이플을 발사했다. 형상은 비틀거리며 피를 흘렸다. 아그네타는 순간 깨달았다. 저건 트래비스의 피야. 저 안에 있는. 저 존재 자신의 피가 아니야. 이건 너무 끔찍해. 그녀는 겁에 질려 손으로 얼굴을 감쌌다.

"어서, 저것한테 말해요. '이 사람의 피에 대해 나는 죄가 없나니.'* 어서요, 너무 늦기 전에요."

"'이 사람의 피에 대해 나는 죄가 없나니.'" 엘름이 말했다.

형상은 쓰러졌다. 피를 흘리는 채로 죽어가고 있었다. 그것은 더 이상 수염을 기른 남자의 형상이 아니었다. 무언가 다른 존재였지만, 아그네타 라우타바라는 그것의 정체를 알아볼 수가 없었다. 그 존재는 말했다.

---

* 마태복음 27장 24절. 빌라도가 예수의 판결에 대해 유대인들에게 한 말.

"엘리, 엘리, 라마 사박다니?"

엘름과 그녀가 지켜보는 앞에서, 그 존재는 죽음을 맞이했다.

"내가 죽였어. 내가 그리스도를 죽인 거야." 엘름이 말했다. 그는 자신을 향해 레이저 라이플을 겨눈 채로, 방아쇠를 손으로 더듬었다.

"그건 그리스도가 아니었어요. 뭔가 다른 존재였다고요. 그리스도의 정반대인 존재 말이에요." 그녀는 엘름의 손에서 총을 빼앗았다.

엘름은 울고 있었다.

청문회에서는 지구인들이 다수를 차지하고 있었고, 그들은 투표를 통해 인공적으로 유지되고 있는 라우타바라의 두뇌를 정지시키기로 결정해버렸다. 우리는 실망했지만, 취할 수 있는 다른 방법이 없었다.

우리는 엄청나게 놀라운 과학 실험의 도입부를 목격한 것이다. 한 종족의 신학을 다른 종족의 신학과 결합시키는 일 말이다. 그 지구인의 두뇌를 정지하는 것은 과학 측면에서 비극이 아닐 수 없었다. 예를 들어, 신과 맺는 기본적 관계에서 지구인은 우리와 정반대의 태도를 취하고 있다. 이것은 물론 그들이 물질 종족이고 우리가 플라즈마 종족이기 때문에 발생한 일이라 보아야 할 것이다. 그들은 자기네 신의 피를 마시고 살을 먹는다. 그들은 이런 방식으로 불멸의 존재가 된다. 그들에게 이런 일은 아무런 문제가 되지 않고, 도리어 당연한 것이라 여긴다. 그러나 우리에게는 끔찍한 일이다. 신도가 신의 살을 먹고 피를 마신다니? 끔찍하다. 정말로 끔찍한 일이다. 불명예이자 치욕이다. 신성 모독이다. 강자는 언제나 약자를 섭식해야 한다. 신은 언제나 신도를 섭식해야 한다.

우리는 라우타바라 사건이 종료되는 모습을, 그녀의 두뇌 활동을 정지시키고 곧 모든 EEG 활동이 정지되어 화면에 아무것도 나오지 않게 되는 모습을 바라보았다. 우리는 실망했고, 거기에 추가로 지구인들은 우리가 구조 활동을 처음부터 성공적으로 수행하지 못했다는 비난 결의안을 통과시켜버렸다.

서로 다른 항성계의 종족들 사이에 얼마나 많은 차이가 존재하는가를 살펴보면 실로 충격적이다. 우리는 지구인을 이해하려 시도했으나 실패하고 말았다. 우리 역시 그들이 우리를 이해하지 못하며, 우리 풍습 중 일부에 의해 충격을 받았다는 사실을 알고 있다. 라우타바라 사건은 그런 차이가 수면 위로 떠오른 경우일 뿐이다. 그러나 우리는 엄밀한 과학적 연구라는 목적을 수행한 것뿐이지 않았던가? 나는 개인적으로 구세주가 트래비스 씨를 먹어치울 때 라우타바라가 보인 반응에 상당한 흥미를 느꼈다. 또한 나는 이 지고의 성찬식이 다른 두 사람, 라우타바라와 엘름에게도 베풀어지기를 간절히 고대하고 있었다.

그러나 그런 일은 벌어지지 않았다. 그리고 우리의 관점에서 볼 때, 실험은 실패했다.

뿐만 아니라 불필요한 도덕적 비난 결의안까지 감내해야 하는 상황에 이르고 말았다. ◐

외계인의 사고방식
The Alien Mind

PHILIP K. DICK

세타 수면실 깊숙한 곳에 누워있던 그는 희미한 벨소리에 뒤이어 컴퓨터 합성 목소리를 들었다. "오 분입니다."

"알았다." 그는 힘겹게 깊은 잠에서 깨어나며 말했다. 우주선의 항로를 조절하기 위해 오 분의 시간이 주어졌다. 자동 항법 시스템에 뭔가 문제가 생긴 모양이었다. 그가 잘못한 것일까? 그럴 리가 없다. 그는 단 한 번도 실수를 한 적이 없었다. 제이슨 베드퍼드가 실수를 한다고? 말도 안 되는 소리.

비틀거리며 조종실로 향하던 그는 마찬가지로 잠에서 깨어난 노먼을 만났다. 그가 심심하지 않으라고 같이 보내준 애완동물이었다. 그 고양이는 공중에서 빙글빙글 돌며 어디선가 빠져나온 것으로 보이는 펜을 앞발로 툭툭 건드리고 있었다. 이상한 일이군, 이라고 그는 생각했다.

"네놈도 나하고 같이 기절해있을 줄로만 알았는데." 그는 우주선의 항로를 점검해보았다. 말도 안 돼! 시리우스 방향으로 1/5 파섹만큼 기울어 있었다. 도착까지 일주일은 족히 더 걸릴 것이었다. 그는 잔뜩 화가 나서 다시 항로를 원래대로 돌린 후, 목적지인 메크노스 III로 연락을 취했다.

"문제가 있습니까?" 메크노스인 통신원이 답했다. 건조하고 차가운 목소리였다. 이자들의 냉정하고 단조로운 목소리를 들을 때마다 베드퍼드는 뱀을 연상하곤 했다.

그는 자신의 상황을 설명했다.

"우리는 그 백신이 필요합니다. 항로를 이탈하지 않도록 해주세요."

메크노스인이 말했다.

고양이 노먼은 조종실 안을 우아하게 떠다니며, 앞발을 뻗어 닿는 것이면 무엇이든 건드리고 있었다. 앞발질 중 두 번이 조종석 버튼을 눌렀고, 희미한 삑 소리와 함께 우주선의 항로가 변경되었다.

"그래, 네놈이었군." 베드퍼드가 말했다. "네놈이 나를 외계인에게 무시당하게 한 거였어. 네놈이 나를 외계인들 코앞에서 머저리로 보이게 만든 거라고." 그는 고양이를 잡아 들고는 쥐어짜듯 눌렀다.

"방금 그 이상한 소리는 뭐였죠? 뭔가 한탄하는 소리 비슷하게 들렸는데요." 메크노스인 통신원이 물었다.

베드퍼드는 조용히 대답했다. "한탄하고 말고 할 것도 남아있지 않소. 무슨 소리를 들었든 잊어버려요." 그는 통신기를 끄고, 고양이 사체를 폐기물 배출구로 가져가서 우주로 날려버렸다.

곧 그는 다시 세타 수면실로 돌아와서 잠 속으로 빠져들었다. 이번엔 자동 조종을 건드릴 놈은 아무것도 없었다. 그는 평화롭게 잠들었다.

우주선이 메크노스 III에 도착한 후, 외계인의 의학 조직의 원로 한 명이 그를 맞이하며 독특한 요구를 했다. "당신 애완동물을 보고 싶소만."

"애완동물 같은 거는 없는데요." 베드퍼드가 말했다. 분명 그의 말은 사실이었다.

"하지만 예전에 당신이 우리에게 보내준 적하 목록에 따르면—"

"당신들이 신경 쓸 일은 아니지 않습니까. 백신은 무사히 가져다줬으니, 난 이제 돌아가야겠습니다."

"우리는 모든 생명체에 신경을 쓰지요. 당신 우주선을 검사해야겠습니다." 메크노스인이 대답했다.

"존재하지도 않는 고양이 때문에 말이죠." 베드퍼드는 투덜댔다.

조사는 별 소득이 없었다. 베드퍼드는 외계인들이 모든 저장품 창고와 복도를 검사하는 모습을 초조하게 지켜보았다. 불행하게도 메크노스인들은 고양이용 건조 식량 열 포대를 발견했다. 그들은 자기네들의 언어로 꽤 오랫동안 토론을 벌였다.

"이제 지구로 돌아가는 허가가 나온 겁니까? 일정이 꽤 바쁘단 말입니다." 베드퍼드가 거칠게 말했다. 외계인들이 무슨 생각을 하고 무슨 말을 하고 있는지는 그가 알 바가 아니었다. 그는 그저 조용한 세타 수면실로 돌아가서 푹 자고 싶은 생각뿐이었다.

"A급 정화작업을 거쳐야 합니다. 우리의 포자나 바이러스가 그쪽으로 가지 못하게—" 메크노스인 의학 담당자가 말했다.

"알겠습니다. 그럼 빨리 시작하죠." 베드퍼드가 대답했다.

정화작업이 끝나고 우주선에 탑승해 엔진에 시동을 거는 동안, 통신기에 신호가 들어왔다. 메크노스인 중 한 명이었다. 베드퍼드가 보기에는 그 외계인들은 모두 똑같이 생긴 듯했다. "그 고양이 이름이 뭐였습니까?" 메크노스인이 물었다.

"노먼인데요." 베드퍼드는 대답하며 점화 스위치를 올렸다. 우주선이 수직 상승하는 동안 그는 미소를 지었다.

그러나 세타 수면실의 전력 공급 장치가 사라진 것을 발견했을 때는 미소가 나오지 않았다. 예비 부품도 보이지 않는다는 것을 깨달았을 때도 마찬가지였다. 실수로 놓고 온 건가? 그는 자문해보았다. 아니, 그럴 리 없어. 그놈들이 가져간 거야. 그는 이렇게 결론을 내렸다.

테라에 도착할 때까지는 2년이 걸릴 터였다. 그는 이제 세타 수면을 취하지 못한 채 멀쩡히 깨어 있는 상태로 2년을 보내야 했다. 앉아있거나 떠다니거나, 아니면 전시 대비 훈련 홀로필름에서 본 모습같이, 정신이 나간 채로 구석에 웅크려 보내는 2년이 될 것이었다.

그는 통신기로 메크노스 III로 회항하고 싶다는 요청을 보냈다. 응답이 없었다. 뭐, 별수 없는 일이었다.

조종실에 앉아서, 그는 소형 우주선 내장 컴퓨터를 켜고 말했다. "세타 수면실이 작동을 하지 않는다. 고의로 망가트린 모양이야. 내가 2년 동안 할 수 있는 일을 추천 좀 해봐."

비상용 영화 테이프가 비치되어 있습니다

"그랬지. 고맙다." 그는 테이프에 대해 기억을 해내고는, 버튼을 눌러 테이프 저장 선반의 문을 열었다.

영화 테이프는 보이지 않았다. 안에 있는 것이라고는 고양이용 장난감, 노먼을 위해 가져온 작은 샌드백뿐이었다. 그는 이 장난감을 꺼내줄 만큼 고양이에게 신경을 쓰지 않았었다. 그 외에는…… 텅 빈 선반뿐이었다.

외계인의 사고방식이란. 알 수 없는 데다 잔인하지.

우주선의 음성 녹음 장치를 켜놓은 채로, 그는 차분하고 가능한 한 확신이 담긴 말투로 말했다. "이제 앞으로 2년 동안은 완벽하게 하루 일과를 정해서 행동해야 한다. 먼저, 식사가 있다. 식단을 계획하고, 식사를 조리하고, 음식을 먹고, 그 맛을 음미하는 데 가능한 한 많은 시간을 사용해야 한다. 앞으로 남은 시간 동안, 나는 가능한 모든 식료품 조합을 실험해볼 것이다." 그는 비틀대며 자리에서 일어나 커다란 식량 저장고 쪽으로 향했다.

빈틈없이 채워진 식량 저장고를— 동일한 고양이용 과자 부대로 가득 채워진 저장고를 보면서, 그는 생각했다. 그런데 2년 분량의 고양이 사료를 가지고 할 수 있는 조합이 그다지 많지는 않을 텐데. 설마 이게 전부 같은 맛 사료는 아니겠지?

당연히도 모든 사료는 똑같은 맛이었다. ◑

제목과 다른 정보 밑에 붙은 설명은 필립 K. 딕 본인의 주석이다. 주석을 작성한 연도는 주석 뒤의 괄호 안에서 찾을 수 있다. 여기 수록된 대부분의 주석은 단편집 『필립 K. 딕 베스트 단편선』(1977)과 『골든맨』(1980)에 수록되었던 것들이다. 몇 개의 주석은 PKD의 단편을 실은 책이나 잡지 편집자들의 요청에 의해 작성된 것이다.

단편 제목 뒤의 날짜는 딕의 대리인이 처음 그 단편을 받은 날짜이며, 스콧 메러디스 에이전시의 기록을 따랐다. 날짜가 없다면 기록이 존재하지 않는다는 뜻이다. 잡지 제목에 이어 나오는 연도와 날짜는 그 단편이 처음 정식으로 출간된 때를 말한다. 단편 제목 뒤의 다른 제목은 처음에 딕이 붙였던 제목이다. 이 역시 스콧 메러디스의 기록을 따른다.

이 다섯 권의 단편집*에는 필립 K. 딕의 모든 단편 소설이 수록되어 있으나, 이후에 장편소설로서 출판되거나 장편소설의 일부가 된 작품, 어린 시절의 습작, 그리고 원고가 발견되지 않은 미출간 작품은 예외이다. 작품의 수록 순서는 가능한 한 창작의 시간 순서에 가깝도록 노력하였다. 이러한 연대 분석에는 그레그 릭먼과 폴 윌리엄스가 수고해주었다.

---

* 이 단편집은 『The Collected Stories of Philip K. Dick』의 다섯 번째 권을 번역한 것이다.

작고 검은 상자 Little Black Box, ("쉽게 찾아볼 수 있는 가재도구로 만든From Ordinary Household Objects") 1963년 5월 6일. 《Worlds of Tomorrow》, 1964년 8월호.

나는 『안드로이드는 전기양의 꿈을 꾸는가?』를 쓸 때 이 이야기를 차용했다. 사실 이 단편 쪽이 주제를 보다 명확하게 드러내고 있는 것 같다. 여기서는 하나의 종교가 모든 정치 체제를 위협하게 된다. 따라서 종교 역시 하나의 정치 체제, 어떻게 보면 궁극적인 정치 체제라 할 수 있는 것이다. 카리타스(또는 아가페)라는 개념은 내 작품에서 진정한 인간을 가려내는 요소로써 종종 등장한다. 진짜 인간이 아니라 단순히 반사적으로 반응하는 기계일 뿐인 안드로이드는 공감 능력을 가지고 있지 못한 것이다. 이 단편 내에서는 머서가 다른 세계에서 찾아온 침략자인지의 여부는 밝혀지지 않는다. 하지만 명확하게 말하지 않아도 분명할 것이다. 어떻게 보면 모든 종교 지도자들은 다른 세계에서 온 침략자이기 때문이다. 그러나 다른 행성에서 왔는지의 여부는 확실하지 않다고 할 수 있다. (1978)

프눌과의 전쟁 The War with the Fnools, 《Galactic Outpost》, 1964년 봄.

자, 우리는 다시 한 번 침략을 받게 되었다. 게다가 굴욕적이게도, 이번의 침략자는 비상식적인 생명체다. 내 동료인 팀 파워스가 한때 말하기를, 화성인이 웃기게 생긴 모자를 쓰고 오기만 하면 손쉽게 침략에 성공할 수 있을 것이라 했다. 우리가 그들이 침략자임을 절대로 알아채지 못할 테니 말이다. 말하자면 일종의 저예산 침략 방식인 셈이다. 우리는 이제 지구가 침략 당한다는 말을 웃으며 받아들일 수 있는 때에 도달한 듯싶다. (그리고 바로 그럴 때야말로 제대로 공격을 당할 수 있는 적기이다.) (1978)

운이 필요 없는 게임 A Game of Unchance, 1963년 12월 9일. 《Amazing》, 1964년 7월호.

야만적인 카니발이 하나 있다. 다른 카니발이 등장해서 처음의 카니발과 자웅을 겨룬다. 그리고 사전에 계획한 바에 따라, 두 대조적인 카니발의 대결 결과 첫 번째 카니발이 승리를 거둔다. 마치 우주의 모든 변화에 내포되어 있는 두 개의 힘이 사전에 모의를 하고 있는 것만 같다. 죽음, 어둠의 힘, 음, 고통과 절망, 다시 말해 파괴의 세력이 언제나 승리를 쟁취하게 된다. (1978)

귀중한 유산 Precious Artifact, 1963년 12월 9일. 《Galaxy》, 1964년 10월호.

퍼트리샤 워릭 교수가 지적했듯이, 이 단편에서는 내가 흔히 사용하는 괴상한 논리 전개 방식을 사용하고 있다. 먼저 Y라는 사실이 주어진다. 그걸 인공적으로 뒤집고 덧붙여서 마침내는 반 Y를 얻게 된다. 좋아, 이제 그걸 다시 뒤집어서 반-반 Y가 나온다. 그럼 질문은 바로 이것이다. 반-반 Y가 Y^3과 동일한 것인가? 아니면 반-Y를 심화한 것인가? 이 단편에서는 Y가 주어지지만, 우리는 결국 그 반대(반-Y)가 진실이라는 것을 알게 된다. 그러나 그것 역시 진실이 아닌 것으로 밝혀진다. 그렇다고 해서 우리가 Y로 돌아가게 되는 것인가? 워릭 교수는 내 논리 전개를 따라가면 결국 반-Y가 Y와 같다는 결론에 이르게 된다고 한다. 나는 그 의견에 동의하지 않지만, 내가 원하는 결론이 무엇인지도 잘 모르겠다. 뭔지 정확히 모르더라도, 이 단편 안에 내가 원하는 논리적인 요소는 전부 다 들어 있는 것으로 보인다. 내가 완전히 새로운 논리 전개 방식을 개발해낸 것인지, 아니면, 에헴, 최선을 다해 게임에 참가하지 않고 있었던 것인지는 아직 모르겠다. (1978)

은둔 증후군 Retreat Syndrom, 1963년 12월 23일.《Worlds of Tomorrow》, 1965년 1월호.

테란 오디세이 A Terran Odyssey, 1964년 3월 17일. [출판 기록 없음. 장편『닥터 블러드머니』에서 PKD가 직접 발췌 집필.]

약속은 어제입니다 Your Appointment Will Be Yesterday, 1965년 8월 27일.《Amazing》, 1966년 8월. [PKD의 장편 소설인『거꾸로 도는 세계Counter-Clock World』에 변형된 형태로 삽입됨.]

신성 논쟁 Holy Quarrel, 1965년 9월 13일.《Worlds of Tomorrow》, 1966년 5월호.

도매가로 기억을 팝니다 We Can Remember It for You Wholesale, 1965년 9월 13일.《Fantasy & Science Fiction》, 1966년 4월. [네뷸러 상 후보]

표지로 판단하지 말지어다 Not by Its Cover, 1965년 9월 21일.《Famous Science Fiction》, 1968년 여름.

이 작품에서, 나는 한동안 꿈꾸어오던 소망을 펼쳐 보였다. 성경이 진실이었다면 하는 소망 말이다. 물론 그때 나는 의심과 신앙 사이에서 갈피를 잡지 못하고 있었다. 몇 년이 지난 지금도 나는 여전히 그때와 같은 상태이다. 성경이 진실이라면 좋기야 하겠지만서도— 글쎄, 어쩌면 성경이 진실이 아니라면 우리가 진실로 만들 수 있을지도 모른다. 하지만 그러려면 상당히 많은 작업이 필요할 것으로 보인다. (1978)

복수전 Return Match, 1965년 10월 14일. 《Galaxy》, 1967년 2월호.

내 작품을 살펴보면 위험한 장난감이라는 주제가 여기저기에서 모습을 드러낸다. 무해한 척하고 있는 위험한 존재들……. 그리고 장난감만큼 무해한 것이 또 어디에 있겠는가? 이 단편은 내가 지난주에 보았던 커다란 스피커를 생각나게 한다. 6000달러나 하는 데다 냉장고보다도 더 큰 스피커였다. 우리는 그 스피커를 보면서, 우리가 직접 오디오 판매점으로 가서 그것을 보지 않는다면, 그것이 우리를 보러 찾아올 것이라고 농담을 했었다. (1978)

옛 선조들의 믿음 Faith of Our Fathers, 1966년 1월 17일. 《Dangerous Visions》, 할란 앨리슨 편집, 1967. [휴고상 후보]

이 제목은 옛 찬송가에서 따온 것이다. 나는 이 단편을 통해 모두에게 실례되는 말을 한 것 같다. 당시에는 괜찮아 보였던 생각인데, 이제는 후회가 된다. 공산주의, 약물, 섹스, 신— 나는 이 모든 것을 전부 한데 묶어버렸다. 그 몇 년 후에 내게 큰 어려움이 닥쳤을 때, 나는 이 단편이 무언가 초현실적인 방식으로 연관이 되어 있지 않은가 하는 생각이 들었다. (1976)

나는 「옛 선조들의 믿음」에 등장하는 그 어떤 개념도 설파하려는 생각이 없다. 예를 들어, 나는 철의 장막 측의 국가들이 냉전을 이길 것이라 생각하지도, 그들이 도덕적으로 그러할 권리를 가지고 있다고 생각하지도 않는다. 그러나 최근 환각제를 사용한 실험 결과를 고려해볼 때, 이 단편 속에 등장하는 개념 중 한 가지는 설득력이 있어 보인다. LSD를 복용하고 종교적 체험을 했다는 사람이 상당히 여럿 있기 때문이다. 나는 이런 경험이 진정한 새 지평을 열 수 있다고 생각한다. 이제 어느 정도까지는 종교적 체험을 과학적 견지에서 분석할 수 있기 때문이다……. 또한 일부가 환각임은 분명하지만 그 안에는 진실에서 유래한 요소도 포함되어 있다고 보아야 할 것이다. SF소설에 신이라는 존재가 잘 등장하는 법도 없지만, 등장한다고 해도 「고요한 혹성에서Out of The Silent Planet」와 같이 논쟁거리로만 존재할 뿐이다. 그러나 나는 신이라는 개념이 지적 고양을 일으키는 주제라고 생각한다. 만약 지식인들 사이에서, 향정신성 약물을 이용한 종교적 체험이 유행하게 된다면 어떻게 되겠는가? 나를 포함한 많은 지식인들이 현재 향유하고 있는, 낡은 경험에 근거한 (또는 비경험에 근거한) 구식의 무신론은 자리를 내주어야 할지도 모른다. 언제나 미래의 사고와 변화를 탐구해야 하는 SF소설은 종교가 중심이 되는 미래 사회 역시 반드시 편견 없이 탐구해보아야 한다. 중세시대와 마찬가지로 신학이 사회의 근간이 되는 신新신비주의 사회를 말이다. 신앙을 실험해볼 수 있는 방법이 있으니, 이것은 퇴보라고 부를 수 없을 것이다. 나 자신은 신을 믿지 않는다. 다만 신이 실재한다는 경험을 한 적이 있을 뿐이다……. 물론 주관적인 경험일 뿐이었지만. 그러나 이러한 내면의 세계가 실존한다는 것은 사실이다. 그리고 SF소설에서는, 한 사람의 경험이었던 것을 주변 환경에 투사하는 일이 가능하다. 사회적으로 보편적인 경험을 만들어, 논쟁이 가능하도록 할 수 있는 것이다. 그러나 신이라는 주제에 대한 종지부는 이미 오래전에 찍혔는지도 모른다. A.D. 840년 존 스코투스 에리게나가 프랑크 족의 대머리왕 샤를의 궁정에서 했던 말로 말이다. "우리는 신이 무엇인지 모릅니다. 신은 그 자신이 무엇인지 모릅니다. 자신이 아무것도 아니기 때문입니다. 말 그대로 신은 존재가 아닙니다. 신은 존재를 넘어서는 존재이기 때문입니다." 이렇게 통찰력 있고 선의 신비로움마저 가지고 있는 고대인의 발언은 쉽사리 넘어서기 힘들 것이다. 내가 향정신성 약물을 복용한 후 경험했던 깨달음은 에리게나의 깨달음에 비해 사소하지만, 그래도 나름 값진 것들이었다. (1966)

할란 앨리슨 선집 『위험한 예지』를 위한 모든 이야기를 끝내기 위한 이야기 The Story to End All Stories for Harlan Ellison's Anthology Dangerous Visions,《Niekas》, 1968년 가을호.

전자 개미 The Electric Ant, 1968년 12월 4일.《Fantasy & Science Fiction》, 1969년 10월호.

또 같은 주제다. 우리가 '현실'이라 여기는 것 중 얼마나 많은 부분이 실제로 존재하는 것일까? 아니면 우리 머릿속에 존재하는 것일까? 이 단편의 결말은 내가 언제나 느끼는 두려움에서 나왔다……. 거친 바람의 모습, 공허의 소리. 등장인물이 이 세계 자체의 종말을 깨닫게 되면서 듣는 소리 말이다. (1976)

모자란 비버 캐드버리 Cadbury, The Beaver Who Lacked, 1971년 12월 집필. [출판 기록 없음]

시간 여행자를 위한 작은 배려 A Little Something for Us Tempunauts, 1973년 2월 13일. 『Final Stage』, 에드워드 L. 퍼먼과 배리 N. 몰츠버그 편집. 뉴욕, 1974년.

이 단편에서 나는 우주 탐사 계획에 대한 막연한 권태감을 표현했다. 처음에는 우리 모두를 흥분시켰으나 — 특히 최초의 달 착륙으로 인해 — 결국 잊히고 폐지되어 역사의 유물이 되어버린 계획 말이다. 만약 시간 여행도 이런 '계획'이 되어버린다면 같은 운명을 맞이할까? 아니면 시간 여행이 불러일으키게 마련인 패러독스의 특성상 더 끔찍한 사건이 발생할 가능성도 있을까? 나는 이런 질문을 던져보았다. (1976)

시간 여행 이야기의 정수는 다양한 조우이며, 그중 가장 훌륭한 것은 바로 자기 자신과의 조우이다. 실제로 많은 훌륭한 소설에서 이러한 극적 사건이 벌어지지만, 「시간 여행자를 위한 작은 배려」와 같은 이야기에서는 한 사람이 자기 자신과 직접 대면하는 순간 다른 어떤 종류의 글에서도 찾아볼 수 없는 소외 현상이 발생한다……. 짐작할 수 있겠지만 몰이해와 타자화라는 현상이 발생하는 것이다. 1번 애디슨 더그는 2번 애디슨 더그의 시체가 담긴 관을 마주하고 그 사실을, 자신이 이제 두 명의 사람이 되었다는 사실을 알게 된다— 그는 물리적 정신분열증을 앓고 있는 것과 마찬가지로 분열된 것이다. 그리고 그의 마음 역시 융합되기보다는 분리된다. 그는 그 사건으로부터 전혀 통찰력을 얻지 못한다. 그 자신에 대해서도, 그리고 더 이상 사고하거나 문제를 해결할 수 없으며 오직 어둠 속에 움직이지 못하고 누워있을 뿐인 두 번째 애디슨 더그에 대해서도. 이런 아이러니는 시간 여행 이야기에서 가능한 무수한 아이러니들 중 하나일 뿐이다. 순진하게 생각하는 사람은, 미래로 갔다 돌아오는 여행에서 지식을 얻을 수는 있어도 잃을 수는 없다고 생각할는지도 모른다. 여기서는 세 명의 시간 여행자가 미래로 갔다가 돌아와서는, 아이러니에 의해 아이러니들 속에, 아마도 영원히 갇혀버리게 된다. 내 생각에 그중 가장 큰 아이러니는 그들이 자신들의 행동 때문에 당황하게 된다는 것이다. 이런 기술 발전에 의한 정보의 증가 — 앞으로 정확히 무슨 일이 벌어질는지에 대한 정보 — 때문에 진정한 깨달음은 감소하는 것이다. 어쩌면 애디슨 더그는 너무 많이 알았던 것인지도 모른다.

이 이야기를 쓰면서, 나는 자신의 권태로운 슬픔을 느꼈고, 평소보다 더 많이 작중 인물들의 공간(시간이라고 해야 할 듯하다) 속으로 떨어졌다. 나는 헛됨에 대한 헛됨을 느꼈다— 강렬하게 찾아오는 패배감보다 더 좌절스러운 일은 없는 것이다. 또한 나는 글을 쓰면서, 현재에 남아있는 우리에게는 단순한 심리적 문제일 뿐인 생각이 — 실패할 가능성과 그로 인한 치명적인 결과에 대해 과도하게 인지하고 있는 것이 ─ 시간 여행자들에게서는 즉시 실존하는, 물리적인 공포의 공간이 될 수 있다는 것 역시 깨달았다. 우리는 우울증을 느껴도 다행히 우리 머릿속에서만 끝난다. 그러나 시간 여행이 현실이 되면, 이러한 자기 패배적인 심리적 자세는 계측할 수 있는 범주를 넘어선 재앙을 불러올 수도 있는 것이다. 여기서 다시 한 번, SF는 작가로 하여금 보통은 내적인 문제였던 것을 외부 환경의 문제로 만들게 해준다. 작가는 이런 문제를 하나의 사회, 행성, 모든 이들이 한곳에 묶여있는 곳, 이를테면 예전에 하나의 두뇌였던 곳에 대입할 수 있는 것이다. 나는 이런 생각에 거부감을 가지는 독자를 비난할 생각은 없다. 우리 중 어떤 이들의 두뇌는 그 안에서 살기에 상당히 불쾌한 장소일 것이기 때문이다……. 반면 이런 상상은 매우 유용한 도구가 될 수 있다. 우리 모두가 우주를 동일한 형태로 지각하지 않는다는 것, 또는 어떻게 보자면, 동일한 우주가 존재하지 않는다는 것을 깨닫기 위해서 말이다. 애디슨 더그의 우울한 세계가 갑자기 확장되어 많은 사람들의 세계가 되어버린다. 하지만 이야기를 읽고 있는 독자는 독서를 끝내고 작가의 세계 속에 포함되기를 거부할 수 있지만, 이 이야기 속의 등장인물들은 영원히 그 위치에 단단히 붙들려있는 신세이다. 이것은 지금까지는 가능하지 않았던 종류의 폭압이다……. 하지만 현대 정부에서 행하는 강압적인 선전 활동의 힘을 생각해본다면(적측 정부에서 행할 경우 우리는 이것을 '세뇌'라 부른다), 당신은 이런 행동도 단순히 정도의 문제일 뿐이지는 않은가 고민하게 된다. 현재의 위대한 지도자들은 낡은 폴크스바겐 부품을 사방으로 뿌리는 일만으로 우리를 자기네 머릿속에 가두지는 못하지만, 이 이야기의 등장인물들은 그들에게 일어난 일이 보다 약한 형태지만 우리에게도 일어날 수 있음을 경고해주고 있다.

애디슨 더그는 '더 이상의 여름을 보고 싶지 않다'라는 욕망을 표출

한다. 우리 모두는 그에 반대해야 한다. 우리가 그들의 관점이나 욕망을 공유하도록 강제로 끌려가는 일은, 아무리 미묘한 방법이라도, 그리고 어떤 종류의 선한 의도 때문이라도, 반드시 거부해야 한다. 우리는 개인적으로, 그리고 집합적으로 최대한 여러 번의 여름을 보려고 소망해야 한다. 우리가 지금 살고 있는 세계가 완벽하지 못하더라도 말이다. (1973)

전 인간 The Pre-Persons, 1973년 12월 20일. 《Fantasy & Science Fiction》, 1974년 10월호.

이 단편으로 나는 조애너 루스의 절대적인 증오를 받게 되었다. 그녀는 내가 지금까지 받은 편지 중 가장 고약한 편지를 보내왔다. 그중 한 부분에서, 그녀는 이런 의견을 표현하는 사람들을 때려눕히고 싶다는 말을 했었다. ('사람들'과는 조금 다른 단어를 사용하기는 했지만) 나는 이 단편이 특정한 의견을 표출하고 있다는 점을 인정하며, 낙태 문제에 대해 나와 다른 의견을 가진 사람들을 모욕하게 된 사실을 유감으로 생각한다. 이름을 밝히지 않은 항의 편지도 여럿 도착했고, 그중에서는 개인이 아니라 낙태의 자유를 설파하는 조직에서 보낸 것도 있었다. 나는 언제나 뜨거운 논쟁의 한가운데에서도 그럭저럭 버텨왔다. 유감이다. 하지만 전 인간을 위해서라면, 나는 전혀 미안함을 느끼지 않는다. 나는 내 의견을 굳건하게 지킬 것이다. 마틴 루서 킹이라면 이렇게 말했을 것이다. "나는 이곳에 서있으며, 달리 어찌할 수가 없다." (1978)

시빌라의 눈 The Eye of the Sibyl, 1975년 5월 15일. [출판 기록 없음]

컴퓨터 씨가 나무에서 떨어진 날 The Day Mr. Computer Fell Out of Its Tree, 1977년 집필. [출판 기록 없음]

출구는 안으로 향한다 The Exit Door Leads In, 1979년 6월 21일. 《Rolling Stone College Papers》, 1979년 가을.

대기의 사슬, 에테르의 그물 Chains of Air, Web of Aether("지는 방법을 알고 있던 사나이The Man Who Knew How to Lose"), 1979년 7월 9일. 《Stella》 5호, 주디린 델레이 편집, 뉴욕, 1980. [PKD의 장편소설 『성스러운 침입』에 포함됨]

죽음에 관한 이상한 기억 Strange Memories of Death, 1980년 3월 27일. 《Interzone》, 1984년 여름.

어서 그곳에 도착했으면 I Hope I Shall Arrive Soon (잡지에는 「냉동 여행Frozen Journey」이라는 제목으로 수록. 「어서 그곳에 도착했으면」은 PKD가 붙인 제목), 1980년 4월 24일. 《Playboy》, 1980년 12월호. [플레이보이 상 수상]

라우타바라 사건 Rautavaara's Case, 1980년 5월 13일. 《Omni》, 1980년 10월호.

외계인의 사고방식 The Alien Mind, 《The Yuba City High Times》, 1981년 2월 20일자.

[다음 내용은 『필립 K. 딕 베스트 단편선』에 「작가의 뒷생각」이라는 제목으로 수록된 글이다.]

내 단편에서 찾아볼 수 있는 기본적인 전제는, 만약 내가 외계의 지성체를 만나게 된다면 (보통 '외우주에서 찾아온 생명체'라고 불리는 자들 말이다), 우리 옆집에 사는 이웃에게보다는 더 하고 싶은 말이 많으리라는 것이다. 우리 집 주변에 사는 사람들이 하는 일이라고는 신문과 편지를 들여가고 차를 운전하는 것밖에는 없다. 그들이 즐기는 야외 취미라고는 정원의 잔디를 깎는 일뿐이다. 한 번은 그 사람들의 실내 취미 활동을 살펴보기 위해 이웃집을 방문한 적이 있다. 그들은 텔레비전을 보고 있었다. SF소설을 쓰는 사람으로서, 이런 전제를 이용해서 하나의 문명을 묘사하는 일이 가능하겠는가? 분명 그런 소설은 내 상상 속을 제외하고는 다른 어느 곳에도 존재하지 않을 것이다. 애초에 상상이 개입될 여지도 그다지 많지 않다.

빈곤한 상상력의 산물로 이루어진 세계 가운데의 삶을 벗어나기 위해서는, 자신의 상상 속에서 아직 태어나지 않은 문명과 만나는 수밖에 없다. 여러분은 SF소설을 읽으면서 내가 그 소설을 쓸 때와 똑같은 일을 하고 있는 것이다. 나의 이웃이 내게는 이질적인 생명체인 것처럼, 당신의 이웃도 당신에게 이질적인 생명체일지 모른다. 이 단편집에 수록된 단편들은 아주 멀리 떨어진 다른 어딘가에서 들려오는, 희미하지만 중요한 목소리를 들어보려고 시도한 결과의 기록이라고 할 수 있다. 그런 소리는 우리 세계의 배경 소음이 사라진 깊은 밤 시간에만 들려온다. 신문도 다 읽었고, 텔레비전도 꺼지고, 차들도 전부 차고에 들어간 후에 말이다. 그런 때야말로 나는 다른 별에서 들려오는 목소리를 듣는다. (한때 시간을 재본 적이 있는데, 수신이 제일 용이한 시각은 오전 3시에서 4시 45분 사이다) 물론 사람들이 "이봐, 당신 대체 그런 아이디어를 어디서 얻었어?"라고 물을 때 이런 대답을 하지는 않는다. 그냥 나도 모르겠다고 말할 뿐이다. 그쪽이 더 안전하니까.

자, 그러면 여기 단편 중 하나를 집어서, 그것들이 (a) 외계의 헛소리를 받아서 순수한 독창성과 버무린 것 또는 (b) 텔레비전에서 나오는 총천연색 개사료 광고의 대안 광고에서 출발했다고 가정해보자. 두 가지 모두 지금 당장 시작할 수 있다. 두 가지 가정 모두 가능한 한 끝없이 멀리까지 확장해 나가는 일이 가능하다. 양쪽 모두 우주를 휩쓸고는 뭔가 보고할 거리를 가지고 귀환할 수 있을 것이다. 교활하고, 살아있으며, 바쁜 존재들이 우주에 가득하다는 사실. 그들은 저마다 나름의 목표를 추구하며, 다른 사람의 목표에는 신경을 쓰지 않으며, 옆집에 사는 이웃과는 이야기도 나누지 않고, 그리고 무엇보다도 모든 계획이 실패로 돌아가면 누구와 접촉해야 할지 알지 못하는 이들, 누가 그들과 같은 삶을 사는지 궁금해하는, 어쩌면 우리에 대해 궁금해하는 존재들이라는 사실.

이 단편 중 대다수는 나의 삶이 보다 단순하고 말이 되던 시기에 쓴 것이다. 그때는 실제 세계와 내가 소설로 쓴 세계를 구별하는 일이 가능했었다. 정원을 파보아도 잡초에서는 그다지 신비롭거나 초차원적인 요소를 찾을 수가 없다……. 물론 당신이 SF 작가가 아닐 때의 이야기다. SF 작가라면 얼마 지나지 않아 의심이 담긴 눈초리로 잡초를 바라보게 된다. 이놈의 진짜 목적은 뭐지? 그리고 애초에 누가 이놈을 이곳으로 보낸 거지?

내가 항상 던지는 질문은, '그것의 정체가 뭐지?'이다. 이놈의 정체가 뭐지? 잡초로 보이는 것은 겉모습뿐이다. 그놈들은 내가 이걸 잡초라고 믿게 하고 싶은 거다. 언젠가 잡초의 변장이 떨어져 나가면 진정한 정체를 드러내겠지. 그러나 그때는 펜타곤도 이미 잡초로 가득 차있을 것이고, 모든 것이 너무 늦은 후일 것이다. 잡초, 또는 우리가 잡초라고 생각했던 그 존재들이 우리를 지배하게 될 것이다. 내 초기 단편에는 이런 전제가 깔려 있었다. 훗날, 내 개인적 삶이 복잡해지고 불행하게 얽혀버리자, 잡초에 대한 두려움은 어딘가로 사라져버렸다. 나는 가장 큰 고통이 멀리 떨어진 행성에서 찾아오는 것이 아니라, 사람의 마음속 깊은 곳에서 나온다는 사실을 깨달았다. 물론 양쪽이 동시에 벌어지는 것도 가능하다. 아내와 아이가 떠나고, 텅 빈 집 안에 홀로 앉아 삶의 의욕을 잃고 있는데, 지붕에 구멍을 뚫고 내려온 화성인에 납치당하는 일도 충분히 일어날 법하다.

이 단편집에 속한 단편들이 무슨 뜻이냐는 질문에 대해서는, 나는 "소설이 스스로 말하는 바를 느껴야 한다"라는 흔해빠진 핑계로 도망가지 않으려 한다. 내 핑계는, 나도 정확히는 잘 모른다는 것이다. 내 말은, 독자들이 그 단편을 읽고 유추할 수 있는 내용 이상으로는 전혀 알지 못한다는 말이다. 언젠가 한 학급의 학생들이 통째로 내게 「아버지 같은 존재」라는 단편에 대해 편지를 써 보낸 일이 있었다. 그 아이들은 모두 내가 어디서 그런 아이디어를 얻었는지 알고 싶어 했다. 쉬운 일이었다. 그 단편은 아버지에 대한 내 어릴 적 기억에서 따온 것이었으니까. 그러나 나중에 내 답변을 다시 읽어볼 기회가 생기자, 나는 내가 단 한 번도 같은 기억을 언급하지 않았다는 사실을 깨달았다. 농담이 아니라 정말로, 모든 아이들에게 서로 다른 기억에 대해서 써 보낸 것이다. 이런 것이 바로 소설가가 된다는 것이라 생각한다. 여섯 개의 사실을 제공해주면, 작가는 그것을 이리 엮고 저리 엮으면서, 물리력을 동원해 멈출 때까지 끝없이 서로 다른 작품을 제공해내는 것이다.

문학 평론은 평론가들에게 맡겨야 할 것이다. 그게 그 사람들 직업이니까. 한때 나는 훌륭한 SF 평론집에서 내 소설 『높은 성의 사내』에 대한 평론을 읽은 적이 있다. 그 평론에서는 내 등장인물인 줄리아나가 블라우스를 한데 모으기 위해 사용한 옷핀이 그 소설의 주제, 소재, 곁가지 줄거리까지 모두 한데 아울러 묶어주는 역할을 상징한다고 말하고 있었다. 내가 그 소설을 집필하던 도중에는 모르던 사실이었다. 하지만 줄리아나가, 나와 마찬가지로 그 사실을 모른 채, 옷핀을 빼버리면 무슨 일이 벌어졌을까? 소설이 무너져 내렸을까? 아니면 최소한 상의가 흘러내려 가슴골을 상당히 많이 노출시켜 보이기는 했을까? (바로 그것이 그녀의 애인이 옷핀을 꽂으라고 제안한 주된 이유였을지도 모른다.) 어쨌든 나는 내 단편들에서 옷핀을 뽑으려 최선을 다할 것이다.

단편소설이 장편소설에 비해 가지는 장점은, 단편에서는 인생의 절정에 달한 주인공의 모습을 볼 수 있다는 것이다. 그러나 장편에서는 주인공이 태어난 순간부터 목숨이 다하는 순간까지 전부(또는 거의 전부) 쫓아다녀야 한다. 아무 장편 소설이든 뽑아 들고 무작위로 펼쳐보면, 그 안에서는 보통 지루하거나 별로 중요하지 않은 일만 벌어지고 있다. 이것을 극복하는 방법은 오로지 문체뿐이다. 벌어지고 있는 사건이 중요한 것이 아니라, 그 사건을 묘사하는 방식이 중요한 것이다. 얼마 가지 않아 프로 장편소설가들은 모든 일을 문체를 사용해 묘사하는 법을 익히게 되고, 내용은 사라져버린다. 그러나 단편에서는 이런 식으로 문제를 회피할 수 없다. 무언가 중요한 사건이 일어나야만 한다. 내 생각에는 바로 이것이 천부적인 재능을 지닌 작가들이 장편소설을 쓰게 되는 이유라고 생각한다. 문체를 완벽하게 갈고 닦게 되면, 그냥 장편소설이 완성되는 것이다. 예를 들어, 버지니아 울프는 거의 아무런 주제도 없는 소설을 쓰게 되어버리고 말았다.

그러나 단편을 쓸 때면, 나는 항상 자리에 앉기도 전에 무언가 아이디어가 필요하다는 것을 염두에 둔다. 실제 개념이 필요한 것이다. 줄거리를 쌓아 나가기 위한 실제 전제 조건이 필요한 것이다. "그 어쩌구에 대한 이야기 읽었어?"라는 한 마디 말로 그 단편소설의 실체가 정확하게 파악되어야 한다. 만약 (윌리스 맥넬리 박사의 말대로) SF의 정수가 아이디어라면, 그 아이디어가 실제 이야기의 '주인공'이라면, SF 단편이야말로 진정 완벽한 형태의 SF라고 해야 할 것이다. 그리고 SF 장편소설은 단지 단편을 확장하고 곁가지 이야기를 덧붙인 형태일 뿐일지도 모른다. 내가 쓴 대부분의 장편소설은 예전에 썼던 단편소설의 확장, 또는 여러 단편소설을 결합하여 서로 보충한 것들이다. 그 모든 기원은 내 단편소설 속에 있다. 말 그대로, 단편이야말로 내 장편소설의 정수인 것이다. 그리고 내게 가장 중요한 의미를 가지는 가장 훌륭한 아이디어들은 결국 장편소설 형태로 만들어낼 수가 없었다. 모든 노력을 다 기울였음에도, 그런 아이디어들은 순전히 내 단편소설 안에서만 존재한다.
(1976)

지금으로부터 30년 전인 1982년 3월 2일, 필립 K. 딕(이하 PKD)은 세상을 떠났다. 안저 통증과 시력 감퇴를 호소한 후 열이틀, 뇌졸중 발작으로 병원에 실려간 지 닷새 만의 일이었다. 결코 순탄하지 않았던 52년의 삶 동안, 그는 대학 중퇴, FBI의 조사, 국세청의 재산 차압, 다섯 번의 결혼과 다섯 번의 이혼, 편집증, 정신분열증, 암페타민 계 약물 중독, 그리고 신비주의 체험을 겪었다. 그리고 세 명의 아이와 44편의 장편소설, 100편이 넘는 단편소설을 세상에 남겼다.

이 책에 수록된 스물다섯 편의 단편은 그의 작품 활동 중에서도 중반기 이후, 본격적으로 장편 SF를 쏟아내기 시작한 1964년부터 그가 죽기 직전인 1981년까지 쓰인 소설들이다. (네 번째와 다섯 번째 부인과 함께 살던 시기다) 이 시기의 PKD는 이후 영화로 유명해진 『안드로이드는 전기양의 꿈을 꾸는가?』를 위시해, 『유빅』이나 '발리스 3부작' 등 그의 대표작이라 할 수 있는 장편소설을 써냈다. 반면 50년대에서 60년대 초반에 걸쳐 왕성한 활동을 보이던 단편소설 쪽은 상대적으로 비중이 줄어든 모습을 보인다. 작품 활동 초기 15년간 써낸 단편이 거의 80여 편에 달한다는 것과 비교해보면 알 수 있을 것이다. 또한 이 단편들 중에는 훗날 다른 장편의 효시가 된 작품이나, 장편의 일부를 발췌해 단편의 형태로 꾸민 작품도 존재한다. 작가의 사후 단편집이 발간되기 전까지 출판되지 못하고 묻혀있던 작품들도 있다. 따라서 이 시기의 단편 창작의 비중은 이 단편집에서 보이는 것보다도 더 적다고 해야 할 것이다.

작품 활동 후반부의 단편집이 첫 번역 대상으로 채택된 이유는, 순전히 올해 8월에 스크린에 오르는 〈토탈 리콜〉 리메이크의 원작, 「도매가로 기억을 팝니다」가 이 시기의 작품이기 때문이다. 그러나 그가 작품 활동을 통해 평생 동안 추구해왔던 두 가지 질문, 즉 "현실이란 무엇인가?"와 "인간이란 무엇인가?"에 대한 탐구는 이 시기의 단편들에서도 여전히 멈추지 않고 계속되고 있다. 독특한 시점의 해결 방안을 도입해 그 질문을 탐구한 후, 결국 '알 수 없다'라는 비관적인 답변만 내놓은 채 등장인물들을 어둠과 혼돈 속에 버려두고 작품을 종결시켜버리는 버릇도 여전하다. 흔히 '2-3-74'라 부르는 신비주의 체험을 한 이후의 작품들도 제법 있지만, 그 체험을 반영한 단편이 그다지 눈에 띄지 않는다는 점은 독특하다 할 수 있다. 종합해서 말하자면, 이 단편들에서도 PKD는 여느 때나 다름없는 PKD였다는 것이다.

바로 앞의 「부록」에서 원 단편집에 실려있던 작가 본인의 변을 들을 수 있지만, 몇몇 작품의 이해를 돕기 위해 약간의 부연 설명을 덧붙여 보기로 하겠다.

용어: 일관된 세계관을 가지고 있다고 보기는 힘들지만, 작품 전반에 걸쳐 반복적으로 사용되는 용어가 몇 가지 존재한다. 지구를 '테라terra', 달을 '루나lunar', 태양을 '솔sol', 태양계를 '솔 항성계sol system'라는 비교적 객관적인 호칭으로 부르는 것이 그 한 예이다. 근미래의 보편적인 주거 시설로 등장하는 '콘앱트conapt'는 보통 '콘도형 아파트condominium-type apartment'의 줄임말로 간주되며, 이 책에서는 다른 PKD 번역작의 전례를 따라 '복합아파트'로 번역하였다. 그의 작품에서 신문의 역할을 하는 '호메오페이프Homeopape'는 뉴스를 걸러내 독자가

원하는 정보만 얻을 수 있게 해주는, 일종의 자동 웹 검색기와 유사한 기능을 갖춘 매체이다. 미리 독자가 원하는 부류의 기사에 대한 정보를 입력하면, 그를 위한 신문을 출력해주는 형식으로 작동한다. 이 단편집에서는 단편 내의 의도와 맞지 않는 방식으로 사용된 경우가 많기 때문에, 일괄적으로 '신문'으로 번역하였다.

작고 검은 상자: 『안드로이드는 전기양의 꿈을 꾸는가?』에서 지구를 정복한 종교인 머서주의가 여기서는 정치권력에게 박해받는 신흥 종교로 등장한다. 훗날 머서주의가 어떤 역할을 하게 되는지를 생각해보면, 이 작품은 단순한 자유와 압제의 대립 구조를 넘어선, 일종의 아이러니를 내포하고 있는 것으로 이해할 수도 있다.

귀중한 유산: PKD의 단편 중 가장 호평을 받는 작품 중 하나이다. PKD 본인 역시 고양이를 아주 좋아했다고 한다.

테란 오디세이: 이 제목은 장편 『닥터 블러드머니』의 초기 제목이기도 했다. 명백하게 원 장편의 장면을 잘라 단편으로 만들어낸 작품으로, 작품 내에서 도저히 해결되지 않는 복선이 너무 많이 남아있어서, 본문 뒤에 따로 역주를 붙였다.

약속은 어제입니다: 1965년에 장편 『거꾸로 도는 세계Counter-Clock World』로 확장된 작품이다. 호바트 시간 속의 사람들은 모든 행동을 거꾸로 수행하지만, 그 소재를 다른 하드코어 SF에서처럼 심각하게 다루고 있지는 않으며, 덕분에 조금 어색하거나 적당히 맞춘 듯한 부분이 보이기는 한다. 작품 전반부에 나오는 '소굼sogum'은 (대부분 눈치챘겠지만) 배설물의 완곡한 표현이다.

도매가로 기억을 팝니다: 영화 〈토탈 리콜〉의 원작 소설이다. 자체 완성도가 높은 작품이라 독자나 동료 SF 작가들 사이에서 상당히 높은 평가를 받았으며, 단편집에도 여러 번 반복하여 수록되었다. 정작 작가 본인은 이 작품에 그다지 애착이 없었던 듯하다.

표지로 판단하지 말지어다: 그의 작품에 여러 번 등장하는 화성 토착 생물 '워브wub'가 언급된다. 다른 작품들에서 묘사된 바에 따르면, 이 동물은 몸무게가 약 400파운드 나가는 커다란 화성 돼지이다. 죽은 후 자신을 죽인 자의 마음을 잠식하는 습성이 있으며, 어쩌면 화성 돼지는 그저 워브의 숙주일 뿐일지도 모른다는 암시도 있다.

옛 선조들의 믿음: 할란 앨리슨의 부탁을 받은 후 쓴 작품이다. 앨리슨은 PKD에게 "약물(LSD)을 복용한 후 소설을 쓸 것"을 주문했고, PKD도 그 주문에 응했다고 한다. 실제로 그가 약물을 복용하고 이 소설을 썼는지는 논란이 있다. 앨리슨은 이 작품이 실린 SF선집 『위험한 예지』에 이런 뒷배경과 함께 이 작품이 "『파머 엘드리치의 세 개의 성흔』만큼이나 약에 절어 있으며 현실의 경계를 흐트린다"라는 평을 실었고, 덕분에 PKD는 '약물 작가'로서 악명을 공고히 한다. 개인이 경험하는 진실과 모두가 공유하는 환각이 맞서고, 선과 악을 뒤바꾼 신이 정체를 드러내며, 카리스마 있는 독재자가 절대신 역할을 하는, PKD의 모든 주제가 잘 뒤섞인 작품이라 할 수 있다.

전자 개미: 《판타지 앤드 사이언스 픽션》의 20주년을 기념하기 위해 쓴 작품이다. 역시 독자들로부터 높은 평가를 받는 단편이며, 현실의 경계라는 주제를 흥미롭게 탐구한 작품이기도 하다. 풀의 현실이 바뀐다면, 다른 이들은 그 현실을 어떻게 지각할 것인가?

모자란 비버 캐드버리: PKD의 단편 중에서도 매우 독특한 작품이다. 1987년 단편집에 수록되기 전까지는 출판된 적이 없으며, 창작의 배경에 대해서도 그다지 알려져있는 것이 없다. 캐드버리가 끝까지 비버인데 반해 캐럴 스티키풋은 인간 여성의 모습이라는 점이 흥미롭다. 아마도 그의 네 번째 결혼 생활이 파국으로 치닫던 시점에서 집필한 작품이 아닐까 한다.

시간 여행자를 위한 작은 배려: '시간 여행자'의 원어는 'tempunaut'이다. 그 사실에서 알 수 있듯이, 그 당시 화제의 중심이던 미국의 달 탐사를 시간여행으로 치환해 삐딱하게 쓴 작품이다. 주인공들이 애디슨의 행위로 인해 영원히 반복되는 굴레에서 탈출하게 된 것인지, 아니면 오히려 한 인간의 신경증 때문에 그 굴레에 갇히게 되었는지는 끝까지 알 수가 없다.

전 인간: 이 책에 수록된 모든 단편 중 가장 거북한 글이 아닐까 싶다. 낙태 논쟁의 가장 근본적인 논점 가운데 하나인 '태아는 언제부터 인간인가?'라는 문제를 집요하게 파고든 작품이기는 하지만, 그를 통해 모성애를 잃어버린 여성 대 남성-아이 간의 대치구도를 만들어낸 점은 여러 측면에서 논쟁의 대상이 되어왔다. 어린 여자아이가 한 명도 등장하지 않는다는 사실은 특기할 만하다.

시빌라의 눈: 원작의 영어식 라틴어 표현은 전부 라틴어 원어식 표현으로 바꾸었다. (시빌-시빌라, 줄리어스 시저-율리우스 카이사르 등) 그리스 식으로 '필로스 딕토스'라는 이름을 가진 주인공은 당연하게도 PKD 본인이다. 이 책에서 유일하게 그의 신비주의 시대를 직접적으로 언급하고 있는 작품이다.

이 작품은 처음에는 『쥐』로 유명한 만화가 아트 슈피겔만과의 합작 프로젝트로, 그의 그림을 입혀 만화로서 잡지에 게재될 예정이었다. 그러나 정작 완성된 단편이 쉽사리 만화로 옮기기 힘들 정도로 난해한 작품이었기 때문에, 프로젝트는 무산되어버리고 말았다.

컴퓨터 씨가 나무에서 떨어진 날: 단편집 이전에는 출간되지 않은 작품이다. 그의 작품에서는 상당히 드문 '온전하게 긍정적인 여성' 등장인물인 조앤 심슨은 현실세계의 심리학자 조앤 심슨을 염두에 둔 인물로 보인다.

출구는 안으로 향한다: 《롤링스톤 칼리지 페이퍼》지의 의뢰를 받고 쓴 소설로, 소재와 내용에서 볼 수 있듯이 잡지의 주 구독층인 대학생들을 대상으로 한 작품이다. 학생들에게 독립적인 사고와 권위에 대한 항거의 중요성을 설파하려 했던 듯하나, 덕분에 상당히 PKD적이지 않은 작품이 되어버리고 말았다.

대기의 사슬, 에테르의 그물: 원제는 「지는 방법을 알고 있던 사나이」. 이후 그의 '발리스 3부작' 중 둘째 권인 『성스러운 침입』의 도입부에 사용된다. 린다 폭스는 PKD가 좋아했던 가수인 린다 론스태드에서 따온 인물이라고 알려져있다.

죽음에 관한 이상한 기억: 단편소설이 아니라 개인적인 수필에 가까운 작품이다. 실제로 이 시기에, 산타 아나에 있는 그의 아파트는 콘도미니엄으로 개축되었고, PKD는 자기 방을 구매해서 그 건물에 남았다. 월요일이 싫어서 총기를 난사한 소녀 역시 실제 인물이다. 또한 이 작품은 PKD가 지은 제목으로 팔린 몇 안 되는 작품 중 하나이기도 하다. 본인이 고백했듯이, PKD의 제목 짓는 센스는 처참할 지경이라 에이전트가 새 제목을 지어주곤 했는데, 이 경우에는 에이전트의 제목 쪽이 실패했던 것이다. 여하튼 이 작품이 출간된 것은 그의 사후인 1984년이었으니, PKD는 이 사건을 통해 승리감을 맛보기는 어려웠을 것이다.

어서 그곳에 도착했으면: PKD의 기념비적인 메이저 잡지 진출작이다.《플레이보이》지에 처음 실릴 때는 「냉동 여행」이라는 제목으로 실렸다.

라우타바라 사건: 두 번째 메이저 잡지 진출작이다 (《옴니》지).

외계인의 사고방식: 사망 바로 전 해 쓰인 마지막 단편소설이다. 독특하게도 이 작품이 처음 발표된 곳은 고등학교 교지인 『유바시티 하이타임스』였다. 이 작품은 이후 《F&SF》지에 팔려 재수록된다. 폴 윌리엄스에 따르면, PKD는 산타 아나의 식품점에서 고양이 사료를 사던 중 만난 고등학생의 의뢰를 받아 이 소설을 집필했다고 한다. 이 주장은 사실이 아닌 것으로 밝혀졌으며, 그 당시 『유바시티 하이타임스』의 편집을 맡고 있던 학생이, 어린 시절 친분이 있었던 PKD에게 편지를 보내 이 작품의 원고를 받아서 교지에 수록한 것이라고 한다.

마지막으로 PKD와 그의 작품을 원작으로 한 영화들에 대해 말해보기로 하자. PKD와 헐리우드의 관계는 좋게 말해 애증이 가득한 관계였다고 할 수 있을 것이다. 영화화된 작품 수로 따지면 작가들 중에서도 거의 최상급이라 할 수 있으며, 그중에는 폭발적인 반항을 일으킨 블록버스터도 제법 된다. 2009년까지 PKD의 소설을 원작으로 한 영화가 벌어들인 총 수익은 10억 달러가 넘는다고 한다.

그러나 또한, 그 작품들 중 PKD의 줄거리나 주제를 그대로 옮긴 작품은 거의 없다고 할 수 있다. PKD 자신도 영화를 위한 변형에는 그다지 호의적이지 못했다. 그의 생전에 영화화가 결정된 두 작품, 리들리 스콧의 〈블레이드 러너〉와 폴 버호벤의 〈토탈 리콜〉의 각본은 모두 PKD로부터 여러 번에 걸쳐 퇴짜를 맞았다. 〈블레이드 러너〉의 경우, 제법 큰 액수가 걸린 영화의 소설화 작업 청탁도 거절할 정도였다고 한다.

하지만 팬들은 어떻게 생각할지 몰라도, 각본가와 감독들 입장에서도 할 말이 없지는 않을 것으로 보인다. 〈마이너리티 리포트〉의 스필버그 감독의 말을 옮겨보도록 하자.

"필립 K. 딕의 이야기에는 실제로 2막이나 3막이라 할 수 있는 부분이 존재하지 않으며, 영화 줄거리의 도약을 위한 발판만을 제공해줄 뿐이다. 필립 K. 딕의 팬 분들은 분명 마음에 들지 않으시겠지만, 영화 내용의 대부분은 원작의 이야기를 벗어난 곳에서 진행된다."

어쩌면 이것이야말로 지금까지 PKD의 소설을 스크린으로 옮긴 모든 감독들에게 적용되는, 그들이 할 수 있는 최상의 변명일지도 모르겠다. 확실히 PKD의 단편은 영화로 옮기기 껄끄럽다. 환상과 현실의 모호한 경계를 계속 오가며, 결국 주인공 자신뿐 아니라 독자마저도 어느 쪽이 현실인지, 심지어는 현실이라는 것이 존재하는지의 여부조차도 확신하지 못하게 된다. 그리고 그렇게 혼란에 빠진 주인공과 독자를 남겨둔 채로 작품은 매정하게 끝나버리고 만다. 대중 영화를 만들기 위해서는 이런 원작보다는 보다 확실하고 안정적인 스토리 전개와 결말이 필요하지 않을까 싶기도 하다.

어쩌면 PKD도 이제는 자신의 소설로 만든 영화에 보다 우호적인 시선을 보내줄지도 모르겠다. 감독이 원작을 단 한 번도 읽어보지 않았다는 〈블레이드 러너〉의 경우를 보자. PKD는 최종 각본이 나오고 스콧 감독이 메가폰을 잡게 될 때까지도 여전히 결과물에 회의적이었다. 그러나 영화에 쓰인 특수 효과를 직접 구경하고, 이후 직접 스콧 감독과 만나서 대화를 나눈 후로는, 영화 속 2019년의 LA가 "완전히 자신이 상상한 대로"이며 "이 영화를 통해 내 삶과 창조 작업이 모두 설득력을 얻은 느낌이다"라고 말하며, 영화를 전폭적으로 지지해주었다고 한다.

그러니 영화는 영화로서 감상하고, PKD의 세계를 탐구하는 일은 그의 목소리가 직접적으로 녹아들어 있는 소설 쪽에서 찾으면 되지 않을까 싶다. PKD 본인은 단편소설에야말로 자신이 말하고 싶은 주제가 가장 잘 표현되어 있다고 말했다. PKD라는 작가, 그리고 한 인간으로서의 본질 역시 그런 단편들에서 보다 뚜렷하게 찾을 수 있지 않을까.

조호근

도매가로 기억을 팝니다

초판 1쇄 펴낸날 2012년 8월 3일
초판 11쇄 펴낸날 2025년 7월 1일

지은이 필립 K. 딕
옮긴이 조호근
펴낸이 김영정

펴낸곳 폴라북스
등록번호 제22-3044호
주소 06532 서울시 서초구 신반포로 321 (잠원동, 미래엔)
전화 02-2017-0280
팩스 02-516-5433
홈페이지 www.hdmh.co.kr

ISBN 978-89-93094-44-2 03840

* 폴라북스는 (주)현대문학의 새로운 종합출판 브랜드입니다.
* 책값은 뒤표지에 있습니다.
* 파본은 구입처에서 교환해드립니다.